신비
소설

巫

무 9 / 폭주하는
소년

문성실 장편소설

巫

신비
소설

무

9

폭주하는
소년

달빛정원

巫

신비
소설

무

9

차례

제1화

학교 괴담 7

제2화

소년에게 온정을 77

제3화

거룩한 죽음의 집 257

제4화

소년, 잠들다 371

제5화

다시 만나는 날에 427

제6화

일곱 별이 하나 되는 날 511

제 1 화

학교 괴담

1

학교 전설 시리즈 여섯 번째 편 : 우유 소년의 전설

언제부터 시작된 이야기인지는 알 수 없지만 우리 탐라초등학교
에는 오래전부터 우유 소년에 대한 전설이 전해 내려오고 있답니
다. 옛날에는 집이 부자이거나 잘사는 아이들만 돈을 내고 우유를
마실 수 있었습니다. 일주일씩 주번을 맡은 아이들이 수위실에 가
서 각 반의 우유를 들고 왔습니다.

비극은 이 우유에서 시작되었습니다. 집이 가난했던 한 소년은 매
일 배를 곯기 일쑤였습니다. 배가 고팠던 소년은 어느 날 아침 우
유 하나를 훔쳐 먹었습니다. 소년은 그 고소하고 달콤한 맛을 잊
을 수가 없었습니다. 그 뒤로 소년은 주번이 될 때마다 우유를 하
나씩 훔쳐 먹었습니다. 처음에는 누가 잘못 가져왔겠지 하며 넘어
갔지만 마침내 그 소년이 주번일 때만 꼭 우유가 하나씩 부족하다
는 것을 몇몇 아이가 알아채고 말았습니다.

가난한 소년은 다시 주번이 되자 항상 그랬듯이 아침 일찍 수위실
앞으로 달려가 우유가 담긴 커다란 상자를 받았습니다. 소년은 누
군가가 뒤를 밟고 있다는 생각은 꿈에도 못한 채 재빨리 학교 뒤
쓰레기 소각장으로 달려갔습니다. 그러고는 우유 하나를 벌컥벌
컥 들이켰습니다.

바로 그때였습니다. 숨어 있던 아이들이 소각장 앞으로 튀어나왔습니다. 아이들은 우유 소년을 둘러싸고 도둑놈이라며 힘껏 소리쳤습니다. 어떤 아이는 땅바닥에서 돌을 주워 있는 힘껏 우유 소년에게 던졌습니다.

우유 소년은 너무 놀라 손발이 다 굳어버린 것 같았습니다. 우유를 들이켜던 그 모습 그대로 피하지도 않고 날아온 돌에 이마 한가운데를 맞았습니다. 우유 소년이 움직이지 않자 아이들도 돌을 움켜쥔 채 멍하니 그 아이를 바라보았습니다.

우유 소년은 돌처럼 굳어 있었습니다. 한 아이가 다가가 우유 소년의 손가락을 살짝 건드렸습니다. 그러자 '컥!' 하는 비명 소리와 함께 우유 소년이 앞으로 고꾸라졌습니다. 몰래 우유를 마시다가 심장이 튀어나올 만큼 놀랐기 때문인지, 아니면 아이들이 던진 돌 때문인지 알 수 없었지만 소년은 새빨간 피를 뱉어내다가 그 자리에서 죽어버렸습니다. 소년의 손에 들린 흰 우유도 새빨간 핏빛이 되었습니다. 이후 우유 소년이 죽은 그날이 오면 마지막 우유 하나는 언제나 새빨간 핏빛으로 바뀐다고 합니다. 우유가 먹고 싶었던 소년의 영혼이 마지막 우유에 자신의 피를 토해놓기 때문이라는군요. 그래서 우유 소년이 죽은 날에는 마지막 우유를 마셔서는 안 됩니다. 마지막 우유는 소년이 먹었던 그 우유처럼 피로 물든 새빨간색으로 변하기 때문입니다.

우유 소년이 죽은 날짜는 바로…… 이번 달 13일이랍니다.

탐라초등신문 6학년 4반 최지혜 기자

"찌르르르릉!"

제주도 탐라초등학교의 점심시간을 알리는 벨이 울려 퍼졌다. 모락모락 올라오는 하얀 김과 뭉실뭉실 코를 자극하는 고소한 밥 냄새에 급식실 안은 금세 아이들로 가득 찼다. 한창 자랄 때라서 그런지 소년 소녀들은 앞다투어 식판을 들었다.

"자리 맡아놓을게. 저쪽 구석으로 와!"

수정은 재잘거리는 친구들의 곁을 빠져나와 식당 한구석으로 걸어갔다. 베이지색 원피스를 입은 어여쁜 얼굴과 달리 표정은 시무룩했다. 친구들은 그런 수정의 뒷모습을 바라보며 수군거렸다.

"아직도 엄마랑 싸우는 중이래?"

"응, 핸드폰 빼앗겨서 돌려줄 때까지 단식할 거라더니 벌써 3일째야. 수정이 쟨 배도 안 고픈가 봐!"

"담임선생님께 얘기해야 하나? 어떡하지?"

친구들은 며칠째 굶고 있는 수정을 걱정하며 갓 지은 밥에서 김이 모락모락 올라오는 식판을 들고 수정이 맡아놓은 테이블 쪽으로 다가갔다. 하얀 쌀밥에 노란 계란말이, 빨간 토마토소스로 양념한 닭튀김과 나물, 소고기무국에 흰 우유……. 늘 생각하는 거지만 집 밥보다 더 맛있는 학교 급식이 눈앞에 있었다.

"수정아, 내 밥 한 숟가락만 먹어. 응?"

"학교에서 한 입 먹는다고 너희 엄마가 아실 리 없잖아. 수정아, 그러지 말고 한 입만 먹어봐. 응?"

"싫어!"

친구들은 수정에게 한 입만 먹어보라고 성화였지만 수정은 절레절레 고개만 흔들었다. 3일 동안 한 끼도 안 먹다니 정말 고집이 대단했다.

"안 먹는다니깐!"

"그러면 밥 대신 우유라도 하나 먹어라, 응? 우유는 밥이 아니니까 괜찮잖아? 내가 가져올까, 응?"

친구들은 우유라도 먹으라며 수정을 다그쳤다. 수정도 아마 배가 많이 고팠으리라. 못 이기는 척 입을 다문 수정 대신 친구 한 명이 급식대 앞으로 달려갔다. 6학년까지 배식이 끝난 시간이라 은색 배식구에는 우유가 딱 하나 남아 있었다. 혹시라도 수정의 맘이 바뀔까봐 친구들은 서둘러 우유를 건네주었다. 창가 테이블 앞에 새침하게 앉아 있던 수정이 못 이기는 척 고개를 돌렸다.

"알았어. 이건 밥이 아니니까 먹을게. 순전히 니들 땜에 먹는 거야!"

"그래그래, 알았어. 얼른 먹어!"

수정은 우유를 가져갔다. 친구들은 '성공했다'는 눈빛을 교환했다. 수정은 천천히 우유팩의 한쪽을 뜯었다. 그런데 우유팩을 뜯는 순간 급식실 안이 갑자기 쥐 죽은 듯 조용해졌다. 신나게 웃어대던 수정과 친구들 역시 얼굴이 백지장처럼 하얗게 질려버렸다. 식당에 앉아 있는 아이들이 이야기를 멈추고 쳐다본 것은 바로 수정이 들고 있는 새하얀 우유팩이었다.

"아아…… 안 돼!"

"수정아, 그거 먹지 마! 내 우유 줄게!"

아이들은 자리에서 벌떡 일어서서 수정의 우유를 빼앗으려 했다. 수정의 친구들은 자신들이 중대한 실수를 저질렀다는 것을 알아차렸다. 오늘은 바로 13일……《탐라초등신문》에 나온 전설의 그날이었다!

순식간에 퍼지는 싸늘한 공기를 느끼며 수정도 바로 오늘이 '그날'임을 알았다. 이번 달 신문에 게재된 여섯 번째 전설은 바로 흰 우유와 관련되어 있었다. 가난한 아이가 흰 우유를 몰래 먹다가 죽은 바로 그날, 10월 13일! 마지막에 남은 흰 우유는 죽은 아이의 피로 물든다는 괴담……. 요즘 탐라초등학교를 뒤흔드는 괴담이 바로 오늘 수정이 가져온 마지막 우유와 관련 있었다.

수정은 꺼림칙했다. 그런 괴담과 얽히고 싶지는 않았다. 하지만 자존심 강한 수정은 이렇게 모두가 자신을 주목하는 순간, 바보처럼 우유를 버리는 모습을 보이기도 싫었다. 10월 13일…… 우유 소년의 전설도 끔찍하고 무서웠지만 열세 살 사춘기 소녀에게는 공포나 두려움보다도 반항의 마음이 더 컸다.

"어디 두고 보라지!"

수정은 일부러 더 허리를 꼿꼿이 세우고 모두들 보란 듯이 10월 13일의 마지막 우유를 뜯었다.

꼼꼼하게 풀이 붙어 있는 탓에 조금 뜸을 들인 후에야 우유팩의 입구가 살짝 열렸다. 수정은 흘끗 안쪽을 바라보았다. 역시나! 열린 구멍으로 하얀 우유가 보였다.

'그럼 그렇지!'

수정은 보란 듯이 우유를 한가득 입에 부어 넣었다. 그녀의 목이 천장을 향해 90도로 꺾이자 하얀 우유가 목구멍 안으로 꿀꺽꿀꺽 들어왔다.

우유팩 속에 당연히 하얀 우유가 들어 있듯이 그녀의 머리 위에는 학교 급식실의 베이지색 천장과 하얀 형광등 불빛이 편편히 놓여 있어야 했다. 그런데 고개를 90도로 꺾은 그녀의 두 눈과 마주친 것은 새빨간 우유를 손에 든 채 피눈물을 흘리는 소년의 비참한 얼굴이었다. 피눈물을 흘리는 소년이 천장에서 두 눈을 크게 뜨고 수정을 바라보고 있었다.

"카악! 커억! 커어억!"

수정은 소리를 지르려 했다. 눈앞에 나타난 끔찍한 우유 소년의 모습에 단말마의 비명을 지르고 싶었다. 하지만 목구멍으로 밀려드는 하얀 우유 때문에 기도가 꽉 막혀버렸다. 뜨겁고 비릿한 무언가가 목구멍 안에서 울컥울컥 솟아나는 것이 느껴졌다.

"카악!"

사레들린 듯 기침을 해대는 수정의 목구멍에서 검붉은 피가 분수처럼 뿜어졌다. 수정이 바닥으로 쓰러진 것은 정말 순식간의 일이었다. 바닥에 쓰러지는 그 순간까지 수정의 두 눈은 핏빛 우유를 든 천장의 소년을 응시한 채 움직이지 않았다.

"꺄아아악!"

수정을 둘러싼 같은 반 친구들은 물론이고 그녀의 움직임을 유심히 살피던 다른 반 아이들도 있는 힘껏 비명을 지르며 일어섰다. 순식간에 급식실은 아수라장이 되어버렸다.

"선생님! 아아악!"

원피스 앞자락이 붉게 물들어가는 수정의 모습에 치를 떨면서 아이들은 비명만 질러댈 뿐이었다.

2

탐라초등학교 6학년 4반 아이들의 얼굴은 또래의 표정과 달리 침울함으로 가득했다. 마치 찐득하고 투명한 무언가가 아이들의 양쪽 볼에 들러붙어 아래쪽으로 당기고 있는 것처럼 모두의 입술이 축 늘어져 하나같이 울상이었다. 그도 그럴 것이 아이들은 요즘 학교에 나오는 게 즐겁지 않았다. 탐라초등학교에 퍼진 끔찍한 괴담 속에서 아이들은 하루하루를 버티기가 고역일 정도였다.

심지어 극심한 공포감을 견디지 못하고 학교를 떠난 아이들까지 있었다. 교실 중간중간에 텅 빈 여러 개의 책상은 교실 분위기를 더더욱 휑하고 싸늘하게 만들었다. 이렇게 을씨년스러운 교실 풍경은 비단 6학년 4반뿐만이 아니었다. 탐라초등학교의 모든 6학년 학급, 아니 그뿐 아니라 철모르는 1학년 교실에까지도 기괴한 분위기가 감돌았다. 쉬쉬하며 아이들을 안심시키고는 있지만 선생님들도 탐라초등학교에서 발생한 사건들에 공포감을 느끼기는 마찬가지였다.

"아유, 정말…… 이 재밌는 얘기를 이제 알려줄 수가 없다니. 안타깝구나, 안타까워!"

그러나 창가에 앉은 여학생만은 유독 이 침울한 분위기에 휩쓸리지 않았다. 자신만만한 눈초리로 주변의 아이들을 바라보며 혀를 차는 아이는 장차 이 시대 최고의 기자가 되겠다고 떠들고 다니는 최지혜였다. 기자 정신을 발휘하네, 어쩌네 하면서 여기저기 안 끼어드는 데가 없는 학교 최고의 마당발 지혜……. 아이들은 지혜야말로 이 모든 사건의 원인이라고 생각했다. 지혜가 《탐라초등신문》에 그 이상한 괴담 시리즈를 알린 뒤로 아이들은 매일매일이 공포였다. 그런데도 최지혜는 여전히 더 많은 학교 괴담을 알아내겠다며 동분서주하고 있었다. 심지어 학교신문에 더 이상 학교 괴담 시리즈를 올리지 말라는 게재 불가 판정을 받았는데도 말이다!

"자아, 이번에 새로 조사한 학교 괴담을 읽어볼까?"

지혜는 글씨가 빼곡히 들어차 있는 수첩의 한 쪽을 펼쳤다. 그러고는 주변의 아이들에게 들릴 정도의 목소리로 주절주절 읽어 댔다.

"우리 학교에 전해 내려오는 전설 시리즈, 이번에는 음악실의 전설입니다. 우리 학교 맨 꼭대기 5층 음악실에는 까만 그랜드피아노가 있습니다. 하지만 선생님들은 절대로 그 피아노를 사용하지 않고 있죠. 그랜드피아노 옆에 있는 전자피아노만 사용하고 말이죠. 그 이유는 무엇일까요? 저는 그 이유를 알아냈답니다.

아주 옛날, 우리나라에서 최고로 손꼽히는, 아니 세계적으로도 손꼽히는 천재 소녀 피아니스트가 우리 탐라초등학교에서 나왔다고 합니다. 국내 콩쿠르를 휩쓸다시피 하는 이 소녀를 위해 당시 제주도 도지사가 우리 학교에 그랜드피아노를 기증했습니다. 소녀는 매일매일 밤이나 낮이나 그랜드피아노를 가지고 손에 피가 나도록 연습했고, 그 덕분에 5학년이 되었을 때는 세계적인 피아노 콩쿠르에도 초청받았답니다.

소녀는 그곳에서 연주할 곡을 누구보다도 완벽하게 완성하기 위해 죽도록 연습했고, 그런 소녀에 대한 기대는 굉장히 컸습니다. 심지어 외국으로 가기 전날 밤에도 소녀는 밤 12시가 넘도록 그랜드피아노 앞에서 연습했습니다.

혼신을 다해 연습하던 소녀는 새벽이 다 되어서야 자리에서 일어섰습니다. 그런데 너무 서두른 탓인지, 아니면 단순한 실수였는지 모르지만 그만 피아노 뚜껑이 커다란 소리를 내며 닫혀버렸습니다. 불행하게도 소녀의 두 손은 건반 위에 있었고, 무거운 그랜드피아노로 인해 양쪽 엄지손가락을 제외한 여덟 개의 손가락이 모두 잘리고 말았답니다.

소녀는 정신을 잃지 않았지만 너무나 아프고 고통스러워서 한 걸음도 움직일 수가 없었습니다. 소녀는 '내 손가락…… 내 손가락……' 하며 중얼거렸고 있는 힘을 다해 소리쳐보았지만, 그 한밤중에 소녀를 도와주러 오는 사람은 아무도 없었습니다. 결국 소녀는 여덟 개의 손가락이 잘린 채 다음 날 아침까지 피를 쏟다가 결국 콩쿠르에 참가하지도 못하고 죽어버렸다고 합니다. 그후로 매일 밤 12시가 되면 5층 음악실에서 피아노 소리가 들린답니다.

소녀가 콩쿠르에 나가기 위해 연주했던 바로 그 곡이 음악실 한구석에 놓인 그랜드피아노에서 들려온답니다. 그랜드피아노에서 연주하는 것은 바로…… 소녀의 잘린 손가락 여덟 개와 뚝뚝 떨어지는 빨간 피랍니다. 끝!"

"으으으으!"

지혜의 목소리가 끊어지자 아이들은 온몸을 부르르 떨며 진저리를 쳐댔다. 몇몇 아이는 이야기 중반부터 아예 양쪽 귀를 막고 나머지 이야기를 듣지 않으려 애썼지만 중간중간 들려오는 무시무시한 내용을 전부 막을 수는 없었다.

"지혜야, 제발 그만해……."

지혜의 짝 진경은 그야말로 죽을 지경이었다. 진경이 귀를 막아도 낭랑한 목소리가 자꾸만 들려왔다. 울상이 된 짝이 아련한 눈빛을 보내는데도 지혜는 그저 신이 나서 어쩔 줄 몰랐다. 아이들이 공포로 얼굴을 찡그릴 때마다 보람은 더했다.

이 모든 이야기를 알아내기 위해 얼마나 고생했던가! 지혜는 다리품을 팔며 여기저기서 들은 이야기를 하나하나 모으는 일이 대단하게 느껴졌다. 늙은 수위 아저씨를 따라다니고 몇십 년 동안 학교 앞에서 문방구점을 하는 할머니에게 애원하며 모은 이야기들이었다. 지혜는 애써 모은 자료를 정리하고 각색하며 마치 자신이 진짜 기자가 된 듯한 기분에 흠뻑 빠졌다.

"혜혜, 재밌지? 오늘은 특별히 한 개 더 해줄게. 재미있는 전설을 하나 더 알아왔거든! 너, 그거 알아? 우리 학교에 폐지 분리수거하는 창고 지붕이 빨간색이잖아. 왜 빨간색인 줄 알아? 원래 우리 학교 창고 지붕은 어두운 회색이었대. 그런데 옛날에 그 창고 지붕에서 누가 손목을 긋고 자살했대. 하지만 창고 지붕에 시체가 있을 거라곤 아무도 생각지 못했지. 그렇게 한참이 지났는데 어느 날부턴가 페인트칠이 벗겨진 회색 지붕을 누가 선홍색으로 예쁘게 칠해놓은 거야. 그걸 보면서 모두가 의아하게 생각했대.

그러다 빨간 피가 지붕을 덮고도 모자라서 벽을 타고 축축이 내려온 뒤에야 그게 피라는 걸 알았대. 그제야 아저씨들이랑 선생님들이 지붕을 조사해서 죽은 지 며칠이 지난 시체를 발견했대. 그런데 그 뒤로는 아무리 다른 색으로 칠해도 그 빨간색이 없어지지를 않더래. 파란 페인트를 들이부어도, 하얀 페인트를 들이부어도 빨간 핏빛을 지울 수가 없었대. 그래서 항상 지붕을 빨갛게 칠할 수밖에 없게 된 거지."

지혜는 쉴 새 없이 이야기를 지껄였다. 짝꿍 진경이 거의 울음을 터뜨리기 직전이라든가, 주변의 아이들이 신음 소리를 내며 진저리치는 것 따위는 아랑곳하지 않았다.

"야, 최지혜! 제발 좀 그만해!"

결국 반장이 참지 못하고 벌떡 일어났다. 남자 반장은 웬만하면 여자아이들과 다투고 싶지 않았지만 지혜의 행동은 도저히 참을 수가 없었다. 아이들을 공포에 몰아넣으려 안간힘을 쓰는 지혜의 모습이 너무나 얄밉고 밉상스러웠다.

"넌 다들 싫어하는 게 보이지도 않니? 네 얘기 좋아하는 사람은 여기 한 명도 없어! 선생님도 네 기사는 더 이상 신문에 안 싣는다고 했잖아. 그러니까 이제 제발 그만해. 그런 무서운 얘긴 너 혼자만 알고 있으란 말이야!"

"어머나, 반장. 너 혹시 겁먹은 거야? 아유, 남자가 지금 겁먹고 벌벌 떠는 거 맞지?"

"야, 너……!"

한 소리 했다가 겁쟁이로 몰린 탓에 반장의 얼굴이 벌겋게 달아올랐다. 무서운 건 사실이지만 무섭다고 인정하기엔 자존심이 허락지 않았다.

"반장, 지금은 자유 시간이야! 자유 시간에 내 글을 나 혼자 읽는데, 네가 왜 참견이야? 내가 너한테 들으라고 했어? 그러지 않아도 선생님들이 괴담 시리즈는 더 이상 신문에 내지 말라고 해서 맘이 아픈데 내가 쓴 기사, 나 혼자 읽지도 못하냐? 듣기 싫은 사람은 안 듣고, 듣고 싶은 사람만 들으면 되잖아!"

"야, 최지혜! 넌 생각이 있는 애니, 없는 애니? 너란 앤 어떻게 네 생각뿐이야!"

"내가 무슨 내 생각만 한다고 그래? 나는 기자의 사명감을 가지고 너희를 대신해 어렵게 뛰어다닌 거야! 이 얘기들을 알아내려고 내가 얼마나 애썼는지 네가 알기나 해?"

지혜가 단 한 발도 물러서지 않고 자신의 말을 모두 내뱉은 순간, 갑자기 교실 앞문이 벌컥 열렸다.

"왜 이리 시끄러워? 조용히 하고 다들 자리에 앉아라."

호랑이 선생님으로 유명한 담임선생님이 교실 앞문을 열고 들어왔다. 얼굴 가득 수염 자국이 거무스름한 담임선생님은 커다란 목소리 하나만으로도 아이들을 꼼짝 못하게 했다. 지혜는 물론이고 웅성거리던 아이들 모두 순식간에 조용해졌다. 그건 담임선생님의 험악한 표정 때문이기도 했지만 다른 이유가 또 있었다. 호랑이 선생님 뒤에 전에 본 적 없는 까만 눈동자 두 개가 깜빡거리고 있었기 때문이었다.

"자, 다들 집중하고 이쪽을 봐라."

선생님의 낮은 저음이 교실 안에 울려 퍼지자 아이들은 일제히 숨을 죽였다. 선생님 옆에는 까맣고 동그란 눈동자의 소년이 서 있었다. 체크무늬 넥타이와 바지를 단정하게 차려입은 소년은 하얀 셔츠 위에 갈색 멜빵을 하고 머리에는 동그란 가죽 헌팅캡까지 쓰고 있었다. 영국 귀족학교에서 튀어나온 것처럼 특이한 차림새가 아이들의 이목을 끌었다.

"안녕, 나는 강민우라고 해. 모두 만나서 반가워."

소년은 또박또박 자신을 소개했다. 전학이 아주 익숙한 것처럼 하나도 떨지 않고 빙긋 미소까지 띠며 아이들을 바라보았다. 하지만 민우를 바라보는 아이들의 표정은 걱정과 동정이 가득 담긴 어두운 빛이었다.

"바보! 다들 전학 못 가서 난린데, 이런 학교에 오다니……."

좀 전까지만 해도 목소리를 높이던 지혜마저 혀를 끌끌 찼다. 흉흉한 소문과 사건들 때문에 어느새 탐라초등학교는 근처 사람들에게 기피 대상이 되었다. 그런데 이런 상황도 모르고 전학 온 민우를 모두들 가엾게 쳐다보았다.

"그럼 빈자리가 많으니까…… 민우 자리를……."

"선생님, 제가 돌봐주고 싶은데요?"

민우의 자리를 두고 고민하는 선생님 앞에 지혜가 오른팔을 번쩍 들어올렸다. 아이들은 지혜의 호기심이 또 발동했다며 고개를 흔들어댔다. 전학생의 모든 것을 누구보다도 빨리 알아내고 싶은 지혜의 왕성한 탐구심은 분명 전학생에게 민폐일 테지만 지혜의 짝 진경에게는 해방을 의미했다.

"그래, 지혜라면 아마 잘 돌봐주겠지."

선생님은 지혜의 과한 행동이 조금 염려스러웠지만 아이의 성격상 전학생을 살갑게 챙겨줄 거라 판단했다. 결국 지혜의 바람대로 전학생 민우는 지혜의 옆자리에 앉게 되었다. 기다렸다는 듯 다른 자리로 내빼는 진경 대신 헌팅캡을 쓴 곱상한 소년이 지혜의 옆자리에 앉았다. 또렷한 눈매의 민우가 지혜를 향해 빙긋 웃었다. 지혜의 눈이 반짝였다. 마치 먹잇감을 얻은 맹수처럼 신이 난 표정이었다.

오늘도 지혜의 시간은 빠르게 지나갔다. 항상 아이들 사이에 퍼져 있는 여러 가지 소문에 귀 기울이고 기삿거리를 찾느라 분주한 지혜에게는 언제나 시간이 빠르게 느껴졌다. 특히 오늘은 전학 온 강민우에게 학교 지리니, 선생님들의 특징이니, 친구들의 이름 등 여러 가지를 가르쳐주느라 더더욱 시간이 화살처럼 지나가버린 것 같았다.

"민우야, 우리 청소 구역은 저쪽 창고 주변이야. 그쪽 화단에 자란 잡초 좀 뽑고 땅바닥에 버려진 휴지만 주우면 되니까 별로 안 힘들어."

담임선생님의 짐작대로 지혜는 누구보다도 민우를 잘 챙겨주었고, 민우가 묻지 않은 것들에 대해서도 쉴 새 없이 조잘거렸다. 수업 시간에도 틈틈이 이것저것 얘기해주려고 혈안이 된 지혜는 청소 시간이 되자 더더욱 전학생의 옆에 꼭 달라붙어서 도움이 될 만한 이야기든, 전혀 도움이 되지 않을 만한 이야기든 가리지 않고 연신 읊어댔다. 그런 지혜의 수다를 민우는 진지한 얼굴로 경청했다.

"그런데…… 이 학교에 이상한 일이 벌어지고 있다면서?"

민우의 초롱초롱한 까만 눈동자가 반짝하고 빛났다. 동시에 지혜의 눈이 두 배는 커졌다.

"앗, 너 어떻게 알았어? 나 없는 새 누가 얘기했구나!"

지혜는 전학 온 지 하루밖에 안 된 민우가 괴담을 알고 있다는 데에 놀라면서도 내심 잘됐다 싶은 생각이 들었다. 그러지 않아도 그 얘기가 하고 싶어서 입이 근질거리던 참이었으니까.

"맞아! 정말로 무섭고 이상한 전설이 실제로 일어나고 있어. 우리 학교는 되게 오래된 학교라서 옛날부터 내려오는 무서운 전설이 많아. 그리고 최근에 그 전설대로 애들이 죽거나 다치는 일이 있었어. 선생님들은 쉬쉬하며 비밀로 하고 계시는데, 내가 조사한 바로는 벌써 한 명은 죽고 두 명은 식물인간처럼 되어버렸대. 이런 얘기 때문에 다른 학교로 전학 가버린 애들이 많아. 교육청에서도 전학을 말릴 수가 없어서 다 허락하고 있대.

너도 봤겠지만 우리 반에 빈자리가 여섯 개나 있잖아? 그게 다 이런 얘기 때문에 다른 곳으로 전학 가버린 애들 자리야. 그래서 오늘 네가 전학 왔을 때 우리가 놀라서 너를 쳐다본 거야. 남들은 전학을 못 가서 난린데, 넌 오히려 여기로 왔으니 말이야."

지혜는 신이 나서 이야기를 하다가 문득 전학생의 얼굴을 바라보았다. 무언가를 골똘히 생각하는 까만 눈동자가 진지했다. 아무래도 또 겁을 준 모양이었다. 그것도 전학 온 첫날에 말이다!

"야, 야! 너무 무서워하지 마. 그렇게 겁먹을 필요 없어. 우리 학교에선 내가 그 무서운 전설에 관해 제일 많이 알지만, 난 하나도 안 무서워! 나한테 아무 일도 안 일어났잖아? 뭐, 괜찮아. 겁먹지 마!"

지혜는 풀 뽑던 손을 멈추고 일부러 큰 소리로 하하 웃어대며 민우의 등을 탁탁 두드렸다. 하지만 전학생의 얼굴을 가만히 들여다보니 어쩐지 공포에 떠는 표정이 아니었다. 민우의 눈은 흥미로운 듯 반짝거릴 뿐, 무서움이나 두려움 따위는 섞여 있지 않았다.

"지혜야, 네가 우리 학교 전설에 관해 제일 잘 안다고 그랬지?"

"음, 물론이지! 난 기자고, 전설 관련 기사도 다 썼는걸!"

"그래, 네가 그 기사를 썼다는 이야기를 들었어. 그럼 죽거나 식물인간이 되었다는 세 사람 얘기를 좀 해줄래? 네가 알고 있는 건 전부 다 말해줘."

"으응…… 그, 그래."

별난 아이라고 생각하면서도 지혜는 드디어 그 이야기를 해줄 수 있다는 사실에 오히려 기분이 좋아졌다. 이상한 아이라는 생각을 할 겨를도 없이 지혜는 자기가 알고 있는 이야기를 냉큼 펼쳐놓기 시작했다.

"첫 번째는 언제였더라? 음, 그러니까…… 내가 학교 괴담 시리즈를 처음 쓴 게 여름방학 끝나고 나서니까……. 그래, 그 기사가 나가고 2주쯤 후였어. 첫 번째 아이는 '피리 부는 소년'에게 당해서 죽었어. 그게 시작이었지."

지혜는 목소리를 죽이고 첫 번째 사건부터 이야기하기 시작했다. 학교 안에서는 언제부턴가 침묵하게 되어버린 사건을 말하는 터라 주변도 살폈다. 말하고 싶어서 입이 근질거리던 지혜는 함께 얘기할 친구가 생겼다는 게 즐겁기 짝이 없었다.

"우리 학교 전설 중에 '피리 부는 소년'이라는 게 있어. 우리 학교는 1·2·3학년이 '가'동, 4학년하고 교무실이 '나'동, 그리고 5·6학년이 '다'동에 있거든? 너도 봤겠지만 정문으로 들어서면 운

동장 너머 정면 국기 게양대 뒤쪽에 있는 게 교무실이 있는 '나'
동이고, 왼쪽에 있는 게 '가'동, 오른쪽에 있는 게 '다'동이야. 원
래는 '가'동밖에 없었는데, 애들이 많아지면서 '나'동하고 '다'동
을 증축한 거래. '피리 부는 소년'은 바로 '가'동 3층, 그러니까
3학년 교실로 올라가는 계단 복도에 걸려 있던 그림이었어. 옛날
에 이 학교에 있던 늙은 미술 선생님이 죽기 전에 그 그림을 그려
서 우리 학교에 기증하셨대.

그 그림은 무지 커서 그림 속의 소년이 진짜 사람만 하다니까.
노란 밀밭이 뒤에 펼쳐져 있고, 그 앞에 빨간 모자를 쓴 외국 양치
기 소년이 나팔같이 생긴 황금 피리를 불고 있어. 피리 부는 소년
은 허리까지만 그려져 있고 그 아래는 없어. 전설에 따르면, 피리
부는 소년은 밤 12시가 되면 그림 속에서 나와 컴컴한 교실을 둥
둥 떠다니면서 자기 다리를 찾았대. 그러다가 12시 넘어서까지
학교에 남아 있는 아이를 만나면 그 애를 그림 속으로 끌고 들어
가서 자기 다리로 삼았다는 거야. 그 전설은 수위 아저씨한테 듣
고 내가 학교신문에 올렸어."

지혜는 신나게 말하다가 다시 한 번 주변을 살폈다. 비밀스러운
이야기를 누군가가 듣지 않는지 한 번 훑어본 뒤에 말을 이었다.

"……그런데 정말로 그 일이 일어난 거야! 그날 새벽 수위 아저
씨가 순찰을 돌다가 2학년 여자애가 '피리 부는 소년' 그림 앞에
서 피투성이가 되어 죽어 있는 걸 발견하고 경찰에 신고했대! 여
자애는 특히 이마가 온통 피로 물들어 있었대. 그런데 그게 '피리

부는 소년' 그림에 계속 이마를 찧어서 그런 거였대. 그게 뭐겠니? 바로 피리 부는 소년이 그 여자애를 그림 속으로 계속 끌고 가려다가 그렇게 된 거 아니겠어? 안 그러면 왜 멀쩡한 애가 벽에 걸린 그림에 이마를 박다가 죽어버렸겠니? 너도 그렇게 생각하지?"

"으음, 그렇구나."

지혜는 얼굴을 빛내며 민우의 표정을 살폈다. 이쯤 되면 공포로 가득 물들어야 하는데 여전히 민우는 호기심이 가득한 얼굴로 지혜를 바라보고 있었다. 고개까지 끄덕이며 관심을 보이는 게 조금 이상한 느낌이 들면서도 한편으로 이야기할 맛이 났다.

"걔가 죽고 나서 그 애 친구를 찾아가서 들었는데, 죽은 여자애는 '피리 부는 소년'의 선설 때문에 기의 잠도 못 자고 화장실에도 혼자 못 갔대. 내가 학교신문에 처음 올린 게 바로 '피리 부는 소년'의 전설이었거든! 재밌어하는 애들도 무지 많았고 무서워하는 애들도 엄청 많았어. 그런데 그 여자애는 굉장히 겁이 많아서 내 기사를 읽고 나선 아예 '피리 부는 소년' 그림 근처에도 가질 않았대. 엄청 겁쟁이였더라고! 그런데 그 애가 결국 피리 부는 소년한테 당했으니…… 너무 끔찍하지?"

지혜는 몇 달 전에 죽은 아이의 친구들과 인터뷰했던 내용을 떠올리며 고개를 설레설레 저었다. 그 사건으로 인해 지혜의 기사, '탐라초등학교의 학교 전설' 시리즈가 유명해지기 시작했다. 지혜는 원래 한 달에 한 편씩 올리려던 학교 전설 시리즈를 여러 편씩 동시에 게재했다. 아이들은 괴담을 무서워하면서도 재미있어했다. 서로들 전설을 만들어내기도 하고 유행처럼 학교 전설을 찾아내기도 했다.

"두 번째로 5학년 육상부 남자애가 철봉에서 떨어진 사건이었어. 그 애는 곧장 구급차에 실려간 뒤로 학교에 나오지 않고 있어. 죽었다는 소문도 있고 식물인간이 됐다는 소문도 있어. 학교 선생님들도, 그 애 부모님도 아무 말을 하지 않아서 살았는지 죽었는지 알 수가 없어.

그 애가 그렇게 된 건 우리 학교에 전해오는 철봉 전설과 관련 있어. 저기 운동장에 있는 제일 높은 철봉이 바로 그거야. 철봉 전설은 저 철봉에서 돌면 안 된다는 이야기야. 그거 있잖아, 허리를 철봉에 대고 거꾸로 뱅글 도는 거 말이야. 그걸 하면 안 되는데…… 그 육상부 애는 키가 엄청 커서 저 철봉에 배를 대고 매달려서 거꾸로 돌기를 했다는 거야."

지혜는 운동장 저편에 세워져 있는 오래된 철봉 하나를 가리켰다. 철봉은 아이들의 허리에 닿을 만한 낮은 것부터 손을 뻗어야 닿을 만한 높은 것까지 죽 늘어서 있었다. 그중에서 전설과 관련된 철봉은 어른들도 두 손을 뻗어야 닿을 법한 가장 높은 철봉이라고 했다.

"내가 우리 학교신문에 세 번째로 철봉에 얽힌 전설을 올리면서 자세하게 설명했지. 예전에 체육 실기 시험으로 철봉에 배 대고 뒤돌기를 했을 때의 이야기야. 그때 무지 겁이 많은 아이가 한 명 있었대. 그런데 걔는 선생님이 아무리 받쳐준다고 해도 겁이 워낙 많아서 거꾸로 돌기를 할 수가 없었대. 체육 선생님은 다른 아이들이 모두 성공하고 나서도 그 애만 못하니까 체육 시간마다 다른 아이들은 자유롭게 연습하게 하고 그 애만 집중적으로 훈련을 시킨 거야.

그날도 '선생님이 아래서 받쳐줄 테니까 걱정 말라'고 하고는 다른 아이들에게 방해되지 않도록 제일 높은 철봉에서 연습을 시켰다는 거야. 바로 그때 마침 사고가 난 거야. 한 여자애가 장애물 넘기를 하다가 발이 걸려 땅에 머리를 박고 넘어지는 바람에 아주 크게 다치고 말았대. 그 순간 선생님이나 아이들이나 모두 정신없이 그 여자애를 들쳐 업고 양호실로 달려갔어. 그 애가 철봉에 혼자 대롱대롱 매달려 있다는 생각을 아무도 못하고 말이야!

그 애는 혼자서 높은 철봉에 매달린 채로 두 팔이 버틸 수 있을 때까지 엉엉 울면서 기다려봤지만 아무도 운동장에 나오질 않았대. 겁 많은 소년은 그렇게 울다가 결국 철봉에서 내려오기 위해 배를 대고 뒤로 돌아 착지를 하기로 결심한 거야. 언제나처럼 선생님이 밑에서 받아준다고 생각하면서 말이지. 그 애는 힘이 빠져 덜덜 떨리는 두 팔로 뒤돌기를 시도했어. 하지만 힘이 펄펄 넘칠 때도 안 되던 게 힘이 빠질 대로 빠져버린 상태에서 될 리가 없었지. 그대로 두 손이 철봉에서 미끄러지고 재수 없게도 머리가 밑으로 먼저 떨어지면서 뇌진탕으로 그 자리에서 죽어버리고 말았대.

그 후로 그 철봉에서 거꾸로 돌면 그 애 귀신이랑 두 눈이 딱 마주친대. 피를 철철 흘리는 소년이 땅에 거꾸로 고개를 박은 채 '왜

날 두고 갔어…… 왜 날 두고 갔어……' 하면서 피눈물을 흘린다
는 거야. 그리고 그 소년을 본 사람은 그 자리에서 떨어져 죽어버
린대.

사실 그런 전설이 없어도 저 철봉은 너무 높아서 원래 아무도
허리를 대고 돌지 못하거든. 그런데 글쎄, 우리 학교에서 키가 제
일 큰 육상부 남자애가 자기가 한 번 해본다고 철봉으로 기어 올
라갔다는 거야. 내가 세 번째 기사에서 바로 그 철봉 전설을 올렸
거든. 그래서 다들 겁을 먹고 제일 높은 철봉 근처에는 가지도 않
으니까 혼자 잘난 척하면서 자기가 해보겠다고 한 거야. 그리고
철봉에서 돌다가 진짜 귀신을 봤는지 꽥 소리를 지르면서 모랫바
닥으로 떨어졌대. 아이들이 그 애를 흔들어댔지만 일어나질 않아
서 119구조대가 데려갔다니까! 진짜 굉장한 일이지, 응?"

지혜는 어깨를 으쓱해 보였다. 사실 지혜가 조사한 학교 괴담
은 교내에 모르는 사람이 없을 정도로 유명해졌고, 다들 그것 때
문에 두려워하고 있었다. 하지만 정작 그 글을 쓴 지혜는 겁을 집
어먹기는커녕 오히려 재미있고 자랑스러운 얼굴이었다. 민우는
그런 지혜의 얼굴을 바라보며 고개를 끄덕였다. 민우 역시 지혜
의 이야기에 빠져든 듯 여전히 호기심이 가득했다.

"세 번째는 바로 며칠 전에 일어난 일이야. 억울하게도 난 밥
을 빨리 먹고 급식실을 나오는 바람에 그 장면을 못 봤지만 밥
을 천천히 먹고 있던 애들은 모두 봤대. 10월 13일의 빨간 우유
전설……. 옛날에 우유를 몰래 훔쳐 마시다가 걸린 남자애가 그

자리에서 피를 토하면서 죽어버렸는데, 그 이후로 그 애가 죽은 10월 13일이면 마지막 우유에 새빨간 피가 담겨 있게 되었대. 그런데 얼마 전 10월 13일에 정말로 한 여자애가 우유를 마시다가 피를 토하면서 기절한 거야. 그 뒤로 며칠이 지났는데 걔도 학교에 안 나오고 있어. 죽었는지 살았는지 알 수가 없다니까.”

“야, 최지혜! 또 그놈의 귀신 이야기냐? 작작 좀 해라, 이 수다쟁이야!”

민우와 지혜가 화단 앞에 나란히 앉아 정신없이 얘기하는데, 장난기 가득한 목소리가 그들의 옆을 휙 스쳐갔다. 6학년 4반에서 장난이 제일 심한 박상민이었다. 상민은 지혜의 한쪽 머리카락을 잡아당기더니 혀를 날름 내밀고 도망쳤다. 뚱뚱한 몸을 실룩거리며 달려가는데 우습지도 않았다.

“박상민, 너!”

지혜가 화를 내며 벌떡 일어서는데 고함 소리가 하나 더 들려왔다.

“박상민! 내 일기장 내놔, 아앙!”

열이 바짝 오른 지혜 말고도 눈에 눈물이 가득한 진경이 상민의 뒤를 쫓고 있었다. 장난꾸러기 상민의 손에 들린 분홍색 수첩은 진경의 비밀 일기장이 분명했다. 녀석은 진경을 골탕 먹이려고 일기장을 빼앗아 달아나는 중이었다.

“아우, 진짜 저걸……!”

평소 같으면 바람처럼 달려가 박상민을 붙잡고 응징했을 지혜지만 오늘은 그냥 소리만 버럭 지르고 말았다. 약이 올랐지만 전학생에게 마저 해줄 이야기가 많아서였다. 지혜는 고개를 휙 돌리고는 다시 민우의 옷자락을 잡아당겼다. 민우는 지혜를 따라다시 화단 앞에 쭈그리고 앉았다.

그사이 상민은 진경을 향해 메롱 혀를 내밀며 요리조리 피하다가 창고 앞에 세워둔 높다란 사다리까지 올라탔다.

"이거 말고도 우리 학교엔 전설이 무지 많아. '다'동 4층 과학실에 있는 인체 해부 모형이 밤 12시가 넘으면 건물을 뛰어다닌다는 이야기도 있고, 5층 음악실에는 그랜드피아노를 치는 여덟 개의 손가락 이야기가 있어. 그리고 뒤뜰 앞에 있는 장군 동상은 밤 12시가 넘으면 그 앞을 지나가는 애들의 목을 칼로 잘라버린다고 해."

지혜는 아직 사건이 발생하지 않은 전설들까지도 마저 이야기했다. 지혜가 들려주는 전설을 묵묵히 듣고 있던 민우는 놀라운 듯 눈을 동그랗게 떴다.

"대단하구나! 넌 어떻게 그런 이야기들을 잘 알고 있니?"

"당연하지! 난《탐라초등신문》의 대표 기자인걸. 실은 이 괴담 시리즈를 애들한테 알려준 것도 바로 나야! 여름방학 동안 죽도록 학교 전설들에 대해 조사한 다음 개학하자마자 학교 괴담 시리즈를 냈어. 처음엔 애들이나 선생님들이 수위 아저씨랑 문방구점 할머니가 거짓말하는 거라면서 안 믿었거든. 그래도 다들 무섭고 재미있다고 난리가 나서 매주 나오는《탐라초등신문》첫 페이지에 꼭꼭 이 전설들에 관한 글을 올렸지! 물론 지금은 아니지만…… 안 좋은 사건들이 터진 다음부터는 선생님들이 애들에게 겁을 준다고 신문에 못 올리게 했거든. 그래도 난 혼자서라도 열심히 조사하고 있지! 언젠가 다 공개하고 말 거야!"

지혜는 여태껏 꾸준히 혼자 조사해온 자신의 기자 정신에 스스로 으쓱해져서 자신만만한 눈동자로 전학생을 바라보았다. 그러나 전학생은 어쩐 일인지 더 이상 호기심 가득한 얼굴이 아니었다. 민우의 까만 눈이 지혜의 얼굴을 걱정스럽게 바라보았다.

"그런 거…… 그만두는 게 좋을 거야."

"뭐라고?! 왜?"

"그건……."

"엉엉엉!"

민우의 대답은 진경의 울음소리에 중단되고 말았다. 징징거리며 상민의 뒤를 쫓던 진경이 이제는 아예 목을 놓아 울었다.

"내 일기장 줘! 엉엉! 어서 내려오란 말이야! 창고 지붕 전설 때문에 무서워 죽겠단 말이야, 엉엉!"

소심한 진경은 두 눈 가득 눈물을 줄줄 흘리며 사다리를 타고 창고 지붕까지 올라간 상민을 말리고 있었다. 상민은 진경에게 연신 혀를 삐죽삐죽 내밀며 일기장을 흔들었다. 오늘 아침 진경은 두 귀를 막고 있었는데도 지혜가 말해준 창고 지붕 전설을 듣고 말았다. 하필이면 그곳으로 도망친 상민 때문에 무서워 견딜수가 없었다.

"아, 그러고 보니…… 창고 지붕 전설도 있었지?"

민우와 지혜가 상민과 진경을 멍하니 바라보았다. 지혜는 오늘 아침 아이들에게 얘기해주었던 창고 지붕 전설을 민우에게 말하지 않았다는 걸 깨달았다. 손목을 긋고 자살한 사람의 피로 붉게 물들었다는 창고 지붕……. 창고 지붕은 전설 그대로 빨간색이었다. 탐라초등학교의 어디에도 사용하지 않는 빨간 페인트가 그곳에만 칠해져 있었다.

"안 돼!"

상민이 창고 위에서 엉덩이를 흔들며 진경을 놀리는 바로 그때였다. 갑자기 민우가 소리를 지르며 앞으로 달렸다. 지혜는 깜짝 놀라 두 눈을 크게 떴다. 무슨 일이 일어났는지 알 수가 없었다. 엉엉 울고 있는 진경과 창고 지붕 위에서 일기장을 흔드는 상민의 모습은 여전했다. 그런데 민우는 무언가 새로운 것을 본 듯 깜짝 놀라 달리기 시작했다.

"우악!"

믿을 수 없는 일이 벌어졌다. 일기장을 흔들면서 엉덩이를 실룩대던 상민의 몸이 갑자기 공중으로 붕 떠올랐다. 정말 순식간의 일이었다. 마치 누군가가 상민의 등을 확 밀어버린 것처럼 그 뚱뚱한 몸이 휘청거리며 허공에서 허우적거렸다. 이제 상민의 발 아래에는 아무것도 없었다. 높다란 창고 지붕에서 갑자기 멀어지면서 그대로 추락할 지경이었다.

"이야압!"

허공 속을 휘젓던 우람한 몸이 바닥으로 떨어져 내리는 순간 민우가 재빨리 상민의 앞으로 달려갔다. 그리고 영화 〈쿵푸 팬더〉에나 나올 것 같은 몸놀림으로 상민을 붙잡고 공중에서 한 바퀴 돌더니 그 뚱보를 데리고 화단 흙바닥으로 날렵하게 착지했다.

"괜찮니?"

체크무늬 바지를 입은 민우가 무릎을 꿇은 상태로 상민의 몸을 이리저리 확인하는 동안 상민은 물론이고 엉엉 울던 진경이며, 모든 광경을 고스란히 지켜본 지혜도 말 한마디 할 수가 없었다. 지혜는 자신이 본 모든 것이 착각인지, 아니면 현실인지 분간되지 않았다.

마치 앞으로 일어날 일을 알고 있었던 것처럼 갑자기 소리를 지르며 달린 민우. 순식간에 몸이 붕 떠서 창고에서 밀려난 상민. 게다가 무술인처럼 날아올라 상민을 구한 민우의 모습까지……. 지혜는 자신이 본 것들 중 대체 어디까지가 진짜고 어디까지가 착각인지 분간되지 않았다.

"우엑! 우웨엑!"

민우의 부축을 받고 화단 앞에서 일어서던 상민이 몸을 앞으로 숙였다. 전학생 덕분에 안전하게 떨어져 내린 것으로 보였는데도 어찌 된 일인지 상민의 입에서 피가 흘러나왔다. 상민은 기침과 함께 붉은 피를 토악질했다.

"꺄아악!"

붉은 피를 본 진경이 기겁하며 달아났다. 아마 선생님들을 데리러 뛰어가는 것 같았다.

"우욱!"

몇 번 토하던 상민은 제 피를 보고 놀랐는지 그 자리에 쓰러졌다. 정신을 잃으면서 눈동자가 하얗게 뒤집어졌다. 검붉은 피와 뒤집어지는 하얀 눈알……. 지혜는 형용할 수 없는 한기를 느끼며 풀썩 주저앉고 말았다.

"괜찮아. 별일 없을 거야. 좀 놀라서 기절했을 뿐이야."

전학생의 목소리가 지혜의 귓가에 맴돌았지만 조금도 위로가 되지 않았다.

하얀 눈동자…… 붉은 피…… 빨간 창고 지붕…….

"학교 전설이야…… 또 학교 전설이 이뤄진 거야!"

지혜는 사시나무처럼 온몸을 덜덜 떨었다. 지금껏 학교 전설에 관한 기사를 썼지만 바로 눈앞에서 목격한 건 처음이었다. 그 끔찍하고 무서운 경험에 지혜는 꼼짝할 수도 없었다. 심장이 얼어붙을 것 같은 공포가 지혜의 온몸에 차올랐다. 눈앞의 모든 것이 아득하게만 느껴졌다. 지금 눈앞의 현실이 꿈인지 생시인지 분간되지 않았다. 지혜는 차라리 모든 것이 꿈이길 바랐다. 이토록 끔찍한 것이 전설이었다니 믿을 수가 없었다.

"지혜야, 지혜야."

어디선가 아득한 곳에서 지혜를 부르는 소리가 들렸다. 그 소리는 점점 멀어졌다. 눈앞의 모든 것과 마찬가지로. 지혜는 이대로 정신을 잃는구나 싶었다. 그런데 바로 그때였다. 지혜의 오른

손에서 맑고 따스한 기운이 퍼졌다. 그 기운은 손바닥에서 시작되어 온몸으로 퍼져나갔다. 마침내 머리끝까지 기운이 퍼지는 순간 지혜는 눈이 번쩍 뜨이고 정신이 맑아졌다.

"이제 괜찮니?"

지혜의 눈앞에 까만 눈을 반짝이는 민우의 얼굴이 들어왔다. 민우는 놀란 듯 눈을 깜빡거리는 지혜를 바라보며 싱긋 미소를 지었다.

"구슬을 꼭 쥐고 있어. 구슬이 널 지켜줄 거야."

그제야 지혜는 자신의 오른손에 맑은 은빛 구슬이 들려 있는 걸 알았다.

3

지혜는 반쯤 감긴 눈을 살짝 떴다. 별무늬 커튼이 예쁘게 쳐져 있는 자신의 방이었다. 어젯밤 한동안 잠을 이루지 못하다가 느지막이 잠들었는데 어느새 아침인 모양이었다. 방 밖으로 들리는 엄마의 바쁜 발소리와 커튼 사이로 들어오는 희미한 태양빛이 또다시 아침이 밝아왔음을 알려주었다.

"아하암……."

유독 오늘 아침은 나른했다. 지혜가 기지개를 하는데 오른손이 무언가를 꼭 붙든 채 펴지지 않았다. 마치 제 손이 아닌 것처럼 단단히 주먹을 쥔 손이 참으로 이상했다. 지혜는 베개를 세워 등에 받치고 바로 앉았다. 그러고는 꽉 쥔 오른손을 조심스럽게 펴보았다.

"아아……."

지혜의 손바닥 안에 영롱한 유리구슬이 있었다. 커다란 눈깔사탕만 한 반투명한 구슬이었다. 지혜는 구슬 안을 찬찬히 바라보았다. 일부는 투명하게 반짝거리고, 일부는 하얀 실 같은 게 꼬여 있는 모양이어서 신비한 느낌을 주었다.

"맞아, 구슬이었어."

지혜는 구슬 안쪽을 신비한 듯 바라보다가 문득 잊고 있던 꿈을 기억해냈다. 지혜가 눈을 뜨기 직전까지 꾸었던 꿈. 유독 오늘 아침 달콤한 나른함이 남아 있는 것은 지난밤의 그 꿈 때문인 것 같았다. 꿈속에서 지혜는 반투명한 구슬 안에서 잠을 자고 있었다. 꿈속에서 구슬은 지혜가 들어가 쉴 수 있을 만큼 커다랬다. 지혜는 유리 상자 안에 놓여 있는 인형처럼 구슬 안에 들어갔다. 지혜는 구슬 안에서 모든 것으로부터 안전하게 보호받는 느낌이었다. 꿈속에서 지혜는 아름다운 드레스를 입고 포근한 침대에 파묻힌 채 눈을 감았다. 마치 잠자는 공주가 된 것처럼 기분 좋은 꿈이었다. 유리구슬 안에서 너무나 향기롭고 평화로웠던 기억이 생생했다.

"으응, 맞아."

반투명한 구슬 안에서 안락하게 보호받는 꿈을 꾼 탓인지 오늘 아침은 유독 감미롭고 달콤한 꿈이 계속되는 것만 같았다. 엄마의 목소리가 귓전을 울리기 전까지는.

"지혜야! 얼른 일어나! 너, 지각해!"

엄마의 기운찬 고함 소리와 함께 평소와 다름없이 하루 중 가장 바쁜 아침 시간이 시작되었다. 지혜는 세수를 하고, 옷을 갈아입고, 밥을 먹은 다음 여느 때와 다름없이 책장에 꽂아놓은 교과서를 가방에 넣었다.

"아 참!"

가방을 메는 순간 지혜는 침대 서랍 옆에 놓아둔 반투명한 구슬에 눈이 갔다. 지혜는 조심스럽게 동그란 구슬을 손바닥에 올려놓았다. 이상하게도 손바닥 안쪽이 따뜻해지는 것만 같았다.

지혜는 어제 이 구슬을 건네준 전학생 민우를 생각했다. 피를 토하다 쓰러진 상민을 보며 지혜 역시 그 자리에 털썩 주저앉아 있었다. 양호 선생님이 달려와 상민을 데려가는 동안에도 지혜는 다리에 힘이 빠져 화단 앞에 주저앉아 있었다. 그런 지혜를 일으켜 집 앞까지 데려다준 게 전학생 민우였다. 그리고 민우는 바로 이 구슬을 건네주었다. 이상한 말까지 하면서.

'오늘 많이 놀랐으니까 한동안 가지고 다니는 게 좋겠어. 안 그러면 좋지 않은 기운이 침범할 수 있거든. 원래 겁을 많이 먹거나 두려움에 심하게 빠져 있으면 안 좋은 것들이 주변에 꼬이거든. 이 구슬은 행운이 깃들어 있어서 널 지켜줄 거야. 오늘 밤에도 꼭 쥐고 자도록 해.'

지혜는 민우가 건네준 유리구슬을 바라보았다. 어제는 너무 놀라 정신이 없었지만, 지금 생각해보니 민우라는 아이의 행동이 참 이상했다. 전학생 주제에 오히려 지혜와 다른 아이들을 챙기고 행운의 구슬이니 뭐니 이상한 말을 하면서 이런 걸 주다니……. 뭔가 고마우면서도 조금 억울한 느낌이 들었다. 전학생을 챙기고 학교생활을 알려주는 건 지혜의 일인데 되레 전학생의 도움을 받은 게 부끄럽고 속상했다.

　"이걸 가져가, 말아?"

　지혜는 반투명한 구슬을 물끄러미 바라보았다. 맑은 빛이 반짝거리는 게 마음이 편안해지는 느낌이었다.

　'되도록 학교 괴담 기사는 안 쓰는 게 좋겠어. 당분간이라도 말이야. 지금은 전교생이 겁을 먹고 있는 때인데 거기다가 무서운 전설이 더 첨가된다면 다들 엄청나게 두려운 생각을 하고, 또 상상력을 발휘할 테고…… 그러면 점점 더 좋지 않은 기운이 강해지거든.'

　어제 마지막 인사를 하며 돌아서던 민우가 생각났다. 그러고 보니 전학생 주제에 다른 선생님이나 아이들처럼 지혜에게 기사를 쓰지 말라고 참견을 하고 사라져버렸다. 지혜는 어쩐지 속이 부글부글 끓어오르고 억울한 생각이 들었다. 처음 보는 전학생이 호기심 가득한 눈으로 자기 얘기를 실컷 들을 때는 언제고 기사를 쓰지 말라니 억울하고 속상했다. 지혜는 결심한 듯 민우가 건네준 구슬을 책상 서랍 속에 넣어버렸다.

"나는 겁쟁이가 아니야!"

지혜는 스스로에게 또박또박 얘기하더니 결국 구슬 없이 학교로 향했다. 꼭 구슬을 가지고 다니라던 민우의 모습이 자꾸 눈앞에 아른거렸다. 지혜는 학교에 가까워질수록 구슬을 두고 온 게 자꾸 마음에 걸렸지만 애써 고개를 저었다.

어쩐지 오늘은 아이들의 얼굴을 볼 용기가 나지 않았다. 자꾸만 어제 보았던 상민의 하얗게 치뜬 눈과 붉은 피를 토하던 장면이 떠올랐기 때문이다. 직접 목격하지 않을 때는 전혀 겁이 나지 않더니 빨간 창고 지붕에서 떨어져 피를 토하는 상민의 모습을 본 뒤로 말할 수 없는 두려움이 생겼다. 그동안 아이들이 이런 두려움을 가지고 다녔을 거라고 생각하니 눈치 없이 무서운 이야기를 떠벌리고 다닌 게 미안하기까지 했다. 그렇다고 겁먹은 티를 내고 싶지는 않았다. 아무렇지도 않은 듯 웃으며 이야기하고 싶었다.

교실 문 앞까지 온 지혜는 어떤 얼굴로 문을 열까 한참 동안 고민했다. 그러고 나서 되도록 어색하지 않은 얼굴로 웃음 지으려 하면서 교실 문을 활짝 열었다.

"안녕, 얘들아."

예상대로 교실 안의 공기는 썰렁했고 파리하게 질려버린 아이들에게서는 한마디 인사말도 들려오지 않았다. 하룻밤 사이에 지혜가 말한 창고 지붕 전설 때문에 또 누군가가 다쳤다는 소문이 퍼진 게 틀림없었다.

"안녕, 지혜야! 어제는 잘 잤니?"

갑자기 창가 저편에서 명랑한 목소리가 들려왔다. 지혜는 물론이고 침울한 다른 아이들 역시 놀란 눈으로 목소리가 들려온 쪽을 바라보았다. 어제와 달리 오늘은 남색 줄무늬 바지에 하얀 무늬가 들어 있는 깔끔한 검은색 조끼와 흰색 셔츠를 입은 민우가 지혜를 바라보며 싱긋 미소 짓고 있었다. 지혜는 흠칫 놀랐다. 그 아이는 동화『소공자』속에서 금방 빠져나온 것처럼 멋진데다 마치 아무 일도 없었던 것처럼 싱그러운 미소를 지으며 지혜를 반겼기 때문이다.

지혜는 얼떨떨한 얼굴로 손을 흔들었다. 지혜는 창가 자리에 앉아 가방을 챙기는 척하며 민우를 바라보았다. 전학생 강민우는 어제 완전히 겁먹은 지혜의 모습을 똑똑히 본 유일한 아이였다. 게다가 사시나무처럼 떠는 지혜를 집까지 바래다주었다. 그런 민우를 보는 게 어쩐지 어색했다. 그런데 전학생은 지혜에게 짧은 인사말만 한 뒤 별다른 관심을 갖지 않았다.

"자, 이거 받아. 선물이야. 이건 행운의 구슬이라서 어떤 위험으로부터도 널 지켜줄 거야. 그러니까 소중히 간직하고 매일 가지고 다니도록 해."

민우는 아이들 사이를 오가며 지혜에게 주었던 동그란 구슬을 건네주고 있었다. 지혜는 민우의 뒷모습을 뾰로통한 얼굴로 바라보았다. 깨끗하고 단정한 짧은 머리와 하얀 셔츠가 속상할 정도로 말끔했다. 지혜는 하룻밤 사이에 만신창이가 되어버린 기분인데 남색 세로줄무늬 바지에 까만 조끼가 참 잘 어울리는 잘생긴 민우의 옆얼굴이 괜스레 얄미웠다. 구슬을 받으면서 밝게 미소 짓는 다른 여자아이들도 보기 싫었다. 자신에게 주었던 구슬을 다른 아이들에게 건네주는 것도 야속했다. 지혜는 자신만 특별한 줄 알았는데 그게 아니라서 속상했다.

그렇게 아이들 한 명, 한 명에게 구슬을 건넨 민우가 한참 후에 야 지혜 곁으로 다가왔다. 지혜는 줄곧 따라다니던 눈을 냉큼 거 두고 무심한 척 창밖으로 얼굴을 돌렸다.

"어, 그러고 보니…… 지혜 너, 오늘 '그거' 안 가져왔구나? 며 칠 동안은 항상 갖고 다니는 게 좋은데."

어떻게 알았는지 민우는 단번에 지혜가 구슬 없이 왔다는 걸 눈치챘다. 지혜는 이상한 기분이 들기보다 괜스레 속상한 마음이 앞섰다.

"내…… 내 맘이야! 난 하나도 안 무서우니까!"

지혜는 억지로 용감한 척 소리쳤다. 그런 지혜를 찬찬히 바라 보던 민우가 싱긋 미소를 지었다.

"어, 마침 하나 더 있네? 이거 받아."

민우는 센 척하는 지혜의 손바닥을 끌어당겨 능숙한 솜씨로 구 슬을 쥐여주었다. 지혜는 못 이기는 척 구슬을 받아들면서도 기 분이 썩 나쁘지 않았다.

"그런데 어제 우리랑 같이 창고 앞에 있었던 진경이란 애…… 그 애도 줘야 하는데 오늘 학교에 오질 않았네?"

"어, 그래?"

지혜는 어제 함께 있었던 진경을 까맣게 잊고 있었다. 진경이야말로 무서움을 타기로는 둘째가라면 서러워할 겁쟁인데 괜찮은지 생각해볼 겨를이 없었다.

　"우리 반은 네 이야기로 괴담에 관해 제일 많이 알고 있고, 또 어제 일로 다들 공포심이 심해졌어. 그러니까 함께 조심하자. 특히 너와 진경이는 어제 그 일을 직접 목격했기 때문에 더더욱 위험해. 그러니까 이 구슬을 꼭 가지고 있어, 알았지?"

　지혜는 단단히 당부하는 민우를 말없이 쳐다보았다. 어쩐지 어른인 척 돌봐주는 게 고마운 것 같으면서 자존심이 상하는 것 같기도 하고, 좋으면서 싫기도 하고……. 이상야릇한 기분이 들었다. 하기야 어제까지만 해도 이 반에서 학교 괴담을 두려워하지 않는 사람은 지혜밖에 없어서 왠지 자랑스러웠는데, 이제는 지혜도 그런 '특별'한 아이가 아니라는 사실에 속이 상한 것 같았다. 어느새 다른 아이들처럼 지혜의 마음속에서도 '두려움'과 '공포'라는 것이 맹렬히 요동쳤다. 하지만 지혜는 그렇게 '보통'의 아이들처럼 되어버렸다는 사실을 받아들이고 싶지 않았다.

　"민우야, 이거 정말 신기해. 정말로 덜 무서워졌어."

　"너, 이 구슬 어디서 산 거야?"

　은근히 민우에게 관심 있는 몇몇이 창가 자리로 다가왔다. 지혜는 민우가 다른 아이들과 이야기하는 사이 슬며시 자리에서 일어났다. 그리고는 청소 구역인 1층 화단으로 내려갔다. 현관문 바로 앞쪽 화단까지 다가가니 더 이상 용기가 나지 않았다. 몇 걸음 더 가서 모퉁이를 돌면 어제 상민이 떨어졌던 붉은 지붕의 창고가 보일 것이다. 지혜는 더 이상 가지 못하고 그 자리에 우뚝 섰다. 마음껏 학교를 돌아다니지도 못한다는 사실이 굉장히 속상했다.

"이까짓 거…… 다른 애들도 다 주면서 생색은!"

지혜가 짜낸 최대의 용기는 현관 옆 화단 끝에 민우가 건네준 행운의 구슬을 몰래 버리는 것이었다. 화단에 구슬을 던져놓으려던 순간 지난밤 꿈속에서 자신을 보호해주던 구슬 안의 따스함이 기억났다. 악몽에 시달렸던 지난밤을 지켜준 구슬이라는 생각이 들자 차마 손에서 놓기가 싫었다. 하지만 다른 친구들에게 구슬을 나눠주는 민우를 생각하니 불끈 화가 솟았다. 나만 특별한 줄 알았는데 그렇지 않다는 게 너무나 속상했다. 지혜는 화단 구석에 구슬을 조심스럽게 내려놓았다. 그래도 아쉬움이 남아 나중에라도 찾을 수 있게 그 자리를 단단히 기억해두었다.

지혜는 텅 빈 복도를 달렸다. 어느새 종소리가 울리고 수업이 시작된 모양이었다. 복도를 돌아다니는 사람이 한 명도 보이지 않자 마음이 급해졌다. 지혜는 교실로 뛰어 들어갔다. 그사이 교실은 텅 비어 있었다. 지혜는 한동안 멍하니 빈 교실을 바라보다가 뭔가 형용할 수 없는 오싹한 기운을 느꼈다. 혼자만 남았다는 사실이 말할 수 없이 공포스러웠다. 아무리 생각하지 않으려 해도 자꾸만 떠오르는 상민의 모습……. 희게 뜬 눈과 새빨갛게 터져 나오는 핏물이 번쩍 떠오르면서 온몸에 소름이 돋았다.

"우…… 우웃!"

지혜는 금방이라도 눈물이 터져 나올 듯한 공포를 간신히 참으면서 교실 한쪽 끝에 있는 자신의 자리까지 걸어갔다. 그러고는 책상 위에 놓인 쪽지를 발견했다.

'1교시 음악실.'

쪽지에는 단정한 글자가 적혀 있었다. 그래도 잊지 않고 누군가가 쪽지를 남겨준 게 고마웠다. 지혜는 서둘러 음악책과 리코더를 챙겨 텅 빈 교실을 부리나케 빠져나왔다. 그러면서 지혜는 누군가가 자신을 노려보는 것만 같고, 금방이라도 누군가가 자신의 어깨를 낚아챌 것만 같은 끔찍한 상상에 두려웠다.

"음악실! 음악실! 얼른 가자!"

지혜는 스산한 기분을 떨쳐내기 위해 일부러 큰 소리를 내며 달렸다.

탐라초등학교 6학년 교실은 모두 4층에 있었다. 학교가 증축되면서 음악실은 5층 특별실의 한쪽 끝에 자리하게 되었다. 증축되면서 계단을 연결하기 어려웠는지 5층은 중앙 계단 외에는 양쪽 끝에 다른 계단으로 연결되는 곳이 없었다. 중앙 계단을 오르자마자 지혜는 왼쪽 끝에 있는 음악실을 향해 냅다 달렸다. 음악실 창문 너머로 신경질적인 노처녀 음악 선생님과 입을 벙긋거리는 아이들의 모습이 보였다. 음악 선생님은 수업 시간에 늦은 지혜를 기분 나쁘게 노려볼지도 모를 일이었다.

콰앙!

음악실 문은 올록볼록한 엠보싱이 소리를 흡수하도록 만들어

저 있었다. 다른 수업에 방해되지 않도록 음악실의 문과 교실 전체에 달걀판을 엎어놓은 것 같은 올록볼록한 스펀지가 가득했다.

급하게 음악실 문을 밀고 들어가던 지혜는 한순간 얼음이 되어 굳어버렸다. 음악실은 지독한 적막감에 휩싸여 있었다. 평소와 같은 시끄러운 재잘거림이나 귀를 찢는 리코더 소리는 들리지 않았다. 어째서인지 아무도 없었다. 분명 방금 전 창문 너머로 선생님과 아이들의 모습을 똑똑히 보았다. 그런데 문을 열고 들어간 그곳에는 텅 빈 책상과 의자만 남아 있었다.

"어…… 어어?"

지혜의 온몸으로 얼음장처럼 차가운 오한이 번졌다. 믿을 수가 없었다. 조금 전에 보았던 아이들은? 교실 앞의 선생님은? 유리창 밖에서 보았던 그 모습은 대체 무엇이란 말인가! 기절할 만큼 섬뜩한 그 순간 지혜는 너무나 무섭고 두려워서 차마 손가락 하나, 발가락 하나 움직일 수가 없었다. 그때였다.

디잉…….

피아노의 낮은 음이 침울하고 서늘한 공기 속에 울려 퍼졌다.

"아…… 아아!"

그 순간 지혜는 다리의 힘이 풀렸다. 움직이기는커녕 제 힘으로 서 있기도 버거웠다. 다리가 후들후들 떨려 그 자리에 털썩 주저앉았다. 현에 먼지가 낄까 늘 단단히 닫혀 있던 검은 그랜드피아노의 뚜껑이 버팀목에 의지해 한껏 열려 있었다. 그 모습을 보는 지혜의 얼굴이 새파랗게 변하고 말았다.

머릿속 가득 그랜드피아노의 전설이 울려 퍼졌다. 세계적인 콩쿠르에 나가기 전날 그랜드피아노로 연습하던 소녀가 손가락을 잘리는 모습……. 여덟 개의 손가락에서 흐르는 피……. 자신이 취재했던 그 무시무시한 학교 전설이 떠올랐다.

디잉…….

또다시 낮은 피아노 음이 음악실을 울렸다.

"아, 아악!"

지혜는 두 귀를 틀어막고 미친 듯이 비명을 질렀다. 피아노의 낮은 음은 그랜드피아노에서 흘러나오는 게 분명했다. 귀신이 되어 그랜드피아노에 들러붙은 그 소녀 귀신이 내는 소리가 분명했다. 지혜는 그랜드피아노와 조금이라도 멀어지기 위해 온 힘을 다해 다리를 질질 끌며 뒤쪽으로 몸을 밀었다.

쿵!

두 발을 밀며 몸을 끌고 가던 지혜는 등 뒤에서 나는 소리에 흠칫 놀랐다. 아무도 없는데…… 두툼한 방음문이 스르르 닫히고 말았다.

"꺄, 꺄아아악!"

지혜는 있는 힘을 다해 음악실 문을 흔들었다. 하지만 단단히 닫힌 문은 꼼짝도 하지 않았다.

스르르르…….

그때 어떤 인기척이 느껴졌다. 음악실에 들어온 순간부터 지혜는 느낄 수 있었다. 아무것도 보이지 않지만 이곳에 누군가가 있다는 것을! 그것이 지혜를 향해 점점 더 가까이 다가오고 있음을!
심장이 터질 것 같은 그 순간 지혜는 소리를 지르는 것 외에는 아무것도 할 수가 없었다. 온몸이 굳어 움직일 수가 없었다.

"사, 살려줘요! 살려줘!"

실제로 소리는 들리지 않지만 지혜의 온몸은 알고 있었다. 무언가가 다가오고 있다는 것을! 그 무언가가 바로 자신의 등 뒤에까지 왔다는 것을.

후욱…….

무언가 얼음장처럼 차갑고 서늘한 한숨이 지혜의 귓등으로 스치듯 지나갔다.

"아악! 아아악!"

귓등을 스치는 입김에 지혜는 미친 듯이 소리를 질렀다. 눈에 보이지 않는 무언가가 바로 옆까지 다가와 지혜 쪽으로 바람을 불고 있었다. 보이지 않는 놈이 거대한 입을 함지박만 하게 벌리며 공포로 뒤덮인 지혜를 한입에 삼켜버리려 하고 있었다. 지혜는 두 눈을 꾹 감고 소리만 질러댔다.

콰앙!

바로 그 순간! 단단히 닫혀 있던 음악실 문이 요란한 소리를 내며 벌어졌다.

그 '냉랭하고 끔찍한 것'이 지혜를 향해 입을 쩍 벌린 순간, 음악실 문이 열렸다. 두꺼운 엠보싱 문짝이 벽에 부딪혔다. 활짝 열린 문 안으로 뛰어 들어오는 까만 눈동자가 지혜의 두 눈과 딱 마주쳤다.

크게 벌어진 동그란 눈. 짧고 단정하게 깎은 검은 머리. 남색 줄무늬 바지에 하얀 셔츠와 조끼를 입은 그 아이는 전학생 민우였다. 날듯이 뛰어올라 문을 박차고 들어온 소년은 순식간에 지혜의 곁으로 다가왔다.

"이런, 괜찮니?"

"강민우! 강민우! 강민우!"

민우를 보자마자 지혜는 그의 검은색 니트 조끼를 부여잡았다. 그 아이의 이름을 세차게 부르는 것 외에는 아무것도 할 수가 없었다.

"어디 봐. 괜찮은 거지? 다행이다!"

전학생은 거친 숨을 몰아쉬며 지혜의 이곳저곳을 살펴보았다. 다리가 풀린 채 온몸을 오들오들 떠는 것 외에 다른 문제는 없어 보였다. 민우는 그대로 지혜를 둘러업고 음악실을 빠져나왔다. 덩치는 지혜와 비슷한데도 민우는 어쩐지 깃털처럼 가볍게 지혜를 들어올리는 것 같았다. 음악실을 빠져나오니 기다란 복도가 지혜의 눈에 들어왔다. 민우는 햇볕이 잘 드는 복도에 지혜를 앉히더니 곧장 다시 음악실 안으로 뛰어 들어갔다.

'아, 안 돼! 민우야, 가지 마! 위험해! 거기 귀신이 있어! 피아노 귀신이 있단 말이야!'

지혜는 민우의 등 뒤에서 손가락만 움찔거렸다. 그 아이의 뒤에 힘껏 소리치고 싶었는데, 이제는 새파랗게 질린 입까지 꽁꽁 얼어버린 것 같았다. 민우는 지혜의 마음도 모른 채 음악실 안으로 뛰어 들어갔다.

민우의 까만 눈동자가 커다란 그랜드피아노에 머물렀다.

"좀 늦어버렸네. 아이들의 공포를 먹으면서 놀랄 만큼 자랐구나?"

민우는 아무도 없는 그랜드피아노를 향해 말을 걸었다.

지혜는 음악실 문 사이로 민우의 옆얼굴을 보았다. 전학생은 분명 아무도 없는 그랜드피아노 쪽을 바라보며 혼잣말을 하고 있었다. 하지만 그것은 혼자 내뱉는 말이 아니었다. 누구에겐가 말을 거는 것 같았다. 그건 조금 전에 지혜에게 다가왔던 그 '무엇'일 것 같았다.

지혜는 덜덜 떨리는 다리를 간신히 일으켜 세웠다. 조금만 숨을 내쉬었다가는 바람 빠진 풍선처럼 푸르르 주저앉을 것 같았지만 있는 힘을 다해 음악실 문 앞까지 걸어갔다. 지혜가 음악실 문을 붙잡고 간신히 안으로 한 발을 내딛을 때였다. 탄식하는 듯한 민우의 음성이 들려왔다.

"너…… 정념귀情念鬼◆ 주제에 또 사람을 죽였구나?"

지혜는 민우가 바라보는 쪽을 바라보았다. 그리고 소년이 바라보는 곳이 바로 검은색 그랜드피아노의 가장 왼쪽 낮은 건반 위

◆ 인간의 정기精氣와 염기念氣를 먹고 사는 귀신을 지칭한다. 사람의 음기陰氣, 즉 두려워할 때의 마음이나 비관적인 생각 속에서 피어난 염念들이 뭉쳐진 결과로 사람을 허약하게 만들고 그 음기를 빨아먹고 산다. 한편 정염귀情炎鬼는 심한 욕정을 먹이로 삼는 귀신을 지칭한다.

라는 걸 알아챘다. 지혜는 뒤쪽에서 민우가 바라보는 그곳을 똑같이 바라보았다.

하얀 건반과 검은 건반…… 그 위에 무언가가 있었다. 가늘게 눈을 뜨니 가장 끝에 있는 흰 건반 위에 가늘고 얇은 사람의 손가락이 보였다! 지혜는 느리지만 천천히 음악실 벽을 따라 조금씩 옆으로 이동했다. 한 걸음씩 움직일 때마다 그랜드피아노의 펼쳐진 뚜껑에 가려져 있던 형상이 보였다 사라졌다 했다. 민우의 등에 가려졌던 부분이 완전히 보일 정도까지 벽을 따라 옆으로 이동하자 피아노 위에 손가락을 대고 늘어져 있는 여자아이의 모습이 완전히 드러났다.

"어엇! 지혜야, 안 돼! 눈 감아!"

"꺄아악!"

지혜는 그랜드피아노 저편에서 가느다란 손가락을 확인했다. 그 손가락과 연결된 사람의 형상도 보았다. 단발머리를 아래로 축 늘어뜨린 채 미동도 없는 그 아이의 얼굴은 보이지 않았지만, 그 아이가 입은 원피스를 지혜는 너무나 잘 알고 있었다. 잔꽃무늬가 가득한 여성스러운 원피스는 어제 창고 위에서 떨어지는 상민을 보았던 진경이…… 그 아이의 것이 확실했다.

"꺄아아아악!"

지혜는 미친 듯이 소리를 지르며 그 자리에 넘어졌다. 온몸이 발작하는 것처럼 요동쳤다. 민우는 공황 상태에 빠진 지혜를 안아 올렸다. 지혜가 자지러지는 비명을 지르는데도 그랜드피아노에 한쪽 손을 얹은 진경은 미동도 하지 않았다.

"꺄아아악!"

지혜는 까마득하게 멀어져가는 정신을 애써 붙잡으려 하지 않았다. 정신을 차리려 할수록 눈앞에 감당 못할 공포가 놓여 있다는 것을 알기 때문이었다. 하지만 정신을 잃는 마지막 순간까지 그랜드피아노에 손가락을 올린 채 차갑게 식어버린 진경의 모습에서 눈을 뗄 수는 없었다.

파랗게 변해버린 진경의 얼굴은 살아 있는 사람의 피부와 확연히 달랐다. 한 번도 죽은 사람을 본 적이 없지만 진경의 모습이 이미 죽음을 맞이한 후라는 것을 지혜는 본능적으로 알았다.

4

지독한 어둠 속이었다. 지혜는 연필을 뽑아 글을 쓰기 시작했다. 늘 가지고 다니는 취재 수첩에다 지금 자신의 눈앞에 나타난 모습을 적기 시작했다.

공중에 둥둥 떠서 피를 흘리고 있는 건 우유 소년이었다. 우유 소년은 한 손에 우유를 들고 허공을 둥실둥실 떠다니며 마지막 우유를 마시는 아이가 누구인지 찾고 있었다. 그 옆에는 손에 피리를 든 소년이 있었다. 허리 아래가 잘려 있는 아이는 그림 속 그대로 상체만 있었다. 피리 소년은 계단을 오르내리며 자신의 다리가 되어줄 아이를 기다렸다. 복도 창문을 지나 저 멀리 철봉 귀신도 보였다. 철봉 귀신은 가장 높은 철봉에 거꾸로 대롱대롱 매달린 채 이쪽을 바라보고 있었다.

그 철봉 귀신이 어둠 속에 꼭꼭 숨어 취재 수첩을 쓰는 지혜와 눈이 마주쳤다. 철봉에 매달린 귀신이 천천히 손을 들어 지혜를 가리켰다. 그 순간 우유 소년과 피리 소년이 어둠 속에 숨어 있는 지혜 쪽으로 고개를 돌렸다. 꼭꼭 숨어 있던 지혜의 눈동자가 귀신들의 눈과 마주쳤다.

다다다다…….

복도를 달려오는 소리가 들렸다. 과학실의 인체 모형이 내장을 흔들며 지혜를 향해 달려왔다.

"으아아악!"

지혜는 비명을 지르며 도망치기 시작했다. 선생님을 찾아 교무실로 들어갔지만 아무도 없었다. 지혜는 미친 듯이 달려 4층의 6학년 교실에 다다랐다. 교실 문을 열고 도와달라고 소리쳤지만 선생님도 아이들도 없었다. 지혜 뒤로 무시무시한 소리가 들려왔다. 지혜의 수첩에 적혀 있는 학교의 온갖 귀신이 지혜를 잡으러 달려오는 게 분명했다. 지혜는 또다시 비명을 지르며 5층으로 올라갔다. 복도 끝의 음악실로 들어가 방음문을 단단히 닫았다.

콰앙! 쾅!

음악실 문이 요란하게 덜컹거렸다. 지혜는 있는 힘을 다해 방음문의 잠금장치를 돌렸다. 음악실 문이 흔들렸지만 다행히 열리지는 않았다. 지혜는 낮은 안도의 한숨을 쉬었다. 그때였다.

디링…….

무시무시한 건반 소리가 들렸다. 지혜는 공포에 질린 눈으로 그랜드피아노를 바라보았다. 그랜드피아노 앞에 꽃무늬 원피스를 입은 진경이 앉아 있었다. 진경이 피아노를 치며 지혜를 바라보았다.

"진경아, 안 죽었구나. 너, 살아 있었구나!"

반가운 마음에 지혜는 미소를 지었다. 하지만 진경의 표정은 변하지 않았다. 차갑게 굳은 파란 얼굴에는 움직임이 없었다. 진경의 두 눈에서 빨간 두 줄기 눈물이 흘렀다. 진경은 원망이 가득한 두 눈으로 지혜를 노려보았다.

"꺄아악!"

지혜는 외마디 비명을 지르며 벌떡 일어났다.

지혜의 몸을 덮은 이불이 느껴졌다. 머리 위에 반짝이는 환한 형광등도 눈에 들어왔다. 침대 양쪽으로 높이 세워진 칸막이도 보였다. 그제야 온몸 가득 축축한 땀도 느껴졌다.

"괜찮니? 물 마실래?"

지혜의 눈앞에 까맣고 또렷한 눈을 반짝이는 소년의 얼굴이 흐릿했다. 몇 번 더 눈을 깜빡인 뒤에야 그게 전학생 민우라는 걸 알았다. 민우의 뒤로 하얀 형광 불빛이 반짝였다. 조금 전까지 우유 소년, 피리 소년, 철봉 귀신, 과학실의 인체 모형, 그랜드피아노의 손가락 귀신에게 쫓기며 죽도록 달려온 것은 모두가 꿈인 모양이었다.

"여기가…… 어디야?"

지혜는 몸서리를 치며 일어나 앉았다. 기억의 마지막은 분명 음악실이었는데, 이곳은 등이 따뜻한 온돌 침대 위였다.

"양호실이야. 네가 정신을 잃었거든. 양호 선생님은 교무실 긴급회의에 가셨어. 너 일어나면 연락해달라고 하셨는데……. 선생님 모셔올까?"

"아, 아니…… 나 혼자 있기 싫어!"

지혜는 고개를 내저으며 다시 턱밑까지 이불을 끌어당겼다. 그제야 이곳이 양호실 침대라는 걸 실감했다. 정신을 잃기 전 마지막 장면들이 하나둘 기억나기 시작했다. 혼자서 찾아간 음악실. 분명히 복도 바깥에서 선생님과 아이들이 음악실 가득 앉아 있는 모습이 보였다. 하지만 음악실 문을 열자 마치 모두가 환영이었던 것처럼 사라져버렸다. 그리고 울리던 낮은 그랜드피아노 소리……. 그리고 그랜드피아노 위의 손가락……. 파란 얼굴의 진경이…….

"아, 그래! 진경이…… 진경이는?"

왜 자신이 양호실에 있는지, 왜 민우가 자신의 곁을 지키고 있는지 잠시 생각에 잠겼던 지혜는 그제야 그랜드피아노 앞에 끔찍한 모습으로 서 있던 진경의 얼굴이 번쩍 떠올랐다.

"안타깝지만…… 너무…… 늦었어."

늦었다……. 지혜는 그 말을 곱씹었다.

'뭐가 늦었다는 걸까? 진경이를 구하기에는 늦었다는 말인가? 그렇다면 진경이는……?'

지혜는 온몸을 파르르 떨었다. 입 밖으로 확인할 수 없을 만큼 두려운 이야기이지만 피아노 건반 위에 축 늘어진 손가락은 죽은 진경의 것이 분명했다. 파란 얼굴에서 죽음을 확인한 순간 두 발과 두 다리, 두 손과 두 팔로부터 번져오는 얼음처럼 차가운 기운에 몸서리가 쳐졌다. 그것은 지혜의 생애 최초로 맛보는 '진짜 공포'였다. 만일 민우가 오지 않았다면…… 눈앞에 있던 죽음이 분명 지혜 역시 삼켜버렸을 것이다.

"무, 무서워……."

윗니와 아랫니가 맞부딪히며 딱딱 소리를 냈다. 참아보려고 해도 그 떨림이 멈추지 않았다. 그동안 학교 괴담을 취재하고 무시무시한 이야기를 쓰면서도 한 번도 느끼지 못했던 지독한 '공포'가 엄습했다. 이제야 지혜는 왜 그토록 아이들이 학교 전설에 귀를 막고, 왜 선생님들이 신문 연재를 중단시켰는지 이해할 수 있었다.

"선생님들은 모두 대책 회의에 가셨고, 방과 후 수업도 끝난 것 같아. 우리도 빨리 집에 돌아가는 게 좋겠다."

똑같은 광경을 코앞에서 목격했는데도 전학생 민우는 처음 만났을 때와 전혀 변한 게 없어 보였다. 여전히 담담하고 또랑또랑한 목소리로 까만 두 눈을 반짝이며 의연한 표정을 짓고 있었다.

"내가 집까지 데려다줄게. 자, 일어설 수 있겠어?"

"너, 넌…… 무섭지 않니?"

지혜는 이해되지 않았다. 전학 온 첫날부터 새빨간 창고 지붕에 올라갔다가 붉은 피를 뿌리던 상민을 보았고, 오늘은 음악실에서 죽은 진경을 보았으면서도 전혀 무서워하는 기색이 없다니 이상했다. 민우는 지혜를 일으켜 세우며 싱긋 미소를 지었다.

"난 무섭지 않아. 요기妖氣라는 건 사람의 마음속에 기생하거나 두려움을 갉아먹으면서 자라나거든. 그러니까 모든 원인은 산 사람의 마음속에 있는 법이야. 무서워하면 녀석에게 잡아먹히지. 공포라는 건 내 마음이 날 잡아먹는 거야. 난 두렵지 않아. 두려워하지 않으려고 많이 노력한 결과야. 그렇기 때문에 녀석들은 날 잡아먹을 수 없지."

까만 눈의 소년은 환한 웃음을 지어 보였다. 이 끔찍한 상황과 소년의 미소는 전혀 어울리지 않았다. 하지만 이상하게도 민우의 미소는 너무나 절묘하게 맞아떨어졌다. 지극히도 공포스러운 그 순간, 민우가 보여주는 환한 웃음은 알 수 없는 든든함과 편안함을 만들어냈다. 무슨 말인지 잘 모르겠지만 두려워하지 않으면 잡아먹히지 않는다는 말도 묘하게 설득력이 있었다. 갑자기 딱딱 부딪히던 이도 잠잠해지고 제어되지 않을 정도로 몰려오던 한기도 사라졌다. 마치 눈앞에서 놀라운 마술이 일어난 것 같았다. 내내 느끼고 있었지만 민우는…… 다른 아이들과 아주 많이 달랐다.

아주…… 특별했다.

"자, 조금 더 서두를까? 다들 집에 돌아간 것 같은데 말이야."

"그래, 알았어. 어, 어서 가자."

지혜는 서둘러 침대에서 일어섰다. 조금 전만 해도 움직이지 못할 것처럼 덜덜 떨리던 게 다행히 많이 나아졌다. 지혜는 침대 아래 가지런히 놓인 운동화에 발을 꿰었다. 천천히 신을 신는데 오른쪽 운동화 끈이 풀어져 있었다.

"도와줄게."

지혜가 몸을 숙이기도 전에 민우가 먼저 풀어진 운동화 끈을 향해 몸을 숙였다. 하얀 셔츠와 까만 니트 조끼를 입은 소년의 등이 지혜의 눈에 들어왔다. 우연히도 한 반이 되고 또 짝이 된 전학생……. 만난 지 겨우 이틀째인데도 이 아이는 어쩌면 이렇게 살가울까. 어제에 이어 오늘까지 벌써 이틀째 집에 데려다주는 사이가 되었다. 그 모든 게 참 특별했다. 지혜는 자신도 모르게 달아오르는 양 볼에 손을 댔다. 얼음장 같던 몸에 작은 온기가 되살아나고 있었다.

지혜는 민우의 등을 바라보는 것이 부끄러워졌다. 어쩐지 민우의 등에도 눈이 달린 것 같아 고개를 돌렸다. 발갛게 상기된 두 볼을 들키고 싶지 않았다. 1층 양호실 창문 너머 학교 운동장이 눈에 들어왔다. 늘 축구를 하는 아이들로 법석이던 운동장이 텅 비어 있었다. 마지막 방과 후 수업까지 모두 끝나고 다들 집으로 돌아간 모양이었다. 창문 옆의 벽을 가득 채운 하얀 캐비닛이 눈에 들어왔다. 캐비닛 문에는 아이들의 시력을 측정하기 위한 시력검사표가 붙어 있었다. 시력검사표 옆에는 키와 체중을 재는 기구도 있었다.

'그러고 보니 여기가 양호실이구나. 어? 양호실……!'

갑자기 또 다른 학교 전설이 지혜의 뇌리를 스쳤다. 게재 불가 판정을 받으면서 신문에 실리지는 않았지만 지혜의 가방 속 수첩에는 언젠가 누군가에게 읽히기를 기원하며 써놓은 이야기가 있었다. 그 이야기가…… 너무나 생생하게 지혜의 머릿속에 되살아났다.

학교 전설 시리즈 : 양호실의 귀신

이 이야기는 6·25 때에 있었던 일이랍니다. 그때 우리 학교는 지금처럼 가·나·다동 세 개의 건물이 아니었습니다. 지금처럼 5층 건물도 아니었습니다. 낡고 허름한 단층 건물이었다고 합니다. 그리고 주변에는 온통 논밭과 자갈밭, 혹은 바닷가가 펼쳐진 작은 마을이 있었다고 합니다.

그런 우리 마을에 어느 날 작은 배 한 척이 들어왔다고 합니다. 그런데 배에는 다름 아닌 길을 잃고 표류하던 북한군이 타고 있었다고 합니다. 그 사람들은 서해안 꼭대기서부터 제주도까지 수십 일 동안 바다에서 표류하다가 거의 반미치광이 상태로 우리 마을에 들어왔다고 합니다. 북한군은 상륙하자마자 마을 사람들을 마구 죽였답니다. 그러자 마을 사람들은 어린아이들만이라도 안전하게 대피시켜야 한다면서 우리 탐라초등학교에 아이들을 데려다놓고 단단히 안쪽에서 문을 잠가놓게 했습니다. 그리고 나서 총든 무장 군인들을 잡기 위해 용감하게 몰려 나갔답니다. 하지만 곡괭이와 나무 막대기, 그리고 낚싯대밖에 없는 마을 사람들은 총칼 앞에서 거의 전멸하고 말았습니다. 반미치광이 북한 군인들은 붙잡힌 마을 사람들에게 커다란 웅덩이를 파게 했고, 그 웅덩이에 힘도 없는 노인들까지 모두 몰아넣어 죽이려 했습니다.

그런데 다행히 적군 중에 한두 명이 무고한 사람들을 죽이지 말라고 한사코 말렸답니다. 그러다가 총을 가진 군인들끼리 서로 싸우게 되어 결국 모두가 서로의 총에 맞아 죽어버렸고 단 한 사람, 마을 사람들을 죽이지 말라고 열심히 말리던 젊은 병사만 살아남았다고 합니다. 그 사람은 마을 사람들을 도우려다가 심하게 다친 상태였습니다. 사람들은 살아님은 병사 덕에 목숨을 부지했다며 고마워했고, 그 북한군은 자신도 제주도에서 조용히 살고 싶다며 마을 사람들에게 용서를 구했답니다.

마을 사람들은 그 군인을 살리기로 결정했답니다. 하지만 당시 국군이나 경찰이 북한군을 발견하면 그 사람은 치료는커녕 곧장 사형당할 수 있었습니다. 그래서 마을 사람들은 입을 맞춰 거짓말을 하기로 했답니다. 살아남은 북한군을 마을 아이들이 숨어 있는 탐라초등학교로 피신시키고 북한군이 다 죽었다고 말하기로 했습니다. 때마침 아이들이 숨어 있던 곳은 우리 학교 양호실이었고, 그곳에만 도착하면 북한 군인의 피를 멈추게 하고 치료를 해줄 수 있었습니다.

마을 사람들은 북한 군인을 학교로 보낸 다음 뒤늦게 몰려온 경찰들에게 그간의 이야기를 했다고 합니다. 당연히 살아남은 북한군 이야기는 빼고 말이죠. 북한군이 자기네끼리 싸우다 모두 죽어버렸다고 거짓말을 했습니다.

그사이 살아남은 북한 군인은 간신히 아이들이 숨어 있는 양호실에 도착해 문을 두드렸답니다. 그는 자초지종을 이야기하면서 치료를 받을 수 있게 어서 문을 열어달라고 말했습니다. 하지만 마을 어른들이 아니고는 누구에게도 절대 문을 열지 말라고 단단히 주의를 들은 아이들은 양호실에 꼭꼭 숨은 채 잠가놓은 문을 열지 않았답니다.

마을 어른들이 문에 두꺼운 판자를 대고 빈틈없이 못을 박아놓은 상태라서 다친 군인이 아무리 몸을 부딪치고 주먹으로 때려도 도저히 양호실 안으로 들어갈 수가 없었답니다. 그러다가 결국 엄청나게 피를 흘린 군인은 그만 죽어버리고 말았습니다. 마지막에는 힘이 없어 마룻바닥에 엎드린 채로 양호실 문을 손톱으로 벅벅 긁어대다가 죽었답니다. 나중에 마을 사람들이 그곳을 찾아왔을 때는 이미 군인이 많은 피를 흘리고 죽은 후였습니다. 그런데 그 군인이 죽기 전까지 얼마나 필사적으로 문을 긁어댔는지 군인의 손가락엔 손톱이 다 빠져 있었다고 합니다.

그 후로 양호실에 어른 없이 아이들만 있으면 어김없이 그 군인이 나타난답니다. 양호실 문을 벅벅 긁어대고 피를 뚝뚝 흘리면서 아이들을 잡으러 나타난답니다. 원망 어린 새빨간 두 눈동자로 노려보면서 말이지요.

"아아……."

꽉꽉 닫아놓았던 공포가 포문을 열었다. 지혜의 머릿속으로 걷잡을 수 없이 거대한 해일이 밀려드는 느낌이었다. 감당할 수 없는 깊은 한기와 공포에 온몸이 잠식당했다. 간신히 버티고 섰던 두 다리에 힘이 빠지면서 지혜는 그 자리에 풀썩 주저앉았다. 지혜는 눈앞이 하얗게 흐려져 아무것도 보이지 않았다. 온 세상이 빙글빙글 돌아갔다.

갑자기 득득 문 긁는 소리가 지혜의 두 귀에 울려 퍼지는 것 같았다. 죽은 북한군이 손톱으로 긁어대는 끔찍한 소리가 틀림없었다. 저 멀리 작은 얼굴로 자신을 바라보는 소년 외에는 온 세상이 미쳐 돌아가는 것 같았다. 빙글빙글 돌아가는 눈앞의 모든 것의 중심에 까만 눈동자로 단단히 지혜를 바라보는 소년의 얼굴만 멈춰 있었다.

"지혜야, 두려움에 져선 안 돼! 그러면 두려움을 먹고 사는 '그놈'들이 미쳐 날뛰게 된단다. 무서워하지 마. 두려워하지 마."

하지만 소년의 모습은 너무 멀었다. 소년의 음성도 너무 멀었다. 두 귀를 메운 문 긁는 소리에 민우의 목소리도 잘 들리지 않았다. 끔찍한 공포는 지혜를 한입에 삼켜버리고 말았다.

덜커덩!

저편 양호실 문이 벼락을 맞은 것처럼 거세게 흔들렸다. 문 위쪽의 투명한 유리창 너머로 군청색인 무언가가 보였다. 그것은 지혜의 눈에만 보이는 것이 아니었다. 똑같은 곳을 향해 고개를 돌리는 민우를 보니 흔들리는 문짝은 지혜뿐 아니라 소년에게도 보이는 게 틀림없었다.

지금 양호실에는 민우와 지혜뿐, 어른들은 모두 교무실 회의에 들어갔다. 양호실 근처에는 도와줄 어른이 아무도 없는 것이다.

"아악! 아아악!"

지혜는 외마디 비명을 질러댔다. 지혜는 와들와들 떨리는 팔과 다리로 슬슬 뒷걸음쳤다. 민우는 흔들리는 문을 바라보며 짐짓 인상을 찡그렸다.

"생각보다 똑똑하구나. 사람이 가장 두려워하는 순간을 놓치지 않네?"

민우는 흔들리는 문을 향해 중얼거렸다. 소년은 무릎을 세우고 일어섰다. 지혜의 눈에 소년의 반듯한 등이 멀게만 느껴졌다. 공포로 뒤범벅된 지혜와 달리 소년의 등에는 두려움이 없었다. 그런 모습을 보니 빙글빙글 돌아가던 지혜의 눈앞이 조금 잠잠해지는 것 같았다. 하지만 그것도 잠시.

그그극…… 그그그극!

귀를 자극하는 문 긁는 소리에 수그러들었던 공포가 지혜의 가슴을 뒤흔들었다. 지혜는 흔들거리는 몸을 침대 프레임에 기댔다. 지혜가 할 수 있는 것이라곤 두 귀를 막고 미친 듯이 소리를 지르는 것밖에 없었다.

"살려줘요, 살려줘! 엄마! 아빠! 선생님! 살려줘요!"

민우가 사색이 되어 소리치는 지혜를 바라보았다. 전학생은 재빨리 지혜의 곁으로 다가와 지혜의 입술에 검지를 갖다 댔다.

"쉿, 저놈들은 사람들이 내뱉는 공포심을 먹고 산다고 한 말 기억하지? 겁먹지 마, 두려워하지 마."

민우는 지혜의 두 눈을 바라보며 고개를 흔들었다. 이 끔찍한 상황에서도 살짝 미소를 짓는 전학생의 모습은 아무리 생각해도 이상했다. 그보다 더욱더 이상한 것은 상황과 어울리지 않는 소년의 미소를 바라보는 순간 미칠 것 같았던 두려움이 한결 수그러든다는 사실이었다. 사시나무처럼 덜덜 떨리던 손발도 잠잠해지는 게 너무나 이상했다.

"잘했어. 괜찮아, 잘했어."

전학생의 환한 미소가 지혜의 얼굴에 다가왔다. 그 아이의 하얀 셔츠가 지혜의 뺨에 닿았다. 민우가 지혜를 끌어당겨 살며시 안아준 것이다. 갑자기 두려움보다 부끄러움이 지혜의 몸을 감쌌다. 두 뺨이 발갛게 달아오르는 게 느껴졌다.

"너…… 넌 대체……."

붉어진 지혜의 얼굴 앞으로 더욱더 세차게 양호실 문이 흔들렸다. 이번에는 아무도 없던 문 앞에 시커먼 그림자가 어른거렸다. 심지어 양호실 문이 스르륵 열렸다. 작은 문틈을 통해 하얀 눈동자가 반짝거렸다.

"꺄아아악!"

핏물을 뚝뚝 떨어뜨리는 군복 차림의 남자가 퀭한 눈동자로 지혜를 노려보았다. 사그라지던 공포가 또다시 지혜의 전신을 휘감았다.

"지혜야, 너의 공포를 먹기 위해 놈이 발악하고 있어. 네 눈앞에 점점 더 무서운 모습으로 나타난다는 건 네가 공포를 잘 극복하고 있다는 뜻이야. 그래서 놈은 네 공포심을 자극하기 위해 점점 더 끔찍한 모습을 만들어내는 거야. 겁먹지 마. 잘하고 있어. 괜찮아."

양호실 문을 슬쩍 바라보던 민우가 이번에는 두 팔 가득 지혜의 어깨를 감싸 안았다. 지혜는 저도 모르게 고개를 끄덕였다. 전학생의 말이 모두 이해되진 않지만 뭔가 알 것 같았다. 분명한 건 전학생의 따스한 가슴이 백 마디 말보다도 이 끔찍한 고통을 이겨낼 힘을 많이 준다는 사실이었다.

"여기서 잠깐만 기다려. 이번엔 놓치지 않을 거야."

민우는 살짝 몸을 떼고 까만 눈으로 지혜의 얼굴을 내려다보았다. 다행히 극심한 공포에서 벗어난 지혜가 끔찍한 상황을 견뎌내고 있는 것이 눈에 들어왔다. 짧은 머리를 단정하게 빗은 소년이 지혜를 향해 찡긋 윙크를 했다. 윙크라니……. 이런 상황에서! 도저히 어울리지 않는 상황에서도 한없이 태평한 소년의 표정에 다시금 지혜의 공포가 반감되었다.

"놀라지 말고 잘 보고 있어. 걱정 말고 날 믿어줘. 그런 네 마음이 큰 도움이 되니까."

소년은 일어서기 전에 지혜의 손을 꽉 잡았다가 천천히 놓았다. 지혜의 얼굴이 또다시 발갛게 달아올랐다. 소년이 잡았다가놓은 손은 불에 덴 것처럼 뜨겁게 느껴졌다. 공포를 단숨에 먹어 버리는 따스한 감정이 지혜의 두 손으로부터 타올랐다.

민우는 천천히 일어섰다. 다행히 지혜는 극심한 공포에서 벗어 나 있었다. 이제 더 이상 놈에게 공포의 먹이를 불어넣어줄 사람 은 주변에 없었다. 소년은 피 흘리는 군복 차림의 귀기鬼氣를 향해 돌아섰다.

"귀신인 주제에 사람의 정기를 빼앗아가며 생명력을 얻다니, 그 생명력을 빼앗기는 기분을 느껴봐라! 흡정멸귀吸精滅鬼!"

민우의 두 다리가 어깨보다 조금 더 벌어졌다. 단단히 땅을 디 딘 소년이 단전에서부터 힘을 끌어올렸다. 그리고 있는 힘껏 입 을 벌렸다. 순간 세찬 바람이 양호실에 불어닥쳤다. 정확하게는 양호실 문 쪽에서 민우의 입을 향해 불어왔다.

쏴아아!

갑작스러운 회오리바람에 군인의 헐렁한 군복이 휘날렸다. 뚝 뚝 떨어지던 핏물도 모두 민우 쪽으로 흩뿌려졌다. 군인의 한 발 이 휘청거리며 민우 쪽으로 다가왔다. 피투성이 군인은 양호실 바깥쪽으로 다시 나가려는 듯 몸을 틀었다. 하지만 강력한 바람 속에서 그는 제대로 움직이지 못했다. 다시 반대쪽 발이 민우를 향해 한 발 더 다가왔다.

"흡정멸귀!"

다시금 민우가 두 팔을 위아래로 휘저으며 더욱더 강력한 힘을 끌어올렸다. 소년의 하얀 셔츠가 펄럭이자 피투성이 귀신의 입에서 괴상한 비명이 흘러나왔다.

'끄워억!'

지혜의 눈이 잘못되지 않았다면 마치 민우가 입을 벌려 군인을 빨아들이는 것처럼 보였다. 보이지 않는 거대한 빨대로 귀신을 빨아들이는 것처럼!

"후으읍!"

민우의 입이 크게 벌어지면서 눈과 귀와 관자놀이에 파란 핏줄이 선명하게 돋아났다. 민우가 힘을 쓸수록 귀신은 더더욱 고통스러운 비명을 질러댔다. 지혜는 눈앞에서 일어나는 일이 무엇인지 이해되기 시작했다.

저 무시무시한 귀신을 민우가 처치하고 있는 것이다. 민우는 수많은 아이들을 죽이고 괴롭힌 끔찍한 귀신을 잡으려는 게 분명했다. 지혜는 지금 민우를 위해 자신이 할 수 있는 일이 무언지 알 것 같았다. 그것은 '믿음'이었다. 귀신을 두려워하지 않는 마음과 민우를 믿는 마음. 그것이야말로 자신이 할 수 있는 가장 용감한 일이라는 생각이 들었다.

'민우에게 힘을 주세요! 저는 민우를 믿어요! 민우는 꼭 잡을 거예요. 절대로 저런 귀신에게 지지 않아요. 난 알아요! 난 굳게 믿어요!'

지혜는 온 마음을 다해 기원했다. 간절한 마음으로 두 손 모아 누군가에게 빌었다. 이런 강한 믿음이 민우에게 도움이 될 거라 생각하며 간절히 기원했다.

"좋았어! 마지막이다, 흡정멸귀!"

민우의 얼굴이 싱긋 미소를 지었다. 지혜는 민우가 자신의 마음을 알아챈 게 틀림없다고 생각했다. 민우의 입이 더욱더 커졌다. 휘몰아치는 바람도 더욱 거세졌다. 군복 차림의 귀신은 손발이 사라지기 시작했다. 귀신의 군청색 옷이 널어놓은 빨랫감처럼 펄럭거렸다.

"후으읍!"

'크악! 크아악!'

끔찍한 외마디 비명을 마지막으로 피 흘리던 군인의 모습이 찌그러졌다. 그 모든 것이 순식간에 민우의 입으로 빨려 들어갔다. 순간 매섭게 불어오던 바람이 사라지고 양호실 문도 단단히 닫혔다. 갑작스러운 고요함과 평온함이 양호실을 가득 채웠다.

"칵, 퉤엣!"

민우는 몇 번 기침을 하더니 입안에서 무언가를 뱉어냈다. 민우의 입에서 맑게 반짝거리는 커다란 눈깔사탕 같은 구슬이 툭 떨어졌다.

"아휴, 입이 터지는 줄 알았네!"

민우는 굴러떨어진 구슬을 한 발로 툭 찼다. 반짝이는 구슬이 공중으로 튀어 올랐다. 민우는 까만 바지에 손을 넣었다. 호주머니 속에서 작은 무명 주머니가 나왔다. 민우는 튀어 오른 구슬을 주머니 안에 집어넣었다. 그러고는 주머니에 달린 두 개의 줄로 입구를 단단히 동여맸다.

"휴, 끝났네. 네 덕분이야. 고마워."

민우는 지혜를 바라보며 찡긋 윙크를 했다. 환하게 웃는 소년의 얼굴을 보자 지혜는 왈칵 눈물이 솟았다. 그건 두려움 때문도, 공포 때문도 아니었다. 너무나도 커다란 안도감에 저도 모르게 솟아나는 눈물이었다.

"너, 너는…… 대체 누구니? 아까 내가 본 건 뭐야? 그건 정말 귀신이었던 거니? 아, 아니, 네가 한 건 대체 뭐니?"

지혜는 아까부터 묻고 싶었던 수많은 질문을 두서없이 내뱉었다. 물어보고 싶은 것이 산더미처럼 많아서 혼란스러웠다. 말도 잘 나오지 않았다. 민우는 그런 지혜를 바라보며 아주 멋지게 미소 지었다.

"놀랐지? 난…… 글쎄, 왜인지는 모르겠지만 태어날 때부터 이런 힘이 있었어. 사람이건 동물이건 귀신이건 다른 것의 정기를 빼앗는 힘이 말이야. 예전엔 말썽을 많이 부렸지만 이제는 내 힘을 사람들을 돕는 데 사용한단다. 여기에도 너희가 곤란을 겪고 있다는 이야기를 듣고 도와주러 온 거야."

민우는 단단히 봉해놓은 작은 주머니를 살짝 들어올리더니 그대로 주머니 속에 찔러 넣었다.

"네가 본 건 인간의 상념을 먹고 살아가는 정념귀라는 놈이야. 사람에게는 보이지 않는 기氣가 있는데, 그중에서도 끈적끈적하고 더러운 기운을 먹고 사는 녀석이지. 사람이 두려운 상상을 하거나 공포를 느낄 때 피어나는 음기가 바로 녀석의 먹이야. 보통이라면 저렇게 강한 힘을 갖지 않는데, 워낙 많은 사람들이 공포에 떨었기 때문에 무시무시해진 것 같아."

민우는 지혜가 주저앉은 침대 옆자리에 다가와 앉았다. 소년의 옆얼굴이 지혜와 아주 가까이에 있었다.

"너도 이미 눈치챘겠지만, 이번 일은 네 기사를 통해 아이들이 지나친 두려움과 공포를 가진 게 발단이 되었어. 과도한 두려움이 현실이 되어 나타난 거야. 그러니까 이제 좀 덜 무서운 기사를 쓰는 게 어떨까?"

민우의 얼굴이 지혜를 향해 싱긋 웃었다. 민우는 귀밑머리를 긁으며 눈썹을 찡그렸다.

"미안해. 신문이나 기자에 대해선 아무것도 모르는 내가 이렇게 얘기해서……. 하지만 이왕이면 희망적으로 글을 써줬으면 좋겠어. 사실은 요즘 좋지 않은 기운들이 강해져서 약한 음기만으로도 위험한 일이 생길 수 있거든. 공포의 괴담일지라도 모든 공포에는 그걸 극복해내는 방법도 반드시 있어. 그러니까 공포를 이기는 희망적인 기사도 써주길 바랄게."

민우의 새까만 눈이 초승달처럼 휘어지더니 너무나 맑고, 또 너무나 멋지게 웃음 지었다. 누군가가 자신의 기사에 대해 왈가왈부하는 걸 못 참는 지혜지만 민우에게만큼은 그 어떤 반감도 생기지 않았다. 지혜는 저도 모르게 고개를 끄덕였다.

"이제 널 괴롭히는 녀석은 사라졌으니까 걱정하지 마. 그리고 혹시라도 또 그런 녀석이 나타나면 내가 다시 와서 손봐줄 테니까 염려 마. 알았지?”

민우의 얼굴이 태양처럼 눈부셨다. 어느 사이엔가 공포와 두려움으로 가득했던 지혜의 입가에 행복한 미소가 어렸다.

5

월요일이 되자마자 아이들 모두《탐라초등신문》을 펼쳐 들었다. 이번에는 한동안 금지령이 내려졌던 최지혜 기자의 기사가 1면을 장식하고 있었다.

‘학교 전설 시리즈 마지막 편 : 구원의 기사.’

‘학교 전설 시리즈’라는 제목을 읽는 순간 아이들 중 일부는 읽기도 전에 공포에 떨었지만 용기를 내어 끝까지 읽은 친구들은 가슴속에 온기가 번지는 것을 느꼈다. 다행히 이번 전설은 무섭지도 두렵지도 않았다.

아이들은 입에서 입으로 마지막 전설인 ‘구원의 기사’를 전달하고 또 전달했다. 그리고 그 이야기가 퍼질수록 전에 알았던 무서운 전설 시리즈가 감쪽같이 뇌리에서 잊혔다.

학교 전설 시리즈 마지막 편 : 구원의 기사

이 글은 아마도 학교 전설 시리즈의 마지막 편이 될 것 같습니다.

학교 전설 시리즈의 마지막인 ‘구원의 기사’는 이 글을 쓰고 있는 저, 최지혜 기자가 직접 겪고 경험한 것이라는 걸 우선 알려드립니다. 이것은 100퍼센트 진실임을 강조합니다.

탐라초등학교에는 여러 개의 괴담이 있습니다. 겁 많고 두려움 가득한 사람들은 괴담에 나오는 일을 실제로 겪기도 했습니다. 그래서 많은 사람들이 공포에 떨며 두려워했지요. 하지만 너무 걱정할 필요는 없습니다. 우리에게는 이 마지막 전설이 있기 때문입니다. 탐라초등학교의 마지막 전설은 바로 구원의 기사입니다. 우리 학교 학생들이 전설의 괴담으로부터 혹은 무시무시한 귀신으로부터 위협을 받을 때마다 우리 앞에는 구원의 기사가 나타난답니다. 구원의 기사는 까만 머리에 까만 눈동자를 가진 소년의 모습입니다. 그 아이는 우리의 친구로 아무도 모르게 순식간에 나타났다가 악령을 퇴치하고는 또 순식간에 사라진답니다.

얼마 전 저는 이 구원의 기사로부터 도움을 받았습니다. 무서운 학교 괴담에 벌벌 떨며 두려워하던 제 앞에 저의 두려움을 먹고 자란 무서운 귀신(유령)이 나타났답니다. 하지만 구원의 기사가 나타나 순식간에 귀신을 없애버리고 제 마음속에 있던 공포도 사라지게 했답니다.

여러분 앞에 괴물이나 귀신이 나타나더라도 결코 두려워하지 마세요. 그리고 마음속으로 구원의 기사를 불러보세요. 구원의 기사는 우리의 마음에 반응한답니다. 우리가 믿고 의지하면 정말로 나타납니다. 구원의 기사를 만나고 싶다면 절대로 의심하지 마세요. 위험한 순간, 구원의 기사는 눈앞에 나타난답니다.

지금 두려운가요? 무서운가요? 구원의 기사는 언제 어느 때건 당신을 구하러 와준답니다. 우리 학교가 위험에 처하는 순간엔 모두들 손에 손을 잡고 구원의 기사를 불러주세요. 귀신은 놀라 도망가고 구원의 기사는 우리를 안전하게 보호해줄 테니까요.

다시 말씀드리지만, 이 마지막 전설은 기자가 직접 경험한 것이랍니다.

탐라초등학교 6학년 4반 최지혜 기자

지혜는 담임선생님이 부른다는 말을 전해 듣고 총총히 교무실로 들어갔다. 선생님이 부르지 않았더라도 지혜가 먼저 찾아가려 했는데 오히려 잘됐다는 생각이 들었다. 교무실의 여러 선생님이 지혜 쪽으로 고개를 돌렸다. 모두들 어쩐지 푸근한 미소를 짓는 것 같았다.

"아이고, 우리 최지혜 기자! 다들 칭찬이 자자하다! 학교 전설 시리즈를 아주 훌륭하게 마무리 지었다고 말이야! 아이고, 이 녀석! 네 덕분에 벌벌 떨던 저학년 아이들도 다시 생기를 찾고 있다는구나. 잘했다, 정말 잘했어!"

담임선생님이 지혜를 부른 건 학교 전설 시리즈의 마지막 편에 대해 칭찬하기 위해서였다. 공포에 떨던 아이들이 모두 용기를 갖고 신나게 학교생활을 하게 된 것은 지혜에게도 무척 기쁜 일이었다. 하지만 그런 칭찬보다 더욱 궁금한 이야기가 있었다.

"선생님, 근데 제 짝꿍 민우는 어떻게 된 거죠? 왜 안 나오는 거예요? 알아봐주신다고 했잖아요!"

"아아, 그 녀석 말이야……."

선생님은 고개를 흔들며 안타까운 표정을 지었다. 그동안 지혜
가 몇 번이나 부탁해서 알아보았지만 모두 헛수고였다.

"아, 그 녀석…… 뭔가 착오가 있었던 모양이더라. 우리 학교에
전학 오기로 되어 있던 게 아니라더구나. 그래서 다른 데로 갔단
다. 여기저기 알아봤는데, 그 외에는 아무런 기록이 없구나."

"그럼 혹시 민우의 주소나 전화번호…… 그런 것도 알 수 없는
거예요?"

"그게 말이다. 그 녀석이 전학 오면서 학적부도 넘어오지 않았
어. 서류도 하나 받지 못했고, 나이스 기록도 없단다. 전산 오류인
가 해서 곧 도착할 거라 믿었는데, 전학에 착오가 있었다니. 교육
청에까지 연락해봤는데도 민우가 어디로 갔는지 찾을 수가 없었
단다."

"……네에."

어쩐지 이럴 줄은 알았지만 지혜의 실망은 너무나도 컸다. 구
원의 기사는 그렇게 쥐도 새도 없이 사라져버렸다. 진짜 전설 속
의 기사처럼.

지혜는 울적한 얼굴로 꾸벅 인사한 뒤 교무실 밖으로 나섰다.
그리고 호주머니에서 작은 구슬을 꺼내 바라보았다. 민우가 준
작고 반투명한 구슬 두 개……. 그것만이 그 아이가 있었다는 유
일한 증거였다.

지혜는 구슬을 꼭 움켜쥐며 평생 잊지 않기로 맹세했다. 양손에 단단히 쥐고 있는 작은 구슬이 있는 한, 언젠가 강민우를 만날 수 있을 거라고 단단히 믿었다.

작은 구슬에서 느껴지는 아주 따스한 온기가 지혜의 온몸으로 퍼져나갔다. 민우의 환한 미소처럼 너무나 따스한 온기였다.

제2화

소년에게
온정을

1

어머니가 보인다. 나무껍질을 이은 너와집을 뒤로하고 나뭇가지와 판자를 얼기설기 엮은 대문 앞에 어머니가 서 있다. 깊은 숲의 나뭇가지들 사이로 내려오는 여린 햇빛 아래 어머니만이 홀로. 햇살을 받아 말갛게 반짝거리는 연한 빛깔의 한복을 입은 어머니가 하얀 봇짐을 걸쳐주며 슬며시 낙빈의 등을 밀었다. 차마 발을 떼지 못하고 멈칫멈칫하는 아들을 떠미는 어머니의 손가락이 살며시 떨렸다.

가늘게 떨리는 어머니의 손이 차마 아무 말도 못하는 그분의 마음을 대신 얘기해주는 것만 같았다. '모진 인생을 살게 해서 미안하다. 아직 어린 너를 이렇게 혼자 떠나보내서 미안하다. 사나운 인생길을 막아주지 못하는 못난 어미라 미안하다'는 그분의 마음속 이야기가 들려왔다.

낙빈은 입술을 꾹 물었다. 여기서 머뭇거리면 어머니가 더욱 힘들 거라는 사실을 알았다. 낙빈은 마지막으로 땅바닥에 이마를 대고 어머니에게 큰절을 올렸다. 그리고 결심한 듯 가엾은 어머니를 뒤로하고 몸을 돌렸다. 기약 없는 여행을 시작하는 낙빈의 어깨에 뼈만 앙상한 두 손이 닿았다. 가느다란 손가락 하나하나에서 따스한 온기가 퍼져나왔다. 떠나기 싫은 낙빈만큼이나 어머니 역시 떠나보내기 싫은 게 분명하다. 그런데도 어머니의 입은 이렇게 말한다.

"네 모든 신을 다 받을 때까지 이 어미에게 돌아올 생각일랑 꿈도 꾸지 말거라!"

마음과 다른 말을 내뱉는 어머니의 손가락이 가늘게 떨리는 걸 낙빈은 잘 알고 있었다. 어쩌면 어머니의 눈에 눈물이 차올랐을지도 모른다. 어린 아들은 그런 어머니를 차마 바라볼 용기가 없어 땅바닥만 바라보며 고개를 끄덕였다.

낙빈은 그대로 어머니를 떠났다. 한 걸음 한 걸음 내딛으면서도 그분이 잡았던 두 어깨의 온기를 잊지 않으려 곱씹고 또 곱씹으며 고향 집을 떠났다. 몇 걸음 떼지 않아 고향의 측백나무와는 다른 빛깔의 숲이 눈에 들어왔다. 참 익숙하고 따뜻한 암자가 낙빈의 앞으로 다가왔다. 그리고 어느새 낙빈은 스승의 앞에 무릎을 꿇고 앉아 있었다.

"낙빈이라고 한다. 승덕이, 정현이, 정희…… 너희 셋 모두 낙빈이를 친동생이라 여기며 보살펴주고, 낙빈이는 모두를 한 가족처럼 생각하며 지내도록 해라."

처음으로 만났던 그날은 정말로 모두가 친형제처럼 여겨질 줄은 몰랐다. 이토록 가까워지고 이토록 마음을 나누는 사이가 될 줄은 몰랐다.

"나는 승덕이라고 한다. 이을 승承, 덕 덕德, 즉 덕을 계승한다는 뜻이지. 이름대로 덕으로 똘똘 뭉쳤거든. 자, 날 봐라. 요기도 덕,

조기도 덕, 푸하하……. 아무튼 난 특기도 공부, 취미도 공부! 오직 공부뿐이다! 공부 빼면 시체인 만물박사에, 이 암자에선 빠질 수 없는 중요한 인물이지!"

너스레를 떠는 승덕이 낙빈을 보며 크게 웃었다. 일부러 밝은 웃음, 우스꽝스러운 몸짓을 하며 맞아주던 형의 얼굴이 있었다. 그때는 형의 등 뒤에 감추어진 아픈 상처를 알지 못했다. 그저 밝은 사람이라고 생각했는데…… 승덕의 환한 웃음을 바라보던 낙빈은 무언가 아주 날카로운 단도가 '쿠욱' 하고 가슴을 찌르는 느낌을 받았다.

"나, 낙빈이라고 하…… 합니다!"

닉빈은 어색하게 일어나 인사를 했다. 그러디 중심을 잃으면서 탁자 모서리에 팔뚝이 부딪혔다.

"세상에, 저런! 아프겠구나!"

누군가가 따스한 손길로 팔뚝을 잡는 순간 마술처럼 고통이 사라졌다. 정희 누나다. 자기가 아픈 건 참아도 남이 아파 고통스러워하는 것은 지켜보지 못하는 착하디착한 누나가 낙빈의 눈을 바라보며 빙긋이 미소 짓고 있었다.

그리고 행복한 순간들…… 행복한 여러 가지 이야기가 눈앞을 스쳐갔다. 함께했던 여행과 함께 나누었던 이야기들. 서로를 조금씩 더 알게 되면서 끈끈해지는 형제애가 그들을 단단히 묶었다. 기뻤던 순간도, 안타깝고 위험했던 순간도 있었다. 하지만 낙빈은 한순간도 두렵지 않았다. 형들과 누나 사이에서 보호와 사랑을 느끼느라 그런 어려움을 몰랐다.

그렇게 행복하던 순간들 속에 문득 한 장면이 펼쳐졌다. 캄캄한 밤 가로등 불빛 아래 낙빈은 누군가의 등에 기대 있다. 넓은 등이 어린 낙빈을 업고 터벅터벅 느린 걸음을 뗀다. 눈앞에 휘영청 밝은 보름달이 들어왔다. 낙빈을 업은 등에 붉은 피가 발갛게 배어 나온다. 낙빈은 그런 등에 업힌 게 너무나 미안했다.

"자식, 어린놈이 어른 걱정하는 거 아니다. 어린애는 그냥 아프다고 징징거리고, 떼도 부리고 그러는 거야. 어린아이가 아픈 거 참고 그러는 거 아니다!"

자신의 아픔 따위는 별거 아니라는 승덕의 음성이 들려왔다. 그래, 이 따스한 등은 승덕 형의 등이다. 자살한 영혼을 사멸한 후에 돌아오던 길이다. 형은 등이 다 파이는 상처를 입고도 아픈 내색 없이 낙빈에게 등을 내주는 사람이었다.

"낙빈아, 누구든 죽고 싶을 때가 있다. 심지어 나처럼 낙천적인 사람까지도 말이야. 하지만 그 고비를 조금 넘기면 누군가를 살려내는 힘을 가진 사람이 될 수 있는 것 같아. 그러니까 인생을 섣불리 포기해선 안 된다. 갓난아기일 때 나는 어머니에게 업혀 다녔겠지. 자살을 한다는 건 그런 어린아이가 내 발로 걷지 못하는 것에 대해 한탄하고 죽음을 택하는 것과 같아. 잠시 괴롭지만 조금만 참으면 두 발로 걸을 수 있고…… 또 조금 더 시간이 지나면 이렇게 누군가를 업어줄 수도 있는 것 아니겠어?"

승덕은 등에 업힌 낙빈을 살짝 위로 올려 자세를 다시 잡았다.

두 사람은 하늘에 둥실 뜬 하얀 달을 함께 바라보았다. 푸르른 빛을 머금은 하얀 달이 두 사람을 내려다보고 있었다. 눈이 시리도록 하얀 달이었다.

그리고 드디어…… 그 순간에 다다랐다. 낙빈은 이 꿈의 마지막을 알고 있었다. 언제나 되풀이되는 마지막 장면은 똑같았다. 하룻밤에도 수십 번씩 낙빈을 벌떡벌떡 깨우고 하루에도 수십 번씩 낙빈의 심장을 도려내는, 잊을 수 없는 그 순간이 다가왔다. 낙빈은 이제 즐거운 기억이 끝났다는 걸 알고 있었다. 하지만 그만 꿈에서 깨려 해도 일어설 수가 없었다. 그만 일어나려 해도 마지막은 언제나 변함이 없었다.

지금껏 알고 있었던 어떤 모습보다도 초췌하고 퀭한 눈의 승덕이 낙빈 앞에 있었다. 왜 저리도 슬픈 얼굴인지 알 수 없는 형의 모습이 낙빈의 눈앞에 있었다. 헝클어진 머리로 고개를 숙인 채 멍한 눈으로 성주를 바라보는 그의 얼굴은 가슴이 쓰라릴 만큼 불쌍하고 안쓰러워 보였다.

이마 중앙에 벌어진 악마의 눈을 두 손으로 가린 성주의 모습도 보였다. 두 사람 앞에 새빨간 여인, 레드블러드가 나타났다. 붉은 여인의 어깨에는 하얀 가면을 쓴, 인형 같은 여자아이가 새처럼 살포시 앉아 있었다. 흐르는 바람을 따라 레드블러드의 붉은 머리가 휘날리고, 그녀의 어깨에 앉은 흑단인형의 길고 까만 머리카락 역시 바람의 방향으로 찰랑거렸다. 하얀 가면 속에서 여자아이가 말했다.

"구원을 주러 왔다. 약속을 지키겠다."

'형, 거기 있으면 죽어요. 형, 어서 비켜서요. 이쪽으로 와요!'

낙빈은 마음속으로 외쳤지만 목소리가 나오지 않았다. 아무리 애원해도 승덕은 움직이지 않았다. 성주만 바라본 채 멈춰 서 있었다. 승덕은 몹시도 상처 입은 얼굴이었다.

성주는 악마에게 삼켜지려 하고 있었다. 성주의 이마 중앙에 박힌 사악한 악령이 그녀와 그녀가 사랑하는 모든 것을 삼켜버리기 위해 호시탐탐 노리고 있었다. 성주는 두 손으로 이마를 가렸다. 악마로부터 자신과 자신이 사랑하는 이들을 지키기 위해 안간힘을 쓰는 것이 눈에 보였다. 하지만 그것은 결코 녹록해 보이지 않았다. 성주는 제정신을 차리면 눈물을 흘리며 승덕을 떠나보내려 했다. 하지만 다시 악마가 그녀를 지배하면 탐욕스러운 눈빛으로 승덕을 삼켜버리려 했다.

'형, 어서 거기서 물러나요. 형, 제발 이쪽으로 와요. 내가 있는 곳으로 조금만 이쪽으로 와줘요!'

낙빈의 마음속 외침이 전해지기를 바랐지만 승덕은 여전히 성주만 바라보았다. 그는 절규하는 성주를 홀로 둘 수가 없었다. 고통에 빠졌던 동생 승미를 홀로 두었던 그날의 실수를 반복할 수 없었다. 흔들리는 승덕의 눈동자가 하얀 가면 너머 흑단인형의 검은 눈동자를 마주 보았다. 승덕의 눈이 많은 것을 이야기하고 있었다.

레드블러드의 얇은 치맛자락이 펄럭였다. 동시에 그녀의 어깨에 매달려 있던 붉은 비단 천의 아이가 검은 하늘로 뛰어올랐다. 그녀의 등 뒤에서 눈이 부시도록 하얀 달이 반짝였다. 그녀를 바라보던 모든 사람이 그 눈부심에 눈을 가렸다. 한없이 환한 은빛 광선이 사방으로 퍼져나갔다. 정현의 회색 승복이 붉은 비단 천을 향해 날아갔다. 아름답게 반짝이는 은빛의 빛무리 속에 달빛만 숨어 있는 게 아니라는 걸 정현만이 알아챘다. 시간이 멈춘 듯 모든 것이 느리게 흘러갔다. 낙빈은 이 끔찍한 순간이 차라리 빠르게 흘러가길 바랐지만 모든 순간 중에서 가장 천천히, 너무나 똑똑하게 흘러갔다.

흑단인형과 정현이 허공에서 마주쳤다. 흑단처럼 검고 기다란 비녀가 정현의 팔꿈치를 지그시 파고들었다. 하얀 꽃과 노란 나비가 칠보로 새겨져 있는 날카로운 머리핀이 정현의 무릎에 박혔다. 그 모든 순간이 낙빈의 눈앞에서 너무나도 느리게 흘러갔다.

'내가 가야 해, 내가…….'

낙빈은 두 다리를 움직였다. 두 팔을 뻗었다. 다음에 일어날 모든 일을 낱낱이 알고 있는 낙빈은 가만히 있을 수가 없었다. 그래서 있는 힘을 다해 앞으로 나아가려 했다. 승덕의 앞을 막기 위해 온몸을 내던지려 했다. 낙빈은 날아올랐다. 하지만 낙빈의 시간은 더욱더 느렸다. 낙빈의 몸이 허공을 날아오르는 동안 하얀 가면을 쓴 길고 검은 머리카락이 승덕의 앞으로 떨어졌다. 낙빈은 손을 내뻗었다. 흑단인형의 은빛 도검 앞에 자신의 육신을 바치기 위해 안간힘을 썼다. 막 낙빈의 작은 몸뚱이가 승덕의 몸을 막아서려는 그 순간!

푸우욱!

살이 찢어지고 혈관이 터지는 그 소리가 생생하게 퍼졌다. 낙빈의 눈앞에 은빛 검에 물들어가는 승덕의 심장이 있었다. 승덕의 심장을 지나 그 뒤에 서 있던 성주까지 그 기나긴 도검에 찔리고 관통당하는 것이 생생하게 보였다.

"안 돼!"

정현의 외마디 비명과 함께 달처럼 하얗게 빛나는 기다란 검이 승덕과 몸을 겹친 성주의 심장을 파고들었다. 성주의 이마에서 데굴거리던 또 다른 존재에게는 검은 어둠을 모조리 삼켜버릴 것만 같은 짙은 흑단 빛깔의 비녀가 꽂혔다. 한 뼘이 넘는 검고 늘씬한 비녀가 데굴거리는 악마의 검은 눈동자를 향해 파고들었다. 검은 비녀에 관통당한 검은 눈동자가 꼼짝도 못한 채 차갑게 굳어갔다. 차갑게 굳어가는 것은 악마뿐이 아니었다. 성주와 승덕도 함께 식어갔다.

낙빈은 그 모습을 바라보았다. 손 하나만 뻗어도 닿을 것만 같은데…… 승덕의 앞을 막을 수 있는 그 절체절명의 순간을 언제나 코앞에서 놓쳐버리고 만다. 낙빈은 이 끔찍한 현실에 심장의 피가 솟구친다.

낙빈의 눈앞에 하얀 가면이 들어온다. 하얀 가면 속의 까만 눈동자가 들어온다. 그 까만 눈이 웃는다. 낙빈을 보며 웃는다. 아주 재미있는 것을 보는 듯 웃음 짓는다.

'나약한 것! 너는 아무것도 할 수 없지. 아하하하.'

깔깔대며 웃어대는 붉은 기모노가 보인다. 새까만 머리카락이 바람에 휘날리며 낙빈을 욕보인다. 새하얀 가면 뒤에 숨은 검은 눈동자 속에서 악마가 웃음 짓는다.

"죽여버리겠어! 죽여버리겠어! 널 반드시 내 손으로 죽여버리겠어!"

깔깔거리는 원수에게 낙빈은 칼을 빼든다. 승덕의 심장을 찌른 흑단인형의 도검을 빼내 들고 그녀를 향해 뒤돌아선다. 새빨갛게 달아오른 낙빈의 두 눈은 복수에 물든 아귀의 형상이다. 여전히 눈앞에서 웃어대는 붉은 기모노의 심장을 향해 은빛 검을 내지른다. 흑단인형의 심장을 향해 기다란 도검을 꽂는다. 하지만 단단한 바위가 막고 있는 것처럼 검은 그대로 멈춰버린다. 하얀 가면 속 흑단인형의 검은 눈동자가 낙빈의 코앞으로 다가온다.

"으악! 으아아악!"

낙빈은 외마디 비명을 지르며 깨어났다. 언제나처럼 새까만 밤이 낙빈을 감싸고 있었다. 진땀이 온몸에 퍼져 있었다. 낙빈은 한기에 몸을 부르르 떨었다. 그리고 두 팔을 감쌌다. 좀 전까지만 해도 두 손으로 단단히 붙잡고 있던 은빛 도검의 생생한 느낌이 아직도 남아 있었다. 언제나 꿈은 여기까지다. 복수를 하고 싶지만 복수를 못하고 깨어난다. 죽은 승덕 형의 복수를 해야 하는데…… 그래야 하는데……. 꿈에서도 흑단인형을 건드리지 못하고 깨어나고 만다.

그만 멈추고 싶었다. 이것이 꿈이라는 걸 알면서도, 매일매일 반복되는 헛된 기억이라는 걸 알면서도 낙빈은 이 모든 것을 멈출 수가 없었다. 반복되고 또 반복되는 기억 속에서 언제나 허우적거렸다. 이건 꿈이라고 스스로에게 이야기하면서도 거기서 헤어날 방법을 알지 못했다. 가엾은 형에 대한 지독한 죄책감 속에서 낙빈은 어제도, 오늘도, 그리고 내일도 깨어나지 못했다.

"형…… 형…… <u>으흐흐흑</u>……."

낙빈은 침상에서 내려가 방 한구석에 두 팔과 두 다리를 쪼그리고 앉았다. 아무도 없는 텅 빈 공간에서 끔찍한 외로움이 느껴질 때마다 방 한구석에 웅크리고 앉아야 그나마 덜 춥고 덜 차가웠다. 낙빈은 소리를 죽이며 흐느껴 울었다.

소년은 자기 자신을 용서할 수가 없었다. 눈앞에서 승덕이 죽어가는 걸 보면서도 아무것도 하지 않고 멍하니 바라보고만 있던 자신을 용서할 수가 없었다. 사랑하는 사람을 보호하지 못한 스스로에 대한 원망이 고스란히 흑단인형에 대한 복수심으로 이어졌다. 죽기 전에 낙빈은 그녀에게 빚을 갚아야 했다. 승덕 형을 죽인 그녀에게 반드시 복수해야 했다. 이제 낙빈의 생명이 유지되는 유일한 이유는 그것이었다. 복수, 그것이 어린 소년이 살아야 하는 유일한 이유가 되었다.

"죽인다……. 내가…… 죽여버린다……."

낙빈은 온몸을 부르르 떨었다. 복수심으로 불타오르는 소년의 심장은 온 방을 다 얼릴 것처럼 차가웠다.

2

민우와 라즈니쉬는 SAC의 결계로 뒤덮인 화이트 하우스의 엘리베이터 숫자를 뚫어져라 바라보았다. 화이트 하우스 안에는 그들이 함부로 출입할 수 없는 층이 여럿 있었다. 오늘 두 소년은 한 번도 가보지 못한 층으로 초대되었다.

지잉.

고속 엘리베이터가 멈추며 은빛으로 반짝이던 자동문이 열렸다. 두 소년은 서로를 쳐다보며 멈칫거렸다. 눈앞에 펼쳐진 길고 흰 복도를 바라보며 움찔거리던 두 소년 중에 민우가 먼저 한 발을 내딛었다. 민우는 회색 체크무늬 바지와 조끼를 단정히 걸쳤다. 최대한 단정해 보이기 위해 검정색 셔츠 위에 회색 넥타이도 맸다. 라즈니쉬는 무릎까지 내려오는 연푸른색 쿠르타◆를 입었다. 반짝이는 비단 천에 목 아래에는 화려한 초록빛 보석 단추가 달린 것으로 특별한 날에만 입는 옷이었다.

두 아이 모두 신경 써서 옷을 입고 긴장하며 한 발 한 발 걷는 것은 평생 한 번도 만난 적이 없는 신성한 집행자들의 대원로大元老가

◆인도의 남성용 전통 의복으로, 무릎까지 오는 긴 상의다.

그들을 불렀기 때문이다. 대원로는 평생 세계를 위해 자신의 영능력을 사용한 분으로, 놀라운 영능력은 물론 깊고 넓은 혜안까지 지니고서 진리를 바라보는 선인仙人의 경지에 다다른 분들을 가리키는 말이었다. 그런 대원로 한 분이 두 소년을 불렀다니 긴장하는 것은 당연했다.

"네가 문 열어!"

길고 하얀 복도 끝에 다다르자 하얀 문이 눈에 들어왔다. 라즈니쉬가 반걸음 뒤에 서서 민우의 옆구리를 툭 쳤다. 쭈뼛거리던 민우가 조심스럽게 문을 두드렸다.

"들어오라."

문 안쪽에서 음성이 들려왔다. 카랑카랑한 노인의 음성이었다. 말소리만 들어도 강력한 기운이 퍼지는 것 같았다. 두 아이는 새하얀 문 안쪽으로 들어섰다. 두 소년은 자신도 모르게 코를 벌름거렸다. 방 안으로 들어서자 가장 먼저 그들을 맞이하는 건 콧속으로 스며드는 은은한 향이었다. 단순한 향이 아니라 그 안에 복잡 미묘하게 섞인 자연의 향취가 그들의 마음을 흔들었다. 그건 과일 향 같기도 하고 푸르른 나뭇잎의 향기 같기도 했다. 몇 번 숨을 쉬니 팽팽하던 긴장감이 스르르 녹는 것만 같았다.

문 안쪽으로 들어서자 넓은 방 끝에 짙은 고동빛으로 세운 네 개의 기둥이 보였다. 네 기둥은 높은 캐노피를 달고 청홍으로 번쩍거리는 두꺼운 천이 휘감고 있었다. 캐노피 기둥의 한가운데 금빛 향로를 앞에 두고 노인이 앉아 있었다. 노인은 두꺼운 보료 위에 앉아 두 소년을 바라보았다. 얼굴 가득 주름이 자글자글한 노파였다.

'한복이다……'

민우는 노인이 입은 민속 의상을 한눈에 알아보았다. 쪽빛으로 은은하게 빛나는 치맛자락은 한복이 틀림없었다. 백 살이 넘어 보이는 노구인데도 목에 건 굵은 염주알 목걸이를 천천히 돌리는 그분의 눈빛은 모든 것을 뚫어볼 것처럼 반짝였다.

민우는 그분의 이름을 짐작했다. 세상의 모든 일을 단숨에 꿰뚫어보고 이 세계에서 모르는 것이 없다는 예지자……. 아마도 눈앞의 저분은 말로만 듣던 '모모 님'이 틀림없을 것 같았다. 그분의 안광 앞에서 민우는 마른침을 꿀꺽 삼켰다.

"앉거라."

조금은 느리고, 또 조금은 여유로우면서도 감히 거역할 수 없는 낮은 목소리가 들려왔다.

"네엣."

민우와 라즈니쉬는 서둘러 금빛 향로 앞에 무릎을 꿇었다. 향로 앞에는 두 소년을 위한 푹신한 방석이 준비되어 있었다. 단단하지만 부드러운 보료 위에 무릎을 대자 향로에서 흘러나오는 향긋한 과일 향과 함께 갑자기 긴장했던 마음이 편안해지는 느낌이었다.

모모 님은 잠시 날카로운 눈빛으로 두 소년을 바라보더니 주름진 입가를 움직였다.

"너희가 해야 할 중대한 일이 있다."

"네엣!"

두 소년은 모모 님의 말씀이 떨어지기가 무섭게 대답했다. 그분의 말씀 속에는 감히 거역할 수 없는 엄청난 힘이 깃들어 있었다.

"능력이 출중하면서도 마음이 맑고 투명한 아이를 찾았다. 모두들 너희 두 사람을 이야기하더구나."

"가, 감사합니다!"

민우도 라즈니쉬도 깊이 고개를 숙였다. 위대한 대원로가 자신들을 칭찬하다니 믿을 수가 없었다. 한편 무엇이 그리도 중대한 일일지 심장이 두근거렸다.

"내 고향 땅에서 일어난 일을 너희가 해결했으면 해서 불렀다. 어찌 된 일인지 동아줄처럼 배배 꼬인 일이란다. 그래서 때 묻지 않고 맑은 마음을 가진 아이들이 필요하게 되었다."

"네엣!"

민우와 라즈니쉬는 순간 꿈이 아닌가 싶어 서로를 바라보았다. 대원로가 두 소년을 직접 불러 사건을 맡기다니 보통 놀라운 일이 아니었다. 어째서 이런 기적이 일어난 건지 둘 다 어안이 벙벙했다.

"섣부른 선입관을 배제하기 위해 나는 그 어떤 정보도 너희에게 주지 말라고 명하였다. 이번에는 사건의 전모를 알아내고 해결하는 것까지 모두 너희 손으로 해야 한다. 할 수 있겠느냐?"

"물론입니다!"

"맡겨만 주세요!"

민우도 라즈니쉬도 자신 있게 큰 소리로 대답했다. 나이는 어리지만 지금까지 여러 사건에 파견되어 훌륭하게 해결한 두 소년이었다. 사전 정보도 없이 투입되는 건 처음이지만 사건을 조사하고 해결하는 일이라면 이미 수없이 교육받았다. 게다가 절친한 친구와 함께라면 두려울 것이 없다고 생각했다.

"한 가지……."

두 소년은 심장이 펄떡거리면서 두 볼이 발갛게 달아올랐다. 인정을 받았다는 사실에 두 소년의 마음은 날아갈 듯 행복했다. 뛸 듯이 기뻐하는 두 사람의 표정 위로 순간 번뜩이는 모모 님의 날카로운 눈빛이 꽂혔다. 두 소년은 심상치 않은 눈초리에 가슴이 서늘해졌다.

"약속할 것이 있다. 이번 일을 해결할 때 너희 둘 외에는 그 누구의 도움도 받아서는 안 된다. 또한 너희 두 사람이 상의하고 너희 두 사람의 방식으로 해결하도록 하여라. 너희 둘 이외에 다른 누구도 그 일을 해결해서는 안 되느니라. 알겠느냐?"

"네, 네엣!"

두 소년은 모모 님의 말씀이 끝나기가 무섭게 재빨리 대답했다. 함께하는 두 친구의 힘만으로 모든 것을 해결하라는 말씀은 오히려 두 소년의 마음을 설레게 했다. 상부의 명령 없이 자신들의 방식으로 사건을 처리해도 된다니, 아니 반드시 그래야 한다니 두 소년은 마치 상급 요원이 된 듯한 기분이 들었다.

"그래, 너희는 잘할 게야. 암…… 그렇고말고."

모모 님의 번쩍이던 안광이 주름진 얼굴 속에 가려졌다. 그분이 눈을 가늘게 뜨며 고개를 끄덕였다. 천 리 앞도 내다본다는 위대한 예지자가 믿어주자 두 소년의 심장은 한없이 두근거렸다.

"근래…… 위대한 창의 반쪽이 사라진 후에 세계는 혼란에 휩싸였다. 이승과 저승을 오갈 수 있는 위대한 창의 반쪽이 흑단인형에게 넘어갔다는 것을 알고 있느냐."

"네…… 네엣!"

노인이 먼 어딘가를 바라보며 지그시 눈을 감았다. 그런 모모 님이 혼잣말처럼 중얼거리는 음성을 들으며 두 소년은 깜짝 놀라 서로를 바라보았다.

두 소년의 얼굴이 순간 새파랗게 변했다. 위대한 대원로가 두 소년의 앞에서 금지된 비밀을 말하고 있었다. 사실 흑단인형의 손에 헤르메스의 창 반쪽이 흘러 들어간 것을 민우와 라즈니쉬는 알고 있었다. 하지만 그건 정말 중대한 비밀이었다. 그것은 금지된 비밀 중의 비밀이었다. 신성한 집행자들에서 이 사실을 알고 있는 사람은 얼마 되지 않았다. 특히나 현재 교육을 받는 학생들 중에 이런 비밀을 알고 있는 건 민우와 라즈니쉬밖에 없을 것이다.

두 소년은 과도한 호기심과 특별한 능력 덕분에 흑단인형과 헤르메스의 창에 대해 알게 되었다. 라즈니쉬의 혼을 불어넣은 작은 생쥐 인형을 환기구로 집어넣어 비밀스러운 일급 요원들의 회의에 투입한 것은 두 소년만의 비밀이었다. 때문에 두 소년은 그 누구도 알지 못하는 그 비밀을 알고 있었다.

전 세계가 갑자기 영적으로 혼란스러워진 이유와, 저승에 있어야 할 영혼들이 자꾸만 이승에 나타나는 비정상적인 일들의 원인이 바로 흑단인형과 그녀가 약탈한 헤르메스의 창에 있다는 것을 두 소년은 알고 있었다. 금지된 방법을 통해서 말이다. 그런데 대원로는 두 소년이 이런 비밀을 아는 것까지 이미 알아차린 게 분명했다. 물론 허락되지 않은 방법으로 알아냈다는 것도 눈치챘을 것이다. 하지만 모모 님은 두 소년을 나무라지 않았다.

"세계를 지탱하고 있던 단단한 결계들이 무너지면서 혼령들은 이전과 비교가 안 될 정도로 손쉽게 이승을 넘보게 되었다. 그렇다 한들…… 그들 모두가 죄를 지었겠느냐? 갈라진 틈을 타고 이승으로 건너오는 건 늙은 내가 죽을 때가 되어 고향을 찾는 것처럼 당연한 인지상정이니라. 그러니 너희는 영혼 하나하나라도 진심을 다해 대하거라. 너희가 만나는 모든 이들을 진심으로 대하거라. 내 말을 명심하고 곱씹어라. 그리하면 가려진 진실도 보일 거다."

"네엣!"

두 소년은 천 리를 내다보는 대원로 앞에 소리 높여 대답했다. 두 사람은 늙은 영능력자의 한마디도 허투루 듣지 않고 모든 것을 다 외워버릴 것처럼 머릿속에 담았다.

"그래그래…… 참으로 믿음직하구나."

모모 님의 자글자글한 주름이 패기 발랄한 두 소년을 바라보며 더욱 깊어졌다. 소년들도 서로를 바라보며 기쁘게 웃음 지었다.
두 소년의 가슴이 한없이 벌렁거렸다. 하지만 두 뺨이 발개질 정
도로 달아오른 두 가슴이 한순간에 차갑게 식을 줄은 몰랐다.

똑똑…….

민우와 라즈니쉬가 들어왔던 하얀 문에서 노크 소리가 들렸다.

"들어오시게."

모모 님의 표정이 갑자기 차갑게 굳었다. 두 소년은 또 누가 오
는지 문 쪽으로 고개를 돌렸다. 그리고 그들의 등 뒤에 나타난 검
은 양복 차림의 남자를 보고 깜짝 놀랐다.

"아, 안녕하십니까!"

두 소년은 그 자리에서 벌떡 일어섰다. 문으로 들어온 사람이
신성한 집행자들의 동방지부장이라는 사실에 두 사람의 얼굴은
긴장으로 굳어버렸다. 한참 어린 학생들이 코앞에서 동방지부장
을 뵙다니 믿을 수가 없었다.

"마침 잘 왔네, 동방지부장. 아주 훌륭한 아이들인데다…… 특
히 이번 일에 제격이라는 생각이 드는구먼."

"네, 그렇습니까."

옥빛 한복을 입은 모모 님이 민우와 라즈니쉬를 칭찬하자 현욱
은 깍듯이 고개를 숙이며 예리한 눈빛으로 두 소년의 모습을 훑
었다.

현욱의 강렬한 눈빛이 자신들에게 초점을 맞추자 소년들은 바
짝 긴장되는 동시에 흥분으로 가슴이 두근거렸다. 드디어 주목을

받게 되었다는 사실, 그것도 대원로와 동방지부장에게 인정을 받았다는 사실은 벅찬 감동 이상의 무언가를 느끼게 했다. 온몸 곳곳에 작은 소름이 돋고 전기가 발끝부터 머리끝까지 찌르르 도는 것을 느꼈다. 두 소년은 떨 듯이 기쁜 마음을 감추느라 애를 썼다.

그러나 그들의 흥분은 계속되지 못했다. 현욱의 뒤를 따라 방 안으로 들어오는 소년의 얼굴을 확인한 뒤부터였다.

"오셨는가, 박수 양반."

모모 님이 현욱의 등 뒤를 향해 말을 건네자 열린 문 저편에서 덥수룩한 머리에 얼룩덜룩한 흰색 한복을 걸친 소년이 나타났다. 소년은 자신을 향해 말을 건네는 모모 님을 확인하고 잠시 멈칫거렸지만 곧 무표정한 얼굴로 방 안에 들어섰다. 모모 님은 그런 소년을 향해 너그러운 할머니 미소를 지었다.

'낙빈, 저 녀석⋯⋯.'

민우와 라즈니쉬는 눈살을 찌푸렸다. 소년이 처음 이곳에 온 그 순간부터 동방지부장이 직접 데려왔다는 소문이 파다하게 퍼지면서 이곳 아이들은 소년에 대한 관심이 매우 높았다. 얼마나 대단한 능력을 가진 아이인지 보기 위해 아이들이 몰려들었지만 차갑게 얼어붙은 눈빛과 조금도 친해질 생각이 없는 도도한 태도에 모두들 혀를 내둘렀던 그 녀석⋯⋯. 얼마나 잘났는지는 몰라도 겸손의 미덕 따위는 찾으려야 찾을 수 없는 되바라진 녀석이 민우와 라즈니쉬의 눈앞에 나타난 것이다.

소년의 얼굴을 확인한 순간 민우와 라즈니쉬는 어쩐지 꺼림칙

한 느낌이 들었다. 처음 녀석이 SAC의 화이트 하우스에 나타났을 때 녀석과 같은 층에 살던 민우와 라즈니쉬는 언제나 그렇듯 녀석을 환대했다. 처음에는 어색하고 낯선 환경 탓에 날카로운 태도를 보일 수도 있다고 생각했지만 녀석은 첫날부터 지금까지 줄곧 '귀찮게 하지 마!', '다들 꺼져버려!'란 말밖에 할 줄 몰랐다.

두 사람만 초대받은 줄 알고 들떠 있던 민우와 라즈니쉬는 모모 님마저 소년을 환대하자 속이 뒤틀리는 느낌이었다.

"박수무당아, 너와의 인연이 이곳에서도 이어지는구나. 반갑다."

대원로의 인사에도 소년은 묵묵부답으로 일관했다. 그저 고개만 숙일 뿐 아무런 반응이 없었다. 버릇없는 그 모습에 모모 님보다도 민우와 라즈니쉬의 속이 더 상했다. 하지만 모모 님은 물끄러미 소년을 바라볼 뿐이었다. 자글자글한 주름 속에 노여움 따위는 없었다. 가늘게 뜬 두 눈에는 오히려 동정 어린 빛이 그득했다.

"……많이 변했구나, 박수야."

모모 님은 설설 고개를 내저으며 소년에게서 시선을 거두었다. 그러고는 다시 민우와 라즈니쉬를 바라보며 이야기를 이어갔다.

"너희와 함께할 동료가 있느니라. 얼굴은 서로 알고 있는 모양이로구나. 저 박수무당과 함께 다녀오너라."

기분 나쁜 예감은 어김없이 현실이 되고 말았다. 민우와 라즈니쉬의 들떴던 마음이 갑자기 착 가라앉았다. 말 한마디 나누려 하지 않는 녀석과 같이 일하라니 눈앞이 캄캄했다.

"얘들아, 아까 내가 한 말 기억하고 있겠지? 이번 일은 너희 두 사람이 원하는 대로 해결해라. 박수무당아, 너는 이 아이들이 일을 풀어나가는 모습을 그저 지켜보기만 하여라."

민우와 라즈니쉬는 의아한 얼굴로 서로를 바라보았다. 눈동자에 의문이 어린 것은 두 사람만이 아니었다. 더벅머리의 낙빈 역시 의심스러운 눈빛으로 모모 님의 얼굴을 바라보았다.

"하지만 왜……?"

민우와 라즈니쉬는 모모 님의 의중을 물으려다가 곧 입을 닫았다. 두 소년보다 더욱 불만 가득한 눈동자가 눈앞에 있었기 때문이다. 낙빈은 누구보다도 이 상황에 당황한 눈빛이었다.

"박수 양반은 이번에 힘을 써서는 안 되네. 이 아이들이 먼저 도움을 청하는 경우를 제외하고는 말일세. 자네는 이 아이들과 함께 곧 한 마을을 방문하게 될 걸세. 하지만 이번 일을 해결하는 건 박수 양반이 아니라 이 아이들이라는 걸 명심하게. 자네는 그 모습을 지켜만 보시게."

모모 님은 의문으로 가득한 낙빈의 눈을 피하며 주름진 손을 휘이휘이 저었다. 모모 님의 말씀에 두 소년은 속으로 쾌재를 불렀다. 비록 재수 없는 녀석이 함께하지만 녀석은 이번 사건에서 어떤 일도 못할 것이다. 이번 사건은 온전히 자신들에게 맡겨졌다는 사실이 소년들을 들뜨게 했다. 대원로와 동방지부장에게 멋지게 사건을 해결해 보이고 싶은 마음도 그득했다.

"늙은이가 말을 많이 했더니 피곤하구먼. 다들 돌아가게나."

모모 님의 말씀에 민우와 라즈니쉬는 그 자리에서 큰절을 했다. 큰절을 마치고 방을 빠져나가려는데 모모 님이 두 소년을 불렀다.

"두 사람에게는 특별히 부탁할 것이 있네. 온정을 가지시게. 부디 온정을 잊지 마시게. 소년에게 온정을 가져야 하네. 내 말 잊지 않고 기억하겠는가?"

"……네, 네! 알겠습니다."

민우와 라즈니쉬는 수수께끼 같은 마지막 말에 고개를 갸웃거렸다. 지금 당장은 무슨 말인지 이해되지 않지만 대원로의 깊은 의중을 곧 이해할 날이 올 거라 생각했다. 두 사람은 존경을 담아 깊이 고개를 숙이며 대원로의 방을 빠져나왔다.

두 소년이 방을 빠져나오는 동안에도 낙빈은 얼어붙은 듯 그 자리에 서서 모모 님을 바라보고 있었다. 차가운 눈빛에는 원망과 불복의 기색이 그득했다.

3

따사로운 태양이 한없이 맑게 내리비치는 드넓은 평야에 누런 벼 이삭이 고개를 숙였다. 줄을 맞춘 듯 일렬로 늘어선 가지런한 황금 들판 위로 붉은 태양이 내비치는 평화로운 시골 마을은 여태껏 늘 고요하고 평온한 일상을 유지했다. 드넓은 논밭은 눈보라가 몰아쳐도 과하게 눈이 뒤덮이지 않았고 비바람이 몰아쳐도 물난리 한 번 난 적이 없었다. 항상 편안하기 그지없는 지방이라 마을 이름도 '안역安域'이었다.

이 풍요로운 안역의 대지 위에 뿌리를 내린 윤씨 가문은 이 지방 유지로 대를 이어오며 마을 사람들의 존경을 받아왔다. 본래 거대한 대가족이자 씨족공동체 마을을 형성했던 윤씨 가문은 나라가 바뀌고 전쟁이 일어나도 부침 한 번 없이 집안을 유지했다. 지금도 작게는 면장부터 국회의원이나 시의원, 우체국장, 학교 교장에 이르기까지 마을의 중요 자리를 꿰찰 정도로 명맥을 이어오고 있었다. 덕분에 이 작고 오래된 마을에 붙어 있는 동안 윤씨 일가의 사람들은 하루하루 사는 데 걱정이 없었다.

하지만 산업화를 겪은 뒤로 마을을 떠나는 사람들도 더러 생겼다. 도시로 뿔뿔이 흩어진 윤가의 사람들은 가끔 성공했다는 소리가 들려오지만 생활이 곤궁해져 다시 마을로 돌아오는 경우도 있었다. 바로 윤경식이 그런 경우였다.

대대로 내려오는 논과 밭을 종가宗家 어른에게 팔아 적잖은 돈을 가지고 큰 도시로 나갔는데도 성공은 그를 비껴갔다. 마을을 떠난 지 몇 년도 안 되어 윤경식과 그의 아내는 빈손으로 돌아왔다. 망해도 그렇게 망할 수가 있나 싶을 정도로 모든 것을 날려먹고 한 푼도 건지지 못한 채 거지꼴이 된 것이다. 잃어버린 건 돈뿐만이 아니었다. 부부가 애지중지 키우던 아들마저 잃어버린 채였다. 그것도 몸이 불편해 부부가 끔찍이 아끼고 돌보던 아이였다.

윤경식 부부가 마을을 떠난 이유 중에는 도시의 큰 병원에서 아이의 병을 고쳐보겠다는 것도 한몫했다. 두 사람은 사업을 하면서 아이를 치료하겠다는 꿈을 품고 대대로 내려오는 논밭을 몽땅 처분한 뒤 도시로 나갔지만 몇 년도 지나지 않아 비참한 몰골로 돌아오고 만 것이었다.

그들 부부가 마을로 돌아와 제일 먼저 찾아간 사람은 윤가의 종가인 윤상용 어른이었다. 가진 돈을 모두 털어먹고 빈털터리가 되어 돌아온 그들이 그나마 믿고 의지할 데라곤 집안 어른밖에 없었다.

종가를 찾아온 윤경식 부부의 차림은 참으로 초췌했다. 동전한 닢도 없이 달랑 보따리 두 개가 전부였다. 심지어 윤경식의 아내는 미라처럼 비쩍 마른 몸에 배만 불룩했다. 끼니도 제대로 챙겨 먹지 못한 가엾은 임신부 꼴이었다.

종갓집의 큰 어른이자 시의회 의원인 윤상용 노인은 그런 부부를 안타깝게 여겼다. 99칸의 거대한 종갓집을 지키고 있는 윤상용에게 부부가 살 곳을 마련해주는 건 큰일도 아니었다. 겹겹이 둘러싼 담벼락을 지나 안채 마당에 고개를 묻고 엎드린 윤경식에게 윤 노인은 같은 성씨라는 사실 하나만으로 큰 은혜를 베풀었다.

"자네 아버지는 내 잘 알고 있지. 그래, 외지서 고생을 많이 했다고?"

"네에, 어르신."

큰 죄라도 지은 것처럼 윤경식은 고개를 들지 못했다. 그는 선고를 기다리는 죄수처럼 수년 만에 찾아온 고향 땅에 머리를 조아렸다. 그런 윤경식의 뒤통수를 안채 툇마루에서 내려다보자니 윤 노인은 맘이 좋지 않았다. 부부 모두 비쩍 마른 등이 참으로 볼품없었다. 그래도 마을을 떠나기 전에는 그럭저럭 잘산다는 소리도 들었는데, 이제는 비루한 모양이 말할 수 없을 정도였다.

"자네가 예를 떠나기 전에는 번듯한 이층집도 짓고 군청 일도 하고 그랬지, 아마?"

"네에……."

윤경식은 목소리가 안 들릴 정도로 작게 대답했다. 윤가의 후광을 등에 업고는 이 마을 어귀에 번듯한 이층집을 짓고 살며 공무원으로 근무하던 때도 있었다. 소박하지만 풍요롭게 살던 그 모든 평화로움을 버리고 고향 땅을 떠났다가 부모가 남긴 재산까지 모두 탕진하고 이렇게 빈손으로 돌아온 것이 한없이 부끄럽고 죄스러워 목이 멨다.

"거 마당에 앉지 말고 이리 올라들 오시게. 뭐 큰 죄를 지었다고."

윤 노인은 맨바닥에 무릎을 꿇고 엎드린 젊은 부부를 일으켰다. 30대 중반의 부부가 그동안 얼마나 마음고생을 했는지 흰머리가 반이나 뒤섞여 쉰 살은 되어 보였다. 팔다리가 깡마른 처는 불룩한 배를 쥐고 일어서면서 비틀거렸다.

윤 노인은 부부를 안채 방으로 들였다. 여덟 폭짜리 산수화 병풍이 늘어선 정갈한 방 안에 들어선 뒤에도 부부는 고개를 숙인 채 얼굴을 들지 못했다.

"그래…… 아버지는 작고하셨다고?"

윤 노인의 말은 윤경식의 가슴을 후벼 파는 비수였다.

"제가 사업에 실패한 후로 화병을 얻으셔서……."

고향 땅으로 돌아올 면목도 없다며 한탄하던 아버지가 그렇게 돌아가신 것도 윤경식의 사업 실패 때문이었다.

"저런, 저런……!"

윤 노인은 설설 고개를 저었다. 마을을 떠난 뒤에도 알음알음 전해지는 이야기를 들어왔지만 정정하던 양반이 화병으로 생을 마치다니 참으로 안타까운 일이 아닐 수 없었다.

"그런데…… 자네들에게 아들이 하나 있지 않았던가? 몸이 좀 불편한 아이가 하나……."

몸은 노구였지만 윤 노인의 기억은 생생했다. 그는 마을 일가에게 있었던 일이라면 몇 해가 지나도 귀신같이 기억해냈다. 심지어 밖으로 잘 데리고 나오지도 않은 뇌성마비 아이에 대한 기억까지 남아 있었다.

"있었지요. 이, 있었는데……."

"으흑!"

아들 이야기가 나오자 죽은 듯 가만히 있던 윤경식의 아내가 흐느껴 울기 시작했다. 그녀는 하얀 손수건으로 입을 꾹꾹 눌러보았지만 결국 울음을 토해내고 말았다.

"뇌성마비에 걸린…… 아들 녀석이 있었습니다. 사업에 실패한 뒤 빚쟁이들에게 쫓겨 이리저리 도망 다니다가 결국 그 아이를 잃어버리고 말았습니다."

"아니, 어떻게 그런 일이?"

윤경식은 입술을 깨물며 울지 않으려 했지만 결국엔 눈물이 방바닥으로 떨어지는 것을 막을 수가 없었다.

"아이를 데리고 도망을 다닐 수가 없어서 잠시 시설에 맡기기로 했는데…… 시설 정문에 편지와 함께 아이를 두고 왔습니다. 그런데…… 다시 찾으러 갔을 때는 아무런 흔적도 없었습니다. 그날 아이를 봤다는 사람도 없었습니다. 아이가 감쪽같이 사라진 겁니다."

"쯧쯧쯧, 그런 일이……."

"제가 바보 같았습니다. 빚쟁이들이 겁나서 아들 녀석을 몰래 맡기려던 게 잘못이었습니다. 아이를 데리고 시설에 함께 들어가기만 했더라도 이런 일이 없었을 텐데……."

"하이고, 끌끌끌……."

윤 노인은 연신 혀를 끌끌 차댔다. 사업 하나 망하면서 부모가 화병으로 죽고, 어린 아들까지 잃어버리고, 결국엔 거지나 다름없는 모습으로 고향 땅을 찾아온 두 사람의 처지가 딱하기 이를 데 없었다.

"그래, 알겠네, 알겠어. 내가 도와줄 일이 뭔가? 내 자네 부친을 생각해서라도 모른 척은 못하니 편하게 말씀하시게. 어디 지낼 곳이라도 있는 겐가?"

윤 노인은 더 얘기를 붙이기도 어려워 고개를 흔들었다. 말을 이어봤자 가엾고 슬픈 이야기만 더 나올 게 뻔했다. 어쨌든 집안의 어른으로 가엾은 이를 모른 척할 수는 없었다.

"어르신, 젊은 놈이 이렇게 막무가내로 찾아와 도와달라고 말씀드리기가 부끄럽기 짝이 없습니다. 하지만 이 사람의 배 속에 아이가 하나 있어 염치 불고하고 찾아왔습니다. 사실 뇌성마비에 걸린 첫째아이의 좋은 가족이 되길 바라면서 만든 아이입니다만, 이제 잃어버린 자식 대신 온 힘을 다해 잘 키워볼 생각입니다. 하지만 지금은 잠잘 방도 얻어주지 못하는 무능한 남편이 바로 접니다. 어르신! 저희 부부가 잠잘 공간이라도 마련해주신다면 이 은혜 죽을 때까지 잊지 않겠습니다! 부디 이 사람과 저, 살려주시는 셈치고 그것만 도와주십시오! 막일을 해서라도, 이 집안의 머슴 일을 해서라도 신세는 꼭 갚겠습니다!"

윤경식은 먼 친척 어른인 윤 노인 앞에서 이마가 바닥에 닿도록 머리를 조아렸다.

"알았네, 알았어. 그래그래……."

윤 노인은 그런 윤경식의 모습이 가련하다 못해 보기가 딱해 손을 내저었다. 일흔이 되도록 아랫사람들이 머리를 조아리는 모습은 늘 보아왔지만 같은 종친이 거지꼴이 되어 고개 숙이는 걸 보니 맘이 편치 않았다.

"이보게, 장씨!"

윤 노인이 밖을 향해 짧게 소리치자 집안 살림을 돕는 집사 장씨가 안으로 들어왔다. 그 역시 초로의 나이임이 분명한데도 윤 노인에게 깍듯이 고개를 꺾으며 예의를 차렸다.

"부르셨습니까, 어르신."

유서 깊은 윤씨 가문은 역사만 오래된 것이 아니라 집터에 사는 이들도 과거 속에 멈춰버린 것 같았다. 양반과 상놈, 주인과 하인 같은 신분은 예전에 사라졌지만 이 집안에서만은 그런 관계가 여전히 유지되는 모양새였다.

"중문 행랑채에 안 쓰는 방들이 있지? 온돌이 있는 행랑채 말일세."

윤 노인은 허리를 구부정하게 구부린 채 장씨를 향해 물었다.

"네, 있습니다, 어르신."

장씨는 윤 노인이 무엇을 이야기하는지 단번에 알아챘다. 으리으리한 윤 노인의 집 대문을 들어서면 옛날부터 하인들이 기거하던 바깥 행랑채가 있었다. 바깥 행랑채는 주로 거친 일을 하는 남자아이들이 쓰던 곳이었지만 이제는 대부분 창고로 사용하고 있었다. 그리고 담 하나를 건너 안쪽으로 들어서면 중문 행랑채가 있었다. 그곳에는 안채의 오른편에 작게 지어놓은 방들이 있었는데, 예전에는 결혼한 하인들을 살게 했다. 그곳도 벌써 몇십 년 동안 한 번도 사용한 적이 없는 곳이었다. 특히나 선대 어른들이 중문 행랑채를 꺼려서 오랫동안 비어 있었다. 이제는 거느리고 살던 하인이나 종들이 출퇴근하는 고용인으로 바뀌면서 더 이상 중문 행랑채를 사용할 필요가 없었다.

"그래, 사람들 시켜서 거기 좀 치우고 이 두 사람이 지낼 수 있도록 자네가 꾸며보시게. 거기서 애를 낳아야 할 판이니 불이 제대로 지펴지는지, 곰팡내는 안 나는지 꼼꼼히 확인하게나."

"네, 어르신."

장씨는 공손히 고개를 숙이며 방문을 나갔다. 그가 방문을 닫는 순간 윤경식은 넙죽 엎드린 채 바닥에 고개를 파묻었다.

"감사합니다! 감사합니다, 어르신!"

집도 절도 없는 시간 동안 이리저리 빚쟁이들을 피해 도망 다녔던 윤경식은 윤 노인의 크나큰 은혜에 그저 감사한 마음이었다. 이제야 두 발 뻗고 잠들 수 있다는 사실에, 무엇보다도 산달이 곧 닥칠 가엾은 아내를 쉬게 할 수 있다는 사실에 그의 가슴은 말할 수 없이 벅차올랐다.

부부가 눈물을 뚝뚝 흘리며 감사의 말을 해대니 윤 노인이 손을 휘이휘이 저어댔다.

"됐네, 됐어. 그리고 자네 일자리도 알아봐줄 테니 좀 기다려보시게. 전에 일하던 군청은 아니어도 시의회에 일자리를 구해줄수는 있을 거야. 자리를 구할 때까지는 당분간 장씨와 함께 우리집 일을 좀 돕게."

"아아, 어르신! 이 은혜를 어찌 다…… 감사합니다! 감사합니다!"

윤경식과 그의 아내는 쉴 새 없이 고개를 조아렸다. 앞날이 깜깜하기만 했던 두 사람이 이제 겨우 한 줄기 동아줄을 잡은 것이다. 윤 노인이 건네준 것은 그저 작은 동정과 도움이 아니었다. 종갓집의 도움이 아니고는 어디에도 갈 곳 없는 두 사람에게 남은 것은 그저 이 세상을 등지고 사라지는 길밖에 없었다. 그러니 윤 노인이 건넨 도움의 손길은 두 사람에게 새 생명을 부여한 것이나 마찬가지였다. 아니, 두 사람만이 아니었다. 비쩍 마른 임신부의 배 속에서 고통스러운 나날을 보내면서도 조금씩 자라고 있는 생명까지……. 말 한마디가 세 명의 목숨을 살린 것이었다.

"아이고, 그만두게, 그만둬."

머리를 들지 못하는 부부를 보면서 윤 노인은 손사래를 쳤지만 기분이 나쁘지는 않았다. 이러니저러니 해도 이렇게 도움을 주는 건 기분 좋은 일이었다. 일흔이 넘은 늙은이의 메마른 가슴에도 따스하고 촉촉한 불길이 피어오르는 것만 같았다.

그렇게 윤경식 부부가 별채에 머문 지 딱 3일이 지난 어느 날이었다.

이른 저녁, 윤 노인은 자리를 깔고 누웠다. 아늑한 한옥에는 은은한 상아색 벽지가 붙어 있고 여덟 폭 병풍으로 창호를 가려 밖에서 들어오는 빛을 막았다. 윤 노인은 고운 옥장판에 푸른 보료를 깔고 두꺼운 비단 이불 속에서 잠이 들었다. 뜨끈뜨끈한 온돌 기운을 느끼며 평소와 다름없이 편히 잠 속으로 빠져들었다. 그런데…….

"우음. 으으으……."

잠이 들면 좀처럼 깨지 않는 윤 노인은 그날따라 자꾸만 몸을 뒤척이며 구슬땀까지 흘렸다. 윤 노인이 나지막한 신음 소리까지 내자 함께 자리에 누워 있던 윤 노인의 아내가 먼저 눈을 떴다.

"영감, 일어나봐요!"

"어허헉!"

편히 잠들지 못하고 뒤척거리는 윤 노인을 흔들어 깨우자 땀으로 흠뻑 젖은 윤 노인이 소스라치게 놀라 깨어났다. 새벽빛도 들지 않은 캄캄한 밤이지만 어둑한 방 안에 하얗게 홉뜬 윤 노인의 눈동자가 흔들리는 게 보였다. 머리맡에 놓인 물을 벌컥벌컥 들이켠 윤 노인은 벌렁거리는 심장을 부여잡으며 고개를 흔들었다.

"이상해. 정말 이상한 꿈이야. 내일은 선산에 올라가봐야겠어."

"아니, 선산엔 왜요?"

갑작스러운 선산 이야기에 부인의 눈이 커졌다.

"꿈에서 말이야……. 아버지가 어떤 여자한테 목을 졸리고 있었단 말이지. 처음 보는 여잔데…… 하얀 옷에 머리를 풀어헤친 귀신 몰골에 시퍼런 눈을 하고는 돌아가신 아버지의 산소를 파헤치더니 시신에 올라타고 목을 조르는 거야. 돌아가셨을 때의 모습 그대로인 아버지는 목이 졸린 채 괴로워하셨어. 손발을 버둥거리다가 나를 부르시는 거야. 상용아, 상용아 하면서 날 잡으려고 두 팔을 허우적거리시는 거야.

그뿐이 아니라네. 그 귀신이 이번에는 어머니의 묘에 올라가서 흙을 파헤치니까 핏덩이 같은 어린애가 나타나 귀신의 옷자락을 붙잡는 거야. 몸이 꼬인 것처럼 이상하게 비뚤어진 게 정상적인 아이는 아니고, 어딘가 이상한 아이였어. 피투성이인 그 애도 처음 보는 얼굴인데 갑자기 나타났어. 그 여자 귀신은 돌아가신 어머니에게 입혀드렸던 비단옷이 온통 시뻘건 핏물로 물들어갈 때까지 어머니의 온몸을 씹고 물어뜯었다네. 어머닌 무덤에 누워 꼼짝도 못하고 눈물을 줄줄 흘리며 내 이름을 불러댔지. 두 분이 다 나를 부르시는데, 나는 움직이지도 못하고 그 모습만 바라보고 있는 거야.

세상에! 그 꿈이 어찌나 생생한지. 지금도 생생하구먼. 아무래도 이상해. 묏자리에 무슨 문제가 생긴 건 아닌가 모르겠어. 당장 선산에 들러봐야겠어!"

"아이고, 그게 대체 무슨 꿈이랴. 하여간 가더라도 날이 밝으면 가시고 우선은 좀 주무시구려. 아직 동트려면 멀었어요, 영감. 그만 잊고 우선은 주무십시다. 내일 동트면 선산에 가기로 하시고."

윤 노인은 부인의 말을 따라 다시 이부자리에 누웠다. 적막한 어둠 속에 몸을 누였지만 좀처럼 잠이 오지 않았다. 너무나도 생생하고 끔찍한 꿈이 머릿속에서 지워지지 않았다. 소복을 입은 낯선 여자와 피투성이의 어린애. 돌아가신 부모님의 묘를 파헤치고, 목을 조르고, 괴롭힌 두 사람의 모습이 머릿속에서 떠나지 않았다.

다음 날. 아침 일찍 해가 뜨자마자 윤 노인은 간편한 옷차림으로 집사 장씨와 고용인 몇을 데리고 곧장 마을 뒤의 선산에 올랐다. 잘 가꿔놓은 선산의 조상님들 묘지 사이에 선친의 묘도 함께 자리해 있었다. 윤 노인은 선친의 묘지를 향해 나아가면서 모든 것이 그저 꿈이길 바랐지만 현실은 그렇지 않았다.

"아이고, 이런 세상에!"

무덤을 확인한 윤 노인은 그 자리에 힘없이 주저앉고 말았다. 동행한 장씨와 고용인들도 영문을 몰라 웅성거렸다.

"이럴 리가 없습니다! 주초에 제가 직접 사람들을 데리고 왔단 말입니다. 그때는 말끔하게 잘 정돈되었는데 대체 누가 이런 짓을⋯⋯."

장씨는 어쩔 줄 몰라 하며 웅얼거렸다. 며칠 사이에 대체 누가 그랬는지 윤 노인의 선친 묘를 파헤친 것이었다. 두 무덤의 봉분에 둥근 원을 그리고 관 바닥까지 수직으로 커다란 원통을 만들며 파헤친 모양새였다. 어떤 도둑놈이 선친 부부의 묘만 파헤쳤는지, 누가 이런 몹쓸 짓을 했는지 고용인들은 말이 많았지만 윤 노인은 하얗게 질려 아무 말도 못했다. 윤 노인은 느낄 수 있었다. 꿈속의 그 모습처럼 위험한 무언가가 움직이기 시작했음을⋯⋯. 이 무덤을 파헤쳐놓은 것은 도둑이 아니라 꿈속에서 본 괴상망측한 귀신들이라는 것을!

4

선친의 묘가 파헤쳐진 뒤로 하루가 멀다 하고 괴상망측한 사건이 벌어지기 시작했다. 처음에는 묘지 근처에서 자꾸 이상한 일들이 일어났다. 유독 선친의 묘지 근처에서만 잔디가 몽땅 뽑히고 묘지 앞의 나무가 뿌리째 뽑혀 있었다. 어찌했는지 그 무거운 묘석까지 뽑히기도 했다. 윤 노인은 파헤쳐진 묏자리를 다시 정리하고 매일 밤 보초까지 세워두었다. 다행히 보초를 세운 뒤로는 별다른 일이 없었지만 이제 괴상한 일은 선친의 묘가 아니라 다른 가족들에게 일어났다.

슬하에 5남 3녀를 둔 윤 노인은 아들과 손자에 이르기까지 3대를 거느리고 있었다. 손자와 손자며느리까지 대가족을 거느리고 사는 윤상용 노인의 집은 늘 사람들로 북적거렸다.

묘지를 손보고 며칠 동안 잠잠하더니 또다시 윤 노인의 꿈자리가 뒤숭숭했다. 윤 노인의 꿈에 손발이 뒤틀린 어린아이가 나타났다. 벌거벗은 아이는 소복을 입은 여자 귀신과 함께 꿈속에 나타났던 그 아이였다. 그 아이가 이번에는 두둥실 구름을 타고 날아오른 것처럼 윤 노인의 기와집 지붕 위를 엉금엉금 기어 다녔다. 팔다리가 뒤틀려 있다 보니 아이의 움직임은 무척 불편해 보였다. 아이는 그런 몸으로 울퉁불퉁한 지붕 위를 꿈틀꿈틀 기어 다니면서 무언가를 찾는 것 같았다. 마침내 아이는 어느 지점에 멈추더니 비틀어진 팔을 지붕에 쑥 집어넣는 것이었다. 아이의 손은 기와를 뚫고 안으로 들어가 무언가를 움켜쥐고 올라왔다.

입도 얼굴도 삐뚤어진 아이가 꺾인 손을 틀어가며 무언가를 입에 넣고 잘근잘근 씹어댔다. 사지가 뒤틀린 아이는 허연 눈동자로 윤 노인 쪽을 바라보더니 시커먼 뭔가를 꿀꺽꿀꺽 삼켜댔다. 윤 노인은 그 모습이 끔찍해서 고개를 돌리고 싶었지만 온몸이 바위에 눌린 것처럼 옴짝달싹할 수가 없었다. 아이의 허연 눈알이 어찌나 무서운지 심장이 얼어버릴 것만 같았다.

아이는 윤 노인을 향해 몸을 질질 끌며 기어오기 시작했다. 여전히 거무죽죽하고 기다란 무언가를 입으로 질근질근 씹으면서.

"으으으…… 으으으……."

피투성이 아이가 조금씩 몸을 끌며 윤 노인의 곁으로 다가올 때마다 노인은 신음을 토했다. 그는 누가 자신을 꿈에서 깨워주었으면 하고 눈동자만 굴렸다. 신기하게도 자신의 옆에 누운 아내의 모습이 보였다. 꿈을 꾸면서도 실제 잠든 아내 모습까지 보이는 것이었다. 윤 노인은 고운 비단 이불을 덮고 깊이 잠든 아내를 향해 외쳤다.

'일어나, 여보. 나 좀 깨워주시게. 이보게, 여보!'

윤 노인은 애를 썼지만 개미만큼의 소리도 나오지 않았다.

그동안 뒤틀린 몸뚱이의 아이가 윤 노인의 코앞까지 다가왔다. 아이는 온몸에 더께더께 핏자국이 그득했다. 피투성이 아이가 눈을 허옇게 뜨고 윤 노인을 노려보았다. 아이의 눈에도 붉은 피가 그득했다. 두 눈에서 붉은 핏물이 줄줄 흐르는 게 괴상하고 끔찍했다.

아이의 두 팔은 뒤쪽으로 백팔십도 구부러져 있고 질질 끌려오는 다리는 몸에 비해 작고 볼품없었다. 입에는 여전히 길고 검은 무언가를 물고 있었는데, 자세히 보니 그것은 머리카락이었다.

"으허어어!"

피투성이 아이가 윤 노인의 코앞까지 다가오자 그는 있는 힘을 다해 몸부림을 쳐댔다. 그 순간 입을 통해 작은 신음이 튀어나왔다.

"여보, 일어나요! 일어나!"

동시에 누군가가 딱딱하게 굳은 자신의 몸을 좌우로 흔드는 느낌이 생생하게 전해졌다.

"으헉! 으허어어!"

가위에 눌린 사지가 확 풀리더니 윤 노인의 두 눈이 번쩍 뜨였다. 윤 노인은 그 자리에서 벌떡 일어섰다. 눈앞에 걱정 가득한 아내의 얼굴이 나타났다. 하얗게 눈을 홉뜨던 피투성이 아이는 사라지고 없었다.

"아이고, 영감! 또 왜 이래요!"

걱정으로 가득한 늙은 아내의 얼굴에 눈물이 맺혔다. 마치 금방이라도 죽을 사람을 눈앞에 둔 것처럼 미간이 좁았다.

윤 노인은 바닥에서 벌떡 일어나 앉았다.

"허, 허어어……."

윤 노인은 멍하니 고개를 흔들어대며 벌렁거리는 심장을 팡팡 쳤다. 선친의 무덤을 지킨 뒤로 한동안 잠잠하더니 다시 피투성이 아이가 모습을 드러냈다. 그것도 무덤 근처가 아니라 윤 노인의 집에서. 노인의 등 뒤로 식은땀이 흘렀다. 무언가 끔찍한 일이 벌어질 것 같은 좋지 않은 예감이 들었다.

"부인, 불 좀 켜주시게. 아무래도 보통 꿈이 아닌 것 같아."

아직도 새벽이 멀었지만 윤 노인의 방 안에 환히 불이 켜졌다. 새하얗게 질린 노인의 얼굴이 익숙한 방 안을 낯선 듯 두리번거렸다. 그런 남편이 혹시라도 잘못될까 아내의 얼굴에는 불안이 그득했다. 그때였다.

"꺄아아악!"

칠흑같이 어두운 밤을 뚫고 날카로운 비명 소리가 울려 퍼졌다.

"에구머니나! 영감, 이게 무슨 소리예요?"

"어허, 어허⋯⋯."

두 노인은 급히 겉옷을 걸치고 일어섰다. 넓은 집 안에서도 윤노인은 소리의 근원이 어딘지를 짐작했다. 꿈속에서 그 피투성이 아이가 손을 쑥 집어넣은 자리는 바로⋯⋯.

"저기 불이 켜져 있는 데가 혹시 첫째손자며느리 방 아니에요? 아이고, 여보! 내일모레면 산달인 그 애 목소리 맞지요?"

윤 노인의 곁에 선 아내는 캄캄한 집 안에서도 유독 불이 켜져 있는 곳이 어딘지 대번에 알아챘다. 두말할 것도 없이 윤 노인이 꿈에서 본 그 자리였다. 윤 노인은 대답 대신 부리나케 신발을 꿰었다. 안채와 별채마다 들어선 낮은 담장을 지나 첫째손자 부부가 기거하는 방으로 움직였다. 캄캄한 밤에도 마당 여기저기에 작은 불빛을 설치해놓은 덕에 마당과 마당을 건너기는 어렵지 않았다. 윤 노인은 유일하게 환한 빛이 들어와 있는 손자 부부의 방문을 벌컥 열어젖혔다.

"할아버지!"

손자는 갑자기 나타난 윤 노인을 바라보며 매우 놀란 얼굴이었다.

"무슨 일 있었냐?"

윤 노인은 다짜고짜 방 안으로 들어갔다. 손자와 손자며느리는
낮은 물푸레나무 침대 위에 앉아 있었고 손자며느리는 두 손에
얼굴을 묻은 채 흐느끼고 있었다. 얼마 뒤면 아이를 낳을 손자며
느리가 하얀 이불을 두 손으로 잡고 눈물을 흘리는데, 그 주변에
길고 검은 머리카락이 흩뿌려져 있었다.

"무슨 일이냐?"

평소 같으면 손자 방에 함부로 들어설 윤 노인이 아니지만 방
금 전의 꿈 때문에 예의를 차릴 여유가 없었다.

"할아버님, 그게……."

윤 노인은 눈물로 범벅된 손자며느리 곁으로 다가갔다. 산달이
얼마 남지 않은 손자며느리는 불룩한 배를 감싸고 앉아 있었다.
그런데 손자며느리의 길고 풍성한 머리카락이 여느 때와 달라 보
였다. 검은 머리카락이 마치 쥐가 파먹은 것처럼 삐뚤삐뚤하게
잘려 있고, 잘린 머리카락은 손자 부부가 덮고 있었을 흰 양모 이
불 위에 어지럽게 널브러져 있었다.

"아이고, 세상에!"

꿈속에서 본 피투성이 꼬마가 잘근잘근 씹던 검은 머리카락을
떠올리며 윤 노인은 그 자리에 힘없이 주저앉고 말았다. 뒤늦게
윤 노인을 따라온 아내 역시 망연자실한 얼굴로 이 광경을 바라
보고만 있었다. 윤 노인의 꿈은 분명 단순한 꿈이 아니었다.

명색이 시의원이면서 종가의 큰 어른인 윤상용 노인은 집 안에 무당을 끌어들이고 미신을 섬기는 인상을 주는 것이 꺼림칙했다. 때문에 아내가 아들들의 입학시험이며 취직이며 앞날을 확인하겠다고 점을 볼 때마다 쓸데없는 짓을 한다고 투덜거렸다. 딸이 외손자를 못 낳는다며 굿을 한다고 할 때는 정말 집 안이 발칵 뒤집어지도록 화를 내기도 했다. 하지만 이번에는 달랐다. 종갓집 손자며느리의 배 속 증손자가 떨어질 뻔한 일이 벌어지자 윤 노인은 아내가 하는 일을 모른 척 묵인했다. 그만큼 이번 일들이 하도 괴이해서 사람이 하는 일이 아니라는 생각이 들었던 것이다.

　윤 노인의 아내는 수소문해서 찾아낸 무당을 몰래 집 안으로 데려왔다. 안채에서 대놓고 굿판을 벌였다가는 큰일이 날 것 같아서 손자며느리의 별채로 비밀리에 무당을 불렀다. 산달도 얼마 남지 않은데다 크게 놀란 손자 부부는 손자며느리의 친정으로 보낸 터였다.

　윤 노인의 아내가 데려온 무당은 반짝이는 비단 한복을 입고 푸른 장옷으로 얼굴을 가린 채 윤씨 종가에 들어섰다. 과도할 정도로 하얗게 화장을 하고 입술은 새빨갛게 칠한 무당은 이 지방 사람이 아니었다. 혹시 무당을 데려왔다는 소문이 멀리 퍼질까봐 안주인은 몹시 서둘렀다. 그녀는 사람을 시켜 모셔온 무당이 집 앞에 도착하자마자 다급히 무당의 손을 잡고 집 안으로 들어갔다.

　육중한 솟을대문을 건너는 순간부터 무당은 얼굴을 찌푸렸다.

　"아이고, 고약해라!"

무당의 붉은 입술이 쭈뼛거렸다.

"우리 어른이 보면 일 나요. 그러니 저쪽으로 가서 얘기합시다."

윤 노인의 아내는 무당의 팔을 끌고 대문 안의 낮은 담장과 담장을 지나 손자 부부가 기거하는 별당채로 들어갔다. 마당에는 아무도 서 있지 말라고 미리 신신당부를 해둔 후였다. 낮은 담장과 중문을 통해 별당으로 들어서자 손자 부부의 거처가 나타났다. 손자 중에도 종손이라 온돌방 두 칸은 물론이고 마당에 작은 연못까지 만들어놓았다. 가족의 식사는 안채 부엌에서 해결하지만 따로 다과나 손님 접대를 할 수 있도록 작은 부엌까지 딸려 있어서 불편함이 없는 곳이다.

사실 겉으로 보면 냄새가 풀풀 난 것 같은 고택이지만 요즘 젊은이들이 살기 편하도록 내부는 모두 현대식으로 바꿔놓았다. 결혼한 손자 부부가 알콩달콩 살기 좋도록 애를 쓴 게 분명했다. 특히 종손자가 애를 가졌다는 말을 들었을 때는 별채 앞 작은 연못 옆에 정자까지 세워줄 정도로 정성을 들였다. 그토록 애지중지 아껴왔는데 하룻밤 새 손자 부부를 손자며느리의 친정으로 보내고 말았다. 윤 노인 부부는 엉망으로 머리가 쥐어뜯긴 손자며느리에게 이 집에 머물라고 고집을 부릴 수가 없었다.

"아휴, 고약해라!"

무당은 얼굴을 가리고 있던 장옷을 벗었다. 푸른색 장옷이 벗겨지자 길게 머리를 땋은 젊은 무녀가 얼굴을 내밀었다. 화장술이 부족한 건지 일부러 그런 건지 밀가루를 뒤집어쓴 것처럼 새하얀 얼굴이 드러났다. 눈에는 새까만 아이라인이 두꺼웠고, 입술은 쥐를 잡아먹은 듯 붉었다.

"아이고, 고약해라, 고약해! 지독한 냄새가 나는데? 할멈, 여기 최근에 들어온 사람 있어?"

많아봐야 스물몇밖에 안 돼 보이는 무당이 다짜고짜 반말을 지껄였다. 하지만 윤 노인의 아내는 무당이 내는 소리가 아니라 무당의 몸주인 신神이 내는 소리라 짐작했다. 고개를 숙이고 두 손을 모아 빌던 부인은 최근에 들어온 사람이라는 말에 윤경식 부부가 번쩍 떠올랐다.

"아이고, 있습니다. 저희 먼 친척 되는 부부가 들어왔습니다. 집도 절도 없이 돈 한 푼 없는 거지꼴로 나타난 것을 우리 집 양반이 불쌍하다고 거둬들였지요."

"그래그래, 사람 하나 잘못 들여 이 사달이 났구먼그래?"

"네에? 그게 무슨 소립니까?"

윤 노인의 아내는 두 눈이 동그래져서 무당의 얼굴을 올려다보았다. 무당이 한쪽 눈썹을 치켜 올리며 노파를 노려보았다.

"사람 잘못 들였네, 잘못 들였어. 그 사람이 귀신을 달고 왔어, 귀신을!"

"네에? 그게 무슨……."

"죽은 아이가 보여. 죽은 아이가……."

"아아!"

순간 윤 노인의 아내는 여러 가지 생각이 머릿속에 튀어 올라왔다. 그러고 보니 무당의 말대로였다. 윤경식 부부가 집 안에 들어오고 얼마 지나지 않아 윤 노인의 꿈이 시작되었다. 묘지가 훼손되는 일도 바로 그때 일어났다. 윤 노인이 꿈에서 보았다는 아이에 대한 묘사도 기억났다. 아이의 손발이 이상하게 비틀려 있었다는 말이었다.

"분명히 손발이 비틀린 아이라고……."

동시에 윤경식 부부가 그동안 겪었다는 힘든 일들이 생각났다. 그중에서도 두 사람의 잃어버린 아이 이야기가 그녀의 머리를 두들겨댔다. 뇌성마비인 아이를 치료하기 위해 이 마을을 떠났던 윤경식 부부……. 죽은 아이에 대한 이야기가 노파의 뒷머리를 뻐근하게 했다.

'뇌성마비…… 손발이 뒤틀린 아이 귀신…….'

윤 노인의 꿈에 나타난 피투성이 아이의 모습이 윤경식의 죽은 아이와 정확히 겹쳐졌다.

5

찬바람이 싸늘하게 대지를 휩쓸고 지나가자 민우는 까만 반코트의 앞섶을 여몄다. 흰색 셔츠에 체크무늬 조끼를 입고 단정한 회색 정장 바지를 입은 민우는 기다란 코트까지 입었다. 어린 나이에 비해 지나칠 정도로 정갈한 옷차림이었지만 그 말쑥한 차림새가 참 잘 어울렸다. 찬바람이 등 뒤에서 불어오자 민우는 코트 앞섶을 단단히 여몄다. 늘 느끼는 거지만 한국은 같은 위도의 다른 나라에 비해 추운 느낌이 강했다.

민우의 곁에는 라즈니쉬가 있었다. 라즈니쉬 역시 솜을 누빈 기다란 웃옷을 걸치고 추위에 대비했다. 엉덩이 아래까지 내려오는 연한 녹빛의 윗도리와 헐렁한 누빔 바지는 움직이기 편할 뿐 아니라 라즈니쉬의 친구이자 무기인 목각 인형들을 넣기에도 편리했다.

두 사람의 뒤로 열 걸음쯤 떨어진 곳에 일행인지 아닌지 구분하기 어려운 소년이 더 있었다. 두 소년과 같은 또래로 보였지만 멀찍이 거리를 유지하는 모양을 보면 일행이 아닌 듯도 보였다. 더벅머리 소년은 추위가 숭숭 몸 안쪽까지 다 들어갈 것 같은 얇은 재질의 흰색 한복을 걸친 낙빈이었다. 낙빈은 무표정한 얼굴로 일정한 거리를 두고 두 사람을 따랐다.

민우와 라즈니쉬는 한국에 도착한 뒤로 신성한 집행자들의 모든 도움을 거절했다. 그들은 하나부터 열까지 두 사람의 온전한 힘으로 사건을 해결하겠다는 의지를 내보였다. 소년들은 스스로 차편을 구하고 기초 조사부터 사건 해결까지 모든 것을 감당할 자신이 있었다. 낯선 시골 마을까지 들어오느라 고생을 좀 했지만 스스로의 힘으로 드디어 목적지에까지 도달했다.

딱딱하게 얼어붙은 대지 위로 마른 풀잎과 나무들이 간간이 서 있는 시골 마을은 여름이면 물기 어린 풍족한 과수원과 논밭이 펼쳐져 있을 터이지만 겨울의 끝자락인 지금은 사막처럼 황량하고 버림받은 느낌을 주었다.

그들이 큰길에서 차를 내려 5분쯤 걸어 들어간 마을 언덕에는 이곳이 바로 윤씨 종가임을 알리는 장승이 서 있었다. 장승을 지나고 언덕을 넘으면 그 뒤쪽으로 웅장한 기와집을 필두로 비슷비슷한 한옥이 줄지어 있었다. 앞으로는 맑은 내가 흐르고 뒤에는 구릉진 산이 버티고 있는 멋진 한옥 단지는 산이 둥지가 되고 마을이 새의 알이 되었다. 풍수학적으로 보면 이 마을 모두가 더할 나위 없이 풍요롭고 평안할 형상이었다. 그런 풍요와 평안이 오랜 고택이 별문제 없이 지금껏 유지되도록 도왔을 것이다.

이 평온해 보이는 마을에 도착한 것은 이미 하루가 거의 서물 만큼 시간이 지난 후였다.

"이거 봐, 민우!"

라즈니쉬는 마을 초입에 서 있는 천하대장군과 지하여장군을 바라보며 신기한 듯 말을 걸었다. 길고 구부정한 장승들이 아이들을 굽어보고 있었다.

"그건 장승이라는 거야. 한국에선 마을을 지키는 수호신으로 마을 어귀에 그런 걸 만들어놓았지."

민우가 라즈니쉬에게 짧게 설명했다. 그러나 라즈니쉬는 다른 쪽을 가리켰다.

"아, 그건 나도 알아. 내 말은 그게 아니라 저기 봐, 장승의 머리 꼭대기에 이상한 게 달려 있어. 좋지 않은 냄새가 나는걸?"

"어, 저게 뭐지?"

민우는 가늘게 눈을 뜨며 장승의 머리 꼭대기를 바라보았다. 과연 라즈니쉬의 말대로 지하여장군의 머리 꼭대기에 까맣고 차가운 무언가가 박혀 있었다. 민우는 가볍게 몸을 날려 장승의 머리 위로 올라섰다. 마치 바람을 타고 하늘로 날아오를 것처럼 가벼운 몸놀림이었다. 장승 머리에 올라서니 과연 깊숙이 박힌 까만 것이 눈에 들어왔다. 두꺼운 쇠말뚝이었다. 자세히 보지 않을 때는 몰랐는데, 그 쇠말뚝 때문에 두 개의 장승 모두 머리끝부터 땅 끝까지 한 줄기 틈이 생긴 상태였다. 마을을 지키는 장승의 기운에 틈이 생겼으니 좋지 않은 기운이 들어올 수 있다는 말이었다.

"안 좋은 냄새가 나네."

"우리가 찾긴 제대로 찾았나 봐."

민우와 라즈니쉬는 서로 마주 보며 고개를 끄덕였다.

"어서 가보자, 민우!"

"알았어!"

라즈니쉬와 민우는 좀 더 발 빠르게 마을 안으로 들어섰다. 오래된 한옥이 즐비하게 모여 있는 이곳은 바로 전통을 이어오는 윤씨 가문이 모여 사는 곳이었다.

"요사스러운 기운이 심한데?"

거대한 저택의 솟을대문 앞에 도착한 민우는 양미간을 좁혔다. 전통 깊은 한옥은 웅장하고 거대해서 꽤나 번듯한 집안임을 한눈에 알 수 있었다. 하지만 그 웅장하고 오래된 고택에 진한 원혼冤魂

의 향내가 스며들어 있었다. 집에 다가갈수록 뒷골이 서늘해지는 기분이 들었다.

"민우, 이곳에는 어둠과 미망未忘의 향기가 차 있어."

라즈니쉬 역시 싸늘한 공기를 느끼며 얼굴을 찌푸렸다. 마을 입구에서부터 느껴지던 좋지 않은 기운은 특히 이 웅장한 윤가의 대저택 앞에 다가오자 더욱더 자욱하게 느껴졌다. 그 기운은 윤가의 대저택을 필두로 온 마을을 안개처럼 둘러싸고 있었다.

"어떻게 할까?"

"미리 조사를 하고 들어가는 게 좋을까, 아니면 곧장 들어가서 이야기를 해볼까?"

두 사람은 서로를 바라보며 잠시 생각에 빠졌다. 본래는 마을 여기저기를 돌며 떠도는 이야기를 먼저 들어본 뒤에 문제의 집으로 향하기로 했다. 그런데 마을을 둘러보기에는 시간이 너무 늦었다. 날이 어둑해서인지 마을 어귀부터 동네 골목까지 한 사람도 지나다니지 않았다. 어쩐지 마음이 급했지만 텅 빈 동네에서 뭘 알아보기는 글러버린 듯싶었다.

"여기는 호텔이나 숙박 시설이나, 뭐 하나 없는 것 같지?"

라즈니쉬는 캄캄한 마을의 이곳저곳을 둘러보며 한숨을 쉬었다. 이 한옥 마을에 들어설 때부터 환한 불빛으로 빛나는 간판 같은 것은 보지 못했다. 마을 전체에 그저 주민들의 집만 있을 뿐, 외지인이 이용할 만한 시설 같은 건 아예 없어 보였다.

"그러게 말이야."

민우도 라즈니쉬도 헛헛한 표정으로 서로를 바라보았다. 남은 시간을 그냥 보내기에는 두 사람의 의욕이 충만했다. 하지만 쥐새끼 한 마리 돌아다니지 않는 마을에서 딱히 할 일도 없었다. 민우와 라즈니쉬는 그래도 마을을 한 바퀴 돌았다. 혹시 민박이라도 하는 집이 있으면 들어가 하룻밤 묵을 생각이었다. 동네 민박집에서 떠도는 이야기를 들어도 좋을 거라고 생각했다. 하지만 찬바람을 맞으며 동네를 한 바퀴 돌아봐도 민박을 한다는 푯말은 어디에도 없었다. 마을이 어찌나 조용하고 또 폐쇄적인지 하룻밤 묵을 집을 찾는 게 불가능해 보였다.

두 소년이 어쩔 줄 모르고 우왕좌왕하는 동안에도 멀찌감치 서서 그림자처럼 버티고 있는 낙빈은 한마디 말이 없었다. 있는지도 없는지도 모르게 조용히 민우와 라즈니쉬를 따르는 낙빈의 표정에는 불만이 가득해 보였다. 그래도 모모 님의 말씀대로 잔말 없이 두 소년의 뒤를 따르는 중이었다.

"저기 있잖아, 아무래도 오늘은 읍내로 나가서 잘 곳을 찾아봐야겠어. 그리고 내일 다시……."

민우가 머리를 긁적이며 낙빈에게도 들릴 정도로 크게 이야기했다. 라즈니쉬와의 대화였지만 은근히 낙빈에게도 상황을 알려주기 위해서였다. 민우도 라즈니쉬도 실망한 표정을 교환했다. 별수 없이 마을 어귀 쪽으로 다시 발길을 돌렸다. 바로 그때였다.

"으아아악!"

금방이라도 숨이 넘어갈 듯 탁한 비명 소리가 대저택 안쪽에서 울려 퍼졌다. 민우와 라즈니쉬는 눈빛을 주고받았다.

"가보잣!"

그리고 누가 먼저랄 것도 없이 거대한 한옥 솟을대문을 향해 내달렸다. 전통적인 권위를 상징하는 솟을대문은 거대한 저택의 담벼락보다 몇 자는 훌쩍 위로 솟아올라 있었다. 그러나 화려한 기와로 굽이굽이 둘러친 높다란 대문도 두 소년을 막을 수는 없었다.

민우와 라즈니쉬는 생각할 겨를도 없이 돌담을 타고 올라 문 안으로 훌쩍 뛰어 들어갔다.

"저쪽이닷!"

초대받지 못한 손님이라는 깃 따위는 중요치 않았다. 두 소년은 대저택의 가장 안쪽에서 흘러나오는 혼기魂氣를 향해 내달렸다. 편평한 마당을 가로질러 안채까지 닿을 수 있으면 좋을 테지만, 집 안에 들어온 뒤에도 건물과 건물 사이에 낮은 담장이 겹겹이 나타났다. 대궐 같은 집 안은 여러 채의 건물이 낮은 담장으로 구분되어 있었다. 큰사랑채, 작은사랑채, 익랑채, 별당채 등 대가족이 따로, 또 같이 살아가기 위해서였다.

구불구불 이리저리 이어지고 연결되는 낮은 담장에 한숨이 나왔지만 담장을 넘고 건너뛰어 마침내 가장 깊숙이 있는 안채에 도착했다. 비명 소리가 들려온 안채는 디귿자 모양의 건물이었다. 가운데 넓은 대청마루를 끼고 양쪽에 방이 있으며, 대청마루의 오른쪽으로는 기다란 부엌이, 왼쪽으로는 몇 칸이나 되는 창고가 딸려 있었다. 그중 대청의 오른쪽 방문이 활짝 열린 채였고, 문 앞에는 하얗게 질린 노인이 부들부들 몸을 떨며 서 있었다.

민우와 라즈니쉬는 담장을 훌쩍 뛰어넘어 안채 정원을 내달렸다. 그리고 곧장 대청마루로 뛰어올랐다. 완전히 질린 눈동자로 방 안만 바라보던 윤 노인이 두 소년의 등장에 깜짝 놀라 뒷걸음 쳤다.

"너, 너희는 누구냐?"

두 소년은 노인의 물음에 답할 시간이 없었다. 신발을 벗을 여유도 없었다.

"실례하겠습니다!"

더욱더 급한 일이 방 안에서 그들을 기다리고 있었다. 하얀 문풍지가 발린 널찍한 방에는 반짝거리는 비단 이불을 덮은 윤 노인의 아내가 눈이 뒤집힌 채 버둥거리고 있었다.

"컥! 커어억!"

윤 노인의 아내는 목이 완전히 뒤로 꺾인 채 고통스러운 비명을 질러대고 있었다. 노파는 있는 힘을 다해 자신의 목을 쥐어뜯었다. 노파는 주름진 목에 시뻘건 피가 차오를 정도로 있는 힘을 다해 쥐어뜯는 중이었다. 보통 사람의 눈에는 괴상망측한 자해自害로 보일 테지만 영혼을 볼 수 있는 민우와 라즈니쉬의 눈에 그것은 단순한 자해가 아니었다.

두 소년의 눈에는 노파의 가슴께에 올라타고 목을 졸라대는 귀녀鬼女의 모습이 보였다. 등을 모두 감쌀 정도로 길게 머리카락을 늘어뜨리고 새하얀 소복을 입은 귀녀였다. 귀녀의 발치에는 피투성이의 어린 영혼이 여자의 하얀 소복을 꽉 붙들고 있었다.

"민우, 내가 결계를 칠게! 운무운월雲霧雲月!"

라즈니쉬가 두 손을 모으며 소리쳤다. 라즈니쉬의 열 손가락에서 새하얀 연기 같은 것이 스르르 뿜어 나오기 시작했다. 손가락 하나하나에서 나오는 하얀 연기는 서서히 공간을 채우기 시작했다. 민우는 운무운월이 공간을 채우기를 기다렸다. 라즈니쉬의 결계가 완성되면 흡정멸귀를 통해 눈앞의 귀신을 빨아들일 작정이었다.

"그러면 늦어. 금강청운계!"

갑자기 예상치 못한 목소리가 들렸다. 기척도 없이 '그 녀석'이 다가온 것이다. 얼룩진 흰색 한복을 입은 낙빈의 눈동자는 덥수룩한 앞머리에 가려져 있었다. 낙빈은 소리도 없이 다가와 라즈니쉬와는 종류가 다른 결계를 만들어냈다. 믿을 수 없을 정도로 푸르고 맑은 힘이 순식간에 주위를 채우기 시작했다. 너무나 강력해서 노파의 목을 죄고 있던 귀신까지도 즉각 눈치를 채고 옥죄던 힘을 멈추었다. 라즈니쉬의 결계력보다 훨씬 강하고 훨씬 빨랐다.

"하지 마!"

라즈니쉬가 거칠게 소리쳤다.

"그, 그만둬!"

민우 역시 낙빈의 결계를 막았다.

"그만둬. 이번 일은 네가 나서서는 안 돼! 잊었어?"

민우는 모모 님의 당부를 기억했다. 이번 사건은 반드시 민우와 라즈니쉬 두 사람의 힘으로 해결해야 한다는 굳건한 약속이었다. 힘으로 따진다면 낙빈은 감히 민우나 라즈니쉬가 대적할 만한 상대가 아닐지도 몰랐다. 이토록 강력한 기운을 순식간에 뽑아내는 아이니까. 하지만 모모 님의 말씀을 거역해서는 안 된다는 생각이 우선했다.

자신의 힘을 막아서는 민우 쪽을 낙빈이 힐끗 쳐다보았다. 두 사람의 눈에서 불꽃이 튀었다. 민우는 긴 앞머리에 가려진 채 드문드문 보이는 낙빈의 눈동자에서 불쾌한 감정을 읽었다. 하지만 소년은 곧 이글거리던 푸른 기운을 사그라뜨렸다. 불쾌하지만 나서지 않겠다는 뜻이었다.

낙빈의 두 손이 살짝 떨렸다. 타의에 의해 힘을 접어야 한다는 사실이 소년을 힘겹게 하는 것 같았다. 작은 승강이를 끝으로 낙빈은 자신의 힘을 모두 거두었다. 그리고 다시 두 소년의 뒤쪽으로 훌쩍 떨어져나갔다. 강력한 금강청운계 역시 완전히 사라져버렸다.

"흡정멸귀!"

낙빈이 제자리로 돌아가자 그제야 민우는 기운을 끌어올렸다. 눈앞에 있는 모든 사귀를 입안으로 끌어모아 구슬에 가두는 술법을 시연하기 위해서였다. 하지만 한 발 늦었다. 이미 새하얀 소복을 입은 귀신이 찢어진 두 눈으로 민우와 라즈니쉬 쪽을 노려보는 중이었다. 핏발 선 붉은 눈동자가 민우를 노려보았다.

'카아앗!'

그리고 다음 순간 귀녀는 옷자락을 붙들고 있던 피투성이의 어린 영혼을 들어올렸다. 그녀의 하얀 소복 위에서 옷자락을 붙들고 있던 어린아이가 귀녀의 손안에 들어갔다. 길고 날카로운 손톱이 번쩍거렸다. 귀녀는 손아귀에 들어온 어린아이의 영혼을 민우와 라즈니쉬 앞으로 내던졌다. 흡정멸귀를 시연하려던 민우의 코앞으로 피투성이인 아이의 영혼이 날아왔다.

"이런!"

민우는 깜짝 놀라 몸을 비틀어 피했다. 설마 아이의 영혼을 던져버릴 줄은 몰랐다. 어린아이의 영혼은 민우를 지나 라즈니쉬가 만들고 있던 새하얀 결계를 향해 날아들었다.

빠지직!

무언가 타들어가는 소리가 들렸다. 결계를 치던 라즈니쉬의 어깨가 충격으로 비틀거렸다. 그 순간을 놓치지 않고 새하얀 소복을 입은 귀녀가 결계를 빠져나갔다. 순식간이었다. 귀녀가 사라지고 충격을 입었을 어린아이의 영혼도 그 자리에서 사라졌다.

"쳇!"

두 소년이 다시 힘을 끌어올렸지만 영혼들은 깨끗이 사라진 뒤였다. 갑작스러운 낙빈의 등장으로 엇박자를 낸 것이 패인이었다.

얼굴을 찡그리며 아쉬워하는 소년들의 뒤로 윤씨 집안 식구들이 속속 안채로 들어왔다. 목을 쥐어뜯던 노파는 다행히 숨이 끊기기 직전 구사일생으로 살아났다. 계속 기침을 해대던 노파가 두 소년을 향해 절을 했다.

"사…… 살려주셔서 가…… 감……."

귀기에 눌려 숨이 넘어갈 뻔했던 윤 노인의 아내가 목소리를 쥐어짜며 소년들을 향해 고개를 숙였다. 이 모든 것을 지켜보던 윤 노인 역시 두 소년에게 무릎을 꿇었다.

"사, 살려주셔서 감사합니다. 도와주십시오, 제발 우리 집안을 도와주십시오!"

윤 노인은 두 소년이 범상치 않음을 단박에 알아챘다. 어린 소년이라는 건 중요치 않았다. 그는 조상이 보내준 하늘나라의 동자들처럼 한없이 귀하고 소중한 존재가 눈앞에 나타났다는 걸 의심치 않았다.

두 소년은 윤 노인 부부가 절을 하자 머리를 긁적였다. 나이 많은 노인들이 바닥에 머리를 대고 조아리니 굉장히 어색한 기분이 들었다. 더구나 안채 정원으로 몰려온 식구들까지 윤 노인을 따라 두 소년에게 엎드려 절을 하는데 몹시도 이상야릇했다.

비록 눈앞에서 귀신을 놓치긴 했지만, 다행히 오늘 남은 시간을 헛되이 날리지 않아도 될 것 같았다.

6

귀기로 가득 찼던 안채는 귀신이 사라지자 다시 평온한 기운을 되찾았다. 혹시 모를 위험에 대비하며 라즈니쉬가 사방 열여섯 방향을 향해 방어의 기운을 불어넣었다. 이후에도 감시와 방비防備

를 위해 기운을 불어넣은 작은 코끼리 인형을 안채 문갑 위에 올려놓았다. 이렇게 해두면 적어도 일주일간은 귀신이 나타날까 걱정하지 않아도 되고, 혹시 귀신이 오더라도 금세 알아챌 수 있을 것이다.

모든 조치가 끝나자 소년들은 윤 노인의 사랑채로 안내되었다. 집 안의 가장 안쪽에 있는 안채는 윤 노인의 아내가 기거하는 곳으로 부엌과 안살림을 주관하고, 안채의 낮은 담벼락을 지나 대문 쪽으로 나아가면 윤 노인이 주로 손님을 접대하는 사랑채가 있었다.

"히익, 굉장하다!"

사랑채 대청에 올라 안쪽 문을 열자마자 키디란 교자상이 소년들을 기다리고 있었다. 라즈니쉬는 처음 보는 진기한 음식들에 두 눈이 휘둥그레졌다. 한국 음식이 다양하고 푸짐하다는 건 익히 들어 알고 있었다. 하지만 '종갓집의 한 상차림'이라는 것은 차원이 달랐다.

좀 전까지만 해도 귀기에 숨이 넘어갈 것 같았던 안주인이 사람들을 시켜 음식을 차려왔다. 고작 어린 소년 셋인데……. 그나마 한 명, 낙빈은 어디로 갔는지 사라져버리고 라즈니쉬와 민우만 상 앞에 앉았는데도 순식간에 만들어낸 음식이 거대한 교자상을 가득 메웠다. 끊임없이 들어오는 음식에 상다리가 휘어질 지경이 되자 라즈니쉬는 물론이고 민우까지도 어안이 벙벙했다. 어떻게 예고도 없이 갑작스럽게 등장한 두 소년을 위해 이런 음식들을 삽시에 준비해내는지 이해가 되지 않을 정도였다. 하지만 손님상을 차리는 데 이골이 난 안주인은 좀 전에 끔찍한 경험을 했음에도 이 모든 차림을 진두지휘했다.

"많이 드십시오. 변변치 않지만 많이 드십시오!"

이런 대단한 요리를 내놓고도 윤 노인은 연신 부족하다며 미안해했다. 민우와 라즈니쉬는 이곳까지 오는 동안 간단하게 끼니를 때운 게 전부라 허겁지겁 늦은 저녁을 들었다. 배가 불러도 맛있을 것 같은 종갓집 한 상을 배가 고픈 순간에 맛보니 천하일미가 따로 없었다.

음식이 어느 정도 들어오자 귀기에 눌려 사경을 헤매던 윤 노인의 아내가 소년들 곁으로 다가와 앉았다. 연한 비취색 한복 치마를 입은 윤 노인의 아내는 좀 전에 큰일을 당할 뻔했는데도 비교적 빠르게 평정심을 되찾은 듯 보였다.

"감사합니다. 두 분은 생명의 은인입니다."

노파는 소년들을 향해 고개를 숙였다. 초로의 노인이 어린 소년들에게 절을 하니 라즈니쉬도 민우도 어쩔 줄 몰라 함께 고개를 숙였다. 먹을 것이 한껏 들어간 터라 빵빵한 배가 위를 눌렀다.

"제발 우리 집안을 좀 구해주십시오! 부탁입니다!"

"제발…… 부탁입니다!"

노파가 고개를 숙이며 애원하자 윤 노인 역시 함께 고개를 숙였다.

"아아, 알겠습니다! 고개를 드세요."

134

"아이고, 그만두세요!"

민우와 라즈니쉬는 손사래를 치며 두 사람을 말렸다. 한참 동안 고개를 조아리던 노파가 치맛자락으로 흐르는 눈물을 꾹꾹 훔쳤다.

"우리 집안을 구해줄 분들이 오신다고 들었습니다. 대체 언제 오시는지…… 많이 기다렸습니다!"

"네? 그게 무슨 말씀이에요? 저희가 오는 걸 알고 계셨단 말씀이에요?"

노파의 말에 민우와 라즈니쉬는 어리둥절한 표정으로 서로를 바라보았다. 미리 연락이 되었다는 말은 한마디도 듣지 못했다. SAC 본부에서는 어떤 준비도 없는 곳에서 그들 나름대로 문제를 해결하라고만 들었는데…….

"실은 얼마 전에 용하다는 무당이 얘기해주었답니다. 그 무당이 말하길, 우리 집에 있는 귀신을 함부로 건드려서는 안 된다고……. 동티◆가 나면 큰일이라면서 자기도 건드릴 수 없다더군요. 그러면서 곧 도와줄 사람이 올 거라고 하더군요. 이 모든 사달이 다 우리가 사람을 잘못 들여서라는데……. 함부로 쫓아내도 안 된다고 해서 이러지도 저러지도 못하고 있었지요."

노파는 허옇게 센 머리를 힘겹게 흔들어댔다. 단정하게 올린 머리 사이로 듬성듬성 허연 살이 드러났다. 아마도 최근에 머리

◆귀신의 물건을 건드리거나 귀신의 영역을 침범하여 문제가 일어나는 경우를 말한다. 이런 경우 신벌神罰을 받거나 갑작스럽게 병이 나거나 예기치 못한 죽음을 맞을 수도 있다.

가 다 빠지도록 마음고생을 한 탓일 것이다.

"실례지만 그동안 무슨 일이 있었는지 말씀해주세요. 저희가 도울 수 있을 거예요."

"아이고, 그럼요. 한번 들어보시오. 이 기도 안 차는 이야기들을……."

노파는 그동안 누구에게도 말하지 못한 이 집안의 이야기를 낱낱이 털어놓기 시작했다. 부인의 곁에서 윤 노인은 크게 한숨만 내쉬었다. 이런 사달을 만든 것이 자신인지라 딱히 얘기하지도 못했다.

"처음 이런 일이 시작된 건 윤경식 부부가 외지에서 사업을 하다가 쫄딱 망해 다시 이 마을로 돌아오면서였습니다. 일가가 갈데도 없고 하도 사정이 딱하니 이 양반이 그냥 모른 체하지 못했지요. 그래서 그동안 비어 있던 중문 행랑채에 도배도 하고 온돌까지 손봐서 들어가게 했지요. 그런데 바로 그 일이 이 사달의 시작이었던 거요!"

"그래, 함부로 남의 식구를 들이는 게 아니었는데. 내가 성급했네."

아내의 말을 듣고 있던 윤 노인이 고개를 숙였다. 윤 노인은 한스러운 눈빛으로 이야기를 이어갔다.

"그 며칠 뒤부터 일이 시작됐지. 내 꿈에 돌아가신 선친께서 고통을 당하는 모습이 나타났어. 하도 꿈이 뒤숭숭해서 다음 날 날이 밝자마자 부랴부랴 묘에 갔소이다. 그랬더니, 세상에! 이런 귀신이 곡할 노릇이 있나! 하룻밤 사이에 부친과 모친의 무덤이 파헤쳐지고 구멍이 뻥 뚫려 있었소이다."

윤 노인은 가슴을 팡팡 치며 답답한 듯 말을 이었다.

"그게 다가 아니었네. 얼마 전에는 귀신이 손자며느리를 해코지하는 꿈을 꾸었지. 단순한 꿈이 아니었다네. 꿈에서 깨자마자 비명 소리가 나더구먼. 한달음에 별채로 가봤더니 고이 잘 자던 손자며느리의 머리를 쥐가 파먹었는지, 호랑이가 뜯어갔는지 머리카락이 듬성듬성 잘려 있었지. 내가 꿈에서 보았던 것처럼 말일세. 어이구, 세상에 그런 끔찍한 일이 일어나다니! 어이구, 하마터면 정말 애가 떨어질 뻔했으니, 어이구!"

윤 노인은 목이 타는지 앞에 놓인 냉수 사발을 벌컥벌컥 들이켰다. 그는 연신 가슴을 팡팡 치며 답답해했다. 노년에 들이닥친 갑작스러운 불행에 그는 시간을 거꾸로 돌리고 싶은 심정이었다.

"할아버지, 꿈을 꿨다고 하셨는데 그 꿈에서 무얼 보셨어요?"

"내 꿈속에서…… 귀신이 나타났지. 긴 머리를 허리 아래까지 늘어뜨린 흰 소복의 여자 귀신이 있었다네. 그 귀신이 내 부친과 모친을 타고 올라 괴롭히는 걸 눈앞에서 지켜봐야 했지. 완전히 가위에 눌려 옴짝달싹도 못하고 말일세. 그 여자 귀신은 혼자가 아니었다네. 피투성이 어린아이가 하나 더 있었네. 그 어린아이가 소복 귀신의 옷자락을 붙들고 있었지. 손자며느리의 꿈을 꿨을 때는 그 피투성이의 어린 귀신이 머리카락을 잘근잘근 씹고 있었다네."

"역시······."

라즈니쉬와 민우는 고개를 끄덕이며 서로 눈빛을 교환했다. 방금 전 윤 노인의 아내가 내지른 비명을 듣고 달려왔을 때도 긴 머리를 늘어뜨린 하얀 소복의 여자 귀신과 피투성이의 어린아이 귀신이 있었다. 결계를 치던 라즈니쉬를 향해 하얀 소복의 영혼이 어린아이의 영을 내던지던 게 생각났다. 노인이 꿈에서 보았다는 귀신의 모습과 정확히 일치했다.

"언제부터 이런 일이 일어난 거죠?"

"아이고, 오래전 일도 아니라오. 윤경식 부부를 들인 게 고작 스무 날도 안 됐으니 그사이에 일어난 일이라오!"

고개를 숙인 윤 노인 대신 안주인이 나섰다. 그녀는 상의 없이 윤경식 부부를 덜컥 받아들인 남편에게 원망의 시선을 던진 뒤 민우와 라즈니쉬를 향해 억울한 마음을 풀어내기 시작했다.

"아이고, 내가 그만두라고 말렸건만 우리 집 양반이 다정이 병이라 내 말을 들어야 말이지요. 내 말은 귓등으로 듣고 종씨라는 말에 윤경식 부부를 덜컥 들였지 뭐요! 그 뒤로 이 양반의 꿈이 뒤숭숭해지고, 꿈속의 일이 모두 눈앞에서 일어나는데······. 아유, 끔찍해라, 끔찍해! 당해보지 않은 사람들은 모를 거요. 눈에도 보이지 않는 귀신에게 당해서 숨이 넘어가는 그 기분을 말이오!"

좀 전까지 숨이 막혀 죽을 뻔했던 노파는 주름진 목을 감싸며 설설 머리를 저어댔다. 칠십이 넘는 생을 통틀어 이토록 끔찍한 경험은 처음이었다.

"하이고, 시간이 가면 갈수록 기가 차서 말이 안 나오는 일들이 벌어지니 내 결국엔 용하다는 무당을 불러왔다오. 그 무당이 말하더이다. 이 모든 것이 빈털터리로 굴러 들어온 새 식구 때문이라고. 그 말을 듣고는 당장이라도 하인들 별채에 사는 그 부부를 내쫓아버리고 싶었는데, 그 용한 무당이 부부를 쫓아버렸다간 더 큰일이 벌어질 거라더군요. 부부를 쫓아내면 이 집안에서 송장이 줄줄이 나갈 거라고. 아이고, 나 참! 이러지도 저러지도 못하는 꼴이라니!"

노파는 주름진 얼굴을 잔뜩 구기며 눈가에 맺힌 눈물 자국을 닦았다. 객客을 그대로 둘 수도, 내쫓을 수도 없는 상황에서 하루하루 가슴 졸이며 살았던 게 생각났다.

"무당 말로는, 자기 힘으로는 혼령을 없앨 수가 없으나 혼령을 잡아줄 자가 곧 나타날 거라고 하더이다. 곧 귀인貴人이 오신다는 말에 하루하루를 얼마나 마음 졸이며 기다렸는지 모른다오. 과연 어떤 분들인가 했더니 이제야 오셨구려!"

노파는 무릎걸음으로 민우와 라즈니쉬의 곁으로 다가와 어린 소년들의 손을 부여잡고 주름 가득 눈물을 흘렸다.

"아……."

민우도 라즈니쉬도 노파의 눈물에 어쩔 줄 몰라 어색한 표정을 지었다. 찬찬히 이야기를 들어보니 새로운 식구가 들어오면서 본래 있던 터주 귀신을 자극한 것으로 보였다.

전후 사정이 파악되자 민우는 고개를 살짝 갸웃거렸다. 이야기를 들어보면 객을 들이면서 나타난 영적 현상으로 지극히 평범한 사례였다. 이렇게 한눈에 모든 것이 파악되는 게 이상했다. 분명 영혼에게 괴롭힘을 당하는 사람들이 있기는 하지만, 모모 님까지 나서서 부탁할 정도로 특이하거나 어려운 부분은 없어 보였다. 이런 평범한 사례를 두고 왜 민우와 라즈니쉬에게 특별한 부탁을 했는지, 감정이 메말라버린 듯한 낙빈에게는 무엇을 지켜보라는 것인지 이해되지 않았다. 민우는 이상한 마음이 들었지만 이곳 상황은 너무나 명확해 보였다.

상다리가 휘어질 것 같았던 저녁을 허겁지겁 먹어치운 소년들은 먼저 노파가 말한 새 식구, 즉 윤경식 부부를 만나야겠다고 생각했다. 하지만 이미 어두워질 대로 어두워진 늦은 밤이어서인지 윤 노인도, 그의 아내도 내일 아침에 만나는 게 좋겠다며 소년들을 말렸다.

"그럼 내일 아침 일찍 뵙는 것으로 하겠습니다."

민우는 자신들이 너무 서두르고 있다는 걸 깨달았다. 계획보다도 빨리 윤 노인의 가족들을 만나고 별다른 설명 없이도 신뢰를 쌓았다. 사건이 빠르게 해결되고 있는데도 그들은 욕심을 내고 있었다. 그동안의 경험을 통해 과도한 욕심과 서두름이 실수를 만든다는 사실을 기억했다. 민우와 라즈니쉬는 나머지는 내일부터 천천히 알아보자고 눈빛으로 신호를 교환했다.

"잠자리를 봐드리겠습니다. 두 분이 함께 머무시면 되겠지요? 그런데 아까 한 분이 더 있던데. 세 분의 자리를 봐드려야 하는 건지……?"

"아, 그럼 세 자리를……."

노파가 말하는 다른 한 사람은 낙빈이 분명했다. 낙빈은 영혼들이 나타났을 때 얼굴을 내밀더니 저녁 식사를 대접받을 때부터 어딘가로 사라지고 없었다. 민우와 라즈니쉬는 둘만 저녁을 챙겨 먹는 것이 마음에 걸렸다. 하지만 낙빈은 여전히 남과 사귈 생각이 눈곱만큼도 없는지 민우와 라즈니쉬에게 마음 한쪽도 내놓지 않았다. 민우와 라즈니쉬가 녀석의 방을 따로 달라고 해야 하는지, 아니면 한 방에 세 명의 잠자리를 부탁해야 하는지 고민하는 사이 문 밖에서 소란스러운 소리가 들려왔다.

"여기가 어디라고!"

"나가, 당장 나가란 말이야!"

우당탕탕.

뭔가 금속이 바닥으로 나뒹구는 소리가 들리고 누군가를 몹시도 나무라는 여러 사람의 목소리도 들려왔다. 민우와 라즈니쉬는 재빠르게 몸을 일으켜 사랑방 문을 열었다. 문풍지를 바른 방문이 열리자 대청마루 아래로 여러 사람이 모여 있는 게 눈에 들어왔다.

사랑채 안마당에는 낡은 치마를 입은 여자가 엎어져 있고 그 주변에 사람들이 모여 있었다. 넘어진 여자가 들고 있었을 법한 둥근 나무 소반과 동그란 약과, 그리고 강정들이 바닥을 구르고 있었다.

141

"웬 소란이냐?"

민우와 라즈니쉬 뒤로 윤 노인이 다가왔다. 문 밖으로 상황을 바라보던 윤 노인이 헛기침을 하며 다시 사랑방 안으로 들어갔다. 껄끄러워하는 표정이 역력했다.

"네가 왜 여기 있는 거야! 네가 왜 여기 있어! 여기가 어딘 줄 알고 들어오는 거야!"

뒤늦게 상황을 파악한 윤 노인의 아내가 바닥에 넘어진 여자를 향해 버럭 고함을 질렀다.

"죄, 죄송합니다, 어르신. 죄송합니다. 부엌일이라도 도우려고……."

넘어진 여인은 연신 고개를 숙이며 용서를 빌었다. 민우와 라즈니쉬는 여인을 자세히 살펴보았다. 낡은 옷을 걸친 여자의 몸은 뼈만 앙상했다. 그런데 유독 배만 불룩하게 앞으로 튀어나와 있었다. 처음에는 그녀가 헐렁한 앞치마를 걸친 줄 알았는데 자세히 보니 커다란 배도 들어갈 수 있는 임부복을 입은 게 틀림없었다.

여자는 가느다란 팔뚝을 바들바들 떨면서 깊이 고개를 숙였다. 그리고 앙상한 손가락으로 떨어진 먹을거리를 소반에 도로 주워 담았다. 허리를 숙이고 과자를 줍는 모양이 몹시도 불편해 보였지만 그녀를 도와주는 사람은 아무도 없었다.

"당장 나가라, 이년! 너는 행랑에서 한 걸음도 움직이지 말거라! 내 집 어디에도 얼씬 말란 말이다! 당장 나가거라!"

얼굴이 새빨개질 정도로 화를 내던 노파는 야멸차게 소리를 지르며 방문을 닫았다. 민우와 라즈니쉬는 넘어진 여자가 누구인지 짐작했다.

"저분이⋯⋯."

문을 닫고 돌아선 노파가 고개를 끄덕였다.

"그래, 저 여자가 바로 윤경식의 처입니다. 윤경식과 윤경식의 처가 바로 우리 집에 들어온 객식구지요. 우리 집에 귀신을 데려온 바로 그 여편네죠! 보시다시피 임신까지 해서 함부로 내쫓을 수도 없는 일이지요. 아휴, 처음부터 받아서는 안 됐는데⋯⋯. 좋은 마음으로 도와준 우리가 어쩌다가 이런 괴로움을 당하는 건지⋯⋯!"

라즈니쉬와 민우는 고개를 끄덕였다.

처음 보는 낯선 여자에게서 진한 영혼의 냄새가 느껴졌다. 민우는 가슴이 좀 답답했다. 강한 영기靈氣를 끌고 들어온 윤경식의 아내가 너무나 볼품없는 모습이었기 때문이다. 배만 부를 뿐 온몸이 비쩍 마른 몰골이 안타까웠고, 좋은 의도로 일손을 도우려다가 내침을 당하는 것도 쓸쓸하게 느껴졌다.

7

차가운 달밤이었다. 고요한 시골 마을은 사위가 검게 변하기가 무섭게 깊은 어둠 속으로 빠져들었다. 그래도 보름이 가까운 때라서 일찍 떠올라 느지막이 지는 달 덕분에 밤이 아주 어둡지만은 않았다. 소란한 밤을 서둘러 마무리한 윤 노인 부부는 민우와 라즈니쉬, 그리고 낙빈을 위해 방을 준비해주었다. 가로로 길쭉한 방은 세 사람이 자기에 지나치게 넓었다. 정갈한 손님방에는 나지막한 반닫이가 하나 놓여 있고, 반닫이에는 금박의 나비가 여러 마리 새겨져 있었다. 노란 장판 위에는 푹신푹신한 요와 비단 이불이 세 채 깔렸다. 바닥 온돌에는 따스한 온기가 그득했다.

"귀한 손님들을 모시기에 조금의 소홀함이 없도록 신신당부를 하셨습니다. 혹시 불편한 점이 있으면 이 줄을 당겨주십시오. 당장에 달려오겠습니다."

집안일을 도맡은 장씨는 방문 옆에 늘어뜨린 기다란 줄을 알려주며 문을 닫았다. 장씨가 사라지자 라즈니쉬와 민우는 안도의 한숨을 내쉬며 비단 이불 위에 풀썩 앉았다. 짧은 저녁 시간이었지만 무척이나 정신이 없었던 것 같았다. 그래도 예상보다 일이 쉽게 풀렸다. 별다른 설명 없이도 그들은 윤씨 집안의 신뢰를 얻고 이 집에서 일어난 일들을 조사할 수 있었다. 예상치도 않게 오자마자 영혼까지 직접 맞닥뜨렸다. 짧은 시간인데도 이 모든 게 이루어졌다는 사실이 믿기지 않을 정도였다. 하루가 정신없이 흘러간 덕에 온몸이 노곤했다.

두 소년은 멍하니 천장을 바라보았다. 오래된 나무 기둥으로 엮은 높다란 서까래가 그들을 내려다보았다. 고즈넉한 시골 공기 속에서 이제야 겨우 숨이 돌아오는 느낌이었다.

한쪽에 멀뚱멀뚱 서 있던 낙빈은 민우와 라즈니쉬가 이불에 앉아 멍하니 천장을 바라보는 동안 세 채의 이불 중 맨 끝에 있는 이불을 방구석으로 질질 끌어갔다. 상다리가 휘어질 만큼 진수성찬이 차려졌을 때는 얼씬도 않던 아이가 잠자리를 안내할 때쯤 슬며시 나타났다. 민우와 라즈니쉬는 저녁밥을 먹었느냐고 물어보고 싶었지만 철통같은 낙빈의 표정에 입도 열지 못했다.

낙빈은 민우나 라즈니쉬와 친해질 의도가 전혀 없어 보였다. 정 싫으면 등을 돌리고 자면 되지 굳이 나란히 붙은 이불과 요를 질질 끌어다가 멀찍이 떼어놓는 게 못돼 보였다. 민우와 라즈니쉬의 나란히 붙은 요와 멀찍이 떨어진 낙빈의 요가 그들 사이에 놓인 마음의 거리를 그대로 보여주었다.

라즈니쉬는 이불을 질질 끌고 가는 낙빈의 모습을 고깝게 바라보았다. 애써 저러지 않아도 충분히 냉랭한 기운을 느끼는 중인데 보란 듯이 저러는 게 거슬렸다. 라즈니쉬가 아니꼽다는 눈빛으로 허연 한복을 째려보는데 민우가 고개를 흔들었다. 신경 쓰지 말라는 뜻이었다.

"알았어."

라즈니쉬는 노려보던 눈동자를 거두었다. 어차피 저 녀석은 자신들이 하는 일을 구경밖에 할 수 없다. 그러니 그들도 신경 쓰지 않는 편이 좋을 것이다.

"여자 귀신과 어린아이 귀신이었지?"

"응, 맞아."

"해결하려면 전후 사정을 좀 알아야겠어."

"응. 오늘 들은 이야기 중에는 영혼의 정체를 짐작할 만한 것이 없었어."

"아냐, 하나 있었어."

민우는 마음에 짚이는 것이 하나 있었다.

"여자 귀신은 몰라도 아이 귀신 말이야. 기억나? 이번에 들인 윤경식 부부에게 아들이 있었다면서? 그 아이가 뇌성마비라고 했잖아!"

"그렇지."

"그런데 이 집 어른이 꿈에 봤던 어린아이의 영혼 말이야. 그 영혼의 움직이는 모습이 좀 이상했다잖아."

"그래, 맞아."

민우의 말에 라즈니쉬가 맞장구를 쳤다. 윤 노인은 자신이 본 아이의 영혼이 이상하게 몸을 비틀더라고 말했다.

"그 모습이 뇌성마비랑 겹쳐지지 않니?"

그러고 보니 그랬다. 이상하게 몸을 비틀었다는 것과 뇌성마비 환자의 모습은 일맥상통할지도 몰랐다.

"그럼 윤경식 부부가 잃어버렸다는 아들은 죽은 거구나!"

"아마도 그렇겠지?"

"그러고 보니 그 여자 영혼이 나한테 아이를 던졌을 때 말이야. 잘 생각해보니까 그 애의 양손이 반대쪽으로 돌아가 있었어. 정상적인 방향이 아니었어!"

라즈니쉬는 아까 여자의 영혼이 결계를 향해 어린아이를 내던지던 순간을 떠올렸다. 아이는 어깻죽지에 팔을 잘못 붙인 것처럼 손이 돌아가 있었다.

"왜 그 애가 이 집에서 나쁜 짓을 하는 걸까?"

"아마 원인은 그 부모에게 있겠지? 무슨 일이 있었던 게 아닐까? 부모를 원망할 만한 일이 있었을 거야."

"그럼 그 여자 영혼은 뭐지? 사실 난 처음에 여자의 영혼이 엄마고 여자의 치마를 붙잡고 있는 아이가 아들일 거라고 생각했거든."

"나도 마찬가지야."

"그 여자는 뭔데 아이랑 같이 다니는 거지?"

"아니면 뇌성마비에 걸렸다는 아이와 아무 상관이 없는 걸까?"

"그렇게 보기엔 너무 우연이 깊어. 하필이면 어린애를 잃어버린 윤경식 부부가 오고부터 일이 시작되었다는 게 이상하잖아?"

라즈니쉬와 민우는 이런저런 가능성을 얘기해보았지만 명확한 결론은 나오지 않았다. 아무래도 윤경식 부부와 자세히 이야기를 나눠보기 전까지는 영혼들의 정체와 그들이 나타난 까닭을 섣불리 판단하기 어려울 것 같았다.

"어쨌거나 죽은 아이가 부모를 따라다니면서 괴롭히는 거라면…… 부모가 그 아이를 학대했거나 버렸거나 죽게 했다는 거겠지? 좋지 않은 느낌이 드네."

"응, 맞아."

라즈니쉬의 말에 민우도 고개를 끄덕였다. 만일 뇌성마비에 걸린 아들의 영혼이 맞다면 윤경식 부부가 그 어린 영혼에게 무언가 몹쓸 짓을 했을 거란 생각이 들었다. 그러지 않고서야 어린 영혼이 부부를 따라다니며 이런 끔찍한 일들을 저지를 리가 없지 않은가.

"……달라."

그때였다. 골똘히 이런저런 이야기를 나누는 두 소년의 등 뒤에서 작은 목소리가 들려왔다. 민우도 라즈니쉬도 동시에 그쪽을 바라보았다. 그 소리는 어두컴컴한 방 한쪽에서 들려왔다. 등을 돌리고 벽을 향해 누운 까만 더벅머리 소년의 목소리가 틀림없었다.

"달라…… 서로 달라……."

민우와 라즈니쉬는 서로 눈빛을 교환했다. 낙빈이 그들에게 말을 하는 것인지, 아니면 혼잣말을 하는 것인지. 그도 아니면 잠꼬대를 하는 것인지 알 수가 없었다. 두 소년은 숨을 죽였다. 하지만 짧은 몇 마디를 끝으로 낙빈에게서 더 이상 어떤 말도 들리지 않았다. 다르다고? 대체 뭐가 다르다는 말일까? 어쩐지 잠을 자는 척하면서 은근히 뭔가를 말하려는 것 같기도 했다. 라즈니쉬는 민우를 향해 잔뜩 인상을 찌푸렸다. 두 사람을 향해 분명치도 않은 말을 해대는 낙빈이 맘에 들지 않는다는 것이 분명했다. 민우는 손사래를 치며 라즈니쉬를 말렸다.

"신경 쓰지 말자. 그럼 내일은 제일 먼저 윤경식 씨 부부를 만나도록 하자. 아무래도 그쪽에서 원인을 찾아봐야겠어."

"응, 그래."

두 소년은 잠잘 준비를 마친 뒤 포근한 비단 이불 속으로 들어
갔다. 침대 생활에 익숙한 두 사람이지만 뜨끈뜨끈한 온돌방이
싫지 않았다. 스산한 기운 속에서도 등줄기로 올라오는 따스한
온기가 온몸을 감싸는 것만 같았다.

"이거 진짜 좋다."

특히나 두꺼운 비단 솜이불은 라즈니쉬의 마음에 쏙 들었다.
차가운 밤바람을 완전히 차단할 것 같은 두툼한 요와 이불은 침
대보다 훨씬 더 푹신하고 포근했다. 더구나 매끈매끈한 비단 천
이 살에 닿는 느낌은 몹시 부드러웠다.

"응, 맞아. 나도."

두 소년은 잠시 모든 일을 잊고 포근함 속으로 푹 빠져들었다.
낯선 공간인데도 전혀 헤매지 않고 곤히 잠이 들었다. 깊은 잠에
빠져든 민우는 한없이 넓은 윤씨 종가의 집을 천천히 거닐었다.
자욱한 안개 속에서 문과 문을 지나 여러 채의 한옥을 바라보았
다. 눈에는 보이지 않지만 누군가가 자신을 부르는 것만 같았다.

'누굴까?'

민우는 그 목소리를 따라 천천히 걸음을 옮겼다. 목소리는 아
주 작고 가늘어 잘 들리지도 않았다. 하도 가늘고 얇아서 뭐라고
하는지 알아들을 수도 없는데 목소리에 담긴 다급함은 느껴졌다.
힘없고 작은 기운이 민우를 향해 무언가를 말하고 싶어 애를 쓰
는 것 같았다.

'누굴까?'

민우는 안개를 헤치며 앞으로 나아갔다. 지난밤 윤 노인의 아내를 구한 안채로부터 점점 더 바깥쪽 대문간을 향해 나아갔다. 민우를 부르는 소리는 대문간에서 멀지 않은 한옥에서 들려왔다. 그곳은 안채나 사랑채처럼 넓고 화려하지 않았다. 좁고 낮은 방 네 개가 주르륵 연결된 작고 기다란 별채였다. 그 앞을 기웃거리는데 방문 하나가 비스듬히 열려 있었다. 노란 불빛이 비치는 방 안에 두 사람의 모습이 보였다. 열린 방문 사이로 먼저 눈에 들어온 건 여자였다. 지난밤 사랑채 마당에 넘어져 있던 임신부였다.

얼룩덜룩한 낡은 잠옷으로 갈아입은 여자가 불룩하게 솟아오른 배를 만지고 있었다. 배가 아픈지 둥근 원을 그리며 솟아오른 배를 만지고 있었다. 배만 솟았다 뿐이지 온몸이 깡마른 여자의 모습이 가엾어 보였다. 그런 여자의 뒤로 그늘진 남편의 얼굴이 비쳤다. 남자는 아내의 배를 바라보았다. 깊은 주름이 잡힌 남자의 얼굴에는 안타까움과 슬픔이 그득했다. 남편으로서 아내를 제대로 돌보지 못한다는 자괴감이 드러나 있었다.

'여보, 은혜를 갚지는 못할망정 이렇게 폐를 끼치다니 어쩌면 좋아요.'

아내의 말에 남자의 얼굴은 더욱더 깊은 그늘로 뒤덮였다.

'정말로 우리 명호가 그런 걸까요?'

아내는 대답 없는 남편을 향해 낮게 중얼거렸다.

'그렇다면…… 우리 명호는 이 세상에 없는 거네요.'

아내의 한쪽 눈에서 맑은 눈물이 주르륵 흘러내렸다. 남편의 얼굴은 더욱더 어둡게 변했다.

'그 아이는 우리를 원망하고 있겠군요. 그래서 이런 일을……'

아내의 두 눈에서 뚝뚝 떨어진 눈물이 불룩한 배 위를 적셨다.

'우리를 원망하겠죠? 버렸다고 생각하겠죠? 아아, 어떻게 용서를 받을 수 있을까요……'

아내는 마침내 어깨를 들썩이며 흐느끼기 시작했다. 그녀의 두 손이 얼굴을 가렸다. 방 안은 깊고 깊은 괴로움에 물들어갔다. 말할 수 없는 고통과 괴로움이 휘몰아쳤다. 민우는 그런 모습을 열린 문틈으로 살며시 바라보았다.

그때였다. 뭔가 이상한 느낌이 들었다. 민우의 눈앞에 비친 문 안의 풍경이 이상했다. 민우는 지그시 문틈으로 바라보았다. 아내의 불룩한 배 위로 어스름한 그림자가 비쳤다. 키가 작은 그림자였다. 작은 손이 그녀의 배 위로 스르르 다가갔다. 그러고는 배를 문질렀다. 민우는 식은땀이 날 정도로 긴장했다. 다행히도 그 작은 손은 가엾은 임신부의 배를 괴롭히지 않았다. 대신 부드럽고 가볍게, 아주 정성스럽게 여자의 배를 문질렀다.

그 손은 임신부의 것이 아니었다. 아내의 두 손은 흐느끼는 얼굴을 감싸고 있었다. 남편의 손도 아니었다. 두 사람을 대신해 그녀의 배를 매만지고 있는 손은 아주 작았다. 때가 묻어 있는지, 아니면 피가 묻어 있는지 거무튀튀한 손은 몹시 더러웠다.

민우는 움직이지 않았다. 그 모습을 가만히 바라보았다. 지저분한 손에는 악의가 없었다. 불룩한 배를 매만지는 그 손은 조심

151

스러웠다. 섬세했다. 해를 가하는 몸짓이 아니었다. 그래서 민우는 열린 문틈으로 고요히 바라만 보았다.

8

환한 햇살이 창호 안으로 비쳐 들어왔다. 따스한 기운이 여전히 방바닥을 뜨끈뜨끈하게 데웠다. 따스한 기운을 온몸으로 느끼며 민우는 천천히 눈을 떴다. 기분 좋은 꿈을 꾼 것 같은 포근한 느낌이 들었다.

"어?"

방금 눈뜬 민우의 눈앞에 뭔가가 어릿어릿했다. 앞에 무언가가 있었다. 민우는 지체 없이 몸을 일으켰다. 민우의 잠든 모습을 바라보고 있던 건 다름 아닌 낙빈이었다.

"뭐, 뭐야, 너!"

갑자기 발딱 일어나는 민우 탓에 낙빈 역시 깜짝 놀라 당황하는 빛이 역력했다.

"나는…… 네 꿈이…….."

낙빈은 뭐라고 웅얼거리다가 구석으로 쌩하니 되돌아갔다. 언제부터 깨어 있었는지 지난밤 펼쳐져 있던 이불과 요가 벽 한쪽에 정갈하게 개켜져 있었다.

"민우, 왜 그래?"

인기척에 눈을 뜬 라즈니쉬가 민우를 불렀다. 따스한 온돌방에
서 잠을 잔 탓인지 라즈니쉬의 초콜릿색 얼굴이 약간 부어 있었
다. 아마 민우의 얼굴도 그러할 것이다. 포근하고 따뜻한 기운이
심부의 체온까지 높여놓은 까닭이다.

"아냐."

민우는 낙빈이 자신의 잠자는 얼굴을 뚫어져라 바라보았다는
이야기를 하려다가 그만두었다. 라즈니쉬에게 말하면 분명 좋지
않은 표정으로 낙빈을 바라볼 게 뻔하고, 그걸 알면서도 말한다
는 건 어쩐지 험담을 하는 것만 같아 내키지 않았다. 그보다 화들
짝 놀란 민우만큼이나 동그란 눈을 크게 뜨던 낙빈의 얼굴이 어
른거렸다.

'네 꿈이…….'

낙빈이 그렇게 뒷말을 감추던 것도 마음에 남았다. 민우는 어
쩐지 낙빈이 자신의 꿈을 보았을지도 모른다는 생각이 들었다.
민우는 잠에서 깨기 전에 꾸었던 꿈의 마지막 부분을 곱씹어보
았다. 문틈으로 보이던 임신부와, 그녀의 배를 매만지던 작은
손……. 그래, 거무튀튀한 피가 묻은 지저분한 손이었다. 민우는
그 손이 마음에 걸렸다.

"일어나셨습니까. 곧 식사를 올려도 되겠습니까?"

소년들이 잠자리를 정리하고 옷매무새를 고쳐 입는데, 기다렸
다는 듯이 장씨의 목소리가 들려왔다. 곧이어 아침 식사라는 말

이 무색하리만치 상다리가 휘어지도록 요란한 한 상이 방 안으로 들어왔다. 거대한 교자상에 형형색색의 음식이 그득했다. 그도 모자라 작은 반상에 오밀조밀 식혜와 후식까지 한가득이었다.

휘황찬란한 음식의 향연에 잠시 시선을 빼앗겼지만 민우는 곧 낙빈의 움직임에 주의를 기울였다. 아니나 다를까, 음식이 들어오자 녀석은 움찔거리며 슬금슬금 뒷걸음쳤다. 앞쪽 방문 말고 뒤쪽의 북향 문으로 몸을 움직이는 것을 보면 엊저녁처럼 이 많은 음식을 외면하고 도망치려는 심사가 분명했다.

아무리 마음에 들지 않더라도 녀석이 먹는지 굶는지도 모른 채 라즈니쉬와 둘만 배불리 먹는 건 영 떨떠름했다. 민우는 재빨리 뒤쪽 문으로 몸을 움직였다. 슬금슬금 기척을 숨기던 낙빈의 앞을 딱 막아선 것이다. 눈을 다 가리는 덥수룩한 머리카락 사이로 까맣고 동그란 눈이 껌뻑거렸다.

"낙빈, 너도 같이 앉아서 우리 얘기를 듣는 게 좋겠어."

능청스러운 얼굴로 낙빈의 놀란 표정을 지켜보려니 민우는 은근히 웃음이 났다. 얼음처럼 차갑다는 소년도 자신과 같은 아이일 뿐이라는 생각이 들었다.

라즈니쉬는 그런 민우의 모습을 멀뚱멀뚱 바라보았다. 뭔지 모르게 낙빈에 대한 민우의 행동이 미묘하게 달라졌다. 신성한 집행자들의 화이트 하우스에서는 아예 서로 사람 취급도 안 하더니 이렇게 셋만 낯선 마을에 보내진 후로 약간이나마 동료의식이 생긴 것도 같았다.

어쨌든 밥상을 피해 도망가는 것을 사전에 봉쇄당한 낙빈은 어기적어기적 상의 한쪽 구석에 앉았다. 민우와 라즈니쉬가 교자상의 가장 넓은 면의 한가운데에 앉은 것과 달리 음식에 손을 대기도 힘든 길쭉한 한쪽 끝에 자리를 잡은 것이다.

지난밤 평소보다 과식을 했는데도 아침상을 받으니 또다시 식욕이 살아났다. 민우도 라즈니쉬도 어젯밤을 잊은 채 열심히 속을 채웠다. 하지만 낙빈은 그러지 않았다. 밥상 앞에 앉히긴 했지만 음식을 먹는 건 실패였다. 민우도 라즈니쉬도 닭다리를 뜯고 잡채를 먹으며 슬쩍슬쩍 쳐다보았지만 지난밤 꼴딱 굶은 것 같은 낙빈은 물에 만 허연 밥 외에 어떤 것에도 손을 대지 않았다. 민우는 이런 호화로운 음식들을 앞에 두고 낙빈이 물에 밥을 말아먹는 것이 괜스레 속상했지만 뭐라고 말하기는 어려웠다. 더 이상 녀석을 의식하고 있는 티를 내는 것도 자존심이 상하는 일이었다.

"라즈니쉬, 아무래도 윤경식 씨 부부를 만나봐야겠지?"

"응, 제일 먼저 그 사람들을 봐야겠어. 대체 어떤 귀신들을 데려왔는지 살펴봐야지."

"그 사람들이 영혼을 데려온 거라고 생각해?"

"그들이 오고 나서 일이 시작됐으니까 그럴 가능성이 높아 보여. 그전까지는 없었던 일이라니까 말이야."

"역시 그렇겠지?"

"윤경식 씨 부부가 계속 사업에 실패한 것도 귀신이 달라붙어 있어서가 아닐까?"

"맞아, 나도 그 생각을 해봤어. 이 마을을 나가고 나서 그들이 완전히 망했다는데 영적인 힘이 관여했을 수도 있지."

"그래, 민우. 그 부부와 영혼이 어떤 관계인지 알아봐야겠어."

민우와 라즈니쉬가 두런두런 얘기하는 동안에도 낙빈은 침묵했다. 마치 있는 듯 없는 듯 존재감을 최소화하려고 애쓰는 것처럼 보였다. 기껏 작은 그릇에 밥을 말아 먹은 것을 끝으로 낙빈은 조용히 숟가락을 내려놓았다. 만약 절친한 친구라면 민우도 라즈니쉬도 이것저것 먹여보려 애썼을 것이다. 하지만 지금 그들 사이에 그런 친분은 없었다. 그런데도 흘끗흘끗 낙빈의 모습을 지켜보는 민우와 라즈니쉬는 표정이 좋지 못했다. 반쯤 굶고 있는 소년 앞에서 음식을 실컷 먹는 게 은근히 죄책감을 불러일으켰다.

두 소년은 서둘러 상을 물리고 마당으로 나섰다. 민우와 라즈니쉬의 뒤로 낙빈도 그림자처럼 함께 따랐다. 그들이 밖으로 나오자 또다시 기다렸다는 듯 장씨가 나타났다. 장씨의 뒤로 윤 노인 부부가 모습을 드러냈다. 그들은 이 집에 들어온 소년들의 일거수일투족을 보고받고 있는 듯했다.

"일어나셨군요."

"지난밤엔 너무 경황이 없었습니다. 다시 한 번 감사드립니다."

노인들은 아이들에게 지나치다 싶을 정도로 예의를 차렸다.

"아닙니다. 그보다 실례가 되지 않는다면 먼저 윤경식이란 분을 뵙고 싶습니다."

"네, 그러실 줄 알고 그 사람을 이쪽으로 불렀습니다. 나가실 필요 없이 여기 별채에서 만나시면 됩니다."

안주인의 말이 끝나기가 무섭게 별채의 낮은 담 저편에서 남자가 나타났다. 그는 별채로 넘어서는 댓돌 아래서 윤 노인 부부를 향해 깊이 고개를 숙였다. 키는 큰 편이지만 비쩍 마른 체구에 피골이 상접한 얼굴이 몸고생 맘고생이 심해 보였다.

그는 자신의 허리보다 커 보이는 연한 황토색 면바지를 낡은 허리띠로 꼭 여미고 색이 바랜 하늘색 셔츠를 입고 있었다. 본래 검은 피부는 아니지만 피부색이 거무튀튀하게 변해 있는 것은 썩을 대로 썩은 속이 얼굴로까지 나타난 탓으로 보였다. 광대뼈 밑으로 깊이 파인 볼은 그동안의 심한 고생을 그대로 나타내주었다. 그야말로 박복한 삶이 얼굴에 나타난 중년의 아저씨였다.

"귀한 손님들은 대청으로 올라가셔서 세세히 물어보십시오. 자네는 하나 속임 없이 전부 말씀드려야 하네!"

윤 노인의 아내는 소년들을 대청으로 올리고 윤경식은 마당 아래쪽에 서 있게 했다. 큰 죄를 지은 죄인처럼 고개를 푹 숙인 채 홀로 마당에 서 있는 윤경식의 모습은 더욱더 볼품없어 보였다. 윤 노인 부부는 소년들의 뒤에 서서 마치 심판이라도 하는 듯 윤경식을 매섭게 노려보았다.

"저기…… 아저씨, 이것저것 물어볼 게 많으니 방에서 얘기하는 게 좋겠어요."

"네, 맞아요."

민우는 벌이라도 서듯 댓돌 아래에서 꼼짝도 못하고 있는 윤경식의 모습을 대하기가 불편했다. 라즈니쉬도 얼른 맞장구를 쳤다. 하지만 윤 노인의 아내는 그런 꼴을 참을 수가 없었다.

"아니에요. 그럴 필요 없어요. 불길한 사람을 함부로 가까이하면 안 좋습니다. 예서 말씀하세요!"

지난밤 죽을 뻔했던 것이 모두 윤경식의 탓인 것처럼 원망과 미움이 가득한 노파는 작은 호의를 베푸는 것도 못마땅한 모양이었다.

"아니, 여기서 얘기하는 건 저희가 좀 불편해서……."

민우도 라즈니쉬도 곤란하다는 내색을 하자 윤 노인이 아내를 말렸다.

"그래, 그냥 두시게. 귀한 분들에게 맡기고 우리는 그만 물러갑시다."

노파는 싫은 기색이 역력했지만 어쩔 수 없이 남편의 말을 들었다. 윤 노인은 아내를 이끌고 소년들의 별채를 빠져나갔다. 이제야 겨우 고집스러운 노파의 눈을 피해 윤경식을 별채 안으로 들일 수 있었다. 하지만 노파의 눈이 완전히 사라진 것은 아니었다. 윤 노인 부부를 대신해 집사 장씨가 방 안으로 따라 들어와 앉는 것은 말릴 수가 없었다. 적어도 이 집에 들어온 이상 윤 노인의 눈과 귀를 막는 것은 거의 불가능해 보였다.

"이보게, 경식이. 이분들에게만은 절대 거짓말하지 말고 사실대로 말씀드리게! 자네 때문에 언제까지 우리 어른이 저리 노심

초사하실 수는 없는 일 아닌가! 도와주러 오신 이분들께는 모든 걸 이야기하게!"

소년들이 이야기를 하기 전에 장씨가 먼저 낮은 음성으로 윤경식을 압박했다. 지난밤 라즈니쉬와 민우의 수발을 들어주던 장씨의 친절한 음성과는 완전히 달랐다. 윤경식에게 내뱉는 그의 말은 싸늘하고 위협적이었다.

"안녕하세요, 저는 민우고 얘는 라즈니쉬라고 해요. 몇 가지 여쭤보고 싶은 게 있어서 이렇게 뵙게 되었네요."

민우는 이 집안 식구들의 태도가 맘에 들지 않았다. 순수하고 정의로운 소년이 보기에 눈앞에 있는 나약한 아저씨는 이 모든 일을 일으킨 장본인이 아니었다. 그가 의도치 않게 귀신을 데려왔다고 하더라도 그의 탓이라고 할 수는 없었다. 민우가 보기에 이 아저씨는 몹시도 여렸다. 어른이라기엔 믿기지 않을 정도로 순수하고, 그래서 유약해 보였다. 지난밤에는 아들에게 해코지를 하지 않았을까 의심해보았지만 눈앞에 앉은 윤경식이란 남자는 악의를 갖거나 의도적으로 남에게 해를 가할 만한 위인이 못 되었다. 그러니 윤경식에 대한 이 집안 식구들의 태도는 그가 받아야 마땅한 대가가 아니란 말이었다.

"이 집 어른들께서는 근래에 일어난 일들의 원인이 아저씨한테 있다고 믿고 계세요. 이곳에서 일어나는 일들에는 영적靈的 현상이 관련되어 있어요. 어제 저희는 그 장면을 직접 목격했고요."

"네……."

윤경식은 고개를 숙인 채 천천히 끄덕였다.

"저희는 원귀冤鬼를 보았어요. 원한을 가진 귀신인데, 이 집 할머니를 괴롭히고 있었어요."

"네에……."

그는 더욱더 깊이 고개를 숙였다. 원인은 귀신이라고 말하는데도 윤경식은 마치 자기 잘못인 듯 더 깊이 고개만 숙였다.

"모든 것은 사람들을 괴롭히는 원귀 때문이지 아저씨 잘못은 아니에요. 고개를 드세요."

민우는 안타까운 마음이 들었다. 민우 곁에서 모든 걸 지켜보는 라즈니쉬도 미간을 찌푸렸다. 절로 딱한 마음이 들게 하는 아저씨였다.

"원귀를 잡기 위해선 도움이 필요해요. 원귀는 원한의 이유를 알아야만 잡기가 쉽거든요. 혹시 마음에 짚이는 점이 있으신가요?"

민우의 말에 윤경식은 잠시 침묵했다. 이 내성적이고 나약해 보이는 중년의 남성은 뭔가를 속죄하는 것처럼 두 눈 가득 눈물이 그렁그렁했다. 침묵하는 그를 보며 라즈니쉬와 민우가 서로 눈빛을 교환했다. 살짝 어깨를 올리는 라즈니쉬와 고개를 젓는 민우의 마음은 서로 같았다. 눈앞에 앉은 이 남자는 개미 한 마리도 죽이지 못할 사람이었다. 절대 강한 원한을 살 만한 사람으로는 보이지 않았다.

"다…… 제 잘못입니다. 저 때문이에요!"

그가 내뱉은 첫마디였다. 민우와 라즈니쉬는 그가 자신의 이야기를 꺼내도록 끈기 있게 기다렸다.

"하…… 하나만 묻겠습니다. 그 원혼이라는 것이…… 혹시……
아이였습니까? 혹시…… 뇌성마비에 걸린 어린아이였습니까?"

눈물로 가득한 두 눈이 민우와 라즈니쉬를 바라보았다. 두 소
년은 윤경식이 말하는 영혼이 바로 그들이 보았던 어린아이의 영
혼이라는 것을 알아챘다. 손과 발이 조금씩 뒤틀린 것 같은 영혼.
뭔가 움직임이 자연스럽지 못했던 어린아이의 영혼……. 그것을
뇌성마비라고 말하는 것이 분명했다. 두 소년은 천천히 고개를
끄덕였다.

"아아, 역시 그렇군요! 그 아이가…… 우리 명호가 죽었군요.
우리를…… 아니, 나를 원망하며…… 죽은 거로군요! 그래서 지
금까지 우리 곁에 붙어 있는 것이로군요!"

그는 누런 방바닥에 엎어져 엉엉 울기 시작했다. 가엾은 중년
남성의 마른 어깨가 덜덜 떨렸다. 그는 가늘게 떨리는 음성으로
그동안의 이야기를 풀어내기 시작했다.

"모두 제 탓입니다. 저에겐 어린 아들이 하나 있었습니다. 살아
있다면…… 지난달에 일곱 살이 되었을 겁니다."

"살아 있다면?"

민우는 그의 말을 곱씹었다. 윤경식은 처량한 얼굴로 물끄러미
천장을 바라보았다.

"저에 대한 이야기를 들으셨는지 모르지만, 저는 수년 전 이 고
장에서 살다가 사업을 하겠다고 도시로 이사를 갔습니다. 제가

사업을 시작한 것은 뇌성마비인 아들 때문이기도 했습니다. 아이에게 온전한 치료를 받게 해주려고 줄기세포 시술을 시작했고, 값비싼 치료비를 대기 위해 무리하게 사업을 시작했습니다. 저 스스로를 제대로 파악하지도 못하고 벌인 바보 같은 일이었지요.

처음 한동안은 반짝 잘되는 듯 보이던 사업은 제가 잘못된 계약을 하고 사기를 당하면서 끔찍한 수렁으로 빠져들었습니다. 몇 년 만에 대대로 물려받은 선산이며, 부모님의 재산까지 모두 정리해도 감당할 수 없을 만큼의 빚만 남았습니다. 하루가 멀다 하고 사채업자들이 찾아오고, 나중에는 건달들까지 집에 찾아와 우리 식구들을 죽일 듯이 괴롭혔습니다.

저희는 죽지도, 살지도 못하고 매일매일 공포에 떨었습니다. 아들에게 최첨단 치료를 계속 받게 하기는커녕 기본적인 물리치료도 받게 할 수가 없었습니다. 결국 방법은 도망밖에 없는 듯싶었습니다. 하지만 몸이 아픈 명호를 데리고 도망치는 건 불가능해 보였습니다. 그래서…… 으흐흑!"

아들의 이름을 힘겹게 부른 윤경식은 어깨를 떨며 흐느꼈다. 그의 마른 어깨에서 견딜 수 없이 고통스러운 기억이 뭉글뭉글 떠오르고 있었다.

"혼자서는 아무것도 못하는 아이를 데리고 힘든 도망자 생활을 할 수가 없을 것 같았습니다. 약한 명호가 견딜 수 없을 거라고……. 차라리 잠시만 시설에 맡긴다면 우리가 해주지 못하는 물리치료만이라도 해주지 않을까 생각했습니다. 그래서 제가 그 아이를…… 버렸습니다. 아아, 그게 마지막이 될 줄도 모르고 끔찍한 일을 했습니다! 모든 일은 제가 단독으로 꾸몄습니다.

제일 시설 좋고 보모들이 우수한 재활원이 어디에 있는지, 버려진 아이라도 사랑으로 돌봐줄 고아원이 어딘지 수소문했습니다. 적당한 재활원을 찾은 저는 꼭두새벽에 잠자고 있는 아들 녀석을 담요에 싸서 차에 태웠습니다. 함께 살던 부모님이나 아내가 알까 두려웠고, 또 그렇게 해야만 빚쟁이들에게 들키지 않으리라 생각했습니다. 그러고는 그 새벽에 재활원 앞에 명호를…… 버렸답니다. 비정한 아버지, 몹쓸 인간에게서 태어난 불쌍한 명호를 그 새벽바람 속에 버려두고 저 혼자 돌아…… 왔습니다."

마침내 윤경식은 말을 잇지 못한 채 한 손으로 얼굴을 가렸다. 그의 손가락 사이에서 하염없이 눈물만 뚝뚝 흘러내렸다. 그렇게 한참 동안 말을 잇지 못하던 그가 겨우 감정을 추스르고 이야기를 이어갈 때까지 소년들은 참을성 있게 기다렸다.

"아들을 제 손으로 버리고 왔을 때…… 아버지가 그 자리에서 쓰러지셨습니다. 아무리 굶어 죽게 생겼어도 성하지 않은 자식새끼를 버리는 부모가 어디 있느냐며 저를 붙잡고 울부짖다가 그날로 자리에 누웠지요. 그러고는…… 채 일주일을 견디지 못했습니다. 다…… 짐승만도 못한 제 탓이었지요. 그런데 그런 불효막심한 자식이 뭐가 그리 가여웠는지 아버지는 생각지도 못한 막대한 돈을 남겨주고 떠나셨습니다. 아버지의 목숨을 담보로 했던 생명보험이 그것이었습니다……."

그는 또다시 목이 막혀 한동안 말을 잇지 못했다.

"그것은…… 우리에게 가뭄에 내린 단비와도 같았습니다. 거액의 보험금과 함께 대부분의 빚이 아버지의 목숨 값으로 청산되었습니다. 빚쟁이들을 처리하자마자 우리 부부가 당장 아들을 찾아갔음은 말할 필요도 없지요. 아들을 만나러…… 아들을 다시 데려오려고 정신없이 재활원으로 달려갔습니다. 명호를 버리고 정확히…… 서른아홉 날이 지난 후였습니다.

그런데…… 아이는 그곳에 없었습니다. 어디로 옮겨간 것도, 다른 곳으로 보내진 것도 아니었습니다. 아예 행방 자체가 묘연했습니다. 그날…… 제가 우리 명호를 버리고 온 그날 재활원 문앞에는 담요와 인형, 옷가지만 버려져 있었다고 했습니다. 사방팔방을 뛰어다니며 아무리 확인해봐도 아이만은…… 우리 명호만은 아무도 본 사람이 없었습니다. 그날 새벽 우리 명호만 그곳에서 완전히 사라져버린 것이었습니다. 들개에게 물려가거나 산짐승에게 당한 것 같다는 말만 들었습니다. 하지만 그마저도 뚜렷한 흔적이 없었습니다."

윤경식은 고개를 숙인 채 얼굴을 들지 못했다. 자신의 반인륜적인 행동과 사라진 아들에 대한 죄책감에 억장이 무너지는 것만 같았다. 잠깐의 이별이 영원한 이별이 되리라곤 생각지도 못했다.

"왜 그때는 아이를 버리는 것이 최선의 선택이라고 생각했는지 스스로도 이해할 수가 없습니다. 벼랑 끝으로 내몰리다 보니까 그때는 그 방법밖에는 머리에 떠오르는 게 없었습니다. 어떻게든 물리치료라도 받게 해줘야겠다는 생각에 그런 짓을 했는데……
그게 아버지의 목숨을 빼앗고, 제 아이를 영원히 잃어버리는 끔
찍한 결과를 만들 줄은 정말 꿈에도 몰랐습니다."

윤경식은 심장이 터져버릴 것 같은 고통 속에서 자신의 가슴
을 세게 내리쳤다. 아무리 내리쳐도 가슴속의 상처는 사라지지
않았다.

"죽은 아이가 이 모든 일을 꾸미고 있다고 생각하세요?"

차가운 음성이었다. 감정이 메마른 듯한 음성은 민우와 라즈니
쉬의 뒤쪽에서 기척도 없이 고요히 서 있던 낙빈의 입에서 나왔
다. 깊이 상처받은 윤경식에게 낙빈이 말을 걸었다. 인기척도 없
이 서 있던 소년의 말이라 윤경식은 물론이고 그 자리에 있던 장
씨와 민우, 그리고 라즈니쉬까지 깜짝 놀라 낙빈을 바라보았다.
방구석 어두운 곳에 고요히 서 있던 작은 소년이 시선도 마주치
지 않고 입만 벙긋댔다. 두 눈은 덥수룩한 앞머리에 가려 보이지
도 않았다.

윤경식은 한동안 대답을 망설이다가 마침내 천천히 고개를 끄
덕였다.

"네, 그렇습니다. 아마도…… 아들 녀석이지 싶습니다. 죽었는
지 살았는지, 생사도 모르고 있었지만…… 마음으로는 좋은 곳에
서 잘 살고 있을 거라고 수십 번도 더 되뇌어보았지만…… 이 세
상 사람이 아니라면…… 그 아이는 저를 원망하고 있겠지요."

윤경식은 천장을 바라보며 크게 한숨지었다. 그의 눈가에 마르

지 않은 물기가 반짝였다.

"아들 녀석을 잃어버린 뒤로 전국 방방곡곡을 헤매고 다녔습니다. 빚을 갚고 간신히 살아남은 우리 두 사람은 그 뒤로 하루하루 품을 팔면서 두 다리가 닳도록 방방곡곡을 돌아다니고 명호의 사진을 붙이고……. 그렇게 미친 듯이 살았습니다. 제가 정신을 차린 것은…… 사실 얼마 되지도 않았습니다. 그건 아내가…… 아내의 배 속에 우리의 또 다른 생명이 자라고 있었기 때문입니다. 아무리 헤매고 다녀도 찾을 수 없는 명호 때문에 배 속의 아이까지 희생시킬 수는 없다고 생각했습니다. 그건 두 아이를 모두 잃어버리는 거니까요. 명호의 동생을 위해서라도 정신을 차려야 한다는 걸 겨우 깨달았습니다.

죽을 때까지 명호의 시체라도 찾겠다는 생각은 변함이 없습니다. 틈틈이 여유가 되는 대로 끝까지 아이의 시신이라도 찾을 생각은 변치 않았지만…… 또 다른 가족을 버려서는 안 된다는 생각을 했던 겁니다. 그래서 고향 마을로 돌아와 염치 불고하고 어르신을 찾아뵙게 되었습니다. 고향 땅인데다 돌아가신 부모님과 제일 행복하게 살았던 곳이기에 꼭 되돌아오고 싶었습니다. 그리고 감사하게도 어르신께서 흔쾌히 보살펴주셔서 그럭저럭 어려움 없이 지내게 되었습니다. 그런데…… 그런 고마운 어른께 보답은 못할망정…… 제 부덕으로 오히려 폐만 끼치게 되었군요!"

윤경식은 착잡한 심경을 다스리며 다시 숨을 골랐다.

민우는 그런 윤경식을 이리저리 뜯어보았다. 어린아이가 앙심을 품고 귀신이 되어 들러붙어 있는지를 영안靈眼으로 살펴보려고 애를 썼다. 분명 윤경식에게는 강한 영적 기운이 느껴졌다. 윤경식의 몸에서 나오는 기운이 아니라 다른 영기가 그의 몸을 안개처럼 감싸고 있는 것 같았다. 뿌옇게 흐려진 영기를 집중해서 살펴보았지만 흔적만 보일 뿐, 영혼의 실체는 보이지 않았다. 민우와 일행의 기운을 느끼고 숨어버린 것이리라.

일행은 죄책감에 휩싸인 윤경식의 이야기를 모두 들었다. 이야기가 끝나고 그가 방 밖으로 나가자 모든 이야기를 빠짐없이 듣고 있던 장씨도 따라 나갔다. 아마도 지금 들은 이야기가 장씨를 통해 윤 노인 부부에게 고스란히 전달될 것이었다.

그들이 사라지기가 무섭게 라즈니쉬가 고개를 갸웃거렸다.

"그런데 이상해. 원한을 가지고 아이가 들러붙었는데, 왜 저 아저씨의 이야기에는 아저씨의 죄책감만 가득한 거지?"

"응?"

머릿속에 여러 가지 생각이 가득한 민우가 미처 라즈니쉬의 말을 이해하지 못했다.

"이상하잖아? 이 집에서 일어난 일을 보면 손자며느리도 고통을 받았고, 할머니도 귀신의 원한으로 해를 입었어. 심지어 무덤까지 말이야. 그런데 저 아저씨의 말에는 아저씨가 받은 고통에 대한 이야기가 한마디도 없었어. 그러니까 귀신은 저 아저씨를 공격하지 않고 이 집안 식구만 공격한 거야."

"그래, 맞아!"

그제야 민우는 라즈니쉬의 말을 알아들었다. 이야기 속에서 조금 이치에 맞지 않는 이질감을 느꼈는데, 라즈니쉬의 말이 바로 정곡을 찔렀다. 윤씨 일가는 해코지를 당한 반면 윤경식은 자신에게 원한을 품은 아들의 영혼에게서 받은 고통이나 괴로움에 대해 한마디도 말하지 않았다. 그가 느낀 고통과 괴로움은 온전히 그 자신이 만들어낸 죄책감 때문이었다.

"뭐야, 진짜 이상하잖아? 원한을 가진 아이가 왜 진짜 원한을 가진 대상을 괴롭히지 않고 그 주변 사람들을 먼저 괴롭히느냔 말이야. 저 윤경식 아저씨와 아줌마를 먼저 괴롭혀야지!"

"맞아! 라즈니쉬, 대단해!"

민우가 맞장구를 치자 라즈니쉬는 양쪽 어깨를 올렸다. 동시에 보란 듯이 흘끗 낙빈 쪽을 바라보았다. 뭔가 으쓱한 기분에 뒤쪽을 돌아보았는데 어느새 낙빈은 보이지 않았다. 언제 없어졌는지 감도 오지 않았다. 그림자처럼 뒤에 있다가 또 쥐도 새도 모르게 사라져버린 것이다.

"왜 그런 걸까? 그리고 그 여자 귀신은 누굴까?"

"아무래도 아이의 영혼이 이 집 지박령이랑 결합한 것 같지?"

"그래, 맞아."

아들의 영혼이 먼저 윤경식 부부를 공격하지 않았다는 데서 출발하자 상황이 좀 더 또렷해졌다. 어린아이의 영혼은 윤경식 부부에게 원한을 가지고 있지만 아마 힘이 부족했을 것이다. 어린 영혼이라 방법을 알지 못했을 수도 있다. 그래서 부부에게 들러붙어 있다가 이 집에서 지박령과 조우한 것이 계기가 되었으리라. 이 집안의 지박령은 또 다른 여자 귀신이었을 것이다. 그 영혼의 원한은 윤 노인 집안과 관련되어 있는 모양이다. 때문에 윤 노인의 집안사람들에게 해코지를 한 것이다.

그렇다면 윤씨 집안에 살던 지박령과 아이의 영혼이 서로 결합하고 도움을 주면서 서로의 부족함을 메워주고 본격적으로 원한을 풀기 시작한 것으로 보였다. 두 영혼은 서로 결합하여 힘을 점점 키워가면서 원한을 하나하나 갚아나갈 것이다. 첫 타깃이 윤경식이 아니었을 뿐 곧 윤경식 부부도 아들 영혼의 공격을 받을 것이다.

"그렇게 생각하면 모두 설명이 돼."

"응, 맞아."

민우와 라즈니쉬는 서로의 생각을 나누며 고개를 끄덕였다. 손발이 틀어진 어린아이의 영혼은 정체를 파악했으니, 이제 여자 귀신의 정체를 알아내야 했다.

9

넓고 기다란 한옥 별채의 안쪽에서 민우와 라즈니쉬는 머리를 맞대고 앉았다. 깔끔한 체크무늬 정장을 입은 민우와 솜으로 누빈 녹빛 쿠르타를 입은 라즈니쉬는 복장부터 얼굴색까지 서로 많이 달랐다. 짧게 올려 깎은 민우의 머리 모양과 길게 하나로 묶은 라즈니쉬의 머리 모양은 물론이거니와, 민우보다 진한 라즈니쉬의 피부색이며 그들의 영적 기술까지도 서로 달랐다. 하지만 두 사람의 우정은 끈끈했다. 워낙 어릴 적부터 가족처럼 함께 지내온 탓에 별말이 없이도 서로의 마음을 이해했다. 그런 두 사람이 머리를 맞대고 속닥였다.

"이대로 나갔다가는 저 장 집사인가 누군가가 달라붙을 게 뻔해."

"그래, 나도 좀 더 여기저기 자유롭게 돌아다니고 싶어."

머리를 마주한 두 사람 사이에는 작은 목각 인형이 놓여 있었다. 라즈니쉬가 손수 깎은 단풍나무 인형이었다. 둥그스름하고 유연하게 흐르는 두루뭉술한 몸체에 짧은 다리가 살짝 붙은 귀여운 쥐가 두 소년 사이에 있었다.

"후욱."

라즈니쉬가 두 손을 입에 갖다 대고 목각 인형을 향해 숨을 불어넣자 동그랗고 살찐 쥐가 흔들흔들 움직였다. 잠시 비틀거리던 작은 쥐가 짧은 다리를 요리조리 움직이며 두 소년 사이에서 뱅글뱅글 돌았다. 둥글게 파인 눈에 눈꺼풀이 스르륵 내려오며 깜빡이기까지 하는 모양이 참으로 귀여웠다.

찍찍.

작은 생쥐는 금방이라도 두 사람 사이를 빠져나갈 것처럼 짧은 다리로 계속 부딪쳐왔다.

"우리 대신 수고 좀 해줘야겠어. 영적 기운을 찾아 이리저리 다녀봐."

라즈니쉬가 한쪽 무릎을 들어 생쥐가 빠져나갈 공간을 열어주자 작은 인형이 그 사이를 쪼르륵 빠져나갔다. 이제 두 소년 대신 저 작은 생쥐가 그들의 눈이 되어 이리저리 집 안을 돌아다닐 것이다. 생쥐가 출발하자 두 소년도 자리에서 일어섰다. 역시나 기다렸다는 듯이 장씨가 달려왔다.

"가고 싶은 곳이 있습니까?"

가고 싶은 곳을 물으며 안내해줄 것처럼 굴었지만 그의 진짜 임무는 소년들의 일거수일투족을 감시하는 것으로 보였다.

"지난번 머리카락을 잘렸다는 며느리 분의 거처로 안내해주실 수 있나요?"

민우는 예의 바른 웃음을 띠며 장씨에게 말했다.

"알겠습니다."

장씨는 두 소년을 데리고 낮은 담과 담 사이에 뚫린 여러 개의 문을 넘었다. 그리고 현재는 친정집으로 요양을 떠났다는 윤 노인의 손자며느리가 지내던 별채로 소년들을 안내했다. 윤 노인의 집은 겉에서 보는 것보다 훨씬 더 규모가 컸다. 작은 별채가 낮은 담장과 문을 사이에 두고 여러 채 이어져 있는 것이 마을 하나 정도의 규모였다. 별채 하나만 해도 여느 가족이 살기에 충분해 보였다.

손자며느리가 살던 별채는 다른 건물에 비해 조금 더 현대적인 느낌이 났다. 조금 더 연한 색의 나무 기둥을 박아놓은 것이나 툇마루의 색도 연한 것이 새로 인테리어 공사를 한 모양이었다. 별채는 툇마루를 중심으로 서로 마주 보는 방이 두 개 이어져 있고 한쪽에는 기역자로 욕실이, 그 곁에는 현대식 부엌이 마련되어 있었다. 별채에 사는 손자며느리가 불편하지 않도록 배려한 마음 씀씀이가 느껴졌다. 심지어 건물 앞에는 구름다리가 놓인 작은 연못과 정자까지 있었다.

민우와 라즈니쉬는 별채 여기저기를 살폈다. 겉으로 보면 건물의 향이며 기운 모두 나무랄 데 없이 좋았다. 어린아이의 귀신이 많은 건물 중에 왜 하필 이곳에 나타나 손자며느리를 괴롭혔는지 알 수가 없었다.

"방 안도 좀 확인할 수 있을까요?"

민우는 그 원인이 혹시 방 안에 있는 게 아닐까 생각하고 그렇게 말했지만 장씨는 민우의 청을 단호하게 거절했다.

"그건 곤란합니다. 주인 부부 분도 없는 곳에 두 분을 들이는 건 안 될 말씀입니다."

다시 물을 수 없을 정도로 장씨의 태도는 단호했다. 아마도 윤상용 노인에게 가능한 일과 불가능한 일을 미리 들었을 것이다. 아쉽기는 하지만 민우도 라즈니쉬도 두말없이 뒤돌아섰다. 방법이 없는 게 아니니까. 그들이 조사할 수 없는 것들은 라즈니쉬의 작은 인형이 대신해줄 것이다.

"그럼 다음으로 윤경식 씨가 지내고 있는 방을 좀 보여주시죠."

장씨는 공손히 고개를 숙이고 두 소년을 이끌었다. 윤경식 부부가 머무는 행랑채는 안채나 사랑채, 별채 등 식구들이 사용하

는 곳과 달리 좁고 초라했다. 폭이 좁고 옆으로 길쭉한 행랑채에
는 네 개의 문이 다닥다닥 붙어 있었다. 문 사이의 간격이 좁고 촘
촘한 것이 방이 작고 볼품없으리라는 사실을 짐작케 했다. 방 밖
으로는 엉덩이를 살짝 걸칠 정도의 좁은 나무 마루가 길게 이어
져 있었고, 그중 왼쪽 끝의 방문 앞에 허름한 운동화와 굽 낮은 여
자 신발이 놓여 있었다.

"이봐, 경식이. 얼른 나와보게!"

장씨의 말이 떨어지기가 무섭게 안쪽에서 부스럭거리는 소리
가 들렸다. 곧이어 다급한 발소리가 쿵쿵 이어졌다. 방음도 좋지
못해 안에서 이야기하는 내용이 죄다 들릴 것 같았다.

"네, 네."

격자문이 벌컥 열리며 얼굴을 드러낸 것은 좀 전에 만났던 윤
경식이었다. 그의 눈은 좀 전까지 눈물을 흘렸는지 붉게 충혈되
어 있었다.

"자네 방을 좀 보고 싶다고 하셔서 모셔왔네."

"아, 네. 들어오십시오."

윤경식은 순순히 문 옆으로 비켜섰다. 그가 비켜선 틈으로 방
안의 모습이 한눈에 들어올 정도로 방은 좁고 단출했다. 민우와
라즈니쉬는 공손히 고개를 숙이며 방 안으로 들어섰다. 방 밖에
서부터 느껴지던 진한 영적 기운이 방 안으로 들어서자 더욱더
심해졌다. 그저 단순한 영혼의 기운이 아니었다. 원망으로 가득
한 원혼의 느낌이 강했다. 지독하게도 악의 어린 영적 기운이었

다. 민우와 라즈니쉬는 서로 눈빛을 교환했다. 아무래도 모든 원인은 윤경식 부부와 관련되어 있는 것이 분명했다.

방 안에 들어서자 제일 먼저 드는 생각은 살림살이가 아무것도 없다는 것이었다. 이 방의 유일한 가구는 허리에도 오지 않는 낮은 나무장 하나였다. 검은 옻칠을 한 나무장 위에는 이불 한 채가 개켜져 있었다. 방의 세 방향으로 어른 머리 높이에 기다란 나무 시렁이 둘러쳐져 있었지만 시렁은 죄다 텅텅 비어 있었다. 윤경식 부부가 얼마나 짐이 없는지 짐작되었다.

몸을 돌리던 민우와 라즈니쉬는 흠칫 놀랐다. 방 한구석에 있는 듯 없는 듯 모습을 감추고 있던 낙빈 때문이었다. 낙빈을 보는 순간 민우도 라즈니쉬도 동시에 인상이 찌푸려졌다. 아무런 말도 없이 사라지더니 자신들보다 먼저 이곳에 와 있다는 게 기분이 나빴다. 먼저 이곳에 와서 윤경식 부부와 무슨 말을 했던 것일까 궁금한 동시에 몹시 불쾌했다. 분명히 이번 일에서 낙빈은 민우와 라즈니쉬를 지켜보는 것만 허락되었다. 이런 식으로 나서서 사람들을 찾아다니며 들쑤시는 건 안 될 일이었다. 두 소년이 기분 나쁜 마음을 숨기지 않고 냉랭한 눈빛으로 낙빈을 째려보는데, 벽에 기댄 여인에게서 울음이 가득한 목소리가 들려왔다.

"정말로…… 우리 아이가…… 죽은 건가요……?"

고개를 숙인 여인은 눈물을 흘리고 있었다. 그녀의 질문으로 방금 전까지 낙빈과 부부 사이에 오간 이야기가 짐작되었다. 여인은 낙빈으로부터 아이에 대한 이야기를 전해 들은 게 틀림없었다. 짐작했을지는 몰라도 직접적으로 아이가 죽었다는 말을 듣고 큰 충격에 휩싸인 것처럼 보였다.

"아, 그게…… 그런 것 같아요."

민우와 라즈니쉬는 낙빈에게 꽂았던 매서운 눈초리를 거두고 윤경식의 아내 앞에 천천히 앉았다. 아이의 죽음을 확인한 여인은 고개를 숙인 채 침통한 얼굴로 눈물을 흘렸다. 부른 배 때문에 몸을 앞으로 숙이기도 힘들어서 한 손으로는 바닥을 누르고 한 손으로는 눈물이 흐르는 얼굴을 가리고 있었다. 윤경식은 비쩍 마른 아내의 어깨를 감싸며 함께 흐느껴 울었다. 민우와 라즈니쉬는 마른침을 꿀꺽 삼켰다. 방 안이 너무나도 침통한 분위기여서 감히 한마디를 건네기도 어려웠다.

"하지만 왜…… 우리 아이가…… 이 집의 일들과 관련되어 있다는 건가요?"

눈물로 범벅된 여인은 떨리는 목소리로 두 소년과 낙빈을 번갈아 바라보았다. 그녀의 말 속에는 죽은 아이가 이런 사건과 관련될 리 없다는 강한 믿음이 담겨 있었다.

"그 천사 같은 아이가 대체 왜 이런 일들과 관련되어 있다고들 하시는지……."

아이의 어머니는 자신의 아이가 이런 끔찍한 일들을 저지를 리 없다는 강한 믿음을 가지고 있었다. 그런 모정에 입이 콱 막혔다. 하지만 민우와 라즈니쉬는 어제 똑똑히 보았다. 그녀의 아이였을 손발이 비틀린 어린아이의 영혼이 이 집 안주인의 목을 조르

는 여자 귀신과 함께 있는 장면을. 그 아이가 라즈니쉬가 만들어
내는 결계를 뚫고 지나가는 모습을. 무엇보다 윤경식 부부가 묵
고 있는 이 방에서 느껴지는 자욱한 원혼의 영기는 그 어떤 말보
다도 강력한 증거였다.

"아아, 그건……."

민우는 라즈니쉬 쪽을 바라보았다. 그 역시 곤란한 얼굴로 민
우를 바라보고 있었다. 어떻게 말해야 할지 망설여지는 순간이었
다. 그렇다고 거짓말을 할 수도 없었다.

"그러니까…… 아이가 원한을 가지고 죽은 것 같아요. 그래서
두 분을 따라다니면서 원한을 풀려고 하는 걸 거예요."

"아아, 그럴…… 그럴 리가……!"

민우의 말에 윤경식의 아내는 망치로 머리를 맞은 것처럼 휘청
거렸다. 윤경식이 그녀의 어깨를 잡고 있지 않았다면 그대로 쓰
러졌을 것만 같았다. 아이가 원한을 품고 죽었다는 사실을 그녀
는 믿을 수가 없는 눈치였다.

"나, 나 때문이야, 여보! 나 때문이야!"

윤경식은 아내의 어깨를 붙잡고 흐느꼈다. 깊은 회한의 눈물이
그의 볼을 타고 툭툭 떨어졌다.

"아아, 그 아이를 그렇게 만든 건 바로 접니다! 아비인 제가 아
이를 버리고 죽는 순간에도 지켜주지 못했으니 다 제 탓입니다!
그 천사 같은 아이를…… 제가 그렇게……. 그, 그렇다면 우리 명
호는 저를 원망하는 마음 때문에 하늘나라에도 가지 못하고 이곳

에 있다는 말이군요!"

"아, 그게…… 그렇죠……."

민우는 천천히 고개를 흔들었다. 윤경식은 끔찍한 이야기를 들은 것처럼 온몸을 부르르 떨었다. 자신의 잘못으로 죽어서도 고통받는 아이를 생각하니 미안하고 불쌍해서 견딜 수가 없었다.

"아아, 부탁드립니다! 그 아이를 그렇게 만든 건 접니다! 무슨 벌이든 제가 달게 받겠습니다! 그러니 제발 부탁입니다! 우리 아이를 좋은 곳으로 보내주십시오. 천국이든 천당이든 우리 아이가 죽어서나마 행복할 수 있게 해주세요! 살아생전 실컷 뛰어본 적도 없는 불쌍한 아이입니다! 온갖 수술에, 치료에, 고통만 받다가 가버린 아이입니다. 제발 부탁입니다! 제발 좋은 곳으로 보내주십시오!"

윤경식은 바닥에 이마를 박으며 빌었다. 원한 때문에 이승을 떠도는 가엾은 아들로 인해 그의 심적 고통은 말할 수가 없을 정도였다. 이런 딱한 모습을 보니 민우와 라즈니쉬는 더 할 말이 없었다. 고통과 후회 속에 흐느끼는 부부 앞에서 질문을 하기도 어려웠다. 민우는 가엾은 부부에게 약속하지 않을 수 없었다.

"네, 무슨 일이 있어도 아이의 영혼을 소멸시키지 않을게요. 아이가 성불하도록 도울게요!"

가엾은 부부의 진심이 소년들에게 그대로 전해졌다. 아이를 사랑하고 염려하는 마음과 아이에 대한 진한 죄책감이 소년들의 가슴을 흔들었다.

"감사합니다! 감사합니다!"

윤경식은 무릎을 꿇은 채 다가와 민우와 라즈니쉬의 손을 부여잡았다. 그의 마른 손은 거칠고 차가웠다. 그 차가운 손이 두 소년의 손을 부여잡는 순간 그의 진심이 그대로 느껴졌다. 민우와 라즈니쉬도 손을 맞잡았다. 윤경식 부부에게는 한 치의 거짓도 없었다. 진심으로 아들을 염려하고 미안해하는 부부의 마음이 절절하게 느껴졌다.

"아, 흐흐흑! 명호야. 우리 아들아…… 명호야……."

윤경식의 아내는 여전히 이 모든 것을 감당하기 어려운지 고개를 흔들어댔다. 눈물로 범벅된 여인은 아들의 죽음으로도 힘겨웠다. 그런데 그 아이가 자신들에게 원한을 가지고 붙어 있다는 말을 들으니 말할 수 없을 정도로 충격이 큰 것 같았다.

고통에 휩싸인 여인을 윤경식이 감싸고 있는 동안 민우와 라즈니쉬는 서로 눈빛을 나눴다. 방을 찬찬히 둘러보던 두 사람은 작은 목각 인형을 꺼냈다. 라즈니쉬의 호주머니에서 나온 목각 인형은 귀가 길었다. 통통한 몸에 기다란 귀가 늘어진 것이 귀여운 토끼 형상이었다. 라즈니쉬가 훅 숨을 불어넣자 작은 토끼가 깡충깡충 벽을 타고 텅 빈 시렁으로 올라갔다. 그러고는 방 안이 한눈에 바라보이는 자리에 멈춰 섰다. 울음을 터뜨린 윤경식 부부도, 방 밖에 서 있던 장씨도 이 작은 인형을 보지 못했다.

윤경식 부부를 따라다니는 아들의 원혼은 비록 지금은 숨어 있지만 곧 다시 나타날 것이 분명했다. 라즈니쉬의 작은 인형이 그런 낌새를 전해주면 재빨리 달려오기만 하면 되었다. 부부에게 붙은 어린아이의 영혼이 지금은 원한에 싸여 있지만, 부모의 진심을 안다면 성불도 어렵지 않을 것이다.

두 소년은 모든 일을 끝마치고 서둘러 방 밖으로 빠져나갔다. 더 이야기를 나눌 분위기도 아니고 살펴볼 것도 없었기에 두 소년은 부부가 함께 고통을 나눌 수 있도록 서둘러 자리를 떴다. 라즈니쉬와 민우가 차례로 방을 나가는데, 방 한구석에서 그림자처럼 서 있던 낙빈의 중얼거림이 들려왔다.

"실력 없는 녀석들…… 꿈도 잊고……."

순간 민우는 눈에 핏발이 섰다. 다른 건 몰라도 분명히 실력 없는 녀석들이라는 말은 똑똑히 들었다. 민우의 눈이 낙빈을 향해 매섭게 돌아섰다. 동시에 민우의 앞쪽에 서 있던 라즈니쉬도 낙빈을 돌아보았다. 긴 머리를 하나로 묶어 내린 라즈니쉬가 거친 숨을 몰아쉬며 낙빈을 바라보았다. 그건 화가 나서 씩씩거리는 숨소리였다. 라즈니쉬 역시 그 말을 들은 게 틀림없었다.

"저 녀석이……."

라즈니쉬의 입에서 거친 말이 튀어나오려는 순간 민우가 그의 어깨를 붙잡았다. 민우 역시 화가 치밀었지만 슬픔에 젖은 윤경식 부부 앞에서 다툴 수는 없었다.

"그만둬. 가자."

민우는 라즈니쉬의 어깨를 붙잡고 문 바깥으로 밀었다. 화가 머리끝까지 치솟던 라즈니쉬도 지금은 화를 내기에 적당한 시점이 아니라는 걸 깨닫고 낙빈에게서 눈을 돌렸다. 민우는 혼잣말처럼 자신들을 비난한 낙빈을 흘끗 쳐다보았다. 낙빈은 마치 아무런 말도 하지 않았다는 듯 딴 곳을 바라보았다. 그 모습을 보자니 눈앞에서 무시당한 것 같아 여간 기분 나쁜 게 아니었다.

　다음으로 민우와 라즈니쉬는 윤 노인의 꿈에 나왔다는 윤씨 일가의 무덤으로 향했다. 예로부터 윤씨 종가가 대대로 묻히는 무덤은 집과 그리 떨어지지 않은 둥그런 동산에 있었다. 동산의 무덤은 계단식으로 이어져 있었다. 장씨의 설명에 따르면 윤씨 일가의 무덤은 대대손손 제사를 모시게 되는 종손들에게 이어져오고 있으며, 무덤 땅과 일족에 속한 유산도 종손들에게 이어지고 있다고 했다. 현재 무덤을 지키는 것은 윤 노인이고, 윤 노인 부부가 묻힐 가묘假墓도 이미 준비되어 있다고 했다. 두 소년은 장씨가 이끄는 대로 일족의 무덤가를 천천히 거닐었다. 묘지는 관리인들이 있어서인지 어느 묘나 어지러운 잡초 하나 없이 곱게 깎여 있었다.

　계단식 무덤을 천천히 오르다 보니 다른 무덤에 비해 강한 영기가 느껴지는 묘가 있었다.

　"저건 누구 묘인가요?"

　민우가 묘에 다가가며 묻자 장씨가 흠칫 놀라는 눈치였다.

　"역시 알아보시는군요. 저게 바로 선대의 묘입니다. 바로 전 종손이시며 윤상용 어른의 부모님이신 선대 주인어른과 마님의 묘입니다."

민우와 라즈니쉬는 유독 두 개의 묘지에서 강한 영기를 느꼈다. 윤 노인이 꿈속에서 선친이 귀신에게 붙잡혀 괴로움을 당하는 모습을 보았다더니 실제로 무덤에서 강한 원혼이 느껴졌다.

"그렇군요. 어쨌든 이 근처에도 영혼이 숨어 있는 곳은 느껴지지 않네요."

일가를 비롯하여 선산과 마을 주변을 누비는 동안 어느새 시간이 흘러 해가 저물었다. 민우와 라즈니쉬는 곳곳을 누볐지만 영혼들이 숨어 있는 곳을 찾을 수는 없었다. 이제 원혼이 나타날 때까지 인형들의 신호를 기다리면 될 것 같았다.

두 사람은 윤 노인의 집으로 돌아왔다. 그러자 기다렸다는 듯 별채에 윤 노인 부부가 나타났다. 그들은 또다시 상다리가 휘어질 만큼 엄청난 음식을 내와 두 소년을 대접했다.

"그래, 원한을 가진 영혼은 찾으셨나요? 잡을 수 있는 건가요? 언제쯤이면 걱정 없이 살 수 있을까요? 우리 손자며늘아기를 언제쯤 다시 들일 수 있을까요?"

지금껏 묻고 싶은 것을 꾹 참고 있던 윤 노인의 아내가 밥상이 나오기가 무섭게 두 소년에게 질문을 터뜨렸다. 지난밤 워낙 과식한 탓에 입맛이 크게 돌지 않는데다 봇물처럼 터져 나오는 질문에 두 소년은 밥맛이 뚝 떨어졌다. 윤 노인의 아내는 두 눈을 데굴데굴 굴리면서 당장이라도 뭔가 말해주기를 기다리는 듯했다. 모든 것이 해결되었다는 말을 듣고 싶어 안달하는 모양새였다.

"부적을 하는 게 좋을까요? 부적을 써주신다면 얼마든 값을 쳐드리겠습니다. 우리 식구들의 안전이 제일이니까요. 부적을 해야 하나요? 아니면 곧 잡힐 테니 좀 더 기다려볼까요? 저번에 왔던 무당 말로는 아주 신통한 해결책을 주실 거라던데…….”

“아, 네. 좀 더 살펴보면 아마 곧…….”

민우는 끝말을 얼버무렸다. 라즈니쉬는 언어 소통이 자유로운데도 약간만 곤란한 상황이 되면 입을 닫아버렸다. 의사소통에 문제가 없다는 것을 알아채는 순간 골치 아프게 이어질 질문과 대답을 피하기 위해서였다. 그 때문에 고생하는 쪽은 민우였다. 민우는 노파의 질문 세례에 한동안 시달리다가 간신히 자유를 되찾았다. 윤 노인이 그만 쉬게 나가자고 채근한 덕분이었다.

민우와 라즈니쉬는 겨우 단둘이 되자 낮 동안 못했던 얘기를 나누었다. 낮에는 장씨가 거머리처럼 달라붙어 그들의 말을 세세하게 듣는 눈치였고, 식사 시간에는 노파의 등쌀에 정신이 없었다. 사실 지금도 밖에서 문가에 귀를 댄 장씨가 두 사람의 말을 도둑처럼 듣고 있을 테지만, 어쨌든 눈앞에서 모두가 사라지고 둘만 남았다는 것만으로도 조금 숨이 트이는 느낌이었다.

“인형들로부터는 아무 연락이 없어?”

민우는 낮부터 별채와 행랑채를 지키고 있는 라즈니쉬의 인형들이 궁금했다.

“전혀. 아무런 느낌이 없어.”

저녁이 되었지만 별다른 느낌은 없었다. 라즈니쉬는 한숨을 쉬었다.

"그런데 말이야, 그 임신한 아줌마…… 아이의 영혼이 원혼이라는 말에 굉장히 충격을 받은 것 같지?"

"응, 진짜 불쌍하다는 생각이 들었어."

라즈니쉬의 말에 민우도 고개를 끄덕였다. 윤경식의 아내가 커다란 배를 움켜쥐며 비틀거리던 모습이 아직도 눈에 선했다. 그녀는 자신의 아이가 원한을 가지고 주변에 머무른다는 사실을 믿지 못하는 얼굴이었다.

"충격을 받아서 몸이 안 좋아지는 건 아니겠지?"

"응, 나도 참 걱정되더라."

안타까운 마음을 배가시키는 것은 비쩍 마른 몸으로 배만 불룩 나온 그녀의 모습이었다. 임신한 상태에서는 좋은 것들만 듣고 보아야 한다는데 아들의 죽음을 알게 되고, 더 나아가 그 아이가 부모에게 원한을 품은 귀신이 되었다는 말을 들었으니 그 마음이 얼마나 괴로울까 싶었다.

"동정만 한다고 일이 해결되는 건 아냐."

근심 어린 표정의 두 소년을 향해 방구석에서 목소리가 울려왔다. 민우도 라즈니쉬도 깜짝 놀라 그쪽을 바라보았다. 한쪽 벽 구석에 그림자처럼 조용히 앉아 있는 낙빈의 모습이 보였다. 오늘도 저녁 식사 때에는 코빼기도 보이지 않던 녀석이 대체 언제 들어왔는지 기척도 없이 벽 구석에 앉아 있었다.

"구천을 떠도는 원혼은 세계를 혼란에 빠뜨리지. 세상의 혼란…… 인류의 파멸…… 그건 흑단인형이 원하는 바야."

소년은 단호한 목소리로 말했다. 목소리는 분명했지만 낙빈은 민우와 라즈니쉬를 바라보고 있지는 않았다. 두 소년에게 말한다기보다는 혼잣말을 하는 것처럼 벽을 보고 말하고 있었다.

"넌 이 일에 나설 권한이 없어."

라즈니쉬가 낙빈을 향해 날카롭게 목소리를 높였다. 낮부터 내내 녀석의 말 한마디 한마디가 거슬렸다.

"네 의견은 고맙지만, 넌 우리를 지켜보기만 해야 해. 오늘도 우리와 상의하지 않고 윤경식 씨 부부를 찾아간 건 규칙을 위반한 거야. 조심해주면 좋겠어."

민우도 차가운 눈빛으로 한마디 했다. 감정을 최대한 배제하고 메마른 목소리를 내고 싶었지만 부정적인 감정이 섞이는 것을 막을 수가 없었다.

"……그러니 세계를 혼란에 빠뜨리는 영혼은 소멸시켜야 해."

낙빈은 대답 대신 제가 하고 싶은 말만 해댔다. 녀석은 여전히 벽만 보며 혼잣말처럼, 하지만 두 소년이 분명히 들리게 말했다. 그런 낙빈의 태도에 라즈니쉬는 화가 끓어올랐다.

"네가 뭔데 소멸이니 뭐니 떠드는 거야?"

"우리는 영혼을 두 번 죽이는 소멸은 하지 않을 거야! 아까 약속한 대로 아이의 영혼을 사로잡아서 성불시킬 거야. 그게 우리의 방식이니까 넌 상관하지 마."

"그래, 절대로 네가 나설 공간은 없어! 명심해!"

라즈니쉬와 민우가 번갈아가며 성난 말을 내뱉었지만 낙빈은 듣는 둥 마는 둥 벽만 쳐다보았다. 대답도 한마디 없었다. 마치 두 소년의 분노를 돋우려는 것처럼. 민우는 동요하지 말라며 라즈니쉬에게 손짓했다. 싸움을 해봤자 도움될 것이 없었다. 아니, 오히려 녀석은 싸움을 유도해서 제가 하고 싶은 대로 이 사건을 휘잡고 싶은 건지도 모른다는 생각이 들었다.

"니들 실력으로?"

낙빈이 무시하는 말을 해대자 라즈니쉬가 화를 참지 못하고 벌떡 일어섰다.

"뭐얏, 이 자식이!"

민우는 라즈니쉬를 말렸다. 사실 라즈니쉬가 없었다면 민우 역시 화를 내고 일어섰을 것이다. 민우는 우선 화가 난 라즈니쉬를 달래며 낙빈 쪽으로 눈을 흘겼다. 모른 척 벽을 바라보고 있는 소년의 옆모습을 보니 분노가 치밀었다. 하지만 어쩐지 그건 낙빈이 원하는 바일지도 모른다는 생각이 들었다. 두 소년의 화를 돋워 은근히 제멋대로 이 사건을 들쑤시고 다닐 생각일지도 몰랐다. 낙빈의 표정에서 두 소년을 도발하려는 의도가 고스란히 느껴졌다.

"참아, 라즈니쉬!"

민우는 폭발 직전의 라즈니쉬를 간신히 앉혀놓고 귓속말로 속삭였다.

"넘어가지 마. 일부러 그러는 것 같아. 아마 우리에게 한 대 맞기라도 하면 우리 곁을 뛰쳐나갈 좋은 핑계가 될 테니까. 그러고는 이번 일을 자기 맘대로 처리하려고 저러는 것 같아."

"아아……."

민우의 말에 라즈니쉬도 고개를 끄덕였다. 그러고 보니 인기척도 없이 그림자처럼 다니던 녀석이 자꾸만 밉살스럽게 빈정대며 이기죽거리는 게 딱 의도적이었다. 라즈니쉬는 하마터면 녀석의 의도에 홀랑 빠져들 뻔한 것이 부끄러우면서도 여전히 빈정거리는 낙빈의 태도가 마음에 걸렸다.

두 소년은 아예 낙빈의 존재를 무시하고 저희끼리 두런두런 이야기를 시작했다. 가만히 벽만 바라보던 낙빈이 곁눈으로 슬쩍 두 소년을 바라보았다. 누군가와 함께 이야기를 나누고 함께 고민하고 해결 방법을 찾던 것, 일 년 전까지만 해도 낙빈에게 일상이었던 그 일이 이제는 완전히 남의 일이 되었다. 낙빈에게는 의논할 상대도, 이야기를 나눌 친구도 없었다. 어차피 결국은 혼자라는 것을 낙빈은 뼈저리게 느꼈다. 누가 누굴 의지하고 그리워한들 무슨 소용이겠는가. 서로 마음을 나누고 모든 것을 함께할 수 있는 사람들이 있다고 생각했지만 그것은 전부 신기루일 뿐이었다.

가버린 형을 부르다 지쳐버린 어린 소년의 가슴은 차갑게 얼어붙고 말았다. 그 누구와도 마음을 나눌 수 없을 정도로 얼음처럼 변해버렸다. 그렇게 차가운 냉혈한이 된 낙빈은 서로가 서로를 믿고 의지하는 민우와 라즈니쉬를 물끄러미 바라보았다. 함께 이야기하고 서로를 믿는 두 사람의 모습이 부러운 듯도 했다.

'아니, 부질없는 생각이다.'

낙빈은 설설 고개를 흔들었다. 영혼이든 사람이든 정을 나누고 그리워한다는 건 다 부질없는 일이다. 지금은 그렇게 마음을 나눈다고 느끼겠지만 실상 그들은 모두 외톨이라는 것을 낙빈은 알고 있었다.

"이미 죽고 헤어진 아들의 영혼을 만난들 무엇 하겠어. 이제 와서 오해를 푼다고 뭐가 달라지겠어. 전부 다 지워버리는 게 낫지."

낙빈은 낮게 웅얼거리며 바닥에 글자를 새겼다. 이제 낙빈에게 영혼을 성불시키는 것 따위는 아무런 의미가 없었다. 그저 세상을 혼란스럽게 하는 영혼은 소멸시켜야 한다고만 생각했다. 영혼의 이야기를 속속들이 들을 수 있지만 이미 죽음으로 끊어진 인연을 애써 연결하고 서로에게 이야기를 들려주는 것에도 흥미를 잃었다.

낙빈은 혼란을 야기하는 영혼을 다 붙잡아 소멸시킴으로써 흑단인형에게 복수를 하고 싶었다. 그 혼란한 영혼들을 하나하나 꺼내어 세상을 뒤흔드는 흑단인형에게 맞서고 싶었다. 그게 다였다. 승덕을 죽인 흑단인형에게 되갚음을 하는 것, 그것이 지금 낙빈에게 남은 유일한 삶의 이유였다.

"나타났다!"

멍하니 바닥을 바라보던 낙빈의 귀에 라즈니쉬의 작은 외침이 들려왔다. 라즈니쉬와 민우가 동시에 튀어 올라 문 밖으로 달려나갔다. 낙빈이 잠시 넋을 빼고 있는 사이에 기다리던 영기의 냄새가 느껴졌다.

"나타났구나."

낙빈은 두 눈을 가늘게 떴다. 작은 몸이 바람처럼 방 밖으로 튀어 나갔다.

민우와 라즈니쉬가 달리기 시작했다. 곧장 행랑채까지 가는 길을 똑똑히 기억해놓은 덕분에 두 사람의 행동은 매우 재빨랐다. 촌각을 다투는 일인지라 두 사람은 예의를 차릴 새도 없이 건물 사이사이의 낮은 담을 훌쩍훌쩍 뛰어넘었다.

"나타났구나!"

라즈니쉬는 쾌재를 불렀다. 윤경식의 방에 남겨놓은 토끼 인형이 까만 밤이 되자 슬그머니 나타난 영혼의 기운을 라즈니쉬에게 고스란히 전달했다. 목각 인형의 기운을 단단히 숨겨둔 덕에 원한령은 라즈니쉬의 영혼과 연결된 목각 인형이 있으리라곤 상상도 못하고 모습을 드러낸 것이다.

"라즈니쉬, 결계를 쳐줘!"

"알겠어!"

저 멀리 행랑채가 보이자 라즈니쉬는 달리는 속도를 줄였다. 대신 행랑채 주변을 감쌀 요량으로 거대한 결계의 힘을 끌어올리기 시작했다. 미리 준비하고 있던 터라 결계를 치는 속도는 비교적 빨랐다. 담벼락에서 시작해 행랑채 전체에 둘러진 결계는 사람은 통과시켜도 영혼은 움직일 수 없게 했다.

라즈니쉬가 결계를 치는 동안 민우는 더욱더 빨리 움직였다. 민우는 라즈니쉬보다 몇 발 더 앞서 나갔다. 그는 순식간에 윤경식 부부의 방문 앞까지 날듯이 달렸다. 문 안쪽에서 느껴지는 영혼의 기운은 매우 차분했다. 별다른 원한이나 재액의 기운은 느껴지지 않았다. 아직까지 민우나 라즈니쉬의 기척은 상상도 못하고 있는 게 분명했다.

민우는 최대한 기운을 감추었다. 발소리도 인기척도 완전히 지울 생각으로 조심스럽게 방문 앞에 다가갔다. 마른침을 모아 손가락에 발랐다. 침을 묻힌 손가락을 조심스럽게 하얀 문풍지에 갖다 대니 불투명한 한지가 반투명하게 변했다. 맑아진 종이 틈으로 방 안의 광경이 눈에 들어왔다.

오늘 하루 괴로움과 슬픔에 차 있었을 윤경식 부부는 울다 지쳐 잠이 든 것 같았다. 좁은 방에 깔린 이불 위로 울룩불룩 두 사람의 실루엣이 보였다. 민우가 좀 더 초점을 모아 바라보니 그들 주변에 가득한 푸르른 영혼의 기운이 느껴졌다. 기운에 초점을 두고 조심스럽게 바라보니 그 형상이 점점 더 또렷해졌다.

윤경식 부부가 나란히 누운 곳에 영혼이 있었다. 한 덩이의 뭉게구름 같은 것이 둥실거렸다. 잠시 후, 그 뭉게구름은 점차 사람의 모습으로 뭉쳐졌다. 찬찬히 바라보니 바로 작은 아이의 형상이었다. 온몸이 피투성이로 지저분한 어린아이의 모습이었다. 팔과 다리가 허리를 중심으로 서로 반대쪽으로 비틀려 있는 것이 윤경식이 말해준 그의 아들, 그가 재활원에 버렸다는 아들의 영혼이 틀림없었다.

아이의 영혼이 머물러 있는 곳은 정확히 엄마의 배 위였다. 거대한 배를 내리누르듯 아이는 비틀린 손으로 엄마의 배를 짓누르며 그 위에 올라가 있었다. 아이는 초점을 잃은 멍한 눈으로 고이 잠들어 있는 엄마의 얼굴을 하염없이 바라보았다. 소년의 비틀린 손이 배 위에서 움직일 때마다 여자는 허리를 펴며 몸을 뒤척였다.

영혼의 정체가 분명해진 순간 민우는 벌컥 방문을 열었다. 방문이 열리면서 깊이 잠든 윤경식 부부의 모습이 한눈에 들어왔다. 여인의 배 위에서 그녀를 누르고 있던 죽은 아이의 영혼도 꼼짝없이 민우와 마주쳤다. 민우는 잠시 숨 돌릴 새도 없이 크게 소리쳤다.

"흡정멸귀!"

민우의 커다란 고함 소리와 함께 반투명한 회색 연기 같은 아이의 영혼이 마치 청소기에 흡수되는 먼지처럼 민우의 입속으로 빨려 들어갔다. 민우의 입속으로 흡수되는 동안 아이의 영혼은 힘겹게 발버둥치기 시작했다. 그럴수록 아이의 사지는 더욱더 비틀렸다. 손발이 반대쪽으로 꺾이던 아이의 영혼이 얼마 버티지 못하고 남김없이 민우의 입안으로 흡수되었다.

"후우우웁!"

민우가 마지막 숨을 모으며 그 모든 것을 흡수하자 얼굴이 붉게 상기되었다.

'어마, 어마, 어…… 어어……마…….'

민우의 입속으로 빨려 들어가던 어린아이의 입에서 마지막 비명이 흘러나왔다. 어눌한 발음이었지만 아이의 말은 분명하게

전해졌다. 엄마…… 민우에게 붙잡힌 영혼의 마지막 말은 '엄마'
였다.

"퉤!"

무언가를 우물거리던 민우가 입안의 것을 뱉어내자 자줏빛 구
슬이 튀어나왔다. 어린아이의 영혼이 탈바꿈한 모습이자 영혼을
가두는 감옥이었다.

뭉글거리던 뿌연 영혼의 기운이 완전히 사라지자 윤경식 부부
의 놀란 눈동자가 민우와 마주쳤다. 고이 잠들어 있던 부부는 난
데없는 법석에 깜짝 놀란 모습이었다.

10

다음 날 아침부터 윤상용의 대저택에는 하루 종일 음악 소리와
기름 냄새가 끊이지 않았다. 가슴을 졸이며 하루하루 살아온 윤
노인 부부가 동네 사람들을 초대해 잔치를 벌였다. 대외적으로
는 귀신이니 혼령이니 하는 말이 나올까 쉬쉬하며 손자며느리의
순산을 기원하기 위해서라는 핑계를 댔다. 사실은 귀신을 물리친
감사의 축제이고 더 이상의 분란이 없기를 바라는 살풀이라는 건
집안사람들만 아는 비밀이었다.

사랑방으로 초대된 민우와 라즈니쉬, 그리고 낙빈은 어떤 날보
다도 눈을 휘둥그레 떴다. 대체 어디서 가져온 것인지도 모를 육

해공 산해진미가 한 상에 그득했다. 그뿐 아니라 빈자리를 찾지 못해 접시와 접시 사이사이에 쌓아올린 접시들까지. 말이 필요 없는 종갓집 한 상이 눈앞에 펼쳐졌다.

"고맙소이다! 이렇게 두 다리를 쭉 뻗고 자는 게 얼마 만인지 모르겠구려!"

윤 노인은 모든 사건을 해결한 민우와 라즈니쉬에게 고개를 숙이며 간이건 쓸개건 다 빼줄 것처럼 굴었다. 윤 노인은 상다리가 휘어져라 음식을 차려놓고 계속 이것저것을 권했지만, 이미 두 사람 다 배가 꽉꽉 차서 더 이상 들어갈 데가 없었다.

"원흉을 없앴으니 더 이상 동티는 없겠지요? 아이고, 진짜 감사해요!"

안주인 역시 온갖 음식을 끊임없이 내오면서 두 소년에게 감사했다. 갑작스러운 잔치에 온 동네 사람들이 찾아와 마당을 그득히 메웠다. 온 집안이 기쁨과 흥분으로 들떠 있었다. 사건을 보란 듯이 해결해낸 민우와 라즈니쉬도 그런 분위기에 흠뻑 빠져들었다. 흥분과 즐거움에 들뜬 두 얼굴이 연신 발그레했다.

하지만 오늘도 낙빈만은 상 구석에 앉아 음식을 먹는 둥 마는 둥 기척을 숨기고 있었다. 낙빈은 두 소년이 일을 해결한 게 마음에 들지 않는지 고약을 씹은 표정이었다. 그런 낙빈을 흘끗흘끗 쳐다보던 라즈니쉬는 슬그머니 미소를 지었다. 어쩐지 잘난 척하는 낙빈의 뒤통수를 제대로 쳐준 것 같아서 은근 고소한 기분이었다.

"호호, 조금만 더 즐기다가 가자."

라즈니쉬는 내오는 음식이 줄어들 때까지 떠나지 않고 머물 셈이었다. 라즈니쉬는 친구와 둘이 해결한 이 일을 자꾸만 자축하고 싶었다.

"민우야, 사로잡은 영혼 좀 보자!"

"으응."

민우는 재킷 속에 넣어둔 자줏빛 구슬을 꺼냈다. 빛에 닿아 반짝거리는 커다란 구슬이 라즈니쉬의 손바닥에 쏙 들어왔다. 손바닥으로 발버둥을 치는 영혼도 느껴졌다. 민우와 라즈니쉬는 이 영혼을 담은 구슬을 본부에 가져가기로 했다. 아이의 영혼을 윤경식 부부에게 줄까도 생각해보았지만 강한 원한을 가진 영혼이니 신성한 집행자들에 가지고 가서 성불을 위한 과정을 밟는 게 옳다고 생각되었다. 라즈니쉬는 낙빈에게 보란 듯이 영혼의 구슬을 빙글빙글 돌려 보였다. 그러고는 낙빈의 표정이 일그러지는 것을 즐겁게 바라보았다.

사랑방 가득 사람들의 웃음소리가 요란한 그때, 갑자기 주변이 잠잠해졌다. 사랑방 문턱 너머로 작은 보따리 하나를 손에 든 허름한 차림의 부부가 등장했기 때문이다. 배만 불룩할 뿐, 온몸이 바짝 마른 윤경식의 아내가 서글픈 눈동자로 소년들과 함께 있는 윤 노인 부부를 바라보고 있었다. 윤경식이 그런 아내를 부축하며 다가와 사랑채 문간 아래 엎드렸다.

"그동안 오갈 데 없는 저희를 거두어주셔서 감사합니다. 덕분에 잘 지내다가 떠나갑니다. 이 은혜 잊지 않겠습니다."

윤경식은 머리가 바닥에 닿도록 깊이 인사를 드렸다. 이 집에서 지내는 동안 그들은 마음고생을 심하게 하며 하루하루를 버텼을 것이다. 깊은 슬픔과 어둠이 부부의 눈가에 그득했다.

"그래, 당장 떠나게."

윤 노인은 두 사람에게서 몸을 반쯤 돌렸다. 더 보고 싶지도 않다는 마음이 그대로 나타났다.

"그럼 이만 저희는 물러가겠습니다."

윤경식이 인사를 마치고 떠나려 하자 윤 노인의 아내가 벌떡 일어섰다.

"잠시 기다리게."

반짝이는 한복에 털이 송송 달린 따스한 조끼를 껴입은 안주인이 사랑채 대청 아래로 성큼성큼 내려갔다. 그녀는 한달음에 윤경식 앞까지 다가가더니 곧장 그의 마른 뺨을 사정없이 올려붙였다. 무시무시한 기세에 가슴이 서늘해질 지경이었다.

"은혜를 원수로 갚아도 유분수지. 은혜를 베푸는 우리에게 이런 식으로 갚는단 말인가? 그러고는 용서를 비는 말 한마디 없이 내 눈앞에서 사라지겠다는 건가?"

소년들은 한 집안의 안주인이라는 것이 이토록 살벌한 사람인 줄은 몰랐다. 그저 좀 말이 많은 할머니라고만 생각했는데 그게 다가 아니었다. 윤경식의 뺨은 순식간에 새빨갛게 변했고 그의 아내는 가엾은 남편의 허리를 감싸 안았다.

"며, 면목 없습니다. 저희 탓에 상심을 안겨드려 죄송합니다. 진심으로 용서를 구합니다."

윤경식은 몸을 숙여 노파의 발 앞에 엎드렸다. 그의 아내는 고개를 돌려 울음을 터뜨렸다. 임신부답지 않은 가느다란 손가락이 그녀의 입을 가렸다. 울음을 참으려고 애쓰는 가냘픈 어깨가 너무나도 안쓰러웠다.

"당장 나가게! 다시는 이 동네에 얼씬도 하지 말게!"

"네에……."

매몰찬 말을 뒤로하며 윤경식이 부인의 어깨를 감쌌다. 두 사람은 터덜거리는 걸음으로 사랑채 문간을 빠져나가려 했다. 느릿느릿 거동이 불편한 임신부가 사랑채 문턱을 넘다 말고 슬며시 몸을 틀었다. 그녀가 바라보는 곳은 민우와 라즈니쉬 쪽이었다.

"저, 혹시 우리 아들을…… 영혼일지언정 만날 수 있을까요?"

그녀는 용기를 짜내어 두 소년에게 말했다. 이제 떠나면 다시는 아들을 만날 수 없다는 게 그녀의 발길을 붙잡는 모양이었다. 소년들이 쭈뼛거리자 윤 노인의 아내가 앞으로 나섰다.

"네가 아직도 정신을 못 차렸나 보구나, 어디서 그런……!"

노파가 차가운 음성으로 그녀를 나무랐다. 하지만 민우는 가엾은 어머니의 마음을 모른 척할 수가 없었다. 민우는 자줏빛 구슬을 들고 부리나케 여자의 앞으로 달려왔다.

"여기…… 여기에 담겨 있어요."

"아아…… 정말로 명호가 여기에……!"

민우는 일부러 노파의 앞을 가리고 아이의 어머니에게 자줏빛 구슬을 건네주었다. 그녀의 길고 가는 손가락 사이에 반투명한 구슬이 놓였다. 윤경식의 아내는 반짝거리는 작은 구슬을 바라보며 눈물을 쏟아냈다. 눈물이 멈추지 않고 폭포수처럼 흘러나왔다. 슬픔과 괴로움으로 그득한 그녀의 눈물이 구슬 위로 뚝뚝 떨어졌다.

　민우는 구슬을 바라보았다. 꿈틀거리는 작은 기운. 무언가 작은 움직임. 구슬 안에 갇혀서도 어머니의 느낌을 아는지 아이의 혼령이 온몸을 비트는 것 같았다. 불만이 가득한 노파의 얼굴이 곁에 있지만 윤경식의 아내는 그마저도 잊은 듯했다.

　"지금도 믿을 수가 없어요. 우리 아이가…… 그 천사 같은 아이가 원혼이 되다니요."

　"아, 네. 그러시겠죠……."

　그녀의 안타까운 음성에 민우는 뭐라 대꾸할 수가 없었다.

　"우리 아이를…… 그러니까 이 구슬을 제가 가질 수는 없나요? 제가 매일 보면서 아이를 성불시킬 수는 없는 건가요?"

　"뭐라고, 이년이!"

　그녀의 말이 끝나기가 무섭게 곁에 있던 안주인이 기겁하며 소리를 질렀다. 노파의 반응이 무시무시한 까닭에 민우가 먼저 재빨리 대답했다.

　"아아, 그건 좀 곤란합니다. 이 영혼은 강한 원한을 가지고 있어서……. 먼저 원한을 풀어야 합니다. 그래야 성불도 할 수 있고요. 원한을 가진 영혼을 보통 사람들이 갖는다는 건 위험한 일입니다. 걱정 말고 믿어주세요. 이 일의 전문가들이 쌓인 원한을 풀고 떠나도록 도와줄 거예요."

"아아, 네……."

윤경식의 아내는 아쉬움 가득한 한숨을 내쉬면서도 손안에 놓인 구슬을 선뜻 건네지 못했다.

"하지만…… 지금도 믿을 수가 없어요. 제 꿈에 나온 명호는 여전히 착하고……."

"그만하고 당장 나가거라, 이년! 내 집에 다시는 발길도 들이지 마라!"

윤경식의 아내가 더 말하려 했지만 노파의 인내에도 한계가 온 모양이었다. 노파는 영혼이 담겨 있다는 끔찍한 구슬을 두 손가락으로 슬쩍 들어 내던지듯 민우에게 건넸다. 그러고는 더러운 것을 만진 것처럼 손가락을 치마폭에 문질러댔다. 서슬 퍼런 호령에 윤경식의 아내는 결국 고개를 숙이고 돌아섰다.

가만히 아내를 기다리던 윤경식이 그녀를 감싸며 사랑채 바깥으로 이끌었다. 비쩍 마른 두 사람의 겹쳐진 등이 점점 시야에서 멀어졌다. 그 쓸쓸한 모습이 민우와 라즈니쉬의 가슴에 검질기게 눌어붙었다.

"아이고, 밥맛도 다 떨어지게 하필이면 이런 찰나에 올 게 뭐람! 참 눈치도 없지 말이야. 어서 가서 마저 식사를 하세요."

노파는 윤경식 부부에게서 등을 돌린 뒤 마당까지 뛰어 내려온 민우를 사랑채 대청마루 위로 밀었다. 노파는 민우와 라즈니쉬의 앞에 앉아 식사를 계속하라고 채근했다. 윤경식 부부를 대하던 것과 달리 목소리도 움직임도 다정했다.

"야, 진짜 무시무시하더라."

마당에서 돌아온 민우의 귀에 대고 라즈니쉬가 속삭였다. 눈은 안주인을 슬쩍 가리키고 있었다. 민우 역시 놀라고 가슴이 서늘하기는 마찬가지였다. 단순히 친절한 모습이 안주인의 전부는 아닌 모양이었다. 하지만 그것 말고도 뭔가가 찜찜했다. 민우는 대체 무엇이 이토록 마음에 걸리는지 생각에 잠겼다. 그런 생각 속에 푹 빠지자 흥청거리는 주변 사람들의 목소리가 완전히 지워졌다. 모든 소리를 차폐한 상태로 자신의 음성만 두 귀에 울려 퍼졌다.

'그때…… 그 녀석이 내게 뭐라고 했더라? 내가 잠에서 막 깨어났을 때…….'

민우는 지난 아침에 꿈에서 깨어나던 때를 떠올렸다. 일어나는 순간 자신을 바라보는 낙빈의 까만 눈을 보고 어찌나 놀랐던지 그 장면이 생생했다. 갑자기 그날이 생각났다. 그런데 그 녀석이 민우에게 뭐라고 말했었다.

'내 꿈이…… 뭐라고…… 분명히 내 꿈에 대해 말했어.'

시간이 멈춘 것처럼 느려졌다. 머릿속에서 그 순간만이 슬로비디오처럼 지나갔다. 민우는 그때 자신이 꾸었던 꿈을 기억해보았다. 잠에서 깨어난 순간의 충격이 커서 꿈의 내용은 머릿속에 남아 있지 않은 것만 같았다.

'꿈…… 무슨 꿈이었지?'

민우는 영화 장면을 되감듯 그 부분만 재생하고 또 재생했다. 머릿속에서 같은 장면이 계속적으로 되감기고 흐르고를 반복했다. 그러다가 문득 생각이 났다.

'손! 손이 있었어.'

지저분한 피투성이 손이 생각났다. 민우는 꿈속에서 행랑채의 문틈으로 방 안을 바라보고 있었다. 방문 안에 그 작은 손이 보였다. 손 아래에는 분명 둥그런 배가 있었다. 둥그런 배…… 산처럼 둥근 배는 윤경식 아내의 배가 틀림없었다.

'그러고 보니 나는 윤경식 부부가 함께 있는 꿈을 꾸었구나…….'

그 순간 꿈의 단편적인 장면들이 하나둘 생각나기 시작했다. 여자의 부른 배를 문지르는 작은 손. 처음에는 그 손이 위험한 것이라고 생각했다. 그래서 꿈을 꾸면서도 손발이 바짝 긴장되었다. 그러다가 곧 그 작은 손의 움직임이 전혀 위협적이지 않다는 걸 깨달았다. 손은 배 위에 있었지만 위해危害를 가하는 게 아니라 부른 배를 위로하듯 둥그런 원을 그리며 문지르고 있었다. 그것은 부른 배로 고생하는 여자에 대한 위로 같기도 하고, 배 안에 있는 어린 생명을 향한 온정 같기도 했다. 둥글게 원을 그리며 고통을 달래주던 그 손, 그 피투성이의 작은 손이 말하는 건 바로 그것이었다!

"뭐, 뭐지?"

민우는 혼자만의 생각 속에서 화들짝 깨어버렸다. 잠잠히 멈추어 있던 시간이 다시 제대로 돌아가며 주위가 소란해졌다.

민우는 낙빈을 찾았다. 자신의 꿈을 몰래 바라보고 있던 소년을 확인하고 싶었다. 상 구석에 수저 한 벌을 가지런히 올려두고 하얀 한복 차림의 낙빈이 앉아 있었다. 녀석은 주위와 완전히 담을 쌓은 것처럼 고개를 숙이고 두 눈이 보이지 않을 정도로 긴 앞머리로 얼굴을 가린 채였다.

혼란스러운 민우의 얼굴이 녀석을 바라본 지 단 몇 초가 지났을 뿐인데 다시 시간이 천천히 흘러가는 듯했다. 낙빈의 긴 앞머리가 천천히 위로 올라갔다. 그리고 까만 눈동자 두 개가 민우 쪽을 바라보았다. 같은 피부색, 같은 검은 눈동자를 가진 두 소년이 서로의 얼굴을 바라보았다.

'그 꿈이 뭐지? 단순한 꿈이 아닌가? 그러고 보니 꿈…… . 방금 전 아줌마도 분명 꿈에서 명호를 봤다고 했는데…… .'

뒤죽박죽 엉망이 되어가는 머릿속에 민우는 홀린 것처럼 멍하니 낙빈만 바라보았다. 그 까만 눈의 소년이 천천히 한 손을 내밀었다. 민우를 향해 펼쳐진 낙빈의 빈 손바닥은 무언가를 달라는 것처럼 보였다.

"이…… 이거?"

민우는 호주머니에 손을 넣었다. 커다란 왕사탕쯤 되는 구슬이 손에 잡혔다. 낙빈의 빈손은 그 구슬을 달라고 말하고 있었다. 민우는 마치 무언가에 홀린 것처럼 천천히 자신의 손을 뻗었다. 자줏빛 구슬이 민우의 손아귀에서 낙빈에게로 다가갔다.

"민우야, 왜 그래?"

그 순간 누군가가 민우의 손목을 덥석 잡았다. 그제야 꿈에서 깨어난 것처럼 민우는 또다시 화들짝 놀랐다. 자신을 바라보던 낙빈의 검은 눈동자 대신 둘도 없는 단짝 친구 라즈니쉬의 얼굴이 두 눈 가득 들어왔다. 까만 눈에 짙은 눈썹과 기다란 속눈썹이 민우를 바라보고 있었다. 라즈니쉬는 민우가 하려는 일을 막기 위해 그의 손목을 단단히 부여잡고 있었다.

"왜 그래?"

라즈니쉬의 눈이 커지면서 걱정스러운 표정이 드러났다. 민우는 대답하고 싶었다. 지난번 자신이 꾸었던 꿈과 좀 전에 윤경식의 아내가 말하려던 꿈에 대해, 그리고 자신의 꿈에 나왔던 그 작은 손에 대해 말하고 싶었다. 하지만 민우는 마음과 달리 머릿속이 뒤죽박죽되어 멍하니 입만 벌렸다.

"뭔지 모르지만…… 잘못됐어."

그 순간 민우의 눈에 이상한 광경이 들어왔다. 자신을 향해 걱정 어린 표정을 짓고 있는 라즈니쉬의 등 뒤로 한옥의 천장, 높다란 서까래 아래로 허여멀건 무언가가 훌쩍 날아올랐다. 몸을 둥글게 만 낙빈이었다. 그는 라즈니쉬가 고개를 돌리기도 전에 재빠르게 아래로 내려와 민우의 손에 들린 둥근 구슬을 낚아챘다.

"뭐야?"

성난 라즈니쉬의 음성이 울려 퍼졌다. 하지만 낙빈이 더 빨랐다. 작고 마른 몸으로 순식간에 바닥을 구른 낙빈이 상다리가 휘어져라 차려진 교자상을 넘어 마당 아래로 날아올랐다.

"너를 다시 방생하나니 그곳에서 나오라!"

낙빈이 누런 땅바닥을 구르며 일어서는 순간이었다. 그의 손에서 새하얀 섬광이 사방으로 뻗어나갔다. 영기를 볼 수 있는 민우와 라즈니쉬의 눈에는 그 눈부심이 햇빛만큼이나 강렬했다. 심지어 영기가 전혀 없는 보통 사람에게까지 뿌연 불길이 일어나는 것처럼 보일 정도였다. 낙빈이 구슬을 바닥에 내던졌다. 그 순간 민우의 영력으로 단단히 봉인되어 있던 구슬 감옥이 산산조각 나고, 꼼짝없이 잡혀 있던 어린아이의 영혼이 튀어나왔다.

"야, 너 지금 뭐하는……!"

라즈니쉬가 다급히 낙빈을 향해 달렸지만 모든 일은 삽시간에 끝이 났다. 간신히 붙잡은 영혼을 다시 놓쳐버린 것이다. 민우는 그 자리에서 얼어버린 것처럼 멍한 얼굴이었고, 기쁨과 환호로 흥청거리던 잔치는 냉수를 퍼부은 것처럼 싸늘해졌다.

"하압!"

분위기 따위는 안중에도 없는지 낙빈은 다시 두 발을 박차고 튀어 올랐다. 낙빈이 허공을 향해 오른팔을 뻗으며 무언가를 움켜쥐었다. 낙빈이 손바닥을 편 사이 라즈니쉬는 그 안에 새겨진 까만 범어梵語를 보았다. 무슨 말인지 알 수 없지만 작고 깨알 같은 글자가 낙빈의 손바닥에 적혀 있었다.

손에 새긴 글자 덕분에 맨손으로도 영적인 것들을 붙잡을 수

있는 소년은 작은 주먹에 무언가를 단단히 잡고 있었다. 민우의
구슬 안에 붙잡혀 있던 뇌성마비 어린아이의 영혼이었다.

11

낙빈은 매몰차리만큼 차가웠다. 낙빈은 피투성이인 어린 영혼
의 목을 오른손으로 단단히 움켜쥐었다. 가느다란 목을 붙잡힌
영혼이 눈알을 희번덕거리며 고통을 호소했지만 낙빈은 손을 풀
지 않았다.

"너, 갑자기 무슨 짓이야? 그 영혼은 우리가 잡은 거야! 네가
뭔데!"

라즈니쉬가 낙빈의 멱살을 잡았다.

갑자기 소년들끼리 뒤엉켜 싸울 분위기가 되자 윤가 사람들은
어쩔 줄 몰랐다. 이 좋은 잔치에 찬물을 끼얹은 더벅머리 소년에
게 날선 시선들이 꽂혔다.

"이거 놔!"

"이 자식이!"

라즈니쉬가 한 대 때릴 기세로 주먹을 들어올렸다. 그런 라즈
니쉬의 어깨를 민우가 붙잡았다. 여전히 혼란으로 가득한 민우의
눈동자가 라즈니쉬를 바라보며 고개를 흔들었다.

"라즈니쉬, 잠깐만 있어봐. 뭔가…… 잘못된 것 같아. 쟤 말을

들어봐야 할 것 같아."

민우의 얼굴은 여전히 혼란으로 가득했다.

"왜? 무슨 일인데?"

"꿈을…… 꿨어. 그런데 그게 단순한 꿈이 아닌 것 같아. 내가 꿈을 통해 뭔가 본 것 같아. 그게 맞다면 우리는 잘못한 거야. 저 영혼은 원한을 가진 원혼이 아니야."

"뭐?"

라즈니쉬는 민우의 말을 이해할 수 없었지만 그를 신뢰하는 마음에는 변함이 없었다. 낙빈의 행동을 용서할 수는 없지만 민우가 말리는 데는 까닭이 있을 거라 생각되었다. 성난 라즈니쉬의 주먹에서 스르르 힘이 빠졌다. 낙빈은 고개를 휙 돌려 손아귀에 잡힌 영혼에게 시선을 고정했다.

"말해! 네가 본 건 어디 있지?"

낙빈에게 목을 잡힌 영혼이 커다란 눈으로 고개를 설레설레 저었다. 영혼에게서 공포로 가득 물든 감정이 전해졌다. 민우와 라즈니쉬는 그걸 알 수 있었다. 어찌 된 일인지 분명 그들이 잡았을 때만 해도 한없이 짙고 강했던 원한의 향기가 사라지고 없었다. 분명히 어린 영혼에 가득한 원한을 느꼈는데 어찌 된 일인지 그 기운이 사라졌다. 심지어 영적 기운도 매우 미약했다.

분명히 민우와 라즈니쉬가 붙잡을 때만 해도 이렇게 나약한 영혼이 아니었다. 그때 느꼈던 기운은 아주 강력하고 아주 위험했다. 그런데 어찌 된 일인지 지금 눈앞의 영혼은 한없이 불쌍하고

약한 어린아이였다. 그것도 손발이 뒤틀린 가엾은 어린아이일 뿐이었다.

"어떻게 된 거지?"

라즈니쉬도 이를 느꼈는지 민우를 바라보았다. 그래, 무언가 단단히 잘못된 게 틀림없었다. 민우는 낙빈의 모습에서 시선을 떼지 못한 채 서서히 고개를 흔들었다.

낙빈은 두 소년은 아랑곳없이 손아귀에 잡힌 어린아이의 영혼을 흔들어댔다. 모가지만 잡혀 대롱거리는 어린 영혼이 힘겨워 보였다.

"말해! 말하지 않는다고 네가 도울 수는 없어!"

손발이 뒤틀린 어린 영혼이 시글픈 표정으로 낙빈을 바라보았다. 금방이라도 눈물을 흘릴 것처럼 안타까운 표정이었다. 민우도 라즈니쉬도 영혼의 모습을 자세히 바라보았다. 어린아이는 약한 척하는 게 아니었다. 불쌍한 척 동정을 얻으려는 것도 아니었다. 실제로 눈앞의 영혼은 그저 약하고 가엾은 모습이 전부였다. 두 소년이 이전에 느끼고 보았던 강한 원한의 상념 따위는 전혀 없었다. 영혼을 가둘 때 느꼈던 원한은 무엇이었을까? 어떻게 이런 일이 가능했던 것일까?

"네 부모는 좀 전에 이곳을 떠났다. 네가 원하는 대로 됐어. 그러니 어서 우리를 안내해."

낙빈은 영혼과 정확하게 대화했다. 마치 살아 있는 생명과 대화하는 것처럼 말을 주고받는 것 같았다. 민우와 라즈니쉬로서는 놀라울 정도였다. 두 소년 모두 예민한 영감으로 영혼의 감정과 마음 상태를 세심하게 읽을 수는 있지만 낙빈만큼은 아니었다.

신성한 집행자들 내에서도 또래의 친구들에 비해 예민성이 뛰어난 두 소년이었다. 하지만 낙빈 앞에 명함을 꺼내놓을 수준이 아니었다. 낙빈은 영혼이 말하는 바를 정확히 이해했다. 그냥 일방적으로 느낌을 전달받거나 마음을 이해하는 게 아니었다. 진짜 대화가 가능할 정도로 매우 세밀하고 분명하게 직접 말을 하는 것으로 보였다. 놀라웠다.

아이는 낙빈의 얼굴을 보며 입을 벙긋거렸다. 민우와 라즈니쉬에게는 들리지 않았지만 낙빈은 그 말을 들었다.

"그래, 맞아. 네 부모는 떠났단 말이다."

낙빈은 윤경식 부부가 방금 전에 인사를 하고 나간 문 쪽을 가리켰다. 낙빈은 명호의 영혼에게 부모가 이 집을 빠져나갔음을 알려주는 모양이었다. 순간 어린아이의 영혼이 비틀린 팔다리를 버둥거리며 울어댔다. 진짜 눈물이라기보다는 그동안 꾹꾹 참아온 감정을 순식간에 폭발시키는 것처럼 보였다. 할 말이 많지만 아무에게도 말하지 못한 것들을 다 토해내며 눈물짓는 것처럼 보였다. 아이는 벙긋거리는 입을 통해 뭐라고 말해댔다.

"널 협박했단 말이지? 네가 자꾸 방해하면 네 부모부터 못살게 굴겠다고 했단 말이지? 그렇다면 이제 안심해도 되겠군. 잔말 말고 어서 안내해! 어디에 있는 거지?"

낙빈은 어린 영혼의 목을 쥐고 흔들며 조금은 거칠게 재촉했다. 팔다리가 불편한 모양으로 꺾여 있는 어린아이가 간신히 뭐라고 말했다. 그 세세한 말은 낙빈에게만 고스란히 들렸다. 아이의 말을 찬찬히 듣던 낙빈의 눈이 번쩍 뜨였다.

"역시, 그랬구나! 다른 곳은 아무리 뒤져도 없더니, 거기에 있었어!"

낙빈이 달리기 시작했다. 오른손에는 여전히 아이의 영혼을 콱 움켜쥔 채로 사랑채의 낮은 담을 훌쩍 뛰어넘었다. 낙빈이 달리자 민우와 라즈니쉬도 곧장 그 뒤를 따랐다.

하얀 한복이 획획 담장을 넘어 도착한 곳은 윤경식 부부가 묵고 있던 행랑채였다. 이미 민우와 라즈니쉬도 샅샅이 확인했던 중문 행랑채였다. 저 뇌성마비에 걸린 어린아이의 영혼을 붙잡은 곳이기도 했다.

"우욱!"

윤경식 부부가 떠나고 텅 빈 중문 행랑채에 원혼의 향기가 짙게 깔려 있었다. 원한령을 구슬로 봉인한 후에는 나타날 수 없는 끔찍한 원한의 향기가 그곳을 가득 메우고 있었다. 민우도 라즈니쉬도 이 지독한 원한의 근원이 저 어린 영혼이라고 생각했다. 부모에게 원한을 가진 어린 영혼이 만들어낸 지독한 원혼의 향기라고 생각했다. 그러한 판단이 틀린 게 분명했다. 아이의 영혼은 이런 원한을 남길 정도로 강하지 않았고 영혼에게 담겨 있는 감정도 결코 원한이 아니었다. 그렇다면 저토록 진한 원한의 정체는 누구일까? 낙빈은 그 정체를 알아내기 위해 가엾어 보이는 어린 영혼의 모가지를 흔드는 것이 분명했다.

"그래, 알았어! 이거 받아!"

낙빈이 오른손에 꽉 쥐고 있던 어린아이의 영혼을 뒤따라오는 민우와 라즈니쉬 쪽으로 휘익 던졌다. 아무런 준비도 없던 두 소년이 화들짝 놀라 한 걸음 뒤로 물러섰다.

"이런, 말이나 좀 하던가!"

라즈니쉬는 불만 가득한 소리를 내지르며 냉큼 목에 걸고 있는 묵주를 풀었다. 그러고는 낙빈이 던진 어린 영혼을 자신의 묵주로 한 바퀴 감았다. 몹시도 연약한 영혼은 기도문이 들어 있는 묵주를 씌우는 것만으로도 꼼짝할 수가 없었다.

낙빈은 영혼을 던진 뒤 행랑채의 좁은 마루 아래에 놓인 댓돌로 다가갔다. 한 뼘쯤 되는 진회색 댓돌 앞에는 개미굴같이 길고 좁은 구멍이 나 있었다.

"머리를 잘 썼구나. 자신을 가둔 곳을 오히려 몸을 숨길 장소로 정하다니."

낙빈의 기다란 앞머리가 댓돌 쪽으로 흘러내렸다. 소년이 한복 호주머니에 손을 집어넣자 노란 괴황지가 나타났다. 붉은 경면주사로 휘갈긴 것은 소년이 만든 부적이 틀림없었다.

민우와 라즈니쉬는 낙빈의 움직임을 한시도 놓치지 않으려 집중했다.

"가랏!"

콰과광!

요란한 굉음과 함께 낙빈이 바라보던 댓돌이 가벼운 스티로폼처럼 위쪽으로 퉁겨 올라왔다. 쪼개지는 댓돌 조각과 함께 마당 중앙으로 튀어 오르는 무언가가 있었다. 땅바닥에 단단히 박혀 있던 진회색 댓돌이 튀어 오르더니 위아래가 바뀐 채로 떨어졌다.

자욱한 원한의 향기가 코를 찔렀다. 그제야 댓돌 아래에 새겨져 있는 까만 글자들이 민우와 라즈니쉬의 눈에 들어왔다. 검은 글자는 하나하나 영혼을 단단히 잡아 가두는 강력한 결계력을 가지고 있었다. 위력이 엄청나게 강해서 섣불리 눈에 띄지 않을 정도였다. 결계는 강할수록 자신의 존재를 단단히 숨기는 법. 때문에 강력한 결계가 그곳에 있다는 것조차 인식하지 못하게 하는 힘이 있었다. 낭연히 댓돌 아래 결계는 일반인은 물론 강한 영력을 가진 사람도 그 존재를 인식하지 못하게 만든다.

바로 소년들의 눈앞에 나타난 댓돌이 그러했다. 댓돌에 새겨진 결계는 너무나 강력하고 심오한 주술력을 가지고 있어서 사람들이 그 존재를 인식하지 못하게 만들 정도였다. 때문에 민우도 라즈니쉬도 그 존재를 인지하지 못했다. 하지만 낙빈이 댓돌을 뒤집은 순간 그 아래에 숨어 있는 모든 것이 드러났다.

짙은 황토색 마당 아래 댓돌이 놓여 있던 자리에는 허물어져가는 구멍이 있었다. 그 검은 구멍 속에 묻혀 있는 희끗희끗한 허연 천도 눈에 들어왔다. 낙빈은 망설이지 않고 그 천 조각을 들어올렸다. 그것은 낙빈의 키보다도 긴 한복 속치마였다. 오랫동안 흙 속에 묻혀 있던 탓에 흙물이 들어 얼룩덜룩했지만 본래 하얀색이

209

었을 것으로 생각되었다. 민우와 라즈니쉬는 낙빈과 속치마를 번갈아 바라보며 두 눈이 휘둥그레졌다.

댓돌이 깨지는 순간 구멍 속에서 튀어나온 것은 더더욱 소년들을 어리둥절하게 만들었다. 마당 중앙으로 튀어 올라 낙빈을 노려보는 것은 새하얀 소복을 입은 긴 머리의 여자 귀신이었다. 소복의 주인으로 윤 노인의 꿈에 나타났고, 민우와 라즈니쉬와도 대면한 적이 있는 귀녀가 분명했다.

"이런……."

그 순간 민우와 라즈니쉬는 자신들의 크나큰 실수를 절감했다. 원한의 중심에 어린 명호의 영혼이 있다고 생각했는데 그게 아니었다. 부모를 원망하며 원한을 키워갔을 것으로 생각한 것은 억측이었다. 원한의 원인을 제거했으니 동티도 가라앉고 윤씨 가문이 평화를 되찾을 거라고 생각한 것도 착각이었다. 원한의 근원은 눈앞에 있는 여자 귀신이 분명했다. 여자 귀신에게서 물씬 풍기는 자욱한 원한의 냄새가 말하고 있었다. 저택이 품은 엄청난 원기의 근원은 어린아이가 아니라 바로 저 여인이다!

"무슨 일입니까, 대체 무슨 일이……."

뒤늦게야 행랑에 도착한 윤 노인 부부와 장씨가 낮고 좁은 문간을 넘으며 이 광경을 보았다. 모든 문제를 해결한 줄 알았던 민우와 라즈니쉬가 놀란 눈으로 바라보는 소년 낙빈의 모습이 그들의 눈에도 들어왔다.

윤 노인과 집안사람들은 낙빈이 한 손에 높이 치켜든 빛바랜

소복과 마당 안에 반으로 쪼개져 널브러진 행랑채 댓돌을 보며
두 눈이 퉁방울이 되었다.

"아이쿠, 이게 무슨 일입니까!"

부서진 댓돌과 파헤쳐진 땅바닥을 보던 장씨가 허리를 굽히며
앞쪽으로 걸어 나갔다. 그의 눈에는 소년 낙빈만 보였기 때문이
다. 그리고 그 소년이 만들었을 소란의 증거들이 눈에 들어왔다.
밑도 끝도 없이 끔찍한 생각이 들었지만 주인 대신 어지러워진
저택을 바로잡아야 한다는 강한 책임감이 그를 움직이게 했다.

"멈춰요!"

앞으로 나아가려 하는 장씨를 민우가 막아섰다. 장씨는 그 자
리에 우뚝 섰다. 눈앞에 낙빈과 원혼이 시로 마주하며 팽팽히 대
치하고 있는 초긴장 상황이었다. 일반인이 섣불리 다가설 일이
아니었다.

민우는 낙빈에게서 눈을 떼지 않으며 행랑채 문가에 선 윤 노
인에게 말했다.

"모두들 뒤쪽으로 떨어지세요. 그리고 혹시 짐작 가는 게 있나
요? 저곳에 묻혀 있던 소복에 대해서요."

민우는 사람들 쪽을 바라보지 않고 소리쳤다. 여전히 낙빈과
귀녀에게 집중한 상태였다.

민우의 말을 들은 윤 노인은 갑자기 긴장과 불안을 느꼈다. 윤
노인의 아내 역시 입을 가리며 놀란 얼굴을 감추지 못했다. 윤 노
인 부부는 흔들리는 눈동자를 부딪치며 서로를 바라보았다. 입

밖에 내지는 않았지만 그들이 느끼는 불안이 그대로 흘러나왔다.

낙빈은 눈앞의 영혼을 가늠했다. 말할 수 없이 참혹한 기운이 귀녀의 주변을 감쌌다. 이토록 지독한 원한을 숨길 수 있었던 것은 원혼을 가둬둔 결계 덕이었다. 낙빈은 원혼의 모습을 물끄러미 바라보았다. 원혼의 속 깊은 이야기가 낙빈의 머릿속을 스치며 지나갔다.

"떠도는 영혼들은 그 갈 곳을 찾아가야 할 일. 너의 이야기가 어떻든 동정하지는 않겠다. 사멸해라."

낙빈의 목소리는 잘 들리지 않았다. 민우와 라즈니쉬의 귀에만 간신히 속삭이듯 들릴 뿐이었다. 중얼거림이 멈추자 낙빈이 들고 있는 속치마가 흔들렸다. 바람이 그 주변에만 부는 것처럼 옷가지가 흔들거렸다. 그러더니 갑자기 치마 끝부터 노란빛이 일었다.

화르륵!

흔들거리는 바람 사이로 순식간에 불꽃이 일었다. 어디에도 불씨가 없는데 낙빈의 손아귀에서 맹렬히 타오른 불꽃이 한순간에 속옷을 불태웠다. 속치마는 순식간에 재가 되어 바람을 따라 사방으로 흩어졌다. 이 놀라운 광경에 윤씨 집안 사람들은 새파랗게 굳어버렸다.

옷가지가 태워지는 순간 낙빈을 노려보고 있던 여자의 원혼이 두 손을 위아래로 흔들며 미친 듯이 발광하기 시작했다. 민우와 라즈니쉬는 그 모습을 지켜보았다. 그녀가 내뿜는 원망과 분노가 그대로 느껴졌다. 하지만 아쉽게도 그 영혼의 말이 그들의 귀에는 세세하게 들리지 않았다. 그것이 두 소년과 낙빈의 차이였다.

민우와 라즈니쉬는 영혼의 말을 똑똑히 듣는 능력이 없었다. 하지만 지금까지 그런 능력이 없다는 것을 아쉬워하거나 속상해한 적은 없었다. 말을 들을 수는 없지만 영혼이 느끼는 감정을 비교적 선명하게 전달받을 수 있었기 때문이다. 영혼이 느끼는 것, 영혼이 생각하는 것이 그들의 예민한 감각에 전부 전해졌다. 그랬기에 굳이 영혼의 말을 듣는 능력이 필요하다고 느끼지 않았다.

그들이 그동안 영혼의 말을 듣는 능력이 필요하다고 느끼지 못했던 데는 그들이 속한 신성한 집행자들도 한몫했다. 지금까지 민우와 라즈니쉬는 사건에 투입되기 전에 그 내막과 인과관계에 대한 이야기를 세세하게 들었다. 그런 상황에서는 영혼의 말을 낱낱이 들을 필요가 없었다. 사건을 모두 파악하고 있기에 해결하는 데만 신경 쓰면 되었으니까.

그런데 지금은 달랐다. 신성한 집행자들이 그 어떤 도움도 주지 않는 상황에서 스스로 모든 것을 처리해야 하는 이번 사건은 완전히 다른 경우였다. 어떤 조사와 보고도 받지 않은 이 사건의 내막에 대해 민우와 라즈니쉬는 새하얀 백지상태였다. 그 때문에 완전히 헛다리를 짚을 뻔했다. 두 소년은 자신들이 잘못한 것이 무엇인지, 저 귀녀는 왜 원혼이 되었는지 알고 싶었다.

그러나 지금 귀녀의 말을 들을 수 있는 능력은 낙빈에게만 있었다. 미친 듯이 소리치는 귀녀와 그에 반응하는 낙빈의 작은 표정 변화, 움찔거리는 손가락이 그 모든 것을 말해주었다. 영혼과 이야기를 나눌 수 있다는 것은 그저 영혼의 '감정'만 읽는 것과 차원이 달랐다. 두 소년은 귀녀가 무슨 말을 하는지 알고 싶었다. 원혼으로부터 숨겨진 원한 관계의 내막을 모조리 듣고 싶었다. 답답함에 목이 말랐다. 입술이 바짝 타들어갔다.

눈앞의 귀녀는 그 자리에서 뱅글뱅글 돌며 성난 기운을 마구 쏟아냈다. 낙빈과 대화가 이뤄지지 않아 크게 화를 내는 것 같았다. 미친 듯이 뱅뱅 돌던 귀녀가 갑자기 한곳을 바라보았다. 순간 귀녀의 얼굴이 변했다. 민우는 귀녀가 바라보는 쪽으로 눈을 돌렸다. 행랑채 문간이었다. 그곳에…… 떠난다고 말했던 윤경식 부부가 우뚝 서 있었다. 그들은 자신들이 묵었던 행랑채로 윤 노인 부부와 낙빈, 그리고 민우와 라즈니쉬까지 몰려온 것을 보며 놀란 표정을 짓고 있었다. 윤경식 부부를 보는 귀녀의 입꼬리가 좌우로 올라갔다. 그 모습이 무시무시하도록 잔인해 보였다.

"안 돼!"

민우가 소리를 지르며 윤경식 부부의 앞으로 달렸다. 그러나 새하얀 소복을 입은 원혼의 움직임이 훨씬 빨랐다.

12

"꺄아아악!"

자지러지는 비명 소리의 주인은 다름 아닌 만삭인 윤경식의 아내렸다. 그녀는 마당 흙바닥으로 쓰러졌다. 다리 아래까지 머리카락을 늘어뜨린 귀녀가 여자의 허리를 붙들고 낙빈 쪽을 노려보았다. 금방이라도 여자의 커다란 배를 찌를 듯 추켜세운 기다란 손톱이 위협적이었다.

"안 돼!"

귀녀의 코앞까지 다가갔는데도 막지 못한 민우와, 어린 영혼을 붙잡고 있느라 움직일 수 없었던 라즈니쉬의 입에서 탄식이 터져 나왔다. 동요하지 않는 것은 낙빈뿐이었다.

"금강청운계!"

낙빈은 당황하는 대신 결계력을 펼쳤다. 짙은 남색으로 일렁이던 푸른빛이 낙빈의 온몸에서 뻗어 나와 행랑채와 마당 전체를 감싸 안듯 가득 들어찼다. 강력한 금강청운계의 물결이 사방을 단단히 막았다.

"이럴 수가!"

민우와 라즈니쉬의 놀란 눈이 결계를 따라 움직였다. 푸른 숲과 자연의 기운을 가득 담은 강력하고 거대한 푸른 결계였다. 빈틈없이 강력한 결계가 잠깐의 지체도 없이 행랑채를 뒤덮었다. 민우와 라즈니쉬가 결코 흉내 낼 수 없는 대단한 영력이었다.

푸르른 대지와 자연의 힘을 담은 강력한 결계가 행랑채 가득 차오르자 낙빈은 매서운 눈으로 귀녀를 쳐다보았다. 소년이 까만 두 눈을 드는 순간 그의 등 뒤에서 엄청난 기운이 솟아올랐다.

깊은 바닷속 심연의 색처럼 깊이를 알 수 없는 검붉은 기운이 나타나 사람의 형상으로 우뚝 일어섰다. 청동 투구와 검붉은 갑옷을 걸친 영혼이 무시무시한 기운을 흩뿌렸다. 그의 손에는 거대한 청람색 장창長槍이 들려 있었다. 그것이 모든 무도인의 아버지이자 조상인 자오지한웅, 곧 치우천왕治雨天王임을 두 소년은 알지 못했다. 그러나 그 존재감만으로도 온몸의 피가 바짝 얼어버릴 정도로 두렵고 무서운 신령이라는 것을 분명히 느낄 수 있었다. 심지어 치우천왕의 모습을 보지 못하는 일반인까지도 이유 없이 치밀어 오르는 지독한 공포와 한기를 막을 수가 없을 정도였다.

치우천왕의 청람색 장창은 그 어떤 용서도 이해도 없었다. 그의 판결은 잔인하고 무서웠다. 만삭의 여인을 포로처럼 붙잡고 있는 귀녀에게 동정 따위는 없어 보였다.

낙빈이 한 손을 들어올렸다. 그 손과 함께 소년의 등 뒤에 선 치우천왕의 창도 하늘 높이 치켜 올라갔다. 그의 거대한 창이 원혼을 향해 그어지려고 했다. 무시무시한 치우천왕의 기운 사이로 애타는 울음소리가 퍼져나왔다.

'아아안…… 어마아아아……!'

어눌한 울부짖음이 온 하늘을 갈기갈기 찢어놓을 듯 이어졌다.

"어? 어어……!"

라즈니쉬의 놀란 목소리가 뒤를 이었다. 라즈니쉬가 걸어둔 묵주가 투둑 끊어지며 친친 묶여 있던 어린아이의 영혼이 바닥을 굴렀다. 아이의 영혼은 뒤틀린 손발을 허우적거리며 치우천왕의 장창 앞으로 온몸을 굴렀다.

"어엇!"

라즈니쉬는 몹시 놀랐다. 한없이 약하고 작은 어린아이의 영혼이 온 힘을 쥐어짜내 라즈니쉬의 묵주를 끊은 것이다. 그러고는 성치도 않은 몸을 굴리며 치우천왕의 공격을 막아서기 위해 허우적거리고 있었다. 원래 아이의 영혼에게는 묵주를 끊을 힘도, 거대한 무신武神에게 대항할 힘도 없었다. 그런데도 그 어린 영혼이 있지도 않은 기운을 짜낸 것이다.

약하디약한 어린 영혼이 어떻게 저런 기운을 짜냈는지 그 이유는 명확했다. 어린 영혼이 데굴데굴 몸을 굴려 나아간 곳은 어머니의 품이었다. 피투성이의 헐벗은 몸을 굴려 어머니의 부른 배 앞으로 다가갔다. 아이의 영혼은 무시무시한 신령의 분노와 귀녀의 원한이 제 어머니를 해칠까 그 앞을 막아선 게 분명했다.

낙빈의 팔이 흔들렸다. 귀녀를 베려던 치우천왕의 장창도 멈추었다. 다행히 무시무시한 신의 분노가 우뚝 멈춰 섰다. 하지만 여리디여린 어린 영혼만은 울음을 멈추지 않았다.

'어마, 어마, 어마아아아! 가아, 가아아! 가아!'

어린 영혼은 울부짖었다. 만삭인 어머니의 배를 위협하듯 손톱을 추켜세운 귀녀를 향해 사나운 강아지처럼 짖어댔다.

귀녀는 귀찮은 얼굴로 어린 영혼을 노려보았다. 원혼은 어린아이의 영혼을 향해 날카로운 손톱을 그었고, 어린 영혼은 모든 공격을 제 몸으로 받아냈다. 그리고 귀녀의 새하얀 치마를 붙들고 늘어졌다. 아이는 어머니에게서 귀녀를 떼어내기 위해 있지도 않은 힘을 쥐어짜내며 안간힘을 쓰고 있었다.

"저…… 저거였어. 저 아이가 한 것…… 원혼과 함께 못된 짓을 한 게 아니었어."

민우가 한탄하듯 혼잣말을 읊조렸다.

"원혼을 막으려고 소복을 붙잡고 늘어졌던 거였구나. 그랬구나!"

라즈니쉬도 멍한 얼굴로 중얼거렸다. 그러고 보니 이제야 모든 것이 이해되었다. 처음 두 영혼을 만났을 때가 생각났다. 귀녀가 윤 노인의 아내를 죽일 듯 목을 누르던 그날도 아이는 귀녀의 옷자락을 붙잡고 있었다. 그날 어린 영혼을 붙잡아 냉혹하게 내던지던 귀녀의 모습이 기억났다. 결계를 깨뜨리기 위한 두 영혼의 합작이라고 오해했는데, 생각해보니 그런 것이 아니었다. 어린 영혼을 내던진 귀녀의 행동은 그 모습 그대로였던 것이다. 자꾸만 자신을 방해하는 귀찮은 어린 영혼을 결계와 함께 없애버리기 위해 내던진 것이었다. 그러니까…… 두 영혼은 같은 편이 아니었다!

민우는 두 눈을 질끈 감았다. 두 눈으로 보았으면서도 왜 까맣게 몰랐는지 스스로가 원망스러웠다. 그랬다, 꿈속에서 그는 보았다. 피투성이의 어린 영혼이 어머니의 배를 매만지는 것을. 짓밟고 괴롭히는 것이 아니라 걱정하고 아끼며 조심스럽게 문지르고 매만지던 그 작은 손을 보았다. 눈앞에 모든 진실을 두고도 알아채지 못한 자신이 한탄스러웠다.

"우리…… 아이가 있는 거죠?"

떨리는 목소리가 들렸다. 비명을 지르며 마당에 쓰러졌던 여자가 두 눈을 동그랗게 뜨고 민우와 라즈니쉬, 그리고 낙빈을 번갈아 바라보았다.

"우리 아이가…… 절…… 지켜주고 있는 거죠, 그런 거죠?"

영력이 없는데도 여자는 본능적으로 느끼고 있었다. 그녀의 목소리가 파르르 떨렸다.

민우는 눈을 떴다. 영적인 힘이 한없이 모자라는 어린 영혼이 거머리처럼 소복에 달라붙어 어머니에게서 귀녀를 떼어내려고 애쓰는 모습이 있었다. 그 모습이 너무나도 가엾고 또 미안해서 눈앞이 뿌옇게 흐려졌다.

"네, 네에! 정말로 그렇네요!"

민우가 펄쩍 날아올랐다. 날카로운 손톱을 가진 귀녀가 더 이상 명호의 영혼을 해칠 수 없도록 어린 영혼의 앞을 막아섰다. 민우 곁으로 또 하나의 그림자가 휘릭 움직였다.

"아주머니, 아들을 오해해서 정말 죄송해요!"

녹빛 쿠르타 상의를 펄럭이며 라즈니쉬도 민우의 곁에 섰다. 그 역시 윤경식 부부에게 잘못을 고백했다. 두 소년은 피투성이 어린 영혼의 앞을 막아섰다. 그러고는 어린 영혼을 향해 날카로운 손톱을 들어올리던 귀녀를 제지했다. 귀녀는 이제 어린아이의 영혼을 해치지도, 다른 곳으로 도망칠 수도 없었다. 귀녀는 완전히 구석에 몰린 채 옴짝달싹못했다. 두 소년이 앞을 막아서자 그제야 어린 명호의 영혼은 지친 듯 바닥으로 무너져 내렸다. 손발이 꺾인 그 아이는 다리를 질질 끌며 기어갔다. 아이가 다가간 곳

은 어머니의 품이었다. 아이는 그녀의 부른 배에 기대어 흐느적
거리는 몸을 지탱했다. 눈에 보이지는 않지만 그런 아이가 느껴
지는지 여자가 배를 쓰다듬었다. 여자의 손이 매만지는 그곳에
흐릿한 어린 명호의 영혼이 기대어 있었다. 그 모습을 민우도 라
즈니쉬도 물끄러미 바라보았다.

"아아, 우리가 무슨 짓을 한 거지……?"

어머니의 품에서 흐릿흐릿 일렁이는 약하디약한 영혼을 바라
보는 두 소년의 표정이 어두웠다.

민우는 윤 노인 쪽으로 한 번 더 고개를 돌렸다.

"제 눈에는 여자 귀신이 보입니다. 그 귀신이야말로 이 집안에
원한을 가진 원혼입니다. 저희가 이 아줌마의 죽은 아들을 원혼
이라고 생각한 건 완전한 실수였습니다. 윤씨 집안의 원혼은 전
혀 다른 사람입니다. 긴 머리를 늘어뜨린 여인입니다. 아마도 저
행랑채와 관련되어 있겠죠. 좀 전에 불태워진 소복과도 관련되어
있을 겁니다. 누군지 짐작 가는 사람이 있으시죠? 알려주세요!"

민우는 간절한 눈빛으로 윤 노인 부부를 돌아보았다. 흡정멸귀
의 힘으로 귀녀를 빨아들일 수 있는 위치였지만 함부로 가둘 마
음이 들지 않았다. 내막을 알지 못한 상태에서 함부로 영혼을 구
슬에 가두고 싶지 않았기 때문이다. 똑같은 실수를 두 번 하기는
싫었다. 하지만 윤 노인과 안주인은 서로 눈빛만 교환할 뿐, 입을
꾹 다물었다.

도움을 청할 곳은 이제 한 사람밖에 없었다. 민우는 간절한 눈

빛으로 낙빈 쪽을 바라보았다.

"……부탁해. 원혼의 이야기를 듣고 싶어. 어떻게 된 일인지 분명히 알아야겠어. 도와줘. 부탁이야."

민우는 고개를 숙였다. 그런 민우를 보는 라즈니쉬의 얼굴이 붉으락푸르락했다. 알고는 싶지만 낙빈을 향해 고개를 숙이는 일은 도저히 할 수 없는 까닭이었다.

낙빈은 대답이 없었다. 눈가를 잔뜩 덮은 기다란 앞머리가 소년의 표정을 완전히 가렸다. 귀녀를 향해 일말의 자비도 없이 무시무시한 창날을 그어 내리려던 무신 역시 소년과 같이 멈춰 섰다. 거대한 신령에게서는 어떤 감정도 느껴지지 않았다.

잠시 후였다. 갑자기 무신의 검붉은 갑옷이 아지랑이처럼 일렁였다. 그리고 눈을 깜빡인 찰나의 순간, 신령은 본래 그 자리에 없었던 것처럼 사라져버렸다. 대신 낙빈의 오른손에 다른 것이 들려 있었다. 붉은 경면주사로 영혼의 이야기를 담은 부적이었다. 낙빈은 대답 대신 샛노란 치자 물을 들인 부적 한 장을 허공으로 날렸다.

"신안소원부."

노란 부적이 하늘로 솟아오르며 신기하게도 붉은 글씨만 타들어갔다. 그림 같기도 하고 글씨 같기도 한 붉은 형체들이 사라지자 뻥 뚫린 부적의 나머지 부분만 남았다. 이어서 붉은 불길이 다시 한 번 화르륵 일더니 남은 종이가 모두 까만 잿더미로 사라졌다. 재는 행랑채 마당을 빙글빙글 돌았다. 마치 그곳에만 회오리가 일어난 것처럼 신기한 모습이었다. 검은 재가 민우와 라즈니쉬를 지나 윤 노인 부부와 윤경식 부부에게로 퍼져나갔다. 잿가루가 그들의 얼굴로 확 퍼지는 순간 영혼을 보지도, 영혼의 말을 듣지도 못하는 이들의 눈앞에 비밀스러운 모든 것이 나타나기 시작했다.

"너무나 억울하고 분하구나! 이렇게 원귀가 되어 구천을 떠돌게 만든 놈들을 벌하게 해다오! 그 씨족을 멸하도록 날 그냥 못 본 척해다오! 내 원통한 이야기를 들어다오!"

그냥 귀녀의 모습만 보이는 것이 아니었다. 귀신이 미친 듯이 내지르는 소리가 사람들의 귓속까지 파고들었다.

"으악! 이게 무슨 조화래요!"

아무것도 없는 줄로만 알았던 행랑채 마당에서 미친 듯이 소리를 지르는 하얀 소복 차림의 귀신을 보고 윤 노인 부부는 몸서리치게 놀랐다. 소년이 허공에 날린 부적 한 장이 만들어낸 조화가 분명했다.

"그 여자야! 그 여자! 꿈에서 보았던 그 여자!"

윤 노인은 그 자리에 털썩 주저앉았다. 노파 역시 남편 곁에 힘없이 무릎을 꿇었다. 다리가 후들거려 도저히 서 있을 수가 없었다.

윤경식은 아내의 어깨를 감싸 안았다. 혹시라도 배부른 아내가 충격에 휩싸이지 않을까 걱정되어서였다. 하지만 아니었다. 그녀는 다른 곳을 보고 있었다. 모든 이가 무시무시한 귀녀의 외침에 정신을 빼앗긴 동안 그녀만은 자신의 배에 엎드린 어린 영혼을 바라보고 있었다. 그 모습에서 눈을 뗄 수가 없었다. 피투성이가 되어 벌거벗은 어린 아들이 그녀의 배를 감싸고는 비틀린 손으로 문지르는 걸 보며 그녀는 웃음과 울음으로 범벅된 표정을 지었다.

"명호야…… . 엄마 곁에 있을 줄 알았어. 나는 알고 있었어. 언제나…… 네가 엄마와 동생 곁에 있다는 걸 엄마는 알고 있었어. 엄마 꿈에 나온 네가 정말로 내 아들이란 걸 알고 있었어."

여자는 손을 뻗어 아들을 잡으려 했지만 고단함에 지친 어린 영혼을 만질 수는 없었다. 그래도 여자는 아들의 윤곽을 더듬으며 헐벗은 피투성이 등을 매만지고 또 매만졌다. 아이는 그런 어머니를 물끄러미 바라보더니 지친 듯 둥근 배에 고개를 묻었다. 처음에는 무시무시한 귀녀의 모습에 정신을 빼앗겼던 윤경식도 아내의 곁에 앉아 잃어버린 가엾은 아들의 등을 천천히 쓸어내렸다.

"명호야, 명호야…… 아아, 명호야. 미안하다. 아빠가 정말…… 미안해!"

윤경식 부부의 손이 번갈아 어린 영혼의 피투성이 등을 매만졌다. 아무것도 느껴지지 않지만 그저 쓰다듬고 보듬는 시늉이라도 하고 싶었다. 어린 명호는 그런 아버지와 어머니를 보며 잔잔한 미소를 지었다. 지친 듯 기운이 없는 모습이었다.

원한에 차서 소리를 질러대던 귀녀는 이리저리 사방을 쳐다보았다. 낙빈과 민우, 그리고 라즈니쉬만 자신의 모습을 볼 수 있었는데 이제는 윤상용 노인 부부까지 놀란 눈으로 자신을 바라보고 있는 걸 알아챘다. 귀녀는 시뻘건 눈으로 윤상용 노인을 노려보았다. 분노로 가득한 무시무시한 귀신의 형상이 윤상용에게 소리를 질러댔다.

"네 아비가 내게 어떤 짓을 저질렀는지 아느냐? 네 어미가 나를 어떻게 했는지 아느냐? 내 피투성이 아이를 짓밟고 내 영혼이 이 자리에서 옴짝달싹도 못하게 만든 인간들이 누구인지 아느냐? 바로 네놈의 부모다! 바로 네놈들 집안이란 말이다!"

피눈물까지 주르륵 흘리며 입술을 깨무는 무시무시한 귀녀의 모습에 윤 노인은 오금이 저렸다. 무섭고도 끔찍한 귀녀가 윤 노인을 가리키며 그의 친부와 친모 이야기를 꺼내는 게 믿기지 않았다.

"아아, 역시…… 그 여자가 맞나 봐요!"

입도 뻥긋 못하는 윤 노인의 곁에서 그의 아내가 노인의 옷을 잡아당겼다. 윤 노인 부부가 생각해낸 누군가가 맞는 모양이었다. 이미 돌아가신 시부모에 대해 말하는 게 분명하다고 짐작한 노파가 새파랗게 질린 얼굴로 남편의 옷을 흔들었다. 그제야 꽁꽁 얼어 있던 윤 노인이 간신히 입을 뗐다.

"저 요망한 것이 어디서 거짓을……! 우리 아버지는 어머니밖에 모르는 분이었다! 그런 분에게 너 따위가 있을 리 없다! 없는 말 지어내지 마라, 이 귀신아! 당장 저년을 없애버리시오, 여러분! 당장 없애버리시오!"

윤 노인은 목구멍을 쥐어짜내며 낙빈과 라즈니쉬, 그리고 민우를 향해 소리를 질렀다. 자신의 부친에 대해 악담하는 귀녀의 입을 당장 막아버리고 싶은 듯했다.

"카아아악!"

귀를 찢을 듯한 진한 쇳소리가 사방에 울려 퍼졌다. 소리를 지르던 윤 노인이 찍소리도 못하고 입을 다물었다. 노여움이 가득한 귀녀가 붉은 눈알로 윤 노인을 노려보며 거친 괴성을 내고 있었다.

"거짓말이라니! 모르면 잠자코 있어라!"

귀녀는 시뻘건 피눈물을 흘리며 윤 노인을 노려보았다. 억울함이 가득한 그녀의 모습이 어찌나 무시무시한지 노인의 온몸에 오톨도톨한 소름이 바늘처럼 솟았다. 노인은 소년들을 향해 간절한 눈빛을 보냈지만 민우도 라즈니쉬도 윤 노인과 귀녀를 번갈아 바라볼 뿐, 노인의 말을 따를 생각이 없었다. 또 다른 실수를 하지 않기 위해 두 소년은 이들 사이에 감추어져 있는 이야기에 마저 귀를 기울였다.

"모르면 잠자코 있어라, 이놈! 네 아비란 놈이…… 네 어미란 년이 나에게 어떤 짓을 했는지 내 낱낱이 이야기해주마! 귀를 파고, 정신을 차려 들어라! 옛날, 네놈이 태어나기도 전의 일이니라! 네 아비와 어미가 결혼한 지 10년이 되도록 자식새끼가 하나도 없었더랬다. 집안의 종손에게 자손이 없으니 잘난 윤가 놈들이 두 손을 놓고 있지는 않았겠지? 윤가의 늙은이들이 모여 씨받이를 구했다. 방방곡곡을 뒤져 아들을 잘 낳는 씨받이를 구했다.
그리고…… 그 노인들이 부른 씨받이가 바로 나였다.”

귀녀는 더 이상 소리를 지르지 않았다. 괴성을 지르던 그녀는
숨겨져 있던 지난 이야기를 하는 동안 얼음처럼 차가워졌다. 그
녀의 음성이 차갑게 식고 그녀의 분노가 차갑게 얼었다. 얼음처
럼 차가운 음성은 불같이 뜨거운 역정보다 무섭고 두렵게 느껴졌
다. 그녀가 간직한 깊은 원한이 얼마나 매섭고 서늘한 것인지 더
욱더 생생했다.

“내 어미는 나를 팔았다. 내 어미란 모진 여자도 씨받이였다.
입에 풀칠하기 위해 몸을 팔아 씨받이를 하던 어미는 열몇 살 때
부터 양반 댁에 팔려 다녔다. 살기 위해 아들을 낳아주고 돈을 받
았다. 어리석은 여자는 돈을 받아도 지킬 줄 모르고 쓸 줄도 몰랐
다. 그러다 보니 돈을 받아도 금세 잃어버리고 또다시 세상에 팔
려 다니며 씨받이를 했다. 그러다 사달이 난 게 바로 나다. 어느
댁에 아들을 낳아준다며 호언장담하고 들어섰다가 나를 낳았다.
딸년을 낳은 까닭에 내쫓기듯 거리로 나왔고 나라는 혹까지 붙
었다. 제 한 목숨도 부지 못하던 내 어미가 나를 제대로 건사했을
까! 내 어미는 나에게까지 천형天刑을 물려주었다.

내가 초경을 치르자 기다렸다는 듯 내 어미는 나를 팔았다. 고
매한 양반가에 나를 팔아 산 입에 거미줄을 거두었다. 우연인지
숙명인지 나는 아들을 낳았다. 그 어린 나이에 온몸의 뼈가 갈기
갈기 끊어지고 살이 찢어지는 고통 속에서 나는 첫아이를 낳았

다. 그 어린 나이에 죽을 고생을 하며 아이를 낳았건만 나는 내가 낳은 아이의 얼굴 한 번 보지 못하고 쫓겨났다. 바로 하루 전만 해도 내 배 속에서 쿵쿵거리며 손발을 움직이던 어린아이를 송두리째 빼앗겨버렸다. 믿을 수가 없었다. 앞섶이 흠뻑 젖도록 흰 젖이 흘러넘쳐도 먹일 아이가 없었다. 분명 온몸이 아이를 낳았다고 말하는데도 나는 아이의 코빼기조차 보지 못했다.

씨받이라는 것이 이토록 끔찍한 일인 줄은 몰랐다. 그러나 그 후로 나를 찾는 이들이 줄을 섰다. 아들을 낳은 어린 씨받이는 여기저기서 부르는 자가 많았다. 그렇게 나를 찾은 게 너희 윤씨 집안이었다. 죽었다 깨어나도 다시는 그 일을 하지 않으리라 다짐했던 나를 구슬리기 위해 그들이 어떤 짓을 했는지 아느냐? 그놈들이 어떤 짓을 한 줄을……!

아이를 빼앗기고 손에 넣은 돈으로 나는 그래도 사람처럼 살 수 있을 것 같았다. 이런 끔찍한 일을 다시 안 하고도 살 수 있을 것 같았다. 그래서 나는 윤씨 집안이 아무리 설득해도 완고하게 고사했다. 그러자 그놈들은 내 어미의 목숨을 앗아갔다. 겉으로 보기에는 사고였다. 어미가 죽고 갑자기 어미에게 빚이 있다며 생전 본 적도 없는 빚쟁이들이 내게 들이닥쳤다. 간신히 몸을 누일 곳을 찾았건만 알 수도 없는 방법으로 내 것이 모두 다른 이의 이름으로 넘어갔다. 멀쩡히 앉아서 나는 모든 것을 빼앗겼다. 그 어린 나이에 생살로 낳은 아이를 대가로 받았던 모든 돈이 다 신기루가 되어 사라졌다. 여기저기 하소연을 해봐도 소용이 없었다. 그때만 해도 한없이 순진했던 나는 모든 불행이 나를 씨받이로 데려가기 위한 윤씨 집안의 음모라는 걸 알지 못했다."

귀녀의 눈에서 피눈물이 줄줄 흘렀다. 원통하고 억울한 이야기가 이어질수록 그녀의 눈은 새빨갛게 변했다. 반대로 윤 노인 부부의 얼굴은 새파랗게 질려버렸다. 그들도 지금껏 알지 못한 아버지의 이야기를 이토록 소상하게 듣기는 처음이었다. 선대 조상들이 모두 떠난 마당에 그들이 감추었던 치부가 후손 앞에 드러나고 있었다.

"나는 윤가의 집으로 팔려 와야 했다. 윤가의 하녀는 혈혈단신이 되어버린 나를 찾아와 씨받이로 일 년만 고생하면 다시 사람답게 살 수 있다고 구슬렸다. 윤가 집안이 모든 빚을 청산해주고 살 곳도 마련해준다고 끊임없이 좋은 말을 해댔다. 죽는 것보다는 그렇게라도 사는 게 낫다며 삶의 이유를 잃어버린 내 귀에 꿀을 발랐다. 어리석었던 나는 결국 다시 씨받이가 되고 말았다.

보따리 하나 들고 이곳에 들어온 나를 네 어미는 이곳 행랑채에 가두었다. 중문 행랑채에 있던 모든 이들을 문간으로 옮겨놓고 이곳에는 쥐새끼 한 마리도 못 들어오게 했다. 네 어미가 나를 더러운 거름 보듯 하며 이곳에 던져놓은 것을 나는 이해할 수 있었다. 남편을 하늘같이 떠받들던 뼈대 있는 집안의 안주인이 아들을 못 낳는다는 이유로 나같이 근본도 모르는 년에게 남편을 빼앗긴다고 생각하니 어찌 억장이 무너지지 않으랴! 그래, 나는 이해하려 했다. 그래서 빈 행랑에 사람이 사는 것을 아무도 모르도록 낮이나 밤이나 인기척을 내지 않았다. 감옥이 따로 없는 나날이었지만 나는 그 모든 것을 운명으로 받아들였다.

네 아비가 쥐도 새도 모르게 깊은 밤마다 이곳을 찾던 어느 날, 나는 보란 듯이 아이를 가졌다. 입덧이 일었고 차츰 태동이 느껴졌다. 내 배 속에서 윤씨 집안의 씨가 자랐다. 이상한 일이었지만 여섯 달쯤 되니 나는 배 속의 아이가 사내라는 확신이 들었다. 왜인지는 모르지만 그런 생각이 들었다. 나는 너희 집안이 원하는 대로 모든 것을 이뤄낸 것 같았다. 하지만…… 네 어미가 일을 냈다."

귀녀는 붉은 눈으로 윤 노인을 노려보았다.

"애가 들어서지 않던 여자가 질투로 애를 만든다는 말은 예사 말이 아니었다. 남편의 아이를 만든 나를 아니꼽게 보던 네 어미가 10년 만에 아이를 가진 것이었다. 내가 수태한 지 불과 몇 달 되지 않아 질투가 하늘을 찌르던 네 어미는 결국 질투의 힘으로 수태를 한 것이다. 처음에는 설마설마 했겠지만 곧 여러 의원까지 네 어미의 수태를 확인했다. 정말로 본부인의 배 속에 아이가 들어섰다는 거였다.

바로 그날부터 나의 고난이 시작됐다. 하인들의 감시를 받으며 이곳 별채에서 쥐 죽은 듯 살아야 했기에 먹을 것이며, 입을 것이며, 생존에 필요한 모든 것이 본부인을 통해 들어왔다. 그런데 본부인의 임신이 확인된 날로부터 나는 먹는 것 하나, 입는 것 하나 안심할 수가 없었다. 그녀는 썩어 문드러진 속을 채운 떡이나 재를 푼 물이나 몹쓸 약을 섞은 먹거리를 보내 나를 반쯤 죽게도 했다. 아이를 가진 여자가 어쩌면 저리도 악독할까 싶을 정도로 나와 내 아이를 죽이려고 안간힘을 썼다. 멍하니 눈뜨고 죽을 뻔한 적이 한두 번이 아니었다."

"그럴 리가…… 인자하신 어머니가 그럴 리 없다, 이 귀신아! 지나가는 비렁뱅이 하나 그냥 보내지 못하던 어머니가 그럴 리 없다! 어디서 거짓말을 하느냐!"

"거짓말이라고?"

윤 노인은 귀녀의 말을 믿지 않으려 고개를 흔들었다. 외동아들인 윤 노인에게는 생부처와 같이 어질기 그지없는 어머니였다. 윤 노인은 그런 분이 그렇게나 몹쓸 짓을 할 리 없다며 귀를 막았다. 하지만 아무리 두 귀를 막아도 원한에 찬 귀녀의 목소리는 너무나도 생생하게 들려왔다.

"그뿐인 줄 아느냐? 나는 죽다 살아나고 다시 죽다 살아나기를 반복하던 어느 날 별채를 지키는 하인들의 눈을 피해 네 아비의 바짓가랑이를 붙들고 본부인의 질투가 심하여 나와 배 속에 있는 당신 자식이 죽어갈 상황이니, 제발 살려달라고 애원을 해보았다. 씨받이라고는 하지만 며칠 밤이나 정을 통하고 배 속에 자기 자식이 자라고 있는데, 설마 그 사람은 나를 살려줄 줄 알았다. 그런데 그 모든 것은 나의 착각이었지!

네 아버지는 인자하고 서글서글한 눈빛으로 나를 달랬다. 본부인의 악행이 그 정도인 줄은 몰랐다며 나를 위로했다. 다시는 내 목숨을 건드리지 못하게 하겠다며 단단히 약속하는 그놈의 말을 나는 믿었다. 몇 날 며칠 정을 통한 사이로 적어도 내 목숨을, 아니 내 배 속에서 자라는 자기 자식을 지켜줄 거라고 생각했다. 나를 위로하고 돌아가는 그 남자의 뒷모습을 보며 살았구나, 이제 겨우 살았구나 하고 나는 안심했다. 그런데…… 그런데…….”

귀녀는 더 이상 말을 잇지 못할 정도로 고통스러운 표정을 지었다. 그녀의 두 눈에서 두 줄기 피눈물이 폭포수처럼 흘러내렸다.

“겨우 살았구나 싶던 그날 밤, 이불 속에서 곤히 눈을 감은 나의 위로 거대한 천이 씌워졌다. 비명이 새어나가지 않도록 천에는 솜이 가득했다. 이불 위로 쏟아진 것은 아픈 매질이었다. 커다란 몽둥이로 내 몸을 잘근잘근 내리치는 거센 사내들 사이에서 나는 울고불고 매달렸다. 하지만 그놈들은 신음하고 애원하는 나에게 끝도 없이 매질을 해댔다. 여덟 달 된 배를 움켜쥐고 비명을 질러대던 나는, 그날 이불 속에서 흠씬 매질을 당한 채 실신해버렸다.

너희 집안의 속셈이야 뻔하지. 내가 낳은 아이가 집안의 장손이 되는 꼴은 못 보겠다는 생각이었을 것이다. 씨받이를 들일 때의 마음과, 본부인이 수태한 후의 마음이 완전히 달라져버린 것이었지. 본부인은 물론이고 아이의 아비조차 나와 아이를 죽이지 못해 안달이었다. 나는 네 아비를 믿었건만 그놈은 나를 동정하기는커녕 본부인과 한통속이 되어 날 죽이려 했다. 그날, 나는 깨달았다. 이대로 여기에 머물다가는 언제 죽을지 모른다는 것을 말이다.

실신한 내가 죽은 줄 알았던 것일까? 내게 두터운 이불을 덮어놓고 사라졌던 사내들은 다음 날 밤이 되어도 나타나지 않았다. 그날 낮에 두터운 이불 속의 내가 움직이는지 확인하려는 문소리만 한 번 들린 게 다였다. 매타작으로 반죽음 상태가 되었는데도 나는 죽지 않았다. 내 아이도 살아 있었다. 평소처럼 신나게 발길질을 하지는 않아도 내게 살아 있다는 걸 알리고 싶었는지 꼼질꼼질 몸을 뒤틀었다.

죽은 척 엎드려 있던 나는 밤이 되자 이불 속을 빠져나왔다. 부른 배를 감싸고 이 끔찍한 윤가의 집을 빠져나왔다. 살기 위해 미친 듯이 뒷산을 올랐다. 멀쩡한 길로 가다가 윤씨 집안 하인들에게 들킬까 무서워 길도 없는 산속을 헤맸다. 그런데 마을 뒤편 깊은 산속까지 간신히 도망쳤을 때 갑자기 횃불 두 개가 나를 향해 다가왔다. 나는 그것이 내 마지막을 알리는 황천길의 불꽃이라는 것을 알고 있었기에 있는 힘을 다해 도망쳤다. 그러나 만삭의 배를 안고 도망치는 여인이 네다섯 명의 장정을 따돌릴 수는 없었다. 놈들은 보기에도 무시무시한 기다란 몽둥이를 들고 다가와 나의 온몸을 후려치며 죽일 듯이 달려들었다. 이제 그들의 몽둥이와 나 사이엔 두꺼운 이불조차 없었다.

뼈가 부러지는 고통 속에 쓰러진 나의 위로 매질이 끊이지 않았다. 끔찍한 매질이 내 옆구리를 가격했다. 그와 동시에 내 아래에서 무언가가 펑 하고 터지는 느낌이 들었다. 내 아이를 보호해 주는 건 얇은 뱃가죽밖에 없었다. 두 다리 사이에서 펑 터져버린 내 어린 핏덩이가 줄줄 흘러나왔다. 모진 매질을 견디지 못한 어린 핏덩이가 흘러나왔다. 놈들은 그 자리에서 나는 물론이고 내 배 속에 있던 핏덩이까지 황천길로 보내버렸다.”

분노를 억누르기 어려운지 귀녀는 날카로운 손톱을 허공으로 휙휙 휘둘렀다. 그녀와 그녀의 아이를 죽인 원수들을 향해 매섭게 두 팔을 휘둘렀다. 거친 바람 소리가 사방으로 흩어졌다.

“그러나…… 그것이 끝이 아니었다. 악독한 윤가의 인간들은 나를 죽이는 걸로도 부족했던 모양이다. 네 부모는 원한에 사무쳐 죽은 내가 악귀가 되어 돌아올 거라고 생각했다. 그래서 살아생전 내 물건을 죽기 전에 내가 살던 이 별채의 방바닥에 묻어두고 결계를 쳐놓았다. 나는 죽어서도 이 집을 떠날 수가 없었다. 두 눈을 시퍼렇게 뜨고 구천을 떠돌며 지금껏 갇혀 있었다. 나를 이렇게 만든 윤가들에게 복수를 맹세하며 나날을 보냈다. 원수를 갚을 생각으로 기나긴 나날을 보냈다. 기회를 노리며 하루하루를 보냈다.

마침내 길고 긴 나날을 기다려 오늘이 왔다. 비어 있는 행랑을 수리한다며 수리공들이 댓돌을 디디고 다니던 그 순간에 나는 네 아비와 어미가 만들어놓은 결계가 부서지기를 기다렸다. 기다리고 기다리며 좁은 지하 속에서 작은 균열을 키웠다. 그리고 이제야 바깥세상으로 나온 것이다.

나는 네 아비가, 네 어미가 한 일을 잊지 않는다. 그래, 아무리 오랜 시간이 지나도 잊을 수가 없지! 너희가 나와 내 아들을 죽였듯이 너희 집안의 씨를 말리고 온갖 풍파를 다 겪게 할 것이다. 나의 원한은 네놈들이 나에게 저지른 짓에 비하면 먼지만도 못한 복수니라! 그러니 나의 원한을 네 어미와 아비는 물론 대대손손 물려주리라. 이 윤씨 집안에 들어서는 모든 족속에게 잔혹한 고통을 건네줄 것이니라!"

귀녀의 마지막 말은 처절한 비명처럼 듣는 이의 마음을 후벼팠다. 아무리 악귀라지만, 복수에 눈먼 귀녀라지만 그녀의 고통과 괴로움이 너무나 생생하게 느껴져 절로 고개가 흔들렸다.

"세상에 그런 말도 안 되는 일이…… 그럴 수가!"

그녀의 말을 듣고 있던 윤 노인마저 고개를 떨어뜨렸다. 비슷한 소문을 스쳐 지나듯 하인들의 입을 통해 들은 적이 있었다. 하지만 윤 노인이 들은 씨받이에 대한 소문보다 감춰져 있던 실상은 훨씬 더 끔찍했다. 그제야 윤 노인은 살아생전 어머니가 불길하다며 중문 행랑채를 쓰지 못하게 한 까닭을 이해했다. 그 이야기 속에 이렇게나 끔찍한 비밀이 숨어 있을 줄은 꿈에도 생각지 못했다.

"진짜 끔찍하다……."

라즈니쉬는 귀녀와 윤 노인을 번갈아 바라보며 나지막이 중얼거렸다. '씨받이'라는 생소한 이야기에 나오는 가엾은 여인의 인생을 들으며 마음이 혼란스러웠다. 끔찍하도록 강한 원한을 가진 원귀이지만 살아생전, 그리고 죽은 후에까지 이어진 모진 고난을 듣고 나니 마음 한편이 아렸다. 민우 역시 침울한 표정으로 귀녀를 응시했다. 지독한 원혼으로만 여기고 구슬에 가두었다면 감추어져 있던 이 모든 이야기를 알 수 없었을 것이다. 지독한 원한에는 그만한 이유가 있다는 것을 믿우는 절감했다. 뒤이어 이 모든 것을 어떻게 해결해야 하는지 머릿속이 복잡해졌다.

"저는…… 당신이 있다는 걸 알고 있었어요."

깊은 침묵 속에서 윤경식의 아내가 귀녀를 향해 낮게 읊조렸다.

"꿈에…… 저는 당신을 보았어요. 당신은 나를 찾아왔죠. 분명히 나를 해치려 했을 거예요. 우리 부부가 저 방에 자리를 깔고 잠이 들었던 첫날이었을 겁니다. 사지가 녹아내릴 것처럼 피곤하고 힘들었는데도 어쩐 일인지 눈앞이 말똥말똥하고 머리는 생생하게 깨어 있어서 좀처럼 잠이 오지 않았습니다. 아마도 새벽녘까지 그렇게 뒤척이다가 겨우 잠이 들었을 겁니다.

그런데 잠이 들어 눈을 감았는데도 정신만은 멀쩡하더군요. 금방이라도 뭔가가 일어날 것 같다는 무서운 생각이 들었습니다. 바로 그때 아무것도 없는 텅 빈 공간에서 아지랑이가 이글이글 타오르는 것 같더군요. 방 한가운데서 바로 당신이 나타났습니다.

처음에 당신은 정말 무서웠습니다. 정말 두렵고 겁이 났습니다. 당신은 원망이 가득한 눈초리로 나를 노려보았습니다. 그게 다 이 집 안에 있는 모든 사람에게 복수하려는 마음 때문이었군요. 하지만 당신은 나에게 은인이기도 합니다. 당신이 나를 해치기 위해 두 팔을 높이 치켜들고 다가오는 그 순간, 꿈에도 잊지 못하던 내 아이가 눈앞에 나타났으니까요. 우리 명호가 당신의 앞에 나타났죠. 생사조차 알지 못해 괴로워했는데, 제 아이가 눈앞에 나타나 저를 보호했습니다. 명호가 저와 동생을 온몸으로 막아서는 걸 전 알 수 있었습니다. 당신의 분노 속에서도 내 아이는 저를 감쌌습니다. 그리고 매일 밤…… 몇 번이나, 몇 번이나 저를 구해주었습니다.

명호는 당신이 나타나지 않을 때면 평화로운 얼굴로 제 배를 쓰다듬었습니다. 아이가 동생에게 사랑한다고 말하는 걸 알 수 있었습니다. 저희를 원망하지 않는다는 걸 알려주려는 듯이 그렇게 제 앞에 나타났습니다. 전 생이별한 우리를 꿈에서라도 만나게 해준 건 당신일 거라고 생각했습니다. 비록 복수하기 위해서였다고 하더라도 저는 감사하지 않을 수 없습니다. 감사합니다. 제 아이를…… 우리 명호를 다시 만나게 해줘서 정말 고맙습니다."

윤경식의 아내는 둥근 배 위에서 어른거리는 아들에게서 눈을 떼지 못했다. 그녀는 흐릿흐릿한 영혼으로만 남은 그 아이를 느끼려 연신 허공을 쓰다듬었다. 그녀는 마치 아무도 없는 것처럼 아이만 바라보고 아이만 생각했다.

"널 위해 동생을 가졌는데……. 네게 평생을 함께할 친구를 만들어주기 위해 동생을 가졌다는 걸 너도 알고 있지, 명호야? 그래서 이토록 동생을 아끼는 거겠지? 고맙다. 얼마나 고맙고 얼마나 사랑하는지 모른단다. 나는 죽고 또 죽어 수없이 다시 태어나도 너처럼 사랑스럽고 아름다운 아이를 다시는 만나지 못할 거야. 엄마는 너 같은 천사를 절대로 잊을 수 없을 거야."

여자의 눈에서 맑은 눈물이 떨어졌다. 눈물방울이 그녀의 배에 기댄 어린 명호의 영혼에게 떨어졌다. 손발이 뒤틀린 어린 영혼은 고개를 들어 어머니를 바라보았다. 그 눈에 원망은 없었다. 서로를 바라보며 말갛게 웃음 짓는 두 사람의 모습엔 서로를 향한 순수한 사랑밖에 없었다. 그 모습에 민우와 라즈니쉬는 고개를 떨어뜨렸다.

"아아, 미…… 미안합니다."

민우와 라즈니쉬의 사과가 무엇을 의미하는지는 너무나 명확했다. 저토록 사랑스러운 두 사람을 떨어뜨려놓고 모든 죄를 저토록 맑고 티 없는 영혼에게 덮어씌우려 했던 그들의 과오는 차마 고개를 들 수 없을 정도로 부끄럽고 죄스러운 것이었다.

모든 것을 오해한 윤 노인 부부마저 죄책감에 고개를 들지 못했다. 모자의 사랑은 그곳에 있는 모든 사람의 가슴을 뒤흔들 정도로 너무나도 아름답고 고귀했다.

13

윤경식은 무릎을 꿇고 부인 앞에 앉았다. 그는 흐르는 눈물을 주체하지 못했다. 자신이 저지른 모든 잘못을 생각하며 아내의 배 위에 엎드린 어린 아들에게 차마 어떤 말도 할 수가 없었다.

"미…… 미안…… 명호야…… 정말…… 나는…….."

윤경식은 말을 잇지 못했다. 하지만 두 무릎을 꿇고 눈물을 철철 흘리는 그의 마음이 절절히 느껴졌다. 비록 낯선 재활원에 아들을 버린 비정한 아버지이지만 그것이 마지막일 줄은 그조차 상상치 못했다는 건 분명 진실이었다. 아마도 그는 좋지 않은 상황에서 궁여지책으로 택한 것이 아들과의 영원한 이별을 가져올 줄은 상상도 못했을 것이다.

여자는 배 위에 얼굴을 기댄 어린 아들의 영혼을 계속 쓰다듬으며 또 다른 손으로는 남편의 손을 잡았다. 잡은 두 사람의 손 위로 아버지의 뜨거운 눈물이 쉼 없이 떨어졌다. 한참 동안 기운이 빠진 듯 일렁거리던 아들의 영혼이 조금 움직였다. 피투성이가 되어버린 어린아이가 따스한 어머니의 배 위에서 고개만 살짝 돌렸다. 고개를 돌린 아이의 눈이 눈물을 흘리는 아버지를 바라보았다.

고작해야 다섯 살도 안 되어 보이는 깡마른 아이였다. 특히나 팔과 다리는 바짝 말라 형편없이 약해 보였다. 그 아이가 어른거리는 까만 눈으로 눈물을 흘려대는 아버지를 바라보았다. 그 눈에 원망은 없었다. 아이의 표정에는 두려움이나 고통도 없었다. 아이는 맑은 날 포근한 쿠션에 기대어 졸음이 몰려오는 것처럼 평화로워 보였다. 조금 기운이 없을 뿐, 한없이 행복하고 안온한 느낌으로 아버지를 보고 있었다.

죄책감으로 몸 둘 곳을 모르는 아버지를 물끄러미 바라보던 아이가 힘겹게 몸을 일으켰다. 온몸이 귀녀의 손톱자국으로 피투성이가 되어버린 아이가 비틀린 손을 들어올려 아버지의 얼굴을 쓸었다. 아이의 흐릿한 손이 윤경식의 뺨을 스쳐 지나갔지만 아무런 느낌도 나지 않았다. 작은 바람의 느낌조차 없었다. 하지만 그는 느낄 수 있었다. 그가 가지고 있는 오감과는 다른 감각이 아이를 느끼고 있었다.

'아으, 아…….'

어눌한 아이의 말이 들려왔다. 배시시 해맑은 웃음이 남자를 바라보았다. 남자는 그 모습을 바라보았다. 눈을 감지 않고 똑똑히 그 얼굴을 보고 싶었다. 하지만 자꾸만 눈앞이 흐려졌다. 눈에 넣어도 아프지 않을 것만 같았던 소중한 아이가 자꾸만 눈물에 지워졌다. 그는 사랑하는 아이의 웃음을 보고 싶어 연신 팔뚝으로 눈물을 닦았지만 자꾸자꾸 사랑스러운 얼굴이 가려졌다.

"괜찮대요. 아버지를 이해한대요."

낙빈의 음성이 들렸다. 여전히 감정을 배제한 음성이었지만 그 어느 때보다도 냉기가 사라진 말투였다. 어눌한 아이의 입이 못 다한 이야기가 낙빈에게는 들렸다. 아이가 생각하는 것들이 그림처럼 낙빈의 눈앞을 스치며 지나갔다. 중요한 장면들이 엮여 낙빈의 눈앞에 짧은 영상을 만들었다. 아이의 마음속에 비치는 영상을 통해 낙빈은 명호의 영혼이 말하고 싶어 하는 모든 것을 알 수 있었다.

"이승을 떠나는 마지막 날까지 곁에 남아 있고 싶었을 뿐이었어요. 자신의 죽음을 알리고 싶었던 것도 아니었어요. 슬퍼할 부모님을 걱정했기 때문에 꿈에도 나타나지 않았어요. 그냥…… 두 분을 보고 싶었던 것뿐이에요. 그런데 윤씨 집안에 들어온 두 분을 보게 된 거예요. 아이는 본능적으로 깨달았어요. 두 분이 위험에 처했다는 걸요. 특히 어머니가…… 어머니의 배 속에 있는 동생이 위험하다는 걸 알게 되었어요. 그리고 매일 밤 어머니를 지켰어요. 이승을 떠날 날은 아예 잊고 가족을 지킬 생각만 하며 온몸으로 버텼어요. 원혼에게 상처를 입고 피투성이가 되어도 떠나지 않았어요. 감당할 수 있는 상대가 아니었지만 저 아인 한 번도 물러서지 않았어요."

낙빈의 눈앞에 장면들이 스쳐 지나가고 있었다. 윤씨 집안에 들어온 누구라도 귀녀에게는 원수였다. 귀녀는 명호의 어머니를 비롯해 임신한 여인에게는 더욱더 적대적인 감정을 가지고 있었다. 그녀 스스로가 아이를 낳지 못하고 죽은 것에 대해 강한 복수심을 품고 있었기 때문일 것이다. 귀녀는 윤씨 집안의 임신부들부터 괴롭히기 시작했고, 불행히도 윤경식의 아내가 첫 번째 목표가 되었다.

명호의 영혼은 어머니를 지키기 위해 맹렬히 저항했다. 원혼에 비해 털끝만큼의 능력도 없는 아이는 제 한 몸이 사라지건 부서지건 어머니를 지키기 위해 애를 썼다. 아이는 소멸 따위를 염두에 둘 만큼 생각이 깊지 않았다. 아이는 그저 제 한 몸을 내던져 귀녀의 앞을 막아서고 치맛자락을 붙들고 늘어졌다. 대신 그 모든 분노를 어린 영혼의 몸으로 받아냈다.

"결국 원혼이 다른 임신부를 먼저 해치려 하자 아이는 꿈에서나마 그 이야기를 하려고 애를 썼군요. 윤 어른의 꿈속에 들어가 어떻게든 위험을 알리려 한 거예요. 그래서 머리카락을 자르는 모습을 보여드린 거예요. 그분을 위험에서 떠나보내려고요."

"아아, 그런 줄도 모르고……!"

윤 노인과 그의 아내는 땅을 치며 후회했다. 어린아이의 영혼이 위험을 알리기 위해 꿈속에 나타났다니 그들이 품었던 의심이 부끄러웠다.

"고마워, 아들…… 고마워. 네 동생을 사랑해줘서 이 엄마는 정말 고마워. 널 지키지 못한 엄마 아빠를 이렇게 잊지 않고 찾아와줘서 너무 고마워. 고마워……."

윤경식의 아내는 가슴께를 꾹 붙잡으며 눈물을 삼켰다. 한없는 사랑과 고마움에 가슴이 터질 것만 같았다. 그런 어머니의 품에 어린 명호가 작은 볼을 비벼댔다. 윤경식은 아내와 아들을 꽉 끌어안았다. 슬프고도 아름다운 세 사람의 모습에 보는 이들은 눈시울을 적셨다. 심지어 귀녀조차 말문을 잊지 못하고 고요해졌다.

"봐라. 네가 한 짓이 윤가 사람들과 다르다고 생각하느냐?"

낙빈의 서늘한 음성이 귀녀를 향해 던져졌다. 낙빈은 어느새 다시 얼음처럼 냉랭한 목소리로 돌아와 있었다.

"어미를 잊지 못하는 어린 영혼을 피투성이로 만들어놓은 네가 과연 윤가 족속과 다를 바가 있느냐?"

"뭐라고? 내가…… 내가…… 그 끔찍한 놈들과…… 똑같다고……?"

마당에 선 모두가 낙빈을 바라보았다. 한없이 차갑고 서늘한 눈동자가 귀녀를 바라보고 있었다. 라즈니쉬와 민우의 사이에서 꼼짝없이 서 있던 귀녀는 더 이상 미쳐 날뛰지 않았다. 낙빈의 말에 그녀는 혼란스러운 표정이었다. 귀녀는 전처럼 위협적으로 반응하지 않았다. 무언가 깊은 생각에 빠진 것만 같았다.

"네 억울한 이야기를 들었다 한들 달라질 것은 없다. 네 과거가 어떻건 이승의 질서를 어지럽히는 존재를 그냥 둘 생각은 없으니까."

차갑게 가라앉은 낙빈의 음성이 끝나자 그의 등 뒤로 또다시 서늘한 기운이 스멀스멀 올라왔다. 심장이 얼어붙을 만큼 차갑고 무서운 신령의 기운이 다시 솟아났다. 검붉은 갑옷을 입은 신령이 한 치의 동정조차 없는 거대한 장창을 들어올렸다. 위대한 무신, 치우천왕의 모습이었다. 그가 아군이라면 아군은 천군만마를 얻은 것처럼 두려울 것이 없을 테지만, 그가 적이라면 이보다 더 끔찍한 불운은 없을 것처럼 무시무시했다. 그의 매서운 장창이 귀녀를 노리고 있었다. 아무리 억울한 이유가 있더라도 봐줄 생각은 없는 듯했다. 귀녀는 사멸을 피할 수 없어 보였다.

개미 한 마리도 빠져나갈 수 없는 금강청운계가 주변을 덮은 가운데 일말의 망설임조차 없는 매서운 칼날이 귀녀를 기다리고 있었다. 일촉즉발의 상황에서도 귀녀는 여전히 혼란스러운 듯 멍하니 서 있었다. 자신의 모든 행동이 자기를 죽인 끔찍한 윤가 놈들의 짓거리와 똑같다는 사실이 그녀를 여전히 괴롭히는 듯했다.

"이제 그만 너를 소멸시켜주마."

소년의 차가운 음성과 함께 치우천왕의 거대한 창이 천천히 하늘 위로 올라섰다.

"자, 잠깐만!"

그 순간 민우가 낙빈의 앞을 막아섰다. 간절한 눈동자로 허겁지겁 신령의 앞으로 달려들었다.

"부탁한다. 저 영혼을 처리하는 건 우리에게 맡겨주기 바란다. 실수를 하고 네 도움을 받은 주제에 이제 와서 이런 말을 하기는 부끄럽지만…… 부탁한다. 그냥 소멸시켜서 사라져버리게 하는 게 다는 아닌 것 같아. 이야기를 들어보니 원혼이 될 만큼 슬픈 기억인 것 같아. 아무 말도 통하지 않고 어떤 가능성도 보이지 않는다면 모르지만…… 저 상태로 봐서는 노력에 따라 원혼을 소멸시키지 않고 성불시킬 수 있을 것 같아. 그럴 가능성이 보여. 그러니 부탁한다. 소멸시키지 말아줘. 한 번만 기회를 줘. 제발……."

민우는 낙빈 앞에 무릎을 꿇었다. 이토록 영혼의 목소리를 생생하게 듣기는 처음이었다. 사건에 투입되기 전 요원들에게 전후 사정을 자세히 듣는 것과 영혼의 이야기를 두 귀로 직접 듣는 것은 완전히 느낌이 달랐다.

사실 지독한 원한을 품은 원혼은 성불도 어려운 일이라서 소멸시키는 경우가 많았다. 그래서 민우는 성불과 소멸에 대해 깊이 생각해본 적이 없었다. 하지만 지금은 달랐다. 피눈물 나는 당시 상황을 절절히 영혼의 입으로 듣고 난 뒤에는 가만히 눈을 감고 있을 수가 없었다. 이것저것 부탁한 주제에 염치없는 일이지만, 민우는 낙빈에게 다시 한 번 고개를 숙였다.

그런 낙빈과 민우의 모습을 귀녀 역시 조용히 바라보았다. 그녀는 두 사람 사이에 오가는 이야기와 지금의 상황을 이해하는 것처럼 보였다. 소멸이냐 성불이냐, 기로에 놓인 줄 알면서도 귀녀는 그 어떤 행위도 하지 않았다. 분노와 복수심과 함께 자신이 저지른 잘못에 대한 죄의식이 뒤범벅된 듯했다. 그녀는 마치 모든 것을 포기하고 판결을 기다리는 것 같았다.

　"부탁한다!"

　뜻밖에도 라즈니쉬까지 낙빈 앞에 무릎을 꿇었다. 불만을 노골적으로 드러내던 이국 소년이 민우 옆에서 낙빈을 향해 무릎을 꿇었다. 그 모습에 낙빈의 눈동자가 살짝 커졌다. 낙빈뿐 아니라 민우 역시 놀란 눈으로 라즈니쉬를 바라보았다. 감정을 표현하지 않으려고 애썼지만 라즈니쉬 역시 민우와 똑같은 것을 느낀 게 분명했다.

　"내가 완전히 잘못 생각하고 멍청한 짓을 저질렀어. 하지만 한 번만 더 기회를 줘. 우리가 나머지 상황을 정리하도록 해줘. 부탁이야."

　라즈니쉬의 길고 검은 속눈썹이 파르르 떨렸다. 또래 아이 둘이 무릎을 꿇자 낙빈은 뒤쪽으로 주춤주춤 물러섰다. 세 발쯤 물러서자 낙빈의 등 뒤에 있던 무시무시한 신령이 다시금 사라졌다.

　"그래, 이건…… 너희 일이니까."

　짧은 한마디를 남기고 흰 한복을 입은 소년이 돌아섰다. 낙빈이 낮은 담장을 홀쩍 뛰어넘는 순간 눈앞에 있던 푸르른 결계가 사라졌다. 중문 행랑채를 감싸고 있던 금강청운계가 눈앞에서 스르르 사라진 것이다. 동시에 민우와 라즈니쉬는 물론이고 주변에 있는 사람들의 눈을 틔웠던 신안소원부의 힘도 사라졌다.

"어이구머니나, 이게 어찌 된 일이여?"

"아아, 명호야!"

방금 전까지도 생생하던 영혼들의 모습이 갑자기 사라져버리자 윤 노인 부부가 깜짝 놀랐다. 윤경식 부부도 탄식을 내뱉었다.

이제 민우와 라즈니쉬는 영혼의 모습만 보일 뿐, 그들의 말을 들을 수는 없었다. 두 사람은 다시 일어나 원혼을 바라보았다. 결계가 풀리고 충분히 도망칠 수 있는데도 귀녀는 움직이지 않고 그 자리에 있었다. 영혼의 눈이 민우와 라즈니쉬를 묵묵히 바라보고 있었다. 그 눈빛 속에는 여전히 원한과 원망이 어려 있었다. 그와 동시에 자신이 어린 명호에게 저지른 짓이 끔찍한 윤가 사람들의 짓거리와 다르지 않다는 사실에 대한 충격과 후회도 어려 있었다.

"당신을 소멸시키지는 않겠어요. 대신 성불할 기회를 드릴게요. 당신이 성불할 수 있도록 이 집안의 후손들이 돕게 하겠습니다. 당신도 분노를 풀 방법을 생각한다면 분명히 성불할 수 있을 거예요. 이게 우리가 할 수 있는 최선입니다."

민우는 귀녀를 향해 진심으로 말했다. 그 진심이 통했는지 귀녀는 묵묵히 민우의 눈만 바라보았다. 끝까지 원한을 풀겠다는 생각을 버린 것처럼 보였다. 그런 마음이라면, 윤씨의 후손들이 조금만 노력하면 오래지 않아 귀녀의 원한을 풀고 저승으로 보낼 수 있을 것 같았다.

"그럼 당신을 가두겠습니다. 흡정멸귀!"

민우의 입이 벌어졌다. 벌린 입을 향해 갑자기 차가운 바람이 일었다. 라즈니쉬가 결계를 치고 도울 필요도 없었다. 어떤 저항도 없이 거대한 원한을 가진 원혼이 민우의 입속으로 빨려 들어갔다. 숨이 멈출 때까지 있는 힘껏 입을 벌린 민우가 마침내 입을 닫았다. 곧이어 우물거리는 입속에서 주먹만 한 구슬이 튀어나왔다.

하얀빛이 희끗희끗한 반투명한 구슬이었다. 민우가 입에서 만들어진 구슬을 손으로 받아내자 라즈니쉬가 그의 어깨에 손을 올렸다. 손아귀를 지그시 눌러서 '정말 수고했다'는 말을 대신했다.

"귀신은 사라진 건가요?"

구슬을 보는 순간 윤 노인 부부가 벌떡 일어났다.

"네."

공포로 떨고 있던 두 노인은 민우의 손에 있는 구슬을 보며 가슴을 쓸어내렸다.

"하지만 이게 마지막은 아니에요. 들으셨다시피 이 집안 분들이 한 여자 분에게 저지른 일은 원한령을 만들 정도로 악독했습니다. 비록 조상은 돌아가시고 안 계시지만 후손이라도 그 죄를 갚으셔야 합니다. 매년 원혼을 기억하며 날을 정해 용서를 구하는 기도를 잊지 마세요. 두 분 어른뿐 아니라 다른 식구들에게도 알려서 다시는 이런 일이 없도록 경계하고 함께 용서의 기도를 올리십시오. 진심을 다해 많은 분이 함께해야 하루라도 빨리 원한이 사라지고 영혼이 저승으로 떠날 겁니다."

"아아, 알겠습니다."

"그럼요, 그럼요! 여부가 있겠습니까!"

윤 노인 부부는 고개를 숙였다.

"그리고……."

민우와 라즈니쉬는 윤경식 부부를 바라보았다. 부부와 함께 있던 명호의 영혼이 무지개처럼 반짝거렸다. 환한 빛이 아이의 영혼을 감싸며 불빛처럼 환하게 부풀어 올랐다.

"이제 작별을 하셔야겠습니다. 두 분을 지키기 위해 내내 떠나지 못하고 있었지만, 이제 위험이 사라졌으니 아드님은 가야 할 곳으로 떠날 겁니다."

명호에게 더 이상 아쉬움은 없어 보였다. 사랑하는 부모를 보았고 그 사랑을 확인했으며 무엇보다도 더 이상 두 사람을 지킬 필요가 없었다. 아이는 사랑하는 부모를 번갈아 바라보며 환한 웃음을 지었다. 그 어린 손이 어머니의 배를 천천히 쓰다듬었다. 놀랍게도 어머니의 배 속에 있는 작은 영혼이 명호에게 대답하듯 나비의 날개처럼 파르르 몸을 떨었다. 그 모습을 지켜보던 어린 명호가 햇살보다도 환한 미소를 지었다.

"사랑한다, 아들아. 말로 다 표현할 수 없을 만큼 우리는 널 사랑한단다."

"언제나 함께 있어주렴. 저 멀리 하늘에 있더라도 엄마 아빠를 잊지 말아줘. 엄마 아빠도 널 영원히 잊지 못할 거야. 너의 사랑을 절대로 잊을 수 없을 거야."

윤경식 부부는 아들이 있던 자리를 바라보며 마지막 인사말을 나누었다. 그 순간 민우와 라즈니쉬의 눈에 그 어느 때보다도 환한 빛이 일었다. 새하얀 빛이 폭발하듯 밝게 주변을 감쌌다. 온 세상을 다 감쌀 정도로 눈부신 빛이었다. 잠시 후 빛은 사그라지고 명호의 영혼도 사라졌다. 아들의 영혼이 보이지 않는데도 윤경식 부부는 그 존재를 느끼는 듯했다. 그들은 명호가 사라지는 순간 먼 하늘을 보았다. 저 멀리로 사라져가는 아들의 환한 미소가 어른어른 눈에 들어오는 것만 같았다. 윤경식 부부도 그 빛이 보이는지 하늘 멀리로 사라져가는 아들의 마지막 빛을 멍하니 바라보았다.

어린 명호의 영혼은 사랑하는 사람들의 곁에서 마지막 순간을 보내고 이제 가야 할 곳으로 떠났다. 비록 부모의 곁을 떠나고 있지만 어린 소년의 얼굴에는 밝은 미소만 번져가고 있었다. 그 감동적인 모습을 민우와 라즈니쉬는 평생 잊을 수 없을 것 같았다.

"수고했어. 정말……."

"그래, 너도."

민우와 라즈니쉬는 서로의 어깨를 붙잡았다. 두 사람의 벅찬 감정만큼이나 서로의 어깨를 단단히 감싸 쥐었다. 두 사람은 누가 먼저랄 것 없이 행랑채 뒤쪽으로 고개를 돌렸다. 낮은 담장 사이로 이어진 여러 채의 한옥이 눈에 들어왔지만 낙빈은 어디에도 없었다.

"고…… 고맙다."

그 텅 빈 곳을 향해 두 사람은 나지막이 속삭였다. 이 자리에 없는 그 녀석에게 두 사람은 그렇게 사과와 감사의 마음을 전했다.

민우도 라즈니쉬도 낙빈에 대한 선입견이 뿌리째 흔들리는 걸 느꼈다. 차가운 얼음 같았던 소년. 높은 담을 둘러싸고 그들과 어울리려 하지 않던 낙빈이라는 소년. 하지만 오늘 그들이 원혼에 대해 완전히 오판한 것처럼 그 녀석에 대한 선입견도 완전히 잘못된 것일 수도 있다는 생각이 들었다.

14

귀녀를 가두고 명호의 영혼도 사라졌지만 중문 행랑채 마당은 여전히 소란스러웠다. 윤 노인 부부는 윤경식 부부에게 다가가 자신들의 오해에 대해 사과하기 시작했다.

"자네 아들을 오해해서 정말 미안하네."

"오히려 우리 손자며느리를 도와주었다는 걸 이제야 알게 되었다니! 위험에서 피신시켜주었다는 걸 이제야 알았구먼. 오해해서 미안하네. 정말 미안하네!"

그것이 마음에서 우러나온 사죄든, 윤경식 부부의 뒤를 든든히 지켜주는 어린 아들에 대한 두려움이든 두 노인은 윤경식 부부에게 깊이 사죄했다. 원한에 따르는 인과응보를 지켜본 그들은 아마 여생 동안 어떤 죄도, 어떤 업도 쌓지 않으려 할 것이니 윤경식 부부에게 깊이 사죄하고 용서를 구할 것이다.

그 모습을 물끄러미 바라보던 민우와 라즈니쉬는 조용히 발길을 돌렸다. 그들은 천천히 자신들이 묵었던 손님방으로 향했다. 낯부끄러운 잔치가 끝나기 전에 서둘러 이 집을 떠나야겠다는 생각뿐이었다.

민우는 손아귀의 둥근 구슬을 바라보았다. 원혼을 담은 희뿌연 구슬을 바라보니 이제야 마음이 후련해졌다. 어린 영혼을 가두고 찜찜하던 때와는 완전히 달랐다. 어린 명호의 영혼을 성불시키고 기세가 꺾인 원혼을 가둔 것 모두 만족스러운 결과였다.

"모모 님이 소년에게 온정을 가지라고 말씀하신 게 이런 의미였구나."

"실수하지 않아서 다행이다."

"그래, 정말 다행이다."

라즈니쉬가 민우의 어깨를 한 팔로 둘렀다. 가무잡잡한 얼굴 속에서 커다란 눈이 민우를 바라보며 싱긋 웃음 지었다. 민우는 쓸쓸한 얼굴로 마주 웃었다. 결과는 만족스럽지만 두 소년은 몹시도 부끄러웠다.

"민우야, 나 돌아가면 진짜 열심히 수련해야겠어."

라즈니쉬는 발밑을 바라보며 웅얼거렸다.

"나도……."

또래 중 가장 뛰어난 영능력을 가지고 있다며 어깨를 으쓱거리던 두 소년은 이제 어디에도 없었다. 자신만만한 모습 대신 견고한 겸손이 그들을 한 꺼풀 더 단단하게 만들었다. 그들은 낙빈이라는 아이에게서 배운 게 너무나 많았다. 부족한 영능력과 수련의 필요성을 절감한 것은 물론이거니와, 세상을 바라보는 자신들의 시각이 주제넘게 교만했다는 걸 깨끗이 인정할 수밖에 없었다.

"그런데 왜 모모 님은 우리에게 이 일을 시킨 걸까? 낙빈이란 그 애에게는 아무것도 해서는 안 된다고 하고…….."

"만약 처음부터 그 애가 함께했다면 실수도 없고 훨씬 빨리 문제가 해결됐겠지?"

"응, 그 녀석은 일부러 우리에게 시간을 준 것 같아. 아마 우리가 실수하지 않았다면 끼어들지도 않았을 거야."

"그래, 내 생각도 그래."

두 소년이 두런두런 이야기를 나누면서 방문 앞에 다다랐다. 어쩐지 낙빈이 혼자 가버렸을 것 같다는 생각이 들어 민우와 라즈니쉬는 서로 얼굴을 바라보았다.

'갔을까?'

'아직 있으려나?'

'어떤 얼굴로 봐야 하지?'

두 사람은 눈으로 대화를 했다. 민우가 먼저 신발을 벗고 대청으로 올랐다. 궁금한 마음이 가득 담겨서인지 한지를 바른 문이 요란한 소리를 내며 벌컥 열렸다.

"어!"

두 소년은 잠시 몸이 굳어졌다. 하얀 보퉁이를 등에 짊어진 낙빈이 방 한쪽 구석에서 두 소년을 응시하고 있었다.

"아…… 우리도 어서 짐을 싸야겠다."

어쩐지 의외이기도 하고 반갑기도 한 순간이었다. 라즈니쉬는 잰걸음으로 방 안에 들어갔다. 그러고는 가방을 열어 이리저리 뒤적이는 모습이 어색했다. 민우 역시 곁에 있는 자신의 가방으로 다가갔다. 가방을 뒤적거리던 민우는 결심한 듯 낙빈 쪽으로 몸을 돌렸다.

"저기…… 난 네 이름을 알아. 낙빈이지? 네 방문을 봤거든."

민우는 입가를 살짝 올리며 낙빈을 바라보았다.

"아깐 고마웠어. 덕분에 간신히 실수를 만회했어. 고마워."

민우는 진심으로 마음을 전달했다. 하지만 낙빈은 무표정한 얼굴로 움직이지 않았다. 아니, 움직이지 않은 것이 아니라 오히려 민우의 반대쪽으로 살짝 고개를 돌렸다. 이제 민우는 그런 낙빈의 모습이 싫지 않았다. 전 같으면 자신을 무시한다는 생각에 기분이 나빴을 것이다. 하지만 지금은 얼굴을 반대쪽으로 돌리는 낙빈의 행동 속에 지독한 부끄러움이 담긴 것만 같아 조금 귀엽다는 생각도 들었다.

"이제 가…… 가지."

반대쪽을 바라본 채로 웅얼거리는 낙빈의 목소리도 나쁘지 않았다. 낙빈은 부끄러움을 많이 타는 소심한 소년이 분명했다.

"그래, 알았어. 빨리 가자. 라즈니쉬, 마을을 빠져나가면서 본부에 연락하면 되겠지?"

"응, 그러자."

민우와 라즈니쉬는 각자의 작은 가방을 등에 짊어지고 일어섰다. 세 사람이 나란히 일어서자 민우에게 서로의 키가 보였다. 라즈니쉬는 민우보다 조금 컸다. 그리고 낙빈은 민우보다 한 뼘 이상 작았다. 셋 중에 가장 왜소한 체격이다. 어쩐지 낙빈의 도도한 얼굴과 태도 탓에 그동안 굉장히 키가 크게 느껴졌다. 그런데 지금 민우는 낙빈도 키 작은 또래 소년일 뿐임을 실감했다. 민우는 은근히 재미있었다. 빙긋 웃는 민우를 보던 라즈니쉬도 은근슬쩍 낙빈에게 말을 건넸다.

"넌 언제부터 신성한 집행자들이 된 거야?"

라즈니쉬의 말에 낙빈은 잠시 고개를 돌려 민우와 라즈니쉬를 슬쩍 보았다. 조금 의외의 질문인 모양이었다. 낙빈은 다시 반대쪽으로 고개를 돌리며 웅얼거렸다.

"나는 그거…… 아니야."

"응, 뭐라고?"

"나는 그거…… 신성한 집행자들이 아니야."

민우와 라즈니쉬는 동그란 눈으로 서로를 바라보았다. 두 사람은 어깨를 으쓱거리며 소년의 대답을 곱씹어보았다. 분명 낙빈은 신성한 집행자들이 아니라고 말했다.

"그러면 왜 신성한 집행자들에 들어온 거야? SAC도 아니라면서······?"

궁금함이 가득한 얼굴이 낙빈을 바라보았다. 민우의 물음에 낙빈은 고개를 살짝 쭈뼛거릴 뿐, 뭐라고 대답하지 못했다. 그냥 대답하지 않고 넘어가려는 것 같긴 했지만 두 소년의 궁금함이 더 컸다. 소년들은 낙빈이 난처해할 만큼 호기심 가득한 눈빛으로 뚫어져라 낙빈을 응시했다. 결국 몸을 뒤틀던 낙빈이 작게 웅얼거렸다.

"난······ 갚을 게 있어서 그래."

"갚을 거?"

"응. 죽은 형······ 우리 형 대신 갚을 게 있어서······."

"형 대신 갚을 거? 복수?"

"복수라니, 그런 거야? 형이······ 혹시 죽은 거야?"

민우와 라즈니쉬는 용케도 작은 소리를 알아챘다. 두 소년의 놀란 눈이 부딪혔다. 낙빈이 천천히 고개를 끄덕였다.

"응, 복수······ 해야 해······."

어쩐지 작은 소년의 등 뒤에 무겁게 놓인 사명이 어슴푸레 느껴지는 것 같았다. 그 순간 왜 저 아이가 그토록 어둡고 침울한 얼굴이었는지, 매사에 그토록 낯선 모습이었는지 이해되었다. 복수를 위해 소년은 미소와 웃음을 잃고 지독한 어둠의 기운을 갖게 된 것이 분명했다. 민우와 라즈니쉬의 머릿속에 수많은 상상이 스쳐갔다.

"누구에게 복수하는 건지 물어봐도 돼?"

"사실 너 정도라면 누구에게라도 복수할 수 있을 텐데……?"

민우와 라즈니쉬의 눈은 이제 단순한 호기심만으로 반짝이지는 않았다. 그 안에는 소년을 바라보는 따스한 마음이 뒤섞여 있었다. 시간이 조금 걸리긴 했지만 민우와 라즈니쉬의 눈빛 사이에서 결국 낙빈은 입을 열었다. 그리고 그 대답을 듣는 순간 민우와 라즈니쉬는 거대한 망치로 뒤통수를 얻어맞은 기분이었다.

"흑단…… 인형……."

설마 잘못 들었을 리 없는 이름이었다. 민우와 라즈니쉬는 바보처럼 입을 벌리고 서로를 바라보았다. 소년이 짊어진 복수의 무게는 상상할 수 없을 정도로 무거운 것이었다.

"가, 가자."

다시 입을 다문 낙빈이 더듬더듬 말을 이었다. 멍하니 움직이지 못하는 두 소년보다 앞장서서 문 밖으로 뛰쳐나갔다. 얼룩진 하얀 한복이 날쌔게 움직였다. 낙빈이 대청마루를 지나 하얀 고무신을 꿰어 차고 담장 밖으로 나서는 동안에도 민우와 라즈니쉬는 얼어붙은 것처럼 움직이지 않았다.

"흑단인형에게 복수라니……."

"말도 안 돼……!"

두 소년은 주섬주섬 가방을 챙겨 방을 빠져나오면서도 낙빈의 웅얼거림에 몸을 떨었다. 세계를 멸망시키려 하는 인류 공통의 적이 복수의 대상이라니! 그 마음이 어떠할지 상상조차 하기 힘들었다.

민우와 라즈니쉬는 낙빈이 왜 그토록 차갑게 굴었는지 이해되었다. 소년의 마음속에 쌓인 태산 같은 짐은 아마도 낙빈이 평범한 소년으로 살아가는 것을 허락하지 않았을 것이다. 민우와 라즈니쉬의 양쪽 눈썹이 내려갔다. 콧날도 시큰거렸다. 어쩐지 속상한 마음이 들었다. 어린 소년 하나가 복수할 수 있는 상대가 아니지 않은가! 왠지 저 앞에 걸어가는 작은 낙빈이 가엾었다.

밉상이던 소년의 뒷모습이 반나절 사이에 완전히 달라질 줄은 그들도 전혀 몰랐다.

'소년에게 온정을 가져야 한다…….'

그 순간 민우와 라즈니쉬의 뇌리에 모모 님의 마지막 말씀이 번개처럼 스쳐갔다.

소년에게 가지라는 온정이 가엾은 영혼, 명호를 향한 것이라고 생각했는데 이제는 다른 생각이 들었다. 어쩌면 모모 님의 말씀은 저 웃을 줄 모르는 귀염성 없는 소년, 낙빈을 향한 것이었을지도 모른다는 생각 말이다. 저 차가운 척 소심함을 감춘 소년을 향해 온정을 부탁한 것이 아니었을까.

제3화

거룩한
죽음의
집

1

일본 규슈 최남단에 위치한 가고시마 현의 겨울은 따스했다. 남쪽 바다를 바라보는 가고시마는 본토가 꽁꽁 얼어붙는 동안에도 유독 따스하고 부드러운 공기를 간직하곤 했다. 특히 해안선을 따라 분포해 있는 따스한 온천 지역은 연중 덥고 푸근한 열기를 사방에 내뿜었다. 이 고온의 온천을 데우는 것은 사쿠라지마 화산 지대에서 요동치는 뜨거운 마그마였다.

연중 따스한 기온과 발달한 온천지 덕분에 가고시마를 찾는 관광객의 발걸음도 늘 이어졌다. 죽음의 잿가루로 인식되던 검은 화산재가 이제는 지방의 명물이 되었다. 화산재로 인해 농작물은 놀랄 만큼 잘 자랐다. 무는 다른 지방의 두세 배나 될 정도로 거대했고 녹차의 작황도 아주 좋았다. 화산재를 이용한 비누 등 생활용품은 물론 화산재를 판매하는 가게까지 생겼다. 특히 겨울이 되면 따뜻한 화산 지대와 온천을 찾는 사람들로 북적였다.

그런데 얼마 전부터 일부 사람들은 관광이 아닌 다른 목적으로 가고시마를 찾았다. 그들은 거대한 사쿠라지마 화산 지대를 관광하려는 것도, 온천을 즐기려는 것도 아니었다. 그들의 목적지는 언덕 위에 세워진 아름다운 요양원이었다.

물 맑고 공기 좋은 구릉지에는 따스한 햇살을 온몸으로 즐길 수 있는 한적한 요양원이 자리하고 있었다. 요양원은 규모가 크고 화려하진 않지만 그 어떤 호텔보다도 안락하고 편리했다. 시설 좋고 정갈한 이곳은 새하얀 이층 목조건물이었다. 하얀 나무 골조 위에 은은한 빛깔의 기와를 덮은 건물은 동서양이 적절히 조화된 독특한 양식이었다.

바라만 보아도 마음이 치유될 정도로 부드럽고 푸근한 인상의 요양원 주변은 더욱 아름다웠다. 한적한 해변 언덕 위에 세워져 있어서 어느 방에서든 에메랄드빛 해안이 눈에 들어오고, 사철 불을 내뿜는 사쿠라지마 활화산의 세 봉우리도 보였다.

언덕 위에 세워진 이 아름답고 우아한 건물은 세 개의 동으로 구성되어 있었다. 한 동에는 환자들이 자유롭게 사용할 수 있는 식당과 응접실 등 편의 시설이 있고, 다른 동에는 환우들의 숙소가 마련되어 있었다. 나머지 동은 요양원을 운영하는 이시이 박사의 사무실과 연구실, 그리고 숙소로 쓰였다.

일본뿐만 아니라 세계적으로 실력을 인정받으며 승승장구하던 이시이 박사가 돌연 모든 명예와 권위를 떨쳐버리고 낙향하면서 요양원은 유명해졌다. 그러다가 한동안 잊혔던 요양원이 요즘 다시 주목받기 시작했다. 그가 낙향하고 10여 년이 지난 이제는 모두의 기억에서 잊힐 법도 했지만, 한 기자의 폭로 기사가 이시이 박사에 대한 관심을 재점화시켰던 것이다.

이시이 박사는 한때 경동대학병원에서 '신의 손'이라 불리던 의사였다. 웬만한 의사는 손대지 못하는 환자도 그를 만나면 다시 생명을 얻을 수 있다는 소문이 자자할 만큼 그는 명의로 통했다. 워낙 유명해서 몇 년 동안 예약 환자가 밀린 것은 물론이고, 일본 유수의 권력자와 재벌에, 비공식적으로는 해외의 국가원수들까지 이시이 박사를 찾았다는 소문이 돌았다. 그런 그가 최연소 병원장으로 추대되며 인생 최고의 전성기를 맞을 무렵 갑자기 모든 것을 놓아버리고 시골에서 요양원을 운영하겠다며 떠났다.

당시 이시이 박사의 행보는 의학계에 엄청난 충격을 안겨주었다. 사람들은 그의 돌연한 귀향 원인을 찾았다. 그리고 현대 의학으로 도저히 고칠 수 없는 아내의 병 때문이라는 소문이 파다하게 퍼졌다. 사랑하는 아내를 위해 낙향한 일본 최고 의사의 이야기는 널리 퍼져나갔다. 가십을 다루는 잡지마다 억측과 소문만으로 이시이 박사의 순애보를 내보냈다. 소문이 냄비처럼 끓어올랐지만 이시이 박사와 그의 아내는 한 번도 인터뷰에 응하지 않았다. 결국 당사자들이 침묵하는 동안 들끓던 이야기가 곧 수그러들었다.

그 후 수년간 이시이 박사는 대외적으로 어떤 자리에도 나타나지 않고 고요히 요양원만 운영했다. 그 고요함을 깨뜨린 것은 한 편의 기사였다. 기사의 제목은 '죽음의 의사, 다카야 이시이'였다. 기자는 꽤 오랫동안 비밀리에 박사의 요양원을 조사했다. 그리고 그의 요양원을 찾는 이들이 모두 죽음을 코앞에 둔 사람이라는 것과, 그들이 머지않아 요양원 안에서 죽음을 맞이한다는 것을 확인했다. 죽음을 맞이하는 기간은 길면 몇 달, 짧으면 몇 주였다. 같은 날 사망하는 이들의 수도 비정상적으로 많았다. 약속한 것처럼 요양원에서 죽음을 맞이하는 이들에게 기자는 의심의 눈초리를 보냈다. 그러다가 그는 마침내 철저히 고립된 요양원의 환자와 인터뷰하는 데 성공했다. 그리고 이시이 박사의 요양원을 '죽음의 집'이라는 한마디로 요약해버렸다.

'죽음의 의사!'

'양심이 실종된 살인마!'

시간이 멈춘 것처럼 고요하고 평화로운 요양원의 담장에 붉은 푯말이 붙었다. 요양원 1층에 마련된 이시이 박사의 사무실 창문에서도 그 푯말이 훤히 보였다. 사무실은 커다란 원목 책상을 제외하고 사방에 책장이 빼곡했다. 박사의 지적 욕구를 반영하듯 책장은 빈틈없이 수많은 서적으로 가득 차 있었다. 그의 책상 앞에는 편안히 이야기를 나눌 수 있는 간소한 원목 소파가 미음자로 배치되어 있었다. 인위적인 것도 군더더기도 없는 사무실 안은 향기로운 나무 냄새가 은은했다.

두꺼운 안경을 낀 초로의 박사는 익숙한 풍광을 방해하는 담장 밖의 글자들을 물끄러미 바라보았다. '죽음의 의사', '살인마'라는 붉은 글자가 또렷했다.

하얀 의사 가운을 입은 이시이 박사는 어깨가 좁고 키도 작은 아담한 체구였다. 가운 안으로 목까지 올라오는 부드러운 양털 스웨터를 입은 박사는 무시무시한 붉은 글씨를 보면서도 여전히 담담한 표정이었다.

똑똑.

평화로운 표정의 이시이 박사 뒤로 느릿한 노크 소리가 들렸다. 이시이 박사는 천천히 문을 향해 돌아섰다.

"박사님!"

머리가 하얀 노파가 무너지듯 사무실 안으로 들어왔다. 화려한 꽃무늬가 가득한 양장에 실크 머플러로 멋을 낸 노파는 세월의 흐름에도 무너지지 않으려는 듯 정성껏 몸을 치장하고 있었다. 노파의 머리는 일부러 은빛으로 염색한 것처럼 가지런하고 아름다웠다. 말쑥한 차림의 노파가 벚꽃이 수놓인 손수건으로 눈물을 닦으며 이시이 박사의 사무실 문 앞에 무릎을 꿇었다.

"저는…… 이럴 줄은 몰랐답니다, 박사님! 저는 그 젊은이를 믿었어요. 박사님이 얼마나 고귀한 분인지, 우리에게 해주는 그 모든 일이 얼마나 훌륭하고 가치 있는 일인지 말해주려 했을 뿐이에요. 그런데…… 이런 식으로 기사를 쓰고. 이렇게 박사님을 괴롭힐 줄은 상상도 못했어요!"

"일어나세요, 부인. 언젠가는 이런 일이 있을 줄 예상하고 있었습니다. 부인의 잘못이 아니에요."

박사는 무릎을 꿇은 노파를 부축하여 소파에 앉혔다. 그녀는 연신 손수건에 눈물을 찍어대며 용서를 빌었다.

"기자란 걸 몰랐어요. 그 사람의 어머니가 말기 암 판정을 받고 요양원을 찾고 있다기에 안타깝고 가엾은 마음에 이야기를 해버

263

렸답니다. 이곳에 그런 분이 얼마나 많은지, 그리고 우리가 얼마나 만족스럽게 죽음을 기다리는지, 우리가 죽는 날까지 자존감을 지키도록 도와주시는 박사님의 은혜를 이야기했답니다. 아아, 제 말이 이런 식으로 박사님에게 해가 될 줄은 몰랐어요. 박사님, 정말 죄송해요!"

평화로운 요양원을 뒤흔든 대사건은 한 기자의 기사로부터 시작되었다. '안락사安樂死 의사, 다카야 이시이'가 부제였다. 과거 전도유망한 천재 의사, 최연소 병원장에까지 추대되었던 다카야 이시이가 돌연 병원장 자리에서 물러나 한가한 시골 해변에 요양원을 지었으며, 그 뒤 수많은 시한부 환자가 그의 요양원을 찾는다는 의혹으로부터 기사는 시작되었다. 더 이상 생명을 이어가기가 어렵다고 판단된 수많은 환자가 그의 요양원을 찾는 이유에 대해서는 요양원 환자와의 인터뷰를 인용했다. 그는 그것이 닥터 이시이의 '죽음의 시술' 덕분이라고 언급했다. 그는 닥터 이시이의 시술은 사람을 살리는 것이 아니라 죽이기 위한 것이라면서 닥터 이시이의 수술 날짜와 요양원의 환자가 죽는 날짜가 같다는 것을 증거로 들었다. 기자는 이시이 박사가 아무런 죄책감 없이 지난 10여 년간 이 끔찍하고 무시무시한 '살인 의술'을 계속해왔다고 떠들어댔다.

즉시 이시이 박사는 일본 국민의 멸시와 비난의 표적이 되어버렸다.

"진정하세요. 저는 이번 일로 부인의 마지막 생이 위협받기를 원하지 않습니다. 제 말을 들으세요. 저는 언젠가 이런 이야기가 여러 사람의 입에 오르내릴 줄 알았습니다. 일본은 안락사를 반대하는 나라니까요. 우리는 죽음을 선택할 권리가 없습니다, 법적으로 말이죠. 때문에 저는 이 일이 문제가 될 줄 알고 있었답니다. 오히려 저의 예상보다 늦은 감이 있는 걸요?"

"정말요? 정말로 그렇게 생각하시나요, 박사님?"

이시이 박사는 두꺼운 안경 너머로 부드러운 미소를 지으며 노파의 손을 꼭 부여잡았다. 소파 저편에서 눈물이 그렁그렁한 노파가 이시이 박사를 바라보았다. 박사의 평화로운 미소를 보는 순간 그녀는 모든 죄를 용서받은 기분이었다.

"남은 시간을 헛되이 고통으로 버릴 수는 없습니다. 이제 시간이 남질 않았어요. 즐겁고 행복한 기억을 떠올리는 것만으로도 부족하답니다. 일어나세요. 응접실에 모여 계세요. 제가 곧 가겠습니다. 저를 다시 볼 때는 미소 짓는 걸 잊지 마세요."

박사는 부드럽게 노파를 일으켜 세웠다. 노파는 눈물을 참으며 함께 일어섰다. 그녀는 박사를 향해 애써 미소를 지어 보였다. 박사는 만족스러운 듯 고개를 끄덕였다.

"그럼 응접실에서 뵙겠습니다. 부디 그때까지 행복한 생각으로 마음을 채워보세요."

이시이 박사는 마지막까지 부드러운 미소를 지으며 노파를 배웅했다.

똑똑.

고요한 사무실에 또 다른 노크 소리가 들려왔다. 살짝 열린 문 틈으로 앞치마를 단정히 두른 중년 여성이 보였다. 문 너머에서 대답을 기다리는 사람은 오가와 여사였다. 까만 머리를 단정히 빗어 넘겨 하나로 올려 묶은 오가와 여사는 곧게 허리를 펴고 두 손을 가지런히 모으고 있었다.

"부르셨습니까."

"네, 오가와 여사. 어서 들어오세요."

종아리까지 오는 남색 원피스에 깨끗하고 단정한 흰색 앞치마를 두른 오가와 여사의 나지막한 음성과 차분한 몸가짐을 보면 그녀가 얼마나 조심성 있고 신중한 성격인지 단번에 알 수 있었다.

박사가 이끄는 대로 소파에 앉은 오가와 여사는 두 손을 가지런히 포개고 무릎께만 바라보았다. 그녀는 좀처럼 이시이 박사와 눈을 마주치지 못했다. 박사가 할 말을 이미 예상하고 있는 까닭이었다.

"오가와 여사, 그동안 고마웠습니다. 당신이 없었다면 나는 오늘까지 이 요양원을 지켜올 수 없었을 겁니다. 마지막까지 이곳을 지켜준 당신의 노고와 은덕에 깊이 감사드리고 있습니다."

이시이 박사의 은발이 햇빛에 반사되어 부드럽게 반짝거렸다. 자연스럽게 드리워진 주름이 박사의 얼굴을 더욱 온화하게 만들었다. 언제나처럼 미소를 머금은 이시이 박사가 오가와 여사를 바라보았지만 그녀는 박사의 눈을 똑바로 바라보지 못했다.

"그동안 정말 고마웠어요, 오가와 여사."

"박사님, 그런 말씀 하지 마세요. 방법이 있을 거예요!"

오가와 여사는 자신의 두 손을 꽉 붙잡았다. 하도 세게 맞잡아서 손가락 닿는 부분이 하얗게 변할 정도였다. 이시이 박사는 부드럽게 미소를 지으며 천천히 소파에서 일어섰다. 그는 커다란 원목 책상 서랍에서 새하얀 봉투를 꺼냈다. 그가 다시 오가와 여사의 맞은편 소파에 앉으며 봉투를 건넸다.

"이건 감사의 마음입니다. 받아주기 바랍니다."

"박사님, 정말 이러셔야 하나요? 이러지 마세요! 전 누가 뭐래도 여기에 있을 거예요! 전 이곳을 떠나지 않겠어요! 그리고……박사님의 입회 하에 저도 마지막을 맞겠습니다. 제발 저를 떠나지 마세요. 이곳에서 저를 내쫓지 말아주세요!"

오가와 여사는 두 손으로 얼굴을 가리며 결국 울음을 터뜨렸다. 그녀의 두 어깨가 위아래로 들썩거렸다. 이시이 박사는 오가와 여사를 물끄러미 바라보았다.

요양원을 처음 개원할 때부터 그녀는 이시이 박사의 수족과도 같은 사람이었다. 간호사 자격증을 가지고 있었지만 간호사 업무뿐 아니라 환자들의 식사와 일상, 그리고 스케줄 관리에 이르기까지 그녀는 요양원의 모든 살림을 도맡았다. 심지어 가족에게 버림받은 중환자도 지극정성으로 보살폈다. 그녀는 살아 있는 백의의 천사였다. 모든 환자에게 한없이 따사로운 어머니이자 보호자 역할을 해주었고, 그녀로 인해 모든 사람이 마지막까지 안심하며 눈을 감을 수 있었다. 이시이 박사는 지금껏 이 모든 일을 해낼 수 있었던 것도 바로 오가와 여사가 있었기 때문임을 잘 알고 있었다. 이곳이 '세상에서 가장 행복한 죽음의 양지'라 불릴 수 있었던 이유 중 절반은 바로 오가와 여사에게 있었다. 그런데 지금 그 둘도 없는 협력자요, 동료였던 오가와 여사에게 이시이 박사는 고개 숙여 작별을 고하고 있었다.

"오가와 여사, 당신은 나에게나 우리 환자들에게 성모 같은 분이었습니다. '안락사'와 관련해서 매스컴의 비난을 받은 후 조무사들과 간호사들이 모두 그만둔 지난 며칠 동안 어떤 불편도 없이 요양원이 운영될 수 있었던 건 모두 당신의 지극한 노력 때문이었습니다. 당신은 세상의 아픈 사람들에게 더할 나위 없이 소중한 사람입니다. 그러니 당신은 세상에 남아야 합니다.

받아주세요. 이런 날을 대비해 만들어놓은 요양원의 비밀 재산입니다. 이 재산은 이후 우리 요양원과 저에 대한 어떤 조사로도 밝혀낼 수 없도록 해놓았습니다. 누구보다도 당신이 이 돈을 적절한 곳에, 가장 훌륭하게 써줄 사람이란 걸 나는 알고 있습니다. 그러니 내가 떠난 뒤에도 가엾은 이들을 위해 나의 유산을 사용해주시기 바랍니다.

이후 이곳에 계속 남아 있다가는 나를 부르는 '악마', '살인자', '도살자'라는 끔찍한 이름들이 당신에게 전이될지도 모릅니다. 그렇게 되면 당신마저 가엾은 사람들을 도울 수 없게 됩니다. 나는 이곳에서 일한 당신과 관련된 기록을 모두 폐기했습니다. 모든 방법을 동원해 오가와 여사와 우리 요양원의 연결 고리를 전부 제거했습니다. 그러니 당신이 말하지 않는 한, 이곳에서 나를 도왔다는 사실을 아무도 알아내지 못할 겁니다.

오가와 여사, 명심하세요. 당신은 나와 어떤 관련도 없는 사람입니다. 그래야만 당신이 평생토록 백의의 천사가 되어 불쌍한 사람들을 도울 수 있을 겁니다. 제 마음…… 이해하시지요?"

이시이 박사는 두꺼운 안경을 살짝 들어올려 오가와 여사를 바라보았다. 천천히 조용한 어투로 당부하듯 말하는 박사의 한마디 한마디가 무얼 의미하는지 오가와 여사는 누구보다도 잘 알고 있었다.

며칠 전 기사가 나간 뒤로 이시이 박사는 마치 모든 것을 준비해둔 것처럼 일사천리로 주변을 정리했다. 그는 모든 죄를 혼자 감당하고 주위 사람들을 보호하기 위한 작업에 나섰다. 이미 오래전부터 준비되어 있는 일이었다.

여사의 두 눈에서 눈물이 주르륵 흘러내렸다. 슬픔과 괴로움으로 참담한 그녀의 어깨에 이시이 박사가 건네는 뜨거운 믿음과 힘겨운 책임이 지워졌다. 오가와 여사는 갑자기 변해버린 상황에 너무나도 가슴 아팠다.

며칠 전까지만 해도 이곳 요양원은 천국이었다. 죽음을 벗으로 삼고 죽음을 맞이할 준비가 되어 있는 이들에게 이곳은 모든 것을 맡길 수 있는 푸른 오아시스였다. 이시이 박사는 인간에게 죽음에 대한 권리를 주어야 한다고 생각했다. 생명을 유지하기가 불가능한 이들이 온전한 정신으로 살아가는 동안 자신의 죽음을 준비하고 마무리할 수 있는 권리가 주어져야 한다고 믿었다.

이시이 박사는 죽음을 준비하는 이들을 위해 자신이 할 수 있는 일을 했다. 자신의 지식과 기술로 마지막을 맞이하는 이들에게 거룩하고 신성한 죽음을 선사하려 했다. 그는 죽음을 준비하는 이들이 최대한 고통스럽지 않게 죽음을 맞고 아름답게, 그리고 따뜻하게 세상과 작별할 수 있도록 도왔다. 요양원을 찾아온 이들은 이시이 박사를 신뢰하면서 그의 도움으로 죽음을 준비하는 사람들이었다. 그들은 요양원에서 지내는 동안 죽음과 친밀해지고 죽음을 두려워하지 않게 되었다. 그들은 자신이 원하는 만큼 시간을 두고 천천히 마지막을 준비하다가 결심이 서는 순간 평안하고 아름답게 자신의 의지대로 죽음을 맞이했다.

죽음을 두려워하던 이들도 이시이 박사의 요양원에서 하루 이틀 생활하다 보면 죽음이라는 것이 친근한 벗이고 삶을 정리하는 소중한 시간일 뿐, 두려움과 고통을 동반한 위험한 검은 그림자가 아니라는 것을 알게 되었다. 이시이 박사의 요양원은 죽음을 준비하는 완벽한 장소, 완벽한 안식처였던 것이다. 이승과 저승 사이에서 그 어디에도 속하지 않는 것만 같은 이 평화로운 세계가 한 기자의 고발로 흔들리고 말았다.

기자의 고발과 함께 이시이 박사의 행적과 비밀스러운 퇴장에 대해 수많은 매체가 포식자처럼 덤벼들기 시작했다. 과거 최연소 병원장에까지 추대되었던 그가 돌연 병원장 자리에서 물러나 한

가한 시골 해변에 요양원을 지은 동기가 무엇이었는지, 왜 더 이상 생명을 이어가기가 어렵다고 판단된 죽음 직전의 환자들이 그의 요양원을 찾는지, 왜 그들이 죽음 앞에서 전 재산을 이시이 박사에게 기탁하는지…… 언론들은 온갖 의혹을 쏟아내면서 그 배후에 닥터 이시이의 '죽음의 시술'이 있다고 떠들어댔다. 그들은 닥터 이시이의 시술은 사람을 살리기 위한 것이 아니라 죽이기 위한 것이라면서 어떤 죄책감도 없이 지난 10여 년간 끔찍하고 무시무시한 살인 의술을 계속해온 이시이 박사를 비난했다. 순식간에 이시이 박사는 멸시와 비난의 표적이 되어버린 것이었다.

박사는 포근한 미소를 지으며 오가와 여사의 두 손을 맞잡았다.

"아직은 수사가 시작되기 전이라 이럴 수 있어요. 내일이나 모레라도 수사가 시작되면 아무것도 못하게 됩니다. 그러니 오가와 여사, 부디 이걸 받아주세요. 이제 곧 내가 기소되고, 또 여러 일들이 벌어지겠지만 무슨 일이 있더라도 당신은 모른 척하세요. 이곳과 관련된 모든 일에 대해 당신은 절대로 아는 척해선 안 됩니다. 마지막 인사를 해서도, 환자 가족을 찾아가서도 안 됩니다. 이게 당신께 해드릴 수 있는 제 마지막 배려입니다."

이시이 박사는 고개를 숙인 채 도리질하는 중년 부인의 손에 억지로 두툼한 흰 봉투를 건네주었다. 그런 그의 얼굴은 지난 며칠간 수많은 언론의 공격에 상처 입은 남자의 모습이 아니었다. 은은하고 부드럽게 미소 짓는 닥터 이시이의 얼굴은 예전이나 지금이나 지극히 평온한 모습이었다. 그 고요한 모습과 서글서글한 눈매를 바라보자 오가와 여사는 더욱더 목이 멨다.

"아아, 박사님! 박사님을 모르는 어떤 사람들이 비난하더라도 하늘만은 아실 거예요! 당신이 얼마나 은혜로운 분인지를, 당신이 얼마나 훌륭한 일을 하는지를……. 세상이 몰라줘도 이 오가와는 알고 있답니다! 우리 요양원의 모든 식구는 알고 있답니다, 박사님!"

"고마워요, 오가와 여사."

이시이 박사는 흐느끼는 오가와 여사에게 부드러운 미소를 지었다. 그는 천천히 일어나 지난 수십 년간 친구가 되어준 커다란 원목 책상 앞으로 걸어갔다. 그는 손때가 묻은 고동빛 나무 책상에 비스듬히 기댄 채 저 멀리 창밖을 바라보았다. 푸르른 나무와 그 너머 푸르른 바다 위로 거대한 화산섬 사쿠라지마가 뿌연 연기를 뿜어대고 있었다. 마치 오늘이 이 세상의 마지막이라도 되는 것처럼.

2

동산은 잘 정돈된 짤막한 잔디로 푸르게 뒤덮여 평화로웠고 요양원의 너른 뜰 너머에는 높게 뻗은 푸른 나무가 우거져 있었다. 나무들이 우거진 언덕 옆으로는 깎아지른 절벽으로 쉼 없이 부딪쳐오는 푸른 파도가 있었다. 새하얀 물보라를 만들며 검은 바위에 부딪치고 또 부딪치는 부지런한 파도는 오늘도 변함없이 그곳에 있었다. 멀리 푸른 바다 위의 사쿠라지마 화산이 검회색 연기를 내뿜으며 하늘을 검게 물들이고 있었다.

그 모습을 다 가슴에 담으려는 듯 한없이 바라보던 이시이 박사의 등 뒤에서 '똑똑' 하고 낮은 노크 소리가 들렸다.

이시이 박사의 사무실 문이 천천히 열리며 부드러운 연베이지색 치마를 입은 중년 여성이 나타났다. 그녀의 얼굴은 하얬고, 손과 목도 참으로 하얬다. 부드러운 파도처럼 구불거리는 단발머리는 새하얀 백발이었다. 그녀의 시선은 박사의 시선보다 한참 아래였다. 그녀가 휠체어에 앉아 있었기 때문이다. 휠체어의 오른쪽 버튼을 누르자 전동 바퀴가 부드럽게 움직이며 이시이 박사 앞으로 다가왔다.

"여보, 무슨 생각을 하세요?"

새하얀 얼굴에 바짝 마른 몸, 그리고 작고 희미한 그녀의 목소리는 몹시도 가냘프고 쇠약하게 느껴졌지만 부드럽게 미소 짓는 표정만은 평온해 보였다.

"언제 왔소? 잠깐 이런저런 생각을 하느라⋯⋯."

창가에 서 있던 이시이 박사는 환한 미소를 지으며 아내에게 다가갔다. 그리고 언제나 그러하듯 한없이 부드럽고 따스한 미소로 그녀를 바라보았다.

"좀 전에 오가와 여사가 떠나는 걸 봤어요. 우리 한 명, 한 명과 모두 손을 잡고 인사하며 눈물을 훔치더군요. 그처럼 따스한 분이 이렇게 마지막까지 곁에 계셔주었다니 정말 커다란 은총이에요. 모두들 오가와 여사에게 깊이 감사드리고 있어요."

"그래요, 여보. 나도 그녀에게 정말 감사하고 있소. 지금까지 수년간 내가 이 일을 할 수 있었던 것도 따지고 보면 다 그녀 덕이오."

이시이 박사는 천천히 무릎을 꿇고 아내의 전동 휠체어 곁에 앉았다. 박사는 부드러운 무릎 담요를 덮은 아내에게 살며시 머리를 눕혔다. 반백半白으로 물든 박사의 머리가 그녀를 의지했다. 아내는 얇고 하얀 손가락으로 남편의 머리카락을 천천히 어루만졌다. 요양원으로 왔을 때만 해도 윤기가 흐르던 까만 머리카락이 어느새 성성한 은빛으로 변해 있었다.

"세월이 참 많이 흘렀네요. 참 행복한 시간이었어요."

아내는 박사의 머리를 쓰다듬으며 작게 중얼거렸다. 그녀의 무릎에 기댄 박사의 머리가 동의의 의미로 살짝 흔들렸다.

"여보, 모두들 당신을 기다리고 있어요. 모두들 당신이 줄 마지막 선물을 기대하고 있답니다."

아내는 이시이 박사의 빛을 잃은 은발을 천천히, 그리고 부드럽게 매만졌다. 금방이라도 부러질 듯 가느다란 손이지만 이시이 박사에게는 말할 수 없이 포근하고 따스한 감촉이었다.

"행복하오. 당신의 손이 참 따뜻하군. 잠시만 더 이렇게 있고 싶소."

이시이 박사는 아내의 무릎에 편안히 머리를 묻은 채 눈을 감았다. 더없이 편안한 느낌…… 무지개 속을 거닐고 구름 위에 누운 듯 푸근한 느낌에 이시이 박사는 깊은 행복감을 느꼈다.

"사랑해요, 여보. 죽음의 끝을 넘어선 후에도 전 당신을 사랑할 거예요."

세상에서 가장 아름다운 천상의 하프 소리가 이시이 박사의 귓전에 맴돌았다.

"나도 당신을 사랑하오. 아아, 나는 정말 행복한 사람이야. 세상에 다시없는 사랑을 했고, 또 한평생 나의 인생에 대해 조금도 후회하지 않으니. 나처럼 행복한 사람은 없을 거요. 이제야 나는 당신을 보낼 준비가 되었소."

이시이 박사는 더없는 행복감에 젖어들었다. 한때 최연소 병원장으로 추대되었던 그의 눈부신 활약상과 명성들……. 그 모든 것을 버리고 살아온 지난 수년간을 그는 티끌만큼도 후회하지 않았다.

"사랑하오……."

푸근한 아내의 품속에서 이시이 박사는 후회 없는 삶을 선택하게 해준 옛날, 그 언젠가의 이야기를 천천히 되새김질해보았다.

3

닥터 이시이는 일본 최고의 경동의대를 수석으로 입학하고 또

수석으로 졸업했다. 예리하고 신묘한 의술로 젊은 나이에 국제적으로 알려진 최고의 집도의가 되었다. '천재 의사'라는 명성이 널리 알려지면서 일본 최고의 차세대 닥터로 주목받은 이시이 박사였다. 나이 오십도 되기 전에 일본뿐 아니라 전 세계에서도 손꼽히는 실력을 인정받고 경동의대 병원장으로 등극, 명실공히 최연소 병원장이 되었다.

그렇게 세상 높은 줄 모르고 끝없이 치고 올라갈 것만 같았던 최절정의 시간에 불행이 찾아왔다. 어떤 불운이라도 모두 비껴갈 것만 같았던 이시이 박사에게도 최고의 순간은 영원할 수 없었다.

최연소 병원장으로 추대된 후, 이시이 박사는 으리으리한 대저택으로 이사를 했다. 저택에는 비정상적으로 많은 방과 비정상적으로 거대한 응접실, 비정상적으로 넓은 정원과 분수까지 갖춰져 있었다. 아이가 없는 이시이 박사 부부만 살기에는 지나치게 크고 사치스럽다는 생각이 들게 하는 엄청난 대저택이었다.

"여보, 본래 살던 집도 우리 두 사람에겐 넓었어요. 집이 넓을수록 당신의 빈자리가 더 크게 느껴진답니다. 나는 좁고 따스한 집이 좋아요."

아내가 간곡하게 부탁했지만 당시 최고만을 좇는 이시이 박사의 귀에는 그 말이 들리지 않았다.

"당신은 걱정할 필요 없소. 병원에서 우리 집에 필요한 사람들을 전부 제공해주겠다고 했으니까. 당신은 손 하나 까딱할 것 없이 집안일에서 벗어나 여유를 즐겨도 되오. 이건 경동의대 병원장으로서 내게 주어진 권리요. 앞으로 손님도 많아질 테고, 점점 더 큰 집이 필요할지도 모르겠소. 난 당신이 고생하지 않고 이 모든 걸 즐기길 바라오."

눈코 뜰 새 없이 바쁘던 그 시절, 이시이 박사는 자신의 성공이 아내의 기쁨이라고 생각했다. 병원장에 추대되어 수많은 인사가 그의 응접실을 찾으면 아내는 아름다운 미소로 그를 내조하며 행복을 느낀다고 생각했다. 그가 성공 가도를 달릴수록 한없이 외로워지고 고독해지는 아내의 모습을 그는 전혀 알지 못했다.

함께하는 시간이 줄어드는 만큼 두 사람의 사이는 소원해졌다. 거대한 저택은 이시이 박사가 없는 대부분의 시간 동안 온기를 잃은 채 고요하고 싸늘하게 변해갔다. 이 차갑고 썰렁한 집에 혼자 남아 있는 아내 역시 생기를 잃고 시들어갔다. 높은 곳을 향해 매섭게 달리는 이시이 박사에게는 이런 변화가 전혀 눈에 들어오지 않았다. 그의 아내가 완전히 허물어지고 쓰러지기 전까지는.

어느 날 언제나와 같이 새벽이 다 되어 집으로 들어온 이시이 박사는 피곤에 지쳐 잠이 들었다. 남편을 기다리며 하루 대부분의 시간을 보내는 아내는 시계 초침처럼 살고 있는 남편의 건강을 걱정하며 병원에서 제공한 전용 요리사를 거절하고 늘 손수 남편의 아침을 차렸다.

그날도 아내는 새벽에 일어나 남편의 아침 식사를 준비했다. 너무 넓은 탓에 한없이 춥게 느껴지는 부엌에서 새벽까지 고생한 남편의 속을 달래면서도 따스하게 체온을 유지시킬 소박한 음식을 만들었다. 갓 지은 밥이 솔솔 고소한 냄새를 풍기고 향긋한 된장국이 따스한 온기를 풍길 때였다.

"이런, 늦었군! 왜 깨우지 않았소!"

비난 섞인 목소리와 함께 이시이 박사가 부엌으로 들어섰다. 이미 하얀 셔츠와 양복을 걸친 박사는 몹시도 서두르고 있었다. 아내의 소박하고 정갈한 음식 덕분에 차가웠던 부엌은 따스한 온기를 되찾았지만 이시이 박사는 그 따스함을 인식하지 못했다.

"왜 깨우지 않았소! 중요한 세미나가 있단 말이오. 스케줄 표에 체크된 걸 보지 못했소? 스케줄대로 챙겨달라고 부탁했지 않소. 당신에게 겨우 그것 하나를 부탁했는데 그걸 해주지 못하는 거요?"

이미 넥타이까지 두른 이시이 박사는 새벽같이 일어나 정성스럽게 밥을 짓고 있는 아내를 향해 버럭 고함을 질러대는 것으로 그날 아침을 시작했다. 박사 역시 고된 스케줄과 수술 일정 탓에 체력적으로나 심적으로 힘겨운 시기였다. 부인은 당황한 얼굴로 박사에게 달려왔다. 발목까지 내려오는 홈드레스를 입은 그녀의 어깨에 체크무늬 앞치마가 단정히 묶여 있었다.

"곧 깨워드리려고 했어요. 지난밤에도 너무 늦게 오셔서 조금 더 주무시게 해드리고 싶었어요."

부인은 박사에게 다가가 셔츠의 맨 위쪽 단추를 잠그고 아무렇게나 걸린 그의 넥타이를 빈틈없이 매주었다. 양팔의 커프스까지 달고 나자 이시이 박사는 부엌문 밖으로 성큼성큼 걸어갔다.

"여보, 오늘도 일정이 벅찰 텐데 아침을 드시고 나가세요."

아내는 두 사람에게는 너무나도 크고 거대한 대리석 식탁으로 서둘러 음식들을 옮겼다. 그런 아내의 모습을 흘끗 바라본 이시이 박사는 또다시 차갑게 뒤돌아섰다.

"늦었소."

"여보, 하지만 아직 시간이 충분해요. 무엇보다도 당신 몸을 생각하세요. 제발 한 숟가락만……."

"그만둡시다. 당신과는 말이 통하지 않는군."

이시이 박사의 귀에는 자신을 걱정하는 아내의 말이 들리지 않았다. 그때 그의 귀에는 세상 물정 모르는 답답한 아내의 목소리로만 들렸다. 따스한 된장국과 밥을 한술 뜬다고 해도 얼마 걸리지 않을 잠깐의 시간……. 그리 빡빡하지도 않은 시간이지만 부족한 것은 이시이 박사의 마음의 여유였다.

순수하고 나약한 아내의 모습은 어쩐지 이시이 박사의 예민한 신경을 자극했다. 전쟁터같이 메마른 세상에서도 아내와의 대화를 통해 느긋해지던 박사였다. 아내의 부드러운 목소리와 함께 두런두런 이야기를 나누다 보면 각박한 세상이 평화로워지고 심장을 끓게 하던 흥분과 성난 기운이 고요하게 가라앉았다. 하지만 초침처럼 바빠지면서 아내와의 시간은 사라졌고 박사가 감당해야 하는 매일의 업무는 더욱더 치열해졌다.

두 사람의 대화로 만들어지던 교집합이 사라진 순간, 박사는 늘 차분하고 고요하며 잔잔한 강물 같던 아내의 모습에 권태와 실망을 느꼈다. 그는 미간 사이에 주름을 만든 채 김이 모락모락 나는 정성스러운 식탁에 눈길 한 번 주지 않고 부엌을 빠져나갔다.

쾅아앙!

차가운 발소리와 함께 거세게 울려 퍼지는 문소리가 마치 이시이 박사의 고함과도 같았다. 절대로 목소리를 높이거나 거친 말을 하는 사람이 아니지만 그는 온몸으로 무섭고 차가운 소리를 뱉어낸 것이었다. 얼음처럼 차갑고 메마른 소리가 커다란 저택에 메아리쳤다.

털썩!

그리고 바로 그 순간, 놀란 눈으로 이시이 박사의 뒷모습을 바라보던 아내가 사라졌다. 선이 가늘고 여린 그의 아내가 부엌 바닥으로 무너져 내린 것이다.

이시이 박사를 위해 마련한 갓 구운 생선과 보슬보슬한 달걀찜, 윤기 흐르는 밥과 보글보글 끓던 된장국은 서서히 식어갔다. 따스한 음식을 준비하던 아내 역시 그 넓은 부엌의 한가운데에서 쓸쓸히 식어갔다.

아내를 뒤로하고 나가버린 이시이 박사는 그런 사실을 전혀 알지 못했다. 그 넓은 저택에서 고용인이 그녀를 발견하기 전까지 그녀는 버려진 밥상처럼 식어가고 있었다.

이시이 박사는 아내의 상태를 직접 확인하는 것이 두려웠다. 어쩌면 그는 이렇게 될 것을 이미 알고 있었는지도 몰랐다. 대저택에 살게 된 뒤로 아내가 비쩍비쩍 말라가는 것과, 그녀의 향기

롭던 붉은 입술이 푸르스름하게 변하는 것을 보면서 그는 아마 알아챘는지도 몰랐다. 그래서 그는 그녀의 상태를 직접 확인하는 걸 마다했다. 쓰러진 아내를 검사한 사람은 당시 제경의대 학장인 닥터 세이키였다.

"죄송합니다. 척수까지 이미 전이되었습니다. 사모님의 상태로는 수술이 불가합니다. 정말…… 죄송합니다."

닥터 세이키는 마치 큰 죄라도 지은 것처럼 고개를 숙였다. 이시이 박사는 세이키 박사가 건네준 검사 결과를 화이트보드에 꽂았다. 하얀 배경 위에 검게 채색된 아내의 척추가 있었다. 그는 짓눌린 아내의 중심을 멍하니 바라보았다. 하염없이 사진을 들여다보던 박사가 그 사진들을 붙잡았다.

그의 두 손 안에서 아내를 찍은 사진들이 구겨졌다.

"안 돼, 안 돼……."

하얀 보드 아래로 이시이 박사의 몸이 무너졌다. 차가운 바닥에 무릎을 꿇은 그의 어깨가 흔들렸다. 아내의 상태는 누가 봐도 명확했다. 만일 이 사진의 주인공이 다른 환자였다면 박사는 '3개월 남았습니다. 가족과 환자 모두 죽음을 준비해야 합니다'라고 말했을 것이다.

심장이 아팠다. 심장이 고장 난 것처럼 움직이지 않았다. 숨이 쉬어지지 않았다. 그는 아내가 없는 삶을 상상할 수 없었다.

대외적으로 보기에 이시이 박사는 완벽한 사람이었다. 기술적으로나 영민함으로는 따를 자가 없었다. 하지만 그는 사람과의 관계가 껄끄러웠다. 부드러운 인간관계를 유지하기가 힘들었고 사람들과의 관계에서 오는 스트레스가 상당했다. 그에게는 친구가 없었다. 학창 시절부터 내내 그랬다. 그런데도 외롭지 않았다. 그것이 편했다. 사람들과의 관계를 인내하며 헤쳐 나가기에는 그의 대인관계술이 미흡하고 부족했다. 무표정한 얼굴 뒤에는 사람들의 말 한마디 한마디에 상처받는 여린 심장이 있었다.

치명적인 단점을 보완하기 위해 이시이 박사가 선택한 것은 차가운 가면이었다. 인간관계에 관심이 없는 무표정한 얼굴과 그 관계를 최소화하는 길을 택했다. 때로는 상처받고 아픈 가슴을 누군가와 나누고 싶었지만 이시이 박사에게는 그럴 사람이 없었다. 인간관계에서 거의 백치나 다름없는 그가 아내를 만난 건 운명과도 같았다.

이시이 박사는 본능적으로 그녀를 알아보았다. 그 누구에게도 눈길을 주지 않은 이시이 박사의 눈에 그녀가 들어왔다. 대학병원 로비에서 노인들을 병실로 안내하고 있는 그녀를 본 그날, 그의 온몸에 전기 같은 것이 흘렀다. 호스피스 자원봉사자로, 보호자마저 기피하는 환자들을 정성껏 돌보는 그녀의 등 뒤에는 이시이 박사만이 볼 수 있는 하얀 날개가 있었다. 이시이 박사는 그녀와 이야기를 나눈다면 지금껏 그가 타인으로부터 받았던 상처 따위를 더 이상 받지 않으리라 확신했다. 그리고 그녀를 놓친다면 평생 영혼의 반려자를 만날 수 없을 거라고 생각했다.

필요하지 않다면 타인과의 대화를 시도하지 않는 이시이 박사가 필사의 용기를 짜내어 그녀에게 말을 건넨 그날은 기적 같은 날이었다. 그녀는 황폐한 그의 눈 속에 눈부신 빛을 뿌리며 환하게 웃었다. 한없이 우아하고 한없이 평화롭고 한없이 온화한 미소였다. 그 아름다운 미소가 이시이 박사를 바라본 순간 그는 그녀를 놓칠 수가 없었다. 그는 열렬히 구애했다. 그렇게 냉혈한 이시이 박사 곁에 그를 사랑하고 그의 사랑을 넘치게 받는 사랑스럽고도 아름다운 아내가 생겼다.

아내는 현명한 여자였다. 이시이 박사를 온전히 혼자 서도록 돕는 동시에 그가 원하는 부분은 가득 채워줄 수 있는 여인이었다. 냉철한 이성으로 똘똘 뭉친 채 하루를 살다가 돌아온 그를 감성 가득한 그녀가 은은한 미소로 맞아주었다. 아무리 병원일이 바쁘고 힘들어도 괜찮았다. 온기 넘치는 집에 돌아와 아내와 함께 도란도란 대화하다 잠이 들면 그가 가지고 있던 모든 걱정과 고민이 사라졌다.

그렇게 오랜 기간을 함께하다 보니 어느새 그는 아내의 소중함을 잊고 있었다. 아내가 만들어놓은 따스하고 부드러운 집을 잊어버렸다. 아내를 위한답시고 그녀가 만들어놓은 안락함이 사라진, 차갑고 넓은 집 안에 그녀를 가둬둔 채 그녀를 행복하게 해주었다고 착각했다. 빛나던 그녀가 반짝이던 깃털을 모두 떨군 채 비쩍비쩍 말라가는 것을 외면했다. 그의 고민과 괴로움을 함께 나누며 치유받던 나날을 잊어버린 채 그녀를 그 넓은 집에 혼자 가둬두었다.

이시이 박사는 따스한 심장을 잃어버렸고 아내는 건강을 잃어버렸다. 이시이 박사는 아내 없이 살 수 없다는 것을 알고 있었다. 항상 옆에 있어 잊고 있지만 아내는 이시이 박사의 인생에서 공기와도 같은 존재였다. 그녀가 사라진다면 박사는 도저히 살아갈 수 없었다.

"으아아아!"

이시이 박사는 미친 듯이 소리쳤다. 감정을 결코 드러내지 않는 그가 도저히 감출 수 없는 절망을 드러냈다. 닥터 세이키는 울부짖는 박사를 혼자 두고 사무실 밖으로 나왔다. 그는 깊은 한숨을 내쉬며 고개를 내저었다. 아내의 시한부 선고에 충격을 받을 거라고는 예상했지만 냉철한 이시이 박사가 이토록 동요할 줄은 상상도 못했다. 닥터 세이키는 사무실 앞을 지키고 있는 비서에게 이시이 박사가 부르기 전에는 누구도 이 근처에 얼씬하지 못하게 하라고 말해두었다.

이시이 박사가 아내의 병실을 찾은 것은 그로부터 한참의 시간이 흐른 후였다. 흐르는 눈물이 멈추고 그 자국을 지우기까지는 긴 시간이 필요했다. 아내는 한밤중에야 병실을 찾은 박사를 보자 언제나 그렇듯 부드럽고 편안한 미소를 지었다.

"어디…… 불편한 데는 없소?"

그는 아내의 눈을 차마 바라볼 수가 없었다. 넓은 병실 안쪽에 덩그러니 놓인 하얀 침대 위에 아내가 누워 있었다. 병원의 가장 높은 층에 불편함이 없도록 잘 꾸며놓은 특별실이지만 한없이 차갑고 딱딱한 기운만 느껴졌다. 이시이 박사는 침대 맞은편에 놓인 넓은 소파에 몸을 기댔다. 아내 곁에 앉아 상처받고 쓰라린 마음을 달래고 싶었지만 붉어지는 눈시울을 감추기 위해 멀리 떨어진 소파에 앉을 수밖에 없었다.

"오늘도 많이 바쁘셨죠? 힘드실 텐데 집에 가세요. 옷도 갈아입고 편한 침대에서 주무세요."

아내는 자신의 몸 상태보다 이시이 박사를 더 걱정하고 있었다. 암세포가 척수로 전이될 때까지 아마 끔찍한 고통이 있었을 것이다. 그럴 때도 그녀는 이시이 박사를 먼저 걱정하며 고통을 숨겼을 것이다. 이시이 박사는 아내의 마음 씀씀이를 누구보다도 잘 알고 있었다.

"괜찮소. 나는…… 당신이 먼저 잠드는 걸 보고 집에 가겠소."

이시이 박사는 최대한 감정을 억누른 채 무감각하게 말하려 애썼다. 이시이 박사의 고집을 잘 알고 있는 아내는 더 이상 그를 설득하지 않았다. 대신 빨리 잠드는 쪽을 택했다. 그녀는 침대에 누운 채 이시이 박사 쪽으로 살짝 몸을 돌렸다. 박사는 곁눈으로 그녀가 자신을 바라보는 것을 보았다. 이시이 박사는 반대편 벽으로 살짝 몸을 틀었다. 아내의 얼굴을 도저히 바라볼 자신이 없었다.

"아파서 죄송해요. 바쁜 당신에게 도움이 되지 못해 죄송해요."

"그런 소리 말아요."

이시이 박사의 귓가를 울리는 아내의 음성이 그의 심장을 후벼

팠다. 용서를 구할 사람은 아내가 아닌 자신이었다. 하지만 입이 떨어지지 않았다. 조금이라도 길게 말했다가는 목소리가 떨릴 것만 같았다.

"하지만 저…… 조금만 웃을게요. 문득…… 옛날 일들이 생각나서요. 기억나세요? 당신이 자격시험 때문에 며칠 동안 밤을 새우다가 도서관 책상에서 그대로 기절한 적이 있었죠. 전화를 받고 제가 얼마나 놀랐는지. 그때는 당신이 병원 침대에 누워 있었고 제가 당신 곁에 있었죠. 기절한 당신은 그대로 24시간 동안 눈을 뜨지 않았어요. 기절했던 당신은 갑자기 온 병실이 떠나가라 코를 골았지요. 그 소리가 얼마나 사랑스러웠는지 몰라요. 반응도 없이 눈을 감은 당신이 코를 고는 순간 저는 당신이 깊은 잠에 빠졌다는 걸 알았으니까요. 갑자기 그날이 생각나네요."

"아아."

이시이 박사는 살짝 고개를 돌려 아내 쪽을 바라보았다. 하얀 침대에 누운 아내가 그리운 얼굴로 병실 천장을 바라보고 있었다. 이시이 박사가 며칠 밤을 새우다 그대로 기절한 듯 잠이 든 그날이었다. 지치고 힘든 내색을 하지 않던 그의 체력이 극한에 다다르면서 만들어낸 웃지 못할 에피소드였다. 그날, 잠에서 깨어난 이시이 박사는 눈물을 흘리며 감사의 미소를 짓는 아내의 얼굴을 제일 먼저 보게 되었다. 걱정과 한숨으로 24시간을 꼬박 새운 아내를 바라보며 이시이 박사는 맹세했다. 그녀가 눈물을 흘리지 않게 하겠다고. 그녀를 영원히 지키겠다고.

이시이 박사는 하얀 침대에 누운 아내의 얼굴을 바라보았다. 아득한 시간을 들여다보듯 그리움으로 가득한 그녀의 표정이 한 없이 눈부셨다.

"미안해요. 얼른 잠들게요."

추억에 잠겨 있던 아내는 고달픈 남편을 위해 애써 눈을 감았다. 이시이 박사는 그토록 상냥한 아내의 얼굴을 멍하니 바라보았다.

"아니요. 오랜만에 당신과 이렇게 이야기를 나누니 편안해지는군."

"정말요? 고마워요, 여보."

"병원에서 나가면 뭘 하고 싶소? 아무래도 장기 휴가를 내야겠소. 당신 몸이 좋아질 때까지 나도 좀 쉬어야겠소."

"어머나, 그게 가능할까요? 사실 당신이 바쁘던 내내 저는 하고 싶은 게 많이 생겼답니다. 당신이 은퇴를 하게 되면 그때 하나씩 하나씩 하면 좋겠다고 생각하고 있었어요."

"그게 뭔지 들려주겠소?"

"그럼요, 물론이죠."

그날 밤 이시이 박사는 아내와 두런두런 이야기꽃을 피우며 그간 쌓였던 심장의 모든 앙금이 씻겨나가는 것을 느꼈다. 그리고 이 끔찍한 세계에서 그를 정화하고 생명을 불어넣어줄 사람이 아내뿐이라는 것을 다시 한 번 절감했다. 아내가 잠든 후에도 이시이 박사는 그 곁을 떠나지 못했다. 그는 낮은 조도의 불빛 아래 곱게 잠든 아내의 얼굴을 바라보며 그녀 없이는 결코 이 삭막한 세상에 혼자 남을 수 없을 거라고 생각했다.

4

온밤이 다 가도록 한숨도 자지 못한 이시이 박사는 아내가 깨기 전에 병실을 빠져나와 곧장 사무실로 향했다. 아내가 없는 집에는 들어갈 이유가 없었다. 그의 머릿속은 복잡했다. 그는 아내 없이 살 수가 없었다. 그러나 아내는 곧 세상과 작별해야 한다. 이시이 박사는 잠든 아내를 바라보며 자신이 할 일이 무엇인지 골똘히 생각했다.

박사는 이제부터 남은 모든 날을 아내와 함께하겠다고 결심했다. 그러고 나니 아내에게 남은 날이 너무나 적었다. 게다가 그 시간마저 하루하루가 끔찍한 고통으로 점철될 것만 같았다. 그것이 문제였다. 이시이 박사는 아내를 끔찍한 고통 속에서 죽어가게 내버려두고 싶지 않았다.

시간이 부족했다. 어떤 결정을 한다 해도 남은 시간이 너무 모자랐다. 아내와의 마지막 추억을 만들어야 했고, 아내가 편안하게 가도록 해야 했고, 그리고 자신도 아내를 따라야 했다. 그 모든 것을 완벽하게 해내기 위해 그의 머릿속은 수많은 가능성과 방법을 모의하고 결정하고 판단했다. 그러나 결정적으로 시간이 부족했다. 아내가 하고 싶은, 그러나 이시이 박사가 이뤄주지 못한 그녀의 소망을 다 이루기에는 시간이 턱없이 모자랐다. 아내의 병실에서 사무실로 걸어오는 내내 그는 깊은 생각에 빠져들었다.

이른 새벽의 병원 복도는 차가웠다. 환자들이 깨지 않도록 조도는 낮았다. 어둑한 복도를 지나 원장실에 다다를 무렵 바람 한 점 없는 복도에 문득 비릿한 냄새가 코를 찔렀다.

이시이 박사는 자신의 코를 문질렀다. 코피가 나는 줄 알았는데 소매는 붉어지지 않았다. 분명 피 냄새였다. 하지만 수술실과 떨어진 원장실에서 날 만한 냄새가 아니었다. 진한 피 냄새……. 이시이 박사는 잠시 멈춰 그 냄새의 근원을 찾았다.

원장실 안쪽에서 풍기는 비린내 같았다. 그는 고요한 원장실 문을 벌컥 열었다. 그 순간 피 냄새 가득한 서늘한 바람이 박사의 얼굴로 훅 불어왔다. 짧은 머리카락이 뒤쪽으로 휘날리고 하얀 종이들이 허공으로 떠올랐다. 갑자기 시간이 천천히 흐르는 것처럼 모든 것이 느리게 보였다. 천천히 날아오르는 하얀 종이들과 그의 눈을 어지럽히는 바람 사이로 아지랑이처럼 일렁이는 붉은 빛이 보였다. 한없이 붉은 핏빛의 천 조각들이 바람에 흩날렸다.

이시이 박사는 아프게 불어오는 바람 속에서도 눈을 감지 않았다. 어른거리는 그 붉은 천 사이로 사람의 얼굴이 보였다. 뚜렷하지 않은 형상 속에서도 그녀의 붉은 눈동자만큼은 분명히 보였다. 붉은 옷자락을 펄럭이며 그의 눈앞에 꼿꼿이 선 여인은 신화나 전설에나 나올 법한 미인이었다. 단순히 미인으로 치부하는 것이 미안할 만큼의 아름다움이었다. 하지만 그 아름다움 속에서 알 수 없는 위험이 느껴졌다. 이시이 박사는 붉은 여인의 뒤쪽으로 활짝 열린 원장실의 창문을 바라보았다. 그녀는 저 창문을 통해 안으로 들어왔을 것이다.

"누굽니까? 누구기에 여기에……."

이시이 박사는 여인을 향해 용기를 짜내어 말했다. 알 수 없는 두려움이 가슴 저 밑바닥에서 꿈틀거렸다.

"필요한 것을 주겠다."

국적도 나이도 도저히 가늠되지 않는 붉은 여인이 입을 열었다. 그녀의 붉은 입술이 말하는 것을 이시이 박사는 단 한마디도 놓치지 않았다.

"거래를 원한다."

붉은 여인의 굳은 얼굴이 이시이 박사를 뚫어져라 바라보았다. 세상에 없을 것 같은 붉은 눈동자가 짧은 몇 마디 외에 훨씬 더 많은 이야기를 하는 것 같았다. 이시이 박사는 가슴이 서늘하도록 두려운 그녀의 눈동자를 마주 쳐다보았다. 뱀 앞의 개구리처럼 본능은 어서 도망쳐야 한다고 말하고 있었지만 그는 여인의 눈에 사로잡혀 움직일 수가 없었다. 마침내 붉은 눈동자에서 그녀가 말하지 않는 것들이 느껴졌다.

"당신도 나와 같군요. 무언가를…… 잃어버릴 위기에 처했군요."

왜인지는 알 수 없었다. 여인의 새하얀 얼굴과 붉은 눈동자 속에서 이시이는 자신과 같은 다급함을 읽었다. 조금도 티를 내지 않았지만 그녀의 눈동자 속에는 다급함이 있었다. 무언지 모르지만 서두르지 않으면 소중한 것을 잃게 된다는 절박함이 있었다. 이시이 박사와 같은 감정이 느껴졌다.

붉은 여인이 천천히 두 눈을 감았다. 그러고 보니 그녀는 지금까지 단 한 번도 눈을 깜빡인 적이 없었다. 여인의 붉은 눈동자가 사라졌다. 대신 그 위를 덮은 하얀 눈꺼풀이 파르르 떨렸다. 그 모습을 보는 이시이 박사의 심장이 두근거렸다. 마라톤을 한 것처럼 거세게 요동쳤다. 두려움과 공포, 그리고 이유를 알 수 없는 아득한 아픔으로 가슴이 바늘에 찔리는 것처럼 고통스러웠다.

"도와준다면. 당신과 당신의 아내에게 필요한 것을 해주겠다."

붉은 여인이 이시이 박사를 향해 무언가를 내밀었다. 그녀의 새하얀 손에 새빨간 종이가 하나 들려 있었다. 마치 모든 색을 흡수할 것처럼 너무나도 선명한 붉은빛 봉투였다. 그것은 단순한 붉음이 아니었다. 일반적으로 통용되는 붉은 종이와 차원이 달랐다. 봉투는 완벽한 핏빛이었다. 마치 수십, 수백 번을 사람의 피로 적시고, 또 적시고, 다시 적셔서 그 피가 굳지 않게 특수 처리를 한 것 같은 색이었다. 손을 갖다 댔다가는 금방이라도 핏물이 뚝뚝 떨어질 것 같은 색이었다. 이 무시무시한 빛깔의 봉투가 이시이 박사의 손가락 끝에 닿는 순간 바람이 휘몰아쳤다. 이시이 박사가 봉투를 잡기 전에 갑자기 작은 회오리가 이시이 박사의 손에서 봉투를 빼앗았다. 그리고 그의 온몸이 회오리 속으로 빨려 들어갔다. 방 안의 모든 것이 어지러이 휘돌았지만 이시이 박사는 여인이 내민 붉은 봉투만 바라보았다. 허공으로 점점 더 높이 올라가는 봉투를 향해 박사는 힘껏 손을 뻗었다. 금방이라도 핏물이 떨어질 것 같은 핏빛 봉투가 마침내 이시이 박사의 손아귀로 들어왔다. 순간 온몸의 피가 콸콸 쏟아져 나올 것만 같고 머리카락이 쭈뼛쭈뼛 곤두서는 괴상하고 이상한 감각이 그의 전신을 휘감았다.

그가 봉투를 붙잡는 순간 맹렬하게 휘돌던 그의 몸이 바닥으로 떨어지고 몰아치던 회오리도 사라졌다. 이시이 박사는 바닥에 널브러진 채 주변을 돌아보았다.

방금 전까지 창가에 서 있던 붉은 여인은 보이지 않았다. 온 방을 엉망으로 만들던 회오리도 사라졌다. 어지럽게 널려 있던 사무실의 모든 것도 제자리로 돌아와 있었다. 이 말도 안 되는 경험에 이시이 박사는 스스로의 정신 상태를 의심해보았다. 심각한 스트레스와 충격으로 정신분열이 일어나는지 의심되었지만 그럴 리는 없었다. 그의 손아귀에 분명한 증거가 있었다. 조금 전에 있었던 모든 일이 사실이라는 증거, 바로 핏빛 봉투였다.

이시이 박사는 바닥에 주저앉아 일어설 생각도 하지 않았다. 일어서는 것보다 더 급한 것이 있었다. 그는 천천히 붉은 봉투를 열었다. 식은땀이 이마를 타고 한 줄 주르륵 흘러내렸다. 단지 붉은 봉투를 여는데도 팽팽한 긴장감이 흘렀다.

봉투는 붉은 밀랍 인장으로 단단히 봉인되어 있었다. 그는 밀랍 부분을 거칠게 떼어내고 봉투 안에서 종이 한 장을 꺼냈다. 깃털처럼 가볍고, 뱀의 허물처럼 반짝이고, 거미줄처럼 얇은 것이 툭 떨어졌다. 자세히 살펴보니 반짝이는 작은 비단 천이었다. 최후의 낙화洛花를 버텨낸 가녀린 벚꽃 한 송이처럼 아스라한 비단 천이었다. 박사는 조심스럽게 그 천을 펼쳤다. 그의 손아귀에서 금방이라도 '스륵' 하고 떨어져 내릴 것만 같은 얇고도 반들거리는 비단 천에 깨알 같은 글씨가 한 자, 한 자 수놓아져 있었다. 그곳에는 낯선 주소 하나가 있었다.

'……조자마치長者町 4초메丁目 201호.'

박사는 낯선 주소를 멍하니 바라보았다.

'도와준다면. 당신과 당신의 아내에게 필요한 것을 해주겠다.'

이시이 박사의 귓가에 붉은 여인의 마지막 한마디가 울려 퍼졌다. 그녀가 원하는 것을 이시이 박사가 해줄 수 있다. 그러면 그녀는 이시이 박사가 원하는 것을 해줄 것이다. 한 번도 본 적이 없는 여인인데도 이상하게 신뢰감이 들었다. 이 절체절명의 순간, 그녀가 이시이 박사를 도와줄 수 있는 유일한 희망처럼 생각되었다. 지푸라기라도 잡는 심정일지 모르지만 그의 본능이 말하고 있었다. 그녀의 말은 빈말이 아니라고. 그녀를 믿어야 한다고.

박사의 머릿속이 낯선 주소로 가득 차기 시작했다.

'그곳에 가면 모든 것이 밝혀지겠지.'

박사는 일분일초라도 지체할 마음이 없었다. 아내를 생각하면, 시간은 그가 상대해야 할 가장 두려운 적이었다. 박사는 하루 동안 모든 스케줄을 취소하고 운전기사와 함께 그 주소지를 향해 달렸다. 무턱대고 낯선 곳을 찾아가는 것이 위험할 수 있음을 이시이 박사는 알고 있었다. 하지만 지난밤부터 이시이 박사의 이성은 정상적으로 작동하지 않았다. 당장 가지 않으면 안 된다는 강렬한 압박감이 그의 전신을 짓눌렀고, 그러한 감정이 이시이 박사의 모든 판단과 행동을 제어했다.

"원장님, 여기가 맞는 것 같습니다."

운전기사가 차 문을 여는 순간까지 그는 차가 어느새 멈춰 섰는지조차 감지하지 못했다. 아침 일찍부터 한낮까지 내내 차를 타고 달려왔다는 것도 인식하지 못했다.

"아⋯⋯."

이시이 박사는 차 밖으로 나왔다. 햇살이 온 대지를 따사롭게 감싸고 있는데도 그는 오한 때문에 이가 딱딱 부딪혔다. 그의 온몸은 식은땀으로 축축하게 젖어 있었다.

"여긴가⋯⋯?"

이시이 박사는 낯선 광경에 눈길을 보냈다. 낡고 어두운 집이 촘촘히 들어선 좁은 골목이 보였다. 차 한 대 들어갈 틈도 없이 좁다란 골목길 양쪽에 허물어져가는 슬레이트집이 빼곡했다. 그 집들은 불법 철골 구조물로 인해 거의 맞닿을 정도였고, 낮이나 밤이나 빛 한 줄기 들어올 데가 없어 보였다. 아직도 이런 빈촌이 있나 싶을 정도로 낯설고 조악했다.

이시이 박사는 운전기사를 세워둔 채 혼자 골목 안으로 들어갔다. 삐죽삐죽 튀어나온 철골 구조물에 널어놓은 빨래를 보면 사람이 살고 있는 집들 같았지만 어디서도 인기척은 느껴지지 않았다. 바람도 잘 통하지 않는 답답한 골목 안은 낮인데도 컴컴한 밤처럼 느껴졌다. 눅눅하고 습한 기운이 가득 맴도는 집들에는 다행히 낡은 나무판자에 주소가 적혀 있었다. 좁고 낡은 셔터문 옆의 허물어져가는 붉은 벽돌에 이시이 박사가 찾는 주소가 걸려 있었다.

'……조자마치 4초메 201호.'

본래 검은색이었을 문패는 오랜 세월을 지나오는 동안 낡고 닳아서 읽기 어려울 정도로 색이 바래 있었다. 문패가 달린 셔터문 한쪽으로 사람 한 명이 간신히 오르내릴 수 있는 가파른 시멘트 계단이 보였다. 201호는 2층일 거라고 판단한 이시이 박사가 계단을 올라갔다. 붙잡을 난간조차 없는 좁은 계단을 오르는 동안 그의 양복에는 부서지는 시멘트 가루가 허옇게 묻었다.

계단을 오르자 더욱 비좁은 복도가 이어졌다. 박사는 컴컴한 복도를 더듬어 걸었다. 맨 처음 나타난 녹색 나무문 위에 '202'라고 적힌 푯말이 붙어 있었다. 몇 걸음 옆에 '203'이라고 적힌 문이 나타났다. 201호는 어디에 있는지 알 수 없었다. 좁은 복도를 돌아 90도로 꺾어지니 그제야 '201'이라는 숫자가 나타났다.

방문 앞에 선 순간, 또다시 걷잡을 수 없는 한기가 밀려왔다. 위험한 무언가가 저 안에서 기다리고 있을지 모른다는 생각이 이시이 박사의 머릿속을 헤집었다. 하지만 그는 뒤돌아서지 않았다. 아내에 대한 절박함이 공포보다 컸다.

똑똑.

이시이 박사는 조심스럽게 문을 두드렸다. 오래된 나무문은 여기저기 페인트가 벗겨졌고 곰팡이가 슬어 곳곳이 바스러지는 중이었다. 이시이 박사는 한참을 기다렸지만 인기척이 없었다. 아무도 없을 거라는 생각이 들었다. 박사는 청동색 둥근 손잡이를 돌렸다. 낡은 손잡이는 아무런 저항 없이 돌아갔다.

끼이익…….

무언가가 금방이라도 튀어나올 것처럼 섬뜩한 기분이 들었지만, 문 안은 더없이 조용했다. 열린 문을 통해 나타난 방은 어두웠다. 복도는 사정이 나은 편이었다. 방 안은 그야말로 짙은 암흑 속에 묻혀 있었다.

박사는 천천히 방 안으로 들어갔다. 그는 입구 주변을 더듬었다. 이 짙은 어둠을 멈추기 위해 전등 스위치를 찾았다. 평평한 벽면 한쪽에 불룩 튀어나온 차가운 플라스틱이 느껴졌다. 박사는 튀어나온 반대쪽을 눌렀다.

파밧!

갑작스러운 불빛에 눈이 시렸다. 박사는 눈을 찌푸린 채로 방 안을 확인했다. 고요와 침묵만 가득한 방이 그의 앞에 나타났다. 그곳에는 아무것도 없었다. 커튼이며 가구는 고사하고 사람이 있었다는 흔적 하나 보이지 않았다. 사람의 온기가 존재하지 않았던 것처럼 완전히 텅 빈 공간이었다. 누구도 살지 않는 낡은 방 곳곳에 곰팡이 냄새만 가득했다. 그 방에 있는 유일한 것은 벽 하나를 완전히 메운 거대한 그림이었다.

벽을 캔버스 삼은 그림 한 점. 그것은 거대한 산이었다. 마치 병풍을 이어 완성시킨 웅장한 동양화처럼 벽을 가득 채운 그림 속에는 녹색 나무와 회색 바위, 그리고 푸르른 폭포수가 있었다. 그것은 마치 진짜 그 장소를 들여다보는 것처럼 생생하고 또렷했다.

이시이 박사는 홀린 것처럼 그 그림 쪽으로 다가갔다. 그림의 모든 부분을 눈에 넣으려는 것처럼 끈질기게 바라보았다. 가까이 다가가서 보더라도 사진을 바로 옮겨온 것처럼 지독히도 사실적인 그림이었다. 현실보다 더 현실적인 하이퍼리얼리즘 그림 한 폭이 이 낡은 골목의 방 안에 있다는 게 믿기지 않았다. 세세하게 바라보던 박사는 그림의 일부분이 부자연스럽다고 느꼈다. 한 부분에 덕지덕지 뭉쳐진 과도한 터치감……. 이시이 박사는 그 부분을 손으로 더듬었다.

파밧!

그 순간, 기다렸다는 듯 불이 꺼졌다. 박사는 벽에서 손을 떼지 않았다. 대신 아예 두 눈을 감아버렸다. 캄캄한 공간 속에 아무것도 보이지 않자 그의 촉감이 과도하게 민감해졌다. 그의 손가락 너머 두껍게 뭉쳐진 페인트 더미가 말을 건넸다.

'이 산을 찾아오라.'

이시이 박사의 등줄기를 타고 또다시 식은땀이 주르륵 흘러내렸다. 이시이 박사는 눈을 떴다. 손가락 밑으로 그에게 말을 걸어오는 존재에 대한 엄청난 두려움이 온 신경을 곤두서게 했다. 이시이 박사는 알 수 있었다. 누군가가 닥터 이시이를 애타게 찾고 있다는 것을. 그리고 지금 이시이 박사를 부르는 그 존재는 상상할 수 없을 정도로 두렵고 무서운 존재라는 것을. 그리고 그 부름을 거역할 수 없다는 것을 그는 절감했다. 이시이 박사는 핏빛 여인의 부름에 응답해야 한다는 것을 깨달았다. 그것은 피할 수 없는 그의 운명이었다.

검은 세단을 타고 다시 병원으로 향하는 동안 박사는 끝없이 이어진 산들을 바라보았다. 평소에는 생각지 못했는데 끝없이 이어진 푸른 하늘만큼이나 울퉁불퉁 치솟은 각양각색의 산이 일본 땅을 그득히 메우고 있다는 것을 이제야 실감했다. 끊임없이 이어진 산, 산, 산⋯⋯. 저 수많은 산들 속에서 어딘지 모를 그림 속의 산을 찾는다는 건 모래밭에서 바늘 찾기였다. 푸르른 하늘과 끝없이 이어진 산을 시간 가는 줄 모르고 지켜보는데, 갑자기 그의 차가 멈춰 섰다.

"죄송합니다, 원장님. 기계가 고장 났는지 영 엉뚱한 곳으로 자꾸 가게 되네요. 바쁘실 텐데 정말 면목이 없습니다."

이시이 박사는 몹시도 난처해하는 운전기사를 바라보았다. 세단에 장착된 내비게이션이 자꾸만 엉뚱한 곳으로 안내하는 모양이었다. 그가 여러 번 기계를 눌러댔지만 신통치 않은지 고개를 갸웃거렸다.

"괜찮네. 생각할 게 있으니 천천히 해도⋯⋯."

병원에 도착하는 순간 눈코 뜰 새 없이 바쁜 스케줄이 그를 기다리고 있을 게 뻔했다. 모든 식사 시간까지 병원장으로서의 업무 스케줄로 짜여 있으니 생각에 잠길 여유 따위는 없었다. 그는 오히려 조금 더 혼자만의 시간을 가질 수 있다는 게 다행스럽게 느껴졌다. 이시이 박사는 고개를 돌려 차창 밖을 내다보았다. 그의 눈앞에 어두운 방 안에서 보았던 거대한 산이 어른거렸다. 그 순간 두 눈이 번쩍 뜨였다.

'저…… 저 산……!'

믿을 수 없는 일이 그의 눈앞에 펼쳐졌다. 기계의 오작동으로 달려온 좁은 시골길 저편의 산과 낡은 판자촌에 걸려 있던 그림 속 산의 모습이 겹쳐졌다. 보이지 않는 강력한 힘이 이시이 박사를 이곳으로 부른 게 틀림없었다.

"이보게, 내리게."

"네, 네에?"

운전기사는 박사의 말을 알아듣지 못하고 되물었다.

"병원에 연락해주게. 오늘과 내일은 모든 일정을 취소해달라고. 미안하지만 자넨 여기서 혼자 돌아가야겠네. 갑자기 갈 곳이 생겼어."

박사는 다급한 목소리로 서둘렀다. 운전기사는 얼떨결에 차에서 내렸고, 낯선 시골길 한가운데에 홀로 버려진 채 떠나가는 검은 차를 망연자실하게 바라보아야 했다.

얼마나 지났을까. 화창했던 푸른 하늘도 붉은 노을 속으로 빨려 들어가고, 핏빛으로 온 하늘이 물들어갈 무렵이었다. 박사의 검은 세단이 먼지를 휘날리며 거친 산길에 우뚝 섰다.

"아…… 그래, 찾았어! 드디어 찾았어!"

이시이 박사는 허겁지겁 차창을 내렸다. 도저히 믿을 수가 없었다. 낡은 판자촌 벽에 머물러 있던 그림 속의 세계가 그의 눈앞에 우뚝 서 있었다. 이시이 박사는 무언가에 홀린 사람처럼 황톳길로 뛰어내렸다. 그는 차에 넣어둔 검은색 왕진 가방을 꺼냈다. 그러고는 차 문을 닫을 정신도 없이 이름 모를 산을 향해 내달리기 시작했다. 그는 지체할 수가 없었다. 누군가가 그를 부르고 있다는 것을 박사의 세포 하나하나가 느끼고 있었기 때문이다.

산길에서 뛴다는 것은 평소의 이시이 박사로서는 생각지도 못한 일이었다. 매일매일 연구와 모임으로 바쁜 그에게 느긋한 여행은 물론이고 운동이나 산책 등을 할 시간도 거의 없었다. 그런 그가 한참 동안이나 쉬지 않고 달리고 있었다.

온 하늘을 삼키고 있던 태양도 자취를 감추고 세상은 검은 날개로 뒤덮였다. 검은 숲, 검은 길, 검은 나무……. 한 치 앞도 보이지 않는 새까만 길이지만 이시이 박사는 벌써 몇 시간째 한 번도 쉬지 않고 있는 힘을 다해 달리고 있었다. 달리면 달릴수록 그는 '누군가'에게 더욱더 가까워지고 있다는 것을 느꼈다. 어떻게 이런 것을 느끼는지는 도저히 이성적으로 설명할 수가 없었다. 이곳은 이시이 박사가 알고 있는 세계와 전혀 다른 세상이었다.

사삭, 사삭, 사삭…….

풀과 풀이 부딪히는 소리가 그의 귓가에 울려 퍼졌다. 이 비밀스러운 길은 자욱한 수풀과 거대한 나무로 우거진 곳이었다. 짐승들마저 얼씬하지 않을 법한 빼곡한 밀림 속이었다. 하지만 이 깊은 숲은 이상하게도 이시이 박사의 발을 방해하지 않았다. 숲은 마치 살아 있는 생물처럼 그에게 길을 열어주었다. 그는 불편한 구두와 옷차림을 하고도 한 번도 주저앉지 않았다. 어쩐지 거친 돌과 나무, 그리고 풀뿌리가 이시이 박사에게 문을 열어주는 것만 같았다. 그는 평지를 걷는 것처럼 수월하게 산을 오르는 게 비현실적으로 느껴졌다. 박사는 몇 번이나 꿈을 꾸는 건 아닌가 생각해보았다. 하지만 그의 오감으로 느껴지는 너무나 생생한 감각은 이것이 분명한 현실이라고 말하고 있었다.

사악, 사악, 사악⋯⋯.

그는 수많은 풀숲과 나무숲을 지나쳤다. 풀과 가지가 부딪히는 소리 외에는 어떤 소리도 들리지 않았다. 빽빽하게 들어찬 깊고 깊은 넝쿨을 지나 햇살이 닿지 않을 것 같은 우거진 덤불이 나타났다. 가느다란 빛줄기까지 다 빨아들이는 블랙홀처럼 컴컴하고 어두운 숲의 중심에 그는 도달했다. 그곳이 바로 박사가 가야 할 목적지로 느껴졌다.

이시이 박사는 그 깊은 어둠을 향해 발을 내디뎠다. 구두를 신은데다 커다란 왕진 가방까지 들고 깊은 덤불숲 안으로 들어간다는 것은 무모해 보였다. 하지만 그를 부르는 누군가는 그 안에 있었다. 박사에게는 선택의 여지가 없었다. 그가 발을 내디딜 때마다 깊은 어둠이 열렸다. 빼곡한 덤불이 한 꺼풀씩 비켜서며 그를 안으로, 더 안으로 들여보내주었다. 코앞도 보이지 않는 어둠 속에서도 그는 길을 잃지 않았다. 나무와 수풀이 박사에게 가야 할 곳을 알려주었다. 공포와 두려움은 말할 수 없이 컸지만 반드시 가야 한다는 절대적인 의무감이 모든 감각을 사멸했다.

터덩. 터덩.

어느 순간 발아래 닿는 느낌이 달라졌다. 그의 구두 소리도 달라졌다. 푹신하고 탄력 있는 흙의 느낌이 사라지고 몹시 굳고 단단한 바닥이 느껴졌다. 흙 위에서 나던 발소리보다 더 크고 울림 있는 발소리가 들렸다.

'동굴이구나.'

이시이 박사는 아무것도 보이지 않았지만 이 산의 어딘가에 굳게 감추어진 깊은 동굴의 안쪽에 도달했음을 깨달았다. 동굴의 방향은 아래쪽으로 기울어져 있었다. 끊임없이 아래로 이어진 깊은 토굴을 연상시켰다. 한 시간, 두 시간, 세 시간…… 얼마나 걸었을까. 박사의 시간관념은 이미 어그러져 있었다. 지금이 낮인지 밤인지조차 확실하지 않았다. 그러나 적어도 몇 시간 동안 깊은 지하 어딘가로 내려가고 있음은 분명했다. 이러다가 지구 내부의 핵을 만날지도 모르겠다는 기막힌 생각까지 들었다.

'대체 이 깊은 굴의 끝은 어디일까?'

얼마 동안 그렇게 걸었을까. 몇 시간 동안 전력을 다해 걸은 탓에 입술이 갈래갈래 찢어졌다. 체력적인 한계에 이르렀는지 두 다리에 고통이 밀려왔다. 사실 지금껏 걷고 있는 것이 기적이었다. 인식하지 못한 사이 온몸은 땀으로 흠뻑 젖어 축 늘어졌다. 차단되었던 모든 감각을 하나둘 깨닫기 시작하자 이제야 현실감각이 돌아오는 것 같았다.

'얼마나 온 거지? 나는 이곳을 빠져나갈 수나 있을까? 대체 내가 무슨 생각으로 여기까지……'

이시이 박사는 스스로에 대한 의심이 솟구쳤다. 당연하던 모든 것이 당연하게 생각되지 않았다. 어떻게 이런 미친 짓을 한 건지 이해가 되지 않았다. 혼란으로 가득한 마음 탓에 그의 두 다리가 멈춰 섰다. 차에서 내린 이후 처음으로 움직임을 멈추었다. 그 순간 지독한 고통이 다리 아래쪽에서 저릿저릿 올라왔다. 신체적 고통이 신경을 타고 올라오는 동시에 공포와 불안이 그의 뇌리를 감쌌다.

바로 그때였다. 이시이 박사는 어딘가에서 비춰오는 작은 불빛을 느꼈다. 희미한 불빛이지만 이미 몇 시간 동안 어둠 속을 누빈 이시이 박사의 눈동자가 그 빛을 놓칠 리 없었다. 박사는 빛을 향해 나아갔다.

그는 드디어 긴 여행이 일단락되었음을 감지했다. 그가 다가갈수록 불빛은 점점 밝아지다가 마침내 이시이 박사의 눈동자를 새하얗게 물들일 지경이 되었다.

"아으 아으으윽!"

밝은 빛 아래 고통의 비명을 지르는 여인이 있었다.

5

그곳은 깊은 동굴의 지하가 분명했다. 상상되지 않을 정도로 깊고도 깊은 동굴 안쪽에 불빛이 있었다. 몇 시간 동안 빛을 보지 못한 그의 두 눈은 동공을 밀고 들어오는 불빛으로 잠시 어지러웠다. 고요함만 듣고 있던 그의 두 귀 역시 고통의 비명에 먹먹해졌다.

박사의 눈앞에 홀처럼 널찍한 공간이 나타났다. 이 원형 공간의 사방에는 금빛으로 일렁이는 횃대가 있고, 그 위에서 여섯 개의 횃불이 사방을 밝혔다. 이시이 박사는 눈을 가늘게 뜨고 커다란 홀 앞을 바라보았다. 동굴 벽을 빙 두른 여섯 개의 횃대 아래에 커다란 구멍이 보였다. 그 구멍들 중 하나를 이시이 박사가 빠져나온 것이었다. 어쩌면 나머지 구멍들도 이시이 박사가 찾아 들어온 긴 터널처럼 상상할 수 없는 먼 곳에서 이곳 지하까지 이어지는 비밀 통로일지 모른다는 생각이 들었다.

수십, 수백, 수천 킬로미터의 지하. 이 공간은 축축한 웅덩이와 습기로 가득 차는 것이 당연한데도 오히려 횃불의 매캐한 연기도, 눅눅하고 축축한 수분도, 곰팡이나 잡균의 냄새도 느껴지지 않았다. 무엇보다 이시이 박사의 두 눈과 두 귀를 사로잡은 것은 이 원형의 공간 중앙에 놓인 눈이 부실 정도로 새하얀 침대, 아니 피로 물든 침대에 누워 있는 여인이었다.

동굴 중심에 놓인 거대한 침대의 헤드 부분에는 세밀하고 촘촘한 조각이 새겨져 있었다. 침대의 사방 끝에서 뻗어 올라간 네 기둥은 동굴 위쪽까지 닿아 있었다. 네 개의 기둥이 만든 캐노피에는 눈부시게 하얀 천이 아름답게 늘어져 있었다.

"아윽! 아으윽!"

침대 위에 누워 있는 것은 동화 속 공주가 아니었다. 그곳에 누워 있는 것은 입술을 깨물며 고통을 참고 있는 여인이었다. 기묘하게도 여인은 새하얀 일본 가면을 쓰고 있었다. 하얀 탈에는 짧은 눈썹과 길게 찢어진 눈, 그리고 작고 붉은 입술이 그려져 있었다. 가면은 기쁜지 슬픈지 애매했다. 무표정한 듯했다가 비웃음 가득한 미소가 번지는 것 같기도 했다. 고통스럽게 신음하는 여인의 얼굴에 가면이라니, 그 모습이 너무나 기묘했다. 네 기둥에서 늘어진 새하얀 망사 천이 한 겹 가리고 있는데도 여인의 검고 긴 머리가 출렁거리는 것이 보였다. 침대 아래까지 늘어진 머리카락은 여인의 발아래까지 닿을 것만 같았다. 그 칠흑같이 검은 머리가 여인의 신음에 맞춰 흔들렸다.

그녀의 머리카락 아래로는 붉디붉은 핏빛 옷감이 하체를 감싸고 있었다. 처음에 박사는 그녀의 몸을 감싸고 있는 것이 붉은 기모노라고 생각했다. 그녀가 누운 자리가 핏빛으로 물든 것도 그 때문이라고 생각했다. 하지만 빛에 점점 더 눈이 익어가자 박사는 침대를 물들인 붉은빛이 기모노 때문만은 아니라는 걸 알아챘다. 길고 검은 머리를 출렁이는 여인은 붉은 기모노를 모두 벗어 펼쳐놓은 상태였다. 그녀의 온몸에 이어진 붉은빛은 진짜 핏빛이었다. 칠흑같이 검은 머리카락을 드리운, 가면 쓴 여인이 몸을 흔들 때마다 그녀의 배가 보였다. 비정상적으로 부풀어 오른 배…… 이미 산달을 넘긴 임신부의 배였다.

새하얀 침대와 피부. 그 위에 어지럽게 헝클어져 있는 붉디붉은 핏빛 옷가지. 그 위에 점점이 새겨진 붉은 벚꽃의 잔무늬. 눈이 부신 흰빛과 심연에서 튀어나온 것처럼 깊은 검은빛. 이 모든 것이 이시이 박사의 눈동자 속으로 아프게 파고들었다.

낯선 여인에게 눈을 빼앗긴 박사는 시간이 흐르면서 천천히 주변을 인식했다. 그리고 곧 또 다른 여인을 확인했다. 그녀의 곁에는 새빨간 드레스를 걸친 붉은 여인이 무섭도록 하얀 얼굴로 서 있었다. 이곳까지 이시이 박사를 부른 붉은 여인이 틀림없었다.

"아흐으윽!"

길고 가는 신음 소리가 동굴 안에 울려 퍼질 때마다 희고, 검고, 붉은 것들이 출렁거리는 파도처럼 흔들렸다.

멍하니 침대를 바라보던 이시이 박사가 곧 정신을 차렸다. 그는 허겁지겁 침대를 향해 달렸다. 여인은 지금 지독한 산고를 치르는 게 분명했다. 끔찍한 고통 속에서 비명을 참고 있는 게 분명했다. 이시이 박사는 이 외로운 산모를 도와야 한다는 생각으로 검은 왕진 가방을 흔들며 침대 곁으로 달렸다.

그가 산모를 향해 다가가는데 갑자기 검은 그림자가 그의 앞을 막아섰다. 박사는 깜짝 놀라 그 자리에 멈춰 섰다. 어느새 다가온 것일까? 이시이 박사의 눈앞에 고요한 눈빛으로 바라보는 축축한 붉은 눈동자가 있었다. 새하얀 침대 곁에 고요히 기둥처럼 서 있던 붉은 여인이었다. 머리끝부터 발끝까지 온통 붉은빛으로 휘감은 여인이 박사의 앞을 막아섰다. 속이 다 비칠 듯 하늘하늘한 붉은 천으로 온몸을 감싸고 피 냄새를 풍기는 그 여인은 이시이 박사를 찾아왔던 무섭도록 아름다운 여인이었다.

새빨간 입술을 가지런히 모은 여인은 지독히도 슬퍼 보였다. 그녀의 두 눈에 어린 슬픔만큼이나 분노와 괴로움도 커 보였다. 이시이 박사를 막아서는 그녀의 표정은 기묘했다. 마치 죽음을 기다리는 시커먼 저승사자 같은…… 죽음의 상징, 그 자체처럼 느껴졌다.

이시이 박사는 산모를 돕는 것이 자신의 일이라고 생각했지만, 그건 오산인 듯했다. 붉은 여인은 고개를 흔들며 박사가 여인에게 다가가는 것을 막았다. 이시이 박사는 자신도 모르게 아랫도리가 후들거렸다. 그녀의 붉은 눈이 박사의 모든 것을 빨아들일 것만 같았다.

길이 막힌 이시이 박사는 침대 위의 여인을 그저 바라볼 수밖에 없었다. 여인이 쓴 둥근 일본 가면은 짧고 동그란 까만 눈썹에 가늘고 애교스러운 반달 눈동자가 살짝 웃음 짓고 있었다. 눈 아래에는 붉디붉은 입술이 있었다. 동그랗게 오므린 입술이 어찌 보면 수줍은 듯, 어찌 보면 깔보는 듯, 어찌 보면 비웃는 듯했다. 새하얀 가면 아래에는 고통과 괴로움에 신음하는 여인이 있었다. 온몸을 뒤틀며 괴로워하는 그 모습은 그녀가 쓰고 있는 흰 가면과 완전히 모순되었다.

"아악!"

갑자기 하얀 망사 저편에서 붉은 기모노의 여인이 펄쩍 몸을 일으켰다. 입술을 깨물며 비명을 참던 여인의 입에서 결국 고통의 비명이 터져 나왔다. 소리를 질러대는 임신부는 고통과 긴장 속에 온몸의 핏줄이 곤두서 있었다.

이시이 박사의 눈앞에 있는 건 분명 아이를 낳는 장면이었다. 그러나 축복의 순간에 대한 경이로움이 아닌 끔찍한 두려움이 사위를 감싸고 있었다. 이시이 박사는 온몸에 소름이 돋는 것을 느껴야 했다. 여인은 박사가 수십 번이나 드나든 응급실이나 분만실에서의 비명 소리와 차원이 다른 소리를 질러댔다.

"아흐윽!"

허리가 끊어질 듯한 통증이 다시 찾아왔는지 여인은 또다시 소리를 지르며 고개를 치켜들었다. 그녀가 상체를 들어올리면서 요동치자 여인의 배를 가리고 있던 붉은 기모노 자락이 스르르 아래쪽으로 흘러내렸다. 붉은 기모노가 사라지면서 맨살이 드러났다. 이시이 박사는 터질 듯 커다란 만삭의 배를 똑똑히 볼 수 있었다. 그녀의 배를 보는 순간 박사는 새하얀 침대 위에서 산고를 겪는 붉은 기모노의 여인이 보통 여인들의 출산과 완전히 다른 과정을 겪고 있음을 알아챘다.

"아흐윽!"

새하얀 가면을 쓴 여인은 다시 한 번 고통의 비명을 질러댔다. 그리고 비명을 질러댈 때마다 그녀의 배에는 한 가지 변화가 생졌다.

'믿을 수 있을까? 이 모습을 정말 믿어도 되는 것일까?'

이시이 박사는 도저히 믿기지 않는 눈앞의 광경에 식은땀이 주르륵 흘러내렸다.

그녀의 배가 꿈틀거릴 때마다 붉은 기모노의 여인은 소리치고 있었다. 그것은 정상적으로 태어나기 위해 배를 차고 몸을 움직이는 배 속 아기의 행동이 아니었다. 임신 말기가 되면 배 속 아이의 발길질로 인해 모태의 배에 자국이 남는 것은 그리 신기한 일도 아니었다. 그러나 지금 눈앞의 광경은 그런 일반적인 상황이 아니었다. 발악하는 여인의 터질 듯한 배, 온 핏줄이 시퍼렇게 보랏빛으로 펄떡펄떡 일어선 배는 정말로 얇은 종잇장 같았다. 그리고 놀랍게도 배 속에서 발길질하는 아이의 발가락이 그녀의 얇디얇은 살갗을 뚫을 듯이 높이 치켜 올라왔다.

"으허억!"

이시이 박사는 더럭 겁이 날 정도로 치켜 올라오는 팽팽한 산모의 배를 보면서 자신도 모르게 신음을 토했다. 아이가 배 속에서 맹렬히 요동치고 있는데도 자궁이 열리지 않는 것이 분명했다. 배 속의 아이는 밖으로 튀어나오려 발광하고 있었다. 저대로 두면 모체는 '배가 터져서' 죽을지도 모른다는 생각이 들 정도로 끔찍한 모습이었다.

"아, 안 돼!"

이시이 박사는 붉은 기모노의 여인을 내버려둘 수 없었다. 이

대로라면 모체와 태아 모두 사망할 것이다.

"제게 도구들이 있습니다. 여기 마취제와 수술 도구로 조치를……."

"기다려라. 아직 네가 할 일은 없다."

이시이 박사는 검은 왕진 가방을 내밀었지만 붉은 여인은 허락하지 않았다. 이시이 박사는 속이 탔다. 간단한 의료 기구로라도 어떻게든 가면 쓴 여인을 도와야 한다는 생각이 들었다. 눈앞의 절박한 상황을 두고 볼 수는 없었다. 하지만 붉은 여인의 낮고 차가운 음성이 그를 막았다. 무서울 정도로 아름다운 붉은 여인의 목소리는 섬뜩한 짐승의 소리보다 더 무시무시했다.

"모든 것이 끝나면 그녀의 몸에 남는 커다란 상처를 지워라. 그것이 네가 할 일이다."

이시이 박사는 마른침을 삼키기도 어려웠다. 붉은 여인의 말은 작고 낮지만 너무나도 또렷하게 박사의 귀에 꽂혔다. 이 짧은 말을 마치고 붉은 여인은 다시 침대의 여인에게 다가갔다. 길고 검은 머리카락을 흔들며 고통에 몸부림치는 산모의 배가 점점 부풀어 올랐다. 거대한 배가 금방이라도 빵 하고 터질 것만 같았다.

박사는 이 모든 고통을 고스란히 인내하는 산모의 통증을 상상할 수도 없었다. 미칠 것 같은 고함 소리가 동굴 안을 메웠다. 고통스러운 여인을 바라봐야만 하는 박사도 끔찍한 괴로움을 느꼈다. 차가운 얼굴로 만삭의 여인을 내려다보는 붉은 여인 역시 고통스러워 보이기는 마찬가지였다.

"아으으윽!"

고통을 참으려 애를 썼지만 산모의 입가에서는 연신 신음이 흘러나왔다. 그녀의 둥근 배가 꿈틀거렸다. 그 둥근 배 저편으로 꿈틀거리는 손가락이 이시이 박사의 눈에 들어왔다. 산처럼 솟은 배 안에서 바깥으로 빠져나오기 위해 안간힘을 쓰는 어린 생명이 어미의 배를 긁어대는 손동작이 그대로 보였다. 그것은 마치 풍선을 사이에 두고 손가락을 세워서 긁어대는 모습 같았다.

"으으…… 으아악!"

이시이 박사는 그 끔찍한 모습에 두 귀를 막고 자리에 엎어졌다. 해산의 고통을 상상하는 것만으로도 견딜 수가 없었다. 뱃가죽 안에서 어미의 배를 긁어대는 어린 생명과, 그 고통을 그대로 받고 있는 산모의 모습을 이시이 박사는 더 견딜 수가 없었다. 그는 덜덜 떨리는 손으로 검은 가방을 열었다. 가방 입구를 봉해놓은 걸쇠를 열자 환자에게 사용할 수 있는 의료 기구들이 나왔다.

"약, 약이 있을 거야. 우선 마취…… 마취를…….."

이시이 박사는 벌벌 떨리는 두 손으로 가방을 헤쳤다. 저 끔찍한 고통을 멈추게 해주고 싶다는 생각뿐이었다. 머릿속이 정말 하얗게 변해버린 것만 같았다. 도저히 가늠할 수도 없는 고통 속에서 울부짖는 여인의 비명 소리를 감당할 수가 없었다.

"꺄아아악!"

그가 막 약병 하나를 찾아 손에 들 때였다. 결국 고통을 참지 못한 산모의 높은 음성이 동굴 안을 휘감았다. 이시이 박사는 천천히 고개를 들었다. 검은 가방 속을 내려다보던 그의 시선이 홀 중앙에 놓인 침대 위로 올라갔다.

"꺄아아악!"

이제는 더 이상 입술을 깨물 수도 없는지 지독하게도 고통스러운 여인의 비명 소리가 가면 저편에서 울려 퍼지고 있었다. 얼마나 고통이 심했는지 감전된 개구리처럼 여인의 몸이 침대 위로 튕겨지듯 펄떡 일어섰다.

데구르!

그 순간 붉은 기모노 여인의 얼굴에서 새하얀 가면이 벗겨지더니 바닥으로 굴러떨어졌다. 하얀 가면에 가려져 있던 산모의 얼굴이 드러났다.

"허어억!"

침대 위 산모의 얼굴을 바라보던 이시이 박사는 낮게 신음했다.

'이럴 수가…… 내가 뭘 잘못 보고 있는 건가?'

그는 자신의 눈이 바라본 것이 진실인지 확신할 수가 없었다.

가면 너머의 얼굴……. 그것은 길고 빛나고 풍성한 검은 머릿결을 보면서 상상할 법한 아름다운 젊은 여인의 얼굴이었다. 아, 그러나 다시 정신을 차리고 보면 그것은 쭈글쭈글 주름진 늙은 노파의 얼굴이었다. 잠시 후 다시 쳐다보면 얼굴에 붉은 흉터가 가득한 여인의 얼굴이었다.

이시이 박사는 눈이 휘둥그레지고 아래턱이 빠질 지경이었다. 한 사람의 몸, 한 사람의 사지였지만 그녀의 얼굴은 하나가 아니었다. 그녀가 몸을 비틀고 움직이고 들썩거릴 때마다 얼굴이 달라졌다. 주름 가득한 노파의 모습에서 형용할 수 없이 아름다운 여인의 얼굴로, 평범한 여인의 얼굴로, 그러다 화상을 입고 일그러진 여인의 얼굴로 시시각각 변했다!

"꺄아아아!"

만삭의 여인이 고통의 비명을 지르며 침대 위로 솟아올랐다. 그녀의 상체가 휘청이듯 위로 튕겼다가 다시 아래로 내려가는 순간 터질 것만 같은 그녀의 배에 어떤 변화가 생겼다. 둥근 배 한쪽으로 무언가가 비죽 나와 있었다. 거대한 핏덩이처럼 보이는 그것이 꿈틀 움직였다. 그리고 허공을 향해 솟아올랐다. 다섯 개의 가늘고 길쭉한 무언가가 꿈틀거렸다. 그것은 피투성이의 손가락이었다. 어미의 배를 가르고 나온 다섯 개의 손가락이 허공을 휘젓고 있었다.

"안 돼!"

그 끔찍한 모습을 보자 이시이 박사는 그대로 바닥에 엎드렸다. 어머니의 배를 찢고 나온 아이와 두 눈을 뜬 채로 이 끔찍한 고통을 고스란히 당하는 산모 앞에서 그는 형용할 수 없는 공포를 느꼈다.

머리끝부터 발끝까지 붉은 드레스를 입은 아름다운 여인은 고통의 절정을 맛보는 가엾은 산모 곁에서 그녀의 기다란 머리카락을 쓰다듬었다. 가늠할 수 없는 끔찍한 괴로움 속에서 마지막으로 허덕이는 가엾은 산모의 피투성이 몸 위로 기다란 검은 머리카락이 흩어졌다. 붉은 여인은 산모의 머리카락을 매만졌다. 그것이 그녀가 해줄 수 있는 유일한 위로인 것처럼.

　이미 생명을 다한 것 같은 산모의 몸이 간헐적으로 뒤틀렸다. 차라리 빨리 모든 것이 끝나면 좋으련만 고통은 쉽게 여인을 놓아주지 않았다. 피에 젖은 붉은 기모노 위에서 산모의 몸이 꿈틀거렸다. 그녀의 배 속에서 어린 생명이 모친의 몸을 휘저을 때마다 모체는 고통 속에 괴로워했다. 두려움과 공포가 온몸을 휩쓸었지만 이시이 박사는 그 모든 광경을 바라보았다. 그것이 박사가 할 수 있는 유일한 헌사인 것처럼.

　막바지의 고통을 겪으면서 산모의 움직임은 점점 잦아들었다. 그녀의 배가 갈기갈기 찢기더니 마침내 작은 생명이 두 손발을 허공에 뻗으며 바깥세상으로 나왔다. 아이는…… 어머니의 배를 가르고 마침내 '스스로' 태어났다.

　이시이 박사는 두 눈으로 모든 과정을 똑똑히 지켜보았는데도 이 모든 것을 감히 현실로 받아들일 수가 없었다. 대체 이 말도 안 되는 해산 과정을 그 누가 믿을 수 있단 말인가! 이시이 박사는 두 눈을 비벼보았다. 모든 것이 꿈이길 간절히 바라면서. 그러나 너무나도 생생한 감각, 생생한 느낌만 되돌아왔다. 아아, 이 처절한 과정은 전부 현실이었다!

　드디어 모진 산고를 마친 산모는 새하얀 침대 위로 쓰러졌다. 배를 찢고 나온 신생아만 핏덩이 속에서 허우적거릴 뿐, 어떤 움직임도 없었다. 이제야 그녀는 그 끔찍한 산고로부터 겨우 해방되고 죽음이라는 선물을 받은 것이다. 붉은 여인은 움직임을 멈춘 가엾은 산모의 긴 머리카락을 매만졌다. 무섭도록 아름답고 또 붉은 저 여인은 울고 있을지도 몰랐다. 산모의 검은 머리카락을 한 올 한 올 매만지는 여인은 지독한 슬픔에 빠져 있었다. 그녀는 가면이 벗겨진 산모의 맨 얼굴을 한참 동안 바라보더니 그녀의 이마에 오래도록 입을 맞추었다. 그런 모든 움직임이 한없이 처연하고 몹시도 구슬펐다.

완전히 움직임을 멈춘 산모를 한없이 바라보던 붉은 여인은 새하얀 침대 곁에 있는 커다란 라탄 바구니를 들어올렸다. 라탄 바구니에는 하얀 무명천이 들어 있었다. 붉은 여인은 어미의 배를 찢고 나온 신생아를 안아 올렸다. 새하얀 무명천 안에서 꿈틀거리는 작은 생명이 눈에 들어왔다. 여인은 어린 생명을 천으로 감싼 뒤 바구니 안에 조심스럽게 눕혔다. 그 모든 동작이 주의 깊고 세심했다. 슬로비디오를 보는 것처럼 동작 하나하나가 신중했다.

여인은 죽은 산모의 머리맡에 아기 바구니를 살며시 놓았다. 그리고 산모가 떨어뜨린 새하얀 일본 가면을 아기 바구니 속에 넣었다. 이 모든 과정이 끝나자 붉은 여인이 이시이 박사 쪽으로 고개를 돌렸다. 금방이라도 붉은 핏물이 떨어질 것 같은 촉촉한 눈이 박사를 바라보았다.

"살아 있던 그 모습대로 만들어다오. 가장 아름다운 모습으로 그녀를 눕혀다오."

순간 이시이 박사는 온몸이 차갑게 얼어버리는 것 같았다. 이제야 붉은 여인이 자신을 이곳까지 데려온 까닭을 알 것 같았다.

애초부터 붉은 여인은 산모를 살리기 위해 박사를 찾아온 것이 아니었다. 그녀는 이 모든 죽음의 과정을 인지하고 그 마지막을 정리하기 위해 박사를 이곳으로 초대한 것이었다. 이시이 박사는 꿇었던 무릎을 세웠다. 선택의 여지는 없었다. 그는 최선을 다해 붉은 여인이 원하는 바를 들어주어야 했다. 그것이 바로 절박한 현실임을 직시했다.

박사는 힘겨운 발걸음을 옮겼다. 겨우 몇 걸음 앞의 침대가 한없이 멀게만 느껴졌다. 마침내 그의 눈 아래 붉은 기모노를 깔고 누운 산모의 모습이 똑똑히 들어왔다. 엉망으로 찢어진 그녀의 몸을 바라보기가 너무나 힘겨웠다. 이시이 박사는 용기를 짜내어 죽은 산모의 얼굴을 바라보았다. 달랐다. 그의 눈에 죽은 산모의 모습이 다르게 보였다. 조금 전까지만 해도 여러 개의 얼굴로 흔들리던 기모노 여인의 얼굴이 마술처럼 단 하나의 얼굴로 바뀌어 있었다. 늙은 얼굴, 젊은 얼굴, 화상을 입은 얼굴 등 여러 개의 얼굴로 변하던 그 모습이 이제는 눈부시게 아름다운 여인의 얼굴로 바뀌어 있었다. 죽음으로 인해 그녀의 얼굴이 평화를 찾은 것 같았다. 터질 것 같았던 산모의 배도, 변화무쌍하던 얼굴도 이제 더 이상 죽음을 맞이한 여인을 괴롭히지 못했다. 어쩐지 이 산모에게 죽음은 축복일지도 모른다는 생각이 들었다.

하얀 캐노피에 가려져 보이지 않았던 길고 좁은 선반이 눈에 들어왔다. 그 안에는 낯익은 은빛 도구들이 질서 정연하게 놓여 있었다. 너무나도 눈에 익은 핀셋과 메스, 각종 굵기와 호수의 견사細紗, 혈관 봉합침, 결찰용 도구들이었다. 마른침을 삼킨 이시이 박사는 그녀의 배 위에 드러난 기관들을 조심스럽게 제자리에 담았다. 그리고 익숙한 은빛 도구 하나를 들어올렸다. 그는 기모노 여인의 찢어진 몸을 봉합하기 시작했다. 눈앞에 있는 산모의 몸은 외부로부터 강한 충격을 받고 찢어진 장파열의 모습과 유사했다. 대부분의 장 조직은 태아가 요동칠 때부터 치명상을 입었는지 하얗게 괴사했고, 복벽은 찢어진 걸레처럼 볼품없었다.

이시이 박사의 얼굴을 따라 진득한 땀이 흘렀다. 그러나 박사의 두 손은 한시도 쉬지 않고 움직였다. 시간은 느릿느릿 지나갔다. 이시이 박사 혼자서 갈가리 찢어진 조직을 한 조각, 한 조각 제자리에 맞추기는 매우 어려운 일이었다. 그럼에도 끈기 있게 집중했다. 어쩐지 이 조각을 모두 맞추고 나면 죽은 산모가 다시 살아날지도 모른다는, 말도 안 되는 생각까지 들었다. 때문에 한 조각도 허투루 다룰 수가 없었다. 온몸이 땀으로 범벅될 때까지 그는 두 손을 놓지 않았다.

타악!

마침내 마지막 견사가 끊어지자 이시이 박사는 안도의 한숨을 내쉬었다. 의대에 들어와 햇병아리 시절부터 질기게 해온 봉합이었다. 별거 아니라고 생각했던 봉합 수술이 이렇게나 힘들게 느껴진 적은 없었다. 마치 마술과도 같은 실력이라며 칭송받던 그에게도 이번만큼은 끔찍하게도 어려운 봉합술이었다.

이시이 박사는 흰 타월에 알코올을 묻힌 다음 자신이 온 정성

을 다해 꿰맨 기모노 여인의 피투성이 배를 닦아냈다. 봉합 부위
는 어쩔 수 없이 표시가 났지만 그것은 지금 그가 할 수 있는, 아
니 전 세계 모든 의사가 할 수 있는 최선일 거라고 자부했다.

얼룩진 핏물을 모두 닦아내자 반듯하게 누운 산모가 어쩐지 죽
은 사람 같지 않았다. 이시이 박사는 여인의 등 아래 깔린 붉은 기
모노에 산모의 두 팔을 밀어 넣고 허리끈까지 꼼꼼하게 둘렀다.
그런 다음 산모의 흰 손을 가슴 위에 가지런히 올려놓았다. 헝클
어진 버선도 꼼꼼하게 신기고 어디 하나 흐트러짐 없는 모습으로
만들어놓았다. 그는 산고 속에서도 마지막까지 생명을 탄생시킨
여인의 모습에 애처로움과 함께 고귀한 기품을 느꼈다.

두 손을 가슴 위에 가지런히 모은 붉은 기모노의 여인은 좀처
럼 죽은 사람의 모습이라고 생각되지 않았다. 가지런히 감은 길
고 검은 속눈썹이 금방이라도 꿈틀 움직이면서 까만 눈동자가 이
시이 박사를 쳐다볼 것만 같은 기분이 들었다.

그는 모든 에너지가 완전히 소진되어버린 것을 느꼈다. 가늠도
되지 않는 오랜 시간 동안 수술을 한 것 같았다. 이시이 박사는 풀
썩 무릎을 꿇었다. 그는 모든 능력과 노력을 짜내어 최선을 다했
다. 기나긴 수술을 감당한 것처럼 온몸의 진이 빠지고 맥이 풀렸
다. 그는 가지런히 드러누운 시체 곁에 무너지듯 쓰러졌다.

무릎을 꿇은 그의 눈앞에 붉은 기모노를 단정히 입은 젊은 여
인이 누워 있었다. 두 손을 가슴에 가지런히 올려놓은 여인은 흑
단처럼 검은 머리카락을 침대 아래까지 길게 늘어뜨린 채 잠자듯

눈을 감고 있었다. 박사는 그 얼굴을 멍하니 바라보았다. 가물가물한 눈동자 속에 여인의 모습이 어릿어릿 비쳤다. 기운이 다 빠져나가면서 필사적으로 붙잡고 있던 정신력도 다한 것 같았다.

'아 참, 아이는…….'

천천히 끔뻑이는 눈 사이로 라탄 바구니가 눈에 들어왔다. 순간, 죽은 여인을 돌보느라 신생아를 잊고 있었다는 걸 깨달았다. 엄마의 배를 찢고 나온 신생아 역시 고통이 없지 않았을 것이다. 죽은 산모도 그랬을 테지만 아이 역시 태어나는 순간부터 끔찍한 괴로움과 고통을 겪었을 것이다.

'그러고 보니 왜 이렇게 조용한 거지? 왜 울음소리가 들리지 않는 거지?'

모친이 죽음의 고통 속에서 탄생시킨 어린 생명이 위험에 처해 있을지 모른다는 생각이 불현듯 이시이 박사의 뇌리를 스쳤다. 그는 가물거리는 정신을 다잡고 힘겹게 일어섰다. 그리고 비틀거리는 걸음걸이로 죽은 산모의 머리맡으로 걸어갔다. 그제야 이시이 박사는 머리끝부터 발끝까지 새빨간 여인이 쥐 죽은 듯한 고요함 속에서 자신의 처치를 바라보고 있었음을 깨달았다. 시체의 뒤처리에 집중하느라 몰랐을 뿐, 붉은 여인은 이시이 박사가 시신을 봉합하는 내내 산모를 바라보고 있었다. 마치 숨도 쉬지 않는 것처럼 아무런 미동도 없이 죽음이 닥친 가엾은 산모의 모습을 고요히 지켜보고 있었다.

이시이 박사는 갑자기 온몸에 한기가 들었다. 그가 조금이라도 실수를 했다거나 조금이라도 처치에 소홀했다면 끔찍한 대가를 치를지도 모른다는 생각이 들었다. 하지만 그는 최선을 다했고, 붉은 여인도 그걸 알 거라고 생각했다.

이시이 박사는 조심스럽게 아기 바구니를 들여다보았다. 아기의 울음소리가 전혀 나지 않은 것이 이시이 박사를 안타깝게 했다. 왜 그 사실을 이렇게 뒤늦게야 알아챘을까. 박사는 어지러운 몸을 간신히 다잡으며 라탄 바구니를 들여다보았다.

그리고 박사의 얼굴이 파랗게 변했다. 바구니 속에는 아기가 있었다. 그랬다, 분명 아기가 있었다. 그의 걱정과 달리 아기는 죽지 않았다. 그런데…… 박사는 이해되지 않았다. 무명천에 감싸인 신생아의 뒷모습인데…… 작은 아기의 등인데…… 이상했다. 목을 가눌 수 없는 신생아가 바구니 안에 꼿꼿이 '앉아' 있었다.

말도 안 되는 일이었다. 신생아는 최소한 보름이 지나야 고개를 들 수 있고 7개월이 지나야 허리를 세울 수 있다. 그런데 태어나자마자 허리를 세우고 목을 꼿꼿이 가누다니, 도저히 믿을 수 없는 일이었다. 그뿐만이 아니었다. 모체의 배 속에서 자랐을 검은 머리카락이 놀라울 정도로 길었다. 신생아라고는 믿을 수 없을 정도로 길게 뻗은 검은 머리카락이 어깨 아래까지 찰랑거렸다. 참 기이하고 이상한 일이었다.

"아가야……. 아가야……."

이시이 박사는 멍하니 아기를 불러보았다. 그러자 허리를 꼿꼿이 세운 어린 생명이 박사 쪽으로 천천히 고개를 돌렸다. 모태의 배를 찢고 태어난 가엾은 생명이 이시이 박사를 바라보았다. 그 얼굴을 바라보는 순간 이시이 박사는 숨이 멎을 것 같았다. 숨을 들이마시려고 애를 써보았지만 공기가 들어오지 않았다.

"너는…… 너…… 는…….."

이시이 박사는 뭐라고 말하려 했지만 한마디도 입 밖으로 나오지 않았다. 부족한 공기가 그의 입을 막아버렸다. 어깨까지 찰랑이는 까만 머리카락을 박사 쪽으로 돌린 아이는…… 아이지만 아이가 아니었다. 신생아처럼 작고 붉은 얼굴이었지만, 그 얼굴에 다른 사람이 있었다. 아기의 얼굴에 나타난 또 다른 얼굴은 방금 전에 눈을 감은 산모의 얼굴이었다.

박사가 기겁하며 눈을 홉뜨자 그 얼굴은 도로 갓난아기로 변했다. 하지만 잠시 뒤에는 다시 주름 가득한 노파로 변했다. 박사가 다시 눈을 감았다가 뜨자 얼굴에 화상 흉터가 가득한 징그러운 여인의 모습으로 변했다. 시시각각 바뀌는 괴상망측한 얼굴이 죽은 어머니 대신 갓 태어난 어린아이의 얼굴 속으로 들어간 것이었다.

"끄으으……."

이시이 박사는 숨이 막혔다. 끔찍하고 놀라운 순간, 그는 숨을 쉬는 방법조차 잊어버렸다. 충격에 휩싸여 숨 쉬는 방법까지 잊어버렸다. 이시이 박사를 바라보던 작은 신생아의 두 손이 얼굴을 가렸다. 신생아의 두 손에 하얀 가면이 들려 있었다. 마지막 순간까지 죽은 산모의 얼굴을 덮고 있던 그 일본 가면을 아기의 작은 손이 자신의 얼굴로 가져갔다. 새하얀 가면 저편에서 까만 눈동자가 깜빡거렸다. 이시이 박사는 숨이 막혔다. 그는 가슴을 붙잡고 그 자리에 쓰러졌다.

"박사. 그대에게 진 빚을 잊지 않겠다."

누구의 것인지 모를 음성이 이시이 박사의 두 귀로 들어왔다. 의식을 잃어가는 동안 그의 정신은 그것이 아기의 목소리라고 생각했다. 작고 여린 목소리, 찢어질 듯 가녀린 목소리였다. 아주 여리고 가는 음성을 무리하게 내는 듯한 목소리였다. 울음을 터뜨려야 하는 신생아가 목을 쥐어짜며 어른의 말을 흉내 내는 것만 같았다.

이시이 박사는 고개를 들어 그 음성의 주인을 확인하고 싶었다. 하지만 그는 더 이상 손가락 하나 꼼짝할 수 없었다. 간신히 잡고 있던 마지막 이성의 줄이 팽팽히 늘어나더니 마침내 뚝 하고 끊어져버렸다. 간신히 잡고 있던 정신의 마지막 한 줄을 놓아버린 순간, 이시이 박사는 완전한 암흑 속으로 빠져들었다.

6

소리가 들렸다.

부우웅.

덜커덩, 덜컹.

무언가가 크게 흔들리면서 이시이 박사의 머리가 허공으로 솟았다가 다시 바닥으로 떨어졌다. 그의 얼굴로 푹신한 가죽 냄새가 훅 풍기는 순간, 그는 번쩍 눈을 떴다. 박사는 벌떡 일어나 사방을 살폈다. 부드러운 가죽 좌석, 흔들리는 차창, 획획 뒤쪽으로 지나가는 풍경……. 익숙한 실내였다.

"어이쿠! 병원장님, 이제 정신이 드셨어요? 괜찮으십니까?"

낯익은 남자의 목소리도 들렸다. 순간 이시이 박사는 감전된 사람처럼 온몸을 떨었다. 이곳은 깊은 동굴이 아니었다. 낯익은 이곳은 그의 차 안이었다.

'어찌 된 일일까?'

그는 운전기사가 몰고 있는 출퇴근용 검은 세단에 타고 있었다. 동시에 눈을 감기 전까지의 끔찍하고 무서웠던 일들도 모두 생생하게 떠올랐다.

"병원장님, 아무래도 진찰을 받아보시는 게 좋겠습니다. 제가 아까 얼마나 놀랐는지 아십니까?"

어찌 된 영문인지 이시이 박사의 귓가에 운전기사의 한숨 섞인 목소리가 들려왔다.

"대체…… 뭐가 어찌 된 건가? 내가 왜 여기에 있는 거지?"

"아까 산으로 뛰어가신 건 기억하시죠? 정말 깜짝 놀랐습니다. 병원장님께서 도로 병원으로 가라고 하셨지만, 돌아가야 하는 건지 어째야 하는 건지 고민하다가 병원장님을 쫓아가봤습니다. 그랬더니 글쎄, 산 입구에 쓰러져 계시지 뭡니까. 아휴, 정말 큰일 나는 줄 알았습니다."

"산…… 입구?"

이시이 박사는 천천히 고개를 흔들었다. 말이 되지 않았다. 산 입구라니. 몇 시간이나 끝없이 산을 타고 다시 몇 시간 동안 지하 동굴로 들어갔는데, 산 입구에 쓰러져 있었다니 도저히 이해되지 않았다.

시간은 흐르고 흘러 다시 낮이 되어 있었다. 하루가 지난 걸까? 아니면 이틀? 아니면…… 그는 대체 얼마 동안 기절해 있었던 걸까?

"날 찾느라 수고했겠군. 그런데…… 그게 며칠 전 일인가?"

"네에?"

타이어가 끼익 하고 바닥에 긁히는 소리를 내며 갑자기 차가 멈춰 섰다. 한가한 시골길이라 다른 차가 없어서 다행이었다. 운전기사의 놀란 눈이 백미러에 비쳤다.

"세상에, 며칠 전이라뇨! 병원장님이 아까 저를 길에 두고 떠나신 지 한 시간 30분쯤 지났습니다."

"뭐, 뭐라고?"

이시이 박사는 놀라서 신음 소리를 내고 말았다. 차창 밖을 내다보아도 하늘은 맑고 여전히 푸르렀다. 하지만 이해되지 않았다.

몇 시간 동안 걷고, 또 몇 시간 동안 동굴을 통과했다. 그리고…… 기나긴 해산 과정을 지켜보았다. 게다가 정밀한 봉합 수술까지 마쳤다. 그런데…… 한 시간 반이 지났다? 이시이 박사의 얼굴이 하얗게 변했다. 스스로에 대한 의구심이 솟아났다. 혹시 자신이 정신장애를 보이고 있는 것은 아닌지 의심스러웠다.

그가 보았던 모든 것이 사실인지 환상인지 헷갈렸다. 지난 새벽, 사무실에서 본 붉은 옷의 여인부터 그가 다녀온 낡은 건물과 그 안에서 본 그림까지 모두 착각일지 모른다. 당연히 산속을 헤맨 것도, 배를 찢고 나온 신생아와 붉은 기모노를 입은 흑단 같은 머릿결의 산모도 그의 머릿속에서 만들어낸 환상일지 몰랐다. 이시이 박사의 입술이 파랗게 물들었다.

"박사님, 좀 쉬시는 게 어떨까요? 댁으로 모실까요?"

"아, 아니…… 이대로 아내의 병실로…… 병실로 가야겠어."

이시이 박사는 두려웠다. 형언할 수 없는 두려움이 솟구치며 그 모든 것을 받아줄 사람이 절실히 필요했다. 아내…… 아내는 그에게 필요한 사람이었다. 병원장을 맡고 출세 가도를 달리며 잠시 잊고 있었지만 그녀는 그의 인생을 통틀어 가장 소중한 존재였다. 자신에 대한 의심으로 두려운 이 순간, 그녀만이 자신의 부족함과 상처를 온전히 받아줄 수 있다는 걸 절감했다. 그의 본능은 누구보다도 그 사실을 잘 알고 있었다. 그래서 이런 말도 안 되는 상상을 만들어낸 것일지 모른다. 위태롭고 위험한 존재를 통해 아내를 살릴 방법을 찾으려는 그의 뇌가 만들어낸 거짓말…….

'제발…….'

그는 두 손을 맞잡고 자신의 이마에 얹었다. 세상의 모든 신에게 빌고 싶었다.

'신이 있다면 제발 아내를 내 곁에서 빼앗아가지 말아줘요, 제발…….'

이시이 박사의 두 눈에서 뜨거운 눈물이 흘렀다.

이시이 박사는 평소처럼 다른 사람들의 눈에 잘 띄지 않는 곳에서 차를 내려 아내의 병실로 향했다. 차에서 내려 걸어갈 때에야 사방이 캄캄해졌다는 걸 깨달았다. 하루 종일 병원장으로서의 모든 업무를 내팽개치고 낯선 곳을 헤맸던 것이다.

"병원장님, 조심하십시오! 아무래도 푹 쉬시는 게……."

그의 뒤로 운전기사의 걱정 어린 목소리가 들렸지만 이시이 박사는 고개를 돌리고 '고맙네'라고 말할 힘조차 남아 있지 않았다.

'내일은 도쿄의대 병원장, 국회의원과 회동이 있는데…….'

아내의 병실로 가는 동안 습관적으로 내일의 스케줄이 그의 머리를 스쳐 지나갔다. 동시에 그가 봉합 수술을 한 붉은 기모노의 여인이 가지런히 두 손을 포개고 누운 모습이 스쳐갔다. 잊고 싶었지만 잊히지 않았다.

'오늘은 여기서 자야겠어.'

이시이 박사는 코트 깃을 세우고 고개를 숙인 채 걸었다. 아내의 병실은 가장 위층에 있는 특실이었다. 박사는 전용 엘리베이터에 올라탔다. 특실 전용 엘리베이터는 병원 지하부터 아내의 병실까지 쉼 없이 올라갔다. 누구와도 마주치지 않고 아내를 만날 수 있다는 것이 지금의 박사에게는 매우 중대한 일로 여겨졌다.

어두워지면서 병원 복도는 낮보다 조도를 한 톤 낮추었다. 이시이 박사는 아내의 병실로 향하는 동안에도 고개를 들지 않았다. 복도 끝에서 대기 중인 간호사들도 이시이 박사를 보았지만, 그의 어두운 얼굴 때문인지 아는 체하지 않았다.

이시이 박사는 지친 발걸음을 끌고 병실 문을 열었다. 노란색 주광등 불빛만 은은하게 비추고 있는 아내의 병실이었다. 연한 커피색 소파를 지나 안쪽에 아내의 침대가 눈에 들어왔다. 침대 옆의 작은 전등만 켠 채 아내는 책을 읽고 있었다. 아내는 아픈 사람이라고 믿기지 않을 정도로 침착하고 담담해 보였다. 그래서인지 그녀의 옆모습이 더욱 아름다웠다.

"당신이군요."

손에 든 책을 스르르 내려놓으며 박사에게로 눈길을 돌리는 아내를 보는 순간, 박사는 자신의 가슴을 콱 막고 있던 돌덩이가 떨어져나가는 느낌을 받았다.

"여보, 여보……."

박사는 어린아이처럼 아내의 다리 아래에 얼굴을 파묻었다. 그녀가 덮고 있는 하얀 침구 위로 보이지 않게 뜨거운 눈물을 흘렸다. 오늘 하루 동안의 모든 일이 이제야 실감이 났다. 현실이든 환각이든, 그것은 공포 그 자체였다. 박사의 두 손이 떨리고, 심장이 요동쳤다. 공포를 앞에 두고서도 두려움을 제대로 드러내지 못했던 온몸이 이제야 반응하기 시작했다.

그러고 보니 그랬다. 그래, 언제나 그랬다. 이시이 박사가 인간적인 얼굴을 하는 건 언제나 아내 앞에서였다. 옛날부터 지금까지 그가 온전한 얼굴을 내보일 수 있는 사람은 아내뿐이었다. 바깥으로 한 발만 나가면 바늘로 찔러도 피 한 방울 나올 것 같지 않은 얼굴로 로봇과 같은 가면을 쓰고 살아왔다. 그런 그가 해방될 수 있는 유일한 휴식처는 바로 아내였다!

"나는 당신 없이 살 수가 없소."

하얀 침구에 얼굴을 파묻은 남편의 머리카락 사이로 아내의 가녀린 손가락이 파고들었다. 거칠거칠한 머리카락 사이로 그제야 온기가 전해졌다. 꽁꽁 얼었던 한 남자의 가슴이 무너져 내렸다.

"오늘 하루…… 힘들었나 보네요."

아내의 눈에는 이시이 박사가 말하지 않은 이야기가 보이는 모양이었다. 구겨진 양복, 흙 묻은 와이셔츠 소매, 흙투성이인 구두 뒤축까지. 아내는 이시이 박사 스스로도 눈치채지 못한 것들을 한눈에 읽었다.

"어디 멀리 다녀오셨군요. 험한 산길을 걸으셨나 보네요."

"여보, 그걸 어떻게……."

이시이 박사는 멍한 얼굴로 고개를 들었다. 빈틈이라곤 전혀 없을 것 같은 병원장의 얼굴이 사라지고 나약한 남자가 서 있었다. 그는 아무런 말을 하지 않았는데도 자신의 마음을 읽어주는 영혼의 동반자에게 감탄하고 있었다.

"아주 힘들었나 봐요. 그렇죠?"

병은 아내의 몸에서 자라고 있지만 위로를 받는 쪽은 오히려 이시이 박사였다. 아내의 푸근한 얼굴과 길고 따스한 손가락이 이시이 박사의 얼굴을 감싸자 상처받은 남자의 두 눈에서 주르륵 눈물이 흘렀다. 아내는 박사의 얼굴을 두 손으로 감싸며 흐르는 눈물을 닦아주었다. 그녀의 파리한 얼굴이 이시이 박사에게 다가와 이마와 이마가 서로 맞닿게 했다. 박사는 눈을 감았다. 어머니의 따스한 품에 안긴 어린아이처럼 말할 수 없는 위로를 받았다. 그렇게 한참 동안 두 사람은 아무런 말도 없이 이마를 맞대고 있었다. 거세게 두근대던 심장박동이 천천히 제 속도를 찾아가자 아내는 이시이 박사를 놓아주었다. 박사는 아내가 그런 감정 변화를 자신보다도 더 빨리 알아채는 것이 신기하고 놀라웠다. 아내는 박사를 부드러운 눈빛으로 바라보았다.

"오늘 하루…… 정말 이상한 일이 있었다오."

이시이 박사는 아내의 침대 곁에 앉아 하루 종일 있었던, 말도 안 되는 이야기를 모두 실토했다. 스스로를 변호하기 위해 그중 일부를 감추거나, 아내의 반응을 살피며 이야기를 토막토막 잘라내지 않았다. 아내에게는 그럴 필요가 없었다. 그는 오늘 겪었던 모든 것과 느꼈던 모든 감정까지 거짓 없이 털어놓았다. 말도 안 되는 이야기지만 아내는 연신 고개를 끄덕이며 그의 말을 들어주었다. 그저 누군가에게 가슴을 털어놓고 그 누군가가 모든 것을 의심 없이 받아주는 것만으로도 이시이 박사는 살아갈 용기가 났다.

그의 이야기가 끝나자 아내가 천천히 침대에서 일어섰다.

"따뜻한 커피 한 잔 드릴게요."

향긋한 커피 향이 곧 병실을 가득 채웠다. 아내는 평소와 달리 마음이 푸근해지는 하얀 우유를 커피에 섞어 박사에게 건넸다. 새하얀 머그잔에서 몽글거리는 따스한 커피 한 잔은 아내처럼 그의 몸을 녹여주었다.

아내는 침대에서 빠져나와 이시이 박사 곁에 앉았다. 머그잔을 감싼 그의 차가운 손등을 아내의 손이 감쌌다. 아무 말이 없어도, 그런 작은 행동만으로도 이시이 박사는 큰 위안을 받았다.

"당신은 착각하지 않았어요, 여보. 당신은 그렇게 정신력이 약한 사람이 아니에요."

아내는 그가 두려워하는 부분을 정확히 지적했다. 정신분열의 환각 증세일지도 모른다는 생각에 파랗게 질려 있던 그의 가슴이 스르르 녹았다. 아내의 말을 통해 그의 가슴에도 확신이 생겼다. 그가 보았던 것들은 환각일 리 없었다. 처음 보는 낯선 지역을 정확히 찾아가고, 그 주소를 확인했다는 것만으로도 환각과는 거리가 멀었다.

"당신이 느꼈던 모든 것을 진실이라고 생각해보세요. 그렇다면 당신이 느꼈던 감정이 너무나도 분명하게 사실을 이야기해주고 있어요. 당신은 두려움을 느꼈고, 그건 당연한 반응이었어요. 당신이 보았던 모든 것은 이성의 범위를 넘어서지요. 그런 신비한 존재를 당신은 만난 거고, 그게 사실이에요. 그러니 여보, 얼마나 무섭고 두려웠을까요. 당신이 느끼는 고통과 두려움은 당연한 거예요."

아내의 느릿느릿한 음성이 박사의 가슴속에 다가와 천천히 그를 어루만져주었다. 상처받고 힘들었던 모든 것이 치유되는 마법 같은 일이 일어나고 있었다.

"당신은 그 가엾은 산모를 결국 도와준 거네요. 사무실에 나타났던 그 붉은 여자는 그녀를 살리라고 말한 게 아니었고요. 대신 그녀의 죽음을 깨끗이 마무리해달라고 부탁한 것이었어요. 그렇지요? 마지막 순간을 부탁하는 거였군요."

"으응, 나도…… 그렇게 생각하오."

아내의 말에 이시이 박사는 고개를 끄덕였다. 모든 이야기를 들어주고 천천히 반복해주는 아내는 참으로 현명한 여자였다. 그녀의 입을 통해 박사가 겪었던 모든 일이 제자리를 찾는 것만 같았다.

"그러면 당신은 그분의 부탁을 들어준 것이군요."

"그래, 그런 것 같아."

이시이 박사는 이제 겨우 안도의 한숨이 나왔다. 두려움과 공포가 모두 녹아내렸다. 의사로서의 죄책감에서 벗어나 자신이 겪은 일들을 바라보니 그게 옳았다. 산모를 살리는 게 목적이 아니었다면…… 죽은 산모를 생전의 모습대로 만들어준 박사의 행동이야말로 붉은 여인이 부탁한 것이 분명할 듯싶었다.

"가엾은 아기는 태어나자마자 어머니를 잃었지만 그것이 아이의 운명이고 천형인가 보군요. 조상의 업業을 후대가 받는다잖아요? 우리에게는 그저 입에서 입으로 내려오는 이야기지만 당신이 본 아기는 그 말대로 살아야 하는가 보네요. 죽음 덕분에 어머니는 업에서 해방되었지만 아이의 얼굴에 그 어머니의 업이 모두 옮겨졌으니까요."

"그래, 그렇군."

이시이 박사는 깊이 고개를 끄덕였다. 마지막 순간 그의 뇌리에 박혀버린 어린아이의 얼굴이 내내 잊히지 않았다. 죽은 여자 대신 다른 얼굴로 획획 변하던 어린아이의 얼굴……. 일종의 유전병이라 할지라도 그것은 틀림없이 하늘이 내린 천형이었다.

"당신은 가엾은 사람의 마지막을 인도해주고 오신 거예요. 여보, 정말 잘했어요. 가엾은 산모의 마지막을 지켜주었으니 이제 더 이상 두려워할 필요가 없어요. 당신은 아주 고마운 일을 한 거예요. 그러니 걱정하지 마세요. 오늘 하루, 수고 많으셨어요."

아내는 의자에 앉은 채로 고개 숙여 인사했다. 이시이 박사는 가슴이 먹먹해졌다. 아내의 수고했다는 한마디에 모든 것이 제자리로 돌아오는 것만 같았다. 박사는 그런 아내를 향해 역시 깊이 고개 숙였다.

"고맙소. 당신…… 제발 영원히 내 곁에 있어주오. 나를 떠나지 말아줘요. 나는 당신 없이는…… 당신 없이는……."

그의 눈동자에서 커다란 물방울 하나가 흘러내려 검은 구두 위로 떨어졌다.

그날, 이시이 박사는 아내의 침대 곁에서 또다시 밤을 지새웠다. 잠든 아내를 바라보는 것이 지금 그를 위로할 수 있는 유일한 길이었다. 그는 잠든 아내의 모습을 바라보며 기원했다.

'도와준다면. 당신과 당신의 아내에게 필요한 것을 해주겠다.'

이시이 박사는 자신을 움직인 붉은 여인의 그 말을 되뇌고 또 되뇌었다. 박사는 가녀린 아내의 손을 두 손으로 감쌌다.

'아내를 내 곁에 머물게 해주세요. 끝까지 제가 아내를 지키게 해주세요. 지금껏 못했던 것을 다 해줄 수 있길 바랍니다. 아내를 이해하게 해주세요. 제 남은 모든 날들 동안 아내를 위해 살겠어요. 그 시간을 나에게 주세요. 그리고 우리 둘 중 누군가가 떠나는 그날 함께 눈감도록 해주세요. 제발······.'

이시이 박사는 그 누구도 듣지 못하는 소원을 밤새도록 반복했다. 붉은 여인이 약속대로 그의 간절한 소망을 이루어주기를 바라고 또 바라며 기도했다. 박사는 그렇게 간절한 기도 끝에 스르르 잠이 들었다.

'어흑······ 아, 아흑······.'

어디선가 흐느끼는 소리가 들렸다. 슬퍼서 흐느끼는 것과는 미묘하게 다른 그 울음소리에는 고통이 가득했다. 너무나도 길고 힘든 하루를 보낸 이시이 박사는 잠결에 그 소리를 들었다. 박사는 허우적거리며 눈을 뜨려 애썼다. 무언가 그의 정신을 붙잡고 몽롱함 속으로 집어넣으려 했지만 그는 안간힘을 써 잠에서 깨어났다. 그의 두 귀로 들려오는 소리가 아내의 목소리 같았기 때문이다. 하지만 그는 아내의 울음소리를 들은 적이 없다. 아내는 한번도 그의 앞에서 울음소리를 낸 적이 없었다. 싫은 소리도, 아픈 소리도 낸 적이 없었다. 그런데도 그것은 아내의 음성 같았다.

'아파, 아파. 하지만 참아야 해. 남편에게 들켜서는 안 돼. 참아야 해.'

분명 아내의 목소리였다. 순간 박사는 두 눈을 번쩍 뜨고 벌떡 일어섰다. 잠든 아내를 지켜보다가 그녀의 침대에 머리를 기댄 채로 잠이 든 모양이었다. 이시이 박사는 낮은 조도의 전등이 켜진 병실을 둘러보았다. 자신과 아내밖에 없었다. 창밖을 보니 아직도 캄캄한 어둠에 휩싸여 있었다.

이시이 박사는 아내를 바라보았다. 아내는 등을 돌린 채 몸을 웅크리고 있었다. 두 눈과 입을 꾹 닫고 움직이지 않는 모습을 보니 분명 잠든 것 같았다.

'그렇다면 누가 말한 거지? 꿈이었나?'

이시이 박사는 어리둥절한 얼굴로 멍하니 자리에 섰다.

'안 돼, 남편이 눈치채겠어. 움직이지 마. 아아. 아파, 너무나 아파……'

누구도 움직이지 않았다. 누구도 입을 움직여 소리 내지 않았다. 그런데…… 소리가 들렸다. 아내의 목소리였다. 이시이 박사는 천천히 아내의 등에 손을 갖다 댔다. 축축했다. 식은땀으로 가득한 아내의 등과 펄떡거리는 심장박동이 손바닥을 통해 흘러 들어왔다.

"여보, 더 주무시지 왜 일어나셨어요?"

"당신…… 괜찮소?"

"네, 괜찮아요."

그제야 아내가 박사 쪽으로 몸을 돌렸다. 어둠 속에서 아내는 담담하게 말하려 했지만 목소리가 떨렸다. 이시이 박사는 그녀가 거짓말하고 있음을 알았다. 그녀의 말소리 너머 그녀의 속마음이 이시이 박사의 머릿속으로 들어왔다. 어떻게 그러는지는 몰라도 그녀의 고통이 고스란히 전해졌다.

'여보, 아파요. 너무 아파요. 참을 수가 없어요. 허리가 끊어질 것 같아요. 아아, 이런 고통을 매일 밤 견뎌야 한다면 차라리…… 어서 죽고 싶어요.'

아내의 목소리가 너무나 생생하게 들리는데도 그녀는 괜찮다고 말하고 있었다. 이시이 박사는 맹렬히 고개를 흔들었다.

"이 바보! 아프면 아프다고 말해야지!"

이시이 박사는 즉시 침대 머리맡의 버튼을 눌렀다. 신호를 받은 간호사들의 다급한 발소리가 들려왔다. 이시이 박사는 불빛 아래 아내의 얼굴을 비쳐보았다. 꽉 깨문 파리한 입술이 붉게 터져 있었다. 그녀는 지독한 고통을 참고 또 참은 것이다. 그동안 '괜찮다, 괜찮다'고 말했지만 사실은 거짓말이었음을 오늘에야 알았다.

"아아, 여보…… 여보…….""

이시히 박사는 아내를 안고 흐느꼈다. 도저히 아내를 볼 수가 없었다. 지금껏 최고의 의술을 행한다고 자부했던 자신이 한없이 초라하고 비참하게 느껴졌다.

"진통제를…… 진통제를, 어서!"

그는 진통제 처방을 휘갈겨 적은 쪽지를 간호사에게 건네주었다. 동정이 가득한 얼굴로 바라보는 간호사를 마주할 수가 없어서 그는 황급히 아내의 병실을 빠져나왔다. 어딘가 피할 곳을 찾아 도망치고만 싶었다. 그는 비상구로 몸을 숨겼다. 어두컴컴한 계단 난간을 부서져라 붙잡았다.

"아아……."

그는 자신의 머리를 감싸 쥐었다. 아내가 내뱉는 고통의 비명이 아직도 머리를 울리는 것 같아 가슴이 아팠다. 아내가 그를 이해하고 보듬은 것과 달리 그는 아내를 조금도 이해하지 못하고 있었다는 것이 마음을 아프게 했다. 그의 머릿속에 왜 아내의 목소리가 들려오는지에 대한 의구심은 뒷전이었다.

이시이 박사는 정처 없이 계단을 내려갔다. 캄캄한 계단을 내려서다가 아무런 생각 없이 복도로 통하는 문을 열었다. 두꺼운 철문을 열어젖히자 어둑한 복도가 나타났다. 환자들이 숙면을 취할 수 있도록 조도를 조절한 것이다. 기다란 복도가 양편으로 이어져 있고, 그 사이에 환자들의 심리적 안정을 위해 조성해놓은 인공 정원이 보였다. 정원 역시 불이 꺼져 어두웠다. 복도 끝의 간호사 데스크를 제외하고는 대체로 어두웠다.

몇 층인지 확인하기도 전에 이시이 박사는 이곳이 어딘지 알아챘다. 시각에 의지한 것도, 이성에 의지한 것도 아니었다. 그의 귀로 들려오는 소리에 의해 자신이 들어선 이곳이 완화병동임을 알아챘다. 완화병동, 즉 치료를 위한 치료가 아니라 죽음을 위한 처치가 이어지는 병동이었다. 삶을 얼마 남겨두지 않은 사람들이 하루하루를 가늠하지 못하고 죽을 날을 기다리는 곳임을 이시이 박사의 귀가 알아챘다.

'살려줘요, 제발. 밤이 되면 더욱 심해지는 이 통증을 제발 끊어줘요.'

'나는 이제 그만 살아도 되는데. 더 험한 꼴을 보이지 않고, 그래도 제정신일 때 죽으면 좋으련만…….'

'벌써 간호사를 부른 게 몇 번째인지. 이제 진통제도 듣질 않아. 아아, 차라리 이 고통을 그만 멈춰줘. 매일 밤 두려움에 떨지 않게 제발…….'

이시이 박사는 그 자리에 무릎을 꿇었다. 관자놀이가 끊어져라 욱신거렸다. 사방에서 들려오는 고통의 신음 소리가 그의 뇌로 파고들었다.

"으악! 으아, 으아아아아!"

이시이 박사는 비명을 지르며 그 자리에 쓰러졌다. 저 멀리 놀란 얼굴의 당직 간호사가 뛰어오는 모습이 보였다. 그의 머리가 바닥으로 떨어지면서 달려오는 간호사가 거꾸로 비쳤다. 눈앞으로 다가오는 영상 사이로 끊임없이 고통과 괴로움의 음성이 들려왔다. 마지막 정신의 끈을 놓는 순간까지도 소리는 멈추지 않았다.

하루 동안의 만남과 하루 동안의 신비한 체험 이후 이시이 박사의 세계는 바뀌었다. 이시이 박사가 존재했던 세계가 흔들거리며 부서져 내렸다. 대신 그가 생각지 못했던 새로운 세계가 눈을 떴다. 그에게는 이전에 들리지 않았던 소리가 들렸다. 그것은 고통에 몸부림치는 가엾은 인간들의 목소리였다.

그리고 모든 것이 달라졌다.

수술 과정이나 환자의 고통보다 살렸나 혹은 죽였나로 판단했던 모든 의술의 기준이 무너졌다. 환자를 죽이면 실패, 환자를 살리면 성공이라는 공식은 더 이상 그에게 의미가 없었다. 환자의 고통을 이해하고 해소하는 것이 새로운 기준이 되었다.

닥터 이시이에게 이전의 세계는 몰락했다. 새로운 세계의 화두는 '죽음'이었다. 어떻게 죽느냐. 어떻게 죽도록 도왔느냐. 비참한 죽음인가, 아니면 존엄한 죽음인가. 아내를 위한 숭고한 죽음을 준비하기 위해 이시이 박사는 모든 것을 버렸다. 아내를 중심으로 한 죽음의 세계가 박사의 새로운 세계가 되었다.

7

"여보……?"

저 멀리서 아름답고 평온한 목소리가 들려왔다. 아내의 잔잔한 목소리와 함께 그의 머리를 부드럽게 쓸어 넘기는 손가락이 느껴졌다.

"여보, 괜찮으세요?"

세상에서 가장 아름답고 포근한 목소리였다. 이시이 박사는 천천히 고개를 들었다. 그의 눈앞에서 부드럽게 미소 짓고 있는 단아한 여인은 그가 평생 사랑한 단 한 명의 여인이었다.

한없이 평온해 보이는 아내가 엷은 미소를 짓고 있었다.

"잠깐 옛날 일을 생각했소."

이시이 박사는 천천히 허리를 일으켜 세웠다. 휠체어에 앉은 아내와 눈높이를 맞추고 그녀의 얼굴을 살며시 어루만졌다. 10여 년 전, 삭막한 병실 안에서 아내를 위해 모든 것을 버리지 않았다면 다시는 보지 못했을 미소였다. 비록 몸은 죽음으로 한 발, 한 발 다가서고 있지만 그동안 부부는 더없이 행복했다. 그 행복은 기적처럼 아내의 생명을 연장시키고 또 연장시켰다. 수년이 지난 이날까지 아내의 미소를 바라볼 수 있다는 것에 이시이 박사는 깊이 감사했다.

환자들이 지르는 마음속 고통의 소리를 들을 수 있게 된 이시이 박사는 적절한 약물치료와 신경치료, 독특한 명상치료와 심리치료, 그리고 죽음과의 대화 요법으로 고통 대신 평온을 주었다. 아내는 이시이 박사의 치료법을 다른 이들도 공유하기를 바랐다. 죽음을 앞둔 사람들이 고통 속에서 여생을 낭비하는 대신 삶을 정리하고 고귀한 죽음을 맞도록 도와주는 박사의 치료법을 혼자가 아니라 다른 이들에게까지 나눠주고 싶어 했다. 죽음을 앞둔 환자들의 죽음을 돕는 것. 그것은 아내에게 삶의 목적이 되었다.

아내와 같이 죽음을 앞둔 환자들이 원하는 것은 삶이 아니었다. 특히나 고통이 심한 환자들은 삶보다 죽음이 더욱 절실한 화두였다. 때문에 이시이 박사의 치료는 궁극적으로 '두려움 없는 의연한 죽음'이 목표였다.

'죽음'에 대한 두려움을 떨치고 생을 마감할 준비가 되었을 때, 신체적 고통에서 벗어나 또렷한 정신으로 죽음을 준비한다. 친구로서의 죽음, 발달과 성숙의 연결선상에 있는 죽음, 의연하고 자발적인 '존엄한 죽음'을 맞이하는 것이 이시이 박사가 추구하는 궁극의 치료법이었다. 이를 위해 신체적 고통을 잊을 수 있는 약물요법을 시행하고, 그동안 환자들은 마지막 삶을 정리하고 마무리 짓는다. 죽음을 친구처럼 생각하고 의연하게 받아들일 수 있을 때, 마지막으로 '안락한 죽음을 위한 시술'이 행해진다.

새로운 치료법을 시행한 뒤로 박사는 자신의 삶이 참으로 만족스러웠다. 세상에선 안락사 시술을 행한 박사에 대해 '살인자', '악마'라고 떠들어대지만 그는 자신이 걸어온 길을 조금도 후회하지 않았다. 그는 행복했다. 친구를 만나는 기분으로 즐거이, 그리고 고통 없이 죽음을 맞이하는 이들의 마지막 모습을 지켜보며 그는 지극한 감동과 행복을 느꼈다.

"여보, 아래층에서 모두들 기다리고 계세요."

부드러운 아내의 목소리가 이시이 박사의 귀에 울려 퍼졌다.

"그래요, 갑시다."

이시이 박사는 아내의 휠체어를 밀고 환자용 승강기에 함께 올라탔다. 요양원은 겨우 이층 건물이지만 위층으로 올라올 수 없는 아내나 환자들을 위해 승강기 하나까지 빈틈이 없었다.

"모두 행복한 얼굴로 기다리고 계세요. 그리고 여보…… 저도 정말 행복하답니다."

천천히 아래로 내려가는 승강기 안에서 아내는 이시이 박사의 손을 꼭 쥐었다. 조사가 시작되면 다시는 할 수 없을 안락사 시술…… 오늘이 이시이 박사의 마지막 안락사 시술일이 될 것이기에 아내의 손은 더더욱 뜨거웠다. 아내의 하얀 손이 이시이 박사의 오른손을 붙잡자 박사의 가슴은 순식간에 따스해졌다. 동시에 그의 마음속에 남아 있던 작은 불안들이 삽시에 스르르 녹아 자취를 감추었다.

이시이 박사는 아내의 휠체어를 밀며 요양원 환자들이 함께 담소를 즐기고, 책을 읽고, 시간을 보내는 휴게실로 걸음을 옮겼다. 휴게실의 전면 창 너머로는 드넓은 잔디가 펼쳐져 있었다. 잔디 너머 요양원의 담장에는 흰 바탕에 새빨간 페인트로 이시이 박사를 비방하는 플래카드가 걸려 있었다. 평화롭고 아름다운 요양원의 경치를 망치는 을씨년스러운 푯말들이지만 환자들 중 누구도 동요하지 않았다. 죽음을 앞둔 환자들은 그것이 아름다운 시나 되는 듯 한가롭고 느긋한 눈빛으로 응시할 뿐이었다.

"오늘따라 다들 멋지시군요."

휴게실에 도착하자마자 이시이 박사는 함박웃음을 지었다. 어떤 환자들은 편안한 흔들의자에 등을 기댄 채 좋아하는 책을 읽고 있었고 그보다 몸이 불편한 사람들은 간이침대에 누워 두런두런 이야기꽃을 피웠다. 또 일부는 편지를 쓰거나 창밖을 보면서 편안한 얼굴로 시간을 보내고 있었다. 환자들의 모습은 여느 때와 그리 다르지 않았다.

유일하게 다른 점은 그들의 옷이었다. 모두들 미리 준비해둔 마지막 옷을 입고 있다는 점만이 달랐다. 어떤 환자는 오늘따라 곱게 화장하고 수십 년간 한 번도 하지 않고 아껴두었던 진주 목걸이를 걸고 있었다. 또 어떤 환자는 그동안 소중히 보관해두었던 승마용 바지를 입고 전쟁 중에 훈장과 함께 받았다는 갈색 시가를 음미하고 있었다. 중년의 여인은 자신의 수의壽衣로 손수 만든 새하얀 드레스를 걸쳤고, 또 다른 이는 결혼식 때 입었던 옷을 꺼내 곱게 차려입었다. 나이와 성별은 다르지만 그들 모두 '행복한 죽음'을 맞이하기 위해 준비해둔 의상과 소품을 가지고 나와 이시이 박사를 기다리고 있었다.

"이렇게 아름다우시다니, 마사미 할머님! 정말 가슴이 뭉클하군요. 정말 멋지십니다, 쯔게 할아버님. 훈장이 번쩍번쩍 윤이 나는군요! 정말 아름다운 기모노군요, 요코 씨! 아름답습니다."

이시이 박사는 퍽이나 들뜬 얼굴로 십여 명의 환자 한 명, 한 명에게 극찬을 아끼지 않았다.

"고맙소, 이시이 박사."

"고맙습니다, 선생님!"

환자들 모두 고개를 숙이고 미소 지으며 감사의 마음을 전했다. 그들은 이미 죽음을 받아들일 준비가 되어 있었고, 그 죽음이 이시이 박사를 통해서라면 조금도 두렵지 않았다. 지금껏 먼저 떠난 요양원의 사람들…… 그들의 마지막 미소를 기억하며 환자들은 '죽음'에 대한 두려움을 사그라뜨렸다. 함께 마지막을 맞이할 수 있으니 외롭지도 무섭지도 않았다. 무엇보다 환자들은 이시이 박사를 전적으로 신뢰했다. 그의 시술을 통해 마지막으로 눈감는 순간까지 부드러운 미소를 지으며 행복한 얼굴로 죽음을 맞이하는 이들을 많이 보았기 때문이다.

조무사들이 모두 그만두었기 때문에 오늘은 모든 일을 이시이 박사 혼자서 진행해야 했다. 하지만 박사는 힘들지도, 어렵지도 않았다. 아내와 다른 환자들이 모두 그를 도와주었기 때문이다. 고통 없는 죽음의 시술이 오늘 모두에게 시행되지만, 그래서 모두 행복한 얼굴이었다.

"자아, 됐습니다."

"감사합니다, 이시이 박사님."

어떤 이들은 약물이 담긴 링거를 맞고, 또 어떤 이들은 산소마스크를 이용했다. 이 모든 것은 환자 스스로 결정하는 것으로, 이시이 박사가 고안한 고통 없는 죽음의 시술이었다. 마지막 환자까지 모두 준비를 마치자 이시이 박사는 그들을 향해 크게 절했다.

"모두들 다음 세상에서 다시 뵈었으면 좋겠군요. 저와 아내도 곧 따라가겠습니다."

이시이 박사의 엷은 미소를 보고 다시 만나자는 재회의 약속을 들으며 환자들은 살며시 미소 지었다.

"그래요, 이시이 박사. 이따가 봅시다. 우리는 조금 먼저 떠날 테니 따라와요."

"그래요. 어서 여길 나가세요. 마지막으로 부인께 사쿠라지마의 위용을 보여드려야지요. 자, 여긴 이제 우리에게 맡겨두고 두 분은 사쿠라지마로 가세요. 부인의 마지막 소원을 들어드려야지요."

"우리 다음 세상에서 만나요."

시술을 받고 조금씩 조금씩 의식이 흐려졌지만 환자들은 마지막까지 미소를 지으며 화답했다.

회색 연기를 뿜어대는 아름다운 활화산 사쿠라지마…… 척추에 침투한 암으로 인해 두 다리가 불편해진 이시이 박사의 아내는 사쿠라지마를 보고 싶어 했다. 오래전부터 그녀가 소망한 죽음의 장소가 그곳이었다. 환자들은 이시이 박사에게 어서 그곳으로 떠나라고 말했다.

"그래요, 여러분. 그럼 이따가 만나요. 모두 평안히 눈감으시기를……."

닥터 이시이와 아내는 깊이 고개 숙여 절한 뒤 사쿠라지마, 그 뜨거운 화산을 향해 발걸음을 옮겼다. 박사는 요양원을 나선 뒤에도 창을 통해 모두들 편안히 죽음을 맞이하고 있는지 확인하고서야 아내의 휠체어를 밀었다.

오늘도 사쿠라지마 화산은 뿌연 회색 연기를 푸른 하늘로 내뿜고 있었다. 도시 근교에서 불과 20여 분 만에 도착할 수 있는 거대한 활화산 사쿠라지마는 오늘도 들끓고 있었다. 하지만 오늘은 무언가 평소와 조금 달랐다. 금방이라도 화염을 토해내어 도시 전체를 집어삼킬 것처럼 활활 끓어오르는 모습이었다.

이시이 박사는 지프에 올라 불타는 사쿠라지마로 내달렸다. 뿌연 흙먼지를 날리며 화산을 향해 달려가는 건 이시이 박사의 차가 유일했다.

"마치 오늘을 준비한 것처럼 요동치네요. 오늘은 사람이 별로 없겠군요. 고마운 일이에요."

아내가 부드러운 미소를 지으며 창밖을 바라보았다. 그녀의 말대로였다. 마치 약속이나 한 것처럼 화산이 요동치고 있었다. 모든 것을 예비하고 그들에게 죽음의 장소를 마련해주려는 것 같았다. 이시이 박사는 그 모든 것에서 누군가의 흔적을 보는 것 같았다. 이시이 박사와의 약속을 지키기 위해 애를 쓰는 이름 모를 붉은 여인. 그리고 흰 가면을 쓴 여인……. 보이지는 않지만 사는 동안 곳곳에서 그들의 흔적을 느끼곤 했다.

오늘도 그랬다. 수년 전 그와의 약속을 지키기 위해 그녀들이 저토록 들끓는 화산을 준비했을지도 모른다는 생각이 들었다. 이전보다 높이 솟구치는 화염을 바라보며 그는 더욱더 확신했다. 화산 꼭대기로 쏟아져 나오는 검은 연기 사이로 새빨간 불꽃만큼이나 붉은 여인의 자취가 보이는 듯했다. 이시이 박사는 더욱더 세게 가속페달을 밟았다. 이제 더 시간을 지체할 필요가 없었다. 아내도 자신도 죽음을 맞을 준비가 충분히 되어 있었다. 그들은 친구처럼 죽음을 받아들였고, 마지막 순간 둘이 함께라면 그 어떤 두려움도 없을 것 같았다.

이시이 박사와 그의 아내는 요양원에서 불과 10분도 채 걸리지 않는 사쿠라지마 항에 도착했다. 처음 가고시마로 낙향할 때부터 아내는 죽음의 장소를 사쿠라지마로 정했다. 암세포가 척추로 전이되고 금방이라도 숨을 거둘 것만 같았던 아내가 바닷가에 홀로 우뚝 선 웅대한 사쿠라지마의 위용을 접한 그날부터 '마지막은 사쿠라지마에서 불꽃처럼 사라지고 싶다'고 노래했다. 그로부터 10여 년이 흐른 지금까지 남편의 헌신적인 배려 속에서 그녀는 죽음과 고통에 대한 두려움을 잊고 기적처럼 생존해 있었다. 그리고 바로 오늘 그녀의 바람이 실현될 것이다.

두 사람이 항구에 도착하자 박사를 기다리던 페리 선장이 허겁지겁 달려왔다. 그의 뒤로 작고 하얀 페리가 눈에 들어왔다. 오래 전부터 이날을 위해 예약한 페리였다. 바다를 건너 사쿠라지마에 도착하면 두 사람은 생의 마지막 과업을 완수하게 될 것이다.

"박사님! 박사님!"

하지만 선장이 가까이 다가올수록 박사는 무언가 잘못되었다는 생각이 들었다. 평소 알고 지내는 페리 선장의 표정이 그러했고, 그의 등 뒤로 다가오는 낯선 검은 양복 차림의 남자들이 그러했다.

"여보……."

아내도 그런 낌새를 눈치챘는지 이시이 박사의 손등을 붙잡았다. 그녀의 손이 가늘게 떨렸다.

"내가 나가보리다. 걱정 말아요."

이시이 박사는 조용히 미소를 지었다. 알 수 없는 불안이 그의 가슴을 흔들었지만 내색하지 않으려 애썼다. 박사는 천천히 지프에서 내렸다.

"박사님……."

선장은 난처한 얼굴로 바라보았다. 그의 눈이 차 안에 있는 박사의 아내를 확인하자 더욱더 미안해하는 빛으로 바뀌었다. 선장의 얼굴이 말하고 있었다.

'배는 뜰 수 없어요.'

그 이유는 선장의 등 뒤에서 점점 가까이 다가오는 검은 양복 차림의 남자들에게 있는 것 같았다. 이시이 박사는 검은 양복들을 바라보았다. 분명 관광객이 아니었다. 가고시마 현의 공무원도, 사무원도 아니었다. 그들은 무언가 매우 달라 보였다. 걸음걸이며 분위기며 모든 것이 달랐다.

"실례합니다, 박사님."

그들 중 검은 선글라스를 쓴 남자가 이시이 박사 앞으로 한 발 더 다가왔다. 키가 훤칠한 남자가 박사 앞에서 안경을 벗었다. 말끔하게 생긴 눈이 나타났다. 잘생긴 얼굴이지만 눈빛이 너무나 강렬했다. 상대편의 모든 것을 빨아들일 것처럼 강한 눈빛이 박사의 눈과 부딪쳤다.

"박사님이셨군요. 오랫동안 박사님을 찾았습니다."

이시이 박사는 대답하지 않았다. 검은 양복 차림의 남자가 말하는 바를 이해하려 애썼다.

"흑단인형의 마지막을 정리하신 분이 바로 박사님이셨더군요."

그 남자의 등 뒤로 사쿠라지마의 모습이 박사의 시선을 사로잡았다.

붉은 화염 한 줄기가 산등성이로 화르륵 솟아올랐다. 거대한 불꽃이 산을 다 삼킬 것처럼 치솟았다. 환하고 노란 불덩이와, 불덩이를 감싼 붉은 화염이 한데 엉켰다. 거대한 불꽃이 솟아오르더니 검은 연기가 산 위로 솟구쳤다.

이시이 박사는 동요하지 않으려 애썼다. 그것이 검은 양복 차림의 남자 때문이든, 아내와 함께 가야 할 사쿠라지마의 모습 때문이든 되도록 평소처럼 평정심을 유지하려 애썼다. 그동안 환자들과 아내를 위해 끊임없이 해온 명상과 요가가 그를 도왔다.

"무슨 말씀인지 자세히 얘기해주시겠습니까?"

흰머리가 가득한 박사가 부드러운 얼굴로 되물었다. 검은 양복 차림의 남자는 이시이 박사를 찬찬히 내려다보았다. 박사의 얼굴에는 조금도 동요하는 빛이 보이지 않았다. 그는 불쾌함도 조급함도 내보이지 않았다. 평온하고 안온한 기운이 그윽했다.

사실 박사의 머릿속은 매우 복잡했다. 설명은 필요치 않았다. 남자가 누구에 대해 묻는지는 분명했다. 검은 머리를 길게 늘어뜨린 채 죽음을 맞이한 가엾은 산모……. 박사는 그녀의 머리카락을 보며 흑단 같은 머릿결이라고 생각했다. 그 여자의 별호別號

가 흑단인형일 것이다. 십수 년 전의 그날 이후 그의 인생을 송두리째 바꿔놓았지만 그 뒤로 지금껏 한 번도 만난 적이 없는 그녀의 이름을 왜 오늘…… 아내와 박사의 마지막 날에 듣게 되는지 불안감이 그의 가슴 깊은 곳에서 솟아났다.

"이. 시. 이. 박사님."

남자가 천천히 박사를 불렀다. 그 남자의 검은 눈동자가 박사의 눈을 꿰뚫어보는 것처럼 응시했다. 이시이 박사는 입가에 힘이 빠지는 걸 느꼈다. 인위적인 미소가 사라지고 불안으로 주름진 표정이 슬며시 나타났다. 박사는 양쪽 입술 끝을 들어올려 미소를 지으려 했지만 실패했다.

"박사님이 보았던 '그날'의 기억과 이야기들이 필요합니다. 잠시 저희와 함께 가시지요."

박사는 검은 양복 차림의 남자를 응시했다. 노력했지만 벌거벗은 것처럼 불안이 드러났다. 흔들리는 동공이 그의 평정심을 위태롭게 했다.

"당신들은 누구요?"

박사는 천천히 남자를 바라보았다. 상대방의 모든 것을 빨아들일 것처럼 눈이 깊은 남자였다. 아직 젊지만 인생을 깊이까지 살아본 자의 눈빛이었다. 섣불리 상대할 자가 아니었다.

"저의 이름을 말씀드리지 않았군요. 결례를 용서하십시오. 저는 현욱이라고 합니다. 신성한 집행자들이 박사님을 기다리고 있습니다."

남자는 천천히 또박또박 이야기했지만 결코 자상한 목소리는 아니었다. 그의 말은 한마디 한마디가 강한 명령의 의미를 담은 것처럼 느껴졌다. 결코 거역할 수 없는……. 이시이 박사는 이 남자 앞에서 시치미를 떼며 모른 척하거나 거짓을 말하는 것이 아무런 의미가 없다는 걸 깨달았다. 어떻게 알았는지 짐작되지도 않지만 그는 이시이 박사를 찾아냈고 모든 것을 알고 있는 게 분명했다.

"부탁이…… 있소."

이시이 박사는 심각한 얼굴로 남자의 눈을 바라보았다.

"아내와 사쿠라지마를 보기로 약속했소. 오늘, 사쿠라지마를 보도록 우리를 보내주시오. 그러고 나면 당신을 따라가겠소."

오늘은 중요한 날이었다. 이시이 박사의 곁에서 죽음을 기다려온 그의 모든 환자가 거룩한 죽음의 세계로 향했고, 사랑하는 아내와 박사 역시 그 뒤를 따라야 하는 날이다. 그는 그 모든 일이 한 치도 어긋나지 않기를 바랐다.

"아내 분은 안전하게 모시고 있겠습니다. 박사님께서는 저희를 따라와주셔야겠습니다."

남자는 메마른 목소리로 그의 부탁을 거절했다.

"부탁이오. 잠시면 돼요. 잠시면."

"그 잠시 동안이면 두 분이 영면永眠하시기에 충분한 시간이겠지요. 죄송하지만 인류의 멸망을 막기 위해 저는 지금 박사님을 모셔야겠습니다."

이시이 박사는 말문이 막혔다. 자신의 계획을 한눈에 꿰뚫어보는 통찰력 앞에 뒷머리가 서늘해졌다. 어찌 된 일인지 현욱이라는 이 남자는 박사의 계획을 모두 알고 있는 듯했다. 남자는 예의바르게 말하고 있지만 조금의 자상함도 없었다. 인류의 멸망과 그가 만났던 산모가 어떤 연관이 있는지 알 수 없지만, 그건 박사에게 중요하지 않았다. 오직 아내의 소원을 이루어주는 것, 그것이 박사의 유일한 소망이었다.

박사는 그를 기다리고 있는 은색 지프를 바라보았다. 차창 너머로 아내의 모습이 보였다. 아내는 박사를 바라보고 있었다. 그녀의 눈썹 끝이 아래로 내려가 있었다. 불안하다는 증거였다. 박사는 억지로 미소를 지어 보였다. 하지만 아내는 이미 박사의 마음을 알아챘을 것이다. 무언가 잘못되고 있다는 것을. 박사는 다시 고개를 돌려 현욱 쪽을 바라보았다. 아내를 볼 때와 달리 박사의 표정이 차갑게 얼어붙었다.

"원하는 게 뭡니까?"

박사는 단도직입으로 물었다.

"당신이 알고 있는 모든 것."

현욱 역시 직설적인 대답으로 응수했다.

"당신들이 원하는 게 뭔지 모르지만, 나는 그 여자에 대해 아는 게 없소이다. 우연한 기회에 만났을 뿐. 그것도 하루, 아주 짧은 시간 동안 말이오."

"박사님……."

검은 양복 차림의 남자가 지그시 눈을 감았다가 떴다.

"흑단인형을 하루 동안 온전히 만나본 사람은 지구상에 많지 않습니다. 시간의 길이는 중요하지 않습니다. 박사님께서는 누구도 알 수 없는 대단히 중대한 사실을 알고 계실지도 모릅니다. 그녀를 알아내기 위해 평생을 바친 사람들보다도 더 많은 것을 알고 있을지도 모릅니다. 우리는 그것이 필요합니다."

"거절하겠소."

박사는 차갑게 대꾸했다. 혹시 박사가 중대한 사실을 알고 있더라도 그의 인생을 송두리째 바꾸고 아내와 새로운 인생을 살게 해준 여인에 대해 한마디도 말해줄 생각이 없었다. 더구나 한 생명을 낳기 위해 살이 찢어지는 아픔을 감내하고 죽어간 애달프도록 숭고한 모정을 훼손한다는 것은 감히 상상할 수도 없는 일이었다. 흑단인형이라는 여인이 누구든 어떤 존재든, 그런 것은 중요치 않았다. 박사는 자신이 본 장면을 누설할 마음이 없었다. 이러한 모든 이야기를 가감 없이 나눌 수 있는 유일한 사람은 아내뿐이었다.

"인류의 미래가 달려 있습니다. 인류가 멸망의 기로에 놓여 있습니다. 박사님의 도움이 절실합니다."

"……거절하겠소."

박사는 또다시 차갑게 대꾸했다. 무슨 말로 설득해도 움직일 생각이 없었다.

현욱은 고집스러운 박사의 얼굴을 찬찬히 바라보았다. 그의 얼굴 속에서 마치 무언가를 읽어내려는 것만 같았다. 박사는 현욱의 눈을 피했다. 알 수 없는 두려움이 느껴졌다. 사람의 마음을 다스리고 죽음을 다스리던 이시이 박사가 먼저 눈을 피한 것은 예사로운 일이 아니었다. 그만큼 검은 양복 차림의 남자에게는 무언가 심상치 않은 기운이 있었다.

"동방지부장님."

검은 양복을 입은 또 다른 남자가 현욱의 곁으로 다가왔다. 그가 뭐라고 속삭이자 현욱의 표정이 살짝 일그러졌다. 이시이 박사는 그들의 대화를 들으려 애썼다. 드문드문 어떤 말이 들렸지만 무슨 내용인지는 알 수가 없었다.

"……사라져? 어디로?"

"소년들이…… 일본을 향해…… 있습니다."

"왜…… 않았나?"

"모모 님께서…… 반대를…….'"

누군가에 대해 말하고 있는 것 같았다. 간간이 소년이라는 단어가 들려왔다. 무슨 상황인지 파악되진 않았지만 썩 좋은 상황이 아니라는 건 알 수 있었다. 현욱이라는 남자의 표정이 한순간 험악해졌다. 차가운 표정이 순간적이나마 바뀌는 것을 박사는 놓치지 않았다. 현욱은 간단히 몇 가지 지시를 한 뒤 다시 이시이 박사 쪽으로 고개를 돌렸다.

"실례했습니다. 어쨌든 박사님의 의중은 알겠습니다. 그러나 박사님의 바람을 들어드릴 수 있는 상황이 아닙니다. 이 점 깊이 이해해주시기 바랍니다. 박사님, 저희와 함께 가시지요."

검은 양복 차림의 남자는 다시 선글라스를 썼다. 모든 것을 꿰뚫어볼 것만 같았던 남자의 까만 눈동자가 안경 너머로 사라졌다. 그의 선글라스에는 머리가 허옇게 센 이시이 박사의 얼굴만 비쳤다. 현욱은 짧은 인사를 끝으로 다시 바닷가 선착장 쪽으로 뒤돌아갔다. 그는 더 이상 이시이 박사와 설왕설래할 생각이 없어 보였다.

현욱 대신 다른 검은 양복들이 이시이 박사 곁으로 다가왔다. 박사는 불쾌한 표정으로 남자들을 바라보았다. 박사는 두서너 걸음 뒤로 물러나며 아내가 타고 있는 지프를 막아섰다. 차 안의 아내는 박사의 뒷모습만으로도 그의 두려움을 읽었을 것이다.

아내에게 선사할 마지막 선물…… 아름다운 죽음이 퇴색되고 말았다.

"두 분을 함께 모시겠습니다."

사내들이 한 걸음 더 이시이 박사에게 다가왔다.

"더 이상 다가오지 말게!"

다가오는 남자들을 막아서며 이시이 박사가 날카롭게 외쳤다.

"자네들을 따라가겠네. 하지만 아내는 내가 내려주겠네. 휠체어에도 내가 태우겠네. 거리를 유지해주게나."

이시이 박사의 말대로 검은 남자들은 더 이상 지프 앞으로 다가오지 않았다. 박사는 천천히 걸어서 반대쪽의 조수석으로 다가갔다. '달칵' 하고 조수석 문을 열자 걱정이 가득한 아내의 얼굴이 그를 바라보고 있었다.

"여보, 나는 괜찮아요."

아내는 박사가 말하기도 전에 먼저 그를 안심시켰다.

"미안하오. 우리의 소중한 시간이 조금 뒤로 미뤄지고 말았소."

이시이 박사는 애써 미소를 지었다. 그는 트렁크에서 아내의 휠체어를 꺼냈다. 조심스러운 동작이었다. 그는 조수석으로 끌고 온 은빛 휠체어에 아내를 태웠다. 휠체어에 타기 위해 박사의 목에 팔을 두른 아내의 몸이 살짝 떨리고 있었다. 이시이 박사의 가슴이 끊어질 듯 아팠다.

"도와줘요, 제발……. 도와줘요."

이시이 박사는 누군가를 향해 뜻 없는 말을 되뇌었다. 죽음의 순간이 코앞인데 정체불명의 사람들에게 발목을 잡혔다는 사실에 가슴 아팠다. 자신은 어찌 되든 아내만은 행복하게 눈감도록 해주고 싶었다. 가슴속에서 올라오는 간절한 소망이 저도 모르게 목구멍 밖으로 튀어나왔다. 아내는 그런 박사의 목을 단단히 붙잡았다. 이시이 박사는 천천히 아내의 몸을 휠체어 위에 놓았다. 꼼꼼하게 무릎 담요도 덮었다. 몸을 일으키려는데 아내의 두 손이 박사의 얼굴을 감쌌다. 두 사람의 이마와 이마가 닿았다.

"여보, 괜찮아요. 다 잘될 거예요."

아내는 오히려 박사를 위로하고 있었다. 지난 십수 년간 준비하며 기다려온 그들의 마지막 생의 선물이 퇴색하고 있었지만 아내는 동요하지 않으려 애쓰고 있었다. 이시이 박사는 지독한 죄책감 속에서 아내를 감싸 안았다. 뼈만 남은 앙상한 몸이 그의 두 팔에 들어왔다. 박사의 눈시울이 뜨거웠다. 아내의 가느다란 손도 박사의 등을 감쌌다. 두 사람은 서로를 안고 위로했다.

퍼퍼펑!

그 순간이었다. 새빨갛게 달아오른 사쿠라지마의 분화구에서 붉은 화염이 하늘 높이 솟구쳐 올랐다.

화산 폭발은 여느 때와 사뭇 달랐다. 바다 위에 솟은 화산섬의 높이보다도 훨씬 드높은 용암 줄기가 하늘 위로 솟구쳤다. 범상치 않은 소리와 함께 새빨간 화염이 하늘을 뒤덮었다. 그 불꽃은 수천 미터 상공까지 솟구친 듯 보였다. 뒤이어 검은 구름이 하늘을 휩쌌다. 바다는 검게 변하고 산은 붉게 타올랐다. 갑작스러운 화산 폭발에 모두들 동작을 멈추고 그 광경을 바라보지 않을 수 없었다. 서로를 부여안고 있는 이시이 박사와 아내도 고개를 돌려 사쿠라지마를 쳐다보았다.

갑자기 세찬 바람이 주변에 휘몰아쳤다.

"약속을 지키러 왔소."

세찬 바람 사이로 여인의 음성이 들려왔다. 박사는 귓속에 들리는 그 목소리가 누구의 것인지 알 것 같았다. 아니, 분명하게 알 수 있었다. 10여 년 만에 만나는데도 목소리의 주인이 누구인지 너무나도 분명했다.

부둥켜안은 이시이 박사와 아내의 몸이 허공으로 둥실 떠올랐다. 그들을 휩싼 바람이 회오리치며 어지럽게 돌아갔지만 어쩐

일인지 두렵지 않았다. 박사와 아내는 서로를 부여잡은 채 저편을 바라보았다. 빙글빙글 돌아가는 회오리 저편에는 머리끝부터 발끝까지 붉은 머리카락을 출렁이는 여인이 있었다. 그녀를 향해 자세를 고쳐 잡는 검은 양복 차림의 사내들도 눈에 들어왔다.

"여보……."

회오리치는 바람 속에서 아내는 이시이 박사를 바라보았다. 아내의 말이 들리지는 않았지만 서로의 눈을 통해 그녀의 목소리가 들리는 것만 같았다.

'여보, 바로 저분이었군요. 무섭도록 아름답다던 그분……. 정말로 아름답네요. 새하얀 얼굴에 보석처럼 반짝이는 붉은 눈동자도, 아름다운 붉은 입술도, 길고 탐스러운 붉은 머리카락도……. 당신이 말씀하신 그대로군요. 참으로 아름다운 분이로군요…….'

이시이 박사는 두 팔로 힘껏 아내를 부여잡았다. 그는 붉은 여인과 그녀가 만들어냈을 회오리바람에 몸을 맡긴 채 모든 감각을 아내에게만 집중했다. 어지러운 바깥의 일 따위에는 관심을 갖지 않았다. 온전히 아내와 그의 마음에 집중하는 것. 그들의 마지막 의식에 집중하는 데 남은 시간을 사용하기로 했다. 그는 믿었다. 붉은 여인의 한마디를 굳게 믿었다.

'약속을 지키러 왔소.'

박사의 눈시울이 뜨거워졌다. 고마움과 감사함에 가슴이 울컥거렸다. 여인의 한마디에 모든 두려움과 공포가 사라져가고 있었다.

8

요란한 바람 소리도, 주변을 시끄럽게 했던 사람들의 목소리
도…… 모든 것이 순식간에 사라졌다. 기나긴 소란 속에서도 평
정을 되찾기 위해 애쓰던 이시이 박사와 그의 아내가 천천히 두
눈을 떴다. 그들은 본래 계획했던 모든 것이 이루어졌음을 확인
했다. 놀랍게도 두 사람은 어느새 바다를 건너 화산섬 위에 서 있
었다. 페리를 타지 않고도 바다를 건너 사쿠라지마의 한복판에
올라와 있었다.

박사와 아내는 황홀한 눈빛으로 주변을 바라보았다. 지척에서
붉은 마그마가 흘러내리는 것이 보일 정도로 용암 지역 근처에까
지 와 있었다. 게다가 그 웅장하고 장대한 광경이 한눈에 보일 정
도로 사쿠라지마의 중심부에 우뚝 솟은 거대한 바위 위에 서 있
었다. 그 바위는 높고 평평해서 아내와 박사가 함께 있어도 전혀
불편하지 않았다.

"아아……."

아내는 감탄한 듯 주위를 둘러보았다. 붉은 용암이 흘러내리
는 사쿠라지마는 그녀가 마지막으로 꼭 보고 싶어 한 바로 그 모
습이었다. 한순간 붉게 타오르며 살아 있음을 느끼게 해주는 사
쿠라지마의 그 뜨거움 속에서 생의 마지막을 맞고 싶다는 그녀의
바람이 생생하게 현실이 되었다.

이시이 박사는 몇 번이나 고개를 돌려 주변을 돌아보았다. 하

지만 그들의 바람을 실현시켜준 피처럼 붉고 무섭도록 아름다운 여인의 모습은 어디에도 없었다. 그는 감사 인사를 하고 싶었다. 새로운 삶을 살게 해준 것만으로도 사실 그녀는 이시이 박사에게 모든 빚을 갚았다. 하지만 그녀는 마지막까지 잊지 않고 있었던 것이다. 10여 년이 지난 이날까지. 그리고 박사와 아내의 마지막을 위해 그들의 곁을 찾아와준 것이었다. 이시이 박사는 가슴이 뜨거워지도록 감사하고 고마운 마음이었다. 일생일대의 소망이 사라지기 직전 거대한 은총이 부부에게 내려졌다는 생각이 들었다.

"그동안 새 인생을 살게 해준 것만으로도 당신은 이미 약속을 지켰습니다. 오늘의 은혜는 다시 갚을 수 없는 우리에게 너무나 과하군요."

이시이 박사는 가슴을 부여잡았다. 박사의 손등 위로 아내의 손이 살포시 포개졌다.

"맞아요, 여보. 정말 감사한 일이에요. 저곳을 보세요. 정말 웅장하고, 또 아름다워요. 여보, 나는 전생에 이곳에서 살았는지도 모르겠어요. 이곳을 무척이나 사랑했는지 몰라요. 아, 저 산 꼭대기에서 뿜어 나오는 화염이 어쩌면 이리도 황홀할까요. 마치 당신을 처음 만난 그날처럼요. 행복해요. 이곳에서 나의 생을 마칠 수 있다는 것이, 무엇보다도 당신과 함께 갈 수 있다는 것이……."

아내는 가슴 벅차게 행복한 미소를 지었고, 그런 아내의 미소는 이시이 박사를 행복하게 했다. 해맑은 미소, 들뜬 얼굴. 이시이 박사와 아내가 이처럼 행복한 미소를 지을 수 있는 것은 그들이 이 마지막 날을 위해 오래도록 차근차근 준비해온 여정이 있었기 때문이다. 지난 10여 년간 죽음을 준비하고, 죽음에 대해 이야기하며, 이승에 대한 미련과 고통을 잊을 수 있었던 두 사람에게 죽음이란 두려운 존재가 아닌 가까운 친구요, 이웃같이 편안한 대상이었다.

아내는 우뚝 솟은 바위에 푹신한 무릎 담요를 깔았다. 아슬아슬한 낭떠러지 아래로 웅장한 사쿠라지마와 푸른 바다, 그리고 저 멀리 도시의 전경까지 한눈에 들어왔다. 아내는 박사의 팔에 두 손을 둘렀다. 그녀는 깃털처럼 가벼워서 금세라도 날아가버릴 것만 같았다.

"여보, 춥지 않소?"

이시이 박사는 아내의 눈을 바라보았다. 아내는 빙긋 미소 지으며 고개를 저었다.

"오늘은 정말 아름다워요, 여보. 상상했던 것보다 훨씬 더요! 저는 다른 세계에 온 것 같아요. 이곳은 삶과 죽음이 맞닿아 있는 세계의 처음이자 마지막 장소인 게 분명해요. 그래요, 이곳이 바로 제가 마지막을 보내고 싶었던 바로 그곳이에요!"

아내는 기쁘게 노래하고 있었다. 그녀에게서 들뜬 즐거움, 상기된 마음이 한껏 배어 나왔다.

"여보, 저는 준비가 됐어요."

아내의 반짝이는 눈동자가 이시이 박사의 두 눈을 바라보았다.

"여보, 이 순간을 제 눈에 간직하며 가고 싶어요."

아내의 까만 눈동자에 맑은 물기가 찰랑거렸다.

"이제…… 정말 가고 싶어요."

아내의 눈꺼풀이 천천히 감겼다 벌어졌다. 이시이 박사는 아내를 찬찬히 바라보았다. 그는 아내의 얇은 입술과 천천히 깜빡이는 속눈썹을 가슴 깊이 새겼다. 박사는 너무나도 소중한 아내의 눈동자를 향해 작은 미소를 지었다.

박사는 재킷 안주머니를 벌렸다. 그 안에서 소중히 간직한 은빛 상자가 나왔다. 상자 안에는 작은 주사기가 들어 있었다.

"잠깐 따끔할 거요."

이시이 박사는 아내의 두 눈을 바라보았다.

"아니요, 아프지 않을 거예요. 걱정 마세요."

아내의 부드러운 미소가 박사의 얼굴을 마주 보았다. 아내의 미소를 확인한 이시이 박사가 그녀의 왼팔에 주삿바늘을 찔러 넣었다. 비쩍 마른 아내의 하얀 피부 속으로 은빛 바늘이 사라졌다.

무색의 약물이 아내의 혈관을 타고 쑥 들어갔다. 주사기의 모든 것이 아내의 체내로 녹아 들어가고 있었다. 마지막 한 방울까지 모두 밀어 넣은 것을 확인한 박사는 은빛 상자 안에서 또 다른 주사기를 꺼내 들었다.

"제가 도와드릴까요?"

"아니, 괜찮소."

이시이 박사는 빙긋 미소를 지으며 자신의 왼쪽 팔뚝에 힘을 주었다. 튀어나온 혈관을 확인하고는 바늘을 안쪽으로 찔러 넣었다. 무색 투명한 약이 박사의 혈관 속으로 들어가는 것이 느껴졌다.

"이리 와요. 내 곁에 기대요."

모든 과정을 끝낸 박사가 아내의 어깨를 감싸 안았다.

"당신에게는 너무나도 감사한 마음뿐이오. 살아오면서 언제나 당신이 나를 기다려주기만 했지. 젊은 시절 레지던트일 때도, 치프가 되었을 때도, 병원장이 되고도, 그리고 요양원을 차린 뒤에도 당신의 마지막 날짜를 미뤄가며 나와 함께 가기 위해 기다려주었소. 그렇게 평생 나를 기다려준 당신께 진심을 다해 감사하고 있소."

"여보……."

아내는 이시이 박사의 어깨에 얼굴을 묻었다. 그녀는 평생 사랑받고 배려받은 쪽은 자신이라고 생각했다. 지난 10여 년 동안 박사는 지금처럼 언제나 이렇게 그녀를 배려했다. 그랬기에 그 깊은 병을 가지고도 지금까지 기적처럼 행복하게 살았던 것이라고 믿었다. 아내는 두 손을 모아 박사의 손을 붙잡았다.

"사랑해요. 전…… 다시 태어나도 당신의 아내로 살고 싶어요."

이시이 박사는 아내의 작은 어깨를 감싸 쥐었다.

"내가 얼마나 당신에게 못해줬는데 그런 말을 하오! 내가…… 10여 년 전 그날, 그 경험을 하지 않았다면 아마도 지금껏 나는 당신에게 상처만 주고 괴롭혔을지도 모르겠소. 다시 태어나 부부가 되면, 여보, 정말로 나는 예전의 내 행동들을 반성하고 당신에게 한없이 잘해줄 거요."

"그런 말씀 마세요. 몸이 약해 아이도 낳지 못하고 당신의 짐으로 살아온 저예요. 당신께 그저 미안한 일들만 생각나네요."

아내의 눈가에 살짝 이슬이 어렸다.

"무슨 소리요. 당신은 내 아내였지만, 나의 아이였고 나의 어머니였고, 또한 나의 여신이었소. 당신이 내 인생에 있었다는 것만으로도 나는 충분히 행복하오."

이시이 박사의 손은 한없이 따스했다. 그래서인지 아내는 자꾸만 눈이 감기기 시작했다. 자꾸만 졸리고, 자꾸만 눈물이 나고, 자꾸만 감사하고, 또한 너무나 행복했다.

"이렇게 행복하게 죽을 수 있어서 참으로 감사해요. 여보, 저먼저 가서 기다릴게요. 당신…… 곧 오세요."

아내는 이시이 박사의 무릎 위로 미끄러지듯 얼굴을 묻었다. 입가에 번지는 작은 미소와 함께 그녀는 드디어 이생의 짐을 벗어버렸다. 죽음의 순간! 그것은 길게만 느껴지던 이승의 삶에 비해 보잘것없이 짧은 찰나의 순간이었다.

이시이 박사는 자신의 웃옷을 벗어 아내의 몸에 걸쳐주었다. 박사는 쌔근쌔근 잠든 아이에게 하듯 아내의 머리를 자신의 무릎에 눕힌 채 검게 물든 하늘을 바라보았다. 화산재 사이로 보이는 사쿠라지마의 붉은 용암은 무섭도록 아름다웠다. 이시이 박사는 서서히 식어가는 아내의 체온을 느끼며 그녀의 몸에 두 팔을 감아 뜨겁게 감싸 안았다.

인생의 마지막을 마감하며 그에게는 결코 후회되는 일들이 떠오르지 않았다. 지난 10여 년간 환자들이 고통스러워하는 소리를 들으며 진심에서 우러난 치료와 시술을 시연했기에 그는 자신의 생이 보람되다고 생각했다. 무엇보다도 소중한 아내를 구겨진 쓰레기처럼 잊고 버려둘 뻔했던 지난 잘못을 10여 년간 용서받으며 마지막 순간까지 아내와 함께할 수 있었던 것에 그는 감사드렸다. 그렇기에 지금 죽음의 순간, 인생의 마지막 순간에 그는 조금도 외롭지 않을 수 있었다.

'고맙소…….'

이시이 박사는 품에 안긴 아내와 그의 인생을 송두리째 바꿔놓은 이름 모를 여인들을 생각하며 마음속으로 중얼거렸다. 끔찍한 고통 속에서 죽어간 붉은 기모노의 여인과, 피보다 더 붉은 아름다운 여인……. 박사는 그들에게 진심을 다한 고마움과 감사를 느꼈다. 동시에 미안한 마음도 들었다.

"지금 다시 그때로 돌아간다면 가엾은 산모를 도왔을 텐데 미안하군요. 적어도 그렇게 고통스럽게 죽도록 하진 않았을 텐데……."

뜨거운 연민의 감정이 이시이 박사의 가슴을 훑고 지나갔다. 생각해보면…… 세상에서 가장 축복받을 순간에 가장 끔찍한 고통을 겪고 죽어야 했던 붉은 기노모의 여인 때문에 가슴이 아렸다. 결코 축복받을 수 없는 가엾은 아이의 탄생과 산모의 죽음을 되돌아보며 그는 강한 연민에 몸을 떨었다.

"고맙습니다. 그리 생각해주시니 감사할 따름이군요."

그때였다. 박사의 등 뒤에서 맑고 낭랑한 목소리가 들려왔다. 목소리를 따라 고개를 돌리던 이시이 박사는 순간 아무 말도 할 수 없었다. 다만 벌어진 동공만이 눈앞에 나타난 소녀를 정신없이 바라볼 뿐, 그 외의 어떤 행동도, 어떤 움직임도 이어지지 않았다.

불붙은 사쿠라지마의 회색 돌출구를 배경으로 불쑥 튀어나온 커다란 바위 위에 한 소녀가 꼿꼿이 서 있었다. 까마득히 멀리 보이는 저 아래, 인간세계를 내려다보고 있는 여인, 아니 어린 소녀는 10여 년 전에 이시이 박사가 보았던 한 여인의 모습과 너무나 흡사했다.

새하얀 목선 아래 피처럼 새빨간 기모노를 걸친 소녀. 막 꽃잎을 떨어뜨리는 진다홍빛 벚꽃이 수놓인 붉은 기모노를 입고 새하얀 일본 가면을 얼굴에 쓴 소녀였다. 허리 아래까지 길게 내려오는 생머리를 휘날리는 소녀는 10여 년 전에 이시이 박사가 보았던 가엾은 산모보다 키도 작고 몸집도 왜소했지만 분명 그의 기억에 남은 붉은 기모노의 여인이 틀림없었다.

단 한 번의 만남, 단 한 번의 기억으로 평생 잊은 적이 없는 붉은 기모노의 여인…… 가엾은 최후를 맞이한 그 여인이 소녀가 되어 그의 눈앞에 서 있었다.

"당신은……."

이시이 박사는 선뜻 말을 잇지 못했다.

붉은 기모노의 여인은 붉은 천 자락을 휘날리며 저 아래 박사의 아내가 바라보던 사쿠라지마의 끝자락을 응시하고 있었다.

"나의 마지막을 정리해주어 고맙습니다."

붉은 기모노의 여인이 이시이 박사를 향해 천천히 고개를 숙였다. 이시이 박사는 이제야 알 것 같았다. 작은 체구에 까만 흑단 머리를 휘날리는 눈앞의 소녀는 어머니의 배를 찢고 나온 어린 생명이었다. 하지만 그녀는 단순한 어린아이가 아니었다. 동시에 그녀는 자신의 인생을 한순간에 송두리째 바꿔놓은 가엾은 산모이기도 했다. 어떻게 그런 것이 가능한지는 몰라도 수많은 일을 목도한 이시이 박사에게는 모든 것이 그대로 받아들여졌다. 그저 먹먹한 울림이 그의 가슴을 가득 메울 뿐이었다.

"당신은 내가 알고 있는 그분이로군요. 그래, 그분이군요. 당신의 육신은 나의 부족한 의술로 봉합되어 어딘가에 보관되어 있겠지만, 당신은 아직도 여전히 그곳에 있는 것이겠지요. 그때…… 그런 고통 속에서 괴로워하는데도 돕지 못해 정말로 미안합니다."

박사는 붉은 기모노 소녀의 새하얀 가면 너머에 죽은 산모가 있음을 알았다. 10여 년 전의 어느 날 단 한 번 만났을 뿐인데도 그 여인의 기척을 어쩜 이리도 생생하게 기억하고 있는지 이시이 박사 자신도 설명할 수 없었지만 그는 알 수 있었다. 그가 죽음의 순간을 지켜보고 갈가리 찢긴 배를 봉합해주었던 그녀가 여기 있음을. 동시에 어머니의 배를 갈가리 찢고 태어난 어린아이의 얼굴도 저 하얀 일본 가면 안에 담겨 있음을. 그는 자신도 설명할 수 없는 방법으로, 본능적으로 알고 있었다.

"제가 조금 더 세상을 알고 죽음을 알았더라면 그때 당신의 고통을 조금이나마 덜어드릴 수 있었을 거라고 내내 생각했습니다. 당신은 내 인생을 송두리째 바꿔놓았고, 나는 그 인생에 더없이 감사를 드리건만 내가 당신께 해줄 일은 아무것도 없군요."

약물은 이시이 박사의 시간을 무위無爲로 만들고 있었다. 이시이 박사는 서서히 눈앞이 흐려지는 것을 느꼈다. 붉은 기모노가 뿌옇게 흐려지기 시작했다.

"그것은 나에게 주어진 천형! 당신이 도울 수 있는 일이 아니었습니다. 또한 당신은 나에게 감사할 일이 아무것도 없어요. 나에게 갚아야 할 빚 역시 없습니다. 나는 당신에게 죽음을 직시할 눈을 주었을 뿐이고, 당신이 그 능력으로 사람들에게 고귀한 죽음을 선사한 것입니다. 나는 당신이 했던 것처럼 세상이 죽음으로 정화되기를 바랍니다. 정화의 방법이 죽음이 되어버렸기에 모두들 나를 악마라 부릅니다. 그러니 박사님이 그리 가엾게 볼 사람이 아니지요."

여인의 카랑카랑한 목소리에서 아득한 괴로움이 느껴졌다. 이시이 박사는 이제 눈앞이 보이지 않았다. 흔들리는 검은 안개와 그 사이로 부는 붉은 바람이 눈앞에서 아지랑이처럼 일렁일 뿐이었다. 박사는 자신의 무릎에 누운 아내를 바라보았다. 가까이 누운 아내의 얼굴도 잘 보이지 않았다. 아내의 살갗만 무디게 느껴질 뿐이었다.

"신의 가호가 당신과 함께하기를……. 당신은 결코 악녀가 아니에요. 내가 사람들을 죽음의 공포로부터 구한 것은 모두 당신의 도움 때문이었습니다. 당신이 알려준 죽음은 우리에겐 구원이었습니다. 난 믿어요, 당신은…… 천사와도 같은……."

이시이 박사의 마지막 말은 웅얼거림이 되어 사라졌다. 그의 마지막 말은 사위를 몰아치는 차가운 바람에 묻혀버렸고, 박사의 몸은 그의 무릎에 누운 아내 위로 쓰러졌다.

붉은 기모노의 여인은 이시이 박사 부부와 그 너머로 펼쳐진 드넓은 바다를 바라보았다.

"울어라, 사쿠라지마야. 울어라!"

흑단인형의 두 팔이 하늘을 향해 치켜 올라갔다.

우르르릉!

흑단인형의 뒤로 거대한 사쿠라지마의 화구가 부르르 떨었다. 화산이 몸을 떨 때마다 검은 연기가 솟아오르고 바다가 들썩이고 하늘이 포효했다. 저 멀리 찢어지는 사람들의 비명 소리와 자욱한 회색 연기가 가고시마의 푸른 바다를 뒤덮었다. 사람들은 평상심을 잃고 요동치는 사쿠라지마에 놀라 두려움에 몸서리쳤다. 순식간에 정상은 아수라장으로 변해갔다.

콰과과광!

흑단 같은 검은 머리가 바람에 날렸다. 흑단인형의 붉은 기모노만큼이나 새빨간 불길이 사쿠라지마의 거대한 구멍 속에서 솟아올랐다. 거대한 자연은 흑단인형의 움직임에 맞춰 더 높이, 더 거세게 허공 위로 솟아올랐다. 붉은 기모노의 등 뒤로 자욱한 연기와 붉은 화염이 거대한 병풍이 되어 솟아올랐다.

제4화

소년, 잠들다

1

또래 중에 최고의 영능력을 가졌다고 자부했던 라즈니쉬는 한국에 다녀온 이후 자신의 능력이 아직도 까마득히 멀었다는 걸 깨달았다. 그 뒤로 누가 시키지 않아도 제 몸을 혹사하다시피 훈련을 강행했다. 잔재주에 만족해 실력을 과신한 예전과 달리 낙빈을 대면한 후의 라즈니쉬는 많은 것을 느꼈고 많은 것이 달라졌다. 기술에 힘쓰는 것만큼이나 영혼의 마음을 읽는 데도 시간을 할애했다.

며칠간 한숨도 자지 않고 힘든 수련을 강행한 라즈니쉬가 정신없이 잠에 빠져들었다. 온밤을 하얗게 새우며 훈련에 몰두한 라즈니쉬에게 휴식 시간은 너무나 소중했다. 인형에 영력을 불어넣는 것이 주특기인 라즈니쉬답게 강한 훈련이 진행됨과 더불어 엄청난 양의 대팻밥도 쌓여갔다. 라즈니쉬의 방에 들어서면 이 대팻밥으로 인해 발 디딜 틈이 없었다. 바닥은 물론 책상 위에도 조각칼과 나무토막이 가득하고, 심지어 휴식을 취하는 침대 위에도 나무토막 천지였다. 라즈니쉬는 엉망인 방을 치울 새도 없이 쓰러지듯 잠이 들었다.

"라즈니쉬! 라즈니쉬!"

누군가가 라즈니쉬의 통나무 같은 몸을 흔들었다. 라즈니쉬는 간신히 정신을 차렸다. 3일 밤을 꼬박 새운 탓에 눈꺼풀 위로 무거운 추가 내리누르는 것만 같았다. 떠지지도 않는 두 눈을 부릅떠보니 민우의 검은 실루엣이 어른거렸다.

"왜에……."

라즈니쉬는 아주 못마땅하다는 표정으로 도로 눈을 감았다.

"라즈니쉬, 정신 차려! 지금 아주 급한 일이 생겼어. 자세한 건 나중에 얘기하고. 너…… 헬리콥터 조종할 수 있지?"

"뭐, 뭐라고?"

라즈니쉬는 갑자기 정신이 번쩍 들었다. 꿈인가 생시인가 눈을 비벼보니 외출용 까만 반코트를 입은 강민우가 비밀스럽게 소곤대는 게 보였다.

"너, 최근에 기계에 관련된 특수 훈련을 받고 있잖아. 헬리콥터 조종 가능하지?"

"그야……."

라즈니쉬는 헬리콥터 이야기를 듣자 비몽사몽이던 정신이 또렷해졌다. 라즈니쉬는 요즘 인형과 같은 무생물에 영력을 쏟는 능력에서 한 발 더 나아가 자동차나 배, 그리고 비행기 등 움직일 수 있는 기계를 영력으로 작동시키는 능력을 계발하는 중이었다. 이러한 능력은 무작정 사물을 띄우거나 이동시키는 염력과 달랐다. 기계에 대한 지식을 갖고 있기만 하다면 염력에 비해 훨씬 적은 정신적 소모로 더 먼 거리까지 힘을 사용할 수 있는 유용한 기술이었다. 친親기계적 능력을 배가시키기 위해 많은 기계장치를 다루고 그 운전법을 마스터한 라즈니쉬였다. 그런데 갑자기 왜 민우가 그런 능력을 다급히 원하는지 알 수가 없었다.

"자세한 이야긴 나중에 할 테니까, 일단 따라와!"

민우는 무엇이 그리도 급한지 라즈니쉬가 채 말을 끝내기도 전에 다짜고짜 손목을 잡아끌었다. 대팻밥이 그득한 라즈니쉬의 방 안은 한 발을 내디딜 때마다 무릎까지 푹 빠졌다. 민우는 높다란 장애물을 밟으며 라즈니쉬를 문밖까지 끌고 나갔다.

"자세한 얘긴 가서 할 테니까, 어서! 빨리 서둘러!"

민우는 새하얗고 기다란 복도를 통과해 고속 엘리베이터에 올라탔다. 곧이어 지상으로 통하는 결계의 문을 지날 때까지도 더 이상의 설명은 없었다.

바깥은 매서운 바람이 불어대고 사방은 거무튀튀했다. 시간을 인식하지 못하고 잠들었던 탓에 라즈니쉬는 캄캄한 하늘이 새벽인지 밤인지도 분간되지 않았다. 검은 바다로 뒤덮인 신성한 집행자들의 화이트 하우스 주변은 어쩐지 평소보다 더 거센 바람과 파도가 이는 것 같았다.

민우는 아무런 설명도 없이 섬의 헬기장을 향해 성큼성큼 나아갔다. 찬바람을 맞으니 라즈니쉬의 뇌가 더 맑아졌다.

"너…… 허락받았어? 헬리콥터를 몰아도 된다는 허락 말이야!"

"아니."

라즈니쉬는 다짜고짜 잡아끄는 민우의 손을 홱 뿌리쳤다. 갑자기 헬리콥터를 들먹이며 괴상한 행동을 하는 민우를 도저히 이해할 수 없었다. 지금껏 민우와 장난도 많이 치고 위험한 일도 많이 해보았지만 헬리콥터로 몰래 빠져나간다는 건 장난의 정도가 심했다. 이건 말도 안 되는 짓이었다.

"자세한 이야기는 곧 해줄게. 우선은 아무것도 묻지 말아줘. 나중에 끌려가면 다 내 잘못이라고 얘기할게. 지금은 도와줄 사람이 너밖에 없어!"

"무슨 일이야? 너…… 무슨 큰일이라도 저지른 거야?"

"아니야, 그럴 리가 없잖아."

라즈니쉬는 이런 갑작스러운 행동의 원인을 짐작할 수가 없었다.

"그런데 왜 그러는 거야? 어딜 가려는 건데?"

"……."

"말을 해! 말하지 않으면 한 걸음도 움직이지 않을 테니까!"

라즈니쉬는 고개를 돌려 푸른 바다와 맞닿은 섬의 절벽을 노려보았다. 소년의 옆얼굴에 이유를 말하지 않으면 가지 않겠다는 고집스러움이 있었다.

"……흑단인형을 찾으러 가는 거야."

라즈니쉬의 눈동자가 휘둥그레졌다. 예상하지 못한 방향에서 예상치 못한 음성이 들려왔다. 두 소년의 반대쪽에서 검은 그림자 사이로 모습을 드러낸 것은 키 작은 낙빈이었다. 라즈니쉬의 목구멍에서 신음 소리 비슷한 것이 삐져나왔다.

흑단인형……. 낯선 단어는 아니지만 함부로 말하기도 힘든 무시무시한 공포의 대상을 낙빈이 입에 올리고 있었다. 초국가적·범인류적 단체인 신성한 집행자들이 인류의 발전과 안정을 도모해온 이후로 인류의 말세와 멸망을 내세우며 무차별적인 테러를 자행해왔다는 무시무시한 적의 이름……. 라즈니쉬는 마른침을 삼켰다.

"하지만…… 대체 어떻게 찾아간다는 거야?"

라즈니쉬는 떨리는 목소리를 숨기며 낙빈에게 물었다.

"확실한 목적지는 출발한 뒤에 얘기해줄게. 나타날 곳을 알아냈어. 동아시아 쪽이야. 너희와 같이 싸우자는 게 아니야. 그곳에 나를 좀 데려다줘."

낙빈은 초조한 듯 라즈니쉬와 민우의 얼굴을 쳐다보았다. 불안한 눈동자가 흔들렸다. 항상 차갑고 말이 없는 저 녀석이 콧대 높은 자존심을 꺾고 민우와 라즈니쉬에게 도움을 청하고 있었다. 두 사람은 어쩐지 심장이 떨렸다.

"그동안 흑단인형에 관한 정보를 계속해서 모으고 있었대. 그리고 드디어 확신이 섰나 봐. 분명히 나타날 곳을 알아냈대. 그러고 보니 지난밤부터 우리 특수 요원들도 속속 어디론가 파견을 가더라고. 하지만 저 애는 데려가지 않았나 봐. 저 낙빈이란 아이 말이야……. 영력은 세지만 이 섬을 빠져나갈 방법은 없단 말이지."

민우가 슬쩍 라즈니쉬의 옆구리를 찔렀다. 어두컴컴한 밤바람을 맞으며 하얀 유령처럼 서 있는 작은 소년은 말할 수 없이 외로워 보였다.

"미치겠네. 무슨 일이 생기면 다 네 책임이야!"

라즈니쉬는 민우에게 투덜거리면서도 선뜻 헬기장 쪽으로 발길을 돌렸다. 마음속으로는 지난번 한국에서의 빚을 갚는 거라고 중얼거렸지만, 사실은 작은 어깨를 가진 소년의 눈이 라즈니쉬의 가슴을 아리게 했다. 아무리 출중한 능력을 가졌다고는 해도 자신보다 키가 한 뼘이나 작은 꼬마가 무시무시한 흑단인형과 맞서 싸워야 한다고 말했을 때부터 측은한 마음을 갖게 된 것 같았다. 라즈니쉬는 자신을 따라오는 민우를 바라보았다. 말로 확인하지 않아도 민우 역시 라즈니쉬의 생각과 다르지 않은 것 같았다.

불안한 듯 지켜보던 낙빈이 앞서 걸어가는 두 소년의 뒤를 따랐다. 설마 이런 부탁을 들어줄까 싶었던 두 소년이 별말 없이 자신의 일을 도와주는 게 얼떨떨하기만 했다. 이 드넓은 화이트 하우스에서 유일하게 말을 주고받은 두 사람이 얼토당토않은 부탁에 응해준다는 것이 차갑게 얼어붙은 낙빈의 한쪽 가슴을 찌르르하게 만들었다.

화이트 하우스와 조금 떨어져 있는 헬기장에는 진청색 헬리콥터 두 대와 흰색 헬리콥터 두 대가 대기 중이었다. 라즈니쉬는 그중 흰색 헬리콥터를 향해 뛰어가더니 닫혀 있는 문을 열었다. 주변을 한번 휘익 돌아보았지만 인기척은 느껴지지 않았다. 민우가 조수석에 타고 낙빈은 뒤쪽에 올랐다. 여전히 사위는 캄캄하고 고요했다.

"자, 간다!"

라즈니쉬의 말이 떨어지기가 무섭게 캄캄하게 잠들어 있던 조종석에 불빛이 들어왔다. 라즈니쉬에게는 그 어떤 작동 장치도 필요치 않았다. 기계에 대한 지식과 영능력만으로도 헬리콥터를 조종할 수 있었다.

투투투투…….

맹렬한 기계음이 귀청을 찢을 듯이 울어댔다. 그 소리가 하도 커서 심장이 튀어나올 것만 같았다. 금방이라도 SAC의 요원들이 튀어나올 것 같았지만 다행히 주변은 고요했다.

"날아봤자 30분, 아니 10분 안에 붙잡힐 거야. 이미 우리가 떠나는 걸 눈치챘을 테니까. 잡히는 건 시간문제라는 걸 알아둬! 어쨌든 갈 데까지 한번 가보자고!"

라즈니쉬는 조종간을 단단히 붙잡았다. 가능성이 희박한 무모한 도전이지만 낙빈의 눈빛을 보니 시도하지 않을 수가 없었다. 흑단인형에게 복수해야 한다는 가엾은 소년의 이야기를 라즈니쉬는 잊을 수가 없었다.

"그건 그렇고 정확한 위치가 어디야?"

"……일본이야. 일본의 가고시마, 사쿠라지마 화산이야!"

민우와 라즈니쉬의 가슴에 팽팽한 긴장감이 느껴졌다. 민우는 지난밤에 보았던 뉴스가 생각났다. 분명 사쿠라지마의 활화산이 요동치고 있다는 소식이었다. 지금껏 본 적 없을 정도로 엄청난 화염이 지상 7,000미터 상공으로 치솟았다는 보도였다. 불타오르는 단순한 화산이 아닌 게 분명했다. 그런 지각변동의 이면에 깊고 복잡한 영적 사건들이 얽혀 있을 거라는 강력한 예감이 들었다.

2

거대하고 넓은 대원로실 중앙에는 진고동색 기둥이 높다랗게 치솟아 있었다. 거대한 네 기둥에는 청홍의 비단이 늘어져 은은한 빛으로 반짝거렸다. 기둥의 한가운데 금빛 향로 안에서는 녹색 향불이 가느다란 연기를 허공으로 피워올리고 있었다. 향로 뒤에서 좌선하는 노파는 얼굴에 자글자글한 주름이 가득했다. 은은한 쪽빛 한복을 입은 그녀는 눈을 감았다. 감은 눈 저편으로 그녀에게만 보이는 형상들이 있었다.

'드디어 가는구나……'

모모 님의 굽은 어깨가 흔들렸다. 캄캄한 어둠 저편에서 허겁지겁 움직이는 소년들의 모습이 보였다. 그들의 등 뒤에는 새하얀 건물이 솟아 있었다. 한 점 더러움도 없을 것 같은 건물을 배경으로 푸르른 수풀과 잔디가 펼쳐졌다.

잠시 후 하얀빛을 반짝이는 비행 물체가 움직였다. 소년들은 그들에게 허락되지 않은 비행 물체 하나를 탈취해 섬을 빠져나가는 중이었다. 흰색 헬리콥터를 조종하고 있는 것은 인도 소년 라즈니쉬였다. 가무잡잡한 피부 사이로 그의 하얀 이가 반짝였다. 헬리콥터를 탈취한 것에 몹시도 만족스러워하는 모습이었다. 라즈니쉬만큼이나 흥분한 민우의 얼굴도 보였다. 민우는 라즈니쉬와 뒤쪽의 소년을 번갈아 바라보며 자신들의 성공에 기뻐하고 있었다.

헬리콥터 뒤편에 두려운 듯 몸을 웅크리고 있는 낙빈의 표정은 그리 밝지 못했다. 얼룩진 흰색 한복을 걸친 소년은 어두운 표정으로 헬리콥터의 창밖을 내다보고 있었다. 그의 눈이 불안하게 떨렸다. 모모 님은 그런 낙빈의 얼굴을 좀 더 자세히 쳐다보려 했다. 낙빈이 이쪽으로 천천히 고개를 돌렸다. 그러더니 그 까만 눈동자가 모모 님을 향해 정확히 시선을 고정했다.

순간 모모 님의 양어깨가 부르르 떨었다. 그녀의 온몸이 흔들리며 두 눈이 번쩍 떠졌다.

"참으로…… 어려운 놈이로고!"

그녀는 고개를 휘저으며 금빛 향로를 한쪽으로 밀었다. 낙빈의 모습을 자세히 보려고 하면 할수록 모모 님의 기운을 막아서는 강력한 기운이 소년으로부터 뻗어 나왔다. 낙빈의 미래를 보는 것만큼이나 그 아이의 현재를 보는 것도 쉽지 않았다.

"원로님!"

모모 님이 막 몸을 일으키는데 소란스러운 발소리와 함께 신성한 집행자들의 요원들이 그녀를 찾아왔다. 검은 양복 차림의 요원과 붉은 수단을 입은 요원이 황급히 다가왔다.

"소년들이⋯⋯."

"내버려두세요. 이런 일이 있을 거라고 했잖습니까."

모모 님은 두 사람의 말이 끝나기도 전에 그들의 입을 막았다. 세 소년이 헬리콥터를 탈취해 섬을 떠날 것은 이미 알고 있었다. 이런 일이 일어나기 수일 전부터. 이런 일이 벌어질 줄 알면서도 절대로 방해하지 말라고 지시한 것도 모모 님이었다.

"동방지부장께서 일본 쪽으로 기수를 돌리게 해서는 안 된다고 연락이 왔습니다. 흑단인형과 레드블러드가 모두 나타났다고 합니다. 사쿠라지마에서 심상치 않은 일이 벌어지고 있습니다."

"그것도 알고 있어요."

요원의 말에도 모모 님의 표정은 변하지 않았다. 이미 그녀는 일련의 사건이 일어날 것을 예견하고 있었다.

"위험한 줄 알면서도 다 놓아두라고 말한 겁니다. 그 외에는 방법이 보이지 않는단 말입니다."

모모 님은 두 요원 앞에서 주섬주섬 자신의 물건들을 챙기기 시작했다. 낡은 보자기 같은 것에 그녀의 향초와 향로가 차곡차곡 들어갔다.

"동방지부장의 연락입니다."

"아이고 참, 늙은이를 못살게도 구는구먼."

두 사람의 뒤로 또다시 검은 양복 차림의 여성이 나타났다. 억센 곱슬머리를 가진 갈색 피부의 여인이었다. 그녀는 모모 님의 앞으로 재빨리 다가와 모니터를 내밀었다. 검은 양복을 입은 현욱의 모습이 모니터에 나타났다. 화면이 흔들릴 때마다 그의 등 뒤로 검회색 연기가 일렁거렸다. 전례 없이 무섭게 폭발하는 사쿠라지마를 배경으로 어두운 표정의 현욱이 모모 님을 찾고 있었다.

"흑단인형과 레드블러드가 모두 나타났습니다."

"그래그래, 들었네. 전부 나타날 줄은 몰랐는데 그렇게 됐구먼. 그놈의 흑단인형도, 낙빈이라는 놈도 뿌옇게 흐려서 미래를 내다보기가 어렵단 말이지…….'

"낙빈이 이곳으로 오는 중입니다."

"그래그래, 알고 있네."

"지금 흑단인형을 만나게 하는 건 너무 위험합니다."

"그것도 알고 있네."

모모 님은 짐을 챙기던 손을 놓고 모니터 너머 걱정으로 가득한 현욱의 얼굴을 바라보았다. 얼음처럼 차가운 남자가 동요하고 있었다.

"별수 없지, 어쩌겠나. 지금의 저 어린 박수무당은 산 것도 죽은 것도 아니네. 저런 모습으로 살아가는 아이가 우리의 미래를 맡길 미륵보살이 맞네 아니네, 예견해봤자 무슨 소용이 있겠는가. 아무리 위험하다고 해도 지금은 방법이 없네. 그놈을 흔들 수 있는 유일한 자는 흑단인형뿐일세. 뒤죽박죽 혼란스러운 그 머리를 일소에 죽이는 것도, 단박에 깨우는 것도 흑단인형뿐이란 말일세."

"……만일 그 아이가 진짜 신인이라면요? 그런데 그 아이가 흑단인형에 의해 죽임을 당한다면요? 인류를 위해 아무것도 못한 채 흑단인형의 손에 신인이 사라진다면…… 어떻게 하시겠습니까?"

현욱의 눈빛이 험악해졌다. 오늘 낙빈과 흑단인형이 과연 조우할지, 혹시 조우한다면 그 결과가 무엇일지는 누구도 알 수 없었다. 그는 최악의 상황을 가정하고 있었다. 모모 님도 그 모든 것을 알고 있었다. 하지만 엉망진창으로 변해버린 낙빈에게 그 어떤 자극도 소용이 없으며, 극단의 조치가 필요하다고 생각했다. 그리고 그런 조치가 소년의 죽음을 부를 수도 있음을 예견했다. 그래도 달리 방법이 없었다.

모모 님은 평소와 달리 감정을 드러내는 동방지부장의 얼굴을 물끄러미 바라보았다. 항상 내면을 잘 숨기는 사람이 유독 낙빈의 일에서만큼은 제 감정을 드러내는 것을 고요한 눈빛으로 지켜보았다.

"방법은 없네. 선택이 있을 뿐이야. 엉망진창인 쓰레기로 살게 놔두든가, 생사에 상관없이 부딪혀보든가. 선택이 두 가지라면 해보는 수밖에 없지 않은가."

모모 님은 현욱의 눈을 외면했다. 그녀의 주름진 눈이 다른 쪽의 빈 벽을 바라보았다. 현욱은 그런 모모 님의 옆얼굴을 차갑게 노려보았다.

"자네는…… 어린 박수무당의 마지막을 봐야 할 자들을 모으게. 그놈이 결국 죽임을 당한다면 그 마지막을 그래도 지켜보게 해주어야 하지 않겠나. 그리고 더 중요하게는 그 사람들의 소망으로 만에 하나, 박수무당이 죽음에 이르지 않도록 도울 수도 있지 않을까 하는 것이 나의 생각일세."

모모 님은 작은 보따리를 들어 옆구리에 꼈다.

"그리고 이제 더 이상 나를 성가시게 하지 마시게. 나는 내 집으로 돌아가겠네."

노파는 구부정한 몸을 틀었다. 먼저 방에 들어왔던 검은 양복 차림의 남자와 붉은 수단을 입은 남자가 양쪽에서 그녀를 따라나섰다. 그런 모모 님의 움직임을 지켜보는 현욱의 얼굴이 점점 어둡게 변해갔다.

콰과과광!

현욱의 등 뒤로 화산이 폭발하는 소리가 세차게 울려 퍼졌다. 검회색 화산재가 모니터에 비치는 모든 곳으로 까맣게 밀려들었다.

3

오늘따라 깊은 숲 속의 너와집 위로 길고 검은 어둠이 깔렸다. 울창한 나무들이 만들어내는 검은 그림자가 산속에 홀로 선 낡은 집을 더욱더 외롭고 차갑게 만들었다. 진고동빛의 좁은 마루 위에 흰 한복을 정갈하게 입은 여인이 조각상처럼 앉아 있었다. 깊은 산속에서 홀로 하루하루를 견디는 낙빈 어머니의 두 눈이 저

높은 어둠의 근원을 올려다보았다. 그녀의 얼굴이 오늘따라 흙빛으로 제 색을 잃었다.

우르르릉!

비도 내리지 않는 마른하늘에 날벼락이 쳤다. 온 세상을 뒤덮은 먹구름과 하늘을 쪼개버릴 것처럼 울어대는 천둥소리가 심상치 않았다. 미동도 없이 좌선하던 낙빈 어머니가 벌떡 일어섰다. 그녀는 툇마루와 이어진 방문 하나로 성큼성큼 걸음을 옮겼다. 방 안은 빛 한 줌 들어오지 않는 어둠 속에 있었다. 방을 밝히는 유일한 빛은 향불 옆에 놓인 하얀 촛불 두 개가 전부였다. 방 안을 두른 형형색색의 그림들이 촛불에 비쳐 금빛으로 일렁였다. 여인은 방 안에 놓인 작은 소반 앞에 앉았다. 소반 위에는 긴 가지가 달린 방울이 놓여 있었다.

딸랑…….

황동 방울이 부딪히며 금속음을 만들어냈다. 낙빈 어머니가 기다란 가지를 흔들 때마다 그 끝에 달린 세 개의 방울이 맑고 청아한 소리로 울어댔다. 방울이 우는 소리가 어둑어둑한 숲을 가득 메웠다. 낙빈 어머니는 여전히 하늘을 바라보았다. 측백나무 사이로 보이는 하늘은 평소보다 짙은 빛깔이었다. 구름 한 점 없는 날인데도 무언가 막이 드리워진 것처럼 하늘은 어두웠다.

"말씀을 해주십시오. 왜 이리도 제 마음이 뒤숭숭하고 혼란스러운 겁니까?"

여인은 먼 하늘을 향해 중얼거렸다. 오늘따라 이유 없이 긴장과 혼란이 온몸을 뒤덮은 까닭을 물었다. 막연한 불안감이기를 바랐지만 그녀의 신력神力은 그리 호락호락한 말을 하지 않았다. 갑자기 불상들의 양쪽에 세워져 있는 청홍의 촛불들이 천장에 닿을 만큼 한껏 타오르더니 순식간에 다시 조그마한 촛불로 되돌아갔다.

1미터 이상 솟구쳐 올라간 촛불은 금세 제자리를 찾아 작아졌지만 거대한 불꽃이 만들어낸 하얀 연기가 뿌옇게 흩어졌다. 방 안에 남은 연기가 뭉글뭉글 뭉쳐지면서 흰 도복을 입은 선인의 모습이 나타났다. 낙빈 어머니가 모시는 예지의 신이었다.

"알려주십시오."

낙빈 어머니는 살며시 감은 눈을 떴다. 새하얀 선인이 깊은 눈으로 낙빈 어머니를 내려다보았다.

'……네가 정녕 모르느냐?'

새하얀 신선의 모습을 한 그녀의 신은 대답 대신 오히려 그렇게 묻고 있었다.

"말씀해주십시오. 혼란스러워서 분간할 수가 없습니다."

낙빈 어머니는 고개를 흔들었다. 마음이 자꾸 불안해지는 원인을 알 수가 없었다.

'……너는 이미 그 답을 알고 있으니 너의 마음을 직시해보거라, 제자야. 세상에 너를 이렇게 어지럽히고 혼란스럽게 할 수 있는 자가 누가 있겠느냐?'

예지의 신이 말을 마치기가 무섭게 낙빈 어머니의 얼굴이 새파랗게 변해버렸다.

"설마 낙빈이가…… 그 아이에게 무슨 일이라도 생긴 것인가요?"

낙빈 어머니의 목소리가 눈치채지 못할 만큼 바르르 떨렸다.

귀하디귀한 아들을 천신의 암자에 보낸 뒤로 그녀는 하루도 편히 지내본 적이 없었다. 그래도 암자 식구들과 가족처럼 사랑을 듬뿍 나누며 조금씩 성장하는 모습을 보면서 항상 마음을 쓸어내렸다. 하지만 아들의 앞날에 그런 순탄함만 있지는 않을 것임을 그녀는 너무나 잘 알고 있었다. 태고지신이라는, 감히 입에 담지도 못할 무량대신無量大神을 예비한 이상 그 앞에 놓인 수많은 고난과 역경은 짐작하기 힘들 정도라는 것은 예견되었다. 결국 그토록 깊은 정을 나누었던 승덕이 떠나가고 아들은 깊이를 알 수 없는 슬픔에서 헤어나지 못하고 있었다.

그녀의 마음은 늘 아들에 대한 걱정과 염려로 가득했지만, 그것이 아들의 운명이고 아들에게 예비된 길이라면 그저 지켜보는 수밖에 없었다. 그렇기에 아픈 아들을 멀리서 바라볼 뿐, 위로하지도 나무라지도 못했다. 어차피 한 번쯤 데일 상처라면 홀로 극복하는 것이 그 아이의 앞날을 위해서 나은 일이라고 판단했기 때문이다.

아픈 상처를 이겨내기 위해 먼 길을 떠난 아들을 묵묵히 기다리며 한시도 빠짐없이 기도를 드리고 치성을 올리는 것이 그녀가 베푸는 사랑의 방식이었다. 그런데 아들의 안위에 불안의 기운이 감돌다니, 이 형용할 수 없는 불측지연不測之淵의 감정들이 낙빈이 때문이라니, 그녀의 얼굴이 파리하게 변했다.

"가야…… 되겠습니다!"

낙빈 어머니는 자리에서 벌떡 일어섰다. 그녀는 하얀 한복 위에 짙푸른 남색 장옷을 걸치고 어두운 신방을 나서려 했다. 여전히 남아 있는 자욱한 연기 속에서 예지신의 말소리가 들렸다.

'나의 제자야, 나의 딸아. 네가 간다고 해도 막을 수 있는 것은 없다. 상처받은 아들의 모습을 지켜볼 수 있겠느냐? 차라리 이곳에서 기다리거라. 네 아들의 몸이 너를 찾아올 것이다.'

하얀 연기 속에서 그녀를 만류하는 신의 목소리가 들렸다. 흰 연기 너머 저 멀리 부서진 바위 더미 위에 힘없이 누운 어린 아들의 모습이 어른거렸다. 바위 위에 쓰러진 아들의 모습……. 그건 미래에 보게 될 아들의 운명이 분명했다. 죽은 듯 꼼짝 않고 검은 바위 위에 널브러진 아들의 모습 위로 차가운 파도가 일렁였다. 예지의 신은 그녀가 가든 말든 아들의 운명은 바뀔 수 없음을 경고했다.

"그래도 가겠습니다."

낙빈 어머니는 고집스럽게 입술을 다물었다. 결국엔 쓰러진 아들을 만나게 될지언정 멍하니 기다리고 있을 수만은 없었다. 그녀는 쓰러진 아들의 몸을 일으켜주는 것이 자신의 두 손이기를 바랐다. 한 발 더 나아가 아들이 받을 끔찍한 대가를 자신이 대신 받을 수 있기를 바랐다. 그것이 불가능한 망상일지라도 그녀는 걸음을 멈출 수가 없었다.

방문 밖으로 걸음을 옮기는 그녀의 등 뒤로 예지의 신이 마지막 당부의 말을 들려주었다.

'……제자야, 올 것이 왔을 뿐이다. 예언은 수백 년, 수천 년 전부터 이미 이루어지고 있었나니, 분노도 상심도 말아라. 네 아들을 통해 너는 잊었던 자들을 만나게 될 것이다. 네가 만났던 이들을 네 아들이 만나는 것은, 너로 말미암아 이루어졌던 예언의 조각들을 네 아들에게서 온전히 이루어내기 위함이니라. 내 너를 측은히 여기고, 내 너를 애처롭게 여겨 신들의 비밀을 발설하나니, 무슨 일이 있어도 잊지 말아라. 나의 딸아, 나의 제자야, 갈라진 일곱 개의 조각이 만나면 네 아들은 혜안을 얻을 것이다. 갈라진 일곱 개의 조각이 만나도록 도와라. 그로 인해 너의 숨겨두었던 비밀들이 전부 들춰지는 것을 겁내지 말아라. 나의 딸아, 내가 말하는 신들의 비밀을 부디 잊지 말아라.'

예지신의 한마디 한마디는 너무나도 비장하고 또 엄숙했다.

"은혜로운 베푸심의 말씀 잊지 않겠습니다."

낙빈 어머니는 두 손을 모으고 신방의 허연 연기를 향해 몸을 굽혔다. 그녀는 신이 자신을 염려하고 걱정하는 마음을 고스란히 느낄 수 있었다.

낙빈 어머니는 서둘러 집을 나섰다. 몹시도 급한 걸음을 산 아래로 향했다. 그럴수록 그녀를 향해 다가오는 기운들도 또렷하게 느껴졌다. 낙빈 어머니는 그 기운들을 향해 망설임 없이 나아갔다.

산을 내려가 마을 초입에 다다랐을 때였다. 시골 마을에서는 좀처럼 볼 수 없는 검은 자동차들이 줄지어 눈앞에 나타났다. 길을 지나가던 몇몇 사람은 대체 무슨 일인가 싶어 둥그런 눈으로 낯선 차들을 바라보았다. 근처에서 밭을 갈던 사람들도 허리를 펴고 쳐다보았다.

커다란 검은 차들이 낙빈 어머니 앞에서 멈춰 섰다. 그녀는 날카로운 눈으로 차들을 훑어보았다. 그중 한 대의 문이 벌컥 열리며 낯익은 그림자가 나타났다.

"역시 알고 계셨군요."

검은 도복을 휘날리며 차에서 내린 사람은 천신이었다. 반백의 천신이 심각한 얼굴로 낙빈 어머니를 바라보았다. 그의 뒤로 길게 머리를 땋은 정희와 하얗게 머리를 민 쌍둥이 동생 정현도 나타났다. 두 사람 모두 낙빈 어머니를 향해 공손히 고개를 숙였다. 낙빈 어머니 역시 그들을 향해 몸을 굽혔다.

낙빈 어머니의 눈이 검은 자동차에서 내리는 검은 양복들을 날카롭게 바라보았다. 검은 차와 검은 양복들을 바라보던 낙빈 어머니가 천신을 향해 의구심 가득한 눈빛을 보냈다.

"왜 저들이……."

탐탁지 않은 마음이 낙빈 어머니의 눈빛 속에 녹아 있었다. 적대적인 기운도 섞인 그녀의 눈빛 앞에 천신이 고개 숙여 사죄했다.

"용서하십시오. 그동안 숨긴 것이 있었습니다."

낙빈 어머니의 놀란 두 눈이 천신을 바라보았다. 굳게 믿었던 천신이 낙빈 어머니에게 숨긴 것이 있었다는 말에 가슴이 철렁 내려앉았다.

"지금…… 낙빈이가 위험한 곳으로 향하고 있답니다."

"위험한 곳으로 향하고 있다고요? 그간 제가 모르는 무슨 일이 있었던가요?"

천신은 미간을 찌푸리는 낙빈 어머니 앞에서 편치 못한 얼굴로 말을 이어갔다.

"지난 일 년간…… 낙빈이가 암자를 떠나 SAC, 즉 신성한 집행자들의 보호 아래 있었습니다. 말씀드리지 못한 것은 모두 저의 부덕함입니다."

"신성한 집행자들…… 그럴 수가!"

충격을 받아서인지 낙빈 어머니의 다리가 가볍게 휘청거렸다. 그 모습을 보며 천신은 더욱더 표정이 굳어졌다. 낙빈과 천신은 그동안 서신을 교환하면서도 낙빈 어머니에게 철저히 숨긴 것들이 있었다. 첫 번째는 신성한 집행자들이요, 두 번째는 흑단인형이었다.

"어느 곳에도 치우치지 않는 눈을 갖게 하려 했건만…… 어째서 그곳에 보내셨습니까? 제가 천신님께 보낸 이유도 그것이었건만. 저들의 아래에 제 아들을 두시다니요!"

낙빈 어머니의 얼굴이 파랗게 질렸다. 지난 일 년간 낙빈이 신성한 집행자들에 있었다는 사실이 도저히 믿기지 않는 모양이었다. 낙빈 어머니는 신성한 집행자들에 대해 껄끄러운 감정을 숨기지 않았다.

"그것은 낙빈이 스스로 택한 길이기에 막을 수가 없었답니다."

"스스로 택하다니요? 낙빈이가 제 발로 그곳에 들어갔다는 말씀입니까?"

낙빈 어머니는 혼란스러운 얼굴로 천신을 바라보았다. 천신은 그동안 숨겼던 것들을 하나하나 낙빈 어머니에게 알려야 할 시점이 도래했음을 깨달았다.

"말하지 않은 것이 또 있습니다. 승덕이를 죽음으로 인도한 것은 다름 아닌…… 흑단인형이었습니다."

"흐…… 흐…… 흑단……!"

흑.단.인.형! 이 네 글자가 천신의 입을 통해 나오자 낙빈 어머니의 얼굴은 시체처럼 굳어버렸다. 그 이름 넉 자가 그녀에게는 상상할 수도 없이 두려운 것처럼 그녀의 온몸으로 공포의 그림자가 스쳐 지나가고 있었다. 그녀의 가녀린 어깨가 덜덜 떨렸다.

"우리 아이가 그 여자를…… 벌써 그 여자를 만났단…… 말씀인가요?"

그녀는 가늘게 떨리는 목소리로 물었다. 그녀의 흔들리는 동공은 초점을 잡지 못했다.

"그렇습니다. 두 사람은 벌써 대면했습니다. 낙빈이가 신성한 집행자들을 찾아간 것도 그래서입니다. 흑단인형을 쫓고 싶었겠지요. 승덕이의 복수를 하고 싶었겠지요. 흑단인형에게 복수하겠다고 다짐하고는 그 행방을 찾을 수 있는 곳이 신성한 집행자들이라고 판단한 것 같습니다. 지난 일 년간 낙빈이는 그곳에 있었습니다. 이 사실을 말씀드리지 못했습니다. 모두가 저의 부덕함입니다!"

천신은 깊이 고개를 숙였다. '흑단인형'과 '신성한 집행자들'이 낙빈 어머니의 가슴에 만들어놓은 파장을 누구보다 잘 알고 있는 그로서는 감히 이 모든 사실을 알릴 수가 없었다.

낙빈 어머니의 얼굴이 슬픔과 괴로움으로 일그러졌다.

"복수라니······. 흑단인형에게······ 복수라니······. 어떻게 그럴 수가······ 복수심으로 이길 수 있는 상대가 아니거늘!"

초점을 잃은 그녀의 눈동자가 한없이 흔들렸다. 그녀의 얼굴이 두려움과 불안에 휩싸였다.

"그런데······ 낙빈이가 지금 흑단인형의 코앞까지 다가갔다고 합니다. 신성한 집행자들 역시 두 사람의 조우를 막기 위해 최선을 다하고 있습니다만······ 좋지 않은 예감이 듭니다."

그 순간 낙빈 어머니의 몸이 크게 휘청거렸다. 천신의 뒤에 서 있던 정희와 정현이 앞으로 달려나와 양쪽에서 그녀를 부축했다. 초점이 풀린 낙빈 어머니의 눈이 멀리 어딘가를 바라보고 있었다. 지독한 공포에 빠진 사람처럼 자리를 잡지 못하고 흔들리는 눈동자가 그녀의 마음을 말해주고 있었다.

"괜찮으십니까?"

천신이 낙빈 어머니를 향해 한 발 다가왔다. 낙빈이 복수할 상대가 흑단인형이라는 사실을 알고부터 그녀가 느낄 두려움과 고통이 얼마나 클지 천신은 가늠하기도 힘들었다.

"그 아이가…… 선택받은 아이란 걸…… 신성한 집행자들이 알고 있나요?"

파리한 입술이 간신히 내뱉는 그 말에 천신은 말없이 고개를 끄덕였다.

"그럼…… 흑단인형도 그 사실을 알고 있습니까?"

"짐작할 겁니다."

또다시 천신의 고개가 앞뒤로 끄덕여졌다. 정희와 정현은 여인의 두 손이 얼음처럼 차갑게 굳어가는 것을 느꼈다. 공포가 그녀의 온몸을 집어삼킨 것 같았다.

"그 아이가…… 제 자식이라는 걸…… 흑단인형이 압니까?"

"확신할 수는 없지만 그럴지도…… 모릅니다."

"아아……."

낙빈 어머니는 정희와 정현의 팔에 매달린 채 절망에 빠진 듯 휘청거렸다. 정희도 정현도 그들이 모르는 먼 과거의 이야기 속에서 이미 흑단인형과 신성한 집행자들이 낙빈 어머니와 어떤 관련을 맺고 있었다는 사실에 몹시 놀랐다.

사시나무처럼 덜덜 떨고 있는 낙빈 어머니가 정희와 정현의 손을 꼭 부여잡았다. 길고 가느다란 손가락에서 강한 힘이 느껴졌다. 떨리던 동공이 제자리를 찾고 휘청거리던 다리도 꼿꼿해졌다. 정신을 똑바로 차리려고 안간힘을 쓰는 게 느껴졌다.

"그 아이를…… 흑단인형과 싸우게 할 순 없습니다! 더구나 내 아이란 걸 알게 된다면, 분명…… 그 여자는 내 아이를 죽이겠지요! 분명히 나를 원망하고 있을 겁니다. 그 아이가 흑단인형에게 발각되기 전에…… 그녀에게 큰일을 당하기 전에 어서 그 아이를 찾아야 합니다!"

이 순간 더 중대하고 급한 일은 없었다. 낙빈 어머니의 두 눈이 그 어느 때보다 매섭게 빛났다.

"서둘러주세요. 저를…… 그곳으로 데려다주십시오."

"네, 알겠습니다. 서두르겠습니다."

천신을 비롯한 모두가 검은 차량에 몸을 실었다. 휘청거리던 낙빈 어머니 역시 애써 정신을 차리고 신성한 집행자들의 차량에 올라탔다. 차량 행렬은 다시 썰물처럼 마을을 빠져나갔다. 깊고 간절한 모정이 아들을 향해 달려갔다.

4

짙푸른 바다는 어제도 오늘도, 또 내일도 쉼 없이 출렁, 또 출렁거린다. 파도가 만들어내는 허연 거품이 거대한 바위를 향해 두 손을 뻗었다. 한순간에 사라질 덧없는 소망일지언정 한 걸음이라도 더 마른 흙을 밟기 위해 안간힘을 쓰고 있었다. 쉼 없이 다가오는 세찬 파도로 깎이고, 파이고, 상처받은 회흑색 조약돌들은 이 짙푸른 바닷가 위로 넓고 고른 검은 자갈밭을 이루고 있었다.

검은 자갈이 넓게 깔린 한적한 바닷가 앞에 작고 왜소한 소년의 그림자가 외로이 섰다. 끝없는 바다 위에서 보이는 것이라곤 저 멀리 드문드문 자리한 작은 섬들과 공허한 허허벌판뿐. 작은 배도, 판잣집도, 그물도 없었다. 사람의 흔적이 없는 지독히 고요한 바닷가 앞에서 소년은 무언가를 다짐하듯 검푸른 바다를 노려보았다.

거친 파도와 세찬 바닷바람을 맞으며 서 있는 작고, 왜소하고, 어린 소년은 저 멀리 거대한 사쿠라지마의 탁한 회색 연기를 바라보았다. 그 연기 사이로 붉은 빛줄기가 화르륵 화르륵 일어나고 있었다.

고맙게도 민우와 라즈니쉬는 SAC의 눈을 다른 곳으로 돌리기 위해 낙빈만 이곳에 내려주고 떠났다. 그들이 요원들의 추적을 피해 한적한 바닷가에 내려준 후 낙빈은 마치 굳어버린 밀랍 인형처럼 허허벌판에 서서 움직이지 못했다. 자갈과 파도만 펼쳐진 그곳에서 낙빈은 한동안 멍하니 사쿠라지마의 화산만 바라보았다.

쏴아아……

하염없이 밀려오는 하얀 파도를 지그시 바라보던 소년은 마침내 움직이기 시작했다. 꼿꼿이 얼어 있는 사지를 조금씩 움직이며, 천천히 무릎을 꿇었다. 그리고 먼 바다를 향해 절을 했다. 흰 파도가 소년의 무릎을 적시고 얼룩진 흰 한복을 적시는 동안에도 소년은 두 무릎을 꿇고 저 먼 바다를 향해 머리를 조아리고만 있었다.

"어머니······."

한참이 지난 뒤에야 소년의 입술 사이에서 나온 한숨 같은 목소리가 바닷바람 속에 녹아들었다.

"스승님······."

낙빈의 목은 어떤 이물질에 콱 막힌 것처럼 깊이 잠겨 있었다.

낙빈은 할 말을 다 내뱉지 못하고 목구멍이 막혀버렸다. 목이 메어 말이 나오지 않았다.

"큰형, 그렇게 혼자 보내서 죄송해요. 하지만 저도 곧 갈게요. 형을 죽인 그놈에게 형의 억울한 마음을 모두 돌려주고······. 그리고 따라갈게요. 조금만····· 기다려주세요!"

소년은 깊숙이 파묻었던 고개를 들어 시뻘건 태양이 이글이글 불타오르는 저 먼 수평선 너머를 바라보았다. 두 눈가에 맺혔던 물기가 완전히 말라버리자 소년은 작은 무릎을 일으켜 다시 허리 숙여 절했다.

"어머니, 스승님, 누님과 형님, 그리고 미덕아····· 모두들 평안하세요. 그리고······ 저를 용서하세요."

깊이 절을 한 뒤에도 소년은 한동안 먼 바다에서 눈을 떼지 못했다.

낙빈은 드디어 때가 왔다고 생각했다. 낙빈은 승덕이 죽은 후 지난 일 년간 최상의 신들을 받아왔다. 일 년이란 시간 동안 감히 엄두도 내지 못했던 신들을 받고 불가능하게만 보였던 엄청난 발전을 이루었다. 이 모든 일이 가능했던 것은 '현욱'이라는 최고의 조련사가 있었기 때문이고, 무엇보다도 강렬하게 불타오르는 복수심이 있었기 때문이다. 덕분에 소년 낙빈은 세상 누구도 두렵지 않은 무시무시한 능력을 얻게 되었다. 낙빈은 흑단인형에 대적할 때가 되었다고 생각한 그날부터 흑단인형과 만날 날만 기다렸다. 그리고 드디어 그 기회가 다가왔다.

"내 손으로 형의 복수를 해줄게."

바람이 불었다. 소년의 서글픈 표정이 덥수룩한 앞머리에 가려졌다. 세찬 바람을 등진 소년 앞에 불타는 사쿠라지마가 있었다. 낙빈은 저 멀리 바다 너머를 가늠해보았다. 희뿌연 연기처럼 느껴지는 힘의 오라가 있었다. 그것이 흑단인형의 것인지, 아니면 신성한 집행자들의 것인지는 분명치 않았다. 다만 이 주변에 심상치 않은 영적 기운이 휘몰아친 것만은 분명했다.

바다는 성난 몸부림을 만들어내고, 그 몸부림 속에는 다른 이물감이 있었다. 이승의 것이라고만 생각하기엔 너무나 기괴한 느낌. 그것은 이승과 저승이 함께 소용돌이치며 만들어내는 혼란이었고, 그 중심에는 흑단인형과 헤르메스의 창이 있었다.

낙빈은 바닷가로 다가갔다. 온 땅을 다 적셔버릴 것처럼 검푸른 파도가 요동치고 있었다. 낙빈은 하늘을 바라보았다. 하늘은 시커먼 회색이었다. 하늘 곳곳으로 검은 잿가루가 눈송이처럼 날렸다. 죽음의 잿가루는 온 땅과 하늘을 집어삼킬 듯 점점 거세졌다. 보이는 것이라곤 성난 파도와 검은 바위밖에 없는 너무나도 한적하고 깊은 바닷가에서 낙빈은 무릎을 꿇었다.

소년은 두 손을 모으며 단전 아래로부터 힘을 끌어올렸다. 사실 낙빈은 지금껏 자신의 기운을 전부 내보인 적이 없었다. 일부를 단단히 감추고 어떤 영적 기운도 새어나오지 않게 단속했다. 오늘 낙빈은 자신의 능력을 모두 개방하기로 했다. 죽는다 해도 아깝지 않을 만큼 모든 힘을 소모하고 전력을 다할 참이었다. 그래서 반드시 승덕의 복수를 해낼 생각이었다.

낙빈은 두 손을 무릎 옆으로 벌렸다. 단전에 모였던 기운이 손을 따라 점점 옆으로 펼쳐졌다. 무릎 아래로 펼쳐진 두 손이 천천히 하늘을 향해 올라갔다. 영적 기운 역시 하늘을 향해 용솟음쳤다. 낙빈은 자신의 힘을 조금도 감추지 않고 내뻗었다.

"하늘의 힘이여! 바다의 힘이여!"

소년의 외침과 동시에 하늘에서는 무시무시한 번개가, 바다에서는 엄청난 해일이 밀려들었다. 바다를 가르고, 하늘을 찢고, 대지를 부술 것처럼 요란한 천둥 번개가 울려 퍼졌다. 저 멀리 사쿠라지마의 화산과 쌍벽을 이룰 정도로 거대한 해일이 요동치기 시작했다.

"바다의 태음신太陰神 현무玄武여, 모습을 드러내라!"

소년의 고함 소리가 채 끝나기도 전에 거친 바닷속에서 거대한 물보라가 일었다.

콰과과과!

짙은 남빛 바다가 소년을 향해 휘몰아쳤다. 거대한 소용돌이를 일으키며 팽이처럼 빙글빙글 돌던 바닷물이 거대한 벽처럼 솟아올랐다. 주위의 모든 것을 금방이라도 집어삼킬 것처럼 매섭게 돌아가는 소용돌이의 안쪽에서 커다란 물뱀 형상이 고개를 쳐들었다.

크허허어엉!

소용돌이의 가운데에서 길고 두꺼운 모가지를 삐죽이 내민 물뱀이 낙빈을 향해 한 걸음 다가왔다. 그것에게는 날카로운 이빨과 기다란 혀가 있었다. 물뱀은 차가운 철의 기운을 가진 단단한 혀를 쉴 새 없이 날름거렸다. 사방을 향해 무시무시한 기운을 뿜어대는 그것은 환상의 영수靈獸이며 사령四靈 중 하나인 현무였다. 목 위는 물뱀 형상이고, 목 아래는 딱딱한 등껍질과 우람한 네 다리가 이어진 거대한 바다의 신이자 위대한 태음신의 모습이었다.

크허어엉!

현무의 외침이 사방으로 뻗어나간 순간, 사쿠라지마를 둘러싼 모든 이들이 심상치 않은 기운을 알아챘다. 일반인이라면 마른하늘의 날벼락 소리를 듣고 두려움에 벌벌 떨었을 것이고, 영기를 느끼는 이들은 더없이 강한 그 기운 속에 범상치 않은 분노와 복수심이 가득하다는 것을 알아챘을 것이다. 특히 분노의 당사자인 흑단인형이 들었다면 낙빈의 부름을 똑똑히 느꼈을 것이다.

"어서 와라, 어서 와……."

낙빈이 만들어낸 현무는 구름에 닿을 것처럼 거대했다. 그 어느 때보다도 크고 강대한 기운이 끝없이 솟아올랐다. 현무의 위세는 이 지역의 불안한 기운을 의미했다. 낙빈이 힘을 감추지 않았기 때문이기도 하지만 영육의 결계가 무너져 혼돈의 공간이 만들어지면서 평소와 달리 태음의 영기가 한없이 강해져 있는 탓이기도 했다.

크허허엉!

긴 목을 빼고 구름을 찌를 것처럼 고개를 치켜든 현무가 저 멀리 사쿠라지마를 향해 포효했다. 날카로운 이빨을 드러내고 시뻘건 혀를 날름거리며 소리치는 현무는 저 멀리, 파도 저편을 바라보고 있었다.

"드디어……!"

낙빈은 자신을 향해 다가오는 기운을 모조리 읽으려 애썼다. 익숙한 기운, 익숙한 느낌도 있었다. 그것은 지난 일 년여 동안 신세를 진 신성한 집행자들의 느낌이었다. 그리고 또 하나…… 잊으려 해도 절대 잊을 수 없었던 기운이 느껴졌다. 낯설면서도 낯설지 않은 그 기운이야말로 낙빈이 그토록 기다려온 것이었다. 그녀가 낙빈을 향해 정면으로 다가오고 있었다.

"……왔구나!"

그녀는 낙빈의 부름을 정확히 읽었고, 또 그 부름에 응답하며 누구보다도 빠르게 낙빈의 눈앞에 나타났다.

토옹!

나막신을 신은 작은 발이 낙빈의 코앞에 나타났다. 몇 발 앞으로 걸으면 금세 손이 닿을 것 같은 자리에 빨간 기모노를 입은 흑단인형이 검은 머리카락을 늘어뜨리고 있었다. 휘몰아치는 바람에 그녀의 기다란 머리카락이 휘날렸다. 붉은 기모노를 입은 긴 머리 소녀는 늘 그렇듯 새하얀 가면을 쓴 채 눈구멍을 통해 낙빈을 바라보았다. 한없이 깊고 깊은 검은 눈동자였다.

그녀가 어디서부터 어떻게 왔는지는 알 수 없지만, 흑단인형은 저 멀리 어딘가에서 그녀를 부르는 낙빈의 음성을 들었고 소년을 향해 정확하게 달려왔다. 낙빈과 흑단인형은 불과 몇 미터밖에 떨어져 있지 않았다. 수십 번, 수백 번을 곱씹고 기다려온 순간이 너무나도 갑작스럽게 낙빈의 눈앞에 펼쳐졌다. 낙빈의 두 눈이 붉게 타올랐다. 바다는 요동치고 현무는 포효했다.

원수의 흙빛 머리카락과 붉은 기모노, 그리고 새하얀 일본 가면을 바라보는 소년의 눈은 붉게 충혈되었다. 흰자위에 흐르던 붉은 핏줄이 툭툭 터지며 새빨간 핏물이 눈동자에 고였다. 마침내 소년의 입에서 거친 살육의 명령이 흘러나왔다.

"멸滅…… 적敵…… 참斬…… 륙戮!"

거칠게 출렁거리는 진한 남빛 바다를 타고 거대한 괴수가 새하얀 이빨을 번쩍거렸다. 그 하얀 이빨이 주인의 들끓는 기운을 받아 차갑고 냉랭한 복수의 몸짓으로 바꾸어버렸다.

크허어어어엉!

얼음처럼 냉랭한 짐승의 포효가 바다 위를 뒤덮었다. 하늘을 뚫을 것 같던 현무의 거대한 청록색 머리가 낙빈의 눈앞에 선 붉은 소녀를 향해 내리꽂혔다.

카아아앗!

맹렬한 고함 소리와 함께 집채보다 큰 현무의 거대한 입이 소녀의 머리 위를 향해 벌어졌다.

쿠와아앙!

바닷물이 용솟음치고 검은 바윗돌이 산산이 부서졌다.

토옹!

조각조각 깨어지는 바윗돌 사이로 붉은 기모노가 솟아올랐다. 그녀의 오른손이 자신을 향해 입을 벌린 현무를 향해 뻗어나갔다.

쉬쉬쉭!

서슬이 퍼런 초록 뱀이 그녀의 오른팔, 붉은 기모노로부터 솟아올라 현무의 입을 향해 돌진했다. 이승과 저승을 오가며 세계를 혼란에 빠뜨리는 헤르메스의 창 반쪽이 분명했다.

초록 뱀과 함께 흑단인형의 몸이 거대한 현무의 입천장 위로 솟아올랐다.

그워어어억!

요란한 고통의 신음 소리가 온 하늘을 물들였다. 거대한 물뱀의 머리가 입천장에서 정수리까지 뻐엉 뚫렸다. 독기 가득한 새하얀 이빨이 텅 빈 바닥에 박히고 현무의 머리를 관통한 붉은 기모노가 하늘로 솟아올랐다.

"쿨럭!"

현무를 조종하던 낙빈의 입에서 마른기침이 새어나왔다. 그와 동시에 가슴 밑바닥으로부터 형용할 수 없는 고통이 번져나왔다.

"으윽!"

낙빈은 가슴께를 붙잡고 소리쳤다. 괴로움의 비명을 지르던 현무가 거대한 파도를 만들며 고꾸라졌다. 현무의 입속으로 들어간 흑단인형이 입부터 정수리까지 관통한 것은 물론이고 헤르메스의 창 반쪽이 현무의 몸을 뚫고 지나가며 딱딱한 거북 등까지 부수어버렸다. 상상할 수도 없는 빠르기와 짐작할 수도 없는 엄청난 공격력이었다.

카아악!

현무는 몸이 쓰러지는 그 순간까지도 초록 뱀을 노려보았다. 흑단인형에 의해 관통된 머리가 안간힘을 쓰며 헤르메스의 창을 향해 뻗어나갔다. 집채만큼 커다란 머리가 작은 초록 뱀과 엉겨붙었다. 잠시 후, 현무의 진녹색 눈동자에서 시뻘건 핏줄기가 사방으로 터져 나가고 고통스러운 포효 소리가 바다 위를 메웠다.

"아으윽!"

낙빈이 한쪽 무릎을 꿇으며 무너졌다. 입술 끝에서 붉은 피가 흘렀다. 영력의 본체이자 현무의 주인인 낙빈에게 영수가 받은 타격이 그대로 전달되었다.

타닷.

무릎을 꿇은 낙빈 앞에 나지막한 발소리가 들렸다. 낙빈의 눈에 나막신이 들어왔다. 신발 위로 드리워진 새빨간 기모노가 바람에 펄럭였다. 흑단인형은 낙빈을 조롱하듯 코앞에서 소년을 내려다보았다. 소년은 비참한 얼굴로 흑단인형을 올려다보았다.

"너의 모습이 무척 실망스럽구나."

너무나 순식간에, 참으로 가볍게도 흑단인형은 낙빈을 제압했다. 낙빈은 지금 자신이 과도한 흥분으로 실력을 제대로 끌어내지 못하는지, 아니면 흑단인형의 실력이 생각했던 것보다 훨씬 더 엄청난지 판단이 서지 않았다. 다만 흑단 같은 머리를 흩날리는 소녀의 하얀 가면이 그녀의 손에 피를 흘리던 승덕의 얼굴과 겹쳐지는 건 어쩔 수가 없었다.

한 번이라도 잊은 적이 있었던가, 저 얼굴을! 점점이 벚꽃이 새겨진 새빨간 기모노를! 새하얀 가면 저편에서 매섭게 노려보는 강렬한 눈동자를! 바람에 휘날리는 긴 흑단의 머릿결과 붉은 기모노……. 지난 일 년 동안 단 하루도, 단 한순간도 잊지 못했던 그 얼굴이 눈앞에 있었다. 시간이 지날수록 잊히기는커녕 더욱더 생생해져만 가던 승덕의 마지막 이야기가 흑단인형과 겹쳐졌다. 한순간의 망설임도 없이 승덕 형을 찌른 흑단인형의 모습을 어찌 잊을 수 있을까! 명랑하게 웃어대면서도 속은 썩어 문드러지다 못해 피멍이 들었던 불쌍한 승덕을……. 그래도 살 이유를 찾아 애를 쓰고 하루하루를 버텨가던 그 사람 좋은 형을 그렇게 어이없이 한순간에 시체로 만들어버린 원수! 잊을 수 없었던 그 원수가 바로 낙빈의 눈앞에 있었다.

"으아아아!"

한 남자의 생을 마감하게 하고 낙빈의 삶을 뒤죽박죽으로 만든 그녀가 어디 하나 달라진 것 없이 그대로 살아 있다는 것을 낙빈은 용서할 수가 없었다. 낙빈은 그녀에게 복수하겠다는 일념으로

406

매일매일을 보냈다. 지금 이 순간, 두 사람의 실력이 하늘과 땅만큼 차이가 난다 해도, 그래서 승덕의 뒤를 따르는 일이 생긴다 해도 낙빈은 도망칠 수가 없었다.

"사령신장四靈神將, 멸적참륙!"

피가 터질 듯한 소년의 고함이 사방을 가득 메우자 바다와 땅과 하늘이 요란한 소리를 내며 굉음을 토했다.

크헝! 크허엉!

땅이 요동치고 하늘이 갈라지며 거대한 영물들이 나타났다. 두 다리는 하늘을 향하고 두 다리는 땅을 내디디며 공중으로 날아오른 집채만 한 영물은 새하얀 호랑이白虎의 모습이었다. 날카롭게 뻗은 발톱은 그 무엇이라도 한순간에 껍질을 벗겨버릴 태세이고, 쩍 벌어진 붉은 입속에 삐죽이 튀어나온 길고 날카로운 이빨은 모든 적들의 목을 죄다 따버릴 것처럼 용맹했다.

크워어어!

회색 하늘을 가르며 나타난 것은 날개 한쪽이 수십 미터는 될 법한 거대한 새였다. 날갯죽지가 퍼덕일 때마다 '휘잉' 하고 시뻘건 불꽃의 회오리가 휘몰아쳤다. 세상을 뜨겁고도 휘황찬란하게 비추는 그것은 거대한 불꽃의 새, 주작朱雀이었다.

크와앙!

크워어어!

바다와 하늘을 가르며 나타난 것은 기다란 머리에 금빛 뿔을 단 거대한 청룡靑龍이었다. 이 환상의 동물은 청록색 날개를 매달고 기다란 몸을 이리저리 꼬며 하늘을 날아다녔다. 남은 세 영수가 나타나자 뱀과 거북 모습의 현무 역시 다시 기운을 차리고 일어섰다. 헤르메스의 뱀에게 등껍질이 꿰뚫린 분노와 수치심으로 이를 갈던 현무는 더욱더 무시무시한 기세로 포효했다.

이것은 천하 사방위를 지키고 우주의 질서를 호령하는 환상의 동물인 백호, 주작, 현무, 청룡, 그 위대한 네 마리 영물의 모습이었다.

5

하늘이 진동하고 땅이 진동했다.

"참으로 실망스럽구나."

무시무시한 사령에 둘러싸인 붉은 기모노의 소녀가 속삭였다. 그녀는 자신의 말이 낙빈에게 들리든 말든 상관하지 않는 것 같았다.

"아이야, 세상을 보는 눈이 고작 그 정도라니 실망스럽구나. 그런 네가 어찌 신인이겠느냐. 너는 신의 도구는 될 수 있을지언정 인류의 구원자는 될 수 없단다. 가엾은 꼬마야, 눈을 떠보거라. 너의 분노는 누구를 향한 것이냐? 진정 그 원한이 나를 향한 것이냐? 진정 그러하냐?"

낙빈은 하얀 가면 너머로 들려오는 말을 이해할 수 없었다. 이해할 수 없는 말들이 낙빈의 머릿속을 밀치고 들어와 혼란을 일으키고 있었다. 낙빈은 두려웠다. 혹시 흑단인형의 간사한 세 치 혀가 자신의 분노와 복수심을 뒤흔들까봐.

"사령신장!"

낙빈은 흑단인형을 향해 힘껏 소리쳤다. 집채보다 커다란 사령이 흑단인형의 머리 위로 떠올라 거대한 입을 벌렸다. 검은 땅이 요동치고 잿빛 하늘이 들썩였다. 거대한 바다가 병풍처럼 차올라 단숨에 두 사람을 삼켜버릴 것처럼 솟아올랐다.

"아이야, 귀를 닫고 눈을 닫으면 아무것도 알 수 없단다."

"으아아, 사령신장!"

낙빈은 두 손으로 귀를 막았다. 흑단인형의 말을 들을 때마다 심장이 두근거리고 울렁거렸다. 그녀의 짧은 한마디 한마디가 소년에게 미치는 영향은 지대했다. 말 한마디에서 나오는 울림이 그의 전신을 갈기갈기 부수는 것만 같았다. 낙빈은 그녀의 끔찍한 말들로부터 벗어나기 위해 사령을 불렀다. 백호, 주작, 청룡, 현무가 미친 듯이 포효하며 흑단인형을 향해 달려들었다.

크아아앙!

하늘을 가르고 땅을 가르는 무시무시한 떨림이 퍼졌다. 거대한 백호의 날카로운 이빨이, 불붙은 주작의 날개가, 현무의 독기 어린 혀가, 청룡의 새빨간 화염이 흑단인형을 향해 뻗어나갔다.

쿠와앙!

흑단인형이 서 있는 자리가 굉음을 토해내며 깊숙이 파였다.

마주 보고 서 있던 낙빈마저 뒤로 밀려났다.

"허억! 허억!"

낙빈은 거센 바람에 밀리며 한쪽 무릎을 꿇었다. 주르륵 미끄러진 자국이 그대로 파였다. 낙빈의 가쁜 숨만큼이나 완벽한 공격이었다.

그러나 회색 연기 속에서 새빨간 작은 꽃잎 하나가 유유히 구름 위로 올라서는 게 보였다.

토옹.

그 붉은 잎이 네 마리의 영수를 지나 낙빈의 코앞에 떨어졌다. 또다시 흑단인형은 낙빈의 코앞에 멈춰 섰다. 마치 비꼬듯이 오뚝이처럼 가만히 서서 낙빈을 내려다보았다. 붉은 기모노 위로 기다란 흑단의 머리카락이 휘날리더니 낙빈의 얼굴에 닿았다. 그녀가 낙빈을 향해 얼굴을 기울이더니 작은 손으로 소년의 턱을 움켜쥐었다. 그러고는 가면 속 그녀의 검은 눈을 향해 들어올렸다.

지독히도 깊고 심오한 검은 눈이 낙빈의 두 눈과 마주쳤다. 그윽하게 들여다보는 그 눈이 낙빈은 싫었다. 자신의 생각을 바닥 끝까지 내려다보는 것만 같아 두려웠다. 흑단인형의 검은 눈이 낙빈에게 물었다.

"진정 원한의 대상이 내가 맞느냐? 너는 후회와 괴로움에 길을 잃었구나. 네 불공대천不共戴天의 원수를 바로 보아라. 그것은 내가 아니다. 네 복수의 상대는 너 자신이 아니냐! 네 형을 구하지 못한 너 자신에 대한 분노가 아니냐!"

"아니야!"

낙빈은 눈을 감았다. 그 깊은 눈에 모든 것을 들켜버린 것 같은 끔찍한 생각에 더 이상 눈을 뜰 수가 없었다. 분명한 사실은 변하지 않는다. 저 흑단인형이 승덕을 찔렀고, 승덕은 낙빈의 눈앞에서 죽었다. 그것은 변함없는 사실이었다. 그것을 잊지 않으려 고개를 저었다.

"너의 형이 나를 원망할 듯싶으냐? 그의 원수가 정말 나라고 생각하는 거냐? 너는 너 스스로를 죽이지 못해 나에게 날아온 나방이로구나. 자살하기가 두려워 내게 죽여달라고 어리광을 부리고 있구나!"

감은 눈 저편에서 낙빈을 다그치는 흑단인형의 음성이 울려 퍼졌다. 낙빈은 두 귀를 막았다. 진정으로 낙빈이 원망하던 것은 누구였을까? 정말로 그것이 흑단인형이었던가? 마지막 순간, 낙빈은 승덕의 입에서 나온 말을 알고 있었다.

'죽여줘, 제발…….'

흑단인형을 향해 속삭이던 형의 그 마지막 말을 기억했다. 그 간절한 눈빛을 알고 있었다. 성주를 막아선 승덕의 두 눈이 흑단인형을 향해 애원하던 것을……. 알고 싶지 않았지만 알고 있었다.

흑단인형의 말대로 그녀가 진정 낙빈의 원수인가? 낙빈의 원한은 무엇 때문인가? 승덕을 지키지 못한 자신을 향한 모든 분노가 흑단인형에게 투영된 것일까? 지금껏 낙빈이 흑단인형을 만

411

나기 위해 애써온 것은 정말로 그녀를 죽이기 위해서였던가? 그녀를 죽이기 위해서가 아니라 스스로를 죽이기 위해서였던가? 머릿속에 만 가지 생각이 떠올랐다.

낙빈은 수많은 상상을 했다. 흑단인형을 만나는 순간, 승덕 형의 원한을 갚는 그 순간을. 하지만 수많은 상상 속에 오늘과 같은 이야기는 없었다. 흑단인형의 말 한마디에 흔들리는 낙빈의 마음 따위는 없었다. 그런데…… 복수심으로 물들었던 소년의 마음이 유약하게 떨고 있었다. 근본적인 원인을 두고 흔들리고 있었다.

"사령신장이여! 눈앞에 있는 원수의 목을 물어뜯어라! 저 입이 다시는 소리치지 못하도록 만들어라!"

낙빈은 두 귀와 두 눈을 막은 채 소리쳤다. 소년은 자신의 모든 기운을 끌어올려 영수에게 내쏘았다. 눈 깜짝할 사이에 바다와 육지를 장악한 사나운 네 마리의 영수에게 낙빈의 피 끓는 복수심이 전해졌다. 복수심으로 배가된 낙빈의 영적 기운이 거대한 위력으로 네 마리의 영수를 향해 굽이쳤다.

그 순간 낙빈의 턱을 받치고 있던 작고 차가운 손아귀의 힘이 스르르 약해졌다. 낙빈은 떨리는 가슴을 부여잡으며 파르르 눈을 떴다. 소년의 눈앞에서 너무나도 깊고 은밀한 검은 눈동자가 여전히 내려다보고 있었다.

"아이야, 너의 무지몽매함이 너를 죽이는구나. 너의 분노가 너를 살해하는구나. 네가 원하는 것이 진정 그것이라면 나는 너에게 죽음을 선사하겠다."

가면에 가려진 흑단인형의 표정은 언제나 그대로였다. 하지만 검은 눈동자는 어쩐지 슬픈 듯도 했고, 성난 것도 같았다. 그녀의 검은 눈동자 뒤로 작은 소녀를 향해 달려드는 거대한 사령의 그림자가 드리워지고 있었다.

"헤르메스의 창이여, 삶과 죽음의 사이에서 그 길을 열어주는 창이여! 산 자에게는 죽음을! 죽은 자에게는 혼란을! 혼란한 자에게는 영원한 안식을 선사해다오!"

흑단인형의 붉은 기모노 사이에서 녹푸른 헤르메스의 뱀이 솟아올랐다. 그녀가 손을 내뻗자 뱀의 몸뚱이에서 섬광과도 같은 초록 불꽃이 이글이글 타올랐다.

다음 순간 집채만 한 사령과 새빨간 기모노의 흑단인형, 그리고 그녀의 손에 들린 헤르메스의 뱀이 만들어내는 소리가 서로 뒤엉키며 사방으로 퍼져나갔다. 푸른빛, 흰빛, 붉은빛으로 빛나는 네 마리의 사령 속에서 헤르메스의 뱀이 만들어내는 초록빛 불꽃이 뒤엉킨 실밥처럼 어지럽게 휘몰아쳤다.

그르릉!

구우우웅!

거대한 지진처럼 땅덩어리가 흔들리고 검은 하늘에 천둥이 요동쳤다. 번쩍이는 초록빛이 구름을 뚫고 낙빈의 눈앞으로 날아들었다.

캬아아악!

낙빈은 자신을 향해 달려드는 초록 뱀을 보았다. 샛노란 두 개

413

의 눈동자가 낙빈을 향해 달려들었다. 노란 눈동자 뒤로 네 개의 거대한 몸뚱이가 털썩털썩 쓰러지는 것도 보였다. 사령의 몸통을 꿰뚫고 상처를 낸 헤르메스의 뱀이 이제는 낙빈의 심장을 가지러 날아오는 중이었다. 낙빈은 그 앞에서 꼼짝도 못하고 눈만 하얗게 떴다.

자신의 위대한 사령이 한순간에 무너졌다는 것. 그들의 상처가 낙빈의 심장에 달라붙어 숨을 쉴 수 없을 만큼 끔찍한 고통을 일으키고 있다는 것을 믿을 수가 없었다. 낙빈은 그저 본능적으로 손을 내밀었다. 그리고 자신을 향해 내려오는 초록 뱀을 손바닥으로 막아섰다.

콰아악!

무언가 깊숙이 박히는 소리가 울려 퍼졌다.

"으아악!"

소년은 외마디 비명을 지르며 두 무릎을 꿇었다. 반쪽짜리 헤르메스의 창은 소년의 왼쪽 손바닥을 관통해버렸다. 뻥 뚫린 왼손에서는 시뻘건 피가 분수처럼 쏟아져 나왔다.

"쿨럭!"

가슴 깊은 곳에서 기침이 올라왔다. 끈적끈적하고 뜨거운 기침이었다. 어린 소년의 입이 붉게 물들었다. 낙빈은 자신의 가슴을 바라보았다. 솟구치는 핏줄기가 비현실적으로 느껴졌다. 입안을 비릿하게 만드는 피 냄새도 현실처럼 느껴지지 않았다. 저 멀리로 튀어 올라 짙은 잿빛 하늘에서 그를 내려다보는 흑단인형도.

그녀의 뒤에서 점점 사라져가는 거대한 사령의 모습도. 어느 것 하나 현실처럼 느껴지지 않았다. 현실처럼 느껴지는 것은 단 하나, 자신의 눈을 뿌옇게 가리는 검붉은 그림자였다.

검붉은 그림자가 등을 돌린 채 서 있었다. 본래는 낙빈의 등 뒤에 서 있어야 할 존재가 어찌 된 일인지 낙빈의 앞에 소년을 가리고 섰다. 검붉은 영기가 피어올라 낙빈의 눈앞을 희뿌옇게 만들었다.

'만적일퇴萬敵一退!'

분노한 신령의 목소리가 퍼져나갔다. 낙빈의 눈앞에 검붉은 영기가 아지랑이처럼 흔들렸다. 육척 장신의 신령이 청동 투구와 붉은 갑옷을 걸치고 소년의 눈앞을 막아섰다.

치우천왕이었다. 낙빈이 부르지도 않았는데 그가 낙빈의 앞을 막아섰다. 도깨비가 새겨진 붉은 투구 아래 시뻘겋게 달아오른 치우천왕의 영혼이 낙빈의 눈 대신 세상을 바라보았다. 기다란 수염을 기른 무시무시한 영기가 안광을 내뿜으며 청람색 장창을 휘둘렀다.

채앵! 챙!

매서운 소리가 귀를 스치고 지나갔다. 푸르디푸른 창이 가늘고 기다란 초록 뱀을 향해 몰아쳤다. 분노한 신령의 공격이 초록 뱀을 몰아갔다. 노란 눈동자의 뱀이 장창을 향해 날카로운 이빨을 드러냈다. 헤르메스의 창은 치우천왕의 창끝을 매섭게 물었다. 신령의 거대한 힘이 뱀을 밀어냈지만 놈은 꿈쩍도 하지 않았다.

콰아악!

치우천왕의 한 팔이 뱀의 목을 휘감았다. 거대한 손아귀가 뱀의 목을 내리눌렀다.

카아아악!

고통에 물든 뱀의 괴성이 두 귀를 찢을 것 같았다. 놈의 기다란 꼬리가 미친 듯이 요동쳤다. 낙빈은 그 광경을 뒤에서 지켜보고 있었다.

낙빈은 두 팔로 자신의 어깨를 감쌌다. 추웠다. 미칠 것처럼 추웠다. 온몸이 발가벗겨진 채 매서운 눈보라 속에 내몰린 것만 같았다. 온몸이 얼음장처럼 차가워졌다.

"가엾구나. 너는 자신을 잃어버렸구나."

하늘 저편에서 흑단인형의 목소리가 들렸다. 외치는 소리가 아니라 속삭이는 소리인데도 두 귀에 따갑게 들렸다.

'나를 잃어버렸다……. 내가 나를 잃어버렸다. 내가 나를……!'

낙빈은 온몸이 덜덜 떨리는 것을 느꼈다. 폭주暴注! 폭주가 분명했다. 본체인 인간 낙빈과 그가 불러낸 신의 힘이 불균등해질 때, 소년의 영혼이 길을 잃어 빈 껍질이 되고 그 몸을 신들이 장악하는 순간에 일어나는 폭주! 낙빈의 몸을 신령에게 빼앗겨버리는 폭주의 순간이 지금, 낙빈의 눈앞에서 일어나고 있었다.

"죽음으로 너를 해방시켜주리라. 저 간악한 신들로부터!"

흑단인형의 눈빛이 불꽃처럼 번쩍였다. 너무나 매섭고 너무나 무서운 눈빛이 저 멀리서도 느껴졌다.

잿빛 하늘이 붉게 변했다. 아니, 흑단인형의 붉은빛만 보일 정도로 낙빈의 시야가 좁아진 것이었다. 그 붉은빛이 섬광이 되어 낙빈의 앞으로 내리꽂혔다. 치우천왕의 손아귀에 잡혀 옴짝달싹도 못하는 뱀의 꼬리를 흑단인형이 한 팔로 잡아 빼는 것이 보였다. 그것도 한순간, 뒤쪽으로 빠지는 듯하던 그 매서운 뱀의 머리가 낙빈의 심장을 겨누었다. 아주 느리고 비현실적으로, 그 모든 것이 무척이나 천천히 눈앞에서 흘러갔다. 마치 현실이 아닌 것처럼 모든 감각이 뿌옇게 흐려졌다. 공포감도 두려움도, 그 어떤 감정도 무뎌졌다.

낙빈은 자신의 심장을 바라보았다. 노란 눈을 가진 매서운 뱀이 소년의 심장을 금방이라도 물어뜯을 듯 입을 벌리며 다가왔다. 그 뒤로 뱀을 움켜쥔 붉은 기모노를 붙잡은 매서운 손도 보였다. 치우천왕의 주먹이 흑단인형의 검은 머리채를 휘어잡고 창을 갖다 대는 모습 역시 너무나도 느리고 비현실적으로 흘러갔다.

'나는…… 이렇게 죽는구나.'

흑단인형의 목에 치우천왕의 거대한 창이 다가섰지만 그녀의 손에 들린 초록 뱀이 한 발 더 빨랐다. 낙빈의 심장 바로 앞까지 다가온 그 매서운 몸뚱이가 잠시 후 낙빈의 심장을 관통할 것이 너무나 분명해 보였다. 시간이 아무리 느리게 흐른다 해도 그것은 이미 바꿀 수 없는 사실이었다.

"안 된다, 낙빈아! 낙빈아아아!"

정말 비현실적이었다.

모든 것이 비현실적으로 느껴지는 낙빈이었지만 이 목소리만
큼은 더더욱 비현실적이었다. 낙빈과 흑단인형만이 전부인 것 같
은 이 공간에 상상조차 못했던 그리운 목소리가 들려오다니. 그
건 불가능한 일이었다.

이 비정상적으로 느린 시간 속에 낙빈은 천천히 고개를 돌렸
다. 낙빈의 고개가 돌아가는 것과 동시에 흑단인형의 고개가 함
께 돌아가는 것도 곁눈에 보였다. 흑단인형과 낙빈이 동시에 바
라본 저 멀리…… 잿빛 하늘 아래 말도 안 되는 사람이 있었다.

이곳에 있어서도, 있을 수도 없는 사람이 검은 바위를 디디고
서 있었다. 한복을 단정하게 입고 머리를 쪽찐 그녀가 이쪽을 바
라보고 있었다. 그녀는 낙빈이 한 번도 본 적이 없는 맑은 눈물을
흘리며 소년을 바라보고 있었다.

"어머니……."

낙빈은 천천히 그곳을 향해 손을 내뻗었다.

그보다 더 빠르게 붉은 기모노가 하늘을 가르며 날아갔다. 금
방이라도 낙빈의 심장을 꿰뚫을 것 같았던 초록 뱀도 흑단인형과
함께 멀어졌다.

6

낙빈은 어머니를 향해 손을 뻗었다. 여전히 시간은 느렸다. 어

머니를 향해 내뻗는 소년의 손보다 더 빠른 것이 있었다. 그의 곁에 서 있던 붉은 기모노가 허공으로 뛰어올랐다. 그 순간 갑자기 낙빈의 시간이 다시 빠르게 움직였다. 낙빈은 영문을 알 수 없었다. 내뻗은 손가락 사이로 빠르게 움직이는 시간의 흐름이 느껴졌다. 또한 그의 시야를 가렸던 검붉은 영기가 흐릿해지는 게 느껴졌다. 낙빈의 의지를 지배하던 신령의 힘이 사라졌다. 한번 시작되면 멈출 수 없는 폭주가 멈추고 있었다! 그것이 모정과, 그 모정에 반응하는 어린 아들의 지극한 그리움 때문이라는 것을 낙빈은 알지 못했다.

낙빈은 어머니를 향해 손을 뻗으며 그 자리에 쓰러졌다. 온몸 곳곳에 흐르는 핏물이 느껴졌다. 하지만 그보다 더 낙빈의 눈을 사로잡은 것은 저 멀리 보이는 또 다른 붉은빛이었다. 붉은 기모노가 어머니를 향해 날아갔다.

토옹.

낙빈과의 대결마저 깨끗이 잊은 채 흑단인형은 곧장 낙빈 어머니를 향해 날아갔다. 그리고 그녀의 저고리 고름을 붙잡고 매달렸다. 낙빈 어머니는 그 자리에 풀썩 넘어졌다.

"어머니……."

안타까운 아들의 신음이 흘러나왔다. 흑단인형이 어머니의 몸을 밀치고 어머니를 넘어뜨렸다. 그것이 어머니를 향한 공격이라고 여긴 것은 낙빈의 착각이었다. 낙빈의 눈빛이 다시 흐려졌다. 손아귀에 잡힐 것 같던 몸의 통제력이 다시금 낙빈의 손가락 사이로 빠져나갔다. 흐릿해지던 치우천왕의 그림자가 다시 또렷해지기 시작했다. 어머니에 대한 걱정과 분노가 다시 신령의 폭주를 이끌어내기 시작했다.

"낙빈아, 그만둬라. 더 이상은 안 된다. 네 몸을 빼앗길 거야. 정신 똑바로 차리거라!"

그런 아들을 향해 어머니의 매서운 목소리가 울려왔다. 낙빈은 어머니의 모습을 놓치지 않으려 눈을 부릅떴다. 흑단인형은 어머니를 해치지 않았다. 조금 전 낙빈에게 그랬듯이 낙빈 어머니의 턱을 잡고 가면 속 자신의 까만 눈과 마주치게 했다. 흑단인형은 그렇게 한참 동안 어머니의 눈 속을 들여다보았다. 마치 잊었던 무언가를 찾는 사람처럼 어머니의 눈 속에서 무언가를 찾는 것만 같았다. 서로의 눈을 마주 보며 무슨 말을 하는지 알 수 없었지만, 흑단인형은 그렇게 낙빈 어머니의 눈을 뚫어져라 바라보았다.

하지만 낙빈에게는 그것이 곧이곧대로 보이지 않았다. 흐르는 피와 몽롱한 정신이 모든 것을 왜곡했다. 두 눈에 어머니가 있었다. 그리고 어머니를 향해 공격을 시작하는 흑단인형이 보였다. 아니, 다시 눈을 깜빡였을 때는 흑단인형의 검 앞에 떨고 있는 승덕이 보였다. 승덕을 찌르는 흑단인형의 하얀 손이 보였다.

"으아! 으아아아!"

목구멍 가득 피가 터졌다. 사라지려 했던 신들의 폭주가 다시 시작되었다.

"낙빈아!"

어머니는 흑단인형을 물리치며 낙빈을 향해 내달렸다. 옆으로 비켜선 흑단인형은 아들을 향해 내달리는 낙빈 어머니의 뒷모습을 고요히 바라보았다. 낙빈 어머니의 뒤편에 서 있던 검은 양복들이 한 발 다가오는 것을 아는지 모르는지 흑단인형은 지그시 낙빈 어머니만 응시하고 있었다.

"으아, 으아아악!"

머리를 쪼갤 것처럼 고통스러운 그 순간, 소년의 두 눈에 보이는 것은 코앞에 나타난 누군가의 얼굴이었다. 얼굴이 반쪽으로 쪼개진 채 피를 흘리는 큰형 승덕이었다. 형이…… 피를 흘리며 시뻘건 눈으로 낙빈을 바라보고 있었다. 그리고 이렇게 웅얼거렸다.

'왜…… 왜 나만 죽은 거니……?'

원망이 가득한 얼굴의 승덕이 낙빈의 코앞에서 피에 젖은 입술을 움직이고 있었다.

"우와! 우와아악!"

끔찍했다. 그것은 분명 살아생전 승덕 형의 모습이 아니었다. 그것은 분명 낙빈이 만들어낸 환각이었다. 하지만 그 모든 것이 환영이라는 사실은 중요치 않았다. 그것이 사실이든 환영이든 온몸의 세포 하나하나에까지 맺혀 있는 끝없는 원망과 분노, 형용할 수 없는 복수심이 머리끝까지 거꾸로 솟구쳤다! 낙빈은 그 감정을 제어할 수 없었다.

"안 된다, 낙빈아! 안 된다!"

어머니의 음성도 더 이상 귀에 들어오지 않았다.

쿠우우웅…….

소년의 몸은 폭발 직전 로켓처럼 괴이한 소리를 내며 부르르르 떨렸다.

"낙빈아, 안 된다! 안 된다! 그래선 안 된다! 정신을 차려! 정신을!"

두 눈이 이미 초점을 잃은 채 깊은 혼란 속으로 빠져 들어간 아들을 향해 낙빈 어머니는 정신없이 내달렸다. 그리고 금방이라도 폭발할 것처럼 위태로운 아들의 사지를 있는 힘껏 붙잡았다.

빠지직!

쿠당탕!

낙빈 어머니는 마치 수만 볼트의 전기에 감전된 것처럼 수 미터 뒤로 튕겨 나갔다. 하지만 낙빈 어머니에게는 어떤 고통도 느껴지지 않았다. 아들 외에는 지금 눈에 들어오는 것이 없었다. 낙빈 어머니는 다시 한 번 아들을 향해 다가갔다. 작심한 듯 아들의 온몸을 단단히 붙들었다. 엄청난 전류가 그녀의 몸을 휘감고 매서운 고통에 눈동자가 하얗게 변해도 아들을 안은 두 손을 떼지 않았다.

"제발 그냥 놔두세요. 아들의 몸을 가져가지 마세요! 제발, 제발요!"

낙빈 어머니는 낙빈의 몸을 장악하려는 신들을 향해 간절한 소망을 담아 미친 듯이 빌고 또 빌었다. 낙빈 어머니의 뒤로 천신의 검은 도복, 정희와 정현의 회색 승복이 겹쳐졌다. 낙빈을 사랑하는 이들이 어린 소년의 몸을 뒤엉켜 안고 터져 나오려는 신들의 폭주를 막으려 애썼다. 그들은 어린 소년을 겹겹으로 싸고 있는 신들을 힘껏 부여잡았다. 모든 것을 잃어버리고 육신의 껍질만 남으려 하는 소년의 폭주를 멈추려 그들은 온 마음을 다해 낙빈을 껴안았다.

흑단인형은 그 모습을 지그시 바라보았다. 그런 흑단인형의 뒤로 검은 그림자들이 다가왔다. 신성한 집행자들은 예기치 못한 무방비 상태의 흑단인형을 향해 총공격을 퍼부었다.

콰과과광!

엄청난 영력의 폭발음과 함께 희뿌연 연기가 피어올랐다. 낙빈 어머니를 멍하니 바라보던 흑단인형의 머리 위로 엄청난 영력의 폭탄이 터져버린 것 같았다.

토옹.

그러나 흑단인형은 영력의 포화 속에서도 사라지지 않았다. 자욱한 연기 사이로 가벼운 발소리가 울려 퍼졌다. 붉은 기모노가 하늘을 가르며 저 멀리로 솟았다. 희뿌연 하늘 위로 더없이 높이 높이 떠올랐다. 그러고는 더 이상 그 누구의 눈에도 띄지 않을 때까지 저 먼 하늘 위로 사라졌다.

그녀가 사라진 하늘 아래에는 폭주하는 아들을 부여잡은 낙빈 어머니가 있었다. 그녀는 끔찍한 고통 속에서도 아들을 붙잡고 놓지 않았다. 아들의 몸속에서 그 몸을 다 차지하려는 엄청난 신령들의 요동이 들렸다. 그것은 끔찍한 공포의 소용돌이였다. 하지만 어머니는 아들을 놓지 않았다. 어떤 괴로움과 두려움 속에서도 그 손을 놓을 수는 없었다.

콰과앙!

낙빈 어머니의 눈앞이 새하얀 빛으로 가득해지면서 온 세상의 모든 것이 파멸하고 폭발하는 듯한 굉음이 울려 퍼졌다. 그녀의 온몸은 깨져서 날아가는 파편처럼 또다시 저 멀리로 튕겨 나갔다. 까마득히 하얘지는 눈앞과 정신⋯⋯. 아주 잠깐 동안 기절했던 그녀가 벌떡 일어섰을 때는 지독한 폭발로 인해 온몸이 부들부들 떨려왔다. 혼자 힘으로는 제대로 설 수도 없을 만큼 강한 충격을 받았는데도 그녀는 깨어나자마자 아들의 이름을 불렀다.

"낙빈아! 낙빈이는⋯⋯ 낙빈아!"

벌떡 일어선 그녀는 눈앞에 쓰러진 낙빈을 확인할 수 있었다. 그 아이의 사지를 붙잡고 늘어진 암자 식구들도 보였다. 천신과 정희, 그리고 정현이 아이의 몸을 붙잡고 어떻게든 상처를 치유하고 기운을 나눠주려는 모습이 눈에 들어왔다.

"나, 낙빈아⋯⋯."

제대로 서지도 못하는 낙빈 어머니가 아들의 앞까지 기어왔다. 손끝과 옷의 끝부분이 타들어가 너덜너덜했다. 어머니는 낙빈의 손을 붙잡았다. 그녀는 정신이 아찔해지는 것을 느꼈다. 검은 자갈 더미에 누운 아이는 자신의 아들이었지만 자신의 아들이 아니었다.

"낙빈아⋯⋯."

그녀는 아이의 얼굴을 감쌌다. 두 눈을 꾹 감은 아들이 차가운 얼굴로 누워 있었다. 어머니는 아들의 가슴에 손을 갖다 댔다.

두근두근…….

너무나 낮고 느린 심장박동 소리가 울렸다. 살아 있지만 그 소리가 미약했다. 이번에는 후들후들 떨리는 손을 아들의 코앞에 대보았다. 싸늘한 바닷바람 사이로 미미한 숨결이 느껴졌다. 하지만 아들은 그곳에 없었다.

"낙빈아, 돌아와. 낙빈아!"

정희는 낙빈의 손을 붙잡고 흐느꼈다. 엉망이 되었던 낙빈의 겉모습은 정희의 힘으로 그나마 제자리로 돌아와 있었다. 철철 흐르던 피도 멎고 심한 상처도 순식간에 나았다. 하얀 얼굴, 검은 눈썹. 감긴 두 눈 아래로 또렷한 얼굴 윤곽이 잠든 듯 가지런했다.

검은 도복을 입은 천신은 있는 힘을 다해 낙빈의 영혼에 집중하고 있었다. 그는 실낱같은 희망을 품고 사라져버린 소년의 영혼을 붙잡기 위해 온 힘을 기울였다.

"안 돼……."

낙빈 어머니는 눈앞에 펼쳐진 무시무시한 광경에 말을 잃어버렸다. 아이의 몸은 그곳에 있지만 마음은 그곳에 없었다. 그곳에 누워 있는 것은 너무나 낯설고 텅 빈 껍데기일 뿐, 낙빈의 영혼은…… 어린 아들의 기운은 그 어디에도 남아 있지 않았다.

오늘 새벽에 들었던 예지신의 목소리가 그녀의 두 귀에 울렸다.

'……나의 딸아. 네가 간다고 해도 막을 수 있는 것은 없다. 상처받은 아들의 모습을 지켜볼 수 있겠느냐? 차라리 이곳에서 기다리거라. 네 아들의 몸이 너를 찾아올 것이다.'

그녀를 만류하던 신의 뜻이 눈앞에 있었다. 싸늘하게 식어가는 아들의 모습으로, 영혼을 잃어버린 텅 빈 껍데기로 누워 있었다. 부서진 바위 더미 위에 힘없이 드러누운 어린 아들의 모습이 그녀의 눈앞에 있었다.

"안 돼, 낙빈아! 안 된다, 안 돼!"

낙빈 어머니의 절규가 차가운 바닷가에 울려 퍼졌다. 검은 바위 위로 차가운 파도가 일렁였다. 끝없이 밀려오는 파도 소리만 가득한 바닷가……. 영혼이 사라져버린 어린 소년의 껍데기만 남았다.

싸늘한 몸으로 누운 소년의 주변에 가혹한 슬픔이 휘돌아쳤다. 아들의 손을 붙잡은 모정의 절규는 끝없이 이어졌다. 그 곁에서 실컷 눈물을 흘릴 수도 없는 천신과 정희, 그리고 정현도 모두가 망연자실한 얼굴이었다.

그들의 몇 걸음 뒤에는 이 광경을 모두 지켜봐야 했던 또 한 명의 처연한 눈이 있었다. 검은 양복을 입은 현욱은 입술을 깨물며 모든 광경을 지켜보았다. 어둡고 그늘진 그의 눈빛이 슬퍼 보였다.

상처 입고 터져버린 붉은 화산과 회색빛 화산재가 세상을 휘덮었다. 흑단인형이 사라져버린 그곳에는 폐허만 남았다.

제 5 화

다시
만나는
날에

1

눈이 부시도록 볕이 맑은 날이었다. 햇볕은 강하지만 바람은 차가웠다. 태양은 늦가을의 끝을 잡고 버티느라 애를 쓰고 있었지만 추운 계절이 시작되는 것을 막기는 역부족이었다. 막바지 수확에 나선 농가들은 뒷마당에서 감을 따고 앞마당에서는 시래기를 말리느라 부산했다.

어느 시골 농가 앞마당이 유독 소란스러웠다. 새벽부터 용달차와 짐꾼들이 들이닥쳐 한 짐을 빼갔고 한낮에는 남은 짐을 마저 싣기 위해 농가로 되돌아왔다. 부산한 짐꾼들보다 더 분주한 사람은 마당 한가운데에 있었다.

"싫어! 싫어! 안 갈 거야! 싫어! 콜록! 콜록! 콜록!"

일곱 살인 아이는 벌써 몇 시간째 엄마의 치맛자락을 붙들고 징징거렸다. 말이 끝날 때마다 목구멍 깊은 곳에서 올라오는 기침을 해대면서도.

"제발, 경진아! 너 정말 이렇게 엄마 말 안 들을 거야? 엄마랑 병원에 가서 의사 선생님 말씀 들었지? 여기 시골집은 공기가 너무 차고 보일러 시설이 잘 안 되어 있어서 네 기관지가 점점 안 좋아진다고 하셨잖아! 멀리 가는 것도 아니야. 바로 아랫동네 이층집으로 이사 가는 거란 말이야. 그리고 여기 시골집은 당분간 팔지도 않을 거니까 너 오고 싶을 때 올 수 있어. 추울 때만 나가 살다가 따뜻해지면 다시 돌아오자, 응? 떼쓰지 말고!"

이야기를 들어보니 이번 이사의 원인은 소년에게 있었다. 소년의 심한 천식이 이사의 발단이었다.

원래 도회지에 살았던 소년의 가족이 이 시골 농가로 이사 온 것도 아이의 건강 때문이었다. 부모는 심한 천식으로 인공호흡기를 대고 살 정도가 되자 모든 것을 내려놓고 아이를 위해 이사하기로 결심했다. 우선 부모님이 살고 있는 이곳 시골집을 개조해 이사했다. 하지만 시원치 않은 보일러 시설이 발목을 잡았다. 결국 겨울이 오기 전에 아랫마을의 이층 양옥집으로 들어가기로 한 것이다.

산 아랫동네에 이곳처럼 공기가 좋으면서도 보일러 시설이 잘 갖춰진 이층집이 있어서 가족 모두 이사하기로 했다. 하지만 이곳 산골 마을의 농가 생활에 푹 빠져 즐거워하던 경진은 이번 이사에 울상이었다. 아기자기하고 예쁜 이층집으로 이사하는데도 경진이 이렇게 떼를 쓰는 데는 이유가 있었다.

"멍멍이는? 멍멍이도 갈 거야! 으아앙! 멍멍이, 멍멍이 같이 갈 거야! 콜록! 콜록! 콜록!"

경진은 마당 구석에 묶여 있는 작은 강아지를 가리키며 울어댔다. 털이 곱슬곱슬한 황토색 강아지는 어리둥절한 눈으로 낯선 짐꾼들과 울며불며 떼쓰는 경진을 번갈아 바라보고 있었다.

"경진아, 의사 선생님이 털 때문에 기침이 심해질 수 있다고 하셨어. 그러니까 멍멍이는 못 데려가. 알았지?"

"으앙! 안 돼! 멍멍이! 으아앙! 멍멍이, 멍멍이 같이 갈 거야! 멍…… 콜록! 콜록! 콜록!"

소년은 강아지와 떨어져야 한다는 말에 자지러지게 울어대며 마당에 드러누웠다. 콜록거리며 심하게 기침을 해대면서도 고집을 꺾지 않았다.

"아우, 알았어! 네 맘대로 해!"

엄마는 고집을 피우며 떼쓰는 아들 때문에 할 수 없이 승낙의 말을 했지만 실제로 강아지를 데려갈 생각은 눈곱만치도 없었다. 경진의 천식 때문에 다시는 털이 있는 동물을 집 안에 들일 생각이 없었다.

시골집으로 이사 오던 늦은 여름. 어디에선가 떠돌다 들어온 강아지를 경진이 워낙 좋아해서 거두었을 뿐, 소중히 길러온 혈통 있는 강아지도 아니고 제값을 주고 사들인 강아지도 아니었다. 무엇보다 몸에 안 좋은 털 뭉치나 날리는 녀석을 새집에까지 데려갈 수는 없었다. 이곳에 처음 이사 왔을 때는 어린 경진이 낯선 시골에 잘 적응하길 바라는 마음으로 강아지를 받아들였다. 친구 한명 없는 이 촌구석에서 강아지랑 지내면 대인 관계에도 도움을 주겠다 싶었던 것이다. 하지만 개털이 아들의 천식에 좋지 않다니, 엄마로서는 강아지를 데려가지 않으려는 게 당연했다.

"알았어, 네 맘대로 해. 멍멍이 기르게 해줄게."

안될 말이지만 엄마는 지금 상황을 모면하기 위해 거짓말을 택했다. 경진을 위해 두 번이나 이사하는 마당에 몸에 안 좋은 강아지를 들인다는 건 어불성설이었다. 경진은 그런 엄마의 말을 조금도 의심치 않았다. 경진은 멍멍이를 데려간다는 말에 순간 눈물이 말랐다. 흙먼지 나는 마당에 널브러져 있던 몸도 일으켰다.

"멍멍아, 간대. 너랑 같이 이사 간대!"

경진은 냉큼 강아지에게 달려갔다. 어리둥절한 얼굴의 강아지가 경진을 바라보더니 왕왕거렸다. 기쁘다는 뜻임을 곧장 알아들은 것이다.

"같이 가자! 같이…… 콜록콜록!"

경진은 작은 강아지를 제 가슴에 가득 안았다. 간질간질한 느낌에 기침이 났지만 그런 건 하나도 중요하지 않았다.

아침부터 시작된 이사가 막바지에 다다랐다. 경진의 장난감이며 침대며 옷가지들이 트럭으로 옮겨졌다. 마당에 가득했던 항아리까지 전부 사라졌다. 하지만 어찌 된 일인지 강아지와 개집만은 움직이지 않았다.

경진은 엄마의 파란색 소형차에 올라탔다. 기다렸지만 마지막으로 운전석에 오른 엄마의 손에는 강아지가 없었다. 누구도 강아지와 개집을 옮기지 않았다.

"콜록! 콜록! 엄마, 멍멍인 왜 안 타요? 콜록!"

경진은 그제야 뭔가 이상하다는 생각이 들었다.

"으응, 차에 더 탈 데가 없어서 그래. 트럭도 꽉 차고…… 엄마 차에도 네 장난감이랑 엄마 가방이랑 가득 차서 우리 멍멍이 탈 데가 없잖아? 엄마가 금방 짐 내려놓고 멍멍이 데리러 다시 올 거야."

강아지를 데려가지 않는다고 했다간 또다시 경진이 그 자리에서 울고불고 난리를 치며 누워버릴 것을 알았기에 엄마는 그렇게 둘러댔다.

"으응. 콜록! 콜록! 잠깐만, 엄마!"

거친 숨을 몰아쉬며 기침을 해대던 경진이 차 뒷문을 열고 깡총 뛰어내렸다.

"경진아, 안 돼! 찬바람 마시면……."

경진 엄마도 급히 운전석 문을 열며 따라 나왔다. 경진은 엄마의 말은 아랑곳없이 시골집 마당으로 뛰어 들어갔다. 그러고는 마당 끝에서 살랑살랑 꼬리를 흔드는 작고 귀여운 강아지에게 달려갔다.

경진이 조금 더 나이를 먹었다면 다른 낌새를 알아챌 수도 있었을 것이다. 강아지의 밥그릇에 평소와 달리 수북이 쌓인 사료라든가, 남은 사료 포대를 개집 옆에 세워둔 모습이라든가, 아니면 내내 묶여 있던 강아지의 목줄이 풀린 것을 보고 그 의미를 알아챌 수도 있었을 것이다. 하지만 무슨 일이 벌어지고 있는지 알아내기엔 경진의 나이가 너무 어렸다.

"멍멍아! 엄마랑 금방 올 테니까 기다려. 알았지? 콜록콜록! 우리 저 아래로 이사 간단 말이야. 콜록! 콜록! 그러니까 데리러 올 때까지 여기서 꼼짝 말고 있어야 해! 잘못해서 길을 잃어버리거나 딴 데 놀러 가면 안 돼! 콜록! 콜록! 알았지? 콜록! 콜록! 그러니까 여기 꼭 있어. 집 지키고…… 아무 데도 가면 안 돼! 데리러 올 때까지 아무 데도 가지 마! 콜록! 콜록!"

경진은 가장 친한 친구이자 사이좋은 형제나 마찬가지인 강아지 곁에 쪼그리고 앉아 마치 형이 동생을 타이르듯 이것저것을 당부했다.

왕! 왕왕! 왕왕왕!

경진의 말을 다 알아듣겠다는 듯 황토색 강아지가 귀엽게 짖으며 경진의 볼을 핥아댔다.

"경진아, 강아지한테 가까이 가면 안 좋다니까!"

집 앞 대문에 앉은 누런 복슬 강아지와 그 강아지를 너무나 사랑스럽게 쳐다보는 소년은 예쁜 동화책의 한 페이지에 나올 법한 아름다운 모습이지만 천식으로 고생하는 경진에게는 온전히 아름다울 수만은 없는 광경이었다. 엄마는 아들과 뒤엉키는 누런 강아지를 볼 때마다 야단만 튀어나왔다.

끼잉…….

혼이 난 강아지는 제법 영리해서 얼른 경진에게서 훌쩍 물러섰다. 사랑하는 주인 소년을 핥거나 그 품에 안겨서는 안 된다는 걸 어린 강아지는 알고 있었다.

"그만 가자, 어서!"

엄마는 경진을 억지로 일으켜 세웠다.

"멍멍아, 콜록! 콜록! 기다려! 어디 가면 안 돼! 금방 올게! 콜록! 콜록! 나 올 때까지 딴 데 가면 절대 안 돼! 꼭 기다려!"

왕왕! 왕왕!

그렇게 엄마에게 끌려가면서도 경진은 연신 뒤를 돌아보며 멍멍이에게 당부를 잊지 않았고, 멍멍이 역시 경진의 눈동자를 바라보며 '알았노라, 알았노라' 대답을 잊지 않았다.

'저렇게 사이가 좋은데……'

둘을 억지로 떼어놓아야 한다는 사실에 경진 엄마의 마음은 한없이 무거웠다. 하지만 지금 중요한 것은 무엇보다도 경진의 건강이 아닌가!

그녀는 마음을 다잡고 차를 출발시켰다.

"올게, 금방! 기다려, 멍멍아! 나 올 때까지 어디 가지 말고 기다려!"

왕왕! 왕왕왕! 왕왕왕!

그렇게 차가 출발하는 순간까지 경진은 뒤창에 매달려 멍멍이에게 손을 흔들었고 강아지는 먼저 떠나는 어린 주인을 향해 알겠다고, 틀림없이 기다리겠다고 쉼 없이 짖어댔다.

주인의 차가 저 멀리 아랫동네로 사라질 때까지 그 모습을 뚫어져라 바라보던 멍멍이는 대문 앞에 엎드렸다. 이미 집 안의 문은 모두 단단히 닫혀 있었고, 그 무엇도 남지 않은 빈 공간에서 멍멍이는 추운 듯 몸을 웅크린 채 사라져간 주인을 기다리며 눈을 깜박였다.

시간이 지나고 날이 저물어도 강아지는 꼼짝도 하지 않고 대문 옆을 지켰다.

휘오오…….

차가운 공기가 밀려들었다. 몹시도 쌀쌀한 바람이 휘몰아쳤지만 멍멍이는 대문 앞에서 조금도 움직이지 않았다. 개집에 들어가 웅크릴 생각도 하지 않았다.

'여기서 기다려. 아무 데도 가면 안 돼. 금방 데리러 올 테니까, 나 올 때까지 꼼짝 말고 기다려야 해!'

멍멍이의 귀에는 주인 소년의 목소리가 너무나 생생하게 울려 퍼지고 있었다.

2

은은한 베이지색 털모자에 같은 색깔의 목도리를 친친 동여매고 빨간색 반코트를 입은 미덕이 산길을 서성거렸다. 두 손을 코트 안에 깊숙이 찔러 넣은 채 터덜터덜 걷고 있는 미덕의 얼굴은 무표정했다. 발걸음을 내디딜 때마다 등에서 자주색 가방이 시끄럽게 들썩였다. 베이지색 털모자 밑으로 깔끔하게 땋아 내린 양 갈래 머리가 빠끔 나와 있었다. 아침에 학교로 갈 때마다 예쁜 옷이며 머리며 꼼꼼하게 챙겨주는 정희 언니 덕분이었다. 하지만 예쁜 옷을 입고 머리를 귀엽게 땋아도 땅바닥을 향해 푸욱 수그린 미덕의 얼굴에는 생기가 없었다.

이미 해는 둥실 떠올라 하늘 높이 걸려 있는데도 미덕은 아직

학교에 가지 않았다. 새벽부터 등교 준비를 해준 정희의 정성에도 불구하고 길 잃은 강아지처럼 시골길을 정처 없이 떠돌고 있었다.

언제부턴가 매일 아침 옷을 차려입고, 가방을 메고, 암자를 출발하는 미덕의 걸음은 학교가 아닌 다른 곳을 헤매고 있었다. 학교 따위는 다니고 싶지도 않고 재미도 없었다. 하지만 그런 소릴 했다가는 정희 언니와 천신 할아버지께 혼날 게 뻔했다. 미덕은 별수 없이 이렇게 입을 다문 채 암자에서 나와 매일매일 정처 없이 사방을 헤매고 다녔다.

"오늘은…… 어디 가지?"

이제는 더 이상 돌아다닐 곳도 없었다. 사람들을 만났다가는 '길을 잃어버렸냐', '왜 이 시간에 학교에 안 가고 여기서 서성이느냐'는 귀찮은 간섭을 받게 되니 돌아다닐 수 있는 곳도 한정되어 있었다. 아무런 목적 없이 사람 없는 길을 서성대는 건 정말 재미없는 일이었다. 그렇다고 관심도 없는 학교에 가는 건 더욱 싫었다.

"복실아, 니들은 가고 싶은 데 없어?"

미덕은 갈림길 앞에서 어디로 가야 하나 망설이다가 마침내 두 마리 강아지의 뜻을 따르기로 했다. 요즘은 흰색 털과 검은색 털을 가진 복슬 강아지 두 마리가 미덕과 동행했다. 사실 이제는 제법 덩치가 커서 강아지라기보다 '청년 개'라고 하는 게 맞을 법했다.

학교에 다닐 때는 따라오지 못하게 하고 암자에서 기다리게 했는데, 어느 순간 이렇게 떠도는 날이 늘어나면서 두 마리의 개는 미덕의 따분한 한낮을 함께해주는 동무가 되었다. 개들은 기꺼이 미덕을 따랐다. 아침에 암자를 떠났다가 다시 돌아오는 순간까지 두 녀석은 미덕의 곁에서 한순간도 떨어지지 않고 함께했다. 방황하는 어린 소녀를 지키는 것이 저희 임무인 것처럼.

처음엔 귀찮게 따라다니지 말라며 호통치고, 화내고, 삐친 척했지만 이제 미덕의 마음속을 훤히 꿰뚫어보는 개들은 미덕이 아무리 협박해도 꿈쩍하지 않았다. 녀석들은 마치 저희가 미덕의 보호자인 것처럼 쑥덕거리더니, 어느 날부턴가 누렁이는 정희와 함께 암자에 남아 그 주변을 지키고 흰둥이와 검둥이는 매일매일 정처 없이 떠도는 미덕을 지키게 되었다.

처음엔 귀찮았던 미덕도 언제부턴가 말동무가 되어주며 함께 걷는 녀석들이 밉지 않았다. 아니, 오히려 고마웠다. 그러다 보니 오늘처럼 어디로 가야 할지 갈피를 잡지 못할 때는 흰둥이와 검둥이가 앞장서서 갈 만한 장소로 미덕을 인도해주기도 했다.

컹!

이번에는 검둥이가 길을 정했다. 그동안 한 번도 가지 않은 동네였다.

"그래, 이쪽으로도 한번 가보지 뭐."

미덕은 검둥이가 결정한 쪽으로 걸음을 옮겼다. 몸을 돌리는데 차가운 바람이 코끝으로 불어왔다. 어느새 겨울이 다가오는 길목이었다. 시들어 떨어지는 낙엽이 너무나도 많았다. 미덕은 그 모습이 말할 수 없이 쓸쓸해 보였다. 아무렇게나 길가에 뒹구는 낙엽들이 제 모습 같았다.

현욱 아저씨는 암자에 미덕을 버려둔 채 완전히 잊어버린 것 같았다. 신성한 집행자들의 요원 몇몇이 미덕을 보러 오는 게 전부일 뿐, 미덕이 그토록 따르고 좋아하는 현욱 아저씨는 근 일 년 동안 만날 수 없었다. 미덕은 자신이 현욱에게 특별하다고 여겼는데, 이제는 다른 신성한 집행자들의 아이들처럼 더 이상 현욱의 관심을 끌지 못하는 것 같았다. 그 생각이 내내 미덕의 마음에 생채기를 냈다.

미덕을 버린 것은 그뿐이 아니었다. 암자에서 제일 많은 정을 주고 진짜 친구처럼, 오빠처럼 담뿍 정을 나누었던 낙빈도 미덕이 따위는 까맣게 잊어버렸다. 승덕이 죽은 뒤로 낙빈은 미덕이 있는지 없는지조차 잊어버린 것 같았다. 미덕은 완전히 까맣게 잊힌 존재가 되어버린 것 같았다. 그래서 미덕은 바닥을 뒹구는 낙엽이 꼭 제 모습 같았다. 미덕이 빨간 코트 소매로 눈가를 닦았다.

"어머나, 넌 이 동네 아이가 아닌데 누구니?"

실수였다. 깊은 생각에 빠져서 미처 사람이 다가오는 걸 눈치 채지 못했다. 한낮에 개 두 마리를 데리고 동네를 어슬렁거리는 어린아이는 어른들의 눈에 너무나도 잘 띄었다. 오지랖 넓은 마을 사람들은 정처 없이 터덜거리는 어린아이를 모른 척할 만큼 삭막하지 않았다.

그게 시작이었다. 배추를 수확하던 아주머니가 다가와 말을 건 이후 동네 평상에 앉아 있던 노인들이 '어린아이가 왜 이 시간에 혼자 서성이느냐', '집이 어디냐', '학교가 어디냐', '학교는 왜 안 갔느냐'는 등 잔소리를 잔뜩 늘어놓았다. 학교가 일찍 끝났다는 핑계를 대고 간신히 빠져나왔지만 몇 걸음 지나지 않아 경운기를 타려던 아저씨에게 붙들려 '못 보던 얼굴인데 어느 동네 아이냐, 부모가 누구냐, 왜 여기서 혼자 서성거리느냐'는 기나긴 잔소리를 들어야 했다.

미덕은 좁다란 시골길을 바라보았다. 저 멀리 수건을 동여맨 노인들이 밭일을 하는 모습이 보였다. 그들 모두 관심 가득한 눈초리로 미덕을 바라보고 있었다.

"얘들아, 안 되겠어! 사람들이 없는 곳으로 가야겠다! 이 동넨 사람이 너무 많아!"

몇 걸음 내디딜 때마다 이 아주머니, 저 아저씨에게 붙들려야 했던 미덕이 끝내 울상을 짓고 말았다. 검둥이와 흰둥이도 즉각 동의하며 동네 외곽의 언덕으로 펄쩍펄쩍 뛰어갔다.

"복실아, 같이 가!"

같은 이름을 가진 개 두 마리를 따라 미덕은 마을 밖으로 빠져나가는 구릉진 언덕 위로 힘껏 내달렸다.

달가닥. 달가닥.

미덕이 달릴 때마다 등에서 빨간 가방이 덜컥거렸다. 매일매일 정희가 정성껏 다듬어 넣어주는 연필들이 철제 필통 속에서 요란하게 울어댔다.

컹컹!

제법 목소리까지 굵어진 검둥이가 햇살이 비치는 구릉진 언덕을 바라보며 짖어댔다. 햇볕이 잘 내리쬐는 언덕 위에 집 한 채가 있었다.

컹컹!

검둥이와 흰둥이가 미덕에게 한마디씩 했다.

'집은 있지만 사람은 살지 않나 봐.'

'사람의 흔적이 없는 집이야. 미덕이 누나를 성가시게 할 사람은 없겠어.'

미덕은 개들의 대화를 듣다가 냉큼 빈집으로 내달렸다.

"잘됐네. 저기서 좀 쉬자."

미덕은 언덕 위의 낡은 단층집에 도착했다. 낮은 담 너머로 흘 끗 바라보니 창문이며 문이 두꺼운 판자에 막혀 있었다. 사람이 살지 않은 지 꽤 되는 모양이었다. 텅 빈 마당에 어지럽게 자란 잡초들도 사람이 살지 않는 집이라고 말해주었다. 슬레이트 지붕이 마루 아래까지 내려오는 흙집은 비바람에 대비해 바람막이 나무 창이 모두 닫혀 있는 기역자 모양의 꽤 넓은 집이었다.

"헤, 뭐야. 여기 좋은데? 아무 방해도 안 받고 놀 수 있겠는걸? 잘했어!"

미덕은 기분이 좋아졌다. 매일매일 학교 대신 정처 없이 떠돌아다니는 것도 지겨웠는데 이런 곳을 아지트로 삼으면 여러모로 좋을 것 같았다. 마당에는 볕이 따뜻하게 들어오고, 바람이 불거나 비가 들이쳐도 집 안으로 들어갈 개구멍 하나만 만들어놓으면 될 것 같았다.

미덕과 복실이들은 집 주변을 돌며 농가의 요모조모를 기웃거렸다. 낮은 담장을 한 바퀴 돌다 보니 흙벽이 있는 뒤쪽 산길 쪽에 판재로 얼기설기 엮어놓은 뭔가가 보였다. 보아하니 산 쪽으로 예전 주인이 다듬어놓았을 계단밭이 이어졌다. 얼기설기한 판재를 통과하기만 하면 바로 이어지는 계단밭이었다. 편하게 밭을 오가기 위해 만들어놓은 것 같았다.

"헤, 이쪽으로 들어가면 되겠다."

판재의 사이사이는 어른도 통과할 만큼 넉넉해서 미덕이 통과하는 건 일도 아니었다. 미덕은 판재 사이로 발을 내밀었다.

컹컹! 컹컹컹!

미덕이 막 담장 안으로 발을 디디는데, 갑자기 검둥이가 요란하게 짖어댔다.

'멈춰, 멈추라고!'

검둥이는 다급하게 외치고 있었다. 미덕은 어리둥절한 얼굴로 그 자리에 멈췄다. 울퉁불퉁한 흙 위에 다리 하나를 든 채 위태로운 자세로 딱 멈춰 섰다.

커엉, 컹!

곧바로 검둥이와 흰둥이가 미덕을 지나 집 안으로 후다닥 달려들어갔다. 뒤이어 요란한 소리가 들려왔다.

'우웅…… 왕! 와왕! 왕왕!'

컹컹! 커엉!

흰둥이와 검둥이가 짖는 소리와 함께 낯선 강아지 소리가 들렸다. 어린 강아지가 짖어대고 있었다.

'나가! 당장 나가! 여기서 당장 나가라고!'

미덕은 사라진 복실이들을 따라 집 안으로 들어갔다. 듬성듬성 꽂힌 낡은 판재 담장을 지나자 건물의 뒤편 벽이 가로막고 있었다. 담장을 한 바퀴 돌아 앞쪽으로 향하자 마당 한가운데에서 서로를 노려보는 세 마리 개가 나타났다.

'왕! 왕! 우으으응…… 왕!'

소프라노의 음색처럼 톤이 높은 목소리를 가진 강아지가 저보다 훨씬 큰 검둥이와 흰둥이의 앞을 막아선 채 용맹하게 짖어대고 있었다. 강아지는 짧은 다리와 동그란 얼굴 그리고 곱슬곱슬한 황토색 털을 가지고 있었다.

미덕은 입을 벌린 채 개들을 바라보았다. 미덕 앞에 나타난 작은 강아지는 정확히 말해 작은 강아지의 '영혼'이었다. 강아지는 막무가내로 '나가! 나가버려! 나가란 말이야!'만 반복하며 짖어댔다. 미덕이 고개를 갸웃거렸다.

"왜 죽은 강아지가 여기 남아 있지?"

검둥이와 흰둥이의 등장에 잔뜩 긴장한 강아지는 미처 미덕을 발견하지 못한 모양이었다. 뒤늦게야 사람이 있다는 걸 알았는지 미덕을 보고 소스라치게 놀라는 눈치였다.

'끄으응……?'

미덕은 작은 강아지의 영혼이 '혹시…… 너니?'라고 말하는 걸 알아들었다. 하지만 강아지는 곧 미덕이 자기가 알고 있는 아이가 아니란 걸 알아채고 미간 가득 주름을 만들며 매섭게 짖어댔다.

'왕! 우으으응…… 왕! 왕!'

나가라고, 나가라고 소리 높여 외치는 강아지의 모습은 꽤나 용감했지만 안타깝게도 전혀 위협적이지 못했다. 짧은 다리로 바짝 서보아도 작고 귀여운 체구가 전혀 무섭지 않았다. 미덕과 복실이들이 죽은 영혼을 보면서도 전혀 두려워하지 않자 강아지는 매우 당황하는 것 같았다. 보통 사람이라면 강아지의 영혼을 볼 수가 없으니 눈앞에서 흙이 날리고 뭔가가 휙휙 지나가면 귀신이 곡할 노릇이라며 혼비백산할 것이다. 하지만 동물 중 영감이 좋은 복실이들과 동물의 소리를 죄다 알아듣는 미덕에게는 영혼이건 뭐건 그저 작은 강아지로밖에 보이지 않았다.

결국 아무리 짖어대도 꼼짝도 하지 않는 침입자들을 향해 작은 강아지가 펄쩍 뛰어올랐다.

'왕! 왕! 와아왕!'

어린 강아지는 나름 비장한 눈빛을 반짝이며 저보다 덩치가 큰 검둥이에게 공격을 감행했다. 하지만 안타깝게도 검둥이는 보통 개와 비교할 수 없을 만큼 엄청난 영안을 소유한 녀석이었다. 동시에 힘도 엄청나게 셌다. 이제는 물리력뿐 아니라 영적인 힘도 강해졌다. 일반 개들이 냄새와 기척으로 희미한 귀기를 알아채는 반면 검둥이의 눈에는 작은 강아지의 모습과 소리, 그리고 그 존재까지 아주 또렷하게 느껴졌으니 작은 강아지의 공격은 어림없는 시도였다.

커흐흥!

검둥이는 아주 날쌘 네 다리로 공중을 향해 살짝 날아오르며 조그만 잡종 강아지를 피했을 뿐만 아니라 재빨리 몸을 돌리며 작은 강아지를 향해 날카로운 이빨을 드러냈다.

'끼앵, 키이앵⋯⋯.'

검둥이에게 목덜미를 단단히 잡혀버린 작은 강아지가 힘없이 낑낑댔다. 평소 다른 개라면 허공에서 보이지 않는 영혼의 공격을 받고 혼비백산하여 떠났을 테지만 검둥이에게는 언감생심 어림도 없었다. 어린 강아지의 높이 치솟았던 꼬리가 슬그머니 땅을 향해 수그러들었다.

"복실아, 살살 해."

미덕은 손사래를 치며 마당을 한 바퀴 둘러보았다. 인기척이 전혀 느껴지지 않는 게 이해되었다. 저런 영혼이 집을 지키고 있으니 아마 동네에는 '귀신 집'으로 소문이 퍼졌을 것이다. 환한 대낮에도 이런 정도니 웬만한 일이 아니고서는 집 앞의 길로도 오가지 않았을 게 분명했다.

"야, 강아지야. 너네 집이면 좀 미안한데 우리도 갈 곳이 없어서 그래. 물건도 안 훔쳐갈 거고, 나쁜 짓도 안 할 거야. 그냥 좀 쉬다가 가게 해주라, 응?"

미덕은 작은 강아지를 향해 말을 건넸다. 물론 개들이 알아들을 수 있도록 개의 말을 사용했다. 검둥이에게서 풀려난 강아지는 놀란 눈으로 미덕과 복실이들을 흘겨보더니 뒤도 돌아보지 않고 마당 구석으로 숨어들었다. 개의 말을 하는 아이라니, 게다가 죽은 영혼에게까지 말을 거는 아이라니, 아마도 무척 놀랐을 것이다. 미덕은 꼬리를 감추고 사라지는 강아지를 바라보며 그게 허락의 뜻이라고 생각했다. 지금은 경계를 하겠지만 셋이서 조용히 시간을 때우다가 가는 걸 보면 강아지도 이해할 거라고 생각했다.

컹컹.

흰둥이가 미덕을 불렀다. '이쪽으로 와. 여기가 따뜻해'라는 말이었다. 그들은 곧 단단히 잠긴 현관문 앞이 가장 햇빛이 잘 드는 자리라는 걸 알아챘다. 마당에 널린 판자며 누런 박스들을 모아 따뜻한 햇살 아래 깔아놓으니 제법 편안하고 안락했다. 매일매일 정처 없이 돌아다니는 것도 지쳐버릴 지경이었는데, 미덕의 비밀 아지트로 이곳은 진짜 안성맞춤이라는 생각이 들었다. 오늘처럼 해가 뜨면 이렇게 마당에 있어도 되지만, 아주 춥고 해도 안 뜨는 날이면 창문의 판자를 살짝 뜯어 집 안으로 들어갈 수도 있을 것 같았다.

"흐음……."

미덕은 흰둥이와 검둥이 사이에 기대고 누워 오랜만에 아주 느긋한 기분을 느꼈다.

참 고요했다. 정말 오랜만에 맛보는 고요함과 느긋함이었다. 요즘은 항상 살얼음 위를 걷는 기분이었다. 승덕의 죽음을 마음껏 슬퍼할 수도 없는 암자 식구들 앞에서 슬픔을 이기지 못하고 사라져버린 낙빈을 마음껏 그리워할 수도 없는 매일매일이 그랬다. 어린 미덕이 자신의 감정을 다 숨기고 괜찮은 척 살아가는 건 너무나 힘겹고 괴로운 일이었다.

미덕은 파란 하늘을 바라보았다. 구름 한 점 없는 맑디맑은 하늘이 따뜻한 볕을 보내주고 있었다. 미덕은 환한 햇살 아래 눈을 감았다. 흰둥이와 검둥이의 매끈한 털 덕분에 한없이 포근했다. 이런 행복감을 느낀 게 언제인지 기억도 나지 않지만 이 짧은 순간에 대해서도 갑자기 죄책감이 들었다.

"하늘나라는…… 안 추울까 모르겠네. 우리 승덕이 큰오빠 얇은 옷 입고 갔는데 괜찮을까?"

흰한 태양 아래 있자니 떠나보낸 승덕이 춥지 않을까 걱정되었다.

"……바보 같은 낙빈인 안 추운가? 한복 하나만 달랑 입은 채로 하나밖에 없는 까만 겨울 점퍼도 안 챙겨 갔다고 정희 언니가 만날 걱정하는데……. 이 바보!"

연이어 낙빈이 걱정스러웠다. 미덕은 씩씩한 척 일부러 욕을 해보았지만 금세 눈시울이 붉어졌다.

"아냐, 아냐!"

미덕은 눈물을 흘리지 않으려고 고개를 탈탈 털어냈다. 미덕은 파란 하늘 위에 글자를 써보았다.

낙…… 빈…… 오…… 빠…….

"오빠는 개뿔!"

그러다 미덕은 성이 나서 발딱 일어났다. 갑작스러운 움직임에 꾸벅꾸벅 졸고 있던 흰둥이와 검둥이가 활딱 놀라는 게 느껴졌다. 미덕은 모른 척 다시 두 녀석의 품에 누웠다. 글씨를 써보니 문득 이름을 가지고 '좋아한다, 싫어한다, 따라다닌다, 사랑한다, 미워한다, 생각한다, 원망한다'는 놀이가 생각났다. 시골 학교 아이들이 별 유치한 짓을 다 한다며 콧방귀를 뀌었는데, 문득 그 놀이가 떠올랐다.

미덕은 허공에 글자 하나하나, 획 하나하나를 크게 그어가며 따져보았다.

"'미'…… 좋, 싫, 따, 사, 미…… '덕'…… 생, 원, 좋, 싫, 따, 사, 미…… 미워한다!"

미덕의 이름은 '미워한다'에서 끝이 났다. '미'로 끝났으니 미덕은 낙빈을 미워하는 것이다.

"그래, 난 미워해! 나쁜 놈!"

그러더니 미덕은 다시 한 번 허공에 획을 새겼다.

"'낙'…… 좋, 싫, 따, 사, 미, 생…… '빈'…… 원, 좋, 싫, 따, 사, 미, 생…… 생각한다!"

이번에는 '생각한다'에서 끝이 났다.

"칫, 그래도 내 생각은 하나 보네, 바보!"

의미 없는 행동이긴 했지만 겨우 그런 장난 하나에 낙빈이 저를 잊어버리지 않고 가끔은 생각을 한다고 여기며 위안을 삼았다.

요즘 미덕은 무엇을 해도 낙빈이 생각났다. 뭔가 즐거운 일이 있어도, 뭔가 슬픈 일이 있어도, 외로워도, 쓸쓸해도, 심심해도, 정신이 없을 때마저도 미덕의 머릿속은 늘 낙빈이 생각이었다. 태어나 처음으로 진심을 다해 오빠로, 친구로 대한 소년이었다. 너무나도 담뿍 든 정이 늘 미덕의 가슴을 아프게 했다. 미덕은 버림받은 생각이 들다가도 낙빈 역시 미덕을 보고 싶어 하고 그리워할 거라 믿고 싶었다. 가슴에서 지워버리기엔 마음을 너무 많이 줘버린 탓이었다.

"치잇!"

미덕은 오른팔을 들어 눈가를 문질렀다. 햇살 때문인지 눈이 많이 시렸다. 사실 두 눈보다 가슴이 더 많이 시렸다.

휘익. 따아악!

고개 든 미덕의 머리로 무언가가 날아왔다.

컹!

작은 돌멩이가 미덕의 머리를 맞히기 직전에 흰둥이가 두 다리를 들고 벌떡 일어섰다. 복실이의 흰 털이 미덕 대신 돌멩이에 맞았다.

컹컹!

동시에 검은 복실이가 버려진 집의 흙벽을 디디며 날렵하게 지붕 위로 올라섰다. 검둥이는 군데군데 흙벽의 튀어나온 부분을 발판으로 삼더니 놀라운 순발력을 보이며 슬레이트 지붕 위로 몸을 솟구쳤다. 미끄러운 부분에서 살짝 발톱 긁는 소리를 냈지만 지붕까지 올라서는 데는 아무런 문제가 없었다. 깎아지른 흙벽을 달려

올라오는 검둥이를 확인한 어린 강아지가 새파랗게 질려버렸다.

'캥…… 캐엥.'

잠시 후 어린 강아지의 신음 소리가 들려왔다. 검은 복실이가 다시 지붕 아래로 내려섰을 때는 날카로운 하얀 이빨 사이에 작은 강아지가 단단히 물려 있었다. 어린 강아지는 두려움에 사시나무처럼 벌벌 떨었다. 영혼이 되고 나서 아마 다른 개에게 물려보기는 처음이리라. 영력이 있는 특수한 복실이들에게 걸린 게 문제였다.

'너 감히 우리 주인 누나를……!'

커엉, 컹!

흰 복실이가 제법 준엄하게 어린 강아지를 나무랐다. 검은 복실이도 강아지가 미덕을 향해 겁도 없이 공격한 것에 굉장히 화가 나 있었다.

"괜찮아. 잠깐 놀랐을 뿐이야. 그냥 놔줘."

미덕은 복실이들의 과도한 애정에 손사래를 쳤다. 체구가 작은 어린 강아지의 영혼이 검은 복실이에게 붙잡혀 벌벌 떠는 모습도 마음이 짠했다.

'앞으로 여기 계속 오려면 이 녀석을 좀 교육시켜야겠어, 누나.'

흰둥이는 깐깐했다. 미덕의 말에도 쉽사리 강아지를 놓아주지 않았다. 나이로 보면 미덕보다 훨씬 어린 흰둥이지만 '청년 개'가 되면서 아주 침착하고 차분한 성격이 도드라졌다. 냉철하기로 치자면 미덕보다 몇 수는 위였다. 어린 강아지 시절에는 미덕이 강아지들을 돌보았지만 이제는 강아지들이 미덕을 돌보는 중이었다.

"알았어."

미덕이 순순히 동의했다. 미덕도 저보다 생각이 깊은 흰둥이를 신뢰하는 까닭이었다. 흰둥이는 미덕의 곁에 길게 다리를 펴고 누웠다. 상체를 바짝 높이면서도 뒷다리는 바닥에 깔아 미덕이 제 몸에 기댈 수 있게 했다. 그러고는 검둥이에게 몇 가지 지시를 했다. 미덕은 흰둥이의 등에 기대어 다시 스르르 누웠다. 여전히 하늘은 맑고 환했다.

"따뜻하다. 그래도 빨리 정희 언니한테 가고 싶어."

미덕은 따스하고 포근한 엄마 같은 정희 언니 품으로 돌아가고 싶었다. 왜인지 모르게 지난밤부터 가슴이 싱숭생숭한 게 암자로 얼른 돌아가야 할 것 같았다. 하지만 학교가 끝나는 시간에 돌아가지 않으면 의심을 살 테고, 그동안 학교에 무단결석한 것을 들키면 무슨 일이 벌어질지 몰랐다. 무엇보다 정희 언니를 더는 슬프게 하고 싶지 않았다.

한숨이 나올 것만 같아 미덕은 발딱 일어섰다. 왜인지 모든 게 끝난 것처럼 한숨만은 내쉬고 싶지 않았다. 자연스럽게 햇살 아래 드리워진 그림자로 눈이 갔다. 담장 아래 검둥이 곁에 선 작은 강아지가 눈에 띄었다. 미덕에게 돌을 던진 죄로 검둥이 옆에서 꼼짝없이 벌을 서는 모양이었다. 움직이지도, 도망치지도 못하는 그 어린 강아지는 거짓말 하나 보태지 않고 사시나무처럼 떨고 있었다. 어찌나 떨림이 심한지 그 아래 땅이 흔들리는 것은 아닌지 의심스러울 정도였다.

"왜 저러지?"

미덕이 의아한 얼굴로 흰 복실이를 쳐다보았다. 흰둥이는 이미 아까부터 강아지 영혼의 모습을 줄곧 관찰하고 있었다. 흰둥이 역시 고개를 갸웃거리며 의아해했다. 한동안 작은 강아지의 모습을 뚫어져라 보던 미덕은 검둥이나 미덕에 대한 두려움 때문에 강아지가 떠는 것이 아님을 알아챘다. 시간이 조금 흐르고 나서부터는 꾸벅꾸벅 졸기도 하고 눈을 느슨하게 뜨기도 하는 등 경계심이나 두려움이 사라진 것 같았는데도 녀석은 내내 온몸을 부들부들 떨고 사지를 웅크리며 안쓰러운 모습을 보여주었다. 아마도 죽었을 때의 모습에 영향을 받는 듯했다.

'월, 월…… 월월…….'

꾸벅꾸벅 졸던 작은 강아지가 얼굴을 반짝 들었다. 누군가가 자신에게 '넌 누구야? 이름이 뭐야?'라고 물었기 때문이다. 잠시후, 그렇게 말을 건넨 것이 무서운 검은 개도, 인자해 보이는 흰개도 아닌, 빨간 코트를 입은 어린아이임을 알고는 강아지의 두눈이 함지박만큼 벌어졌다.

'월, 월…….'

'난 원래 태어날 때부터 다른 동물의 말을 할 수 있었어. 놀라지마'라는 소리 역시 분명 여자아이의 입에서 나오고 있었다. 어린 강아지는 어리둥절한 얼굴로 다른 개들을 바라보았다. 검둥이도 흰둥이도 당연한 듯 눈을 껌뻑이자 강아지는 조금 안심한 듯했다.

'머…… 멍멍.'

"헤에, 이름이 멍멍이야? 간단하네."

미덕이 밝게 웃으며 이름을 불러주자 검둥이에게 붙잡혔던 강아지의 꼬리가 어느새 살랑살랑 생기를 되찾기 시작했다. 낯선 이방인을 경계하던 어린 영혼은 본래 사람들에게 애착이 많은 개임에 틀림없었다.

"내가 아는 '낙빈'이라는 '나쁜 놈' 얘기로는…… 하늘나라로 가지 못한 영혼들은 뭔가 집념이나 소망이 남아서라던데……. 멍멍이 넌 왜 여기에 남아 있는 거야?"

처음엔 바짝 경계하던 멍멍이는 자신에게 말을 걸어주는 낯선 소녀가 적어도 나쁜 아이는 아니라는 생각이 들었다.

'왕왕! 난 약속이 있어서 그래. 난 우리 주인하고 약속했거든. 난 이 집을 지켜야 해. 주인님이 오실 때까지.'

"주인? 주인이 너보고 여길 지키라고 한 거야?"

'왕왕! 응, 그래. 우리 주인이 올 때까지 이곳을 지키고 있어. 허락 없이 여기에 들어온 건 너희가 처음이야.'

"그렇구나. 네가 여길 지키는 이유가 있었구나. 우린 도둑이 아니니까 안심해. 우린 그냥 갈 데가 없어서 잠깐 쉴 곳이 필요할 뿐이야. 여기 물건을 훔치지도, 망가뜨리지도 않을 거야."

미덕은 죽은 뒤에도 사명감을 가지고 집을 지키는 착한 강아지에게 몹쓸 짓을 한 것 같아 갑자기 죄책감이 들었다. 그런 미안한 마음이 그대로 어린 멍멍이에게 전해졌다. 경계하던 강아지의 눈빛이 훨씬 더 누그러졌다.

"그런데, 너…… 왜 그렇게 떠는 거야?"

'왕왕! 그건…… 추워서 그래. 난 한여름에도 추워서 이렇게 떨어. 난 겨울에 죽었거든.'

"그래? 불쌍해라!"

미덕은 찡긋 얼굴을 찌푸렸다. 죽은 뒤에도 추웠던 기억이 그대로 남은 모양이었다. 아무리 햇살이 비쳐도 추위가 가시질 않는다니 가엾은 생각이 들었다. 미덕은 빨간 코트 위로 목을 둘둘 감은 베이지색 목도리를 풀었다. 정희가 한 땀 한 땀 손수 떠준 목도리였다. 정성이 담긴 목도리니 좀 도움이 될까 싶어 어린 영혼의 위로 둘둘 감아주었다. 하지만 떨림은 조금도 나아지지 않았다.

'왕왕! 미안. 난 아무리 따뜻한 걸로 감싸도 추위가 가시질 않아. 이건 네가 하는 게 좋겠어.'

"저런……."

미덕은 미간을 찌푸렸다. 어린 강아지를 자세히 보니 온몸이 꽁꽁 얼어 있어서 털 사이로 비치는 살갗은 거의 푸른빛이었다. 얼마나 추운지 녀석의 눈에는 찔끔찔끔 눈물까지 고였다.

"너, 이렇게 덜덜 떨면서 얼마 동안 기다린 거야? 어느 겨울에 죽었기에 네 주인이 안 오는 거야? 너, 언제부터 기다렸어?"

'아니, 그게…….'

미덕의 물음에 작은 강아지는 부끄러운 듯 대답을 피했다. 하지만 둘째가라면 서러운 고집쟁이 미덕이었다.

"야, 말해! 너, 언제부터 이런 거야? 너, 언제 죽었어? 말 안 해?"

미덕이 이리저리 달래고 어르고 협박한 끝에 얻어낸 녀석의 대답은 이랬다.

'겨, 겨울이…… 네 번…… 지나갔어.'

"뭐야?"

순간 미덕은 얼굴로 화가 훅 올라오는 것을 느꼈다. 얼굴이 새빨개진 미덕은 그대로 땅을 박차고 펄펄 뛰었다. 자그마치 4년 동안 저렇게 벌벌 떨면서 이곳을 지키고 있었다니, 기가 막혀 말이 안 나왔다.

"아니, 4년 동안 널 혼자 두고 아무도 안 온 거야? 너보고 기다리라고 하고선 네 주인이 한 번도 안 와본 거야? 너, 그런데도 여기서 기다리고 있는 거야, 주인을?"

미덕은 화가 나서 참을 수가 없었다. 주인만 믿고 기다리는 어린 강아지는 아마도 버려진 게 분명했다. 바보같이 주인의 말을 믿고 여기서 기다리다 죽어버린 것이다. 그런데 이 불쌍한 영혼은 제가 버림받은 줄도 모르고 죽어서까지 이 터를 지키고 있는 것이었다.

"우이씨, 이 나쁜 주인! 널 두고 가버린 주인 놈이 대체 누구야앗!"

'아, 아냐! 내 주인은 나쁜 사람들이 아냐! 우리 주인 도련님이 아파서 그런 거야. 도련님이 많이 아파서 이사 간다고 그랬거든. 아마도 도련님이 아파서 못 오는 걸 거야. 병이 나으면 곧장 이리로 올 거야! 바로 요 아랫동네에 산다고 했어. 그러니까 금방 올 거야.'

멍멍이는 제 주인을 보호하려 했지만 강아지의 말은 미덕을 더욱 화나게 했다.

"뭐야, 바로 아랫동네에 사는데도 안 온다고? 이…… 이 나쁜 사람들! 야, 네 주인 이름 대봐! 누구야, 엉?"

멍멍이는 닦달하는 미덕의 성화에 고개를 숙이고 눈을 피했다. 제 주인이 욕을 먹는 게 몹시도 마음에 걸리는 모양이었다.

"야, 얼른 말 안 해? 네 주인 안 해칠 거야. 내가 찾아주려고 그러는 거니까 얼른 말해!"

한참 후에야 멍멍이는 눈치를 보며 입을 벌렸다.

'바, 박…… 경…… 진 도련님.'

"알았어, 넌 여기 있어! 가자, 복실아!"

거의 반 협박으로 이름을 알아낸 미덕은 불같이 일어나 앞장섰다. 밑도 끝도 없이 일어서는 미덕의 고집을 막을 수 없다는 걸 복실이들은 잘 알고 있었다. 그래도 흰 복실이가 미덕을 잡았다.

'알았어. 가는 건 좋은데 출발하기 전에 냄새를 좀 맡고 올게. 주인을 찾는 데 도움이 될 거야.'

검둥이와 흰둥이는 어린 강아지를 따라 작은 개구멍을 통해 집 안으로 들어갔다. 집에 남은 건 별로 없지만 주인이 사용하던 수건 조각과 버려진 운동화가 있었다. 시간이 너무 지나 향취가 약해졌지만 검둥이도 흰둥이도 집중해서 냄새를 맡았다.

준비가 끝나자 복실이들은 미덕의 양쪽에 믿음직하게 섰다. 미덕은 멍멍이를 혼자 두고 나오며 굳게 다짐했다.

"멍멍아, 내가 무슨 일이 있어도 네 주인을 데려올 거니까 기다려! 꼭 데려올게!"

어린 강아지를 혼자 두고 농가를 빠져나오는 미덕의 마음이 편치 않았다. 너무나 속상해 견딜 수가 없었다. 4년이 지나는 동안 단 한 번만이라도 멍멍이를 기억하고 이곳에 와주었다면 그렇게 오랫동안 벌벌 떨지 않고 성불했을 텐데. 멍멍이가 몇 년 동안이나 괴로워했다는 것이 애가 타서 견딜 수가 없었다.

하지만 미덕이 이렇게 불같이 화를 내는 데는 또 다른 이유가 있었다. 미처 알아채지 못했지만 미덕은 그 어린 강아지의 모습에서 자신의 모습을 보았다. 외로움에 떨면서 소식 한 통 없는 낙빈과 현욱 아저씨를 내내 기다리는 불쌍한 제 처지와 멍멍이의 모습이 닮아 있었다. 그래서 이렇게 참을 수 없이 화가 나고 가슴이 아리는 것이었다.

3

미덕은 언덕의 농가에서 강아지가 말한 아랫마을로 향했다. 아랫마을로 내려가는 길은 복잡한 농로를 제외하고 큰길이 하나밖에 없어서 길을 잃을 염려는 없었다. 구릉진 대지를 지나 아랫마을로 가보니 산 위의 동네처럼 공기는 맑고 좋지만 훨씬 번화한 거리가 나타났다. 작은 가게가 제법 많고 쌀을 도정하는 미곡장과 학교까지…… 있어야 할 것은 모두 있어 보였다.

멍멍이의 주인집을 찾기는 놀라울 정도로 쉬웠다. 작은 가게에 들어가 산 윗마을의 빈집에서 이사 온 사람의 집이 어디냐고 물어보니 대번에 이층 양옥집을 알려주었다. 본래 노부부가 살던 흙집에 아들과 며느리가 들어와 살다가 몇 년 전쯤 이사했다는 말도 들었다. 물론 그걸 알아내는 동안 아랫마을 학교에서는 본 적이 없는 아이라면서 어디서 왔는지, 학교는 왜 가지 않았는지 추궁하는 어른들 때문에 고생한 것은 말할 필요도 없었다.

어쨌든 사람들의 이야기에 따르면, 멍멍이의 말대로 그 집 아들이 천식인지 뭔지 병이 나서 병원과 가깝고 교통이 편리한 아랫마을 양옥집으로 이사를 했다고 한다. 그 뒤로 산 위의 농가를 처분하려고 내놨지만 산골의 흙집을 사려는 사람이 드물뿐더러 귀신이 나오는 집이라는 소문이 퍼지면서 몇 년째 팔리지 않았다는 말도 들었다.

멍멍이의 말대로 '주인 도련님'이라는 아이가 아픈 건 사실인 모양이었다. 그래도 어떻게 4년 동안 한 번도 멍멍이를 보러 오지 않았는지 미덕은 용서할 수가 없었다.

"저긴가 봐."

마침내 미덕은 아랫마을의 작은 집들로부터 조금 떨어진 외곽에서 깔끔하고 깨끗해 보이는 이층 양옥집을 찾아냈다. 마침 집배원이 낡은 오토바이를 타고 좁은 시골길을 지나갔다. 미덕은 더 생각할 겨를도 없이 그 앞을 막아섰다.

"아저씨! 저기 저 집이 박경진이네 집 맞아요?"

"아이쿠, 이 녀석이!"

작은 아이가 만세를 부르며 길을 막아서리라곤 상상도 못한 집배원이 급히 오토바이를 멈추며 호통을 쳤다.

"이 녀석아! 위험하잖아!"

"아저씨, 아저씨! 저기가 박경진이네 집 맞아요?"

하지만 지금 머릿속에 단 한 가지 생각밖에 없는 미덕에겐 집배원 아저씨의 호통이 들리지도 않았다.

"박경진? 애 이름은 모르겠다만…… 저 집의 아픈 애가 그 이름일지도 모르겠구나. 아버지가 박씨니까."

"와, 맞다, 맞아!"

'아픈 애'라는 말에 미덕이 제대로 찾아왔구나 싶어 펄쩍펄쩍 뛰었다.

"저 집 애를 찾아온 거냐? 저 집 애는 많이 아파서 친구도 하나 없는 걸로 아는데? 넌 어떻게 쟤를 아니?"

집배원은 이 좁은 산골 동네의 일이라면 속속들이 알고 있는 모양이었다.

"아, 그게…… 저기 전 산 너머 학교에 다니는데, 저쪽 산 위에 집에서 걔 친구를 만나서……."

"오호라, 산마을 친구로구나?"

미덕이 아무렇게나 내뱉은 말을 다행히도 아저씨는 나름대로 이해한 모양이었다.

"아마 저 집 아이가 네가 찾는 박경진이 맞을 거다. 보니까 항상 점심때쯤 해가 높이 뜨면 제 엄마랑 휠체어를 타고 산책을 나오던데…… 잘 만나보거라!"

집배원은 서글서글한 미소를 띠며 탈탈거리는 오토바이를 타고 다시 길을 달렸다.

"헤헷, 신난다!"

집배원 아저씨 덕분에 미덕은 생각지도 못한 사실 하나를 알아내고 뛸 듯이 기뻤다. 점심때쯤, 해가 높이 뜰 때쯤이면 산책을 하러 나온다……. 미덕에게는 더할 나위 없이 중요한 정보가 틀림없었다. 미덕은 복실이들과 함께 이층집 주변을 서성거렸다. 해는 벌써 머리 위로 둥실 떠올랐다. 학교에서는 아이들이 점심을 먹고 운동장으로 뛰어나와 실컷 달릴 시간이다. 기다리는 시간은 길지 않았다.

끼이익…….

철문이 열리더니 휠체어를 탄 소년과 그것을 미는 소년의 어머니가 문밖으로 나왔다. 미덕은 몰래 그들을 지켜보았다. 어떻게 해야 할지 계획 따윈 없었지만, 어쨌든 소년을 만나기만 하면 무언가가 해결되지 않을까 막연히 생각했다.

휠체어에 앉은 소년은 미라에 가까웠다. 두꺼운 모자에 방한용 점퍼를 입고 입에는 흰색 마스크까지 쓴데다 그 위에 엄청나게 두꺼운 솜과 담요를 둘둘 말고 있는 소년은 맨살이 보이는 곳이라곤 두 눈뿐이었다. 소년이 걸렸다는 '천식'이 어떤 병인지 잘 알지 못하는 미덕은 그런 소년의 모습에서 뭔가 심각한 느낌을 받았다.

드르르…… 드르르…….

휠체어 바퀴가 천천히 굴렀다. 긴 체크무늬 코트를 걸친 소년의 어머니는 소년 때문에 걱정이 심한지 얼굴에 수심이 가득했다.

'어떡할까? 뭐라고 말을 붙이지?'

소년과 그 어머니가 나타나자 갑자기 미덕은 말문이 막혀버렸다. 주인 녀석의 모습이 예상과 달라서였다. 저렇게 마르고 저렇게 아픈 소년일 줄은 몰랐다. 한바탕 혼을 내줄 생각이었는데 소년의 모습을 확인하고 나서는 '저 산 위의 옛집에서 멍멍이가 널 기다리고 있어'라는 말을 꺼내기가 쉽지 않았다. 더구나 소년의 어머니는 한시도 아들의 곁을 떠나지 않고 연신 담요를 덮어주면서 휠체어를 밀었다.

미덕이 속이 타서 발을 동동 구르며 어쩔 줄 몰라 하자 흰둥이가 나섰다.

컹!

흰둥이는 꼿꼿한 자세로 기품 있게 길을 걸었다. 목줄도 개 목걸이도 없지만 떠돌이 개라고 생각할 수 없는 고귀함이 풍겼다. 그런 흰둥이가 제 성품과 어울리지 않는 일을 했다. 휠체어를 탄 소년의 무릎 담요를 슬쩍 입으로 물어 바닥에 흘린 것이다. 그러고는 담요를 살짝 입에 문 채 소년의 어머니를 물끄러미 쳐다보았다.

"어머나, 저런."

소년의 어머니가 담요를 잡으려 하자 흰둥이는 몇 걸음 뒤로 물러섰다.

"어머나, 얘. 이리 와. 이리 줘."

소년의 어머니는 놀란 목소리를 내며 복실이의 뒤를 따랐다. 아예 복실이가 멀리 가버렸다면 따라갈 엄두를 내지 않았을지도 몰랐다. 하지만 흰둥이는 소년의 어머니를 쳐다보며 조금씩 뒷걸음쳤다. 더구나 맑은 눈을 깜빡이며 '이건 장난일 뿐, 공격할 마음은 없어요. 전 착한 개예요'라는 생각을 하게 만들었다.

'지금이야!'

미덕은 아주머니가 소년의 곁을 살짝 떠난 그사이를 놓치지 않았다. 미덕은 몰래 휠체어로 다가가 소년에게 말을 걸었다.

"야, 네가 경진이야?"

모자와 목도리로 꽁꽁 둘러싸인 채 하얀 마스크까지 착용한 소년의 눈이 동그랗게 커졌다.

"……"

한동안 미덕을 신기한 듯 쳐다보던 소년은 곧 미덕에게서 눈길을 돌려 주변 풍광을 멍하니 바라보았다. 미덕은 제 목소리가 너무 작았던 것으로 여기고 이번에는 좀 더 소리를 높여보았다.

"야, 네가 경진이지?"

미덕은 옆에 있는 소년이 충분히 들을 수 있을 만큼 큰 목소리로 물어보았다. 이번에도 미라 소년은 눈만 깜박거릴 뿐, 아무런 대답도 하지 않았다.

"야, 너 귀머거리야? 내 말 안 들려? 네가 경진이냐고!"

순간 미덕은 울컥 화가 나서 목소리를 높이고 말았다. 바로 그때 소년의 어머니가 아들 곁으로 달려왔다.

"얘, 넌 거기서 뭘 하는 거니?"

소년의 어머니는 황색의 체크무늬 코트를 입고 그 위에 모직 숄을 걸치고 있었다. 그녀는 흰둥이에게 빼앗긴 무릎 담요 대신 자신의 숄을 벗어 아들의 무릎을 덮었다. 그녀는 꼼꼼히 숄을 덮어주고 나서 의심 가득한 눈초리로 미덕을 바라보았다.

"얘가 경진이 맞아. 그런데 네가 그걸 어떻게 알고 있지?"

아주머니는 미덕이 소리 지르는 걸 들은 모양이었다. 미덕은 당황스럽기도 하고 놀랍기도 한데다 소년의 모습에 머리가 복잡해져서 무슨 말을 해야 할지 갈팡질팡했다. 미덕은 겨우 이렇게 말을 꺼냈다.

"얘가…… 얘가 말을 안 해요. 물었는데…… 대답도 안 하고, 쳐다보지도 않고…… 이상해요."

"얘, 보면 모르겠니? 우리 애는 아파서 그런 거란다. 됐다, 저리 비켜라!"

미덕은 머리를 긁적이며 멍멍이의 주인이라는 소년의 얼굴을 보았다. 모자와 코트에 두꺼운 옷을 걸치고 마스크로 입까지 가린 소년의 두 눈은 미덕을 보고 있지 않았다. 아니, 미덕을 보는 것 같기도 했지만 그 눈은 미덕을 통과해 저 멀리 어딘가를 바라보고 있었다. 소년은 두 눈을 뜨고 있지만 아무것도 보지 않는 것 같았다. 초점 없이 떠진 소년의 두 눈은 미덕도, 그의 어머니도, 나무도, 돌도, 흙도…… 그 무엇도 바라보지 않은 채 그저 공허하게, 저 먼 어딘가를 무심히 응시하고 있을 뿐이었다.

그제야 미덕은 이 아이가 정상이 아니란 걸 알아챘다. 몸이 아니라 마음이, 혹은 정신이 잘못되어 있다는 것을. 아마도 소년은 지금껏 미덕의 말을 단 한마디도 알아듣지 못한 것 같았다.

"그런데 넌 누군데 우리 아들의 이름을 아는 거지?"

아주머니는 의심이 가득한 눈초리로 미덕을 바라보았다. 미덕은 아무 말도 못하고 우물쭈물했다. 원래 하려던 말이 모두 입안으로 꿀꺽 넘어가버렸다. 나쁜 소년을 상상했던 미덕은 이처럼 마음이 병들어버린 소년을 만날 줄은 몰랐다.

소년의 어머니는 더 말할 필요가 없다고 생각했는지 미덕을 무시하고 소년의 휠체어를 세게 밀었다. 그녀는 산책을 멈추고 다시 집 쪽으로 향했다.

"아, 안 돼요!"

"뭐? 대체 왜 그러는 거니?"

소년의 어머니는 친절한 목소리로 말하려 애썼지만 작은 미덕의 손이 코트 자락을 붙잡자 살짝 얼굴을 찡그렸다. 흙으로 더러워진 미덕의 손을 보았기 때문이다.

"전…… 얘를 데려가야 해요. 친구가…… 얘 친구가 기다리고 있어요."

미덕은 잔뜩 긴장한 목소리로 웅얼거렸다. 휠체어를 타고 눈길도 잘 마주치지 못하는 소년이 미덕의 상상과는 아주 달랐지만 그래도 말을 해야 했다. 원망하고 미워했던 게 미안하기도 하고, 이런 말을 해도 되는지 의문이 들기도 하고…… 뭔가 복잡한 생각이 들었다. 하지만 결국 미덕은 말을 했다. 어린 멍멍이와의 약속을 어길 수는 없었다.

미덕이 웅얼거리는 소리를 주의 깊게 듣던 소년의 어머니가 의심 가득한 눈초리로 미덕의 아래위를 훑어보았다. 빨간 코트를 입고 예쁘게 머리를 땋아 내린 것이 단정해 보이긴 하지만 왜 그런지 몰라도 뭔가 부족해 보였다. 부모의 손길을 잘 받지 못한 아이 특유의 느낌이 있었다.

"얘, 친구가 기다린다니 그게 무슨 소리니? 우리 경진인 어려서부터 몸이 안 좋아서 이 동네엔 친구가 없단다. 다른 애를 착각한 거 아니니?"

아주머니는 미덕이 경진이란 이름의 다른 아이를 잘못 찾아온 거라고 단정하고는 미덕과 대화하기 위해 살짝 굽혔던 허리를 곧추세웠다. 동네에 경진이와 어울린 친구는 아무도 없었다. 병원의 간호사와 의사를 제외하고는 늘 엄마와 함께였으니까. 미덕은 다시 등을 돌리는 아주머니를 향해 급히 소리쳤다.

"아, 아니에요! 저기…… 산마을에서 친구가 기다린단 말이에요!"

등을 보였던 소년의 어머니가 산마을이란 말에 의문 가득한 얼굴로 미덕을 바라보았다. 그녀는 산마을에서 살던 시절을 떠올리며 눈동자를 굴렸다. 하지만 산마을의 농가에서 지낼 때도 경진의 친구는 없었다.

"산마을이라면 몇 년 전에 산 적이 있긴 하지만…… 우리 애는 그때도 친구가 없었는걸? 얘야, 우리 애는 어릴 적부터 천식이 심해서 밖에 혼자 다닌 적도 없고 학교도 못 다녔단다. 몇 년 전부터는 마음의 병까지 심해져서 아무하고도 말을 하지 않는단다. 그러니까 네가 잘못 아는 걸 거야."

산마을에서 이사 온 뒤로도 소년의 천식은 나아지지 않았고 자폐 증세까지 점점 심해졌다. 소년은 친구는커녕 어머니와도 대화를 하지 않았다. 가끔 저 혼자 벽을 보고 중얼거리는 것 외에는 아들의 말소리를 들을 수도 없었다. 그녀는 쓸쓸한 얼굴로 억지미소를 지으며 다시 아들의 휠체어를 밀었다.

"아니에요! 친구가…… 멍멍이가 기다리고 있단 말예요! 언덕 위의 집 맞잖아요, 그렇죠? 거기서 살았잖아요! 이사한 그날부터 하루도 안 빠지고…… 그 집에서 멍멍이가 기다리고 있단 말이에요! 진짜예요! 정말이란 말예요!"

미덕은 두 사람의 뒷모습을 보며 다급하게 소리쳤다. 휠체어를 밀던 소년의 어머니가 다시 고개를 돌렸다. 그녀의 눈이 다시 의문으로 가득해 미덕을 이리저리 뜯어보았다.

"멍멍이라고……?"

"네!"

미덕은 황급히 고개를 끄덕였다.

"미안하지만 얘야, 네가 뭔가 착각하는 게 분명하구나. 산 위의 농가가 옛날에 우리가 살았던 집이 맞긴 하다만, 그래…… 우리 집에 강아지가 한 마리 있긴 했어. 천식 때문에 동물 털이 날리면 안 된다는데도 우리 아들이 너무 좋아하는 바람에 잠깐 키운 적이 있긴 하지. 하지만…… 그 집에 있던 우리 개는 우리가 이사한 그날 집을 나가버렸단다."

"네에?"

미덕은 눈을 동그랗게 뜨며 그녀를 바라보았다. 그럴 리가 없다. 이사한 그날 집을 나가다니……. 멍멍이는 성불도 하지 않은 채 지금껏 주인을 기다리고 있는데……. 그럴 리가 없었다!

"아줌마, 아니에요! 정말이에요! 멍멍이가 기다리고 있어요! 실은…… 멍멍이는 죽었지만 영혼이 되어 기다리고 있어요! 정말이에요! 경진이, 박경진이란 주인 아이를 만나려고 내내 기다리고 있단 말예요! 쟤를 보고 싶어 하면서 떨고 있단 말예요. 한 번만 만나주세요. 그러면, 그러면…… 하늘나라로 갈 수 있는데, 떨지 않아도 되는데……. 그러니까 제발! 한 번만 같이 가주세요."

미덕은 처음엔 힘주어 말하다가 멍멍이의 영혼을 입에 올리는 순간부터 목소리가 기어 들어갔다. 뭔가 끔찍한 것을 바라보는 듯한 아주머니의 표정 때문이었다. 아주 더럽고 추악한 것을 바라보는 듯한 그 표정이 미덕의 말문을 막아버렸다.

"세상에! 네가 누구한테 무슨 말을 듣고 왔는지는 모르지만, 나도 우리가 살던 옛날 집에 귀신이 나온다느니, 재수 없는 집이라느니, 파다하게 소문이 도는 걸 잘 알고 있단다. 네가 대체 무슨 생각으로 이러는지 모르겠지만, 그런 거짓말을 함부로 하는 게 아니다. 네 거짓말이 네 입을 더럽히고 네 부모의 얼굴에 먹칠을 한다는 걸 알아야 해. 백번 양보해서 우리 경진이를, 정말로 우리 강아지의 영혼이 그곳에서 기다린다고 치자. 왜 네가 온 거니? 왜 멍멍이가 직접 오지 않고……?"

"멍멍인…… 그 집을 지키느라 한 걸음도 나올 수가 없어요. 그곳에 붙들린 영혼이 되어 함부로 이리저리 돌아다닐 수가 없어서……. 그걸 지박령이라고 한다고요. 게다가 죽기 전에 집을 지키고 있으라는 말을 들어서 그 약속을 지키느라 움직일 수가 없어요. 그래서…… 그래서 제가 온 거예요!"

"기가 차서! 얘야, 너 누가 시켜서 그런 말을 떠들고 다니는 거니? 미안하지만 네 말대로 멍멍이가 거기서 기다린다고 해도 우리 경진인 갈 수가 없단다. 경진인 멍멍이를 알아볼 수도 없을 테고, 이런 상태로는 거기까지 갈 수가 없어. 미안하지만 네가 우리 대신 그 개에게 우리 경진이는 갈 수가 없다고, 아주 대단히 미안하다고 전해주렴!"

그녀는 마치 비꼬듯이 입술을 깨물며 마지막 말을 내뱉었다. 어투나 목소리가 미덕의 말을 전혀 믿지 않는 게 분명했다. 아마도 산 너머의 '귀신 집'이라 불리는 농가에 대한 소문을 듣고 헛소리를 지어낸 거라고 생각하는 듯했다. 그녀는 귀신 들린 집이라는 터무니없는 소문이 자신과 병든 아들에 대한 모욕이라고 생각했다. 소년의 어머니는 그대로 뒤도 돌아보지 않고 빠른 속도로 휠체어를 밀며 걸어갔다. 아차 하는 순간, 두 사람은 미덕으로부터 몇 미터나 멀어져버렸다.

"아아, 안 되는데······."

미덕은 안타까움에 발만 동동 굴렀다. 사실대로 모두 털어놓았
는데도 아주머니가 아무것도 믿어주지 않으니 답답한 노릇이었
다. 이런 미덕을 철석같이 믿고 기다릴 멍멍이에게도 미안한 마
음이 가득했다.

다닥. 다닥.

바로 그때, 흰둥이가 물고 갔던 무릎 담요를 도로 가지고 아주
머니 앞으로 다가갔다. 복실이는 늘 그렇듯 꼿꼿하고 우아한 몸
짓으로 무릎 담요를 소년의 무릎 위에 다시 놓아주었다.

"어머나, 세상에······."

소년의 어머니는 잔뜩 경계했지만 흰둥이는 일부러 천천히 느
리게 움직이면서 자신에 대한 경계심을 풀어주었다. 복실이는 까
만 눈동자를 들어 아주머니와 눈을 마주쳤다. 그 눈이 마치 '원래
나는 이렇게 함부로 남의 것을 가져가는 버릇없는 개가 아니에
요. 미안했어요'라고 말하는 것 같았다.

"혹시······ 네 개니?"

뒤돌아가던 아주머니가 고개를 돌려 다시 미덕을 바라보았다.
미덕이 천천히 고개를 끄덕였다.

"좋은 개로구나. 뭔가······ 특별한 개 같구나."

아주머니는 순식간에 경계심을 사라지게 하는 흰둥이의 몸짓
에 감탄했다. 그 순간 미덕은 뭔가에 쾅 부딪힌 듯했다.

"멍멍이도 특별해요. 왕! 왕왕! 왕왕왕!"

미덕의 입에서 나오는 말들이 갑자기 개의 울부짖음으로 바뀌었다. 게다가 그것은 미덕이 두 귀로 똑똑히 들었던 작은 멍멍이의 목소리를 똑같이 흉내 낸 것이었다. 그 소리에는 의미가 담겨 있었다.

'경진아! 나야, 멍멍이야! 날 잊지 않았지? 내 친구…… 난 널 기다리고 있어!'

미덕은 몇 번이나 똑같은 말을 반복했다. 휠체어를 밀던 아주머니의 얼굴 표정이 하얗게 변했다.

"설마 멍멍이……."

그녀는 익숙한 강아지 소리에 두 눈이 벌어졌다.

"바보같이! 내가 무슨 생각을……."

그녀는 고개를 흔들었다. 벌써 몇 년이나 지났는데 왜 갑자기 멍멍이 생각이 나는지 알 수 없었다. 멍멍이가 경진을 부르고 있다는 생각도 들었다. 어린 여자아이의 입에서 나오는 소리를 믿을 수가 없었다. 하지만 그런 기묘한 느낌을 받은 것은 소년의 어머니만이 아니었다.

"아으 아……."

초점도 없고 움직임도 없던 소년의 세포들이 꿈틀거리기 시작했다. 얼굴과 머리를 덮은 마스크와 모자, 온몸을 감은 담요와 덮개 속에서 미동도 없던 소년이 꿈틀대기 시작했다. 소년의 멍한 두 눈이 이제 미덕을 똑바로 바라보았다. 드디어 무언가 의지를 담아 쳐다보는 게 느껴졌다. 소년은 제 손을 담요에서 빼내며 중얼거렸다.

"멍멍이…… 멍멍이…… 가…… 나 찾아……."

소년이 미덕을 바라보며 손가락을 펼쳤다.

"멍멍이…… 멍멍이…… 내 친구…… 나 찾아가야 해. 갈 거야."

"아, 세상에! 경진아, 이럴 수가! 아아아……."

소년의 어머니는 소년을 바라보며 탄성을 질렀다. 소년이 스스로 먼저 움직이고 먼저 생각을 말한 것이 언제였던가! 혼잣말이 아니라 다른 이를 부른 게 언제였던가.

기적이…… 일어나고 있었다.

4

귀신 들린 산 위의 집을 찾아가는 길은 편하지만 또 불편했다. 제 발이 아닌 낯선 차를 타고 길을 오르는 게 미덕은 영 편하지 않았다. 미덕은 오늘 처음 만난 경진과 함께 차 뒷좌석에 앉았다. 소형차의 운전석에는 경진의 어머니가 앉아 있었다. 흰둥이와 검둥이는 차를 따라 길을 달리는 중이었다.

차를 타고 가는 동안 소년은 한마디도 하지 않았다. 멍멍이를 부르던 소년은 곧 입을 다물었다. 미덕도 더 할 말이 없어 꿀 먹은 벙어리가 되었다. 그래도 멍멍이에게 약속은 지킨 것 같아서 가슴이 두근거렸다.

몇 년 만에 처음으로 강한 의지를 내보이며 대화를 시도한 경진이지만 차에 탄 뒤로는 다시 멍한 얼굴과 초점 없는 눈빛으로 바뀌었다. 하지만 그 짧은 순간의 반응만으로도 소년의 어머니는 감탄을 멈추지 못했다.

"세상에! 정말 이게 웬일인지…… 강아지 이야기가 나오자 말을 하다니……."

그녀는 멍멍이가 영혼이 되었다는 미덕의 말이 얼토당토않은 소리라고 생각했지만 옛날 집과 멍멍이 이야기에 반응하는 아들을 보며 미덕의 말을 따르기로 했다. 어쩌면 그곳에 데려가는 것이 아들의 자폐 증세에 도움이 되지 않을까 희망을 걸고 있었다. 아랫마을로 이사한 이후 경진의 상태가 더욱 나빠졌기 때문에 아들이 산 위의 집에 오는 건 이번이 처음이었다.

"이사 온 뒤로는 말수가 줄더니…… 결국 아무하고도 말을 안 하고 움직이는 것도 싫어하게 되었단다. 무슨 치료를 받아도 효과가 없었단다. 그런데 겨우 강아지 이야기에 귀를 기울일 줄이야……."

그녀는 지난 몇 년간 자신이 산 위의 흙집과, 그 집에서 키우던 작은 멍멍이를 까맣게 잊어버리고 있었다는 걸 깨달았다.

산 위의 집에서 생활한 기간은 6개월도 채 되지 않았다. 처음 시골로 내려온 뒤 시부모님이 살던 집을 개조해 몇 달간 살았다. 좋은 공기를 찾아 시골로 내려오긴 했지만 오래된 집이라 곰팡내가 심하고 교통도 좋지 못한 외진 곳이라 아랫마을로 이사한 것이 벌써 몇 년 전의 일이었다. 그녀는 산 위의 집에서 별로 좋은 기억을 만들지 못했다. 조금만 세게 틀었다간 탈이 나는 보일러, 습한 방 안에 가득하던 푸른곰팡이, 험한 산길과 불편한 시설들……. 산 위 집에서의 생활은 힘겨웠다. 그랬기에 아들의 마음도 그럴 거라 넘겨짚었는지 모른다. 아들도 그 집에서의 생활이 힘들었을 거라고 여겼다. 그런데 지금 생각해보니 경진이 가장 활기찼던 때가 바로 그 집에서 살던 시절인 듯했다.

"그래, 생각해보니 그랬어……."

도시에 사는 동안 워낙 병원 신세를 많이 진 터라 공기 맑은 고장으로 이사를 했다. 산 위의 집에 산 지 얼마 되지 않아 지저분한 잡종 개 한 마리가 집으로 찾아들었다. 천식이란 병에 동물 털은 쥐약인지라 강아지 들이는 것을 반대했지만 경진은 기침을 해대면서도 그놈의 강아지에게 홀딱 마음을 빼앗겨서는 그야말로 둘도 없는 형제처럼 사이좋게 지냈다. 밖에 나가는 것도, 또래와 얘기하는 것도 좋아하지 않던 경진이 그때만큼은 강아지가 진짜 친구나 되는 것처럼 둘이서 이야기하고, 뛰놀고, 장난치고…… 그랬던 게 새록새록 떠올랐다.

"그래, 그때의 경진인 아주 명랑한 아이였어. 심한 자폐증에 시달리는 지금의 경진이와 정말 비교도 할 수 없을 만큼. 왜…… 잊고 있었을까?"

소년의 어머니는 다시 눈시울이 붉어졌다. 그때 그렇게 명랑하던 경진의 모습을 그녀는 어느새 까맣게 잊고 살아왔던 것이다.

"멍멍이……. 그래, 이름도 없이 그냥 멍멍이라고 불렀지. 언제

든 버릴 생각으로 이름도 제대로 안 지어줬나 봐. 이사하는 날에
도 우리 경진인 멍멍이를 데리고 가자며 떼를 써댔지. 하지만 동
물 털 때문에 천식이 더 심해질 수 있다는 이야기를 듣고 강아지
를 데려갈 수가 없었단다."

그녀는 뒷좌석에 앉은 미덕에게 중얼중얼 말을 이었다.

"하지만…… 경진이가 그날 하루 종일 울어대는 통에 결국 그
고집에 꺾이고 말았지. 당장 멍멍이를 데려오라며 울고불고 난리
를 치는 통에 결국 며칠 뒤에 강아지를 데리러 다시 그 집에 갔단
다. 하지만…… 그 강아지는 아무리 불러도 오질 않았지. 산 아랫
동네까지 돌면서 찾아봤지만 결국엔 찾지 못했어. 아마도 그날
바로 집을 나가버린 거겠지. 며칠만 거기서 기다려줬어도 됐을
텐데. 며칠만……."

미덕이 모르는 이야기가 이어졌다. 아주머니는 멍멍이의 말과
달리 멍멍이를 데리러 다시 집을 찾아갔다고 했다. 거짓말 같지
는 않았다.

"그래, 생각해보니 그때였나 보다. 우리 경진이가 말이 없어지
고 혼자만의 세계로 빠져든 거 말이야. 그래, 강아지가 우릴 버리
고 다른 집으로 가버렸다고 말했을 때부터 조금씩 안 좋아졌던
거야. 실망했을 테니까. 유일한 친구라고 생각했는데. 아마도 마
음속으로 실망하고 상처받고…… 그랬던 모양이야."

그녀의 코끝이 시큰해졌다. 두 볼에서 작은 눈물방울이 주르르
흘렀다. 그녀는 지금껏 아들이 이렇게 된 것이 그 '강아지' 때문이

라고 생각해본 적이 없었다. 그런데 지난 시간을 찬찬히 돌이켜 보니 경진이 그 강아지를 얼마나 사랑했는지, 그 때문에 얼마나 상처를 받았을지 겨우 생각이 미쳤다.

"하지만, 아줌마! 멍멍이는 기다리고 있었어요! 정말이에요! 멍멍이는 다른 데 가지 않았어요!"

미덕은 멍멍이가 집을 나갔다는 말을, 경진을 버렸다는 말을 믿을 수가 없었다. 멍멍이는 몇 년 동안이나 꼼짝 않고 그 집을 지키고 있었다고 했다. 분명히 그랬는데…….

"그래그래, 어쨌거나 우리 경진이가 다시 웃는 얼굴로 돌아올 수만 있다면 좋겠구나. 어떤 강아지든지 말이야."

그녀는 미덕의 말에 고개를 끄덕였지만 여전히 죽은 강아지 이야기는 믿지 않았다. 아마도 버려둔 그 집에 비슷하게 생긴 강아지가 왔을 것이고, 멍멍이와 비슷한 강아지라면 경진의 마음이 열릴지도 모른다는 기대와 희망을 가질 뿐이었다.

아랫마을에서 산 위의 집까지는 얼마 걸리지 않았다. 지난 몇 년간 내버려둔 탓에 싸늘한 빈집의 기운이 마치 폐허처럼 느껴졌다. 그런 옛집의 정취에 소년의 어머니는 어쩐지 기분이 울적해졌다. 예전에는 사람들로 북적이던 집이 이제는 휑한 바람과 잡초만 남은 텅 빈 공간이 되어 있으니, 마음 한편이 쓸쓸해졌다.

그녀는 트렁크에서 휠체어를 내린 다음 소년을 태우고 농가의 대문 앞으로 밀었다. 바닥에 튀어나온 돌덩이 때문에 언덕 위를 오르기가 생각보다 훨씬 힘이 들었다.

드르륵. 드륵.

소년의 어머니는 힐끗 소년의 얼굴을 바라보았지만 아직까지
별다른 변화는 없었다.

철커덕. 철컥.

마침내 소년의 어머니는 가져온 열쇠로 녹슨 대문의 자물쇠를
풀고 양쪽 문을 활짝 열어젖혔다. 드디어 소년 앞에 그리운 옛집
이 환히 펼쳐졌다. 색깔이 무척 바랬지만 낡은 농가의 넓은 마당
과 징검다리 모양의 돌길, 그리고 커다란 은행나무 한 그루는 예
전 그대로였다.

순간, 소년의 어머니는 아들의 얼굴에 뭔가가 스쳐 지나가는 것
을 느꼈다. 백지처럼 아무것도 새겨져 있지 않은 멍한 표정에 약
하긴 하지만 어떤 감정이 엷게 드리워지는 듯한 느낌을 받았다.

"경진아, 기억나니? 우리가 도시에서 이사 와서 처음 살던 집이
야. 원래는 할머니 할아버지 댁이었지. 네가 뛰놀았던 거…… 생
각나니? 여기선 참 건강해 보였는데……."

그녀는 아들의 휠체어를 대문 안으로 밀어 넣으며 중얼거렸다.
경진이 자신의 이야기를 듣고 있는지는 알 수 없지만 어쩐지 이
집을 기억해내고 옛 기억을 되살리고 있을지 모른다는 막연한 생
각이 들었다. 그녀가 아들의 휠체어를 밀며 대문을 막 넘어서는
순간이었다.

"멍멍아!"

차가운 바람을 막기 위해 옷가지와 담요로 꽁꽁 감싸인 경진이

갑자기 하얀 마스크를 벗어 던지며 소리를 질러댔다.

"어머나, 경진아! 왜 그러니?"

소년의 어머니는 소년이 경기라도 들린 게 아닌가 싶어 깜짝 놀랐지만 소년은 제 발밑만 뚫어져라 쳐다보았다. 무언가 소년의 발에 엉겨 붙은 것처럼 소년은 고개를 숙이고 있었다.

"기억나니, 경진아? 이 집 기억나지? 멍멍이도 기억나니?"

그녀는 그렇게 중얼거리며 아들이 벗어 던진 하얀 마스크를 주워 올렸다. 말은 하지 않았지만 경진은 이 집과 작은 잡종 개의 추억을 잊지 않고 있는 게 분명했다.

"아 참, 애야. 우리 멍멍이를 닮았다는 그 개는 어딨니?"

소년의 어머니는 휠체어 뒤쪽에 주춤주춤 서 있는 미덕에게 물었다. 미덕이 말한 '멍멍이의 영혼', 즉 '멍멍이와 비슷한 개'가 어디에 있느냐고 묻는 것이었다. 하지만 미덕은 멍하니 경진의 휠체어 쪽만 응시하고 있었다.

"애, 멍멍이를 닮은 개가 기다리고 있다고 하지 않았니?"

그녀는 미덕이 듣지 못한 줄 알고 조금 더 크게 말했다. 그제야 미덕은 깜짝 놀란 듯 눈을 동그랗게 뜨더니 소년의 어머니를 바라보았다.

"저기…… 있잖아요."

미덕은 멍한 눈으로 한곳만 바라보았다. 소년의 어머니도 미덕이 바라보는 그곳으로 눈길을 돌렸다.

"저기…… 경진이 발밑에 있잖아요. 인사하고…… 있잖아요……."

　미덕이 멍하니 중얼거렸다. 소년의 어머니는 미덕이 가리키는 곳을 보았지만 황량하게 얼어붙은 땅과 아들의 휠체어만 눈에 들어올 뿐, 강아지는커녕 개미 새끼 한 마리도 눈에 띄지 않았다. 하지만 어째서 미덕도, 경진도, 심지어 흰색과 검은색의 개들까지 죄다 경진의 발 아래쪽을 바라보는지 알 수가 없었다.

　"멍멍아, 멍멍아……."

　겨울의 싸늘한 흙. 잡초도 말라붙은 언 땅에서 경진은 자신의 다리 위로 펄쩍펄쩍 뛰어오르는 강아지를 보았다. 짧고 복슬복슬한 황토색 털을 가진 작고 동글동글한…… 지금껏 한시도 잊은 적이 없는, 둘도 없는 친구 '멍멍이'를 보았다. 멍멍이는 한없이 반가워하며 경진의 발이 놓인 휠체어 주변에서 구르고 핥고 뛰어올랐다.

　"멍멍아……."

　이런 것이 기적일까? 경진이라는 아이는 병약한 것을 제외하면 일반 아이들과 다를 바가 없었다. 미덕은 그저 멍멍이에게 경진을 보여주려고만 했다. 잊지 못하는 주인을 보면 그래도 좋은 곳으로 갈 수 있겠다는 생각이 전부였다. 그런데 경진이 멍멍이를 바라보았다. 영시靈視 능력이 없는 보통 아이가 분명한데도 어찌 된 일인지 당연한 것처럼 멍멍이를 바라보고 멍멍이와 눈을 맞추었다. 그 모습을 바라보는 미덕의 입이 쩍 벌어졌다.

　경진은 발밑에서 구르는 멍멍이를 만지고 싶었다. 옛날처럼 걷고, 뛰며, 멍멍이를 안아 올리려 했지만 몇 년간 한 번도 쓰지 않은 두 다리에 좀처럼 힘이 들어가지 않았다.

'왕왕! 왕왕왕!'

멍멍이가 묻고 있었다.

'왜 그래? 왜 그런 의자에 앉아 있는 거야? 많이 아파? 왜 그동안 안 왔어? 얼마나 기다렸는데…… 얼마나 보고 싶었는데……!'

소년도 강아지를 향해 외쳤다. 몇 년 동안이나 메말랐던 경진의 두 눈에 맑은 이슬이 맺혔다.

"나도…… 그런데 네가 가버렸다고 했어. 네가…… 날 버리고 가버렸다고……."

초점 없던 경진의 눈동자가 정확히 멍멍이의 까만 눈동자를 응시했다. 까만 눈동자가 서로 부딪치며 못했던 이야기를 한없이 풀어냈다. 오랫동안 말을 하지 않고 메말랐던 입술과 혀가 바쁘게 할짝거렸다.

'왕왕! 왕왕왕! 왕왕!'

또다시 작은 강아지가 짖어댔다.

'난 내내 기다렸어! 네가 오기를. 내 친구, 내 주인, 내가 제일 좋아하는 널 얼마나 기다렸는데. 네가 말했잖아, 기다리라고. 꼼짝 말고 여기서 기다리라고……. 기다렸어, 내내……. 보고 싶어서 한 번도 여길 떠난 적이 없었어!'

작은 개는 연신 주인의 팔에 안기기 위해 팔짝팔짝 뛰었고 경진도 멍멍이를 안으려 허리를 굽혔다. 하지만 경진의 늘어진 근육은 멍멍이를 안아 올릴 만큼의 힘이 없었고 작은 멍멍이에겐 경진의 무릎까지 펄쩍 뛰어오를 만큼의 점프력이 없었다. 실제가 아니지만 둘 사이에는 모든 것이 실제처럼 느껴졌다.

그때 갑자기 하얀 복실이가 둘 사이에 끼어들었다. 흰둥이는 부드럽게 경진의 발밑을 훑은 다음 그의 무릎 담요에 무언가를 내려놓는 행동을 하더니 다시 천천히 뒤로 빠졌다. 이 모든 광경을 바라보는 소년의 어머니는 어리둥절했다. 대체 무슨 일이 일어나는지 자신만 이상한 나라에 들어온 느낌이었다.

'왕왕왕.'

흰둥이 덕분에 어린 멍멍이는 경진의 무릎 위에 올라왔다. 이제 코앞에서 서로의 눈을 바라보며 대화할 수 있게 된 것이다. 경진은 허공을 향해 볼을 비비고 얼굴을 흔들며 기뻐했다.

"엄마……."

소년이 어머니를 불렀다. 엄마……. 아들이 그 말을 한 지가 얼마나 되었던가! 얼마나 그 말을 듣고 싶었는데……. 이렇게 그녀를 불러주는 것이 얼마 만인가! 아들을 바라보는 어머니의 눈에서 왈칵 눈물이 솟았다.

"엄마. 우리…… 멍멍이……."

경진은 자신의 무릎과 어머니의 눈동자를 바라보며 지난 몇 년간 한 번도 본 적이 없는 맑은 미소를 지었다. 하지만…… 여인은 아들이 가리키는 '우리 멍멍이'를 찾을 수가 없었다. 아들이 말간 웃음을 지으며 이야기하는 '우리 멍멍이'를 그녀는 볼 수도, 그 소리를 들을 수도 없었다. 그래서 그녀는 그 순간 아들의 미소를 보면서 웃을 수도, 울 수도 없었다.

"엄마……."

경진은 그렇게 복잡한 표정으로 안절부절못하는 어머니에게 자신의 오른손을 쭈욱 펼쳤다.

"으응……?"

어머니는 아들이 뻗은 손에 자신의 왼손을 갖다 댔다. 그러자 작고 따스한 경진의 다섯 손가락이 그녀의 커다란 손을 꼬옥 쥐는 게 느껴졌다.

"아아!"

그녀는 눈물이 핑 돌았다. 몇 년간 다른 사람에게 말을 걸거나 먼저 손을 내미는 것은 상상도 못했던 아들이 그녀의 손을 먼저 잡았다. 이건 기적이었다.

"엄마, 멍멍이……."

경진은 어머니의 손을 자신의 무릎에 갖다 댔다. 정확히 말하면 경진의 무릎 위에서 꼬리를 흔드는 멍멍이를 향해 어머니의 손을 이끌었다. 경진에게는 보이지만 어머니에게는 보이지 않는 그의 둘도 없는 멍멍이 위로 어머니의 손이 스쳐갔다.

"아…… 아앗!"

아무것도 보이지 않는 아들의 무릎에 그녀가 손을 갖다 댔을 때였다. 그녀는 형용할 수 없을 만큼 시린 기운을 느꼈다. 무언가 차갑고 작은 것이 느껴졌다. 그녀는 깜짝 놀라 자신도 모르게 뒤쪽으로 한 발 물러섰다. 뭐였을까? 분명 경진의 무릎 위에는 아무엇도 없는데 갑자기 뼈가 시릴 정도로 차가운 기운이 느껴지는 건 왜일까? 상식적으로는 이해할 수 없지만 무언가 아들의 무릎 위에 있다는 것을 느낄 수 있었다. 모습이 보이지도, 소리가 들리지도, 냄새가 나지도 않지만 그녀의 육감이 외치는 소리가 똑똑히 들렸다.

'있다, 뭔가가 있다. 경진이의 무릎 위에 무언가가!'

그녀는 아들을 바라보았다. 아들은 여전히 엷은 미소를 지으며 자신의 무릎 위에 있는 그 무언가를 바라보고 있었다. 그녀는 용기를 내어 다시 한 번 아들의 무릎 위, 허공을 향해 두 손을 내밀었다. 그러자 또다시 얼음보다도 차가운 공기의 흐름이 느껴졌다. 그리고 순간 무슨 소리가 그녀의 귓등을 스치고 지나치는 것 같았다. 정말로 들었는지, 아니면 착각인지 알 수 없지만.

'왕! 왕! 왕!'

그것은 아주아주 귀에 익은 강아지 소리였다.

그녀의 두 손을 통해 그녀의 마음속으로 커다란 파도가 밀어닥쳤다. 그 파도는 하나의 이야기였다. 짧고 슬픈 이야기가 파노라마처럼 흘러갔다.

5

눈앞에 펼쳐진 것은 어느 겨울의 초입이었다. 하늘은 맑디맑지만 몸으로 느껴지는 한기는 차갑기만 한 초겨울의 어느 날이었다. 몇 년 전 겨울날, 경진이네가 아랫마을로 이사하는 바로 그날의 광경이었다. 인부들이 바쁘게 이삿짐을 싣고 떠나는 모습 뒤로 그녀가 아들 경진을 차에 태우고 있었다.

"멍멍이는? 멍멍이도 데리고 가야 해!"

경진이 떼를 쓰며 멍멍이를 불러댔지만 개털이 천식을 더 악화시킨 것 같다는 의사의 말을 들은 후라 어머니는 강아지를 이사하는 집까지 데려갈 수가 없었다. 하지만 그녀는 경진에게 거짓말을 했다.

"짐이 많아서 그래. 엄마가 다시 멍멍이 데리러 올 거니까 걱정하지 마!"

다시 와서 멍멍이를 데려갈 거라고 약속하는 어머니의 말을 경진은 겨우겨우 믿어주었다.

"멍멍아! 데리러 올 거니까 어디 가면 안 돼! 여기 꼼짝 말고 있어야 해! 금방 올 테니까 어디 가면 안 돼! 여기 있어야 해!"

차가 출발한 뒤에도 경진은 자꾸만 소리쳤다.

"가면 안 돼! 여기 지키고 있어! 그대로 있어야 해! 절대로 어디 가면 안 돼!"

멍멍이의 대답 소리도 차가 완전히 사라질 때까지 계속되었다.

왕왕! 왕왕왕! 왕왕! 왕왕왕왕!

그 누구도 없는 허공만 펼쳐져 있는데도 멍멍이의 대답은 멈추지 않았다.

차는 멀리 저 언덕 아래로 사라졌다. 모두가 시야에서 완전히 사라진 뒤에도 멍멍이는 계속 짖어댔다. 그 소리는 허공을 맴돌다 대답도 없이 무심히 사라져갔다.

휘잉…… 휘이잉…….

바람이 거세졌다. 갑자기 날이 어두워지면서 바람은 더욱더 시리고 강해졌다. 멍멍이는 추웠다. 모두가 떠나버린 빈집에는 차가운 바람 소리만 가득할 뿐이었다. 금방 돌아온다고 외치던 둘도 없는 친구는 아무리 기다려도 오지 않았고, 순식간에 날은 점점 더 어두워졌다.

휘잉…… 휘이잉…….

세찬 바람이 불고, 또 불어오자 멍멍이는 너무나 추워 집 안 어딘가로 숨고 싶었다. 하지만 집 안으로 가려던 발걸음이 다시 개집 앞으로 돌아오고 또다시 돌아왔다. 차가운 마당에 홀로 세워진 개집은 바람을 제대로 막아주지 못하고 속수무책으로 받아들였다. 하지만 멍멍이는 바람을 막아주는 곳으로 몸을 돌리지 못했다. 그랬다가 혹시라도 돌아온 주인이 자신을 못 보고 그냥 가버릴까 봐.

부르르릉…….

아주 멀리서 차 소리가 들리자 멍멍이는 대문 앞으로 깡충깡충 뛰어나갔다. 멍멍이는 부푼 가슴으로 어둠 속을 바라보았다. 그러나 하얀 불을 켠 자동차는 매정하게도 언덕 아래의 다른 집 앞에 서버리고 이쪽으로 다가오지 않았다. 멍멍이는 그 차가운 바람 속에서 저 아래 언덕을 눈이 빠져라 바라만 보았다.

휘오오오오…….

시간이 얼마나 지났을까. 노을마저 사라져버리고 끝없는 검은 하늘이 밀려오더니 갑자기 작고 차갑고 하얀 것이 하나씩 흩날리기 시작했다.

왕! 왕왕!

너무나 춥고 너무나 지루한 기다림 속에서 멍멍이는 작은 눈발이 마치 놀이 친구라도 되는 것처럼 즐거워했다. 멍멍이는 허공에서 춤추는 눈발을 따라 '왕왕' 짖으며 펄쩍펄쩍 뛰어다녔다. 그러면서도 멍멍이는 자칫 대문에서 벗어날까 조바심쳤다. 혹시라도 주인이 찾아올까 싶어서였다. 처음에는 반가웠던 작은 눈송이가 멍멍이에게 위안이 된 것도 잠시…… 아주 잠시일 뿐이었다.

세찬 바람에 점점 눈발이 휘몰아치자 그것은 멍멍이에게 견디기 힘든 고통이 되었다. 시간이 지날수록 눈발은 거세졌다. 깊은 산골 마을에는 사람의 발목을 완전히 덮어버릴 정도로 엄청난 양의 눈이 쌓였다.

추웠다. 한동안 몸을 녹이기 위해 눈을 향해 펄쩍펄쩍 뛰었던 멍멍이의 몸에 맺힌 눈송이는 오히려 작은 얼음 알갱이가 되어 사지를 더욱더 차갑게 만들었다.

"아아!"

경진의 어머니는 두 손으로 입을 막았다. 그녀의 두 눈에 눈물이 고였다. 자신의 머릿속에서 펼쳐지는 이 모든 것이 그날 어린 멍멍이가 경험하고 느꼈던 것임을 깨닫는 순간, 그녀는 가슴이 무너지는 것만 같았다.

그녀는 멍멍이가 느꼈던 그 감정을 느꼈다. 온몸이 떨리면서 형용할 수 없는 추위가 밀려오는 것을 느꼈다. 그녀는 멍멍이가 당시 얼마나 끔찍하고 괴로웠을지를 깨달았다. 그렇게 작고 어린 멍멍이가 그 모든 고통을 감내했다는 사실에 가슴이 미어졌다.

왕! 왕왕!

추위를 잊기 위해 어린 강아지는 목이 터져라 짖어댔다. 어서 자기를 데리러 오라며 주인을 불러댔다. 그러나 그럴수록 살을 에는 고통은 더욱더 심해졌고 눈발도 함께 거세졌다. 멍멍이의 긴 눈썹에도 하얀 눈발이 자꾸만 엉겨 붙었다. 멍멍이는 언덕 아래를 끝없이 바라보고 싶었지만 너무나 많은 눈발로 아랫마을을 쳐다보기도 힘들었다. 작은 입도 얼어붙어 울음도 나오지 않았다.

워우…… 워우…….

멍멍이는 울었다. 끝도 없이 쏟아지는 하얀 눈발을 향해 구슬프게 울어댔다.

'기다릴게, 경진아. 나 기다리고 있어. 어서 와. 나 아무리 추워도 한 걸음도 안 움직이고 여기서 기다리고 있을게.'

그 마음에 의심이라곤 없었다. 깊고 깊은 밤이 오고 산속의 모든 것이 잠들어버릴 때까지도 멍멍이는 경진을 기다렸다. 하얀 눈이 내리고 또 내려 네 발이 모두 묻혀버렸는데도 전혀 걱정하지 않았다. 가장 소중하고 가장 사랑하는 친구 경진이 반드시 돌아오리라는 걸, 꼭 데리러 오리라는 걸 멍멍이는 굳게 믿었다.

한 치 앞이 보이지 않을 정도로 휘몰아치는 눈발은 그렇게 새까만 밤을 하얗게 밝혔다. 그 밤이 거의 다 끝나갈 즈음, 멍멍이의 눈에는 까만 하늘도, 아랫동네도, 눈꽃이 피어난 마른 나뭇가지들도 보이지 않게 되었다. 다만 보이는 것은 대낮의 태양보다도 밝고 하얀 눈…… 끝없는 눈송이뿐이었다.

"아아……."

경진 어머니는 추위 속에서 주인을 기다리던 어린 강아지의 모습에 두 눈 가득 눈물이 고였다. 그 눈물이 넘치고 넘쳐서 하얀 눈송이에 가려진 멍멍이의 눈처럼 경진 어머니의 눈도 잠시 동안 모든 것이 뿌옇고 희미하게 가려져 보이지 않았다.

그녀는 그제야 자신이 무슨 짓을 했는지 깨달았다. 자신이 얼마나 모진 짓을 했는지! 그날 밤 그녀는 저 작고 어린 강아지를 추위에 떨게 하고는 뜨끈뜨끈한 욕탕에서 이사하느라 쌓인 피로를 씻어내지 않았던가. 저 어린 강아지 따위는 생각조차 하지 않고 따뜻한 방에서 깊이 잠들지 않았던가! 경진 어머니는 너무나 미안하고 미안해서 몸을 가눌 수가 없었다. 두 눈에서 하염없이 눈물이 흘렀다.

눈앞을 가린 뿌연 눈물을 닦아내고 다시 두 눈을 떴을 때 그녀의 눈앞에는 환한 태양이 떠오르고 있었다. 그 끔찍한 밤이 지나고 아침이 밝은 것이다. 흰 눈이 쌓였던 때가 언제인가 싶을 정도로 환하게 빛나는 태양이 떠올랐다. 해님이 떠오르자 온 세상에 소복한 눈길만 남긴 채 작은 눈발 하나 날리지 않았다. 지난밤의 회오리바람과 차가운 눈송이들이 환상이었던 것처럼…….

하지만 환한 대낮이 되었는데도 검은 밤 하얀 눈 위에서 대문 옆에 꼭 붙어 있던 멍멍이의 모습은 더 이상 보이지 않았다. 하룻밤을 꼬박 새우며 끊임없이 짖어대던 작은 강아지의 모습이 집 안 어디에도, 대문 밖 어디에도 없었다. 새벽이 지나고 아침이 지나고, 뜨거운 태양이 비추는 한낮이 되었는데도 멍멍이의 모습은 어디에도 없었다. 그렇게 하루가 지나고, 이틀이 지나고, 사흘이 지나고…… 해가 뜨고 지고, 또다시 뜨고 져도 멍멍이의 모습은 나타나지 않았다.

그리고 나흘째 되는 한낮. 쩅쩅한 해가 사방을 밝게 비추고 아랫동네에 쌓인 눈이 조금씩 녹기 시작할 무렵 낯익은 차 한 대가 산 위로 올라왔다. 파란색 소형차는 흰 눈길을 지나 점점 위로 올라왔지만 언덕 위에는 아직도 눈이 수북이 쌓여 있어서 도저히 올라설 수가 없었다. 결국 차는 언덕 아래에서 멈춰 섰다. 그 안에서 내린 사람은 다름 아닌 경진 어머니였다. 그녀는 긴 코트 자락을 살짝 들어올리며 조심스럽게 언덕에 올라섰다. 그리고 아들이 애타게 찾는, 아들의 유일한 마음의 친구를 큰 소리로 불렀다.

경진 어머니는 그날을 잘 기억했다. 경진이 강아지를 두고 온 것임을 알고는 몇 날 며칠 동안 울음을 그치지 않자 자포자기한 심정으로 멍멍이를 데리러 왔다. 경진의 울음에 두 손 두 발을 든 며칠 후가 분명했다.

'멍멍아!'

과거 속 그녀가 언덕 위를 향해 크게 소리쳤다. 하지만 어찌 된 일인지 어떤 소리도, 어떤 움직임도 없었다.

'멍멍아! 멍멍아!'

그녀가 다시 한 번 힘껏 불러도 작은 개의 모습은 보이지 않았다.

'멍멍아!'

이번에는 방향을 바꿔 마을 아래쪽을 바라보며 큰 소리로 외쳤다. 어디선가 그 작은 강아지가 꼬리를 흔들며 짧은 다리로 깡충깡충 뛰어오기를 기다려보았지만 그 무엇도 그녀를 향해 달려오지 않았다. 그렇게 몇 번인가 멍멍이를 부르다가 그녀는 곧 포기해버렸다.

'도망가버렸어, 그새……. 하기야 주인 없이 이리저리 떠돌던 잡종 개인데 기다릴 리가 없지.'

과거 속 자신이 중얼거리는 소리가 생생하게 들렸다. 경진 어머니는 두 손을 모아 또다시 참회의 눈물을 흘렸다. 그토록 한곳만 바라보며 주인을 기다린 어린 강아지에게 그녀는 참으로 몹쓸 말을 내뱉었다. 과거 속 그녀는 얼마 지나지 않아 다시 올라왔던 길을 내려갔다. 한 번도 뒤돌아보지 않고 흰 눈을 헤치며 아랫마을의 새집을 향해 떠나가버렸다.

"아아…… 아아아!"

경진 어머니는 그 모습이 너무나 미안해서 아무 말도 못했다.

그래, 이 모든 것은 그녀가 한 일이 분명했다. 그해 겨울, 저렇게 무심히 멍멍이를 몇 번 부르다 가버렸다. 그리고 저대로 집에 가서 경진에게 말했다.

'강아지는 도망가버렸단다. 그럼 그렇지, 어디서 굴러먹었는지도 모르는 잡종 개가 주인을 섬길 리가 있겠니? 겨우 며칠도 안 기다리고 집을 나가버렸더구나.'

그렇게 아무 생각 없이, 경진의 마음에 못을 박고 말았다. 그때 그녀는 아무것도 몰랐다. 아니, 바로 오늘까지, 바로 이 순간까지 그녀는 아무것도 몰랐다. 작은 멍멍이가 그 추운 날 대문 앞에서 바람과 추위를 고스란히 받으며 꼼짝 않고 그녀와 경진을 기다렸다는 사실을! 그렇게 휘몰아치는 눈발을 맞으며 내내 그녀와 경진을 불러댔다는 사실을! 배가 고파 죽을 지경이라도, 추워서 살이 떨어질 지경이라도 내내 대문 앞을 떠나지 않고 약속을 지켜냈음을! 그리고…… 그 추운 밤을 끝내 견뎌내지 못한 작은 개가 결국엔 하룻밤 만에 하얀 눈 속에 그대로…… 주인을 기다리던 모습 그대로 대문 앞에서 웅크린 채로 눈을 감아버렸음을! 그리고…… 그렇게 세상을 떠난 뒤에도 주인을 기다리며 이 집을 떠나지 않고 내내 기다렸다는 것을! 그녀가 무심히 강아지를 불렀을 때도 대문 앞의 눈 더미 안에 꽁꽁 얼어붙은 몸으로 죽어 있었음을! 그녀는 이제야 겨우…… 겨우 알 수 있었다.

"미안해, 멍멍아. 미안하다, 경진아. 내가…… 내가 몹쓸 짓을…… 이 엄마가 아무것도 모르고 너희에게 못할 짓을 하고 말

왔구나! 미안, 미안해, 정말…… 미안하다!"

그녀는 끝내 울음을 참지 못하고 차가운 땅바닥에 두 손을 대고 엎드린 채 오열했다. 금방이라도 손가락이 얼어버릴 것처럼 차가운 땅을 느끼자 그녀는 더욱더 가슴이 아리고 미안했다. 지금보다 훨씬 더 추웠던 한겨울에 차가운 눈보라 속에서 그녀와 경진을 기다리다 결국에는 얼어 죽은 멍멍이에게 너무나 미안하고, 너무나 죄스러워서 얼굴을 들 수가 없었다.

멍멍이를 죽인 것도, 경진을 저렇게 만든 것도 결국 그녀 자신이었다.

"미안, 미안하다! 잘못했다! 정말 잘못했어!"

그때였다. 차마 고개를 들지 못하는 그녀의 볼에 따스하고 축축한 무언가가 느껴졌다.

"아……!"

경진 어머니는 고개를 들었다. 그리고 그녀의 얼굴을 부드럽게 핥아준 것이 멍멍이임을 깨닫는 순간, 그녀의 얼굴에서 폭포수 같은 눈물이 쏟아져 내렸다. 이제는 그녀의 눈에도 어린 멍멍이가 보였다. 눈물 가득한 눈앞에 흐릿흐릿하게 작은 멍멍이의 모습이 들어왔다.

작은 강아지가 '괜찮아요, 괜찮아. 난 아무렇지도 않아요. 난…… 지금 너무나 행복해요. 경진이와 아주머니를 만나서 말할 수 없이 행복해요. 이제 제겐 아무런 여한이 없어요. 고마워요'라며 부드럽고 따스한 혀로 그녀의 얼굴을 핥고 있었다.

"아아…… 아아아아……."

그녀는 천천히 두 손을 들어 아들의 둘도 없는 친구였던 그 작은 개의 털을 살짝 쓰다듬었다. 얼음장처럼 차가운 그 느낌을 이제는 이해했다. 아들의 무릎이 왜 그리도 차갑게 느껴졌는지 깨달았다. 그건 죽음의 순간 가엾은 멍멍이를 덮친 끔찍한 고통이었다. 죽어도 벗어날 수 없었던 끔찍한 추위의 고통이었다. 고불거리는 털도 무색하게 어린 멍멍이가 사시나무처럼 발발 떠는 것이 모두 그 지독한 추위 속에서 마지막을 보낸 탓임을 알 수 있었다.

"미안해, 멍멍아. 미안해!"

경진 어머니는 어린 강아지를 가슴에 가득 안았다. 아무리 차갑고 아무리 온몸이 얼 것 같아도 그 가엾은 강아지를 내려놓을 수 없었다.

"엄마…… 멍멍아……."

그 모습을 보는 경진도 손을 뻗었다. 어머니와 경진이 서로의 팔을 엇갈려서 그 작은 강아지를 꼬옥 안았다. 사시나무처럼 발발 떨던 그 작은 영혼에 또 다른 기적이 찾아왔다.

"엄마……."

"아아, 경진아!"

경진과 어머니가 놀란 눈으로 서로를 쳐다보았다. 두 사람 모두 그 변화를 동시에 느꼈다. 갑자기 온기가 느껴졌다. 얼음처럼 차가웠던 강아지의 온몸에 차츰 떨림이 잦아들었다. 심한 추위와 살을 에는 고통 속에서 죽을 때까지 상처받았던 어린 멍멍이를 죽어서까지 괴롭힌 극심한 추위가 녹기 시작했다. 그토록 기다리던 주인을 만나고 너무나도 행복했기에 멍멍이의 얼음 같던 온몸이 따스하게 녹아내린 게 분명했다.

기적은 하나가 아니었다. 그 작은 강아지를 두 손으로 안아든 경진에게도 기적이 일어났다. 제 힘으로는 일어서려고도, 걸으려고도, 누군가와 눈을 맞추려고도 하지 않던 아이가 황토색의 작은 강아지를 안고 두 다리로 일어섰다.

"멍멍아, 멍멍아……."

경진은 두 손 가득 사랑하는 멍멍이를 안기 위해 담요로 뒤덮인 은빛 휠체어에서 비틀거리며 일어섰다. 지난 몇 년간 한 번도 제 힘으로 일어서지 않았던 마른 다리가 땅을 디디고 일어섰다. 지난날 헤어지기 전에 함께 놀았던 그때처럼 경진은 두 다리로 일어서서 멍멍이를 안았다.

"아아, 하느님! 아아, 감사합니다! 감사합니다!"

어머니의 눈에서 마르지 않는 샘처럼 수많은 이슬이 떨어져 내렸다. 미안함과 죄책감, 고마움과 감사함이 뒤범벅되어 말로 다 할 수 없는 감정이 그녀의 눈을 통해 흘러나오고 있었다.

"미안해, 멍멍아. 내가 널 두고 가지만 않았어도……. 미안해, 정말 미안하다."

'왕왕! 왕왕왕!'

작은 강아지는 그런 주인들을 향해 힘껏 짖어댔다. 미덕은 그 작은 강아지의 말에 몰래 눈물을 훔쳤다.

'미안해하지 마세요, 주인님. 행복해요, 난 정말 행복한 녀석이에요. 이 행복이 내 온몸을 감싸서 나는 더 이상 춥지 않아요. 아니, 너무나 따스해요.'

미덕은 자신의 귀에 들리는 멍멍이의 말을 애써 사람의 말로 풀어주지 않았다. 사람의 말로 풀어주지 않더라도 멍멍이를 안은 경진과 어머니는 그 말을 다 알아듣는 것만 같았다.

'왕왕왕!'

그렇게 한없이 주인들 품에서 행복해하던 어린 강아지가 살아서도 죽어서도 하나뿐인 주인을 향해 마지막 말을 시작했다.

'경진아, 이제 나는 그만 쉬러 갈래. 더 늦기 전에 널 만나게 되어서 너무 행복해. 나는 이제 저 멀리 가지만, 그곳은 결코 멀지 않을 거야. 네 가슴속에 소중한 추억으로 남아 있는 이상 우린 언제나 만날 수 있어. 기다린다는 약속…… 나 지켰어. 몇 년이 걸렸어도 내내 잊지 않고 기다렸어. 이번엔 네가 날 위해 약속해주렴. 꼭꼭 약속해줘. 아주아주 건강하기로! 그래서 아주아주 행복해져야 해! 그리고 친구도 많이 사귀는 거야. 경진이는 내 둘도 없는 친구니까 경진이 친구들도 다 내 친구야! 그래서 우리 모두 재미나게 놀 수 있게, 내 약속…… 지킬 수 있지?'

경진은 멍멍이의 두 눈을 지그시 바라보았다. 강아지의 말을 알아들을 리 없는데도 둘 사이에 오가는 눈빛으로 모든 것이 통했다.

"미안해, 이렇게 약한 모습 보여줘서. 나, 건강해질게. 많이많이 건강해져서 내 손으로 멍멍이 네 무덤도 만들어주고 꽃도 놓아줄 거야. 꼭 약속할게."

말도 못하고, 눈도 마주치지 못하고, 심지어 일어서지도 못했던 경진의 입에서 그 누구보다도 또렷하고 씩씩한 한마디 한마디가 흘러나왔다. 그것은 작디작은 강아지가 순식간에 이루어낸 커다란 기적이었다.

'왕왕! 왕왕왕! 왕왕!'

'약속이야! 외롭다고 울면 안 돼! 정말 건강해져야 해! 내가 없어도 즐거운 마음으로 살아야 해. 보고 싶어 하는 마음만 변치 않으면 우린 언제라도 만날 수 있어. 우린 마음이 연결되어 있으니까.'

아주 작고 볼품없는 강아지가 경진을 향해 마지막 말을 마쳤다. 미덕은 눈물을 훔치며 그들의 마지막 만남을 지켜보았다. 작은 강아지가 경진의 얼굴을 핥고 털을 비볐다. 그리고 그 말간 눈을 깜빡거리다 휘익 반대쪽으로 고개를 돌렸다. 저 먼 하늘을 바라보다 경진을 바라보다 다시 먼 하늘을 바라보기를 반복했다. 모두의 눈에 하늘 저편에서 내려오는 빛의 사다리가 보였다. 구름과 구름 사이의 작은 틈을 통해 하늘 저편에서 흘러내리는 환한 빛이 낡은 농가의 앞마당까지 이어졌다. 누가 설명하지 않더라도 저편 하늘을 향해 어린 강아지가 떠나야 한다는 걸 알 수 있었다. 경진은 못내 떠나지 못하고 하늘과 경진을 번갈아 바라보는 어린 강아지를 꼭 껴안았다.

"잘 가. 그리고 내가 변하는 거 지켜봐줘. 나 잊지 마, 멍멍아."

경진은 힘껏 안은 두 손을 펼쳐서 기다란 빛의 사다리를 향해 작은 강아지를 놓아주었다.

어린 강아지가 경진의 두 손을 차고 하늘을 향해 내달렸다. 다음 순간 눈앞에 있던 작은 멍멍이는 사라지고 금빛과 은빛 가루가 흩뿌려진 것 같은 황홀한 빛의 무리가 주변을 감쌌다.

눈부신 빛의 환영은 멍멍이의 마지막 선물처럼 느껴졌다. 환한 빛의 가루가 사라졌을 때는 구름 사이로 내려오던 빛줄기도 사라지고, 경진의 둘도 없는 영원한 친구 역시 모두의 눈앞에서 완전히 사라졌다. 몇 년 동안 추위와 고통의 기억 속에 갇혀 있던 멍멍이가 환한 빛의 가루를 흩뿌리며 세상에서 가장 따스한 그 녀석만의 공간으로 사라져버린 것이다. 아주 짧지만 말할 수 없이 소중한 만남을 경험하고서.

"아아, 하늘나라로 갔나 봐!"

몇 발 떨어진 곳에서 이 모습을 바라보던 미덕은 무언가에 홀린 것처럼 들릴 듯 말 듯 중얼거렸다. 그토록 보고 싶어 하던 주인을 만나고 사라져버린 멍멍이의 뒷모습은 눈이 시리도록 아름답고 따스했다.

"경진아, 미안하다. 나 때문에…… 멍멍이도 너도 이렇게 만들어버렸다니! 미안하다, 정말 미안해!"

어머니는 멍멍이가 사라진 뒤 멍하니 서 있는 경진을 와락 껴안았다. 이토록 서로를 아끼는 두 친구를 자신이 너무나 오랫동안 슬프게 만들었다는 사실에 그녀는 깊이 자책했다.

"엄마…… 울지 마. 난 너무너무 행복한걸? 그러니까 엄마도 울지 마. 엄마, 나 약속 지킬 거야. 이제부터 건강해져서 친구도 많이 사귈 거야. 이제 엄마 속도 안 썩힐게. 그리고…… 평생 잊지 않을 거야. 오늘 일, 그리고 우리 멍멍이…… 내 제일 좋은 친구…… 평생, 죽을 때까지 잊지 않을 거야!"

경진은 어머니의 어깨에 살며시 얼굴을 기댔다. 그리고 흐느낌으로 떨리는 그녀의 어깨를 토닥였다.

만남에서 시간은 중요한 것이 아니었다. 아주 짧은 만남, 아주 짧은 인연일지 모르지만 멍멍이와의 추억과 오늘의 만남은 경진의 평생 삶보다 더 값진 의미를 가지고 있었다. 경진의 눈은 조금 전과 완전히 달라져 있었다. 또렷하게 어머니를 바라보고 자신의 생각을 말하는 경진의 모습은 몇 년 동안 어둠 속에 갇혀 있던 그 아이의 눈빛이 아니었다. 멍멍이와의 마지막 약속을 지키겠다고 다짐한 경진은 새로 태어난 완전히 새로운 아이였다. 짧은 만남을 뒤로하고 멍멍이는 떠났지만 이제 더 이상 경진은 혼자가 아니었다. 경진의 마음속에는 평생 변하지 않는 둘도 없는 친구가 살고 있기 때문이었다.

너무나 춥고, 또한 너무나 꽁꽁 얼어붙은 겨울의 문턱이었지만 경진의 마음속에는 불처럼 활활 타오르는 무언가가 생겼다. 그것은 평생 갚아야 하는 친구와의 강한 약속이었고, 죽을 때까지 잊지 못할 평생의 소중한 추억이었다.

미덕은 휠체어 앞에 우뚝 선 경진과, 경진을 꼬옥 안은 어머니

의 모습을 지켜보며 저도 모르게 눈가에 흐르는 물기를 쓰윽 닦
아냈다. 그리고 두 사람이 눈치채기 전에 서둘러 흰둥이, 검둥이
와 함께 그 자리를 빠져나왔다.

6

돌아오는 길에는 벌써 산 너머에 해가 걸린 것이 보였다. 평소
에 학교를 마친 척하며 암자에 들어가는 시간보다 오늘은 퍽이나
늦어버렸다. 암자에 들어가면 정희 언니가 이것저것 꼬치꼬치 캐
물을지도 모를 일이었다. '어딜 갔다 왔니?', '무얼 하다 늦었니?',
'학교에선 누구랑 놀았니?' 하면서.

미덕의 얼굴이 침울하게 굳어버렸다. 조금 전까지만 해도 어린
강아지의 성불을 돕고 경진이란 아이에게 희망을 준 것 같아 뿌
듯했던 마음은 온데간데없었다. 알 수 없는 슬픔과 답답함이 어
린 가슴속에 가득 찼다. 미덕은 슬펐다. 왠지 모르게 마음이 허했
다. 분명 좋은 일을 했는데……. 추위와 고통 속에 떨며 기다리던
멍멍이와 병에 걸린 소년을 만나게 해주었고, 그 때문에 멍멍이
는 성불까지 했는데도 마음이 허했다. 아무리 걷고 또 걸어도 허
하고 서글픈 마음은 지워지지 않았다. 비록 어리지만 미덕은 제
마음이 왜 이리 슬픈지 그 이유를 알고 있었다.

"잊지 않으면…… 잊지 않으면 만날 수 있어. 잊지 않고 계속

그리워하면…… 언젠가 꼭 만나게 되는 거야……. 경진이랑 멍멍이처럼………."

미덕은 터벅터벅 힘없는 발걸음을 떼며 연신 그렇게 중얼거렸다. 그건 마치 스스로에게 거는 주문 같았다. 미덕은 마음속으로 다짐하는 것처럼 그 말을 외우고 또 외웠다. 그러다 우뚝 걸음을 멈추었다. 미덕을 호위하는 복실이들도 덩달아 움직임을 멈추었다. 미덕의 얼굴이 잔뜩 일그러졌다.

"잊지 않으면…… 계속 그리워하면 만날 수 있다는데……. 이게 뭐야! 이게 뭐야! 바보! 바보! 바보야아아아!"

우뚝 선 미덕의 눈가가 빨갛게 물들어갔다. 숲길의 양옆에 길게 늘어선 커다란 나무들 사이에서 작은 미덕의 몸이 부르르 떨렸다.

"만난다는데……. 보고 싶어 하면 만나는 건데…… 어엉!"

울음을 참지 못한 미덕이 차가운 땅바닥에 주저앉았다. 서러운 눈물이 두 볼에 줄줄 흘러내렸다. 보고 싶어 하면 만난다는데 지난 일 년 동안 미친 듯이 보고 싶어 했던 소년에게서는 아무런 연락이 없었다. 죽은 것도 아닌데, 연락할 방법이 없는 것도 아닌데 아무리 그리워해도 이 그리움은 미덕 혼자만의 그리움인 것만 같아 억울하고 속상하고 맘이 아팠다.

끄응…….

끄으응…….

서글피 울어대는 미덕의 옆에서 흰둥이와 검둥이가 미덕의 작은 손과 흘러내리는 눈물을 닦아주었다. 짭조름한 눈물을 핥는 개들 사이에서 미덕의 눈물은 쉬이 멈추지 않았다. 보고 싶은 마음이 둑이 터지듯 뻐엉 터져서 미덕의 가슴을 흔들어댔다.

결국 그렇게 한참 동안 울고 일어났을 때는 붉게 물들던 해가 뉘엿뉘엿 산 아래로 숨어드는 중이었다. 시간이 정말 늦어버렸다. 뭐라고 변명해야 할지 미덕은 마음이 무거웠다. 터덜터덜 암자를 향해 걷는 걸음도 덩달아 느려졌다. 점점 더 날씨는 싸늘해지고 비쩍비쩍 말라가는 낙엽들처럼 미덕도 생기를 잃어가는 것만 같았다. 산 중턱쯤 오르자 어두운 산그늘 아래 회색 승복이 보였다. 회색 승복을 꼼꼼히 여민 가냘픈 옷태는 정희가 분명했다. 걱정된 정희가 미덕을 마중 나와 있었다. 그 모습을 보니 미덕은 발이 더욱 무거웠다.

"미덕아!"

정희가 부르자 미덕은 오히려 고개를 땅으로 푹 숙였다. 풀이 죽은 미덕의 머리 위로 정희의 따스한 손이 닿았다. 정희의 두 손이 미덕의 머리를 천천히 쓰다듬었다.

"언니…… 늦어서…… 미안해."

내내 이 길에서 기다렸을 정희를 생각하니 미덕의 목은 자꾸만 자라목처럼 안으로, 안으로 들어갔다. '얼마나 걱정했는지 아니?'라는 핀잔을 기다렸지만 고개를 숙인 미덕의 귀에는 기대와 달리 정희의 떨리는 목소리가 들려왔다.

"미덕아, 미덕아아!"

자신의 이름만 부를 뿐, 뒷말을 이어가지 못하는 정희를 향해 미덕은 숙였던 얼굴을 들어올렸다. 미덕의 눈이 잘못되지 않았다면 정희는 울고 있는 게 분명했다. 무언가 가슴 벅찬 일이 있었던 걸까? 슬픈 일이 있었던 걸까? 왜일까? 미덕은 두 눈을 둥글게 뜨고 정희를 바라보았다. 미덕은 왜 정희가 아무 말도 없이 저를 꼭 안고 우는소리를 내는지 알 수가 없었다.

"언니, 혹시 정현 오빠 왔어요?"

미덕이 눈치를 보며 조심스럽게 물었다. 암자에 새로운 일이 일어난 게 틀림없었다. 그렇다면 몇 달간 수련하러 떠났던 정현이 돌아온 건가 하는 생각이 들었다. 정희는 그게 반가워서 눈물을 보이는 게 아닐까?

"응, 으응!"

정희가 고개를 끄덕이자 그제야 안도의 한숨이 나왔다.

"아아…… 정현 오빠 왔구나!"

그제야 미덕의 얼굴에 함박웃음이 피었다.

"미덕아, 정현이만이 아니야. 정현이만 온 게 아니라…… 미덕아, 그게……."

머뭇거리던 정희가 말을 다 잇지 못하고 눈길을 피했다. 정희의 말을 곱씹어보던 미덕의 얼굴이 딱딱하게 굳어버렸다. 미덕의 머릿속이 바쁘게 돌아갔다. 정현 오빠만 온 게 아니라면…… 암자에 더 올 사람은 단 한 명밖에 없었다.

'낙빈이다! 낙빈이가 왔다!'

그 순간 미덕의 머릿속에서 모든 것이 정리되기 시작했다. 정희의 머뭇거림과 울먹이는 모습은 거의 일 년 만에 보는 낙빈에 대한 반가움과 기쁨일 것이다. 뭔가 표정이 이상하지만 분명히 그것 외에는 다른 답이 없다고 생각했다. 번뜩 그 생각이 미치는 순간 미덕은 한달음에 산 위로 뛰어 올라갔다.

"그런데 미덕아! 그런데, 미덕아⋯⋯."

정희가 다급하게 부르며 멈춰 세웠지만 미덕의 귀에는 아무 소리도 들리지 않았다. 울음 섞인 정희의 목소리도, 부딪히는 바람 소리도, 날쌔게 뒤따르는 복실이들의 소리도 들리지 않았다.

"바, 바보가! 이 바보가 왔구나! 이 바보가⋯⋯."

미덕은 따스한 물이 두 볼을 타고 내려오는 것을 느꼈다. 마음속에 기쁨이 가득한데 왜 눈물이 나는지 알 수가 없었다. 커다란 눈물방울이 달리는 미덕의 볼을 채 내려가지도 못하고 허공으로 투욱 날아갔다.

"그래, 잊지 않고 내내 그리워하면 만난다니까!"

미덕은 오늘 낮에 경진과 멍멍이가 만난 것이 괜한 일이 아니었다는 생각이 들었다. 그리워하면 만난다는 걸 몸소 보여준 둘의 우정이 지금 미덕의 눈앞에서 이루어질 참이었다.

"그래, 사람은 착한 일을 해야 한다고!"

빨간 외투를 들어 눈물을 닦는데 웃음이 피식 나왔다. 하늘이 다 저물도록 멍멍이를 도와준 게 헛되지 않았구나 하는 생각이 들었다. 아무도 알아주지 않아도 하늘은 이렇게 착한 일을 하는 미덕을 알아주는구나 싶었다. 이제 내내 노려보던 하늘도 밉지 않을 것 같았다.

평평한 암자 마당에 한 발을 내딛는 순간까지, 온몸이 땀으로 흠뻑 젖어버리는 그 순간까지 미덕은 조금도 속도를 줄이지 않았다. 날쌔게 암자 안으로 들어가니 갑자기 사람들의 모습이 눈에 들어왔다. 암자 마당에 우뚝 서 있는 사람들이 일시에 미덕을 바라보았다.

언제나 똑같은 검은 도복을 입은 천신 할아버지 옆에 몇 달간 고된 수련을 떠났던 구릿빛 피부의 정현이 서 있었다. 그리고 그들의 곁에 우뚝 선 커다란 어깨가 있었다. 검은 양복을 걸친 뒷모습은 그냥 보아도 현욱이 틀림없었다. 그토록 보고 싶던 검은 양복 차림의 아저씨는 미덕의 발걸음을 알아채고도 돌아보지 않았다.

"미덕아……."

몇 달 만에 보는 정현만 어색한 표정을 지으며 미덕에게 한 발 다가왔다. 이상했다. 귀가하는 미덕을 보면서 반겨주지 않는 천신도, 일 년 만에 만나는 미덕에게 고개를 돌리지 않는 현욱도, 게다가 초췌하게만 보이는 정현도. 누구 하나 따스한 미소가 없었다.

"미덕이 왔구나. 오랜만이다."

어쩐지 울상을 짓는 듯한 정현이 천천히 다가와 미덕의 머리를 쓰다듬었다. 그 손은 몇 달 만에 만났다는 반가움보다 무언가 다른 말을 하고 있는 것 같았다.

"왜……?"

작은 소녀는 입술을 달싹거렸다. 형용할 수 없는 무거운 기운에 심장이 얼어버릴 것만 같았다. 미덕은 그들의 어두운 얼굴이 암자의 방을 응시하고 있는 걸 눈치챘다. 천신의 방이자 암자의 큰방 문이 열려 있었다. 미덕도 자연스럽게 그곳으로 시선이 갔다. 그 앞에는 기다리고 있던 소년의 신발 대신 낯선 여자의 고무신 한 켤레가 가지런히 놓여 있었다. 이상한 예감이 엄습했다.

미덕은 더 생각할 겨를도 없이 냅다 달렸다. 미덕은 댓돌 위로 올라가 신발을 벗어 던졌다. 날쌔게 천신의 방으로 들어가니 고요히 앉아 있는 여자의 뒷모습이 눈에 들어왔다.

"아줌마…… 누구예요?"

미덕의 질문은 의미가 없었다. 대답이 없어도 고요히 앉아 있는 단아한 여인의 뒷모습이 누군가를 떠오르게 했다. 눈앞의 여인은 위아래에 한복을 걸치고 까만 머리를 쪽찐 것이 예사롭지 않았다. 낙빈과 같은 한복, 낙빈과 같은 까만 머리. 그런 것들이 오묘하게 겹쳐지면서 말하지 않아도 낙빈의 어머니라는 걸 느낄 수 있었다.

그런데 미덕이 물어봐도 뒤돌아선 아주머니는 아무런 움직임이 없었다. 고요하게 앉은 채로 작게 흔들리는 어깨를 제외하고는 아예 미덕의 목소리가 들리지 않는 것처럼 굴었다.

미덕은 그런 뒷모습을 물끄러미 바라볼 수밖에 없었다. 미덕은 뭐라고 말을 걸 수도 없는 분위기에 더럭 겁이 났다. 그러면서도 저분이 무엇을 바라보는지 몸을 옆으로 조금 움직였다.

한복을 곱게 차려입은 아주머니 앞에는 선녹색 비단 이불이 놓여 있었다. 가운데가 조금 볼록한 비단 이불 아래에는 사람이 누워 있었다. 미덕이 그토록 보고 싶어 한 소년이 그 아래에 누워 있었다. 까만 머리가 삐죽삐죽 지저분하게 자라긴 했지만, 그리고 얼굴에 울퉁불퉁 상처가 가득하긴 했지만 미덕은 단번에 그것이 낙빈이라는 걸 알아보았다.

"낙빈아!"

낙빈을 알아본 순간 미덕의 몸은 미사일처럼 재빠르게 낙빈을 향해 내달렸다. 두꺼운 목화솜 이불 아래 잠자듯 누운 그 얼굴을 보는 순간 미덕은 와락 그 곁으로 달려들었다.

"미덕아!"

열린 문 저편에서 정현의 안타까운 목소리가 들려왔다. 하지만 지금 미덕에겐 아무 소리도 들리지 않았다. 미덕은 낙빈의 목덜미를 잡아끌었다. 때가 꼬질꼬질 묻은 한복은 더 이상 흰색도 아니었다. 미덕은 동정이 너덜너덜해진 그 낡은 한복을 붙잡고 흔들어댔다.

"낙빈아, 낙빈 오빠야! 일어나! 나 미덕이 왔어!"

차가운 손이 낙빈의 목덜미를 쥐고 흔드는 미덕의 손 위에 겹쳐졌다. 얼음처럼 차가운 손의 주인은 꼼짝 않고 앉아 있던 낙빈의 어머니였다. 그분의 손은 참으로 마르고 앙상했다. 뼈만 남은 그 손은 시체처럼 차가웠다. 지그시 미덕의 손을 누르는 그분 때문에 미덕의 손가락이 느슨해졌다. 흔들리던 낙빈의 고개가 하얀 베개 위로 툭 떨어졌다. 잠을 자는 것 치고는 너무나 곤하고 너무나 아득해 보였다.

"야, 낙빈 오빠야! 이렇게 자는 척만 하면 다야? 일어나, 미덕이 좀 봐! 일어나!"

왜인지 깊이 잠든 소년의 두 눈은 떠지지 않았다. 금방이라도 반짝 뜰 것만 같은 까만 눈동자가 보이지 않았다. 미덕은 더럭 겁이 났다. 미덕은 두꺼운 이불 위에 누운 낙빈의 가슴을 흔들었다. 일어나라고 소리치는데도 왜인지 낙빈의 까만 눈은 떠지지 않았다.

"얘야……."

잠든 소년 대신 미덕의 손을 잡은 낙빈 어머니가 잠긴 목소리로 말했다.

"낙빈인 지금…… 깊은 잠에 빠져 있단다. 지금은…… 우리 말을 하나도 듣지 못한단다."

그 순간 미덕의 커다란 눈동자가 낙빈 어머니를 바라보았다. 어린 미덕의 검은 눈이 뚫어져라 어머니를 응시했다. 그녀의 붉게 달아오른 눈동자를 바라보며 소녀는 고개를 저었다.

"거짓말! 주…… 죽은 게 아니야! 죽었을 리 없어! 낙빈이가 죽었을 리 없어!"

미덕은 정신없이 고개를 흔들었다. 어린 나이지만 잠이 들었다는 것…… 아무 소리도 들을 수 없는 깊은 잠에 빠져 있다는 말이 무엇을 의미하는지는 알고 있었다. 낙빈 어머니가 길고 마른 손으

로 가슴 앞섶을 부여잡았다. 그녀는 눈을 꾹 감은 채 눈물을 집어삼
켰다. 어린 미덕 앞에서 눈물을 보이지 않으려 애쓰는 모습이었다.

"그래, 아니야. 죽은 게 아니야. 다행히 마지막 숨이 붙어 있단
다. 하지만…… 이 아이는 우리에게서 두 눈과 귀를 닫아버리고
말았단다."

낙빈 어머니는 금방이라도 터져 나올 것 같은 울음을 집어삼키
며 간신히 말을 이어갔다. 스스로 보지도, 듣지도, 말하지도 못하
는 인간이 되어 두 눈을 감은 채 누워 있는 아들을 보면서 그녀는
터져 나올 것 같은 피눈물을 간신히 참고 또 참았다.

숨이 붙어 있는 것을 제외하면 낙빈은 모든 인간의 능력을 잃
어버렸다. 아무것도 듣지도, 말하지도, 생각하지도 못하는 고요
한 식물이 되어 어머니의 품으로 돌아왔다.

"뭐야, 그게……."

미덕의 얼굴이 일그러졌다. 낙빈 어머니의 말을 이해하지 못하
더라도 무슨 일이 벌어졌는지는 알 수 있었다. 그녀의 표정, 그녀
의 한숨을 바라보며 낙빈의 상태가 얼마나 심각한지 짐작할 수
있었다.

"거짓말! 거짓말이야! 거짓말! 거짓말이야!"

눈물을 집어삼키는 낙빈 어머니 옆에서 미덕은 있는 힘껏 울어
대기 시작했다. 목청껏 꺼이꺼이 울어댔다. 여전히 미덕의 작은
손은 두꺼운 이불을 덮은 채 곤히 누운 낙빈의 목덜미를 붙잡고
있었다.

"누가 이런 꼴로 오랬어! 누가 이런 얼굴을 보고 싶다고 그랬냐고? 이 바보! 이 바보! 이 바보야아, 우와아아앙!"

소녀는 있는 힘껏 소년을 흔들어댔지만 소년의 처진 목은 미덕의 움직임에 따라 이리저리 흔들릴 뿐, 아무런 저항도 하지 않았다. 미덕의 작은 볼이 순식간에 터져 나온 눈물로 범벅이 되어 버렸다.

미덕은 낙빈의 얼굴을 감쌌다. 무슨 일을 겪었는지 하얗게 곱던 얼굴이 상처로 뒤범벅되어 있었다. 울긋불긋한 멍 자국과 핏자국이 얼굴에 가득했다. 낙빈은 혼자서 얼마나 고생했는지, 혼자서 얼마나 괴로움을 받았는지 상상도 되지 않는 얼굴로 미덕의 눈앞에 나타났다.

"나, 나 때문이야. 나 때문이야! 어허어어엉!"

미덕은 낙빈의 가슴에 얼굴을 파묻었다. 보고 싶다고, 너무너무 보고 싶다고 하늘에 떼를 썼기 때문에 낙빈이 이 모양 이 꼴로 돌아온 거라는 생각이 들었다. 제 고집 때문에 가엾은 낙빈이 이 모양이 되어 눈앞에 나타난 거라는 생각이 들었다.

"내가 괜히 보고 싶어 해서……. 내가 괜히 매일매일 돌아오라고 빌어서, 그래서 이렇게…… 이 모양으로……."

너무나 보고 싶었지만 이건 아니었다. 정말 너무너무 보고 싶었지만 이런 걸 바라지는 않았다. 하늘에다 만나게 해달라고 빌었지만 이렇게 만나게 해달라는 건 아니었다. 낙빈을 데려오라고 하늘을 향해 고집을 부리고 닦달을 해댄 것 때문에 이런 일이 벌어졌다는 생각에 미덕은 가슴이 아렸다.

"아가야, 네 잘못이 아니란다. 아가야, 네 잘못이 아니야."

통곡하는 어린 소녀를 가녀린 낙빈 어머니가 끌어당겼다. 낙빈을 너무나도 그리워한 어린 소녀는 그의 어머니 가슴에 얼굴을 묻고 울어댔다.

"으아앙! 잘못했어요. 이런 걸 원한 건 아니었어요. 잘못했어요! 미안해요!"

"아가야, 네 잘못이 아니야. 아가야……."

울음을 참으려던 낙빈 어머니의 눈에서 하염없는 눈물이 흘렀다. 가엾은 것은 낙빈만이 아니었다. 낙빈을 사랑하고 낙빈을 기다리던 모든 이들에게 아들의 모습은 지옥이었다.

"어허어엉! 미안해, 낙빈 오빠야! 미안해!"

낙빈 어머니의 위로에도 미덕은 내내 제 잘못처럼 울어댔다. 겨우 이렇게 다시 만나게 되었는데…… 다시 만나는 날이 이토록 슬픔의 날이 되리라고 미덕은 상상조차 해본 적이 없었다.

온 산과 온 계곡에 미덕의 통곡 소리가 퍼져나갔다. 차마 눈물도 흘리지 못했던 이들은 작은 미덕의 울음소리에 각자의 슬픈 울음을 감추었다.

하늘도 울고, 땅도 울고, 작은 미덕도 어깨를 떨며 울고 있었다. 다시 만난 그날에…….

제 6 화

일곱 별이
하나 되는 날

사위는 칠흑보다도 검고 심해深海보다도 고요했다. 어두운 세계를 가르며 들려오는 것은 멀리서 울려 퍼지는 부엉이 울음뿐이었다. 끊어질 듯 이어지는 구슬픈 울음이 깊은 숲의 정적으로 퍼져 나갔다. 복잡한 속세와 달리 서둘러 어둠이 밀려오는 첩첩산중은 태고의 모태처럼 어떤 광원光源도 존재하지 않는 짙은 암흑세계에 파묻혔다.

하루하루 날이 지나고 있지만 암자 사람들은 해가 떠도 날이 밝은 것을 알지 못하고 노을이 져도 날이 지는 것을 알지 못했다. 깊은 슬픔에서 헤어나지 못한 그들에게는 시간의 흐름이 멈춰버린 듯했다.

타닥.

오늘 밤에도 어디선가 작은 발소리가 들렸다. 낮은 구둣발 소리와 함께 모습을 드러낸 것은 검은 양복 차림의 현욱이었다. 낙빈이 반생반사半生半死의 몸이 되어버린 뒤로 그는 매일 밤 암자에 들렀다. 그렇게 그가 나타난 지 열닷새쯤 된 것 같았다.

날이 저물도록 잠들 줄 모르는 정희와 정현이 텅 빈 암자의 앞마당에 우두커니 서 있었다. 어디서 나타났는지도 모르게 어둠 속에서 등장한 현욱을 향해 두 사람은 가벼운 목례를 했다. 현욱역시 아무 말 없이 목례만 나누었다. 세 사람의 시선은 약속이나 한 것처럼 한곳을 바라보았다. 하얀 창호지 너머 노란 불이 흔들리는 방문을 그들은 지그시 바라보았다.

"아무 일도 없었나요?"

"네……."

달리 물을 것도 대답할 것도 없는 현욱과 정희가 기계처럼 한 마디씩 주고받았다. 가슴이 타들어가는 것은 캄캄한 마당에 서 있는 이들 셋만이 아니었다. 한지 너머 방 안에는 목석이 되어버린 또 다른 세 사람이 있었다.

식물인간이 되어버린 아들을 앞에 두고 낙빈 어머니는 그대로 망부석이 되었다. 꽉 쥔 두 손과 꼭 감은 두 눈 너머로 누구를 만나는지, 어떤 신들과 대화하는지는 알 수 없지만 그녀는 내내 누군가를 만나고 어떤 신들과 대화하면서 아들을 되살릴 방법을 찾고 있었다. 그 곁에 검은 도복을 입은 천신 역시 깊은 도력을 다해 제자를 살려낼 방법을 찾고 있었다.

두 사람은 생사의 가운데에 끼어버린 어린 소년을 살릴 수 있는 시간이 얼마 남지 않았다는 걸 알고 있었다. 생명의 기운이 급속히 빠져나가는 삼칠일(21일)이 지나기 전에 아이를 살릴 방법을 찾아 노진勞盡하는 중이었다. 그리고 두 사람의 곁에는 아무리 말려도 말을 듣지 않는 어린 계집아이가 자리를 잡고 앉았다. 정희와 정현이 구슬리고 타일러도 미덕은 말을 듣지 않았다. 낙빈이 죽어가는 것이 마치 제 탓이라도 되는 것처럼 미덕은 낙빈의 곁에서 한 걸음도 떠나지 않았다. 여기에 이들을 지켜보고 보살피는 정희와 정현까지 모두 스무 날도 안 되어 피골이 상접한 몰골로 줄초상이라도 치를 것처럼 보였다.

부스럭……

너무나 고요한 밤이라서 그런지 작은 소리도 귀에 거슬렸다. 그런데 이번에 들려온 소리의 진원지는 숲 속 짐승이 아니었다. 현욱의 눈이 번쩍거렸다. 정현 역시 재빨리 불빛 너머 방을 응시했다. 노란 불빛 너머 길고 검은 그림자가 비쳤다. 드러누운 소년의 곁에서 좌선하고 있는 그림자가 아니라 단단히 두 다리로 선 기다란 그림자였다.

먼저 움직인 것은 검은 양복이었다. 현욱은 바람처럼 빠르게 낙빈이 누워 있는 방문 앞으로 달렸다.

덜컥 문이 열리는 순간, 그들의 눈앞에 요상한 광경이 들어왔다.

반사의 낙빈이 눈을 감은 채 방 한가운데에 누워 있었다. 하지만 그냥 누운 게 아니었다. 비단 이불을 덮은 채로 몸이 한 자는 위로 떠올라 있었다. 둥둥 떠오른 소년의 몸 위로 천신과 낙빈 어머니가 서로의 오른손을 맞대고 반대편에 서 있었다. 두 사람은 완전히 몰두한 얼굴로 두 눈을 꾹 감은 채 맞댄 손을 덜덜 떨고 있었다. 손바닥과 손바닥이 서로를 강하게 밀어내는 것 같은 모습으로 두 사람의 영력이 낙빈의 가슴 부위에서 부딪치고 있었다. 그 거센 기운에 낙빈의 몸이 허공으로 떠오른 것 같았다.

벌컥 문을 열어젖힌 현욱이 그 앞에 우뚝 멈춰 섰다. 완전히 몰입한 두 사람 사이에서 그는 섣불리 어떤 행동도 할 수가 없었다. 정희와 정현도 눈앞에 펼쳐진 괴상한 광경을 어떻게 해석해야 할지 몰라 딱딱하게 굳어버렸다.

범상치 않은 기운이 천신과 낙빈 어머니의 두 손 사이에서 펄펄 끓어오르는 게 느껴졌다. 그것은 치유의 기운과는 무언가 달랐다. 두 사람이 알아낸 어떤 해결책을 나머지 사람들은 알 수가 없었다. 어떤 움직임조차 조심스러운 그 순간, 두 사람의 곁에 앉아 있던 미덕이 부스스 일어섰다.

내내 어른들 곁에서 좌선하고 있던 미덕 역시 두 눈은 꾹 감은 채였다. 아이는 꿈속을 헤매는 듯한 얼굴로 자리에서 일어섰다. 몽유병에라도 걸린 것처럼 어딘가 정신이 멀리 떠나버린 얼굴로 사뿐사뿐 걸음을 옮기더니 천신의 검은 도복 자락을 덥석 잡았다. 순간 천신과 낙빈 어머니 사이에서 요동치던 기운 한 줄기가 미덕을 향해 찌르르 움직였다. 어린 소녀가 전기에 감전된 것처럼 온몸을 부르르 떨더니 여전히 눈을 꼭 감은 채로 도복을 잡지 않은 다른 손을 번쩍 들어 허공으로 내밀었다. 아이는 마치 손을 붙잡아달라는 듯 손바닥을 위로 향하게 하고는 잠든 것처럼 꾸벅꾸벅 고개를 앞뒤로 흔들었다.

현욱은 고개를 돌려 정희와 정현을 한 번 바라보았다. 그는 두 사람에게 잠시 기다리라는 눈짓을 보낸 뒤 허공을 향해 펼쳐진 미덕의 한 손을 천천히 붙잡았다. 검은 양복을 입은 남자의 미간이 잔뜩 찌푸려졌다. 이마 사이의 깊은 주름이 부르르 떨렸다.

"종이를 준비해줘요. 붓도. 어서!"

현욱의 손을 붙잡은 미덕으로부터 메시지가 흘러나오는 게 분명했다. 천신의 도복을 잡은 미덕이 흘러나오는 상념을 붙잡아 현욱에게 전달해주고 있었다. 현욱의 말이 끝나기가 무섭게 정희와 정현은 화선지와 검은 먹을 담은 붓을 준비했다.

"두 분의 손 아래에 두세요."

현욱의 미간이 덜덜 떨려왔다. 무엇을 느끼고 보았는지 잔뜩 찌푸린 얼굴에 알 수 없는 생각들이 지나갔다. 그는 그만 미덕의 손을 놓으려고 했다. 하지만 깊은 잠에 빠진 것 같은 미덕이 현욱의 손을 단단히 붙들고 놓지 않았다. 그는 소녀의 두 손 모두에 천신의 검은 도복을 쥐여주고 나서야 간신히 자신의 손을 풀어냈다.

미덕으로부터 자유로워진 현욱이 정희와 정현이 들고 온 화선지를 두둥실 뜬 낙빈의 이불 위에 펼쳤다. 그리고 서로 맞붙어 있는 천신과 낙빈 어머니의 손바닥 사이에 검은 먹을 머금은 붓을 힘껏 밀어 넣었다. 그러자 마치 기다렸다는 듯 그들의 팔이 움직이기 시작했다.

낙빈을 사이에 두고 서로를 마주한 두 사람의 손이 마치 약속한 것처럼 완전히 하나가 되어 움직였다. 두 사람의 손이 한 개의 붓을 움켜쥐고 움직였다. 그들의 움직임에 따라 하얀 화선지 위에 암호 같은 것이 새겨지기 시작했다.

"저게…… 무슨 일이죠?"

"자동서기自動書記◆……."

현욱의 목에서 깊은 신음과도 같은 음성이 흘러나왔다. 낙빈 어머니와 천신은 완전한 무아無我의 경지에 도달해 있었다. 그런 두 사람이 전하는 하나의 뜻이 도저히 알아볼 수 없는 괴상한 글자 형태로 화선지를 메워갔다. 현욱은 연신 그 글자인지 그림인지 모를 것들을 바라보며 하얀 여백이 채워지면 또 다른 화선지를 갈아 넣고, 또 그것이 채워지면 또 다른 화선지를 펼쳐놓았다.

정희와 정현은 그 모습을 뚫어져라 바라보았다. 스승과 낙빈 어머니가 만들어낸 글자들은 이 세상의 것이 아니었다. 한 번도 본 적이 없는 괴상한 형태의 글이 수북이 쌓여갔다. 화선지 수백 장이 순식간에 검게 물들어갔다.

"대체……."

정희는 이 엄청난 자동서기의 산물에 탄성을 내질렀다. 무언가 일어나고 있었다. 지금 그들의 눈앞에서 천신과 낙빈 어머니, 그리고 미덕이 중대한 일을 시작한 게 틀림없었다.

◆지구가 아닌 우주의 어떤 존재나 영적인 존재로부터 메시지를 수신하고 무아지경 상태에서 글을 휘갈겨 쓰는 것을 말한다. 자동서기를 하는 사람은 외계인이나 외계 생물, 혹은 우주의 법칙이나 신의 율법 등으로부터 메시지를 수신하여 그것을 인간이 알아들을 수 있는 말로 전달해주는데, 서양에서는 '채널링channeling' 혹은 '아카샤 레코드akasha record(우주의 모든 것을 기록한 저장소)'라고도 불린다.
미국의 예언가 에드가 케이시와 프랑스의 예언가 노스트라다무스가 이러한 방법으로 수많은 예언을 남겼다고 알려져 있다. 그들은 자동서기를 통해 우주 혹은 신의 섭리 등 인간이 지각할 수 없는 신비로운 세계에서 날아오는 메시지를 영적으로 수신하며 그것을 기록으로 남겨놓았다고 한다.

자동서기는 화선지 수백 장이 동나고서야 끝이 났다. 모든 기록이 끝났는지 두 사람의 손바닥 사이에서 붓이 툭 떨어졌다. 마지막 화선지에 진한 붓 자국이 남았다. 두둥실 허공에 떠 있던 낙빈의 몸이 천천히 바닥으로 내려앉았다. 천신의 도복을 잡았던 미덕이 여전히 깊이 잠든 얼굴로 풀썩 그 곁에 두 발을 모으고 앉았다. 천신과 낙빈 어머니의 마주했던 두 손도 떨어졌다. 두 사람도 아무 일도 없었다는 듯 낙빈을 가운데에 두고 마주 앉았다. 꼼짝도 하지 않고 좌선하는 두 사람의 눈은 그동안 한 번도 떠지지 않았다. 세 사람 모두 완전한 무아지경에 빠진 채였다.

현욱은 수백 장의 화선지를 이리저리 들춰보며 그 의미를 알아내기 위해 애를 썼다. 정희도 그것들을 살펴보았다. 그것은 마치 우주의 행보를 그려놓은 천문학적인 그림 형태를 띠고 있었다. 괴상한 글자, 괴상한 기호만 가득했지만 어쩐지 무언가 말을 거는 듯한 느낌을 받았다. 그 기호들은 정희를 향해 말을 하려고 애쓰는 것 같았다.

정희는 유사한 그림체를 몇 개 더 발견할 수 있었다. 그것은 여러 개의 구체와 중심부, 그리고 그들의 운동 방향을 적어놓은 듯한 그림이었다. 방 안을 가득 메운 화선지 위에는 기호와 그림들이 그려져 있었다. 그 그림들은 하나같이 하늘과 우주를 그린 천도天圖를 연상시켰다.

현욱은 천신과 낙빈 어머니가 그린 기괴한 그림과 기호들이 무엇을 의미하는지 알아내려 애썼다. 비슷하고 유사한 그림체가 수백 장이나 되었다. 무언가 말하려고 애쓰는 절박함이 느껴졌다.

'무슨 뜻이 있다, 무슨 뜻이…….'

깊은 생각에 빠진 현욱의 곁에서 정희가 소리쳤다.

"이거, 낙빈이에요. 그렇지요?"

정희는 어지럽게 휘갈겨 쓴 기호들 사이에서 하나를 가리켰다. 둥그런 지구를 그린 것 같은 기호였다. 그 기호 곁에는 늘 또 다른 기호가 붙어 있었다. 왜 정희는 반복되는 둥근 기호가 낙빈인지 알 수 없었다. 하지만 그런 기분이 들었다. 동일한 모양인데 어떤 것은 또렷하고 어떤 것은 흐리게 그려놓은 그 둥근 기호가 이승과 저승 사이에 낀 낙빈이라는 생각이 들었다.

"그렇군!"

그 순간 현욱의 머리가 번개에 맞은 것처럼 번쩍거렸다. 그는 화선지를 여러 장 겹치기도 하고 몇 장을 번갈아 놓기도 하면서 그 안에 새겨진 의미를 깨달았다. 그의 머리 위로 벼락이 내리쳤다. 수많은 기호 사이에 존재하는 중대한 관련성을 깨달았다. 그뿐이 아니었다. 방 한가운데에 누워 있는 어린 소년과, 그를 중심으로 마주 앉은 낙빈 어머니와 천신, 그리고 정좌한 미덕까지 세 사람이 만들어낸 구도까지 한눈에 들어왔다. 이 방 안의 모든 것이 허투루 배열된 게 아니었다.

"칠성지율七星之律!"

현욱의 입에서 신음과도 같은 한마디가 터져 나왔다. 현욱은 그 자리에서 얼어붙은 듯 천신과 낙빈 어머니, 그리고 미덕을 바라보았다. 그는 이 세 사람이 목숨을 걸고 낙빈을 붙잡고 있음을 깨달았다. 눈앞의 수많은 화선지가 그것을 말해주고 있었다. 정현은 그 잠깐의 흔들림을 놓치지 않았다. 표정 없던 현욱의 얼굴에 무언가 가련함이 스친 순간 정현은 지금 그들의 눈앞에서 심상치 않은 일이 벌어지고 있음을 직감했다.

"어찌 된 일입니까? 똑똑히 말씀해주십시오!"

정현은 현욱의 대답을 재촉했다. 현욱은 화선지 조각들을 든 채로 정현의 얼굴을 지그시 바라보았다.

"낙빈이는 갈 때가 되었습니다."

"설마……!"

정희는 현욱의 말이 죽음을 의미한다는 걸 단번에 알아챘다. 사실 낙빈을 깨워보기 위해 그 아이의 손을 붙잡은 그때부터 정희는 알고 있었다. 낙빈의 목숨이 일각一刻에 달했음을. 그 가느다란 생명이 언제라도 꺼질 수 있다는 것을 절감했다. 하지만 낙빈은 이겨낼 거라는 믿음도 있었다. 비록 극한에 달한 생명력일지언정 어린 낙빈은 꼭 일어날 거라는 사실을 의심하지 않으려 했다. 그런데…… 정희의 얼굴이 새파랗게 변했다. 마른 어깨가 덜덜 떨려왔다.

"그럴 리 없어요. 저대로 갈 리가 없어요. 저 아이는 신의 섭리를 타고난 아이예요. 그럴 리가 없습니다!"

정현이 정희의 어깨를 붙잡으며 외쳤다. 정현은 낙빈이 이대로 그들의 곁을 떠날 거라고 생각지 않았다. 그럴 리 없었다.

"저 두 분은 그걸 알아챘어요. 그리고 목숨을 건 술법을 시작한 겁니다."

"목숨을 건 술법⋯⋯?"

정희와 정현이 뚫어져라 현욱을 바라보았다.

"칠성지율의 술법입니다. 이 세계에서 사라진 그 술법을⋯⋯ 두 사람이 찾아냈군요."

순간 정희의 입술이 파르르 떨려왔다. 현욱의 입에서 그 술법의 이름을 듣는 것만으로도 온몸이 차갑게 식는 것 같았다. 알 수 없는 스산한 기운이 등 뒤를 엄습했다. 단단한 얼굴을 하고 있었지만 그런 뒤숭숭한 기분이 드는 건 정현도 마찬가지였다.

"위험한 일이군요, 그렇죠?"

정현의 물음에 현욱은 조용히 고개를 끄덕였다.

"목숨을 내건 겁니다. 칠성지율을 완성하지 못하면 망자와 함께 한낱 재로 남을 겁니다."

현욱의 말에 정희의 얼굴이 새파랗게 변했다. 정희는 부들부들 떨리는 두 손으로 현욱의 팔을 꽉 붙잡았다.

"무슨 말씀이에요? 그게 무슨 말씀인지 자세히 얘기해주세요!"

"⋯⋯자동서기로 말하고 있는 것이 전부 일치합니다. 저 기호들, 일곱 개의 문양, 우주의 그림과 반복적으로 그려진 운동 법칙들⋯⋯. 그 모두가 하나를 가리키고 있습니다. 일곱 명의 안내자가 필요한 술법을요. 그게 바로 칠성지율의 술법입니다. 너무나 위험해 시연되지 못했기에 이제는 사라져버린 술법이지요."

현욱의 얼굴이 굳어졌다. 술법의 위력과 위험성을 알고 있기에 무아지경에 빠져든 세 사람을 바라보는 미간에 깊은 주름이 파였다.

"하나의 소원을 가진 7인이 모여 술법을 시행합니다. 술법을 시행하는 일곱 명이 하나의 의심도, 한 조각의 사심도 없이 소생을 바라야만 술법이 완성됩니다. 완전무결하고 고결한 일곱 영혼이 한 치의 흐트러짐도 없이 망자의 소생을 바라야만 소년은 살아날 수 있습니다. 혹시 작은 의심이나 티끌 같은 사욕이 있다면 생사의 갈림길에 있는 망자는 물론이고 술법을 행하는 모든 사람이 영혼을 잃게 됩니다. 이토록 위험한 술법에 어느 누가 동참하겠습니까!"

"그 위험한 술법에 스승님과 아주머님이 들어가신 거군요?"

"네."

"그리고…… 혹시 미덕이도……?"

말끝을 흐리는 정희의 질문에 현욱은 천천히 고개를 끄덕였다. 표정 변화가 없는 그의 얼굴에 침울함이 배어 있었다. 정현 역시 다급히 다음 질문을 이어갔다.

"그럼 술법이 시작된 이상 저 세 사람의 영혼은 낙빈이와 공동 운명체가 되는 건가요?"

"그렇습니다."

"일곱 명이 힘을 모아 낙빈이를 데려오지 못하면 모두가 목숨을 잃게 되겠군요."

"그렇습니다."

정희와 정현의 어깨가 불현듯 떨려왔다.

"그 7인 중 둘은 저희 둘이 분명합니다."

정현이 힘주어 말했다. 쌍둥이 누나 정희 역시 고개를 끄덕였다.

"당신들은……!"

현욱의 입술이 파르르 떨려왔다. 얼마나 위험한 술법인지 설명했는데도 전혀 고민 없이 나서는 두 사람의 모습에 그의 목소리가 갈라졌다.

"당신들은…… 7인의 술법이 얼마나 위험한지 생각해보았습니까? 다른 상념 없이 순수한 바람을 가진 일곱 명을 모은다는 게 가당키나 합니까? 행여 7인을 모으더라도 종국에 망자가 살아 돌아올 생각을 하지 않는다면 술법을 행하는 일곱 사람의 목숨도 이승에 붙어 있을 수가 없습니다. 일곱 명의 목숨은 전부 망자의 결정에 달려 있단 말입니다. 그래도 하시겠단 말입니까!"

정희도 정현도 이토록 동요하는 현욱의 음성은 처음 들었다. 그의 목소리는 평소보다 한 톤이 높았고 격정으로 파르르 떨렸다.

"하겠습니다."

"저도 변함없습니다."

7인의 술법이 잊힌 술법이 된 이유는 분명했다. 사리사욕을 버리고 자아를 버린 일곱 사람이 티끌 하나 없이 순수한 하나의 바람만 갖는다는 건 불가능에 가까웠다. 이 조건을 충족시킬 수 없기에 사라져버린 이 위험한 술법을 정희와 정현은 기꺼이 수행하겠다고 말했다.

무모한 용기도 아집도 아니었다. 두 사람이 이 술법의 위험성을 똑똑히 인지하면서도 이렇게 말한다는 사실이 현욱은 놀라웠다. 아무리 혈육이라 해도 그 누가 이런 술법에 선뜻 동참할 수 있을까! 누가 감히 이런 제안을 받아들일 수 있을까! 선뜻 나서는 이들의 모습이 참으로 기가 찰 노릇이었다.

"그럼 우리 두 사람까지 모두 다섯 명이군요. 문제는 남은 두 사람이에요."

"두 사람을 찾아내야 합니다. 분명히 있을 거예요. 분명히……."

하나도 닮지 않은 두 쌍둥이가 서로를 바라보며 생각에 잠겼다. 두 사람이 슬며시 현욱을 바라보았다. 현욱은 말하지 않아도 그들의 속뜻을 읽었다.

"나는 순수하게 소년의 생명을 위해 나를 걸 수 없습니다. 더구나 칠성지율은 망자와 일곱 명의 영혼이 하나로 융합되는 술법입니다. 이를 통해 내가 아는 모든 것이 여러분과 공유될지도 모릅니다. 저는 절대로 그럴 수 없는 사람입니다."

정희와 정현이 고개를 끄덕였다. 현욱이란 사람이 그들을 대하는 태도는 암자 식구들이 서로를 위하는 것과 완연히 다르다는 걸 그들도 잘 알고 있었다. 암자 식구들이 서로를 위해 목숨을 걸 수 있을 정도로 진정한 정을 나누고 있다면, 현욱은 지극히 필요와 계산에 의해 암자 식구들에게 접근한 것이었다.

하지만 아무리 머리를 짜내도 답이 나오지 않았다. 과연 낙빈

을 위해 목숨을 걸 순수한 마음의 소유자가 누가 있을까 싶었
다. 그때 정현의 눈에 스승이 그려댄 반복적인 기호와 선들이
눈에 들어왔다. 정현은 불현듯 그것들을 모아 정렬시켰다. 여러
장의 그림을 모으고 겹치면서 스승이 말하려는 바를 읽으려 애
썼다.

"이 중심에 있는 것이 낙빈이를 의미하는 것이겠죠? 그리고 여
러 선을 따라 지나가는 이 일곱 개의 기호가 일곱 사람을 의미하
는 것인가요?"

"그래요. 이것은 칠정七政의 그림이오."

"그런데 여기 보세요. 반복되는 기호들 중에 다섯 개의 기호와
이 두 개의 기호가 조금 다르지 않나요?"

정현이 가리킨 그림 속에는 우주의 여러 별이 움직이는 것 같
은 선과 원이 겹쳐 있었다. 낙빈을 의미하는 커다란 원을 중심으
로 그 주위를 도는 일곱 개의 형상이 있었다. 그런데 유독 두 개의
형상이 조금 달랐다. 다섯 개가 완전한 원인 반면 두 개는 형상이
찌그러지고 크기도 유독 작아 보였다. 색도 달랐다. 다섯 개는 완
전히 검은 반면 두 개는 테두리만 검고 안은 흰빛이었다.

"칠정은 모든 인간의 생사를 주관하는 것으로, 크게 다섯과 둘
로 나눌 수 있습니다. 그중 다섯을 오성五星◆이라 하는데 목木의 정
기가 모인 세성歲星, 화火의 정기가 모인 형혹熒惑, 토土의 정기가 모
인 진성鎭星, 금金의 정기가 모인 태백太白, 그리고 수水의 정기가 모
인 진성辰星으로 이루어지며 천구를 오른쪽으로 돕니다."

현욱은 화선지의 중심 부분을 둘러싸고 있는 다섯 개의 검은 동그라미를 하나하나 짚어갔다. 그의 말대로 중심 부분을 다섯 개의 검은 원이 에워싸고 있었다.

"칠요七曜(칠정)♦♦의 다른 두 가지는 해日와 달月이 맞을 겁니다. 그런데 분명히 이 두 성만 다르게 표현되어 있군요."

자세히 보니 그 둘은 운행을 나타내는 듯한 길고 가는 선들도 형태와 방향이 다르게 표시되어 있었다. 정현은 그 그림 속에 분명히 어떤 의미가 있을 거라고 생각했다.

세 사람 사이에 깊은 침묵의 시간이 흘렀다. 누구도 알아채지 못했지만 어느새 검은 수풀 사이로 희미하게 새벽빛이 스며들고 있었다. 시간의 흐름조차 깨닫지 못한 채로 이 수수께끼의 의미를 밝히기 위해 그들은 심도 깊은 고민에 빠져 있었다.

"혹시 영혼이 되어버린 사람도 가능한가요? 산 사람이 아니라도……?"

불현듯 정희가 말을 내뱉었다.

♦칠성 중 해와 달을 제외한 나머지 행성(목성, 화성, 토성, 금성, 수성)을 가리키는 말이다. 옛사람들은 하늘의 오성과 땅의 오행五行을 같이 보아서 오행의 정기가 어떤 모양으로 흩어지는지, 색의 변화와 모이고 흩어지는 변화가 하늘과 땅의 변력과 인물의 흥망성쇠를 나타낸다고 생각했다.
♦♦칠성(칠정 또는 칠요)은 해와 달, 그리고 다섯 개의 행성(화성, 금성, 수성, 목성, 토성)을 가리킨다. 전통적인 천문학에서는 칠성을 비롯한 별들과 행성들의 운행과 위치를 살피고 예측하고자 했다. 그 결과 동서양을 막론하고 역법의 중심에 칠성의 이론이 있었다.
칠성은 인간의 생사를 주관하는 것으로 여겨졌다. 특히 오랜 옛날부터 우리 민족은 칠성의 신앙을 간직해왔으며 오늘날까지도 민간신앙과 도교, 그리고 불교에서 칠성을 받아들이고 있다. 명리학과 사주팔자도 모두 칠정이라고 하는 고대 천문학에 기반을 두고 있다.

"내가 알기로는⋯⋯ 이론상으로⋯⋯ 가능하다고 생각합니다. 하지만 장담할 수는 없습니다."

현욱의 얼굴이 더욱 어두워졌다. 일곱 영혼이 함께하여 단 하나의 소원을 이룬다는 것이 이 술법의 요지였다. 그렇다면 육신이 없는 영혼이라 하더라도 가능할 것이었다. 하지만 이는 이론상일 뿐, 실제로 행해진 것을 본 적은 없다. 그야말로 전설로 전해지는 구전의 술법일 뿐이다. 한편 정희의 눈은 맑게 빛났다. 정희를 바라보는 정현의 눈도 반짝거렸다.

"분명히 가능할 거예요. 스승님께서 일곱을 모으지 못하는데 이 술법을 시작했을 리는 없어요! 저는 믿어요!"

"그래, 맞아. 낙빈이를 누구보다 사랑하는 두 사람이 있어! 낙빈이의 소생을 위해 모든 것을 다 내놓을 두 사람이!"

정희와 정현의 눈이 허공에서 부딪혔다. 그들은 스승의 생각이 분명 자신들의 짐작대로일 거라고 의심치 않았다.

"낙빈이에게서 들은 적이 있어요. 낙빈이의 아버지께서는 작은 기운으로 옛집에 남아 계세요. 그분을 이 자리로 모셔와야 합니다!"

"그래, 맞아!"

정희가 두 손을 가슴에 모으며 외쳤다. 정현은 당장이라도 달려 나갈 것처럼 몸을 세웠다.

"잠깐만. 잠깐만요, 두 사람. 그래, 그렇다고 칩시다. 그분의 영혼을 이곳에 데려온다고 칩시다. 그럼 남은 한 사람은요?"

현욱은 기쁨의 탄성을 외치는 두 사람을 막아섰다. 현욱의 말에 정희와 정현의 눈이 동그랗게 떠졌다. 그리고 너무나 당연하다는 듯이 현욱을 바라보았다.

"아시잖아요, 나머지 한 사람을요. 당연히……."

"당신들은……."

현욱은 그들이 말하는 남은 하나의 영혼이 누구인지 잘 알고 있었다. 하지만 어떻게 이들은 '그'가 올 거라고 믿는 것일까?

"지금껏 불러댔는데도 돌아오지 않은 사람입니다. 그런 사람이 올 거라고 믿는 겁니까?"

"네, 올 겁니다."

"네, 오빠는…… 분명."

정희와 정현의 단단한 표정이 현욱을 막아섰다. 현욱은 더 이상 한마디도 할 수가 없었다. 어떤 증거도 증명도 없이 완전한 믿음을 가진 두 사람의 표정에 그는 의심의 말을 건넬 수가 없었다.

"모두…… 돌아오지 못할 수도 있어요. 내 말은…… 모두 죽을 수도 있단 말입니다."

그는 차가운 눈빛으로 두 사람을 응시했다. 희망에 들뜬 두 사람 앞에 불행의 가능성이 얼마나 높은지를 말하는 것은 의미가 없었다.

"걱정해주셔서 감사합니다."

"하지만 저는 믿어요. 우리는 낙빈이를 데리고 돌아올 거예요. 그동안 저희를 지켜주세요. 이 술법이 완성될 때까지요."

정희와 정현의 믿음은 단단했다. 현욱의 불안과 의심이 스며들지 못할 정도로 아주 두텁고 강건했다. 그런 두 사람의 모습에 현욱은 할 말을 잃었다. 현욱은 포기한 듯 고개를 저었다.

"알겠습니다. 내가 할 수 있는 모든 방법을 동원해 도와드리겠습니다."

현욱의 눈이 슬쩍 미덕 쪽으로 향했다. 정희는 그 모습을 놓치지 않았다. 어린 미덕마저 이 위험한 술법에 끼어든 것이 마음에 걸리는 듯했다. 그는 감정이 죄다 메말라버린 것처럼 행동했지만, 가끔 저렇게 속을 숨기지 못할 때가 있었다.

"먼저…… 그분을 모시고 와야겠군요. 잠시 실례하겠습니다."

현욱은 곧장 자리에서 일어났다. 어떤 설명도 없이 무아지경에 빠진 낙빈 어머니와 천신을 미루어보건대 시간이 촉박했다. 그들이 생각한 것보다 저승을 향해 나아가는 낙빈의 발걸음이 빠른지도 모를 일이었다. 그래서 현욱도 촌각을 다투기로 했다.

그는 정희와 정현을 뒤로하고 방문 밖으로 한 발 나섰다. 그와 동시에 그의 몸은 그 자리에서 완전히 사라졌다. 갑자기 투명인간이 된 것처럼 그 자리에 그림자조차 남기지 않았다. 그 뒷모습을 바라보던 정희와 정현의 눈이 크게 벌어졌다. 시간과 공간을 거스르는 술법, 공간 저편으로 사라지는 현욱의 모습이 참으로 신비했다.

사라진 현욱의 뒤로 보랏빛으로 물들어가는 하늘이 나타났다. 캄캄한 숲 위로 새까맣던 하늘에 색이 입혀지고 있었다. 어느새

하룻밤이 지나고 환한 새벽녘이 시작되고 있었다.

"정현아."

정희는 쌍둥이 동생의 손을 꼭 잡았다. 두툼한 동생의 손은 무수한 수련으로 너무나 딱딱했다.

"스승님께서는 분명 우리에게 남은 일들을 부탁하고 깊은 무아지경에 빠졌을 거야. 우리의 해답이 옳다고 생각하니?"

"응, 누나. 나는 옳다고 생각해. 저 두 분이 그려놓은 그림들이 모든 걸 말해주고 있으니까. 의심은 무의미할 뿐이야."

"그래, 맞아."

정희와 정현은 서로의 손을 꽉 붙잡았다. 어떤 의심도 이제는 허용되지 않았다. 이미 세 사람의 목숨이 낙빈의 영혼과 붙어 있었다. 누군가가 포기한다면 낙빈과 엮인 세 영혼까지 영영 돌아오지 못할 것이다. 그러니 남은 네 사람의 영혼이 하나의 마음으로 낙빈을 붙잡는 수밖에 없었다.

휘익!

그때였다. 갑자기 세찬 바람이 방 안으로 불어닥쳤다. 정희가 한 손으로 얼굴을 막으며 눈을 감았다. 정현은 눈을 작게 뜨고 바람이 불어오는 저편을 응시했다. 그 어떤 움직임도 없던 텅 빈 공간이 일그러진 것은 정말 순식간의 일이었다. 검은 하늘 사이가 이지러지는 것과 동시에 팔다리가 길쭉한 남자가 공간을 뚫고 나타났다. 모든 것이 갑자기, 그리고 순식간에 이루어졌다. 정희가 눈을 떴을 때는 사라졌던 현욱이 그들 앞에 우뚝 서 있었다.

"기다리셨습니까?"

그는 아무 일도 없었다는 듯 쌍둥이 앞으로 다가왔다. 그러고는 검은 양복의 안쪽에서 무언가를 꺼냈다. 그가 두 사람에게 내민 것은 가죽으로 만든 보랏빛 상자였다. 윗면에는 세밀한 금박이 새겨져 있고, 옆면에는 잠금단추가 달린 작은 상자는 오래된 탓에 가죽 겉면이 닳았는데도 소중히 간직된 듯 반질거렸다. 금박 세공은 매우 정교하고 유려한 곡선이 아름다웠다.

어스름한 새벽빛을 받은 보석함이 방바닥 위에서 은은하게 반짝였다. 고요한 방 안에서 아름답게 빛나는 그 작은 함은 흡사 정령의 날개처럼, 선녀의 옷깃처럼 고매하고 아름다웠다.

"이곳에 그분이……"

함은 아름다웠지만 생각보다 영기는 약했다. 어느 정도의 영기를 느낄 수 있는 정희는 은빛 보석함에서 미미한 기운밖에 느끼지 못했다.

"칠성도七星圖에서 검은빛으로 그려진 세성과 형혹, 두 진성과 태백이 산 사람을 의미한다면, 흰색 구체로 그려진 일월성日月星은 이미 이승을 떠난 사람을 뜻할 겁니다. 그리고 여러분의 말씀대로 그중 한 분이 바로 이 함에 있습니다."

"이분이 낙빈이가 태어나기 전부터 그 아이를 아끼고 사랑했던 분이군요."

정희의 눈이 어릿어릿해졌다. 낙빈이 말한 적이 있었다. 아버지는 혼백도 고이 남지 못했다고. 그 모습을 직접 보니 한없이 마음이 아려왔다. 어떤 연유가 있는지 몰라도 약하디약한 기운으로만 남은 그 모습이 아련하게 느껴졌다.

정희는 두 손으로 소중하게 함을 들어올렸다. 두 손에 쏘옥 들어오는 보석함이었다. 그 작은 함 속에서 가녀린 기운의 흔들거림이 느껴졌다.

"준비됐어요. 이제 저희도 함께 가야겠습니다. 아무쪼록 뒤를 잘 부탁드리겠습니다."

정희는 현욱을 향해 깊이 고개 숙였다. 정현 역시 깍듯하게 인사했다. 그런 두 사람을 바라보는 현욱의 눈동자가 짙어졌다.

"다시 한 번 말씀드립니다. 일곱 명의 안내자가 망자를 데려올 수도 있습니다. 그러나 만에 하나, 누군가가 다른 생각을 한다면…… 혹은 술법의 중심에 있는 낙빈 군 스스로 돌아올 생각을 하지 않는다면 칠성의 술법을 행한 일곱 혼백도 온전치는 못할 겁니다. 두 분의 목숨도 말입니다. 그래도 이 술법에 동참하실 겁니까?"

쌍둥이의 대답은 분명했다.

"물론이지요. 물어 무엇 하겠습니까."

쌍둥이 남매는 앞에 선 현욱이 부끄러울 정도로 너무나 확고했다. 세상에 본 적 없는 끈끈한 정이 그의 눈앞에 있었다.

정희는 낙빈 어머니의 곁에 앉았다. 그리고 두 사람 사이에 보랏빛 가죽 함을 조심스럽게 놓고는 천천히 눈을 감았다. 다른 편에는 어린 미덕이 두 눈을 감은 채 앉아 있었다. 정현은 정희가 자리를 잡고 눈을 감기를 기다렸다가 마지막으로 천신의 옆에 좌선했다. 그는 마지막으로 현욱을 한번 쳐다보았다. 현욱이 정현을 향해 고개를 끄덕였다. 그들의 육신을 온전히 지키겠다는 약속이었다. 정현도 눈을 감았다. 그들은 모두 낙빈의 의식意識에 자신의 모든 정신을 집중했다. 삶과 죽음 사이에서 끝없이 방황하는 소년의 의식 속에 모든 것을 통합시켰다. 그리고 진심으로 바랐다. 낙빈의 소생과 쾌유를……. 또한 온 마음을 다해 그 아이에 대한 진실한 애정과 그리움의 마음을 충만케 했다.

'돌아오렴. 보고 싶구나, 낙빈아.'

마음이 하나로 뭉쳐지는 게 느껴졌다. 따로따로 하나의 객체이던 여러 마음이 구분되지 않을 정도로 얽히고설키며 섞이는 것이 느껴졌다. 내가 사라지고 우리가 되는 것은 기묘한 경험이었다. 온 마음이 중심을 하나에 두고 뒤섞이는 순간, 그것은 진한 그리움과 사랑으로 충만한 술법의 정수精粹였다.

암자의 새벽, 산 너머로 붉은 동이 터오고 있었다.

모두에게 마지막이 될 수도 있는 칠성의 술법이 시작되고 있었다.

-10권에 계속

신비소설 무 9 폭주하는 소년

초판 1쇄 발행 2016년 9월 12일
초판 2쇄 발행 2018년 3월 12일

지은이 · 문성실
펴낸곳 · 달빛정원
펴낸이 · 전은옥

출판등록 · 2013년 11월 14일 제2013-000348호
주소 · 04004 서울 마포구 월드컵로10길 27, 201호(서교동, 세화빌딩)
전화 · 02-337-5446
팩스 · 0505-115-5446
전자우편 · garden21th@naver.com
블로그 · blog.naver.com/garden21th

ⓒ 문성실 2016

ISBN 979-11-87154-15-0 04810
        979-11-951018-6-3 (세트)

이 도서의 국립중앙도서관 출판예정도서목록(CIP)은 서지정보유통지원시스템 홈페이지(http://seoji.nl.go.kr)와
국가자료공동목록시스템(http://www.nl.go.kr/kolisnet)에서 이용하실 수 있습니다. (CIP제어번호: CIP2016019908)